外国短篇小说选

朱 永　文宪宁　崔延民　选编

兰州大学出版社

说　　明

应中学语文教改之急，我们编辑出版了这本书，但由于种种原因，无法一一和选入该书作品的作家（翻译者）取得联系，对此，我们深表歉意。凡见到此书者，请将通讯地址惠告出版社，我们立即付稿酬并寄样书。借此机会向本书的作家（翻译者）表示衷心的感谢！

书　名　**外国短篇小说选**
作　者　朱　永　文宪宁　崔延民　选编
出版发行　兰州大学出版社　（地址：兰州市天水南路 222 号　730000）
电　话　0931－8912613（总编办公室）　0931－8617156（营销中心）
　　　　0931－8914298（读者服务部）
网　址　http://www.onbook.com.cn
电子信箱　press@lzu.edu.cn
印　刷　兰州新文印刷有限责任公司
开　本　850×1168　1/32
印　张　18.125
字　数　453 千
版　次　1996 年 5 月第 1 版
印　次　2011 年 7 月第 2 次印刷
书　号　ISBN 978－7－311－00997－7
定　价　28.60 元

（图书若有破损、缺页、掉页可随时与本社联系）

前 言

　　法国的查斯勒说："没有任何东西是孤立的，真正的孤立是死亡。"又说："一切民族的行动和再行动是彼此影响的，相互联系的。"外国文学是外国哲学、宗教、思想、文化的最美丽花朵，中国现当代作家都从它那里吸收过文学创作的营养。

　　五四时期，外国思想、外国文学大量传入中国，其作用之深广、内容之庞杂在世界文化史上也是少见的。这种大规模文化引进不能不对中国文学产生极其深刻的影响。鲁迅谈到自己的创作时，多次提到外国进步文学的启发和影响。在《我怎么做起小说来》一文中，他说自己之所以去写小说，"大约所仰仗的全在先前看过的百来篇外国作品和一点医药上的知识"；在《致董永舒》这封信中，又说自己的创作"所取法的，大抵是外国的作家"。他所写的我国新文学运动的第一篇白话小说《狂人日记》，就是借鉴果戈理的《狂人日记》而写的一篇光辉著作。

　　郭沫若的《女神》是我国现代文学史上开创一代诗风的伟大的浪漫主义诗集，是汹涌澎湃的五四运动时代的产物，但它的出现又和外国文学特别是西方浪漫主义文学的影响是分不开的。他曾说："当我接受惠特曼的《草叶集》的时候，正是'五四'运动发动的那一年，个人的郁积，民族的郁积，在这时找出了喷火口，也找出了喷火的方式，我那时差不多是狂了。"

　　郁达夫的早期创作深受屠格涅夫《初恋》、《春潮》及其他俄国作家的影响；老舍的《老张的哲学》吸收了狄更斯小说《匹克威克外传》的随主人公的行迹组织材料的写法，并且从狄更斯、马克·吐温小说中接受了幽默、夸张、漫画式的写作风格；冰心的《春水》、《繁星》有泰戈尔《飞鸟集》的痕迹。

20 世纪 80 年代的新时期,外国文学又一次地输入点拨了中国作家的心智,激活了他们创作的欲望与热情。王蒙在创作思想、艺术风格上和美国的海明威都有明显的相似之处。"新写实文学"中塑凡人形象、表现出"反英雄"的平民意识是这些作家对外国现代主义文学特征的横移。

　　总之,外国文学对中国两代作家的创作,有很深的影响。要真正了解中国的现当代文学,就不能不阅读外国文学。但是,由于文化背景的不同,现在社会上流行的外国短篇小说选本很难完全适应中学生阅读,因此,我们选编了这本《外国短篇小说选》,目的是为广大中学生提供一本适合的文学选本。

1995.9.1

目　　录

2

高尔斯华绥〔英国〕

品　　质

　　我很年轻时就认识他了，因为他承做我父亲的靴子。他和他哥哥合开一爿店，店房有两间打通的铺面，开设在一条横街上——这条街现在已经不存在了，但是在那时，它却是坐落在伦敦西区的一条新式街道。

　　那座店房有某种素净的特色：门面上没有注明为任何王室服务的标记，只有包含他自己日耳曼姓氏的"格斯拉兄弟"的招牌；橱窗里陈列着几双靴子。我还记得，要想说明橱窗里那些靴子为什么老不更换，我总觉得很为难，因为他只承做定货，并不出售现成靴子；要是说这些都是他做得不合脚因而退回来的靴子，那似乎是不可想象的。是不是他买了那些靴子来作摆式的呢？这也好像不可思议。把那些不是亲手做的皮靴陈列在自己的店里，他是绝不能容忍的。而且，那几双靴子太美丽了——有一双轻跳舞靴，细长到非言语所能形容的地步；那双带布口的漆皮靴，叫人看了舍不得离开；还有那双褐色长筒马靴，闪着怪异的黑而亮的光辉，虽然是簇新的，看来却好像已经穿过一百年了。只有亲眼看过靴子灵魂的人才能做出那样的靴子——这些靴子体现了各种靴子的本质，确实是模范品。我当然在后来才有这种想

1

法，不过，在我大约十四岁那年，我够格去跟他定做成年人靴子的时候，对他们两兄弟的品格就有了些模糊的印象。因为从那时起一直到现在，我总觉得，做靴子，特别是做像他所做的靴子，简直是神妙的手艺。

我清楚地记得：有一天，我把幼小的脚伸到他跟前时，羞怯地问道：

"格斯拉先生，做靴子是不是很难的事呢？"

他回答说："这是一种手艺。"从他的含讽带刺的红胡根上，突然露出了一丝微笑。

他本人有点儿像皮革制成的人：脸庞黄皱皱的，头发和胡须是微红和卷曲的，双颊和嘴角间斜挂着一些整齐的皱纹，话音很单调，喉音很重：因为皮革是一种死板板的物品，本来就有点儿僵硬和迟钝。这正是他的面孔的特征，只有他的蓝灰眼睛含蓄着朴实严肃的风度，好像在迷恋着理想。他哥哥虽然由于勤苦在各方面都显得更虚弱、更苍白，但是他们两兄弟却很相像，所以我在早年有时要等到跟他们定好靴子的时候，才能确定他们到底谁是谁。后来我搞清楚了：如果没有说"我要问问我的兄弟"，那就是他本人；如果说了这句话，那就是他的哥哥了。

一个人年纪大了而又荒唐起来以至赊账的时候，不知怎么的，他绝不赊格斯拉兄弟俩的账。如果有人给几双——比如说——两双以上靴子的价款，竟心满意得地确信自己还是他的主顾，所以走进他的店铺，把自己的脚伸到那蓝色铁架眼镜底下，那就未免有点儿太不应该了。

人们不可能时常到他那里去，因为他所做的靴子非常经穿，一时穿不坏的——他好像把靴子本质缝到靴里去了。

人们走进他的店堂，不会像走进一般店铺那样怀着"请把我要买的东西拿来，让我走吧"的心情，而是心平气和地像走进教堂那样。来客坐在那张仅有的木椅上等候着，因为他的店堂里从来没有人的。过了一会，可以看到他的或他哥哥的面孔从店堂里二楼楼梯口往下边看望——楼梯口是黑洞洞的，同时透出沁人脾胃的皮革气味。随后就可以听到一阵喉音，以及趿木皮拖鞋踏在狭窄木楼梯上的踢达声。他终于站在来客的面前，上身没有穿外衣，背有一点儿弯，腰间围着皮围裙，袖子往后卷起，眼睛霎动着——像刚从靴子梦中惊醒过来，或者说，像一只在日光中受了惊动因而感到不安的猫头鹰。

于是我就说："你好吗，格斯拉先生？你可以给我做一双俄国皮靴吗？"

他会一声不响地离开我；退回到原来的地方去，或者到店堂的另一边去；这时，我就继续坐在木椅上休息，欣赏皮革的香味。不久后，他回来了，细瘦多筋的手里拿着一张黄褐色皮革。他眼睛盯着皮革对我说："多么美的一张皮啊！"等我也赞美一番以后，他就继续说："你什么时候要？"我回答说："啊，你什么时候方便，我就什么时候要。"于是他就说："半个月以后，好不好？"如果答话的是他的哥哥，他就说："我要问问我的兄弟！"

然后，我会含糊地说："谢谢你，再见吧，格斯拉先生。"他一边说"再见"，一边继续注视他手里的皮革。我向门口走去的时候，就又听到他的趿木皮拖鞋的踢达声把他送回楼上去做他的靴子梦了。但是假如我要定做的是他还没有替我做过的新式样靴子，那他一定要照手续办事了——叫我脱下靴子，把靴子老拿在手里，以立刻变得又批评又抚爱的眼光注视着靴子，好像在回想他创造这只靴子时所付的热情，好像在责备我竟这样穿坏了他的杰作。以后，他就把我的脚放在一张纸上，用铅笔在外沿描上两三次，跟着用他的敏感的手指来回地摸我的脚趾，想摸出我要求的要点。

有一天，我有机会跟他谈了一件事，我忘不了那一天。我对他说:"格斯拉先生,你晓得吗,上一双在城里散步的靴子咯吱咯吱地响了。"

他看了我一下,没有作声,好像在盼望我撤回或重新考虑我的话;然后他说:

"那双靴子不该咯吱咯吱地响呀。"

"对不起,它响了。"

"你是不是在靴子还经穿的时候把它弄湿了呢?"

"我想没有吧。"

他听了这句话以后,蹙蹙眉头,好像在搜寻对那双靴子的回忆;我提起了这件严重的事情,真觉得难过。

"把靴子送回来!"他说,"我想看一看。"

由于我的咯吱咯吱响的靴子,我内心里涌起了一阵怜悯的感情;我完全可以想象到他埋头细看那双靴子时的历久不停的悲惨心情。

"有些靴子,"他慢慢地说,"做好的时候就是坏的。如果我不能把它修好,就不收你这双靴子的钱。"

有一次(也只有这一次),我穿着那双因为急需才在一家大公司买的靴子,漫不经心地走进他的店铺。他接受了我的定货,但没拿皮革给我看:我可以意识到他的眼睛在细看我脚上的次等皮革。他最后说:

"那不是我做的靴子。"

他的语调里没有愤怒,也没有悲哀,连鄙视的情绪也没有,不过那里面却隐藏着可以冰冻血液的潜在因素。为了讲究时髦,我的左脚上的靴子有一处使人很不舒服;他把手伸下去,用一个手指在那块地方压了一下。

"这里疼痛吧,"他说,"这些大公司真不顾体面。可耻!"随即,他心里好像有点儿沉不住气了,所以说了一连串的挖苦话。我听到他议论他的职业上的情况和艰难,这是唯一的一次。

4

"他们把一切垄断去了，"他说，"他们利用广告而不靠工作把一切垄断去了。我们热爱靴子，但是他们抢去了我们的生意。事到如今——我很快就要失业了。生意一年年地清淡下去——过后你会明白的。"我看看他那多皱折的面孔，看到了我以前未曾注意到的东西：惨痛的东西和惨痛的奋斗——他的红胡子好像突然添上好多花白须毛了！

　　我尽一切可能向他说明我买这双倒霉靴子时的情况。但是他的面孔和声调使我获得很深刻的印象，结果在以后几分钟里，我定了许多双靴子。这下可糟了！这些靴子比以前的格外经穿。差不多穿了两年，我也没想起要到他那里去一趟。

　　后来我再去他那里的时候，我很惊奇地发现：他的店铺外边的两个橱窗中的一个漆上另一个人的名字了——也是个靴匠的名字，当然为王室服务的啦。那几双常见的旧靴子已经失去了孤高的气派，挤缩在单独的橱窗里去了。在里面，现在已缩成一小间，店堂的楼梯口比以前更黑暗、更充满着皮革气味。我也比平时等了更长的时间，才看到一张面孔向下边窥视，随后才有一阵趿木皮拖鞋的踢达声。最后，他站在我的面前了，他透过那副生了锈的铁架眼镜注视着我说：

　　"你是不是——先生？"

　　"啊！格斯拉先生！"我结结巴巴地说，"你要晓得，你的靴子实在太结实了！看，这双还很像样呢！"我把脚向他伸过去。他看了看这双靴子。

　　"是的，"他说，"人们好像不要结实靴子了。"

　　为了避开他的带责备的眼光和语调，我赶紧接着说："你的店铺怎么啦？"

　　他安静地回答说："开销太大了。你要做靴子吗？"

　　虽然我只需要两双，我却向他定做了三双。我很快就离开了那里。我有一种难以描述的感觉，以为他的心里把我看成对他存坏意的一分子;也许不一定跟他本人作对,而是跟他的靴子理想作对。我想,人们是不喜欢那样的感觉的,因为过了好几个月以后,我又到他的店铺里去,我记得,我去看他的时候,心里有这样的感觉:"呵!怎么啦,我撇不开这位老人——所以我就去了!也许会看到他的哥哥呢!"

因为我晓得,他哥哥很老实,甚至在暗地里也不至于责备我。

我的心安下了,在店堂出现的正是他的哥哥,他正在整理一张皮革。

"啊,格斯拉先生,"我说,"你好吗?"

他走近我的跟前,盯着看我。

"我过得很好,"他慢慢地说,"但是我哥哥死掉了。"

我这才看出来,我所遇到的原来是他本人——但是多么苍老,多么消瘦啊!我以前从没听他提过他的哥哥。我吃了一惊,所以喃喃地说:"啊!我为你难过!"

"的确,"他回答说,"他是个好人,他会做好靴子;但是他死掉了。"他摸摸头顶,我猜想,他好像要表明他哥哥死的原因。他头上的头发突然变得像他的可怜哥哥的头发一样稀薄了。"他失掉了另外一间铺面,心里老是想不开。你要做靴子吗?"他把手里的皮革举起来说,"这是一张美丽的皮革。"

我定做了几双靴子。过了很久,靴子才送到——但是这几双靴子比以前的更结实,简直穿不坏。不久以后,我到国外去了一趟。

过了一年多,我才又回到伦敦。我所去的第一个店铺就是我的老朋友的店铺。我离去时,他是个六十岁的人,我回来时,他仿佛已经七十五岁了,显得衰瘦、软弱,不断地发抖。这一次,他起先真的不认识我了。

"啊!格斯拉先生,"我说,心里有些烦闷,"你做的靴子好极啦！看，我在国外时差不多一直穿着这双靴子的；连一半也没有穿坏呀，是不是？"

他细看我这双俄国皮靴，看了好久，脸上似乎恢复了镇静的气色。他把手放在我的靴面上说：

"这里还合脚吗？我记得，费了很大劲才把这双靴子做好。"

我向他确切地说明：那双靴子非常合脚。

"你要做靴子吗？"他说，"我很快就可以做好；现在我的生意很清淡。"

我回答说："劳神，劳神！我急需靴子——每种靴子都要！"

"我可以做时新的式样。你的脚恐怕长大了吧。"他非常迟缓地照我的脚型画了样子，又摸摸我的脚趾，只有一次抬头看着我说：

"我哥哥死掉了，我告诉过你没有？"

他变得衰老极了，看了他实在叫人难过；我真高兴离开他。

我对这几双靴子并不存什么指望，但有一天晚上靴子送到了。我打开包裹，把四双靴子排成一排，然后，一双一双地试穿这几双靴子。一点问题也没有。不论在式样或尺寸上，在加工或皮革质量上，这些靴子都是他给我做过的最好的靴子。在那双城里散步穿的靴口里，我发现了他的账单。单上所开的价钱与过去的完全一样，但我吓了一跳。他从来没有在四季结账日以前把账单开来的。我飞快地跑下楼去，填好一张支票，而且马上亲自把支票寄了出去。

一个星期以后，我走过那条小街，我想该进去向他说明：他替我做的新靴子是如何地合脚。但是当我走近他的店铺所在地时，我发现他的姓氏不见了。橱窗里照样陈列着细长的轻跳舞靴、带布口的漆皮靴，以及漆亮的长筒马靴。

我走了进去，心里很不舒服。在那两间门面的店堂里——现在两间门面又合而为一了——只有一个长着英国人面貌的年轻人。

"格斯拉先生在店里吗?"我问道。

他诧异地同时讨好地看了我一眼。

"不在,先生,"他说,"不在。但是我们可以很乐意地为你服务。我们已经把这个店铺过户过来了。毫无疑问,你已经看到隔壁门上的名字了吧。我们替上等人做靴子。"

"是的,是的,"我说,"但是格斯拉先生呢?"

"啊!"他回答说,"死掉了!"

"死掉了!但是上星期三我才收到他给我做的靴子呀。"

"啊!"他说,"真是怪事。可怜的老头儿是饿死的。"

"慈悲的上帝啊!"

"慢性饥饿,医生这样说的!你要晓得,他是这样去做活的!他想把店铺撑下去;但是除了自己以外,他不让任何人碰他的靴子。他接了一份定货后,要费好长时间去做它。顾客可不愿等待呀。结果,他失去了所有的顾客。他老坐在那里,只管做呀做呀——我愿意代他说这句话——在伦敦,没有一个人可以比他做出更好的靴子!但是也得看看同业竞争呀!他从不登广告!他肯用最好的皮革,而且还要亲自做。好啦,这就是他的下场。照他的想法,你对他能有什么指望呢?"

"但是饿死——"

"这样说,也许有点儿夸张——但是我自己知道,他从早到晚坐在那里做靴子,一直做到最后的时刻。你知道,我往往在旁边看着他。他从不让自己有吃饭的时间,店里从来不存一个便士,所有的钱都用在房租和皮革上了。他怎么能活得这么久,我也莫名其妙。他经常断炊。他是个怪人。但是他做了顶好的靴子。"

"是的,"我说,"他做了顶好的靴子。"

1911 年

8

（沈长钺　译）

【**作者简介**】约翰·高尔斯华绥（1867—1933），英国 20 世纪继承批判现实主义传统的重要作家。主要作品：三部曲《福尔赛世家》、《现代喜剧》、《尾声》。

拉迪亚德·吉卜林〔英国〕

莫格里的兄弟们

蝙蝠曼恩释放了黑夜，
　于是鸢鹰契尔把它带了回来——
牛群都被关进了牛棚和茅屋，
　因为我们要恣意放纵直到黎明。
这是耀武扬威的时刻，
　尖牙利爪巨钳一齐进攻。
哦，听那呼唤声——祝大家狩猎成功
　遵守丛林法律的全体生物！

——《丛林夜歌》

　　这是西奥尼山里一个非常暖和的夜晚，狼爸爸睡了一天，醒来已经七点钟了。他搔了搔痒，打了个呵欠，把爪子一只接一只舒展开来，好赶掉爪子尖上的睡意。狼妈妈还躺在那儿，她那灰色的大鼻子埋在她的四只滚来滚去叽叽尖叫的狼崽子身上。月亮的光辉倾泻进了他们一家居住的山洞。"噢呜！"狼爸爸说，"又该去打猎了。"他正要纵身跳下山去，一个长着蓬松的大尾巴的小个子身影遮住了洞口，用乞怜的声音说道："祝您走好运，狼大王，愿您的高贵的孩子们走好运，长一副好白牙齿，好让他们一辈子也不会忘记这世界上还有挨饿的。”

他是那只豺——专门舔吃残羹剩饭的塔巴克。印度的狼都看不起塔巴克，因为他到处耍奸计，搬弄是非，在村里垃圾堆上找破布和烂皮子吃。但是他们也怕他。因为塔巴克比丛林里任何一个生物来，都更容易犯疯病，他一犯病，就忘了他过去曾经那么害怕别人，他会在森林里横冲直撞，遇见谁就咬谁。就连老虎遇上小个子塔巴克犯疯病的时候，也连忙逃开躲起来。因为野兽们觉得最丢脸的事儿，就是犯疯病。我们管这种病叫“狂犬病”，可是动物们管它叫“狄沃尼”——也就是“疯病”，遇上了便赶紧逃开。

“好吧，进来瞧吧，”狼爸爸板着脸说，“可是这儿什么吃的也没有。”

“在一头狼看来，的确是没有什么可吃的。”塔巴克说，“但是对于像我这么一个微不足道的家伙，一根干骨头就是一顿盛宴了。我们这伙豺民，还有什么好挑剔的？”他一溜烟钻进洞的深处，在那里找到一块上面带点肉的公鹿骨头，便坐下来美滋滋地啃起了残骨。

“多谢这顿美餐，”他舔着嘴唇说，“您家的高贵孩子们长得多漂亮呀，他们的眼睛多大呀！而且，这么年轻，就出落得这么英俊！说真的，说真的，我早该知道，大王家的孩子，打小时候起就像男子汉。”

其实，塔巴克完全明白，当面恭维别人的孩子是最犯忌讳的事。他看见狼爸爸和狼妈妈一副不自在的样儿，心里可得意啦。

塔巴克一动不动地坐在那里，为他干的坏事而高兴，接着他又不怀好意地说：

“大头领谢尔汗把狩猎场挪了个地方。从下个月起他就要在这附近的山里打猎了。这是他告诉我的。”

谢尔汗就是住在二十哩外韦根加河畔的那只老虎。

"他没有那个权利!"狼爸爸气呼呼地开了口,"按照丛林的法律,他不预先通知是没有权利改换场地的。他会惊动方圆十哩之内的所有猎物的。可是我……我最近一个人还得猎取双份的吃食呢。"

"他的母亲管他叫'瘸腿',不是没有缘故的。"狼妈妈从容不迫地说道,"他打生下来就瘸了一条腿,所以他一向都只猎杀耕牛。现在韦根加河一带村子里的老百姓都被他惹得冒火了,他又到这儿来惹我们这里的村民冒火。他倒好,等他走得远远的,他们准会到丛林里来搜捕他,还会点火烧着茅草,害得我们和我们的孩子无处藏身,只好离开这儿。哼,我们真得感谢谢尔汗!"

"要我向他转达你们的感激吗?"塔巴克说道。

"滚出去!"狼爸爸怒喝道,"滚去和你的主子一块打猎吧!这一晚你干的坏事已经够多了。"

"我就走。"塔巴克不慌不忙地说,"你们可以听见,谢尔汗这会儿正在下面林子里走动。其实我用不着给你们捎信来。"

狼爸爸侧耳细听,他听见下面通往一条小河的河谷里有只气冲冲的老虎在发出单调粗鲁的哼哼声。这只老虎什么也没有逮着,而且,哪怕全丛林都知道这一点,他也不在乎。

"傻瓜!"狼爸爸说,"刚开始干活就那么吵吵嚷嚷的!难道他以为我们这儿的公鹿都像他那些养得肥肥的韦根加小公牛一样蠢吗?"

"嘘!他今晚捕猎的不是小公牛,也不是公鹿,"狼妈妈说,"他捕猎的是人。"哼哼声变成了低沉震颤的呜呜声,仿佛来自四面八方。这种吼声常常会把露宿的樵夫和吉卜赛人吓得晕头转向,有时候会使他们自己跑进老虎嘴里。

"人!"狼爸爸龇着满口大白牙说,"嘿!难道池塘里的甲壳

12

虫和青蛙还不够他吃的，他非要吃人不可？——而且还要在我们这块地盘上？"

丛林法律的每条规定都是有一定原因的，丛林法律禁止任何一头野兽吃人，除非他是在教他的孩子如何捕杀猎物，即使那样，他也必须在自己这个兽群或是部落的捕猎场地以外的地方去捕猎。这条规定的真实原因在于：杀了人就意味着迟早会招来骑着大象、带着枪支的白人，和几百个手持铜锣、火箭和火把的棕褐色皮肤的人。那时住在丛林里的兽类全部得遭殃。而兽类自己对这条规定是这样解释的：因为人是生物中最软弱和最缺乏自卫能力的，所以去碰他们是不公正的。他们还说——说得一点也不假——吃人的野兽的毛皮会长癞痢，他们的牙齿会脱落。

呜呜声愈来愈响，后来变成了老虎扑食时一声洪亮的吼叫："噢呜！"

接着是谢尔汗发出的一声哀号，一声很缺乏虎气的哀号。

"他没有抓住，"狼妈妈说道，"怎么搞的？"

狼爸爸跑出去几步远，听见谢尔汗在矮树丛里蹿来撞去，嘴里怒气冲冲地嘟囔个不停。

"这傻瓜竟然蠢得跳到一个樵夫的篝火堆上，把脚烫伤了。"狼爸爸哼了一声说，"塔巴克跟他在一起。"

"有什么东西上山来了，"狼妈妈的一只耳朵抽搐了一下，说道，"准备好。"

树丛的枝条簌簌响了起来，狼爸爸蹲下身子，准备往上跳。接着，你要是注意瞧他的话，你就可以看见世界上最了不起的事——狼在向空中一跃时，半路上收住了脚。原来他还没有看清他要扑的目标就跳了起来，接着，他又设法止住自己。其结果是，他跳到四五尺高的空中，几乎又落在他原来起跳的地方。

"人！"他猛地说道，"是人的小娃娃，瞧呀！"

一个刚学会走路的小娃娃，全身赤裸，棕色皮肤，握住一根低矮的枝条，正站在他面前。从来还没有一个这么娇嫩而露出笑靥的小生命，在这样夜晚的时候来到狼窝。他抬头望着狼爸爸的脸笑了。

"那是人的小娃娃吗？"狼妈妈问道，"我还从来没有见过呢。把他叼过来吧。"

狼是习惯于用嘴叼他自己的小狼崽子的。如果需要的话，他可以嘴里叼一只蛋而不会把它咬碎。因此，狼爸爸尽管咬住小娃娃的背部，当他把娃娃放在狼崽中间的时候，他的牙连一点皮都没有擦破。

"多小呀！多光溜溜呀！啊，多大胆呀！"狼妈妈柔声说道。小娃娃正往狼崽中间挤过去，好靠近暖和的狼皮。"哎！他跟他们一块儿吃起来了。原来这就是人的娃娃。谁听说过一头狼的小崽子们中间会有个小娃娃呢？"

"我们有时听说过这样的事，可要说是发生在我们的狼群里，或是在我这一辈子里，那倒从没有听说过。"狼爸爸说道，"他身上没有一根毛，我用脚一碰就能把他踢死，可是你瞧，他抬头望着，一点也不怕。"

洞口的月光被挡住了，因为谢尔汗的方方的大脑袋和宽肩膀塞进了洞口。塔巴克跟在他身后尖声尖气地叫嚷道："我的老爷，我的老爷，他是打这儿进去的。"

"多承谢尔汗赏脸光临，"狼爸爸说，可是他的眼睛里充满了怒气，"谢尔汗想要什么吗？"

"我要我的猎物。有一个人娃娃冲这儿来了，"谢尔汗说，"他的爹妈都跑掉了。把他给我吧。"

正像狼爸爸说的那样，刚才谢尔汗跳到了一个樵夫的篝火堆上，把脚烧伤了，痛得他怒不可遏。但是狼爸爸知道洞口很窄，老虎进不来。就在这会儿，谢尔汗的肩膀和前爪也都挤得没法动弹，一个人要是想在一只木桶里打架，就会尝到这种滋味。

"狼是自由的动物，"狼爸爸说道，"他们只听狼群头领的命令，不听随便哪个身上带条纹的、专宰杀牲口的家伙的话。这个人娃娃是我们的——要是我们愿意杀他，我们自己会杀的。"

　　"什么你们愿意不愿意！那是什么话？凭我杀死的公牛起誓，难道真要我把鼻子伸进你们的狗窝来找回应该属于我的东西吗？听着，这是我谢尔汗在说话！"

　　老虎的咆哮声像雷鸣一般，震动了整个山洞。狼妈妈抛下了崽子们跳上前来，她的眼睛在黑暗里像两个绿莹莹的月亮，直冲着谢尔汗闪闪发亮的眼睛。

　　"这是我，是拉克夏（魔鬼）在回答。这个人娃娃是我的，瘸鬼，——他是我的！谁也不许杀死他。我要让他活下来，跟狼群一起奔跑，跟狼群一起猎食。瞧着吧，你这个猎取赤裸裸的小娃娃的家伙，你这个吃青蛙的家伙，杀鱼的家伙，总有一天，他会来捕猎你的！你现在马上给我滚开，否则凭我杀掉的大公鹿起誓（我可不吃挨饿的牲口），我可要让你比你出世时瘸得更厉害地滚回你妈那儿去，你这丛林里挨火烧的野兽！滚开！"

　　狼爸爸惊异地呆望着。他几乎已经忘记了过去的时光，那时他和五头狼决斗之后才得到了狼妈妈。她那时在狼群里被称作"魔鬼"，那可完全不是随便的恭维话。谢尔汗也许能和狼爸爸对着干，然而他可没法对付狼妈妈。他很明白，在这儿狼妈妈占据了有利的地形，而且一旦打起来，就定要和她拼个你死我活。于是他低声咆哮着，退出了洞口，到了洞外，他大声嚷嚷道：

　　"每条狗都会在自己院子里汪汪叫，我们等着瞧狼群对于收养人娃娃怎么说吧。这个娃娃是我的，总有一天他会落进我的牙缝里来的，哼，蓬松尾巴的贼！"

　　狼妈妈气喘吁吁地躺倒在崽子们中间。狼爸爸认真地对她说：

　　"谢尔汗说的倒是实话。小娃娃一定得带去让狼群看看。你

15

还是打算收留他吗，妈妈？"

"收留他！"她气喘吁吁地说，"他是在黑夜里光着身子、饿着肚子、孤零零一个人来的，可是他一点不害怕！瞧，他已经把我的一个小崽子挤到一边去了。那个瘸腿的屠夫会杀了他，然后逃到韦根加，而村里的人就会来报仇，把我们的窝都搜遍的！收留他？我当然收留他！好好躺着，不要动，小青蛙。噢，你这个莫格里——我要叫你青蛙莫格里。现在谢尔汗捕猎你，将来有一天会是你捕猎谢尔汗。"

"可是我们的狼群会怎么说呢？"狼爸爸问道。

丛林的法律十分明确地规定，任何一头狼结婚的时候，可以退出他从属的狼群；但是一旦他的崽子长大到能够站立起来的时候，他就必须把他们带到狼群大会上去，让别的狼认识他们。这样的大会一般是在每个月月亮圆的那一天举行。经过检阅之后，崽子们就可以自由自在地到处奔跑。在崽子们第一次杀死一头公鹿以前，狼群里的成年狼绝不能用任何借口杀死一头狼崽。只要抓到凶手，就立即把他处死。你只要略加思索，就会明白必须这么做的道理。

狼爸爸等到他的狼崽子们稍稍能跑点路的时候，就在举行狼群大会的晚上，带上他们，以及莫格里，还有狼妈妈，一同来到会议岩。那是一个盖满了大大小小的石块和巨岩的小山头，在那里连一百头狼也藏得下。独身大灰狼阿克拉，不论是力气还是智谋，都算得上是全狼群的首领。这会儿他正直挺挺地躺在他的岩石上。在他下面蹲着四十多头有大有小、毛皮不同的狼，有能单独杀死一只公鹿的、长着獾色毛皮的老狼，还有自以为也能杀死公鹿的三岁年轻黑狼。孤狼率领他们已有一年了。他在年轻时期曾经两次掉进捕狼的陷阱，还有一次被人狠揍了一顿，被当做死狼扔在一边，所以他很了解人们的风俗习惯。在会议岩上大家都很少吭声。狼崽们在他们父母围着坐的圈子中间互相打闹，滚来

16

滚去。时常有一头老狼静悄悄地走到一头狼崽跟前，仔细地打量打量他，然后轻手轻脚走回自己的座位。有时有个狼妈妈把她的崽子往前推到月光下面，免得他被漏掉了。阿克拉在他那块岩石上喊道："大家都知道咱们的法律——大家都知道咱们的法律。好好瞧瞧吧，狼群诸君！"那些焦急的妈妈们也急忙跟着叫嚷："仔细瞧瞧啊——仔细瞧瞧，狼群诸君！"

最后，时候到了，狼妈妈颈脖上的鬃毛直竖了起来，狼爸爸把"青蛙莫格里"——他和狼妈妈是这样叫他的——推到圈子中间，莫格里坐在那里，一边笑着，一边玩着几颗在月光下闪烁发亮的鹅卵石。

阿克拉一直没有把头从爪子上抬起来，他只是不停地喊着那句单调的话："好好瞧瞧吧！"岩石后面响起了一声瓮声瓮气的咆哮，那是谢尔汗在叫嚷："那崽子是我的。把他还给我。自由的兽民要一个人娃娃干什么？"阿克拉连耳朵也没有抖动一下，只是说："好好瞧瞧吧，狼群诸君！自由的兽民只听自由的兽民的命令，别的什么命令都不听。好好瞧瞧吧！"

响起了一片低沉的嗥叫声，一头四岁的年轻狼用谢尔汗提出过的问题责问阿克拉："自由的兽民要一个人娃娃干什么？"丛林的法律规定：如果狼群对于某个崽子被接纳的权利发生了争议，那么，除了他的爸爸妈妈，至少得有狼群的其他两个成员为他说话，他才能被接纳入狼群。

"谁来替这个娃娃说话？"阿克拉说，"自由的兽民里有谁出来说话？"没有人回答。狼妈妈做好了战斗的准备，她知道，如果事情发展到非得搏斗一场的话，这将是她这辈子最后一次战斗。

这时，唯一被允许参加狼群大会的异类动物巴卢用后脚直立起来，咕哝着说话了。他是只老是打瞌睡的褐熊，专门教小狼崽们丛林法律。老巴卢可以随意自由来去，因为他只吃坚果、植物

17

块根和蜂蜜。

"人娃娃——人娃娃?"他说道,"我来替人娃娃说话。人娃娃不会伤害谁。我笨嘴拙舌,不会说话,但是我说的是实话,让他跟狼群一起奔跑好了,让他跟其他狼崽子一块参加狼群。我自己来教他。"

一条黑影跳进圈子里,这是黑豹巴希拉,他浑身的皮毛是黑的,可是在亮光下面就显出波纹绸一般的豹斑。大伙都认识巴希拉,谁都不愿意招惹他,因为他像塔巴克一样狡猾,像野水牛一样凶猛,像受伤的大象那样不顾死活。可是他的嗓音却像树上漓下的野蜂蜜那么甜润,他的皮毛比绒毛还要柔软。

"噢,阿克拉,还有诸位自由的兽民,"他愉快地柔声说道,"我没有权利参加你们的大会,但是丛林的法律规定,如果对于处理一个新的崽子有了疑问,而又还不到把他杀死的地步,那么这个崽子的性命是可以用一笔价钱买下来的。法律并没有规定谁有权买,谁无权买。我的话对吗?"

"好哇! 好哇!"那些经常饿肚子的年轻狼喊道:"让巴希拉说吧。这崽子是可以赎买的。这是法律。"

"我知道我在这儿没有发言权,所以我请求你们准许我说说。"

"说吧!"二十条嗓子一齐喊了起来。

"杀死一个赤裸裸的娃娃是可耻的。何况他长大了也许会给你们捕猎更多的猎物。巴卢已经为他说了话。现在,除了巴卢的话,我准备再加上一头公牛,一头刚刚杀死的肥肥的大公牛,就在离这儿不到半哩的地方,只要你们按法律规定接受这个人娃娃。怎么样,这事难办吗?"

几十条嗓子乱哄哄地嚷嚷道:"有什么关系?他会被冬天的雨淋死,他会被太阳烤焦的。一只光身子的青蛙能给我们带来什么损害呢?让他跟狼群一起奔跑吧。公牛在哪里,巴希拉?我们

18

接纳他吧。"接着响起了阿克拉低沉的喊声:"好好瞧瞧吧——好好瞧瞧,狼群诸君!"

莫格里还在一心一意地玩鹅卵石,他一点也没留意到一只接着一只的狼跑过来仔细端详他。后来,他们全都下山去找那头死公牛去了,只剩下阿克拉、巴希拉、巴卢和莫格里自己这家的狼。谢尔汗仍然在黑夜里不停地咆哮。他十分恼怒,因为没有把莫格里交给他。

"哼,就让你吼个痛快吧,"巴希拉在胡子掩盖下低声说道,"总有一天,这个赤裸的家伙会让你换一个调门嚎叫的,否则就算我对人的事情一窍不通。"

"这件事办得不错,"阿克拉说道,"人和他们的崽子是很聪明的。到时候他很可能成为我们的帮手。"

"不错,到急需的时候,他真能成个帮手。因为谁都不能永远当狼群的头领。"巴希拉说。

阿克拉没有回答。他在想,每个兽群的领袖都有年老体衰的时候,他会愈来愈衰弱,直到最后被狼群杀死,于是会出现一个新的头领。然后,又轮到这新的头领被杀死。

"带他回去吧,"他对狼爸爸说,"把他训练成一个合格的自由兽民。"

于是莫格里就这样凭着一头公牛的代价和巴卢的话被接纳进了西奥尼的狼群。

* * * * * *

现在我要请你跳过整整十年或者十一年的时间,自己去猜想一下这些年里莫格里在狼群中度过的美好生活。因为要是把这段生活都写出来,那得写好几本书。他是和狼崽们一块成长起来的,当然,在他还是孩子时,他们就已经是成年的狼了。狼爸爸教给他各种本领，让他熟悉丛林里一切事物的含义，直到草儿的每一声响动，夜间的每一股温暖的风，头顶上猫头鹰的每一声啼叫，在树上暂时栖息片刻的蝙蝠脚爪的抓搔声，和一条小鱼在池塘里跳跃发出的溅水声，他都能明明白白地分辨清楚，就像商人对他办公室里的事务一样熟悉。他在不学习本领的时候，就待在阳光下睡觉、吃饭，吃完又睡。当他觉得身上脏了或者热了的时候，他就跳进森林里的池塘去游泳。他想吃蜂蜜的时候（巴卢告诉他，蜂蜜和坚果跟生肉一样美味可口），他就爬上树去取。他是从巴希拉那里学会怎么取蜜的。巴希拉会躺在一根树枝上，叫道："来吧，小兄弟！"起初，莫格里像只懒熊一样死死搂住树枝不放，但是到后来，他已经能在树枝间攀缘跳跃，像类人猿一样大胆。狼群开大会的时候，他也参加。他发现如果他死死地盯着某一头狼看，那头狼就会被迫低垂眼睛，所以他常常紧盯着他们，借以取乐。有时候他又帮他的朋友们从他们脚掌心里拔出长长的刺，因为扎在狼的毛皮里的刺和尖石头碴使他们非常痛苦。黑夜里他就下山走进耕地，非常好奇地看着小屋里的村民们。但是他不信任人，因为有次巴希拉指给他看一只在丛林里隐蔽得非常巧妙的装着活门的方匣子，他差点儿走了进去，巴希拉说，那是陷阱。他最喜欢和巴希拉一块进入幽暗温暖的丛林深处，懒洋洋地睡上一整天，晚上看巴希拉怎么捕猎。巴希拉饿了的时候，见猎物便杀，莫格里也和他一样。但只有一种猎物他们是不杀的，莫格里刚刚懂事的时候，巴希拉就告诉他，永远不要去碰牛。因为他是用一头公牛为代价加入狼群的。"整个丛林都是你的，"巴希拉说，"只要你有气力，爱杀什么都可以，不过看在那头赎买过你的公牛份上，你绝对不能杀死或吃掉任何一头牛，不管是小牛还是老牛。这是丛林的法律。"莫格里也就诚心实意地服从了。

于是莫格里像别的男孩一样壮实地长大了，他不知道他正在学很多东西。他活在世上，除了吃的东西以外，不用为别的事操心。

狼妈妈有一两回曾经对他说，一定要提防谢尔汗这家伙，还对他说，有一天他一定得杀死谢尔汗；但是，尽管一只年轻的狼会时时刻刻记住这个忠告，莫格里却把它忘了，因为他毕竟只是个小男孩。——不过，要是他会说任何一种人的语言的话，他会把自己叫做狼的。

他在丛林里常常遇见谢尔汗。因为随着阿克拉愈来愈年老体衰，瘸腿老虎就和狼群里那些年轻的狼交上了好朋友，他们跟在他后面，吃他剩下的食物。如果阿克拉敢于严格地执行他的职权的话，他是绝不会允许他们这么做的。而且，谢尔汗还吹捧他们，说他感到奇怪，为什么这么出色的年轻猎手会甘心情愿让一头垂死的狼和一个人娃娃来领导他们。谢尔汗还说："我听说你们在大会上都不敢正眼看他。"年轻的狼听了都气得皮毛竖立、咆哮起来。

巴希拉的消息十分灵通，这件事他也知道一些，有一两回他十分明确地告诉莫格里说，总有一天谢尔汗会杀死他的。莫格里听了总是笑笑，回答说："我的狼群，有你；还有巴卢，虽说他懒得很，但也会为我助一臂之力的。我有什么可以害怕的呢？"

在一个非常暖和的日子里，巴希拉有了一个新的想法，是从他听到的一件事想起的。也许是豪猪伊基告诉他的。当他和莫格里来到丛林深处，莫格里头枕巴希拉漂亮的黑豹皮躺在那里的时候，他对莫格里说："小兄弟，我对你说谢尔汗是你的敌人，说过多少次了？"

"你说过的次数跟那棵棕榈树上的硬果一样多，"莫格里回答道，他当然是不会数数的，"什么事啊？我困了，巴希拉。谢尔汗不就是尾巴长、爱吹牛、跟孔雀莫奥一个样吗？"

"可现在不是睡大觉的时候。这事儿巴卢知道；我知道；狼群知道；就连那傻得要命的鹿也知道。塔巴克也告诉过你了。"

"哈哈！"莫格里说，"前不久塔巴克来找我，他毫无礼貌地说我是个赤身露体的人娃娃，不配去挖花生，可是我一把拎起塔巴克的尾巴朝棕榈树上甩了两下，好教训他放规矩点。"

"你干了蠢事，塔巴克虽说是个捣鬼的家伙，但是他能告诉你一些和你有很大关系的事。把眼睛睁大些吧，小兄弟。谢尔汗是不敢在森林里杀死你的。但是要记住，阿克拉已经太老了，他没法杀死公鹿的日子很快就要到了。那时他就当不成头领了。在你第一次被带到大会上的时候那些仔细端详过你的狼也都老了。而那帮年轻的狼听了谢尔汗的话，都认为狼群里是没有人娃娃的地位的。再过不久，你就该长大成人了。"

"长大成人又怎么啦，难道长大了就不该和他的兄弟们一块奔跑吗？"莫格里说，"我生在丛林。我一向遵守丛林的法律。我们狼群里不管哪只狼，我都帮他拔出过爪子上的刺。他们当然都是我的兄弟啦！"

巴希拉伸直了身体，眯上了眼睛。"小兄弟，"他说，"摸摸我的下巴颏。"

莫格里伸出他强壮的棕色的手，在巴希拉光滑的下巴底下，在遮住几大片肌肉的厚厚毛皮那里，有一小块光秃秃的地方。

"丛林里谁也不知道我巴希拉身上有这个记号——戴过颈圈的记号。小兄弟，我是在人群中间出生的，我的母亲也死在人群中间，死在奥德普尔王宫的笼子里。就是为了这个缘故，当你还是一个赤身露体的小崽子的时候，我在大会上为你付出了那笔价钱。是的，我也是在人群中间出生的。我那时从来没有见过森林。他们把我关在铁栏杆后面，用一只铁盘子喂我。直到有天晚上，我觉得我是黑豹巴希拉，不是什么人的玩物。我用爪子一下子砸开了那把没用的锁，就离开了那儿。正因为我懂得人的那一套，所以我在森林中比谢尔汗更加可怕。你说是不是？"

22

"是的，"莫格里说，"森林里谁都怕你，只有莫格里不怕。"

"咳，你呀，你是人的小娃娃，"黑豹温柔地说，"就像我终归回到森林来一样，如果你在大会上没有被杀死，你最后也一定会回到人那儿去，回到你的兄弟们那儿去的。"

"可是为什么，为什么他们想杀死我？"莫格里问道。

"望着我，"巴希拉说。莫格里死死地盯住了他的眼睛。只过了半分钟，大黑豹就把头掉开了。

"原因就在这里，"他挪动着踩在树叶上的爪子说，"就连我也没法用眼正面瞧你，我还是在人们中间出生，而且我还是爱你的呢。小兄弟，别的动物恨你，因为他们的眼睛不敢正面瞧着你的眼睛，因为你聪明，因为你替他们挑出脚上的刺，因为你是人。"

"我以前一点也不懂得这些事情。"莫格里紧锁起两道浓黑的眉毛，愠怒地说。

"什么是丛林的法律？先动手再出声儿。他们就是因为你大大咧咧，才看出你是个人。你可得聪明点啊。我心里有数，如果下一次阿克拉没有逮住猎物——现在每一次打猎他都要费更大的劲才能逮住一头公鹿了——狼群就会起来反对他和反对你了。他们就会在会议岩那儿召开丛林大会，那时……那时……有了！"巴希拉跳起来说道，"你快下山到山谷里人住的小屋里，取一点他们种在那儿的红花来，那样，到时候你就会有一个比我、比巴卢、比狼群里爱你的那些伙伴们都更有力量的朋友了。去取来红花吧！"

巴希拉所说的红花，指的是火。不过丛林里的动物都不知道它的名字叫火。所有的动物都怕火怕得要命，他们创造了上百种方式来描绘它。

"红花？"莫格里说，"那不是傍晚时候在他们的小屋外面开的花吗？我去取一点回来。"

"这才像人娃娃说的话，"巴希拉骄傲地说，"它是种在小盆盆里的。快去拿一盆来，放在你身边，好在需要的时候用它。"

　　"好！"莫格里说，"我这就去。不过，你有把握吗？呵，我的巴希拉，"他伸出胳膊抱住巴希拉漂亮的脖子，深深地盯着他的眼睛，"你敢肯定这一切全都是谢尔汗挑动起来的吗？"

　　"凭着使我得到自由的那把砸开的锁起誓，我敢肯定是他干的，小兄弟。"

　　"好吧，凭着赎买我的那头公牛发誓，我一定要为这个跟谢尔汗算总账。或者还要多算一点呢。"莫格里说，于是他蹦蹦跳跳地跑开了。

　　"这才是人呢，完完全全是个大人了。"巴希拉自言自语地说，又躺了下来。"哼，谢尔汗呀，从来没有哪次打猎，比你在十年前捕猎青蛙那回更不吉利了！"

　　莫格里已经远远地穿过了森林。他飞快地奔跑着，他的心情是急切的。傍晚的薄雾升起时，他已来到了狼穴。他喘了口气，向山谷下面望去。狼崽们都出去了。可是狼妈妈待在山洞顶里面，一听喘气声就知道她的青蛙在为什么事儿发愁。

　　"怎么啦，儿子？"

　　"是谢尔汗胡扯了些蠢话，"他回头喊道，"我今晚要到耕地那儿去打猎。"于是他穿过灌木丛，跳到下面山谷底的一条河边。他在那里停住了脚步，因为他听见狼群狩猎的喊叫声，听见一头被追赶的大公鹿的吼叫，和他陷入困境后的喘息。然后就是一群年轻狼发出的不怀好意的刻薄嚷叫声："阿克拉！阿克拉！让孤狼来显显威风，给狼群的头领让开道！跳吧，阿克拉！"

　　孤狼准是跳了，但却没有逮住猎物，因为莫格里听见他的牙齿咬了一个空，然后是大公鹿用前蹄把他蹬翻在地时他发出的一声疼痛的叫唤。

　　他不再听下去了，只顾向前赶路。当他跑到村民居住的耕地

24

那儿时，背后的叫喊声渐渐听不清了。

"巴希拉说对了，"他在一间小屋窗外堆的饲草上舒舒服服地躺下，喘了口气说，"明天，对于阿克拉和我都是个重要的日子。"

然后他把脸紧紧贴近窗子，瞅着炉子里的火。他看见农夫的妻子夜里起来往火里添上一块块黑黑的东西。到了早晨，降着白茫茫的大雾，寒气逼人，他又看见那个男人的孩子拿起一个里面抹了泥的柳条罐儿，往里面添上烧得通红的木炭，把它塞在自己身上披的毯子下面，就出去照顾牛栏里的母牛去了。

"原来是这么简单！"莫格里说，"如果一个小崽子都能捣鼓这东西，那又有什么可怕的呢？"于是他迈开大步转过屋角，冲着男孩子走过去，从他手里夺过罐儿。当男孩儿吓得大哭起来的时候，他已经消失在雾中。

"他们长得倒挺像我，"莫格里一面像刚才他看见女子做的样子吹着火，一面说，"要是我不喂点东西给它吃，这玩意儿就会死的。"于是他扔了些树枝和干树皮在这火红的东西上面。他在半山腰上遇见了巴希拉，清晨的露珠像月牙石似的在他的皮毛上闪闪发光。

"阿克拉没有抓住猎物，"黑豹说，"他们本想昨晚就杀死他的，可是他们想连你一块杀死。刚才他们还在山上找你呢。"

"我到耕地那里去了。我已经准备好了。瞧！"莫格里举起了装火的罐子。

"好！我见过人们把一根干树枝扔进那玩意儿里去，一会儿，干树枝的一头就会开出红花来。你不怕吗？"

"我不怕，干吗要怕？噢，我记起来了——不知道这是不是一场梦——我记得我变成狼以前，就常常躺在红花旁边，那儿又暖和又舒服。"

那天莫格里一整天都坐在狼穴里照料他的火罐儿，放进一根根干树枝，看它们烧起来是什么样儿。他找到了一根使他满意的树枝，于是到了晚上，当塔巴克来到狼洞，相当无礼地通知他去会议岩开大会的时候，他放声大笑，吓得塔巴克赶紧逃开。接着，莫格里仍然不住地大笑着来到大会上。

孤狼阿克拉躺在他那块岩石旁边，表示狼群首领的位置正空着。谢尔汗和那些追随他、吃他的残羹剩饭的狼大摇大摆地走来走去，一副得意的神气。巴希拉紧挨莫格里躺着，那只火罐夹在莫格里的两膝间。狼群到齐以后，谢尔汗开始发言——在阿克拉正当壮年的时候，他是从来不敢这么做的。

"他没有权利，"巴希拉悄声说道，"你来说吧。他是个狗崽子。他会吓坏了的。"

莫格里跳了起来。"自由的兽民们，"他喊道，"难道是谢尔汗在率领狼群吗？我们选头领和一只老虎有什么关系？"

"由于头领的位置空着，同时我又被请来发言……"谢尔汗开口说道。

"是谁请你来的？"莫格里说，"难道我们都是豺狗，非得讨好你这只宰杀耕牛的屠夫不可吗？谁当狼群的头领，只有狼群才能决定。"

这时响起了一片叫嚷声。"住嘴，你这人崽儿！""让他发言，他一向是遵守我们的法律的。"最后，几头年长的狼吼道："让'死狼'说话吧。"当狼群的头领没有能杀死他的猎物时，以后尽管他还活着，也被叫做"死狼"，而通常这只狼也是活不久的。

阿克拉疲乏地抬起了他衰老的头：

"自由的兽民们，还有你们，谢尔汗的豺狗们，我带领你们去打猎，又带领你们回来，已经有许多季节了。在我当头领的时候，从来没有一只狼落进陷阱或者受伤残废。这回我没有逮住猎物，你们明白这是谁设的圈套。你们明白，是你们故意把我引到一头精力旺盛的公鹿那儿，好让我出丑。干得真聪明哇。这会儿你们有权利在会议岩上杀死我。那么，我要问，由谁来结束我这条孤狼的生命呢？丛林的法律规定我有权利让你们一个一个地上来和我打。"

一片长久的沉默。没有哪一只狼愿意独自去和阿克拉作决死的战斗。于是谢尔汗咆哮起来："呸！我们干吗理这个老掉了牙的傻瓜？他反正是要死的。倒是那个人崽子活得太久了。自由的兽民，他本来就是我嘴里的肉。把他给我吧，我对这种既是人又是狼的荒唐事儿早就烦透了。他在丛林里惹麻烦已经十个季节了。把人崽子给我，要不我就不走了，我要老是在这里打猎，一根骨头都不给你们留下。他是一个人，是个人崽子，我恨他，恨到了骨头缝里！"

接着，狼群里一半以上的狼都嚷了起来："一个人！一个人！人跟我们有什么关系？让他回他自个儿的地方去。"

"好让他招来所有村里的人反对我们吗？"谢尔汗咆哮道，"不，把他给我。他是个人，我们谁都不敢正眼盯着他瞧。"

阿克拉再次抬起头来说道："他跟我们一块儿吃食，一块儿睡觉。他替我们把猎物赶过来。他并没有违反丛林的法律。"

"还有当初狼群接受他的时候，我为他付出过一头公牛。一头公牛倒值不了什么，但是巴希拉的荣誉可不是件小事，说不定他要为了荣誉斗一场的。"巴希拉用他最温柔的嗓音说道。

"为了十年前付出的一头公牛！"狼群咆哮道，"我们才不管十年前的牛骨头呢！"

"那么十年前的誓言呢？"巴希拉说道，他掀起嘴唇，露出了白牙。"怪不得你们叫'自由的兽民'呢！"

"人崽子是不能和丛林的兽民一起生活的，"谢尔汗嚎叫道，"把他给我！"

"他虽说和我们血统不同，却也是我们的兄弟，"阿克拉又说了起来，"你们却想在这儿杀掉他！说实在的，我的确活得太长了。你们中间，有的成了吃牲口的狼；我听说还有一些狼，在谢尔汗的教唆下，黑夜里到村民家门口去叼走小孩子。所以我知道你们是胆小鬼，我是在对胆小鬼说话。我肯定是要死的。我的命值不了什么，不然的话，我就会代替人崽儿献出生命。可是为了狼群的荣誉——这件小事，你们因为没了首领，好像已经把它忘掉了——我答应你们，如果你们放这个人崽儿回到他自己的地方去，那么，等我的死期到来的时候，我保证连牙都不对你们龇一下。我不和你们斗，让你们把我咬死，那样，狼群里至少有三头狼可以免于一死。我只能做到这一点，别的就无能为力了。可是你们如果照我说的办，我就能使你们不至于为杀害一个没有过错的兄弟而丢脸——这个兄弟是按照丛林法律，有人替他说话，并且付了代价赎买进狼群来的。"

"他是一个人——一个人——一个人！"狼群咆哮道。大多数的狼开始聚集在谢尔汗周围，他开始晃动起尾巴来。

"现在要看你的了，"巴希拉对莫格里说道，"我们除了打以外，没什么别的办法了。"

莫格里直挺挺地站在那里，双手捧着火罐。接着他伸直了胳膊，面对着大会打了个大呵欠；其实他心里充满了愤怒和忧伤，因为那些狼真狡猾，他们从没对他说过他们是多么仇恨他。"你们听着！"他喊道，"你们不用再咋咋呼呼闹个没完没了。今天晚上你们翻来覆去说我是一个人（其实，你们不说的话，我倒真愿意和你们在一起，一辈子做一只狼），我觉得你们说得很对。所以从今以后，我再也不把你们叫做我的兄弟了，我要像人应该做的那样，叫你们狗。你们想干什么，你们不想干什么，可就由不得你们了。这事全由我决定。为了让你们把事情看得更清楚些，我，作为人，带来了你们这些狗害怕的一小罐红花。"

他把火罐扔到地上，几块烧红的炭块把一簇干苔藓点着了，一下子烧了起来。全场的狼在跳动的火焰面前，都惊慌地向后退缩。

莫格里把他那根枯树枝插进火里，直到枝条点燃了，劈劈啪啪地烧了起来。他举起树枝在头顶上摇晃，周围的狼全吓得战战兢兢。

"你现在是征服者了，"巴希拉压低了嗓门说道，"救救阿克拉的命吧。他一向是你的朋友。"

一辈子从来没有向谁求过饶的坚强的老狼阿克拉，也乞怜地向莫格里看了一眼。赤身裸体的莫格里站在那里，一头黑黑的长发披在肩后，映照在熊熊燃烧的树枝的火光下。许多黑黑的影子，随着火光跳动、颤抖。

"好！"莫格里不慌不忙地环视着四周说，"我看出你们的确是狗。我要离开你们，到我的自己人那里去——如果他们是我的自己人的话。丛林再也容不下我了，我必须忘记你们的谈话和友谊，但是我比你们更仁慈。既然我除了血统以外，算得上是你们的兄弟，那么，我答应你们，当我回到人群里，成了一个人以后，我绝不会像你们出卖我那样，把你们出卖给人们。"他用脚踢了一下火，火星溅了出来。"我们人绝不会和狼群交战，可是在我离开以前，还有一笔账要清算。"他大步走到正在糊里糊涂地对着火焰眨巴眼睛的谢尔汗身边，抓起他下巴上的一簇虎须。巴希拉紧跟在莫格里后面，以防不测。"站起来，狗！"莫格里喝道，"当人在说话的时候，你必须站起来，不然我就把你这身皮毛烧掉！"

谢尔汗的两只耳朵平平地贴在脑袋上，眼睛也闭上了，因为熊熊燃烧的树枝离他太近了。

"这个专门吃牛的屠夫说，因为我小时候他没有杀死我，他就要在大会上杀我。那么，瞧吧，吃我一记，再吃我一记，我们人打狗就是这样打的。你敢动一根胡子，瘌鬼，我就把红花塞进你喉咙里去。"他抄起树枝抽打谢尔汗的脑袋，老虎被恐怖折磨得呜呜地哀叫。

"呸，燎掉了毛的丛林野猫——滚开！可是要记住，下一次，当我作为人来到会议岩的时候，我的头上一定披着谢尔汗的皮。至于其他的事嘛，阿克拉可以随便到哪里去自由地生活。不准你们杀他，因为我不允许。我也不愿看见你们再坐在这儿，伸着舌头，好像你们是什么了不起的家伙，而不是我想撵走的一群狗，瞧，就这样撵！滚吧！"树枝顶端的火焰燃烧得十分旺，莫格里拿着树枝绕着圈儿左右挥舞，火星点燃了狼的毛皮，他们号叫着逃跑了。最后，只剩下阿克拉、巴希拉，还有站在莫格里一边的十来只狼。接着，莫格里的心里似乎有什么地方痛了起来，他还从没有这么痛苦过，他哽咽了一下，便抽泣起来，泪珠儿滚下了他的面颊。

"这是什么？这是什么？"他问道，"我不愿意离开丛林，我也不知道这是怎么回事，我要死了吗，巴希拉？"

"不会的，小兄弟。这只不过是人常流的眼泪罢了。"巴希拉说，"现在我看出你的确是个大人，不再是个人娃娃了。从今以后，丛林的确再也容不下你了。让眼泪往下淌吧，莫格里，这只不过是泪水。"于是莫格里坐了下来，放声痛哭，好像心都要碎了似的。他打生下来还从来没有哭过呢。

"好吧，"他说，"我要到人那里去了。但是首先我得跟妈妈告别。"于是他来到狼妈妈和狼爸爸住的洞穴，趴在她身上痛哭了一场，四个小狼崽儿也一块悲悲切切地哭嚎起来。

"你们不会忘掉我吧？"莫格里问道。

"只要能嗅到你的足迹，我们是绝不会忘掉你的，"狼崽们说，"你做了人以后，可要常常到山脚底下来啊，我们可以在那里和你谈天，我们还会在夜里到庄稼地里去找你一块玩。"

"快点来吧，"狼爸爸说，"噢，聪明的小青蛙，快点再来，我和你妈都已经上了年纪了。"

"快点来吧，"狼妈妈说，"我的光着身子的小儿子。听我说吧，人娃娃，我疼爱你比疼我的狼崽们更狠些呢。"

"我一定会来的。"莫格里说，"下次我来的时候，一定要把谢尔汗的皮铺在会议岩上。别忘了我！告诉丛林的伙伴们永远别忘了我！"

天即将破晓。莫格里独自走下山坡，去会见那些叫做人的神秘动物。

（文美惠　译）

拉迪亚德·吉卜林〔英国〕

园　丁

　　村子里谁都知道，海伦·特里尔为人厚道，对周围的人都很不错，对待自己唯一的兄弟的不幸的孩子尤其是照顾得无微不至，为人称道。村子里尽人皆知，她的兄弟乔治·特里尔是个浪荡公子，从年轻时起一直给家里增添麻烦，到处拈花惹草，轻易谈情说爱，又轻易地抛弃对方。因此当他在印度勾搭上一个退休军士的女儿时，谁也没有感到诧异。在私生子快要出生的几个星期之前，乔治不幸堕马身亡。多亏上帝仁慈，他双亲均已亡故，免于丧子之痛。这一年海伦三十五岁，独自生活，而且当时因有肺病症兆，已到法国南方去疗养。对她兄弟这丢脸的姘居所招致的麻烦，她满可以撒手不管，但由于她秉性高贵，毅然担起了抚养侄儿的责任。她为这孩子雇了个奶妈，安排他们从孟买远渡重洋来到法国，并亲自到马赛接他们。后来由于奶妈粗心大意，这孩子患了婴儿痢疾，她只得辞退奶妈，亲自护理，好不容易才使孩子死里逃生。她虽然熬瘦了，却为孩子的痊愈感到高兴，在这年秋天，把恢复健康的孩子送到了老家汉普郡。

　　人人都知道这些事的始末。因为海伦生性光明磊落，一向认为凡事欲盖弥彰，还是说出事情真相的好。因此，乔治伤风败俗的事情，她无不承认。不过，如果那个当母亲的坚持自己保留婴儿的权利，事情就可能难办得多。幸好钱能通神，看起来那种出身寒微的人只要有钱到手，几乎什么事都肯答应。由于乔治在窘困时，一再向她告贷，她认为——她的朋友们也是同样想法——完全有权利把孩子抱过来，和军士那方面断绝一切关系。她第一着棋便是请教区长为这孩子施洗，取名为迈克尔。她颇有自知之明，扬言自己并不喜爱儿童，可是既然她对自己的兄弟（尽管他有那么多过错）手足情深，自然也就爱上了这孩子。她指出，小迈克尔的嘴巴生得和他父亲的一模一样，这虽是件小事，却提供了建立感情的基础。

事实上这孩子最酷似他父亲的乃是额头。阔阔的、低低的，堪称天庭饱满。双眼也隔得开开的，跟他父亲完全是一个模子里造出来的。嘴巴呢，不太像特里尔家族的嘴巴，模样儿要俊俏些。不过海伦不承认这点，她不承认这孩子从他母亲那儿继承了任何优点，赌咒发誓，说这孩子从头到脚没有一点不像特里尔家族的人，既然没有一个人反驳她，这一点也就被大家公认了。

若干年后，迈克尔正如海伦所一直期望的，出落为一个无畏的、达观的、英俊的青年。他六岁那年，很想知道为什么别的孩子都管自己的母亲叫妈妈，唯独他却不能叫。海伦向他解释说，她只是他的姑妈，姑妈是和妈妈不一样的，不过，他要是高兴这样做的话，尽可以在睡觉之前叫她"妈妈"，作为他们之间的爱称。迈克尔很忠诚地严守这个秘密，可是海伦却和以往一样，很坦率地把这件事告诉朋友了。迈克尔听到了，大发脾气。在这场风暴的末尾，他躺到儿童床上，浑身哆嗦地喊道：

"你为什么要告诉？你为什么要告诉？"

"因为在任何时候，总是说真话的好。"海伦搂着他，以好言相慰。

"我可不管这些，我认为，如果真话是丑恶的，还是别说的好。"

"你认为这样吗，亲爱的？"

"是的，我认为这样，而且"——她觉得他小小的身体变得僵硬了。"既然你已经说了，我再也不叫你妈妈了——连在睡觉的时候我也不叫。"

"这不是太不体谅人了吗？"海伦柔和地说。

"我不管！我不管！你伤了我的心，我也要伤你的心。我活一天就一天伤你的心！"

"别这样，啊，亲爱的，别这么说！你不知道……"

"我偏要说！哪天我死了，会叫你伤心得更厉害！"

"谢天谢地，我要比你死得早得多，宝贝儿。"

"哼！埃玛常说命运是不可知的。"埃玛是海伦雇用的一个上了年纪的扁脸的女仆，迈克尔常常和她谈话。"我们家族里多少小男孩都是短命的。我也会短命。你瞧着吧！"

海伦喘着气向门口走去，可是"妈妈！妈妈！"的喊声使她又返回屋内，两个人抱着哭成一团。

迈克尔十岁那年，在预备学校读了两学期书以后，不知看了什么书还是听了别人什么话，忽然知道自己没有充分合法的地位。他向海伦提出了这个问题，当她期期艾艾地辩解时，他打断她的话，说自己是这个家族的直系子孙。

最后他高兴地说："别人的闲话你一句也别信，如果我父母结过婚，别人就不会这样说了。不过你别烦心，姑妈。我翻阅过英国历史和莎士比亚的戏剧，查看像我这样的人的情况。首先，威廉征服者，此外，还有许许多多像我这样没有完全合法地位的人，他们都混得很好。你不会因为我是私生子就另眼看待吧？"

她刚说了句"哪能呢……"就被他打断了。

"好了，既然你一谈起这事便哭，咱们再别提它了。"果然他以后再也没有主动提起这事。可是两年后，放假的时候，他不

34

知怎的出了麻疹，体温达到华氏 104 度，他在病床上尽是喃喃地说着这件事。海伦实在忍不住了，终于压倒他的谵语尖声喊起来，要他明白，不管是在阳世或是阴府，绝不会因他是私生子而另眼看待他。

迈克尔在公学上课的日子与美好的圣诞节、复活节、暑假一年又一年地相继而来，犹如一串珠宝那样多姿多彩，璀璨夺目。海伦珍爱这些日子。迈克尔在一定的时候产生了一定的兴趣，过了一阵又让位给其他兴趣，但是他对海伦的兴趣非但是恒定不变，而且与日俱增。她回报他的是百般疼爱，苦口婆心地劝告，给予大量的金钱。迈克尔颇有天赋，看起来前途无可限量。谁料，就在这时战争突然爆发了。

他原来计划于 10 月份考取奖学金，入牛津大学攻读。偏偏就在 8 月底，第一批公学男生应征入伍了。他在军官训练队里当中士将近一年，队长忽然将他直接调到一个新编营去。这个营由于时间仓促，装备极差，有一半人仍旧穿旧的红色军衣，还有一半人住在非常拥挤的潮湿的帐篷里，随时有患脑膜炎的危险。

海伦听到他直接下兵营服役，惊恐万状。

"不过这是我们家族命中注定的。"迈克尔笑出声来。

"难道说，你还一直相信那个古老的传说？"海伦问道（她的女仆埃玛已去世数年了）。"我曾用名誉担保，现在我再次向你担保，没有那么回事，说实在的。"

"啊，我并不担心那件事。我从来没有担心过。"他勇敢地回答。"我的意思是说，要是我像祖父当年那样应募入伍，我就会有早点显露身手的机会。"

"别说这样的话！那么说你是唯恐战争早点结束了？"

"没有这么好的运气。你知道 K 先生是怎么说的。"

"是的。不过上星期一银行经理告诉我由于国家财政拮据，战争不可能拖延到圣诞节以后。"

"但愿如此，不过我们的上校——他是正规军人——说战争将是漫长的。"

迈克尔的那个营很幸运，先是被调到诺福克，在挖得很浅的壕沟里防守海岸线，接着又向北调防，守卫苏格兰的某个港湾。后来人们又纷纷传说这个营要调往远方。一连几个星期不见动静，大家都以为是谣传了，谁料就在迈克尔按照规定要到某个枢纽站和海伦见面四小时那天，这个营突然被紧急调往法国去补充卢斯战役的损耗。他仅仅来得及发了个电报向姑妈告别。

在法国这个营又交了运，被安顿在萨利恩特附近（该地属阿孟提埃和拉凡提防区，战役开始时这里比较安静），过着太平无事的生活而又受到嘉奖。一个老谋深算的司令官鉴于这个营能挖堑沟以保护侧翼，就不动声色地把它调出它所属那个师的防区，名义上是帮助安电报杆，实际上是利用它在易普勒一带挖堑沟。

一个月后一个阴雨的黎明，迈克尔写信给海伦，说没有什么特殊的事情，请她别担心。刚写完信，一颗炮弹在附近爆炸。他被弹片击中，立刻毙命。接着又一颗炮弹飞来，将一座谷仓的墙基炸坍，倾覆在他的尸体上面。除非是专家，谁也猜想不到刚才发生了一出惨剧。

这时村庄里的居民对于战争已经司空见惯了，按照英国人的方式渐渐形成了一种报丧仪式。一天，邮政所的女所长将一封公务电报交给她七岁的女儿，叫她送给特里尔小姐，一边对教区长的园丁说："现在轮到海伦小姐了。"园丁想起自己阵亡的儿子，回答说："唉，他总算比某些人活得长些。"那七岁的女孩来到特里尔家门前，哭得怪伤心，因为迈克尔过去常常给她糖吃。海伦收到电报，一会儿后便不知不觉地小心翼翼地把窗帘逐一放下，对每个人严肃认真地说："失踪总是意味着死亡。"接着她便默默地加入了阵亡战士家属的沮丧行列，经过一连串不可避免的伤逝悼亡的苦境。当然，教区长，还在劝她放乐观些，预言某个俘虏营不久就会来信。好几个朋友也告诉她一些关于别的妇女的千真万确的事情，说失踪的亲人在好几个月音讯杳然之后，却奇迹般地回到她们身边了。还有些人敦促她向某些可靠团体的秘书求情，他们能够和中立国慈善人士联系。这些人士能够从哪怕是守口如瓶的德国鬼子的监狱长那里探听到确切的情报。所有这些人建议海伦做的事，她都一一照办了，该写的信都写了，该签名的文件都签了。

在某次休假期间迈克尔曾领姑妈去参观过一座军火厂。她在那里目睹了一颗炮弹从铁坯到制成的全部过程。当时她感受最深的便是这个倒霉的东西几乎哪一秒钟都在受折腾。现在她在填写文件时也有类似的感觉，暗自思量："我也是每秒钟受折腾，被制造为阵亡将士的最近亲属啊。"

后来，所有这些团体都为无法查明迈克尔的下落而深表遗憾。至此她意志消沉，万念俱灰了。不过这样倒好，她干脆死了这份心，免得日夜悬心吊胆了。迈克尔已经阵亡了，她心如枯井，没有一点波澜。世界在前进，但已和她无关了，在任何方面都和她没有丝毫瓜葛了。她完全明白这一点，因为她可以在谈话的时候轻易地提到迈克尔的名字，而在听到别人低声说出得体的同情话语时，也会得体地恰如其分地俯下头来。

就在她托上帝福稍稍宽下心来的时候，钟声齐鸣，停战突然实现了。但她却充耳不闻。她对活着的、从战场上生还的年轻人有种近乎恶心般的厌恶。到停战第二年年底她克服了这种厌恶心情，可以和他们握手，并真诚地希望他们百事顺遂了。她对这场战争为国家或个人带来的灾难丝毫不感兴趣，却在遥遥的远处为战争善后问题奔走——她参加各种各样的救济委员会，她就本村战争纪念碑的地点问题发表宏论。

接着她以阵亡将士的最近亲属的资格接到一份官方通知，一块证明迈克尔身份的银质圆牌和一只表。还有一页用笔迹难擦掉的铅笔写的信函通知她，迈克尔·特里尔中尉的尸体已经发现，验明了身份，并在哈根柴勒的第三军人墓地重新埋葬，信上还详细注明了他的坟墓在哪一排、第几号。

于是海伦发现自己进入被制造为阵亡将士亲属的另一道工序了——她发现自己进入一个充满悲喜交集或是黯然神伤的亲属们的世界，他们现在坚信，地球上终于有一座祭坛可以献上自己的爱了。这些人不久便告诉她，并且用舟车时刻表明白地表示，去看看自己亲人的坟墓是多么容易，几乎一点也不妨碍日常生活事务。

正像教区长的妻子所说的，"要是他是在美索不达米亚或是即使是在加里波里阵亡的，情形就大不一样了"。

海伦好像如梦初醒，重投人世。内心的剧痛驱使她渡过英吉利海峡。在那里那个充满阵亡者简短头衔的新的世界中，她打听到乘下午列车，正好衔接上第二天上午的轮船，可以不费事地到达哈根柴勒。而离开哈根柴勒城不到三公里有一家很舒适的小旅馆，在那里惬意地住上一宿，翌日清晨便可以去到第三墓地去上亲人的坟。这些她都是从一个城市区政府的某个小官员那儿打听到的。此人在被夷为平地的那座城市的郊区，一座糊了柏油纸的板棚里居住，周围石灰尘雾漫空回旋，文件纸张满地飞舞。

"顺便提一句，"他说，"你想必知道你亲人坟墓的地点了？"

"知道，谢谢你的关心。"海伦边说，边递上记着坟墓行列和号码的白纸片（这号码是用迈克尔自己的小打字机打出来的）给他看。那人从许多簿册中翻出一本来，正打算和纸片核对，一个身材高大的兰开夏郡的妇女插到他们中间，请那个官员告诉她，哪里才能找到她曾在陆军后勤部队当过下士的儿子。她抽抽噎噎地说，他本名是安德森，可是由于来自有社会地位的家庭，他在应征入伍时当然用的是化名，是以史密斯的名字登记的。他早在 1915 年就于迪基布什牺牲。她没有儿子的号码，也不知道他在化名时到底用了两个教名中的哪一个；可是她的库克旅行优待券到复活节周结束时便要过期，如果到那个时候，她还找不到儿子的坟墓，她就要急疯了。说到这儿她晕厥过去，倒在海伦的怀里，那个官员的妻子忙从办公室后面的小卧室里走出来，他们仨把那个妇女抬到帆布床上。

"他们往往是这样的，"官员的妻子把那个妇女系得太紧的女帽系带解开，"昨天她还说她儿子是在霍奇阵亡的。你能肯定没有记错亲人的坟墓吗？这关系相当大呢。"

"没有记错，谢谢。"海伦说，趁床上妇女神志昏迷之际急忙跑出来，免得再听到她恸哭。

她在一座拥挤的紫红和蓝色条纹的木头房屋里喝茶，更深地沉入噩梦。她在一个相貌平常、举动迟钝的英国妇女旁边付了账。这位妇女听到她询问开往哈根柴勒的列车，便自告奋勇要和她结伴同行。

"我自己也打算往哈根柴勒去。"她解释道："不是到哈根柴勒的第三墓地，我要去的地方是糖厂，现在改称为拉罗西埃，就在哈根柴勒第三墓地的南边。你在那里的旅馆里预订了房间吗？"

"唔，是的，谢谢，我是打电报预订的。"

"那就好。这个旅馆有时候挤得满满的，有时候却不见人影。不过现在幸亏在金狮旅社——就是在糖厂西边的那家——把好多浴间腾出来住人，吸收了不少旅客。"

"我对这些都很陌生，这是我头一次渡海峡。"

"真的吗？停战后我这是第九次渡海峡了。不是为我自己的事，谢天谢地，我并没有丧失亲人。——可是，老家有许多朋友失去了亲人。我常常渡海来这里，我发现，如果有人帮他们看看那些墓地，事后再向他们叙述一下，是很有好处的。也可以为他

39

们拍拍照片。好多人委托我办事，都记在这张单子上。"她神经质地笑了一声，轻轻拍了一下挂在身上的柯达小型照相机。"这一次我去看糖厂那边的两三个坟墓，附近各个公墓也有不少。你知道，我的办法是把委托的事集中起来分批办理。委托办的事情，积得多了值得到某个地方跑一趟了，我就到那儿去一趟，集中办理一下。这确能起安慰死者亲属的作用。"

"我看是这样的。"海伦回答道。搭上小火车时，她哆嗦了一下。

"当然是这样——咱们真算运气，弄到靠窗口的座位——要不他们干吗要委托我呢？在这里我有十二或十五个人委托我上坟。"说到这儿她又轻拍了一下柯达照相机。"我必须在今天晚上把这些事归归类。哦，我忘记问你了，他是你的什么人？"

"我的侄儿，"海伦说，"我非常喜欢他。"

"啊，是的！我有时感到奇怪，人死后是否有知觉？你是怎么想的？"

海伦连忙说："噢，我没有想过——我不敢多想这样的事情。"她一边说，一边摆着双手，不让她讲下去。

"不想这些事也许好些，"那个女人回答。"丧失亲人就够悲痛的了。好吧，我不再打扰你了。"

海伦巴不得她别打扰，可是当她们到达旅馆的时候，斯卡斯沃思太太（她们已经彼此通过姓名）坚持要和海伦共桌进餐。饭后在那间充满低言悄语的阵亡将士亲属的小小的丑陋的休息厅里，她又向海伦絮絮叨叨地详细介绍她要办的事情，死者的生平，她是在哪里碰巧遇见他们的，还把死者的最近亲属的情况描摹了一番。海伦实在听得厌烦极了，可又脱不了身，直到九点半光景，才溜到自己房间里去。

几乎马上有人敲门，斯卡斯沃思太太走了进来；她拿着那张可怕的死者名单，紧握十指放在胸前。

"是的——是的——我知道，"她又说起来，"你讨厌我，可是我想告诉你一件事。你——你没有结过婚，是吗？那么，也许你不会……不过这不要紧。我不得不对人说。我不能再忍受这样的煎熬了。"

　　"请你……"斯卡斯沃思太太向后退了两步，用身体抵住房门，她的干燥的嘴唇痛苦地扭动着。

　　"就谈一分钟，"她说，"你……你已经知道我要去看那些坟墓了，刚才在楼下，我对你谈得够多了。这些都确实是别人委托我看的。至少其中有些是的。"她用游移不定的目光把这房间扫视了一周。"比利时的糊墙纸多别致啊，你认为呢？……是的，我发誓，这些都是。可是有一个死者，你要知道，他，他在我心目中比世界上任何东西都宝贵。你明白吗？"

　　海伦点点头。

　　"比世界上任何人都宝贵。但是，我当然不该有这样的感觉。我该把他忘掉。可是他过去是在我心里，现在也是。你要知道我替别人上坟也是为了他。我的话完了。"

　　"可是你告诉我这些，是为了什么呢？"海伦热切地问她。

　　"因为我对说谎厌烦极了，我对说谎厌烦了——永远在说谎——一年又一年，始终不间断。当我不说谎的时候我所做的、我所想的也都是谎言。你是不知道这意味着什么。他是我的一切，可是又不该是我的，他是我一生中唯一的心肝宝贝，可是我不得不假装他不是的。我得始终留心自己讲的话，考虑下一句该扯什么谎，一年又一年，一年又一年啊！"

　　"多少年了？"海伦问她。

　　"在他生前有六年零四个月，在他死后有两年零三个季度。我来看他八次了。明天是第九次了——可是以后，我不能，我再也不能悄悄地来看他，而不为人所发现了。在我去以前我想对人讲讲真话。你懂得吗？我是无所谓的。我从来没有诚实过，甚至

41

做姑娘的时候也没有过。可是不讲真话我就对不起他。所以，所以我，我非得对你说。我不能再这样下去了。啊，我再也不能这样下去了！"

她双手紧握差不多举到嘴巴那样高，又蓦然（仍然紧握着）放到腰肢下面。海伦伸出臂膀，抓住她的手，把头俯在上面，喃喃地说："啊，亲爱的！亲爱的！"斯卡斯沃思太太后退了一步，脸上布满了斑驳的泪痕。

"我的上帝！"她说，"你就是这样对待的吗？"

海伦无言以对，那个女人走了出去；海伦百感交集，迟迟不能入睡。

第二天大清早，斯卡斯沃思太太离开旅馆去做别人委托她的事情了。海伦独自走向哈根柴勒第三墓地。那片墓地还没有完全修好，位于碎石路两侧延伸数百码，高出路面五六英尺。尚未完工的界墙外面围着一道深沟，在深沟上面有好几条拱涵，到墓地便是从这些拱涵上穿墙而入的。她一口气爬上几级铺了木板的泥土台阶，这个布满坟茔的墓地便整个儿展现在她眼前了。她并不知道哈根柴勒第三墓地已埋葬了两万一千具尸体。她所看到的是一片无情的黑色十字架的海洋，十字架上钉着一块块东倒西歪、有着冲压号码的小铁牌。她辨不清这些无法数计的十字架的顺序和号码。她所见到的只是一片齐腰高的墓木，像被霜雪冻死的枯草一样向她奔涌而来。她犹豫地亍行，一会儿向左拐，一会儿向右转，不知往哪里去才好。她很想知道向谁打听才能找到自己侄儿的坟墓。老远的地方有一条白线，她定睛一看，却原来是两三百个已经安了碑石的坟墓，连在一起，坟前已经种了花，新播的草籽已经吐青了。在这里她可以看出各排坟墓的尽头都有镌刻得很清楚的字母。她对照手里的纸条，看出她所要找的坟墓不在这里。

一个男人跪在一排墓碑的后面，正在将一株幼苗栽在松软的泥土里，显然是个园丁。她手里拿着纸条，向他走去。当她走到近前时，那人立起身来，没有打招呼便开门见山地问："你找谁的坟墓？"

"迈克尔·特里尔中尉的——他是我的侄儿。"海伦一字一字地缓慢地说出他的名字，正像她一生中成千上万次唤他的名字时一样。

那人抬起头，无限同情地瞅着她，片刻后将目光从新种的草皮上转向光裸裸的黑色十字架那边。

"跟我来吧，"他说，"我会指给你看，你的儿子躺在哪里。"

海伦离开墓地时，顾盼了最后一眼。她远远地看见这个人正俯身照料他的幼苗。她离开了，心想他就是园丁。

1926 年

【作者简介】拉迪亚德·吉卜林（1865—1936），英国 20 世纪初著名作家。主要作品：短篇小说集《丛林故事》、《丛林故事续篇》，长篇《消失的光芒》、《吉姆》等。

曼斯菲尔德〔英国〕

园 会

天气总算理想得很。便是定制一天来办园会,也不会比今天更十全十美了。没有风,挺暖和,万里无云。唯有碧空里淡淡抹着一层浅金色的雾气,正像有些时候初夏的天空那样。天一亮,园丁就起来剪草,打扫草地,把草地和原来种雏菊的黑色玫瑰形花坛收拾得仿佛都发亮了。提起玫瑰花,人不由得会觉得,在园会上只有玫瑰花才是动人的,只有玫瑰花才是人人认得清的。足足有成百朵玫瑰一夜之间都开放了,那绿丛枝子弯垂下来,像是受了大天使的祝福似的。

早点还没吃完,搭凉棚的工人已经来了。

"娘,凉棚搭在哪儿?"

"好孩子,快别问我。我决计今年都交给你们办了。别把我当你们娘,把我当个贵客就行了。"

可是梅格没法儿去指点工人。她早点前才洗了头发,用块绿丝巾挽着头发,坐在那里喝咖啡,两鬓一边贴着一绺湿发鬈儿。裘丝这个小蝴蝶,又总是穿着睡衣和绸衬裙就下楼来吃早点。

"劳拉,只有你跑一趟了,你是懂艺术的。"

劳拉转身就跑了,手里还拿着那块没吃完的黄油面包。借题

44

到外头去吃东西够多有味儿，再说，她又挺爱管事儿的。她总觉着自己能比别人办得妥当得多。

有四个只穿着衬衣的人一堆儿站在花园小径上。他们手里拿着裹了一捆一捆帆布的木板子，肩上挂着挺大的工具袋子，那样子挺神气的。这时劳拉宁愿手里没拿着面包，却没地方放了，又不能扔掉。她红了脸，强板起面孔，竟装得有点近视眼似的，走了过去。

"早呵！"她学着母亲的口气说，可是那声调透着假里假气。她臊了，像个小姑娘似的结巴起来："呃——呃——你们来了——可是来搭凉棚的？"

"对了，姑娘。"个子最高的那人说。他是个细长身材、满脸雀斑的汉子，他挪了挪工具袋子，把草帽往后一撩，低头朝她微微一笑："就是这么说。"

他笑得十分自然，十分和善，劳拉就不紧张了。他那双眼睛长得多好，小了点儿，可是瞧那深蓝色！她看看别人的，也都在微笑着。那笑容仿佛是说："别发愁，我们不咬人。"工人够多好呵！多美的早晨！可不能提起早晨，得办正经事，搭凉棚。

"那么，搭在花池那边可使得？"她用没拿着面包的那只手朝花池指了指。他们转过身，朝那边看。其中有个矮胖子把嘴一撇，高个子皱起眉头。

"我看不上，"高个子说，"不显眼。要说搭凉棚，"他满不在乎地回头跟劳拉说，"总得搭在个地方，叫人看了嘭家伙打在眼里才够意思，懂不懂我的意思？"

劳拉的出身教养使得她一时想不过来，一个工人跟她说什么"嘭家伙"，算不算有失恭敬。可是她倒懂得他的意思。

"要不就在网球场角上，"她又出主意，"不过乐队也要占一角儿的。"

"嗬，还有乐队？"另一个工人说。他脸色挺苍白，那双黑眼睛打量着球场，没精打采的。他心里在想什么？

"也不过是个小乐队。"劳拉温和地说。也许乐队小，他就不至于太不自在。可是高个子插嘴了。

"姑娘，你瞧，那块地方顶好。背着树，就在那儿。绝错不了。"

背着喀拉加树，那么树就给遮住了。可是这些树叶子又宽又亮，果实累累的，够多么美。人会以为它们是长在荒岛上的树，高傲，孤介，默默高举着枝叶、果实，与太阳争辉。难道这些树非得让凉棚遮住不可？

是得遮住。工人早就扛起木板朝那边走去了。只剩下高个子还没走。他弯下腰用手掐了一下薄荷枝子，把指头送到鼻孔去嗅那味儿。劳拉见他这样，早把喀拉加树忘在脑后，只管纳闷起来，他竟会喜爱这种东西——喜爱薄荷的味儿。在她认识的男人里有几个会这样做呢？她心里说，工人够多么好呵。怎么她就不能跟工人交朋友，偏得跟那帮和她跳舞、礼拜天来吃晚饭的蠢少年交际？跟这样的工人交朋友容易得多着呢。

高个子正在个信封背面画什么，像是个要捆起来或挂起来的什么东西，这时她心里断定，都是荒诞的阶级界线闹的。不过，在她来说，她可不觉得有界线。一点儿也不，一丁点儿也不觉得。……木槌嘭嘭地响起来了。有人吹口哨，有人哼起曲儿来，"你对吗，伙计？""伙计！"多亲切，多——为了表示她快乐，为了教高个子知道她并不紧张，知道她蔑视愚蠢的传统，劳拉就大大咬了一口面包，一边瞧着他画。她觉得自己仿佛就是个女工人。

"劳拉！劳拉！在哪儿？你的电话！"屋里有人喊。

"来啦！"她回身就蹦着跳着跑了，穿过草地，跑上小径，上台阶，过凉台，进了门廊。在门厅里她看见父亲和劳瑞在刷帽子，正要上班去。

46

"我说，劳拉，"劳瑞说得很快，"你最好在下午以前替我瞧一眼我的上衣，看要不要熨一下。"

"好吧。"她说。她突然忍不住，跑过来轻轻捏了劳瑞一下。"我真爱茶会哟，你不爱么？"她喘着说。

"挺——爱的，"劳瑞那亲热的男孩子声音说，他也捏了他妹妹一下，把她轻轻一推，"快接电话去吧，傻丫头。"

接电话。"喂，是我。凯蒂吗？早呵。来吃午饭吗？好极了，来吧。当然高兴喽。家常便饭——不过是些剩下的碎三明治、鸡蛋饼什么的。是呵，天气实在太好了。你的白——？我当然会的。等一等，别挂，娘在叫我。"劳拉往椅上一靠。"娘，说什么？听不见。"

谢太太的声音从楼梯上飘下来："叫她把上礼拜天戴的那顶漂亮帽子戴来。"

"娘叫你把上礼拜天戴的那顶漂亮帽子戴来。好，一点钟再见。"

劳拉放下耳机，举起胳膊，深深吸口气，伸了个懒腰，又把胳膊放下来。"嘘——"她长出口气，马上又坐直身子。她静静地，侧耳听着。仿佛这座房子里的门都敞开着，屋子里充满着轻快的脚步声和跑来跑去的人语。通厨房的绿毡门掀开来又闷声地关上了。传来一长串唧唧嘎嘎的怪声，是在挪动笨重的钢琴，那不灵活的脚轮在转动。空气够多好！难道人静下来留意的时候，空气总是这样的么？微微的风儿追逐着从窗头进来，又从门口出去。两片小小的阳光点子，一片在墨水台上，一片在银镜框上，也在闹着玩儿。乖乖小圆点子。尤其是墨水台上那片，暖暖的，就像温暖的小银星星。她简直想亲亲它。

门铃响了。楼梯上传出莎迪的花布裙子窸窣声，男人说话声。莎迪随便回答说："我可不知道。等着，我问问谢太太去。"

"什么事儿，莎迪？"劳拉走进门厅。

"花匠来了，小姐。"

可不是。就在门里放着个大浅盘子，盛着一盆一盆的粉红马蹄莲。没有别的。一色的马蹄莲，大朵的粉红花儿，在猩红梗子上吐蕊怒放，几乎是吓人地生气勃发。

"呵——莎迪！"劳拉细声说，那声调竟像是微微的呻吟。她蹲下身去，仿佛要在一团火似的花丛上取暖；她觉着手里、唇上都是花儿，胸中也滋长着花儿。

"弄错了，"她含糊地说，"没有人订这么多花儿。莎迪，去找我娘来。"

正说着，谢太太就来了。

"没弄错，"她不慌不忙地说，"是我订的。美不美？"她捏了一下劳拉的胳膊。"我昨儿从花店门口过，瞧见橱窗里摆着这些花儿。我就想，我这辈子总得有那么一回把马蹄莲买个够。趁着今儿办园会，正好有的说了。"

"我还打量您真的不想管事儿呢。"劳拉说。莎迪已经走了。花匠出去取花还没进来。她用胳膊搂住母亲的脖子，轻轻地、轻轻地咬她的耳朵。

"我的孩子，你总不乐意有个只管讲逻辑的娘吧，对不？别咬我，看花匠来了。"

他又搬进满满一盘子花儿。

"劳驾给摆起来，就在门里边，靠廊子摆在两边。"谢太太说，"这样摆好不好，劳拉？"

"太好了，娘。"

客厅里梅格、裘丝和小汉斯总算是把钢琴挪动了。

"你们看，把这个沙发贴墙放着，把屋子里的东西都搬出去，单留下椅子，怎么样？"

"很好。"

"汉斯，把这几张桌子搬到吸烟室去，拿把扫帚来把地毯上的桌腿子印儿扫平。还有——等一等，汉斯——"裘丝就爱跟仆人发号施令，他们也偏爱听她指挥。他们总觉着像是在演戏似的。

"叫娘和劳拉小姐立刻到这儿来。"

"是，小姐。"

她又对梅格说："我想听听钢琴入不入调，提防今儿下午有人要我唱歌。来，咱们练习一遍《此生令人倦》吧。"

咚！叮叮咚咚！钢琴奏起热烈的调子，裘丝的脸色都变了。她握起两手。她母亲和劳拉进来的时候，她忧伤地、神秘地瞧着她们。

> 此生令人倦，
>
> 徒洒泪——空叹息
>
> 情爱本无常，
>
> 此生令人倦，
>
> 徒洒泪——空叹息，
>
> 情爱本无常，
>
> 转眼——即离去！

可是唱到"离去"二字，那琴声纵是愈加哀绝，她却满面春风，毫不动心地笑开了。

"娘，今儿我嗓子还不坏吧？"她笑着问。

> 此生令人倦，
>
> 希望皆破灭，
>
> 一场梦——醒来空。

这里却给莎迪打断了。"什么事儿，莎迪？"

"太太，厨子问三明治签子您有了么？"

"三明治签子？"谢太太恍惚地应声说。孩子们看她那神气就知道还没有呢。"等我想想，"她又有把握地跟莎迪说，"告诉厨子，我保她十分钟之内拿到手。"

莎迪走了。

"劳拉,"她母亲急忙说,"跟我到吸烟室去。我把名儿写在一个信封背面了,你给我誊下来。梅格,马上给我上楼把头上那块湿东西拿起来。裘丝,马上把衣服穿好。你们听见没有?非得我等你们爹回来告诉他是怎么着?呃——呃——裘丝,你要是到厨房去,好生宽慰厨子两句。她今儿早上把我吓坏了。"

那信封总算是在饭厅时钟背后找到了,怎么跑去的,谢太太可想不出。

"必是你们谁偷偷从我皮包里拿走的,我记得清清楚楚么——奶油忌司柠檬冻,写上没有?"

"写了。"

"鸡蛋——呃——"谢太太把信封举得远远地觑着,"好像是耗子。不会是耗子吧?"

"是橄榄,乖乖。"劳拉回头说。

"对了,对了,是橄榄。多不调和。鸡蛋橄榄。"

好容易才写完了,劳拉到厨房送签子去。她见裘丝正在宽慰厨子,可厨子脸上并没有半点吓人的样子。

"我从没见过这么精巧的三明治,"裘丝惊喜地说,"你说有几种来着,十五种?"

"是十五种,小姐?"

"真难为你,恭喜恭喜。"

厨子用长刀子去刮三明治皮子,乐得眉开眼笑的。

"高家铺的人来啦。"莎迪在后厨房报信说。她看见那人打窗外经过了。

就是说,奶油起酥来了。高家铺的奶油起酥远近驰名,谁家也不想自制这种点心了。

"拿进来放在桌上吧。"厨子吩咐。

莎迪把点心拿进来又走出去。劳拉和裘丝也不小了,自然不至于认真贪嘴吃了。话虽如此，她们心里不由得不说这点心实在惹人爱，实在。厨子一边动手摆点心，一边摇掉浮面上的糖霜。

"看了这点心不是又想起以往的茶会来了？"劳拉说。

"可不是，"讲究实际的裘丝从来不乐意想起以往的事，"不过这点心倒实在透着轻巧，软绵绵的怪好看的。"

"姐儿俩一人吃一块吧，你们娘哪里就知道了。"厨子宽心地说。

这可怎么行。才吃过早点就吃奶油点心，想也不敢想。话虽这么说，不大工夫裘丝和劳拉就舔着指头了，那全神贯注的神气，非鲜奶油引不起的。

"咱们上花园去吧，打后门走，"劳拉提议，"我想瞧瞧工人把凉棚搭得怎么样了。工人真太好了。"

可是后门给厨子、莎迪、高家铺伙计和汉斯挡住了。

出了事了。

厨子嘎嘎惊叫得像只着了慌的母鸡。莎迪用手捧着下巴仿佛得了牙疼。汉斯蹙着眉头拼命想弄清楚是怎么回事。只有高家铺伙计好像很得意似的，新闻是他说出来的。

"怎么的？出了什么事？"

"出了凶祸，"厨子说，"有人死了。"

"有人死了？在哪儿？怎么死的？什么时候？"

高家铺伙计可不能眼睁睁看着别人把他的新闻抢去。

"小姐知道对过坡下边那些小破房子？"知道么？自然是知道的。"就在那儿，住着个小伙子，姓斯考特，赶大车的。今儿早上，他的马见了牵引机就惊了，在郝克街拐角上，把他摔了下来，后脑勺儿落地，死了。"

"就死了？"劳拉睁大眼睛瞅着高家铺伙计。

"抬起来已经死了，"那伙计说得津津有味，"我到府上来的时候，他家正往回抬尸首。"他又对厨子说："他撇下个老婆和五个娃娃。"

"裘丝，来。"劳拉一把拉住她姐姐的袖子，扯着她穿过厨房，走到绿毡门那边。这里她停下来，往门上一靠。"裘丝!"她满面惊恐地说，"咱们想什么法儿取消这些个?"

"什么? 取消这些个!"裘丝一愣，"取消什么?"

"自然是取消园会。"裘丝何必又装不懂?

可是裘丝听了更吃惊了。"取消园会? 我的好妹妹，别这么胡闹。绝不能这么办。谁也没叫咱们这么办。快别胡来吧。"

"可是咱们不能眼看着大门外停着死人，还在家里办园会请客呵!"

这可真是有点胡说了，那些小破房子是在斜坡底下自占着一条小胡同。那斜坡高高通向谢家的房子，中间还隔着一条宽马路。自然，是离得太近了。这片小房子是头一样的眼中钉，很不配在这里做邻居。都是些酱色的寒碜的小房子。院子里尽是些白菜根子，瘟母鸡，西红柿罐头。就连烟囱冒出来的烟也是寒酸相儿，小条小绺儿的烟，很不像谢家烟囱里大股大股吐出的白色浓烟。胡同里住的是些洗衣女人，扫烟囱人，一个鞋匠，还有个房前塞满小鸟笼子的人。小孩子成群结伙的。谢家孩子小时候从不许往这胡同迈一步，生怕学了下流话或是得了传染病。可是长大以后，劳拉和劳瑞有时打这儿穿过。这地方实在肮脏恶心。兄妹俩从里面走出来不免打个寒噤。不过人总得什么地方都去，什么事儿都见的。所以他们还是打那儿穿过。

"你想想那个可怜女人听见咱们乐队演奏是什么滋味。"劳拉说。

"劳拉!"裘丝真恼上来了，"要是出一回事就止住乐队，你这辈子苦也苦死了。我一丁点儿也不比你少难过。我照样同情。"她把眼一横，盯着她妹妹，就像小时候跟她吵架那神气一模一样。"凭你怎么婆婆妈妈也救不活个醉鬼。"她缓和下来说。

52

"醉鬼!? 谁说他是醉鬼了?" 劳拉狠狠顶了她一句。就像她们平时吵架那样,她说:"我这就上楼告诉娘去。"

"去你的。" 裘丝咕噜说。

"娘,我进来行吗?" 劳拉拧开大玻璃门把。

"还用说,孩子。怎么,你怎么了? 怎么脸上热辣辣的?" 谢太太从梳妆台转过身来。她正在试新帽子。

"娘,有人死了。" 劳拉劈头就说。

"别是在园子里?" 她母亲抢着问。

"不是!"

"哎哟,你可吓死我了!" 谢太太松了口气,摘下那顶大帽子,放在膝上。

"娘,听我说。" 劳拉上气不接下气地把那个惨消息讲了。"咱们自然不能办园会了对不对?" 她央告说,"乐队和客人就来了。他家听得见咱们,娘,他们是近邻!"

劳拉万料不到母亲行事竟和裘丝一个样。况且她还觉着好玩。更教人受不了,她不肯跟劳拉认真。

"好孩子,你也想想常情理儿。咱们听说了这件事,也不过是凑巧。我且问你,要是那里有人病死了——我也不明白他们在那些小烂房子里怎么活着来的——咱们还不是照常办咱们的事?"

劳拉只得说"是",可心里总觉着满不是那么回事。她在母亲的沙发上坐下来,用手摸索着靠垫的边儿。

"娘,这样咱们不是太没人心了?"

"好乖!" 谢太太起身拿着帽子走过来,不容分说就把帽子往劳拉头上一扣,"我的儿! 这帽子是你的呀,简直是给你做的。这帽子我戴着太年轻了。从没见你这么美,你自己也瞧瞧!" 说着她把小镜子一举。

"我不,娘!" 劳拉还是不肯罢休。她没心照镜子,把脸一歪。

这回谢太太可恼了，正像裘丝一样。

"劳拉，你也太闹得不像话了。"她冷冷地说，"这种人并没指望咱们牺牲。况且瞧你这么弄得大家扫兴，也太不近情理。"

"我不懂。"劳拉说着，拔脚就走，回到自己的卧房里。偏偏进门头一眼就看见镜子里这个俊俏的女孩儿，戴着镶金色野菊花的黑色女帽，帽上拖着长长的黑丝绒带。她做梦也料不到自己会有这么副好模样儿。她心里想，莫非是母亲对了？这时她倒希望母亲是对的了。莫非是我胡闹？也许是我胡闹。一时她又仿佛看见那可怜女人带着一群孩子，尸首正往家里抬。可是这一切都模糊不清，像是报纸上的照片了。她打定主意，园会完了再想着这件事就是了。不知怎么的，她觉着这个办法倒最好……

一点半钟午饭完了。两点半钟全家准备好了。绿衣乐队到齐，在网球场角儿上预备下了。

"哎哟！"凯蒂尖声说，"别提多像青蛙了，真该叫他们围着池子，叫指挥站在池中央一张叶子上。"

劳瑞回来了，跟大家打个招呼，就到屋里去更衣。劳拉看见他，又想起那件事，想告诉他。要是劳瑞也附和她们，那准是对的了。她跟着他走进门厅。

"劳瑞！"

"嗯！"他已走上楼梯，可是回头一见劳拉，登时鼓起腮帮子，瞪大眼睛。"呵！劳拉，太漂亮了，"他说，"帽子棒极了！"

劳拉只含糊地说声"当真？"仰头朝劳瑞笑了笑，到底没告诉他。

紧接着客人陆陆续续来了，乐队奏起来。临时茶房从屋里跑到凉棚下。一眼望去，草地上随处皆是双双对对，悠然信步走着，时而俯玩花草，时而招呼朋友，恰似一群欢乐的鸟儿，飞往不知何处，路过谢家花园，降下来逗留一个下午。跟快乐的人们

54

在一起，跟他们拉手、亲吻、相视微笑，真是多么快乐！

"哎哟，劳拉，好美呀！"

"姑娘，帽子配得多好！"

"劳拉，你打扮得真够西班牙味儿，怎么今儿这么俏哇！"

劳拉两颊红红的，轻轻应着说："您用过茶了？来杯冰淇淋吧？这西番莲果子冰淇淋别致得很呢。"她跑到父亲身旁央求他说：

"爹，让乐队喝点什么吧？"

这个完美的下午渐渐成熟了，渐渐凋谢了，渐渐合上它的花瓣了。

"玩得再痛快也没有了……""实在圆满极了……""真称得起是最……"

劳拉帮母亲送客。娘儿俩并排站在廊下，把客人统统送走了。

"我的老天，可完了，可完了。"谢太太说，"劳拉，把大家都找来，咱们也喝点新鲜咖啡。可累死我了。圆满倒是挺圆满的。唉，这些个茶会！你们这些孩子们怎么光是闹着要办茶会！"大家在冷清清的凉棚里都坐下了。

"爹，吃块三明治，签子是我写的。"

"好，好。"谢先生一口就把一块三明治吃了。他又吃了一块。

"大概你们没听说今儿出的那件祸事吧？"他说。

"唉，别提了，"谢太太把手一摆，"听说啦。还险些儿把茶会毁了呢。劳拉嚷着非要改期不可。"

"娘！看你！"劳拉不乐意再拿这件事逗她。

"究竟这件事也够惨的，"谢先生又说，"那家伙还有家眷。听说就住在下边胡同里，还撇下老婆跟五六个娃娃。"

大家就不言语，一时很尴尬。谢太太抚弄着杯子，不知说什么好。父亲讲话也太没个算计了……

她猛抬头，见桌上放着吃剩的许多三明治、蛋糕、泡泡点心，都会坏的。她想出个妙法儿。

"我有办法，"她说，"咱们装上一篮子，把这些上好吃食送点子给那可怜人去。至少她家孩子们还可以大吃一顿。你们看怎么样？况且她家必有街坊来吊丧什么的，这些现成的东西岂不妙得很？劳拉！"她跳起来，"给我把贮藏间那个大篮子取来。"

"可是，娘，这样做恐怕不大好吧？"劳拉说。

怪事，这回她又跟大家不一样。茶会剩的东西，那可怜女人会乐意么？

"怎么不好！你今儿是怎么了？两个钟头以前你还嚷着闹同情，这会子又——"

罢！罢！劳拉就跑去拿篮子。她母亲把篮子装满，堆得老高。

"你自己送去，"她说，"不用换衣服，就这样去吧。等等，把这美人蕉也带去。这种人顶喜欢美人蕉了。"

"留神花梗子弄脏她的花边衣裙。"讲究实际的裘丝说。

可不是，亏她提得早。"那就光拿篮子去吧。等等，劳拉！"——她母亲追出凉棚——"你可千万别——"

"什么？"

算了，还是别告诉她这些好。"没什么，去吧！"

劳拉随手关上街门，已是暮色苍茫了。一条大狗从身边窜过去，暗得像条影子。马路闪闪发白，下方那片小房子深深罩在黑影子里。闹了一下午，黄昏显得这样静悄悄的。这时她是要下坡到死人家里去，但她竟不觉得。这是怎么回事？她呆了呆。仿佛那些亲吻、谈话声、杯匙声、笑声、草香，都还在她脑子里，没有装别的东西的份儿。怪事！她抬头望望苍茫的天色，脑子里只有一个念头："今天茶会圆满极了！"

穿过了马路。走进胡同，烟雾迷茫。披围巾戴男帽的女人匆匆走过。男人在木栅旁闲站着，小孩子在街门口玩耍。破房子里传出嗡嗡的低语声。有的房子里晃着灯亮，螃蟹似的人影在窗上挪来挪去。劳拉低下头，加快脚步。可惜她没穿件上衣来。花边衣裙够多刺眼！还有这顶拖着丝绒带的大帽子——宁可戴别的来！大家是不是在瞧我？准是在瞧。压根儿就不该来，我早就知道不该来。这会子回去还行不行？

不行，太迟了。到了，就是这家。一定是。外头站着黑压压一群人。门口有个年纪很大的老太婆扶着拐杖坐在椅子上瞧热闹，脚底下垫着一张报纸。劳拉一走近，大家就不言语了。人群散了。好像他们在等她来似的，好像他们知道她来了似的。

劳拉紧张极了。她把丝绒帽带往肩后一甩，问身旁站着的那个女人："这是不是斯考特太太的家呀？"那女人怪里怪气地笑了笑说："是呵，姑娘。"

"但愿躲开这里，"她走上小路去敲门，嘴里都说出声来了，"老天保佑！"但愿躲开这些眼光，穿什么别的也好，哪怕围一条这些女人戴的围巾也好。她打定主意，放下篮子就走，连空篮子也不等了。

门开了。暗影里闪出个戴孝的小女人。

劳拉问："您是不是斯考特太太？"那女人的回答吓了她一大跳："请进，姑娘。"说着就把她关在过道里了。

"不是，"劳拉说，"我不要进来。我只是要把篮子放在这儿。我母亲叫——"

在幽暗的过道里，那小女人仿佛没听见她似的。"请往这边走，姑娘。"她油滑地说。劳拉随她走过去。

她来到一间小小的破陋的厨房，厨房里点着冒烟的油灯。有个女人在灶火旁坐着。

"艾麦！"领她进来的那个小女人说，"艾麦！来了一位小姐。"她又颇有深意地回头对劳拉说："我是她妹子，姑娘。你不怪她失礼吧？"

"噢，哪里话！"劳拉说，"请您，请别打搅她吧。我——我只是要把——"

正说着，灶旁那女人转过身来。她那红肿虚浮的脸吓人得很，嘴眼都肿了。她仿佛弄不懂劳拉怎么会在这里。来干什么的？这生人干什么拿着篮子站在屋里？到底是怎么回事？她的脸又皱了起来。

"好吧，"小女人说，"我替你谢谢小姐吧。"

她又说："你不怪她失礼吧？"她的脸也是肿的，却勉强油滑地笑一笑。

劳拉只想出去，离开这里。她回到过道。门打开了。她一脚就迈过去，却走进了卧房，停死人的地方。

"想瞧一眼死人，对吧？"艾麦的妹妹擦着劳拉身边跑到床边去，"姑娘，别怕——"这时她声调透着又蠢气又狡狯。她笨头笨脑地把盖尸布往下一拉——"像张照片，没什么可瞧的。过来看，姑娘。"

劳拉走过去。

床上躺着个小伙子，熟睡着——睡得多么香，多么熟，竟是远远地远远地离开她们两个。多么遥远呵，多么安详。他是在梦乡。永远不要摇醒他。他的头深深陷在枕头里，两眼稳稳地合上。那双合着的眼是无所视的了。他全神沉浸在梦乡了。什么茶会，什么篮子，什么花边衣裙，与他什么相干？他是远远地离开这一切的了。他是神奇的，美妙的。在谢家的欢笑声中和音乐声中，这神妙的人来到这条胡同里。快乐呀……快乐呀……这睡着的脸在说，一切都好得很。原该这样的。我是知足的了。

可是，人还是忍不住要哭的。她不能一句话不说就离开这屋。她孩子气地大声抽泣了一声。

"饶恕我这顶帽子得了。"她说。

这回她可没等艾麦的妹妹领路，自己找到门走了出去，走上小路，走过那些黑影子。在胡同拐角儿上她遇到劳瑞。

他从暗处走出来："是你么，劳拉？"

"是我。"

"娘直着急。没事吧？"

"没事。呵，劳瑞哥哥。"她挽住他的手臂，紧紧偎着他。

"我说，你别是在哭吧？"哥哥问。

劳拉摇摇头。她却是在哭。

劳瑞搂住她肩膀。"别哭了，"他用他那亲热的疼人的声调说，"怕不怕？"

"不，"劳拉哽咽说，"好得很。可是，哥哥——"她顿了顿，望着她哥哥，"人生是不是，"她吃吃地说，"人生是不是——"然而人生是什么，她说不出。不相干。他很懂得。

"是的，妹妹。"劳瑞说。

（唐逸 译）

59

詹姆斯·乔伊斯〔爱尔兰〕

阿　拉　比

北里契蒙德街一端是堵死的，很少有行人车辆来往，因此，除了在基督教兄弟会学校放学的那一会儿以外，整条街上成天都是怪幽静的。街底孤零零地矗立着一座二层楼空屋，周围有一块方形空地和左邻右舍隔开。这条街上其他各幢房屋，好像被住户的正派作风所感染，也都变得很正经，板着冷冰冰的面孔互相凝望着。

我们所要描述的这座房屋，以前的房客是个神父，他在屋后部客堂里死去。所有的房间因为长期关闭，都弥漫着一股霉臭的气味。而厨房后面那间堆放废物的房间里更是满地狼藉，布满了没有用的旧报纸。我在其中发现几本平装书，纸张都卷曲而潮湿了，其中有瓦尔特·史各脱的《修道院院长》、《虔诚的领圣餐者》、《维多克回忆录》。我最喜欢最后一本书，因为它的书页都发黄了。屋后那片荒芜的花园中央有一株苹果树和几株散散落落的灌木，我在其中一株灌木下发现了那个已去世的房客的生锈的自行车打气筒。这人曾经是一个慈善为怀的教士，他立了遗嘱把所有的钱财都捐献给各慈善机构，仅把住屋里的一套家具遗留给他的胞妹。

冬季来临，白日变得越来越短，我们还没有吃完晚饭，天色就已经昏暗下来了。当我们在街道上会合时，各座房屋都已经是黑影憧憧了。须臾街灯亮了，头顶上的天空呈现出变幻不定的紫罗兰色，微弱的灯光和紫色的天空融成一片。空气寒冷砭骨，我们玩啊玩啊，直到身体发热还不罢休。我们的喊声在静谧的街道上发出回响，我们游戏，在屋后阴暗泥泞的小巷里奔来奔去，受到屋旁野蛮部落的夹道鞭笞，跑到昏暗的湿淋淋的花园后门，闻到那儿的灰坑里发出的各种气味，跑到阴暗的发出臭味的马厩，只见马车夫在那里梳理着马匹的毛，使弯曲的挽具上的铃铛发出悦耳的乐音。我们回到街上时，厨房窗口射出的灯光已经把一片片的空地照得明晃晃的了。我们要是看见我叔父在拐角上出现，就藏到阴影里，直到看见他进了屋，诸事平安顺遂，才重新到亮处游玩。要是曼根的姐姐走到门前台阶喊她弟弟回家吃茶点，我们就从藏身的阴暗处窥视她向街的两头张望。我们等待着，看她究竟是继续留在门口，还是进屋去，如果她继续留在门口，我们只好从阴暗的角落出来，无可奈何地走到曼根家的台阶前面。她站在那儿等待我们，半开的门扉里射出的光线把她的身影照得清清楚楚。她的兄弟总要逗弄她一番，才肯听她的话回家。这时，我就站在围栏的旁边，观看她的衣服随着身体的摆动晃来晃去，她的发绺向两边甩动。

每天早晨，我躺在前客堂的地板上观察着她家的屋门。我把百叶窗拉下，只离开窗棂一英寸，这样我向外张望就不至于被人发现。每当她从屋里出来走到台阶上的时候，我的心直扑通，就像要跳出胸膛似的。我跑到门厅里，一把抓住课本，立即跟踪她潜行。我总是和她保持同样速度，让她棕色的身影始终留在我眼帘里。等到快要分路了，我才加快步伐抢前几步，打她身旁经过。每天早晨这场戏都要重演一遍。除了偶然打个照面，说句话以外，我从来没有和她交谈过，然而她的名字却有偌大魔力，能使我这个傻小子全身的血液沸腾起来。

　　甚至在最不适合浪漫情调的地方，她的形影也在伴随着我。星期六晚上，我婶婶上市场，我也得陪着去帮她拎购买的东西。我们在灯火通明的街道上走过，醉汉们踉踉跄跄，东倒西歪，妇女们拉开嗓门讨价还价，小工们一边干活一边骂骂咧咧，店员们守在盛猪下颊的大桶旁边，像牧师祈祷般尖声怪气地叫卖，街头歌唱家带着鼻音哼唱着关于奥道诺凡·罗莎的流行歌曲或是描写祖国动乱和灾难的民歌小调。我们就在这一片嘈杂声中挤挤碰碰地走过。这些嘈杂声在我的脑海里汇合成一股执著地追求生活的呼声。我想象自己正捧着圣餐杯在一群罪人当中安全地通过。她的名字不时地迸到我嘴唇上来，我喃喃地念着一些我个儿也不懂的奇怪的祈祷文和颂词。我的眼睛里经常充满泪水。不知道是怎么回事，时不时有一股感情的激流从我的内心里涌出来，充满了我的胸膛。我很少想到将来会是什么情况，我不知道是否会和她交谈，也不知道如果交谈的话，又该怎样表白清楚我对她的恋慕之情。然而我的身体就像一架竖琴，她的言谈举止就像拨弄琴弦的纤手。

　　一天晚上，我走到那个神父曾在里面咽气的那间后客堂里去。那是个天色昏黑、淫雨霏霏的夜晚，屋子里悄无声息。我透过一块破玻璃听见雨脚如注地打在地面上，犹如许多水制的针不断地在湿润的褥垫上轻轻地刺着。我凭窗俯视，只见远远一盏路灯和透出灯光的窗户朦朦胧胧似隐似现。我感谢上苍使我只能看到这一点点东西。我的各种感觉好像都想隐蔽起来。我蓦然意识到，这些感觉即将从我身边滑走，连忙紧紧合掌直到双手发颤，一边喃喃地多次念叨着："啊，爱情！啊，爱情！"

　　终于，她对我讲话了。她第一次和我攀谈时，我心慌意乱，不知道该怎么回答才好。她问我是否打算到阿拉比去。我记不清当时回答的到底是去还是不去。她说，那儿将有一次热闹的集市，要是她能去的话，该多美啊。

"你为什么不能去呢?"我问她。

她边说话，边把手腕上的一只银镯转来转去。她去不成，她说，因为她求学的那座修道院那个星期正好要静修。——她的兄弟和另外两个男孩正好在为帽子干仗，只有我一个人单独站在围栏旁边。她握住一根栏杆的尖端，俯首瞅着我。对门那盏灯恰巧照在她粉颈的柔和曲线上，照到她覆在颈项的头发上，照到她扶在栏杆的纤手上。灯光还照到她衣裳的一侧，她悠闲地站在那儿，裙子下面露出的衬裙的白色边缘也恰好被灯光照亮。

"你运气好，能够去。"她说。

"我要是能去的话，"我说，"我准给你捎件东西来。"

打那天晚上之后，我白天黑夜尽在梦想一些傻事，弄得神魂颠倒! 这几天特别冗长乏味，我恨不得时间过得快一点。我无心上课，心里老是发毛。无论是夜晚在寝室里，还是白天在课堂上，每当我硬着头皮拿起课本想念上几行，脑海里总是浮现出她的倩影。每当我的心静下来，"阿拉比"这几个字就向我召唤，像东方的妖术一样使我着迷。我向学校请假，打算在星期六夜晚到那个集市去。我的婶婶颇为诧异，担心我会去参加什么共济会的活动。老师上课提问，我总答不上来。我窥视老师的脸色，只见他的神情由和蔼变得严厉了。他希望我别走上游手好闲荒废学业的路子。我心猿意马，注意力分散，因为不能称心如愿而觉得度日如年，感到生活枯燥乏味，如同单调的游戏一样惹人憎厌。

星期六早晨，我一再提醒我叔叔，说我想在当晚到阿拉比集市上去。他正手忙脚乱地在衣帽架旁寻找帽刷，听到我的请求，只简短地应了一声:

"唔，孩子，我知道了。"

由于他在门厅里，我无法走进前客堂趴下来向窗外窥望，只得闷闷不乐地走出屋子，慢吞吞地向学校走去。一路上冷风刺骨，我预感到有点儿不妙。

我回家吃晚饭时，叔叔还没有回来。时间还早。我坐在那儿对着时钟发了一会儿愣。钟摆一个劲儿地滴答作响，开始使我烦躁起来，于是我走出房间上楼去。我在那几个寒冷、空寂、阴暗的房间里如鱼得水，哼哼唱唱，进进出出。我从前窗望出去，看见伙伴们正在下面街道上游玩。他们的喊声从远处传来变得微弱了，听不清楚。我将前额贴在凉丝丝的玻璃上，瞅着街对面她住的那幢阴暗的房屋。我看不出别的东西，只看见我的想象力所描绘出的那个穿棕色服装的倩影，灯光照在她粉颈的柔和曲线上，照在她搁在栏杆上的纤手上，和衣服下边露出的衬裙边缘上。

我重新下楼，发现默塞尔太太坐在壁炉前。这位太太嘴碎，爱饶舌，为了某种虔诚的目的收集旧邮票。她在喝茶时喋喋不休地拉呱儿，我不得不耐着性子听。这顿饭延长到一个多小时，我的叔父还没有回来。默塞尔太太站起来告辞了，她抱歉地说不能再等了，八点已过，她不能在外面待得太晚，因为夜间空气有害于健康。她走了以后，我攥紧拳头开始在房间里踱来踱去。我的婶婶说：

"我有点儿害怕，看在主的份上，今夜你就别到集市上去吧。"

九点钟我听见叔父的钥匙在客厅的门锁上咔嗒一响。我听见他自言自语，听见他将沉甸甸的大衣挂到衣帽架上，衣帽架摇晃了一下。我解释不了这些动作意味着什么。他吃晚饭吃了一半，我请他给我上集市去的钱，敢情他已经忘了。

"现在什么时候了，大家都上了床，睡过头遍觉啦。"他说。

我没有笑。我的婶婶提高声音对他说：

"你就不能给他钱，让他快些去吗？就这样你已经把他耽误得够晚的了。"

我叔叔说，他很抱歉，把这事给忘了。他说他相信那句老

64

话："只用功，不游玩，孩子就会变成书呆子。"他问我打算往哪儿去，我回答了第二遍以后，他问我是否知道《阿拉伯人向他的战马告别》。他刚要把这首诗的开头几句朗诵给我婶婶听，我就离开了厨房。

我将一个弗罗林紧紧攥在手里，迈开大步，沿着白金汉大街向火车站走去。街道上熙熙攘攘，购买商品的顾客来来往往，煤气灯明亮耀眼，使我想起了此行的目的。我在冷冷清清的列车的一节三等车厢里找了个座位。火车迟迟不开，时间漫长得难以忍受，好不容易才等到火车慢慢地出站。它在倾圮的房屋之间向前爬行，从闪烁着银波的河面上越过。经过威斯特兰罗站时，一大群人挤到车厢的门口，列车员却把他们往回赶，说这是开往阿拉比集市的专车。我单独留在空无所有的车厢里。几分钟以后，列车停靠在一个临时用木板搭成的站台前面。我下车走到路上，看见发光的钟面上指针正指着九点五十。迎面那座大楼，赫然写着具有魔力的"阿拉比集市"五个大字。

我找不到六便士的入口，害怕去晚了市场关门，只好多花点钱，将一个先令付给一个神色萎靡不振的收票员，从旋转式栅门进去。我发现自己置身于一个高敞的大厅里，在墙的半腰围着一圈回廊。差不多所有的货摊都收摊了。这个大厅大部分都为黑暗所笼罩。我觉得这里就像教堂里做完礼拜以后那样寂静。我胆怯地走到集市当中。有几个人聚集在还没有收市的货摊周围。帷幕上的彩色灯泡缀出"香潭咖啡馆"几个字，帷幕前站着两个人，正在数着一只金属托盘里的钱。我谛听着钱币落到托盘上的声音。

我好容易才记起自己来到这里的目的。走到一个货摊跟前，审视着瓷瓶和有花纹的茶具。这个货摊门口，一个年轻的女士正在和两个年轻的先生边说边笑。我听出他们的英国口音，就侧耳听他们的谈话，可是听得不很真切。

"啊，我从来没说过这么件事！"

"啊，你说过！"

"我没有说过！"

"她说过这样的话吗？"

"是的，我亲耳听见的。"

"啊，这是……扯淡！"

那位年轻的女士抬头看见我，便走了过来，问我想买些什么。听她的语调，她仿佛不太愿意接待我，只是出于一种责任感，不得不敷衍一下罢了。我看着她货摊门口两边像东方卫士一样伫立着的两只大坛子，低声下气地喃喃说：

"不想买，谢谢。"

那位年轻的女士把其中一只花坛的位置挪动了一下，便回到那两个年轻人身边。他们又说开了刚才那个话题。那个年轻女士回头向我瞅了两眼。

我在她的货摊前逗留了一会儿，装成对她的货物很感兴趣的样子（我明知道这样做太无聊），然后慢慢转过身来，顺着市场的中间走去，边走边把那两枚便士和那枚六便士的硬币碰得叮当作响，聊以消遣。就在这时我听见走廊的一端传来就要灭灯的呼声，大厅的上端现在已变得一片漆黑了。

我凝视着黑暗，看见我自己活脱是一个被虚荣心所驱使和嘲弄的人；我又苦恼又愤怒，眼睛里充满了热辣辣的泪水。

1914 年

【作者简介】 詹姆斯·乔伊斯（1882—1941），爱尔兰现代文学的天才作家。主要作品：诗集《室内乐》；短篇小说集《都柏林的人们》；长篇小说《尤利西斯》、《芬尼根的觉醒》。

迈克尔·麦克拉弗蒂〔爱尔兰〕

野 鸭 窝

　　落日的金色余晖洒在拉思林岛西陲低矮的山丘上。一个小男孩快活地走在一条满布牛蹄印的小路上。这条路蜿蜒穿过这些重叠的山丘，通向峭岩顶上像火山口一样的山谷。他好像一下子想起了什么，停了下来，然后又突然离开小径往一座山上跑去。他跑到山顶，已经上气不接下气，站在那里看着一道道阳光从镶金边的云彩里放射出来，这幅景象使他想起见过的一幅主显圣容图。下面不远处，母牛正站在长着芦苇的湖边。科姆一边在空中挥动着棍子，一边向她跑去。风呼呼，在他耳边响，使他发出一阵愉快的叱喝，变成一阵泼洒在群山间的回音。在湖旁矮草间休憩的一群鸥鸟无精打采地飞起，像吹散的雪花飘落到巉岩边沿。

　　湖面朝西方，水源来自半环的群山中流出的一条小溪。湖的一面迎着海风，冬天，一道涓涓细流缓缓渗过悬岩，在灰色的两边岩石间开出一条黑色水道。孩子捡起石子往湖里扔去，在平静的水面激起一个又一个圆圈，然后又开始用薄片石打水漂，其中有些在湖面上一窜一窜最后落在对岸上。他玩得很开心，在谛听他自己愉快吆喝的回声后，就跑去奔母牛。他轻轻拍了拍她的肋部，她不情愿地朝通向谷外的褐色泥路上走去。孩子正要把最后一块石子扔进湖里时，一只鸟从他头上飞过。它挺直脖子，橘红色的腿在柔和的夕晖中特别显眼。那是只野鸭，它在湖上兜着圈子，一圈，二圈，三圈，一次比一次低，最后紧张地拍打着翅膀在水面上滑行，两只腿在水中划出一串银色弧形。它收紧翅膀，轻轻地停下来，微微抖动一下身子，然后开始不经意地在水里啄着。

科姆睁大眼睛，热切地望着野鸭朝湖另一头游去。它在高高的灯芯草间迂回前进。在灰蒙蒙的水面上，它结实的身体像一块黑色的石头。然后好像它已沉没在水里，实际上已经飞走。孩子悄悄地沿着湖岸跑，眼睛不看着湖，装出无所谓的样子。当他来到上次看见这只鸟儿停留的地方对面时，便停住脚步，透过发出沙沙声的芦苇丛往里窥视。芦苇影子在水面上划出一道道黑色条纹组成的图画。他前面是块长满草皮的小岛，长矛似的蒲苇把它包围住，一道狭窄水道又把它同岸边隔开。水不太深——他可以小心地蹚过去。

他把短小的裤腿卷起，伸开双臂开始蹚水。他那淹没在山水里的两腿呈棕褐色。他走近小岛时，双脚陷进冰凉的烂泥里，激起一连串水泡。他更小心更紧张地前行。这时一条裤腿掉下来，浸在水里；孩子弯腰用手把它卷起，身子失去平衡，溅起水的响声，鸟儿发出嘎嘎叫声，呼的一下飞过悬崖。受惊的孩子站了片刻，然后爬上被泡湿了的草皮地，上面到处是海鸥的羽毛和被风吹过来的一段段灯芯草。

他拨开长草，搜索每一块高地。最后他找到了面朝大海的鸟窝。水面上露出两块平坦的石头，中间是一条狭长的陆地，地上铺着鸟巢所在的硬草。窝是用枯干芦苇、稻草和羽毛胡乱搭成的，上面只有一只蛋。科姆心花怒放。他四下看看，一个人也没有。这个窝属于他一人。他拾起那光溜溜的蛋，蛋壳的颜色像天空一样青，略带似毛茛花的淡黄色；紧接着他觉得做错了事，又把蛋放了回去。他知道他不该碰它，不知道鸟儿会不会放弃这个窝。他心里兴起一阵惆怅，觉得自己犯了罪。他小心地抹掉自己的脚印，匆匆离开小岛去找他的牛。这时太阳已经落山，傍晚寒气袭人，他身上发冷，心头感到忧伤。

早上他起身去上学。他踩着路边车辙上的草，因为光脚走在上面软和些。他的家在西边地头最后一座房屋。他走了一英里左右，碰上了帕迪·麦克福尔。两个男孩子都穿的是同样的手织蓝卫生衫和灰裤子，拿的是自家缝制的书包。科姆满脑子想的是鸟窝，和他同伴一见面，他就迫不及待地说："帕迪，我有一个鸟窝——野鸭窝，还有一只蛋。"

"你怎么知道是野鸭的窝？"帕迪问，他有点妒忌。

"我亲眼看见的，她背上有棕色斑点，还有条乌鸦那样的斑纹，她的黄腿——"

"它在什么地方？"帕迪用咄咄逼人的语调打断他。

"我不告诉你，你会把它抢走！"

"啊哈！我想那是只家鸭或是只老鸥的蛋吧。"

科姆向他伸伸舌头。"就你知道得多！"他说。"鸥鸟的蛋上面有斑点，而这只是淡青色的，因为我亲手拿过它。"

这时他听到帕迪以嘲笑的声调说出他不想听的话："你亲手拿过它！……她不会再要它了！她不会再要它了！她不会再要它了！"他说，一蹦一跳地跑在他前面。

科姆感到透不过气或是气得要哭起来。

他的理智告诉他帕迪是对的，但他不能让步，他回答说："她不会不要它的！她不会。我知道她不会！"

但是一到学校他的信念就动摇了。他从窗子里看见外面在下雨——从玻璃窗上往下滴的雨水使他脑子里想的全是被凄风吹皱的湖水、湿漉漉黑黝黝的鸟窝和像岩洞石头样冷冰冰的鸟蛋。这些思绪使他打战，他心不在焉地摆弄着课桌上墨水池盖，机械地把它推来推去。他眼睛里已经失去了调皮的神色，在学校的那天时间长得来没完没了。最后他们总算来到了雨中，科姆飞快地跑回家去。

　　他三下五除二吃完土豆和咸鱼的午餐，就赶到细雨蒙蒙中的谷里。他涉水向小岛走去。风吹在他的脸上，被细雨打湿的灯芯草也被吹得簌簌响。一只苔藓鸟，像一只老鼠，在一根芦苇上摆来摆去，使空气中充满了孤寂的低叫声。

　　孩子登上小岛，兴奋得心扑腾扑腾直跳，不知道鸟儿是不是已放弃了她的窝。他蹑手蹑脚走上通向鸟窝的那条狭窄陆地。他踮起脚从一块突出的岩石边上望过去，看她是不是还在那里。这一看使他全身的肌肉都绷紧了。她匍匐在那里，肩头隆起，嘴贴在胸前，像熟睡一样。科姆听得见自己的心在猛跳。她没有抛弃它。当他正准备偷偷转身离开时，发生了一件事：鸟儿动了，她脖子伸直，全身在紧张不安地抽搐。孩子感到一阵轻微的头晕。他惊呆了。野鸭惊恐地拍打着翅膀，缓缓地站起身，朝大海飞去……孩子笼罩在一阵内疚的沉默里……他转身走开，迟疑一下，又回过头瞅瞅光秃秃的鸟窝。何妨再瞧一眼。他胆怯地走过去，直挺挺站在那里，从窝边望过去。窝里有两只蛋。他高兴地吸了口气，赶快蹚水离开小岛，在雨中吹着口哨跑开。

　　【作者简介】麦克拉弗蒂（1907—　　），爱尔兰当代著名作家。主要作品：长篇小说《叫我兄弟回来》、《失去的田地》；短篇小说集《白色母马》、《斗鸡》等。

福楼拜〔法国〕

一颗简单的心

一

提起欧班太太的女仆全福，主教桥的太太们眼红了半个世纪。

她为了一年一百法郎的工资，下厨房，收拾房间，又缝，又洗，又烫，又会套马，又会喂家禽，又会炼牛油，对主妇忠心到底——而她却不是一个心性随和的人。

她嫁了一个没有家业的美少年，他在 1809 年初去世，给她留下两个很小的孩子和一屁股债。她只好卖掉她的不动产；除掉杜克的田庄和皆佛司的田庄没有卖，这两所田庄的进项每年顶多也就是五千法郎。她离开她在圣·麦南的房子，住到一所开销比较小的房子。房子是她的祖上的，在菜场后头。

这所房子，上面铺着青石瓦，一边是一条夹道，一边是一条通到河边的小巷。房子里头地面高低不平，走路一不当心，就会摔跤。一间狭窄的过堂隔开厨房和厅房。欧班太太整天待在这里，靠近窗户，坐在一张草编的大靠背椅子上。八张桃花心木椅子，一平排，贴着漆成白颜色的板壁。晴雨表底下，有一架旧钢琴，上面放着匣子、硬纸盒子，堆得像金字塔似的。壁炉是黄颜色的大理石，路易十五时代的式样，一边一张靠垫的小软椅，上面蒙着锦绣。当中是一只摆钟，模样活像一座维丝塔庙。因为地板比花园低，整个房间有一点霉湿味道。

一上二楼，就是"太太"的卧室，非常高大，裱糊了一种浅淡颜色花朵的墙纸，挂着麝香公子装束的"老爷"的画像。这间卧室连着一个较小的卧室，里头有两张不铺垫子的小人床。再过去就是客厅，一直关着，里面搁满了家具，家具全蒙着布。再靠后，有一个过道，通到一间书房；一张大乌木书桌，三面是书橱，书橱的架子上放着一些书和废纸。幸福年月和不存在了的奢华的遗物，什么钢笔啦、水彩风景画啦、欧庄的版面啦，把两块垂直的雕版全给遮住了。三楼有一扇天窗，正对牧场，阳光进来，照亮全福的卧室。

全福怕错过弥撒，天一亮就起床，手脚不停，一直干到天黑。随后晚饭用过，碗碟搁好，大门关上，把劈柴埋在灰烬底下，手里拿着她的念珠，就在灶前睡着了。买东西讲价钱，谁也跟不上她，咬定牙根，就是不添钱。说到干净，亮光光的锅，把别人家的女仆活活气死。她要省俭，吃饭慢悠悠的，拿指头沾起桌子上的面包屑——一块十二磅重的面包，专为她烤的，够二十天吃。

她一年到头披一条印花布帕子，拿别针在背后别住，戴一顶遮没头发的帽子，穿一双灰袜子，系一条红裙子，袄外面加一条打褶子的长围裙，如同医院的女护士一样。

她的脸是瘦的，她的声音是尖的。她在二十五岁上，人家看成四十岁。她一上五十，就看不出年纪有多大了。她永远不出声，身子挺直，四肢的姿势有板有眼，好像一个木头人，以一种机械的方式动作。

72

二

　　她像别人一样，有过她的恋爱故事。

　　她父亲是一个泥水匠，从脚手架上跌下来摔死了。母亲过后也死了，姐妹们各走各的，一个佃农把她收留下来，小小年纪，就叫她在田野里放牛。她穿着破布烂条直打哆嗦，贴住地面喝池塘里的死水，平白无故就挨打，临了让撵走，冤枉她偷了三十苏。她换了一家田庄，管理家禽，东家喜欢她，她的同伴却又妒忌她。

　　八月有一天晚上（她那时候十八岁），他们带她去参加考勒镇的晚会。提琴手刺耳的响声、树上的灯火、五颜六色的服装、花边、金十字架，还有一道蹦跳的那群人，马上就闹了她一个晕头转向，不知所以。她怯生生地闪在一旁，见一个有钱模样的年轻人，两个胳膊肘搭在一辆小车的辕木上吸着烟斗，走过来邀她跳舞。他请她喝苹果酒，喝咖啡，吃点心，送她一条绸帕子，自以为她猜出他的心思了，献殷勤送她回去。他在荞麦地头，愣头愣脑，把她翻倒了。她一害怕，叫唤起来。他只得走开。

　　又一天黄昏，一辆装干草的大车，在去宝孟的大路上，慢悠悠地走着。她想赶到前头去，在从车轮旁边蹭过的时候，认出了吆车的就是代奥道尔。

　　他一副安适的模样，走到她跟前，说一定要宽恕他才好，因为"毛病出在酒喝多了"。

　　她不晓得怎样回答，直想逃开。

　　他掉转话头，谈起收成和乡里的名流，因为他父亲已经离开考勒镇，住到艾考田庄，所以他们如今成了邻居。她说了一句："啊！"他接下去就讲，家里盼他成家，其实他并不急，等到有了对胃口的女人再说。她低下了头。他于是问她，想不想嫁人。

73

她带笑回答：不好寻人开心的。——"没有的话，我对你赌咒！"他拿左胳膊围住她的腰，她就这样由他搂着走路，他们放慢步子。风柔柔的，星星照耀着，老大一车干草在他们前面摇来摇去；四匹马悠着步子，扬起尘土，走着走着，不用吆喝，就朝右转。他又吻了她一回。她在夜色中跑开了。

下一个星期，代奥道尔约她幽会约到了。

他们在院子紧里，一堵墙后，孤零零一棵树底下相会。她不像小姐们那样不懂事——牲口早就教会了她；可是理智和从一而终的天性没有让她失身。她一抵抗，越发煽起了代奥道尔的爱火。他为了得到满足（或者也许不存坏心思）起见，提议娶她。她不大相信他的话。他立下天大的誓。

没有多久，他讲起一件不如意的事来：他父母去年给他买过一个替身，可是说不定哪一天，就会要他入伍，他想起当兵就害怕。对于全福，这种懦怯成了一种钟情的证据；她加倍爱他。她夜晚偷偷出来，遛到幽会地点，代奥道尔说起话来，不是发愁，就是央求，直磨难她。

最后他讲，他要亲自去州长衙门打听一下消息，下一个星期天，十一点到半夜之间，他带消息来。

到了时候，她跑去会她的情人。

她见到的是他的一位朋友。

他告诉她：她不会再看见他了。代奥道尔为了逃避征役，已经娶了杜克一个很有钱的老寡妇勒胡塞太太。

她听了这话，万分难过，扑在地上，放声大哭，喊叫上帝，一个人在田野里哽噎到大天明。接着她就回到田庄，说她不打算做下去了。到月底，她支了工钱，拿一条帕子包起她的全部小行李，来到主教桥。

她在客店前面，问一个戴寡妇帽子的太太，凑巧她就在找一个烧饭的。年轻女孩子没有什么本事，可是看样子肯学，又样样迁就，欧班太太临了道：

"好吧，我就用你！"

一刻钟后，全福住到她家来了。

这家人家，处处讲究"家风"，对"老爷"的悼念，又是时刻不忘，她起初战战兢兢，直怕做错事！保尔和维尔吉妮，一个七岁大，一个不到四岁，在她看来，像是贵重的东西做的，她像马一样背他们，只是欧班太太不许她随时亲他们，扫她的兴。不过她觉得自己很快活。环境安适，她不再忧愁了。

每逢星期四，总有亲友来玩包司东。全福事先把牌和脚炉准备好。他们准八点钟到，敲十一点以前告退。

每星期一早晨，住在林荫道树底下的杂货商，就地摊开他的破铜烂铁。接着镇上就人声喧闹，中间还夹杂着马嘶、羊咩、猪哼和车在街上吱吱嘎嘎走的响声。将近正午，赶集到了最热闹的时候，就见门槛上出现了一个高个子的老农夫，鸭舌帽歪在后头，钩鼻子，原来是皆佛司的佃户罗伯兰。不多光景，杜克的佃户李耶巴尔也来了，人又矮，又红，又胖，穿一件灰上身，皮裹腿带刺马距。

两个人全给女地主送来一些母鸡或者干酪。任凭他们花言巧语诡计多端，全福回回戳穿，不上他们的手，所以走的时候，他们对她敬服得不得了。

欧班太太接待格洛芒维耳侯爵，没有准定的日子。他是她的一位长辈，吃喝嫖赌败了家，住在法莱司他最后留下的一小块土地上。他总在用午饭的时候来，带了一条可怕的鬈毛狗，狗爪子弄脏了样样家具。他竭力摆出贵人的架势，甚至于每一次说起"先父"来，还举举帽子。可是习惯成自然，他照样一杯一杯给自己倒酒喝，说些不三不四的话。全福客客气气地把他推到外头："够数儿啦，格洛芒维耳老爷！下一回来吧！"她关上了大门。

她兴冲冲地给前公家律师布赖先生开门。一看见他的白领巾、他的秃头、他衬衫前面的皱纹、他宽大的棕色大衣、他弯胳膊捏鼻烟的姿势、他的全部形态，她就心慌意乱，像我们乍见到大人物一样。

他经管"太太"的产业，所以有好几小时和她待在"老爷"的书房。他总怕受牵连，万分尊敬官府，自命懂拉丁文。

为了用一种有趣的方式教导孩子，他送了他们一套地理知识图片，上面印着世界各种景象：几个头上插羽毛的吃人的野人、一只抢去一位小姐的猴子、几个沙漠地的拜都安人、一条中了镖枪的鲸鱼等等。

保尔解释这些图片给全福听。这就是她的全部文学教育。

孩子们的教育由居尤担任，一个在镇公所办事的可怜虫，出名写一手好字，在他的靴子上磨他的小刀。

天气晴和的日子，全家一早就去皆佛司田庄。

院子在斜坡上，房子在正当中；往远里望，海像一个灰点子。

全福从篮子里取出一片一片冷肉，一家人就在靠近牛奶房的一间屋子用午饭。这是如今不在了的一所别墅的唯一残余的屋子。破烂的墙纸随风摆动。欧班太太回想当年，触目伤情，不由就低下了头；孩子们不敢再言语了。她说："你们玩去吧！"他们就溜掉了。

保尔爬上仓房，捉小鸟，在池边打水漂，或者拿手杖敲大桶，像鼓一样响。

维尔吉妮喂兔子，跑过去采矢车菊，两条腿飞快，小绣花裤子露在外头。

秋季有一天黄昏，他们穿过草原回家。

上弦月照亮一部分天空，雾像纱一样，浮在杜克河弯弯曲曲的水面。牛躺在草地当中，安安静静，看这四个人走过。来到第三个牧场，有些牛站起来，后来就在他们前面，聚成一个圈子。全福说："别害怕！"她哼着一种悼歌似的调子，轻轻摩挲着顶近的一条牛的脊梁，它转过身子，别的牛也学它转过身子。可是穿过下一个草原，凭空起了一声惊人的牛叫。原来是一条公牛，给雾挡住了。它朝两个女人走过来。欧班太太拔脚就跑。"不！不！别那么快！"不过她们还是放快步子，因为背后的粗鼻息越来越近。牛蹄子如同铁锤一样敲打牧场的青草，它奔腾起来了！全福扭回身，抓起两把土，朝它的眼睛丢过去。它低下头，摇摆犄角，狂蹦乱跳，怪声吼叫。欧班太太带了两个小孩子，跑到草原尽头，又急又怕，寻思怎样越过高堰子。全福总在公牛前面朝后退，不住手地拿泥丢它的眼睛，同时喊着："快呀！快呀！"

欧班太太推着维尔吉妮，紧跟着又推保尔，滑到沟底下，几次试着爬到坝上又跌了下去，后来总算鼓起勇气爬上去了。

公牛把全福逼到栅栏跟前，口沫溅着她的脸，再有一秒钟，就会顶穿她的肚子。她不迟不早，恰好从两根桩子当中钻出去；庞大的畜生，大吃一惊，站住了。

这事多年以来，成了主教桥的一种谈话资料。全福一点也不觉得这有什么好骄傲的，她连干下了什么英勇的事，也没有想到过。

维尔吉妮完全占住了她的心。因为自从这场惊恐以后，她就得了脑神经病，浦帕尔医生建议她到土镇洗海水浴。

那时候，到土镇洗海水浴的并不多。欧班太太四处打听，请教布赖，筹划一切，就像要出一趟远门一样。

行李放在李耶巴尔的大车上，先一天走。第二天，他牵来两匹马，一匹有马鞍子，装着绒靠背；第二匹胯背上，放一件斗篷，卷成座椅式样。欧班太太骑在他后头。全福照管维尔吉妮，保尔跨上勒沙坡杜瓦先生的驴，驴是在小心照料的条件下借到的。

路坏极了，八公里路要走两小时。马陷在烂泥里头，一直陷到骹骨，拔出来要猛摇几下屁股，要不就是绊在车辙上，有时候又非跳不可。李耶巴尔的母马，走到一些地方，忽然停住不走，他耐着性子等它走。他说起沿路的地主，故事之外，还添上几句道德的感想。所以他们来到杜克乡镇中心，从围满旱金莲的窗户底下走过，他就耸肩膀道："这儿有一位勒胡塞太太，不挑年轻人嫁，反而……"全福没有听见下文。马走快了，驴奔着。大家走进一条小路，栅栏门开开，出来两个小孩子，他们就在门口粪池前面下了牲口。

李耶巴尔的妈妈看见女东家，做出种种欢喜的表示。她开出来的午饭有牛里脊、大肠、灌肠、炒子鸡、起沫的苹果酒、蜜饯糕、酒醉李子，还一边说着礼貌话，太太身子像是更好了、小姐变得越发"俏"啦、保尔少爷格外"壮"啦，还提起他们过世的祖父母，因为李耶巴尔一家人在他们家做过好几代，所以全都认识。田庄像他们一样，显出古老的意味。虫蛀了房椽、烟熏黑了墙，玻璃窗蒙了一层尘土，灰灰的。一张栎木隔架，放着形形色色的器皿：罐子、碟子、锡盘子、捕狼的机器、剪羊毛的大剪子；一个老大的灌肠器把孩子们逗笑了。三所院子没有一棵树不靠根长着蘑菇或者权丫中间长着一簇槲寄生的。风刮下好些槲寄生，又从半腰长起，累累的果实把枝子全压弯了。草铺的房顶，看上去像棕色的绒，厚薄不等，不怕最强烈的暴风。不过车房坍掉了。欧班太太说她会搁在心上的，接着就吩咐套牲口。

他们又走了半小时才到土镇。过艾考尔的时候，一小队人马下来；艾考尔是船的上空的一个悬崖。他们又走了三分钟，走到码头紧底，就进了大卫妈妈开的金羔客店的院子。

换空气和洗海水浴有效验，维尔吉妮从头几天起，就觉得自己不那么虚弱了。她没有游泳衣，穿着衬衫下水，女仆在一间供洗澡人用的海关小屋给她穿衣裳。

下午，他们骑驴，翻过黑石崖，到海格镇那边游玩。小路开头越上越高，两旁的地一个浅壑又一个浅壑，如同公园的草坪一样，接着就是一片高原，有牧场，有耕田，前后错落开了。路边的木莓丛里，冬青直挺挺立着；一棵高大的松树，或远或近，枝子横在蓝空里，丫杈一片。

他们几乎总在一块小草地上休息，左边是豆镇，右边是勒阿弗尔，前面是大海。阳光照耀，海像镜子一样光滑，而且那样平静，简直听不见潺湲的水声；几只麻雀躲在一旁啾唧；晴空万里，又把这一切罩在底下。欧班太太坐着做针线活；维尔吉妮在旁边编灯芯草；全福采着香草的花朵；保尔嫌气闷，直要走开。

有时候，他们乘船，渡过杜克河，找寻贝壳。潮退的时候，留下一些海胆、石决明、水母；孩子们跑来跑去，要捉风带来的泡沫。流浪像在睡觉一样，沿着海滩，静静地落在沙上。海滩扩展开了，一望无际。只在陆地方面，沙丘为界，把它和跑马场似的马赖大草原分开。他们从这里回去，就见土镇紧靠坡下，一步一步渐渐大了起来；参差不齐的房屋，像笑盈盈的花，七歪八倒开满一片。

天气太热，他们待在屋里不出去。耀眼的太阳，从帘子的隙缝，射进一道一道亮光。村子里没有任何声响。外边人行道上没有一个人。四下里一片沉静，越发显得安宁。远处有船工的铁锤敲打船底，热风带来柏油气味。

主要的娱乐是看渔船回来。它们一过浮标，开始纡徐前进，帆降到桅杆的三分之二高；它们破浪前进，前帆膨胀胀的，好像一个气球，一直滑到港口中心，锚突然抛了下去。接着船就靠码头停住。水手隔着搪板，往外扔活鱼；二排大车等着装鱼；有些戴布帽子的女人，冲到前头拿筐子，搂抱她们的丈夫。

有一天，这中间有一个女人，走到全福跟前。没多久，全福欢天喜地走进院子：她找到了一位姐姐。接着就见勒鲁的老婆纳

79

丝塔席·巴乃特出现了，胸前吊着一个吃奶的孩子，右手挽着一个，左边还有一个小水手，拳头顶住屁股，圆帽子扣住耳朵。

一刻钟过后，欧班太太就把她打发走了。

他们总在厨房附近或者散步期间遇见这一家人，丈夫并不露面。

全福对他们有了感情。她给他们买了一床被、几件衬衫、一只炉子；他们明明在揩她的油。欧班太太讨厌这种软心肠，而且也不喜欢那位外甥放肆——因为他"你呀你呀"地喊她的儿子。维尔吉妮又直咳嗽，季候不相宜了，她回到主教桥。

布赖先生指点她挑选中学校。康城的中学校据说最好。保尔到那边去了，他鼓起勇气告别：住到一个可有学伴的地方，他是满意的。

欧班太太容忍儿子远离，因为这是免不了的。维尔吉妮一天比一天不想念他。全福怀念他的吵闹，可是有一件事占住她的心：从圣诞节起，她天天带着小姑娘去学教理问答。

三

她先在门口跪一下，这才走进教堂，在两排椅子当中，打开欧班太太的凳子，坐下来，眼睛朝四周望。

男孩子在右，女孩子在左，坐满了唱经堂的椅子；教士站在经架一旁。后殿有一块花玻璃窗，画着圣灵和圣母，圣灵在圣母上面；另一块花玻璃窗，画的是圣婴耶稣，圣母跪在前面。圣体龛子背后，有圣·米迦勒降龙的木雕。

教士先讲一遍圣史的梗概。她恍惚看见乐园、洪水、巴别塔、烧毁的城市、灭亡的民族、推倒的偶像；她听到后来，眼花耳热，充满对天父的尊敬和对他的震怒的畏惧。过后她听见耶稣殉难，哭起来了。他疼小孩子，给众人吃，治好瞎子，而且心性

80

谦和，愿意降生在穷人中间一个牲口棚的粪堆上，他们为什么还要把他钉死在十字架上啊？《福音》书上说起的那些家常事：播种、收获、压榨器，全在她的生活里头，通过上帝，神圣化了。她因为爱圣羔，也就越发爱羔羊，由于圣灵的缘故，也就越发爱鸽子。

她不大想象得出圣灵的形体，因为它不仅是鸟，而且还是火，有时候又是气息，晚上在沼泽周围飞翔的或许就是它的亮光，云飘来飘去或许就是由于它的哈气，钟抑扬动听或许就是由于它的声音。她坐在那里，万分虔诚，享受着四壁的清凉和教堂的安静。

至于教义，她丝毫不懂，就连尝试了解的心思也没有。堂长在讲，孩子们在背，她最后睡着了，直到大家要走，木头鞋打着石板地响，这才忽然惊醒过来。

她就这样靠着听，学会了教理内容，因为她小时候没有受过宗教教育。从这时起，维尔吉妮做什么，她学什么，学她吃斋，和她一起忏悔。圣体瞻仰节那一天，她们合献了一张圣坛。

第一次圣体还没有领，她先忙坏了。她为了鞋、书、念珠、手套发急。她帮太太给维尔吉妮穿衣服，自己直打哆嗦！

弥撒进行的期间，她一直焦灼不安。布赖先生挡住她，唱经堂的一侧她看不见；不过正在对面，有一群小姑娘，面网拉得低低的，上头压着白花冠，看上去好像一片大雪，她老远就从更细的颈项和文静的姿态认出了心爱的女孩子。钟响了，头全低下来，一片肃静。风琴一响，唱经班就和群众唱起"上帝的羔羊"；接着男孩子就排队走动，女孩子跟着也站了起来。她们两手合十，一步一步，走向灯火辉煌的圣坛，跪在第一级，一个挨一个，领受祭饼，然后按照原来的行列，回到她们的跪儿跟前。轮到维尔吉妮的时候，全福伸出身子看她，由于真心疼爱导致想象的缘故，觉得自己变成这孩子，长着她的小脸，穿着她的袍子，胸脯里面是她的心在跳。临到张嘴闭眼的时候，她险些晕了过去。

第二天一清早，她来到教堂更衣室，求堂长先生给她圣体。她虔诚地领受，但是感觉不出同样欢愉的味道。

欧班太太希望女儿成一个十全十美的人。居尤既然不能教她英文、音乐，她决定送她到翁福勒的虞徐林修道院做寄宿生。

女孩子并不反对。全福直叹气，觉得太太心狠。过后她想，也许她的主妇对。这些事不是她能理解的。

终于有一天，门前停了一辆有顶篷的旧车；车上下来一位修女，她是接小姐来的。全福把行李放在顶篷上，叮咛车夫几句，给车座里搁了六罐蜜饯、一打上下的梨和一把紫罗兰。

临到分手，维尔吉妮抱住母亲，大哭起来，母亲吻着她的额头，说了好几遍："好啦！勇敢些！勇敢些！"脚凳朝上一翻，马车出发了。

欧班太太这时候支持不住，晕过去了；她的朋友：劳尔冒夫妇、勒沙坡杜瓦太太、"那些"洛赦弗叶小姐们、胡波维尔先生和布赖，夜晚全过来安慰她。

女儿不在，她起初很痛苦。不过她一星期收到女儿三封信，别的日子给她写回信，在花园散散步，看看书，时间也就这样消磨掉了。

全福早晨照例走进维尔吉妮的卧室，望望四墙，不再给她梳头，不再给她的小靴子系鞋带，不再帮她塞紧被窝，不再成天看她可爱的脸蛋儿，不再揽着她一块儿走出去，她觉得憋闷。她没有事干，试着织花边。手指又太笨，一来弄断了线。她什么也不在心，睡又睡不着，照她说的，"毁啦"。

为了"解闷"起见，她求太太许她接见她的外甥维克道尔。

他星期天做完弥撒来，脸庞红红的，光着胸膛，有一股从乡下带来的田野气味。她立刻给他摆好刀叉。他们面对面用午饭。

她节省开支，自己尽量少吃，拼命塞饱他的肚子，吃到末了，他睡着了。晚课钟声一响，她叫醒他，刷净他的裤子，帮他打好领带，然后扶住他的胳膊，走向教堂，像母亲一样得意。

他的父母总吩咐他带点儿东西回去，一包土糖呐，肥皂呐，酒精呐，有时候连钱也要。他拿他的破烂衣裤给她缝补，她接受这种工作，高兴有一个机会叫他再来。

临到 8 月，他父亲带他跑码头去了。

这时候正放暑假。孩子们回来了，她有了安慰。可是保尔变任性了，维尔吉妮到了不能用"你"呼唤的年龄，这造成她们中间的拘束、障碍。

维克道尔前后去过莫尔列、敦刻尔克、布赖顿；他每次出门回来，都送她一件礼物。头一次是一个贝壳盒子；第二次是一只咖啡杯子；第三次是一个大点心人儿。他好看了，长短相宜，留了点儿髭，有一对爽朗的眼睛，后脑勺戴一顶小皮帽，像一个领港的。他娱乐她，为她讲一些夹杂着水手语言的故事。

有一天，星期一，1819 年 7 月 14 日（她忘不了这一天），维克道尔说，他受雇跑外洋，后天夜晚，搭翁福勒的邮船，去赶他的快帆船，三两天内，就要从勒阿弗尔启碇。他这一去，也许要去两年。

要好久不见面，全福难过了。于是星期三黄昏，太太用过晚饭，她换上木底鞋，一口气走完主教桥到翁福勒的四公里地，和他再话别一回。

她走到各各他前面，不朝左转，反而朝右走。在造船厂迷了路，只得倒回来。她问路的人劝她快走。她兜着装满船只的水坞走，碰来碰去是缆索，再走下去，地面低了，有几道光交在一起。她望见天空有几匹马，心想自己疯了。

码头边还有马在嘶叫。它们是看见了海害怕。一架起重机把它们吊上来，坠到船里头。船上的乘客，在苹果酒桶、酪饼筐和谷子口袋中间挤来挤去；母鸡在啼，船长在骂人，一个小水手，胳膊肘靠着船头的锚桩，什么也不在心上。全福没有认出他来，直喊："维克道尔！"他仰起了头，她朝前冲，梯子忽然抽掉。

几个女人边唱边拉船。邮船出了港口。龙骨发出响声，沉重的波浪打着船头。帆掉转方向，什么人也望不见了——月亮照耀，一个黑点子在银光闪闪的海上越来越淡，沉下去，不见了。

全福从各各他的近旁走过，想把她顶心疼的人交托上帝；她站着祷告了老半天，眼睛望着云彩，满脸的眼泪。城市睡眠了，海关上有几个人员走来走去；水从闸孔不住地往外流，声音像瀑布一样响。正敲两点钟。

天亮以前，会客室不会开的。回去迟了，太太一定会不开心的。她虽然直想搂搂另一个孩子，还是不去了。她走到主教桥，客店的女仆们正好醒来。

那么，可怜的孩子要在海上颠簸好些月！他先前出门，她不害怕。去英吉利，去布列塔尼，人回得来的；可是亚美利加洲、殖民地、群岛，全在偏僻地方、世界的另一头啊。

全福从这时候起，一心挂念她的外甥。有太阳的日子，她愁他渴；起了暴风雨，她怕雷劈了他。她听见风在烟囱吼，刮下瓦来，就看见这同一的狂风也在吹他，他站在一棵断桅的尖尖头，整个身子往后一倒，淹在一片泡沫底下；或者——想起地理知识图片——野蛮人吃掉他，猴子在树林捉住他，死在一个荒凉的海滩。可是她从不讲起她的挂虑。

欧班太太直在牵挂她的女儿。

善良的修女们觉得她感情重，过于脆弱，一点点刺激也受不了，必须停止钢琴不学。

她母亲要求修道院按时来信。有一天早晨，邮差没有来，她急了，在客厅来回走动，从她的大靠背椅蹑到窗口。简直出人意料！四天了，没有消息！

84

全福希望她拿自己做榜样，把心放宽了，对她说：

"我，太太，半年没有得到消息！……"

"谁的消息？……"

女仆和颜悦色地回道：

"呵……我外甥的消息！"

"啊！你外甥！"欧班太太耸耸肩膀，又走动起来，意思好像是说："我不想他！……再说，管我什么事！一个小水手，一个叫花子，可漂亮呐！……不过我女儿……想想看！……"

全福受惯了气，恼起太太来了，过后也就忘记了。

为了女儿失掉理性，她觉得是常情。

两个孩子同等重要，她的心把他们联在一起，他们的命运应当一样才是。

药剂师告诉她：维克道尔的船到了哈瓦那。他在报上看到这段新闻。

哈瓦那出雪茄，她想象人在这地方，除去抽烟，不干别的事，维克道尔裹在烟雾里面，在黑人当中走来走去。"万一有急事的话"，人能走陆地回来吗？那儿离主教桥有多远？她想晓得，就请教布赖先生去了。

他找出地图，开始解释纬度；他看见全福发呆，显出扬扬得意的学究的微笑。他最后在一个椭圆斑点的裂口，拿他的铅笔套，指着一个看不清的黑点子说："这儿就是。"她把身子弯在地图上，看着这些着色的线网。眼睛看花了，什么道理也没有看出来。她有什么难处，布赖叫她说出来。她求他指出维克道尔住的房子。布赖举起胳膊，打喷嚏，哈哈大笑起来；他好笑她这样老实。全福不明白他为什么笑——她的理解力是那样有限，也许希望看到他外甥的画像哩！

半个月以后，李耶巴尔照常在赶集的时候走进厨房，递给她一封她姐夫写来的信。两个人谁也不识字，她央求她的主妇念给她听。

欧班太太正在计算一件编织东西的针数，拿活放在一旁，边拆信，边哆嗦，声音放低，眼色严重：

"是坏消息……他们告诉你，你外甥……"

他死了。信上没有说起别的话。

全福倒在一张椅子上，头靠板壁，眼皮闭住，马上眼皮变成红色。接着她就低下额头，搭下两只手，瞪着眼睛，停一时重复一回道：

"可怜的孩子！可怜的孩子！"

李耶巴尔望着她直叹气。欧班太太微微打战。

她建议她到土镇看她姐姐去。

全福做了一个手势，表示她没有去的必要。

都不作声。李耶巴尔老头一想，还是走的好。

她这时候才说：

"他们才不拿这搁在心上，他们！"

她又垂下了头；她不时机械地拿起女红桌子上的长针。

有些女人走过门口，抬着一块板子，上面放着湿淋淋的衣服。

她从玻璃窗望见她们，想起要洗的衣服；衣服昨天泡下去的，今天该洗出来了；她走出房子。

她的搓板和水桶放在杜克河边。她把一堆衬衫扔在岸上，挽起袖子，拿起棒槌，打下去的有力的响声，附近花园也听见了。草原空落落的，风吹皱了河水；水底长着一些草，高高的，垂在水面，如同死人的头发在水里漂浮。她捺下痛苦，直到天黑，还很勇敢；但是走进她的屋子，她支不住了，扑到褥子上，脸埋在枕头里，两个拳头顶住太阳穴。

过了好久，她从维克道尔的船长本人那边，打听到他死的情形。他害黄热病，医院放血放得太多了。四个医生同时治他。他马上就死了，为首的说：

"好！又死了一个！"

他父母一向苛待他。她也不高兴再见到他们。他们没有再来攀她，不是忘记，就是穷苦人的心硬吧。

维尔吉妮病下来了。

气闷、咳嗽、不断发烧、颧骨上有青纹，全都表示病症严重。浦帕尔先生建议住到普洛旺斯。欧班太太决定照做，不是主教桥气候不好，立刻就把女儿接回家了。

她同一个出赁车辆的人讲定，每星期二送她到修道院去一趟。花园里面有一座高台子，人在这里望得见塞纳河。维尔吉妮扶着她的胳膊，踩着落下来的葡萄叶子，在这里散步。她眺望远处的帆和从唐卡尔镇的庄园到勒阿弗尔的灯塔的天边，有时候太阳穿过云彩，照得她直眨眼睛。她们随后坐在花棚底下休息。母亲弄来一小坛玛拉嘎好酒，她想起会醉就笑了，喝两指高，不喝了。

她的元气恢复了。秋天平平安安地过去了。全福请欧班太太放心。但是有一天黄昏，她到邻近有事回来，看见门前停着浦帕尔先生的马车，他本人站在过堂。欧班太太在系帽带。

"拿我的脚炉、我的钱包、我的手套给我，快一点！"

维尔吉妮害肺炎；可能没有救。

医生说："还有希望！"于是两个人冒着飘旋的雪花，上了马车。天快黑了。天气很冷。

全福奔进教堂，点起一支蜡烛。接着她就追马车，一小时以后赶上了，从后头轻轻跳上去，抓住两边的穗子，忽然又想起："院门没有关，万一贼进来呢？"就跳下车来。

第二天，蒙蒙亮，她去探望医生。他回来又下了乡。她随后待在客店，以为会有生人捎信来的。最后，一清早，她上了黎孝来的邮车。

修道院在一条陡斜的小巷的紧底，上到半腰，她听见奇怪的响声、一种报丧的钟声。全福心想："这是为别人敲的。"她拼命拍门环。

几分钟后，拖鞋踢踏踢踏地响了，门打开一半，出现了一位修女。

善良的修女显出沉痛的神情，说起"她方才过世"。就在同时，圣·莱奥纳教堂的钟声又响又快了。

全福上了三楼。

她从门口起，就望见维尔吉妮仰天躺着，手合在一起，口张开，头在一个朝着她的黑十字架下面向后仰着，两旁幔子一动不动，还不如她的脸白。欧班太太在床前，抱住床腿，抽抽咽咽，透不过气。院长站在右边。五斗橱上放着三只蜡烛台，滴下来一些红点子；雾漂白了窗户。几位修女搀走欧班太太。

一连两夜，全福没有离开死人。她重复着同一的祷告，拿圣水洒在单子上，回到原处坐下，细端详她。守到第一夜临了，她看出死人脸色变黄，嘴唇变蓝，鼻子抽缩，眼睛下陷。她吻死人眼睛吻了好几回，万一维尔吉妮睁开眼睛的话，她也绝不会大吃一惊；对她这种人，怪异的事也很平常。她给她梳洗好，换上寿衣，放进棺材，戴上一顶花冠，把她的头发散开了。头发是金黄色，在她这种年龄，要算很长了。全福剪下一大绺来，一半放在自己的胸脯前头，立定主意，永不相离。

依照欧班太太的意思，尸首运回主教桥，她乘了一辆关严的马车，跟在柩车后面。

做完弥撒，还要走三刻钟，才到公墓。保尔领头走，呜咽着。布赖先生跟在后头，接着就是重要的居民、披着黑纱的妇女和全福。她想到她的外甥，因为不能举行这种殡礼，分外悲伤，如同埋这一个，同时把另一个也埋了一样。

欧班太太悲痛到了极点。

开头她埋怨上帝，觉得他不公道，不该夺去了她的女儿——她从来没有做过坏事，一直良心安宁！不对！她早该带她去南方才是。旁的医生会救活她的！她怪自己不好，愿意跟她走，梦中一来就哭醒。有一个梦，她特别入迷。她丈夫出远门回来，水手打扮，哭着对她讲：他奉命要带维尔吉妮走。他们于是商量妥当，寻找一个躲藏的地方。

有一回，她丢魂失魄，从花园回来。方才（她指出地点）在她面前，父女肩靠肩出现，什么也不做，只是望她。

好几个月，她待在房间发愣。全福和颜悦色地开导她，她应当看在儿子分上，保重身体，而且要想到另一位，思念"她"。

"她？"欧班太太回答着，好像才醒过来一样，"啊！是的！……是的！……你没有忘记！"她指公墓说，因为她是绝对不许去公墓的。

全福天天去。

一到四点正，她绕过几家人家，走到坡上，推开栅栏门，来到维尔吉妮的坟前。坟是一根玫瑰色的大理石小柱，底下一块青石板，四周是链子圈起来的一个小花园。一片花卉，畦界都分不出来了。她给叶子浇水，换上新沙，跪在地上翻土。欧班太太到了能来的时候，感到一阵松快，像是得到了安慰。

随后许多年过去，一模一样，没有再出事，除非是节日去了又来：耶稣复活瞻礼、圣母升天瞻礼、诸圣瞻礼。家里有些事，过后想起，也成了重大事件。例如1825年，两个镶玻璃的工人粉刷过堂；1827年，屋顶有一部分掉在院里，险些砸死人；1828年夏天，轮到太太献弥撒用的面包，布赖临近这时期，不知道捣什么鬼，人不见了，旧日亲友：居尤、李耶巴尔、勒沙坡杜瓦太太、罗柏兰、早已瘫了的长辈格洛芒维耳，都日渐疏远了。

有一天夜晚，邮车的车夫在主教桥讲起七月革命。不几天，派来了一位新县长：前任亚美利加洲的领事拉尔扫尼耶男爵。他家里除去太太，还有他的大姨和三位已经相当大了的小姐。大家望见她们穿着宽适的长背心，在她们的草地散步。她们有一个黑奴和一只鹦鹉。她们拜望欧班太太，全福远远望见，就跑去通知欧班太太。欧班太太紧跟着回拜她们。不过只有一件事能感动她，就是她儿子来信。

他沉涵在咖啡馆，一事无成。她替他还完旧债，他又有了新债。欧班太太在窗户旁边编织东西，叹气的声音，全福在厨房也听见了。

她的小东西统统放在有两张床的卧室的壁橱里。欧班太太平时尽可能减少查看的次数。夏季有一天，她决定去看一趟；橱里飞出好些蛾子。

她的袍子一平排挂在一块木板底下，木板上放着三囡图、几个圈圈、一副小家具、她用的洗脸盆。她们也把裙子、袜子、帕子取出来，在两张床上摊开了，晾晾再叠起来。太阳照着这些可怜的东西，显出上面的油渍和身体动来动去动出来的褶子。蓝蓝的天，空气暖暖和和，一只喜鹊在叫唤，似乎一切悠然自得，异常恬适。她们找到一顶栗子颜色的长毛小绒帽，不过整个让虫蛀掉了。全福求主归赏给她。她们含着一包眼泪，你看我，我看你，最后主妇张开胳膊，女仆扑过去，搂得紧紧的，在一个不分上下的吻里，满足她们的痛苦。

有生以来，她们这还是第一次吻抱，因为欧班太太不是一种喜怒见于外的性格。全福感激她，就像得到恩赏一样，从此以后，她疼她，具有牲畜的忠诚和宗教的尊敬。

她越发心善了。

她听见街上过兵的铜鼓声，来到门前，捧着一坛苹果酒，请兵士喝。她照料霍乱病人。她保护波兰人，甚至于有一个波兰人讲，愿意娶她。不过两个人吵了嘴，因为有一天早晨，她做完礼

90

拜回来，发现他溜进厨房，端起一盘拌好的菜，安安静静地吃着。

波兰人以后，就是考耳米赦老爹，一个据说在1793年干过恶事的老头子。他住在河边一个破猪圈里。孩子们从墙缝张望他，朝他扔石子，掉在他的破床上；他躺在上面，害重感冒，老在咳嗽，身子不停地抽动，头发很长，眼皮发炎，胳膊上长着一个比他的头还大的瘤子。她给他找了些布，试着打扫干净他的脏窝，还打算把他安插在烤面包的地方，只要他不给太太添麻烦。癌肿破了以后，她天天帮他包扎，有时候带饼给他吃，把他放在太阳地的草堆上。可怜的老头子，流着涎水，哆哆嗦嗦，发出微弱的声音谢她，直怕丢掉她，看见她走，就伸长了手。他死了，她为他的灵魂安息，做了一回弥撒。

她当天交了一个大好运：吃午饭的时候，拉尔扫尼耶太太的黑奴来了，拿着装在笼子里的鹦鹉，还有木架、链子和锁，男爵夫人有一个纸条给欧班太太，说她丈夫升了省长，黄昏动身，请她收下这只鸟儿，作为一个纪念和表示敬意的凭证。

全福许久以来，就在盘算它了，因为它是从亚美利加洲来的，这地名让她想起维克道尔，所以她常常在黑奴跟前问起它。有一次她甚至于说："太太得到它，会开心的！"

黑奴又把这话说给他的主妇听，反正她不能带走，倒不如顺水人情把它送了。

四

它叫琭琭。身子是绿颜色，翅膀的尖尖是玫瑰红，蓝额头，金脖子。

不过它有一种讨厌的怪癖：咬它的木架、拔它的羽毛、抛它的粪、泼它的杯子里的水。欧班太太嫌烦，把它永远给了全福。

她用心教它，不久它就重复着："乖孩子！先生，您好！玛丽，我向你致敬！"它挂在大门一旁，有些人奇怪叫它雅考不见答应，因为鹦鹉全叫雅考。大家把它说成一只火鸡、一根木头：一刀子一刀子刺全福的心！琭琭也出奇固执，有人看它，就不言语了。

可是它喜欢人多，因为一到星期天，"那些"洛赦佛叶小姐、胡波维耳先生和带来的新客人、药剂师翁弗洛瓦、法栾先生和马修队长正斗牌的时候，它就拿翅膀打玻璃窗，乱飞乱跳，闹得谁也听不见谁讲话。

不用说，它觉得布赖的脸很可笑。它一看见他，就笑开了，拼命大笑。笑声一直传到门外院子，回声重复笑声，把邻居引到窗口，也笑起来了。布赖先生不要鹦鹉看见自己，拿帽子遮住侧脸，贴墙遛到河边，再从花园内进来；他投向鸟儿的视线缺乏好感。

琭琭擅自把头探到肉铺伙计的篮子里头，他弹了它一下；从这时候起，它总试着隔开他的衬衫啄他。法布吓唬它，要扭断它的脖子，其实他并不残忍，别看他胳膊上画着花纹，长着一脸络腮胡须。正相反，他倒喜欢鹦鹉，甚至于兴致勃勃，愿意教它说脏话。全福怕他胡闹，把它搁到厨房。链子去掉，它兜着房子飞。

下楼的时候，它用上嘴勾子顶住梯级，举起右爪，再举左爪；她直怕这种运动把它弄晕了。果不其然，它病了。它不能说话，也不能吃东西。原来是它的舌头底下起了一层厚苔，母鸡有时候就得这种病。她拿指甲剥掉这层薄膜，治好了它。有一天，保尔少爷不小心，把雪茄烟喷进它的鼻孔；又有一次，劳尔冒太太拿伞尖儿逗它，它一口就把铁箍嗑下来；最后，它不见了。

先是她要它吸吸新鲜空气，放在草地上，走开了一会儿。她回来一看，鹦鹉不见了！起初她在灌木丛、河边、房顶上找，主妇对她喊："留神呀，你疯啦！"她也不听她劝。接着她就查访主教桥所有的花园，她拦住行人问："你有没有，什么时候，凑巧看见我的鹦鹉？"有些人不认识鹦鹉，她就对他们形容一番。忽然她相信，在山坡底下磨坊后头，瞥见一个东西飞。可是上到山顶，什么也没有！有一个商贩告诉她，他方才在圣·墨南遇到它，在西蒙妈妈的铺子。她跑过去。她想说的话，人家听不懂。她最后回来了。累得要命，鞋磨穿了，心里什么希望也没有了。她坐在凳子当中，靠近太太，述说她的全部经过，就见一只不怎么重的东西，轻轻落在她的肩上，原来是球球！它干什么去了？或许在邻近散步来着！

她没有能一下子复原。或者不如说，永远没有复原。

她由于着凉，喉咙发炎；没有多久，耳朵有了毛病。再过三年，她聋了；她说话的声音很高，甚至于在教堂也这样高。她的罪过散到教区每一个角落。对她虽然没有什么不体面，对别人也没有什么不方便，堂长先生以为听她忏悔，还是改到更衣室比较相宜。

想象的声音把她折磨坏了。主妇常对她说："我的上帝！看你多蠢！"她答道："是啊，太太。"一边在周围寻找东西。

她的观念世界本来就小，现在越发缩小了。钟的铿锵、牛的哞鸣，都不存在了。生物全像鬼一样，静悄悄地行动。如今只有一个响声听得见，就是鹦鹉的声音。

它像是帮她解闷吧，学机器转烤肉铁扦子的嘀嗒声、鱼贩尖锐的叫声、住在对面的木匠的拉锯声；它听见门铃响，就学欧班太太喊："全福！大门！大门！"

他们有话谈，它拼命卖弄它那烂熟的三句话，而她，回答一些无头无尾的字句，可是有真感情。在她索居独处的生涯里，它差不多成了一个儿子、一个情人。它爬她的手指，咬她的嘴唇，抓她的肩巾；她一额头朝前，像奶奶那样摇头，帽子的大耳朵和

93

鸟翅膀就一道颤动起来。

云一聚，雷一响，它就叫唤，也许是记起家乡森林的暴雨了吧。看见水流，它就欢狂了，疯了一样飞上天花板，把东西全撞翻，从窗户飞到花园里头去淋雨。不过它很快就回来了，歇在灶堂上，一跳一蹦，抖干羽毛，一会儿露出尾巴，一会儿露出嘴。

1837 年可怕的冬季，她看天空，把它放在壁炉前面。有一天早晨，她发现它死了，在笼子当中，头朝下，爪子在铁丝的空档。想必是充血死的吧？她相信它中了芹菜毒；虽然缺乏证据，她疑心是法布干的。

她哭得好不伤心，主妇对她道："好啦，做成标本不就得了!"

她请教药剂师，他一向待鹦鹉好。

他写信到勒阿弗尔。有一个叫佛拉丽的，承受这种活儿。不过公共汽车往往遗失包裹，她决定亲自把它送到翁福勒。

沿路接连不断的是没有叶子的苹果树。沟里结着冰。狗在田庄边沿吠着。她把手缩在小斗篷底下，踏着她的小黑木头鞋，挎着她的篮子，在石路当中快步走着。

她穿过森林，走过高栎树，来到圣·嘎母。

她后面起了一阵尘土，就见一辆邮车飓风也似地从坡上驰了下来。车夫看见这女人不让路，站直了，身子露出车篷外，车僮也在喊叫，同时他管制不住的四匹马快跑着。头两匹从她旁边蹭过去。他摇起缰绳，死命把马揪到大路一旁的便道；可是他气极了，举起胳膊，抡起他的大鞭子，从她的肚子一直抽到她的后颈，她仰天倒下了。

她醒过来，头一个动作是打开她的篮子。总算好，球球没有受伤。她觉得右脸烧痛，两只手一摸，手变成红的，血直流。

她坐在一堆石子上，拿帕子包住脸，然后取出篮子里预先搁好的干面包，咬一口，看着鸟儿，也就忘记她受伤了。

她走到艾克莫镇的坡头，望见翁福勒的灯火，像一群星星在夜里闪烁；再往远去，海就隐隐约约展开了。于是她不由一阵伤心，收住了脚。儿时贫苦、初恋落空、外甥离开、维尔吉妮死去，好像一片潮水，同时卷来，涌到咽喉，噎住了她。

　　她随后希望和船长说话；她叮咛他小心，不过没有说明托他带去的是什么东西。

　　佛拉丽许久没有寄出鹦鹉。他总答应下星期寄出，过了半年，他通知寄出一只箱子，再也没有下文了。琭琭简直就像永远不会回来了。她想："他们许是把它偷去了！"

　　它终于来了——神气得很：红木座子嵌着一个树枝子，直挺挺立在上头，一个爪子在半空，侧着头，咬一颗核桃，做标本的爱装潢，还给核桃镀了金。

　　她把它藏在她的屋里。

　　这地方她很少放人进来过，里面塞满宗教物品和古怪东西，像一座小礼拜堂，也像一家百货公司。

　　一个大橱立在门旁，妨碍开门。延伸到花园上空的窗户的对面，有一个朝院子开的小圆窗，帆布床旁边是一张桌子，上面放着一个水罐、两把篦梳、一个缺口碟子，碟子里头放着一小块蓝胰子。沿墙摆着一些念珠、徽章、几尊圣母像、一个椰子做的圣水杯；五斗橱上，像圣坛一样盖着单子，上面放着维克道尔送她的贝壳盒子，此外还有一把喷壶、一个皮球、几本练习簿、地理知识图片、一双小女靴子；挂镜子的钉子上，挂着帽带子。那顶小绒帽！全福毕恭毕敬到了这种地步，连"老爷"一件礼服，她也保存着，欧班太太不要的老古董，她全收到自己的屋子里。这就是为什么五斗橱靠边放着纸花，天窗紧里挂着达尔杜瓦伯爵的画像。

　　琭琭用一块小木板架住，放在屋里凸出的壁炉上。她每天早晨醒来，靠黎明的亮光望见它，于是想起过去的年月、无足轻重的动作，一直想到它们的细枝末节，不但不痛苦，反而充满平静。

她不和任何人往来，日子过得懵懵懂懂的，活像一个梦游人。圣体瞻礼节游行，她兴奋起来，到四邻妇女家求了一些蜡烛和草垫，装扮搭在街心的圣坛。

她在教堂总望着圣灵，注意到它和鹦鹉有些地方相似。有一张厄比纳尔的圣像，画着救主领洗，上面的圣灵她觉得特别像它。绯红翅膀和绿玉似的身子，活脱脱就是琭琭的写照。

她买过来，挂在原来挂达尔杜瓦伯爵的地方——她正好一眼把它们看到。它们在她思想里面联结起来，由于和圣灵这种联系，鹦鹉神圣化了，同时在她看来，也就变得更生动、更容易理解了。天父显示自己，不会挑一个鸽子的，因为这类飞禽没有声音，倒是挑琭琭的一个祖先可靠。所以全福望着圣像祷告，可是身子不时斜过一点来对着鹦鹉。

教堂组织圣母的侍女队，她直想加入。欧班太太劝住了她。

来了一件大事。保尔结婚。

他起先给公证人当书记，后来经商，在关卡服务，在税局做事，甚至于活动水利和森林的差事，忽然临到三十六岁，不知道天上刮来一阵什么风，他发现他的出路了：登记处！他在这里显出很大的才干，有一位检察官居然把女儿许给他，答应栽培他。

保尔变严肃了，带她来见母亲。

她指摘主教桥的风俗习惯，摆少奶奶架子，作践全福。她走的时候，欧班太太觉得轻松。

接着下星期，传来布赖先生死在下·布列塔尼一家客店的消息。自杀的谣言证实了；人对他的正直起了疑心。欧班太太复查她的账簿，很快就看出他连串的弊端：挪用利息、私卖木材、滥用收据等等。而且他有一个私生子，"和道需赖一个女人有来往"。

她很为这些事难过。1853年3月,她觉得胸口疼,舌头像是有烟罩着,放血也减轻不了气闷;第九天黄昏,她咽了气,正好七十二岁。

人们以为她没有年老,由于头发还是棕色的缘故,头发从鬓角下来,兜着她苍白的细麻子脸。很少朋友惋惜她,她拘礼的作风近乎拒人于千里之外的傲慢。

全福不像普通仆人哭主人那样哭她。"太太"会死在她前头,她怎么也想不通,觉得这违反事物的程序,不能接受,简直荒唐。

十天以后(从贝藏松赶来需要的时间),继承的人们突然来了。少奶奶翻抽屉,挑家具,卖掉多余的家具,随后他们又回登记处去了。

"太太"的沙发椅,她的独腿圆桌,她的脚炉、八张椅子,全运走了!板壁上的画幅也摘掉了,留下一些黄颜色的方空档。他们带走两张小床和床垫,壁橱里头维尔吉妮的东西统统不见了!全福走上楼,满脸的忧郁。

第二天,门上多了一张招贴;药剂师冲她的耳朵嚷嚷:出卖房子。

她站不住脚,一屁股坐了下来。

她顶难过的是放弃她的屋子——对可怜的球球是那样方便,她哀求圣灵,焦灼的视线围着它,而且养成崇拜偶像的习惯,跪到鹦鹉前面祷告。太阳有时候从天窗下来,照到它的玻璃眼睛,反射出一道明晃晃的亮光,她入神了。

她一年有三百八十法郎收入,是主妇留给她的。花园供她青菜。至于衣服,足够穿戴到她末一天,而且节省灯火,天一黑,她就睡了。

她不出门,免得看见旧货铺子那边,摆着几件旧家具。自从她摔晕过去以来,她就拖着一条腿走路,她的气力衰了。开杂货铺开穷了的西蒙妈妈，天天早晨来帮她劈柴打水。

她的眼睛不中用了。百叶窗不再打开。许多年过去了，房子租不出去，也卖不掉。

全福怕人家撵她，决不要求修理，屋顶的板条烂了；一整冬天，她的长枕头都是湿的。复活节后，她吐血。

西蒙妈妈于是请了一位医生。全福想知道她害什么病，不过耳朵太聋，她听不见，只抓住两个字"肺炎"。她晓得这个，和颜悦色地答道："啊！跟太太一样。"她觉得和太太一样是很自然的。

搭圣坛的日子近了。

第一座总在山坡底下，第二座在邮局前面，第三座在街中心。关于末一座的地点，大家起了争端；最后，教区妇女选定欧班太太房前的院子。

气闷和体温增加了。全福没有为圣坛做一点点事，觉得难过。起码她能放点儿东西上去也好！她于是想到鹦鹉。邻居妇女反对，说这不相宜。可是堂长答应了。她非常快活，请他收下她唯一的财宝球球。万一她死了的话。

从星期二到星期六，圣体瞻仰节的前一天，她咳嗽的回数越发多了。临到黄昏，脸绷紧，嘴唇粘在牙床上，她作呕了；第二天，一清早，她觉得险恶，托人请来一位教士。

抹圣油的时候，三个善良的妇女围着她。她随后说，她需要和法布谈谈。

他穿着星期天的好衣服来了，在这阴惨惨的空气中间，很不舒服。

她用力伸出胳膊，说："原谅我吧，我先前直以为是你把它害死的！"

什么意思，说这种废话？疑心他杀过人，像他这样一个男人！他动气了，要吵闹。

98

"她头脑不清楚,你看得出来。"

全福不时在同影子说话。善良的妇女走了。西蒙妈妈吃着午饭。

停了一会儿工夫,她拿起球球,送到全福面前。

"好啦!和它告别吧!"

虽然不是尸首,也虫蛀了,一个翅膀断掉,麻絮从肚里散了出来。不过她如今眼睛瞎了,看不见。她吻它的额头,脸贴着它贴了许久。西蒙妈妈要把它放到圣坛上,就又拿开了。

五

草原送来夏天的气味,苍蝇嗡嗡在飞,太阳照亮河水,晒暖房顶的青石瓦。西蒙妈妈回到屋里,不久也就睡着了。

钟声吵醒了她;人们做完晚课朝外走。全福的昏迷好些了。她想到游行,好像她跟在后头一样,看见了游行。

全体学童、唱经班和消防队,走在人行道上,同时领头在街心前行的,有握着斧钺的教堂守卫、捧着一个大十字架的教堂执事、管理男孩子们的教师、不放心小姑娘们的修女;三个最可爱的小女孩子,天仙一般,头发鬈着,往空里撒玫瑰花瓣;助祭教士张开胳膊,为音乐打拍子;两个管香炉的,走一步,向圣体一回身;同时堂长先生,披着华丽的祭被,在四个财务员的一顶鲜红绒盖底下,捧着圣体。在白布盖着的房墙之间有一大群人,熙熙攘攘,跟在后头。他们来到山坡底下。

全福的太阳穴直冒冷汗。西蒙妈妈拿一块布给她揩汗,自言自语,说她一定也会有这一天的。

群众的呢喃变大了,有一时很响,随后又远了。

一阵枪声震动窗户玻璃。原来是车僮在向圣龛致敬。全福转动瞳孔,拼命提高声音说:"它好吗?"她在担心鹦鹉。

她开始咽气。气越喘越急，两肋一上一下地掀动。嘴角起泡沫，浑身打战。

没有多久，就听见铜喇叭呜嘟嘟的响声、儿童嘹亮的声音、男子低沉的声音。有时候一切寂静，脚踩着花，声音发闷，好像一群牛羊在草地上走。

教堂人员在院子里出现了，西蒙妈妈爬上一张椅子，凑近小圆窗，望出去就是圣坛。

祭桌挂着绿花环，周围镶着一道英吉利针织的边饰，当中一个小架子，托着一些先圣的遗物，桌角有两棵橘子树，四周全是银蜡烛台、瓷花瓶，花瓶插着葵花、百合、牡丹、毛地黄、小簇八仙花。这堆绚丽的色彩，从高处第一级朝下，斜着铺向伸到石路的毯子上。有几样罕见的东西引人注意：一个戴着一顶紫罗兰花冠的镀银糖罐，在青苔上闪烁的阿郎松的玉耳坠子，露出风景的两扇张开的中国屏风。琭琭藏在玫瑰花底下，只有它的蓝额头露出来，仿佛一枚青玉片子。

财务员、唱经班、儿童，全在院子三面排好。教士慢条斯理地走上台阶，把他的光芒四射的大金太阳放在花边上。人全跪下。一片沉静。香炉随着链子的摆动，摇过来摇过去。

一道青烟上来，进了全福的屋子。她伸出鼻孔吸着，有一种神秘的快感；她随后闭住眼皮，微笑着。她的心一回跳得比一回慢，每回都更模糊了，更柔和了，好像一道泉水干涸，一片回声散开。她呼最后一口气的时候，恍惚在天空分开的地方，看见一只巨大的鹦鹉，在她的头上飞翔。

（李健吾　译）

【作者简介】居斯塔夫·福楼拜（1821—1880），19世纪法国批判现实主义作家，生于世代为医的家庭。主要作品：长篇小说《包法利夫人》、《情感教育》。

都德〔法国〕

柏林之围

　　我们一边与韦医生沿着香榭丽舍林荫大道往回走，一边向被炮弹打得千疮百孔的墙壁、被机枪扫射得坑洼不平的人行道探究巴黎被围的历史。当我们快到明星广场的时候，医生停了下来，指着那些环绕着凯旋门的富丽堂皇的高楼大厦中的一幢，对我说：

　　"您看见那个阳台上关着的四扇窗子吗？8月初，也就是去年那个可怕的充满了风暴和灾难的8月，我被找去诊治一个突然中风的病人。他是儒夫上校，一个拿破仑帝国时代的军人，在荣誉和爱国观念上是个老顽固，战争一开始，他就搬到香榭丽舍来，住在一套有阳台的房间里。您猜是为什么？原来是为了参观我们的军队凯旋的仪式……这个可怜的老人！维桑堡惨败的消息传到他家时，他正离开饭桌。他在这张宣告失利的战报下方，一读到拿破仑的名字，就像遭到雷击似的倒在地上。

　　"我到那里的时候，这位老军人正直挺挺躺在房间的地毯上，满脸通红，表情迟钝，就像刚刚当头挨了一阿棍。他如果站起来，一定很高大；现在躺着，还显得很魁梧。他五官端正、漂亮，牙齿长得很美，有一头鬈曲的白发，八十高龄看上去只有六十岁……他的孙女跪在他身边，泪流满面。她长得很像他，瞧他们在一起，可以说就像同一个模子铸出来的两枚希腊古币，只不过一枚很古老，带着泥土，边缘已经磨损，另一枚光彩夺目，洁净明亮，完全保持着新铸出来的那种光泽与柔和。

"这女孩的痛苦使我很受感动。她是两代军人之后，父亲在麦克·马洪元帅的参谋部服役，躺在她面前的这位魁梧的老人的形象，在她脑海里总引起另一个同样可怕的对于他父亲的联想。我尽最大的努力安慰她；但我心里并不存多大希望。我们碰到的是一种地地道道的严重的半身不遂，尤其是在八十岁得了这种病，是根本无法治好的。事实也正如此，整整三天，病人昏迷不醒、一动也不动……在这几天之内，又传来了雷舍芬战役失败的消息。您一定还记得消息是怎么传的。直到那天傍晚，我们都以为是打了一个大胜仗，歼灭了两万普鲁士军队，还俘虏了普鲁士王太子……我不知道是由于什么奇迹、什么电流，那举国欢腾的声浪竟波及我们这位可怜的又聋又哑的病人，一直钻进了他那瘫痪症的幻觉里。总之，这天晚上，当我走近他的床边时，我看见的不是原来那个病人了。他两眼有神，舌头也不那么僵直了。他竟有了精神对我微笑，还结结巴巴说了两遍：

"'打……胜……了！'

"'是的，上校，打了个大胜仗！'

"我把麦克·马洪元帅辉煌胜利的详细情况讲给他听的时候，发觉他的眉目舒展了开来，脸上的表情也明亮起来了。

"我一走出房间，那个年轻的女孩正站在门边等着我，她面色苍白，呜咽地哭着。

"'他已经脱离生命危险了！'我握住她的双手安慰她。

"'那个可怜的姑娘几乎没有勇气回答我。原来，雷舍芬战役的真实情况刚刚公布了，麦克·马洪元帅逃跑，全军覆没……我和她惊恐失措地互相看着。她因担心自己的父亲而发愁，我呢，为老祖父的病情而不安。毫无疑问，他再也受不了这个新的打击……那么，怎么办呢？……只能使他高高兴兴，让他保持着这个使他复活的幻想……不过，那就必须向他撒谎……

"'好吧，由我来对他撒谎！'这勇敢的姑娘自告奋勇对我说，她揩干眼泪，装出喜气洋洋的样子，走进祖父的房间。

"她所负担的这个任务可真艰难。头几天还好应付。这个老好人头脑还不十分健全，就像一个小孩似的任人哄骗。但是，随着健康日渐恢复，他的思路也日渐清晰。这就必须向他讲清楚双方军队如何活动，必须为他编造每天的战报。这个漂亮的小姑娘看起来真叫人可怜，她日夜伏在那张德国地图上，把一些小旗插来插去，努力编造出一场场辉煌的战役：一会儿是巴柴纳元帅向柏林进军，一会儿是弗鲁瓦萨尔将军攻抵巴伐利亚，一会儿是麦克·马洪元帅挥戈挺进波罗的海海滨地区。为了编造得活灵活现，她总是要征求我的意见，而我也尽可能地帮助她；但是，在这一场虚构的进攻战里，给我们帮助最大的，还是老祖父本人。要知道，他在拿破仑帝国时期已经在德国征战过那么多次啊！对方的任何军事行动，他预先都知道：'现在，他们要向这里前进……你瞧，他们就要这样行动了……'结果，他的预见都毫无例外地实现了，这当然免不了使他有些得意。

"不幸的是，尽管我们攻克了不少城市，打了不少胜仗，但总是跟不上他的胃口，这老头简直是贪得无厌……每天我一到他家，准会听到一个新的军事胜利：

"'大夫，我们又打下美央斯了！'那年轻的姑娘迎着我这样说，脸上带着苦笑，这时，我隔着门听见房间里一个愉快的声音对我高声喊着：

"'好得很，好得很……八天之内我们就要打进柏林了！'

"其实，普鲁士军队离巴黎只有八天的路程……起初我们商量把他转移到外省去；但是，只要一出门，法兰西的真实情况就

103

会使他明白一切，我认为他身体太衰弱，精神上受到沉重打击所引起的中风还很严重，不能让他了解真实的情况。于是，我们决定还是让他留在巴黎。

"巴黎被围的第一天，我去到他家，我记得，那天我很激动，心里惶恐不安。当时，巴黎所有的城门都已关闭，敌人兵临城下，国界已经缩小到郊区，人人都感到恐慌。我进去的时候，这个老好人正坐在自己的床上，兴高采烈地对我说：

"'嘿！围城总算开始了！'

"我惊愕地望着他：

"'怎么，上校，您知道了？……'

"他的孙女赶快转身对我说：

"'是啊！大夫……这是好消息，围攻柏林已经开始了！'

"她一边说这话，一边做针线活儿，动作是那么从容、镇静……老人又怎么会产生怀疑呢？屠杀的大炮声他是听不见的。被搅得天翻地覆、灾难深重的不幸的巴黎城，他是看不见的。他从床上所能看到的，只有凯旋门的一角，而且，在他房间里，周围摆设着一大堆破旧的拿破仑帝国时期的遗物，有效地维持着他的种种幻想。拿破仑手下元帅们的画像，描绘战争的木刻，罗马王婴孩时期的画片，还有镶着镂花铜饰的高大的长条案，上面陈列着帝国的遗物，什么徽章啦，小铜像啦，玻璃圆罩下的圣海伦岛上的岩石啦，还有一些小画像，画的都是同一位头发鬈曲、眉目有神的贵妇人，她穿着跳舞的衣裙、黄色的长袍，袖管肥大而袖口紧束——所有这一切，长条案，罗马王，元帅们，黄袍夫人，那位身材修长、腰带高束、具有1806年人们所喜爱的端庄风度的黄袍夫人……构成了一种充满胜利和征服的气氛，比起我们向他——善良的上校啊——撒的谎更加有力，使他那么天真地相信法国军队正在围攻柏林。

"从这一天起，我们的军事行动就大大简化了。攻克柏林，这只是一个时间问题。过了一些时候，只要这老人等得不耐烦了，我们就读一封他儿子的来信给他听，当然，信是假造的，因为巴黎已经被围得水泄不通，而且，早在色当大败以后，麦克·马洪元帅的参谋部就已经被俘押送到德国某一个要塞去了。您可以想象，这个可怜的女孩多么痛苦，她得不到父亲的半点音讯，只知道他已经被俘，被剥夺了一切，也许还在病着，而她却不得不假装他的口气写出一封封兴高采烈的来信，当然信都是短短的，一个在被征服的国家不断胜利前进的军人只能写这样短的信。有时候，她实在坚持不下去了，于是好几个星期都没有来信。这位老人可就着急了，睡不着了。于是很快又从德国来了一封信，她来到他床前，忍住眼泪，装出高高兴兴的样子念给他听。老人一本正经地听着，一会儿心领神会地微笑，一会儿点头赞许，一会儿又提出批评，还对信上讲得不清楚的地方给我们加以解释。但他特别高贵的地方，是表现在他给儿子的回信中。他说：'你永远不要忘记自己是法国人……对那些可怜的人要宽大为怀。不要使他们感到我们的占领是令人难以忍受的……'信中全是没完没了的叮嘱，关于要保护私有财产啦、要尊重妇女啦等等一大堆令人钦佩的车辘辘话，总而言之，是一部专为征服者备用的地地道道的军人荣誉手册。有时，他也在信中夹杂一些对政治的一般看法以及媾和的条件。在这个问题上，我应该说，他的条件并不苛刻：'只要战争赔款，别的什么都不要……把他们的省份割过来有什么用呢？难道我们能把德意志变成法兰西吗？……'

"他口授这些话的时候，语气是很坚决的，可以感到他的话里充满了天真的感情，他这种高尚的爱国心听起来不能不使人深受感动。

"这期间，包围圈愈来愈紧，唉，不过并不是柏林之围！……那时正是严寒季节，大炮不断轰击，瘟疫流行，饥馑逼人。

但是，幸亏我们精心照料，无微不至，老人的静养总算一刻也没有受到侵扰。直到最困难的时候，我都有办法给他弄到白面包和新鲜肉。当然这些食物只有他才吃得上。您很难想象还有什么比这位老祖父就餐的情景更使人感动的了，自私自利地享受着而又被蒙在鼓里：他坐在床上，红光满面，笑嘻嘻的，胸前围着餐巾，因为饮食不足而脸色苍白的小孙女在他身边，扶着他的手，帮助他喝汤，帮助他吃那些别人都吃不上的好食物。饭后，老人精神十足，房间里暖和和的，外面刮着寒冷的北风，雪花在窗前飞舞，这位老军人回忆起他在北方参加过的战役，于是，又向我们第一百次讲起他那次倒霉的从俄罗斯的撤退（指 1812 年拿破仑对俄作战的失败），那时，他们只有冰冻的饼干和马肉可吃。

"'你能体会吗？小家伙，我们那时只能吃上马肉！'

"我相信他的孙女是深有体会的。这两个月来，她除了马肉外没有吃过别的东西……但是，一天天过去，随着老人日渐恢复健康，我们对他的照顾愈来愈困难了。过去，他感觉迟钝、四肢麻痹，便于我们把他蒙在鼓里，现在情况开始变化了。已经有那么两三次，玛约门前可怕的排炮声惊得他跳了起来，他像猎犬一样竖着耳朵；我们就不得不编造说，巴柴纳元帅在柏林城下又取得了决定性的胜利，刚才是荣军院鸣炮表示庆祝。又有一天，我们把他的床推到窗口，我想，那天正是发生了布森瓦血战的星期四，他一下就清清楚楚看见了在林荫道上集合的国民自卫队。

"'这是什么军队？'他问道，接着我们听见他嘴里轻声抱怨：

"'服装太不整齐，服装太不整齐！'

"他没有再说别的话，但是，我们立刻明白了，以后可得特别小心。不幸的是，我们还小心得不够。

"一天晚上，我到他家的时候，那女孩神色仓皇地迎着我：

"'明天他们就进城了！'她对我说。

"老祖父的房门当时是否开着？反正，我现在回想起来，经我们这么一说，那天晚上老人的神色的确有些特别。也许，他当时听见了我们的谈话。只不过我们谈的是普鲁士军队；而这个好心人想的是法国军队，以为是他等待已久的凯旋仪式——麦克·马洪元帅在鲜花簇拥、鼓乐高奏之下，沿着林荫大道走过来，他的儿子走在元帅的旁边；他自己则站在阳台上，整整齐齐穿着军服，就像当年在鲁镇那样，向遍布弹痕的国旗和被硝烟熏黑了的鹰旗致敬……

"可怜的懦夫老头！他一定是以为我们为了不让他过分激动而要阻止他观看我们军队的凯旋游行，所以他跟谁也不谈这件事；但第二天早晨，正当普鲁士军队小心翼翼地沿着从玛约门到居勒里宫的那条马路前进的时候，楼上那扇窗子慢慢打开了，上校出现在阳台上，头顶军盔，腰挎马刀，穿着米尔霍特手下老骑兵的光荣而古老的军装。我现在还弄不明白，是一种什么意志、一种什么突如其来的生命力使他能够站了起来，并穿戴得这样齐全。反正千真万确他是站在那里，就在栏杆的后面，他很诧异马路是那么空旷、那么寂静，每一家的百叶窗都关得紧紧的，巴黎一片凄凉，就像港口的传染病隔离所，到处都挂着旗子，但是旗子是那么古怪，全是白的，上面还带有红十字，而且，没有一个人出来欢迎我们的队伍。

"乍时，他以为自己是弄错了……

"但不！在那边，就在凯旋门的后面，有一片听不清楚的嘈杂声，在初升的太阳下，一支黑压压的队伍开过来了……慢慢地，军盔上的尖顶在闪闪发光，耶纳的小铜鼓也敲起来了，在凯旋门下，响起了舒伯特的胜利进行曲，还有列队笨重的步伐声和军刀的撞击声伴随着乐曲的节奏！……

"于是，在广场上一片凄凉的寂静中，听见了一声喊叫，一声惨厉的喊叫：'快拿武器……快拿武器……普鲁士人。'这时，前哨部队的头四个骑兵可以看见在高处阳台上，有一个身材高大的老人挥着手臂，踉踉跄跄，最后全身笔直地倒了下去。这一次，儒夫上校可真的死了。"

（柳鸣九　译）

【作者简介】阿尔封斯·都德（1840—1897），法国19世纪下半叶现实主义作家。主要作品：短篇小说集《磨坊文礼》；长篇小说《小东西》。

莫泊桑〔法国〕

蛮子大妈

一

我有十五年不到韦尔洛臬去了。今年秋末，为了到我的老友塞华尔的围场里打猎，我才重新去了一遭。那时候，他已经派人在韦尔洛臬重新盖好了他那座被普鲁士人破坏的古堡。

我非常心爱那个地方，世上真有许多美妙的角落，教人看见就得到一种悦目的快感，使我们不由得想亲身领略一下它的美。我们这些被大地诱惑了的人，对于某些泉水，某些树林子，某些湖沼，某些丘陵，都保存着种种多情的回忆，那固然是时常都看得见的，然而却都像许多有趣味的意外变故一样教我们动心。有时候，我们的思虑竟可以回到一座树林子里的角落上，或者一段河岸上，或者一所正在开花的果园里，虽然从前不过是在某一个高兴的日子里仅仅望见过一回，然而它们却像一个在春晴早起走到街上撞见的衣饰鲜明的女人影子一般留在我们心里，并且还在精神上和肉体上种下了一种无从消磨和不会遗忘的欲望，由于失之交臂而引起的幸福感。

在韦尔洛桌，我爱的是整个乡村：小的树林子撒在四处，小的溪河像人身的脉络一样四处奔流，给大地循环血液，在那里面捕得着虾子、白鲈鱼和鳗鱼！天堂般的乐趣！随处可以游泳，并且在小溪边的深草里面时常找得着鹬鸪。

当日，我轻快得像山羊似地向前跑，瞧着我两条猎狗在前面的草里搜索。塞华尔在我右手边的一百公尺光景，正穿过一片苜蓿田。我绕过了那一带给索德尔森林做界线的灌木丛，于是就望见了一座已成废墟的茅顶房子。

突然，我记起在 1869 年最后那次见过的情形了，那时候这茅顶房子是干干净净的，包在许多葡萄棚当中，门前有许多鸡。世上的东西，哪儿还有比一座只剩下断壁残垣的废墟，更令人伤心的？

我也记起了某一天我在很乏的时候，曾经有一位老妇人请我到那里面喝过一杯葡萄酒，并且塞华尔当时也对我谈过那些住在里面的人的经历。老妇人的丈夫是个以私自打猎为生的，早被保安警察打死。她的儿子，我从前也看见过，一个瘦高个子，也像是一个打猎的健将，这一家子，大家都叫他们做"蛮子"。

这究竟是一个姓，或者还是一个诨名？

想起这些事，我就远远地叫了塞华尔一声。他用白鹭般长步儿走过来了。

我问他："那所房子里的人现在都怎么样了？"

于是他就向我说了这件故事。

二

普法之间已经正式宣战的时候，小蛮子的年纪正是三十三岁。他从军去了，留下他母亲单独住在家里。他们并不很替她担忧，因为她有钱，大家都晓得。

她单独一人留在这所房子里了，那是坐落在树林子边上并且和村子相隔很远的一所房子。她并不害怕，此外，她的气性和那父子两个是一般无二的，一个严气正性的老太太，又长又瘦，不常露笑容，人们也绝不敢和她闹着要。并且农家妇人们素来是不大笑的。在乡下，笑是男人们的事情！因为生活是晦暗没有光彩的，所以她们的心境都窄，都打不开。男人们在小酒店里，学得了一点儿热闹的快活劲儿，他们家里的伙伴却始终板起一副严肃的面孔，她们脸上的筋肉还没有学惯那种笑的动作。

　　这位蛮子大妈在她的茅顶房子里继续过着通常生活。不久，茅顶上已经盖上雪了。每周，她到村子里走一次，买点面包和牛肉以后就仍旧回家。当时大家说是外面有狼，她出来的时候总背着枪，她儿子的枪，锈了的，并且枪托也是被手磨坏了的。这个高个儿的蛮子大妈看起来是古怪的，她微微地偻着背，在雪里慢慢地跨着大步走，头上戴着一顶黑帽子，紧紧包住一头从未被人见过的白头发，枪杆子却伸得比帽子高。

　　某一天，普鲁士的队伍到了。有人把他们分派给居民去供养，人数的多寡是根据各家的贫富做标准的。大家都晓得这个老太婆有钱，她家里派了四个。

　　那是四个胖胖的少年人，毛发是金黄的，胡子是金黄的，眼珠是蓝的，尽管他们已经熬受了许多辛苦，却依旧长得胖胖的，并且虽然他们到了这个被征服的国里，脾气却也都不刁。这样没人统率地住在老太太家里，他们都充分地表示对她关心，极力设法替她省钱，教她省力。早上，有人看见他们四个人穿着衬衣绕着那口井梳洗，那就是说，在冰雪未消的日子里用井水来洗他们那种北欧汉子的白里透红的肌肉，而蛮子大妈这时候却往来不息，预备去煮菜羹。后来，有人看见他们替她打扫厨房，揩玻璃，劈木柴，削马铃薯，洗衣裳，料理家务的日常工作，俨然是四个好儿子守着他们的妈。

但是她却不住地记挂她自己的那一个，这个老太太，记挂她自己的那一个瘦而且长的，弯钩鼻子的，棕色眼睛，嘴上盖着黑黑的两撇浓厚髭须的儿子。每天，她必定向每个住在她家里的兵问：

"你们可晓得法国第二十三边防镇守团开到哪儿去了？我的儿子在那一团里。"

他们用德国口音说着不规则的法国话回答："不晓得，一点不晓得。"后来，明白她的忧愁和牵挂了，他们也有妈在家里，他们就对她报答了许多小的照顾。她也很疼爱她这四个敌人，因为农人们都不大有什么仇恨，这种仇恨仅仅是属于高等人士的。至于微末的人们，因为本来贫穷而又被新的负担压得透不过气来，所以他们付出的代价最高；因为素来人数最多，所以他们成群地被人屠杀而且真的做了炮灰；因为都是最弱小和最没有抵抗力的，所以他们终于最为悲惨地受到战争的残酷祸殃。有了这类情形，他们所以都不大了解种种好战的狂热，不大了解那种激动人心的光荣以及那些号称具有政治性的策略；这些策略在半年之间，每每使得交战国的双方无论谁胜谁败，都同样变得精疲力竭。

当日地方上的人谈到蛮子大妈家里那四个德国兵，总说道："那是四个找着了安身之所的。"

谁知有一天早上，那老太太恰巧独自一个人待在家里的时候，远远地望见了平原里，有一个人正向着她家里走过来。不久，她认出那个人了，那就是担任分送信件的乡村邮差。他拿出一张折好了的纸头交给她，于是她从自己的眼镜盒子里，取出了那副为了缝纫而用的老光眼睛，随后她就读下去：

　　蛮子太太，这封信是带一个坏的消息给您的。您的儿子威克多，昨天被一颗炮弹打死了，差不多是分成了两段。我那时候正在跟前，因为我们在连队里是紧挨在一起的，他从前对我谈到您，意思就是他倘若遇了什么不幸，我就好当面告诉您。

我从他衣袋里头取出了他那只表，预备将来打完了仗的时候带给您。

现在我亲切地向您致敬。

第二十三边防镇守团二等兵黎伏启

这封信是三星期以前写的。

她看了并没有哭。她呆呆地待着没有动弹，很受了打击，连感觉力都弄迟钝了，以至于并不伤心。她暗自想道："威克多现在被人打死了。"随后她的眼泪渐渐涌到眼眶里了，悲伤侵入她的心里了。各种心事，难堪的，使人痛苦的，一件一件回到她的头脑里了。她以后抱不着他了，她的孩子，她那长个儿孩子，是永远抱不着的了！保安警察打死了老子，普鲁士人又打死了儿子……他被炮弹打成了两段，现在她仿佛看见那一情景，教人战栗的情景：脑袋是垂下的，眼睛是张开的，咬着自己两大撇髭须的胡子，像他从前生气的时候一样。

他的尸首是怎样被人拾掇的，在出了事以后？从前，她丈夫的尸首连着额头当中那粒枪子被人送回来，那么她儿子的，会不会也有人这样办？

但是这时候，她听见一阵嘈杂的说话声音了。正是那几个普鲁士人从村子里走回来，她很快地把信藏在衣袋里，并且趁时间还来得及又仔仔细细擦干了眼睛，用平日一般的神气安安稳稳接待了他们。

他们四个人全是笑呵呵的，高兴的，因为他们带了一只肥的兔子回来，这无疑是偷来的。后来他们对着这个老太太做了个手势，表示大家就可以吃点儿好东西。

她立刻动手预备午饭了；但是到了要宰兔子的时候，她却失掉了勇气。然而宰兔子在她生平这并不是第一次！那四个兵的中

113

间，有一个在兔子耳朵后头一拳打死了它。

那东西一死，她从它的皮里面剥出了鲜红的肉体；但是她望见了糊在自己手上的血，那种渐渐冷却又渐渐凝住的温暖的血，自己竟从头到脚都发抖了。后来她始终看见她那个打成两段的长个儿孩子，他也是浑身鲜红的，正同那个依然微微抽搐的兔子一样。

她和那四个兵同桌吃饭了，但是她却吃不下，甚至于一口也吃不下，他们狼吞虎咽般吃着兔子并没有注意她。她一声不响地从旁边瞧着他们，一面打好了一个主意，然而她满脸那样的稳定神情，教他们什么也察觉不到。

忽然，她问："我连你们的姓名都不晓得，然而我们在一块儿又已经一个月了。"他们费了好大事才懂得她的意思，于是各人说了各人的姓名。这办法是不能教她满足的；她叫他们在一张纸上写出来，还添上他们家庭的通信处。末了，她在自己的大鼻梁上面架起了眼镜，仔细瞧着那篇不认得的字儿，然后把纸折好搁在自己的衣袋里，盖着那封给她儿子报丧的信。

饭吃完了，她向那些兵说：

"我来给你们做事。"

于是她搬了许多干草搁在他们睡的那层阁楼上。

他们望见这种工作不免诧异起来，她对他们说明这样可以不会那么冷，于是他们就帮着她搬了。他们把那些成束的干草堆到房子的茅顶那样高，结果他们做成了一间四面都围着草墙的寝室，又暖又香，他们可以很舒服地在那里睡。

吃夜饭的时候，他们中间的一个瞧见蛮子大妈还是一点东西也不吃，因此竟担忧了。她托词说自己的胃里有些痛。随后她燃起一炉好火给自己烘着，那四个德国人都踏上那条每晚给他们使用的梯子，爬到他们的寝室里了。

那块做楼门用的四方木板一下盖好了以后，她就抽去了上楼

114

的梯子，随后她悄悄地打开了那张通到外面的房门，接着又搬进了好些束麦秸塞在厨房里，她赤着脚在雪里一往一来地走，从容得教旁人什么也听不见，她不时细听着那四个睡熟了的士兵的鼾声，响亮而长短不齐。

等到她判断自己的种种准备已经充分以后，就取了一束麦秸扔在壁炉里。它燃了以后，她再把它分开放在另外无数束的麦秸上边，随后她重新走到门外向门里瞧着。

不过几秒钟，一阵强烈的火光照明了那所茅顶房子的内部，随后那简直是一大堆骇人的炭火，一座烧得绯红的巨大焖炉，焖炉里的光从那个窄小的窗口里窜出来，对着地上的积雪投出了一阵耀眼的光亮。

随后，一阵狂叫的声音从屋顶上传出来，简直是一阵由杂乱的人声集成的喧嚷，一阵由于告急发狂令人伤心刺耳的呼号构成的喧嚷。随后，那块做楼门的四方木板往下面一坍，一阵旋风样的火焰冲上了阁楼，烧穿了茅顶，如同一个巨大火把的火焰一般升到了天空；最后，那所茅顶房子整个儿着了火。

房子里面，除了火力的爆炸、墙壁的崩裂和栋梁的坠落以外，什么声音也没有了。屋顶陡然下陷了，于是这所房子烧得通红的空架子，就在一阵黑烟里面向空中射出一大簇火星。

雪白的原野被火光照得像是一幅染上了红色的银布似的闪闪发光。

一阵钟声在远处开始响着。

蛮子大妈在她那所毁了的房子跟前站着不动，手里握着她的枪，她儿子的那一杆，用意就是害怕那四个兵中间有人逃出来。

等到她看见了事情已经结束，就向火里扔了她的枪。枪声响了一下。

许多人都到了，有些是农人，有些是德国军人。

他们看见了这个妇人坐在一段锯平了的树桩儿上，安静的，并且是满意的。

一个德国军官，满口法国话说得像法国人一样好，他问她："您家里那些兵到哪儿去了？"

她伸起那条瘦的胳膊向着那堆正在熄灭的红灰，末了用一种洪亮的声音回答：

"在那里面！"

大家团团地围住了她。那个普鲁士人问：

"这场火是怎样燃起来的？"

她回答：

"是我放的。"

大家都不相信她，以为这场大祸陡然教她变成了痴子。后来，大家正都围住了她并且听她说话，她就把这件事情从头说到尾，从收到那封信一直到听见那些同着茅顶房子一齐被烧的人的最后叫唤。凡是她料到的以及她做过的事，她简直没有漏掉一点。

等到说完，她就从衣袋里面取了两张纸，并且为了要对着那点儿余火的微光来分辨这两张纸，她又戴起了她的眼镜，随后她拿起一张，口里说道："这张是给威克多报丧的。"又拿起另外一张，偏着脑袋向那堆残火一指："这一张，是他们的姓名，可以照着去写信通知他们家里。"她从从容容把这张白纸交给那军官，他这时候正抓住她的双肩，而她却接着说："您将来要写起这件事的来由，要告诉他们的父母说这是我干的。我在娘家的名字是威克多娃·西蒙，到了夫家旁人叫我做蛮子大妈。请您不要忘了。"

这军官用德国话发了口令。有人抓住了她，把她推到了那堵还是火热的墙边。随后，十二个兵迅速地在她对面排好了队，相距约莫二十米。她绝不移动。她早已明白。她专心等候。

一道口令喊过了，立刻一长串枪声跟着响了。响完之后，又来了一声迟放的单响。

　　这个老婆子并没有倒在地下。她是弯着身躯的，如同有人斩了她的双腿。

　　那德国军官走到她的跟前了。她几乎被人斩成了两段，并且在她那只拘挛不住的手里，依然握着那一页满是血迹的报丧的信。

　　我们的朋友塞华尔接着又说：

　　"德国人为了报复就毁了本地方的古堡，那就是属于我的。"

　　我呢，我想着那四个烧在火里的和气孩子的母亲们；后来又想着这另一个靠着墙被人枪毙的母亲的残忍的壮烈行动。

　　末了，我拾着了一片小石头，从前那场大火在它上面留下来的烟煤痕迹依然没有褪。

莫泊桑〔法国〕

绳子的故事

　　这是个赶集的日子。戈德维尔附近的每一条路上都有农民带着娘儿们向镇上走来。男人们步履安闲，迈着弯曲的长腿，冉冉向前。繁重的田间劳动——左肩耸起歪着身子扶犁，两膝分开立得稳稳地割麦，以及农村中所有做起来又慢又吃力的活，使他们的双腿变成了畸形。他们的蓝布罩衫浆得笔挺，像上了凡立水一样闪闪发光，袖口和领口用白线绣着花纹，鼓鼓囊囊地裹着瘦骨嶙峋的身子，活像个要腾空而起的气球，气球外面伸出一个脑袋，一双胳膊，两只脚。

　　有的人手里牵着一头奶牛或者一头牛犊。娘儿们跟在牲口后面，一手拿着根还带着叶子的树枝，抽着牲口两肋，催促牲口向前，一手挽着大篮子，篮子口上东冒出个鸡头，西伸出个鸭头。比起她们的丈夫来，娘儿们的步子短小而急促。她们身体干瘦，腰杆挺直，一条窄窄的小披肩用别针别在平坦的胸前，头上贴发裹着块白布，上面再戴一顶便帽。

　　一匹马驹以短促的快步拉着一辆大车驰过，摇得车上的两男一女前俯后仰。两个男的并排坐着，女的坐在车后，双手攥着车档，以期缓和一下车子激烈的颠簸。

戈德维尔的集市广场上，人群和牲畜混在一起，黑压压一片。只见牛的犄角，富裕农民的长毛绒高帽，农妇们的头巾在集市上攒动。尖厉刺耳的嘈杂声嗡嗡一片，持续不断，气息粗犷。不时还可听到一声从乡下人结实的胸脯里发出的开怀大笑，或者系在墙边的母牛的一声长哞。

整个集市都带着牛栏、牛奶、牛粪、干草和汗臭的味道，散发着种田人所特有的那种难闻的人和牲畜的酸臭气。

布雷奥戴村奥士高纳大爷刚刚到达戈德维尔，正在向集市广场走来。突然他发现地下有一小段绳子。奥士高纳大爷具有真正诺曼底人的勤俭精神，认为一切有用的东西都该捡起来。他弯下身去，因为患风湿病而十分吃力。他从地上捡起了那段细绳子，并准备绕绕好收起来。这时他发现马具商马朗丹大爷在自家门口瞅着他。他们过去为了一根络头曾有过纠葛，双方怀恨在心，至今互不理睬。现在奥士高纳大爷在坟土里捡绳头，被自己的冤家对头看见了，颇感坍台。他立即将绳头藏进罩衫，接着又藏入裤子口袋。然后他又装模作样在地上寻找什么东西，但没有找到，于是便向市场走去，脑袋冲在前面，身子因风湿病而弓着。

他很快便消失在赶集的人群中去了。赶集的人吵吵嚷嚷，慢慢吞吞，由于没完没了地讨价还价而有点激动。农民们用手拍拍奶牛，走开去又走回来，拿不定主意，总是怕上当，永远下不了决心，偷偷瞟着卖者眼色，总想识破卖者的诡计，发现牲口的缺点。

娘儿们把手里的大篮子放在脚跟边，从里面拉出家禽，搁在地上。家禽的双脚缚着，两眼惊慌，鸡冠通红。

她们不动声色，面无表情，听任顾客还价，不肯松口，或者，突然决定接受顾客还的价钱，而慢慢走开的顾客叫道：

"昂迪姆大爷，就这样吧，我卖给您了。"

随后，集市上的人群渐渐散去。教堂敲响了午祷的钟声。远道而来的农民纷纷走进镇上的各家客店。

朱尔丹掌柜的店堂里，坐满了顾客。大院里也停满了各式各样的车子：双轮马车，双轮轻便篷车，大马车，敞篷双座轻便马车，以及蹩脚的张篷马车。这些车子沾满黄土，东歪西斜，千补百衲。有的车辕翘到天上，像举着两只胳膊；有的车头冲地，车尾朝天。

在店堂的一边，大壁炉里火光熊熊。坐在右排的顾客，脊背被烤得暖洋洋的。三把铁叉在炉上转动着，烤着小鸡、野鸽和羊肉。烤肉的香味、棕色肉皮上流着的油汁的香味，从炉膛里飘出来，闻得顾客们喜上眉梢，馋涎欲滴。

所有种田的老把式都在朱尔丹掌柜的店里吃饭，他既是客店老板又是马贩子，是个手头宽裕的精明人。

餐肴和黄色的苹果酒端上来，吃光饮尽。各人谈着自己的生意买卖，相互打听收成的前景。天时对青苗生长有利，但对麦子不佳。

突然，客店前面的大院里响起了一阵鼓声。除少数几个漠不关心的人以外，大家唰地站起身来，嘴里含着食物，手里拿着餐巾，向门口、窗口奔过去。

传达通知的乡丁敲了一阵小鼓之后，拉开嗓门背诵起来，声音断断续续，重音读错，句子读破。

"戈德维尔的居民以及所……有赶集的乡亲们：今天早晨，九十点钟……之间，有人在勃兹维尔大路上遗失黑皮夹子一只。内装法郎五百，单据若干。请拾到者立即交到……乡政府，或者曼纳维尔村伏图内·乌勒布雷克大爷家。送还者得酬金法郎二十。特此通告。"

乡丁说完便走。远处隐隐约约又传来一次乡丁的击鼓声和叫喊声。

于是大家就这件事议论开来，数说着乌勒布雷克大爷寻找得

120

到或者寻找不到皮夹子的种种可能。

午饭已经用毕。

大家正在喝着最后一点咖啡。这时，宪兵大队长突然出现在店堂门口。他问道：

"布雷奥戴村奥士高纳大爷在这儿吗？"

坐在餐桌尽头的奥士高纳大爷回答说：

"在。"

于是宪兵大队长又说：

"奥士高纳大爷，请跟我到乡政府走一趟。乡长有话要对您说。"

这位农民既感到诧异又觉得不安。他一口喝完了杯子里的咖啡，起身上路，嘴里连连说："在，在。"他每当休息之后，起步特别困难，所以身子比早晨弓得更加厉害了。

他跟在宪兵大队长后面走了。

乡长坐在扶手椅里等着他。乡长是当地的公证人，身体肥胖，态度威严，说话浮夸。

"奥士高纳大爷，"他说，"有人看见您今天早上在勃兹维尔大路上捡到了曼纳维尔村乌勒布雷克大爷遗失的皮夹子。"

这位乡下人不知如何回答是好，瞅着乡长，自己也不知为什么，已经被这种对他的怀疑吓呆。

"我，我，我捡到了那只皮夹子？"

"是的，是您亲自捡到的。"

"我以名誉担保，我连皮夹子的影子也没见过。"

"有人看见您啦。"

"有人看见我，我啦？谁看见的？"

"马朗丹先生，马具商。"

这时老人想起来了，明白了，气得满脸通红。

"啊！他看见啦，这个乡巴佬！他看见我捡起的是这根绳子，乡长先生，您瞧！"

他在口袋里摸了摸，掏出了那一小段绳子。

但是乡长摇摇脑袋，不肯相信。

"奥士高纳大爷，马朗丹先生是个值得信赖的人，我不会相信他把这根绳子错当成了皮夹子。"

这位老农气呼呼地举起手来，向身边吐了一口唾沫，表示以名誉起誓，再次说：

"老天有眼，这可是千真万确、丝毫不假的啊。乡长先生，我再说一遍，这件事，我可以用我的良心和生命担保。"

乡长又说：

"您捡起皮夹子之后，甚至还在地上找了很久，看看是否有张把票子从皮夹子里漏了出来。"

老人又气又怕，连话都说不上来了。

"竟然说得出！……竟然说得出……这种假话来糟蹋老实人！竟然说得出！……"

他抗议也是白费，别人不相信他。

他和马朗丹先生当面对了质。后者再次一口咬定他是亲眼看见的。他们互相对骂了整整一小时。根据奥士高纳大爷的请求，大家抄了他的身，但什么也没抄着。

最后，乡长不知如何处理是好，便叫他先回去，同时告诉奥士高纳大爷，他将报告检察院，并请求指示。

消息已经传开了。老人一走出乡政府就有人围拢来问长问短。有的人确是出于好奇，有的人则是出于嘲弄癖，但都没有任何愤慨。于是老人讲起绳子的故事来。他讲的，大家听了不信，一味地笑。

他走着走着，凡是碰着的人都拦住他问，他也拦住熟人，不厌其烦地重复他的故事，重复他的抗议，把只只口袋都翻转来给大家看，表明他什么也没有。

122

有人对他说：

"老滑头，滚开！"

他生气，着急，由于别人不相信他而恼火，痛苦，不知怎么办，总是向别人重复绳子的故事。

天色将晚，该回去了。他和三位村邻一起往回走，把捡到绳头的地方指给他们看，一路不停地讲他的遭遇。

晚上，他在布雷奥戴村里走了一圈，目的是把他的遭遇讲给大家听，但是没有一个人相信他。

他为此心里难过了整整一夜。

第二天，午后一时左右，依莫维尔村的农民布列东大爷的长工马利于斯·博迈勒，把皮夹子和里面的钞票、单据一并送还给了曼纳维尔村的乌勒布雷克大爷。

这位长工声称确是在路上捡着了皮夹子，但他不识字，所以就带回家去交给了东家。

消息传到了四乡。奥士高纳大爷得到消息后立即四处游说，叙述起他那有了结局的故事来。他胜利了。

"要知道，使我伤心的是，"他说，"根本不是那么回事，而是污蔑。由于污蔑而遭众人非难，这种事是再损人不过的了。"

他整天讲他的遭遇，在路上向过路的人讲，在酒馆里向喝酒的人讲，星期天在教堂门口讲。不相识的人，他也拦住讲给人家听。现在他心里坦然了，不过，他觉得有某种东西使他感到不自在。是什么东西，他说不清楚。人家在听他讲故事时，脸上带着嘲弄的神气。看来人家并不信服。他好像觉得别人在他背后指指戳戳。

下一个星期二，他纯粹出于讲自己遭遇的欲望，又到戈德维尔来赶集。

马朗丹站在家门口，看见他走过，笑了起来。为什么呢？

他朝克里格多村的一位庄稼汉走过去。这老农民没有让他把

123

话说完，在他胸口推了一把，冲着他大声说："老滑头，滚开!"
然后扭转身就走。

　　奥士高纳大爷目瞪口呆，越来越感到不安。为什么人家叫他
"老滑头"呢？

　　他在朱尔丹的客店里坐下之后，又解释起来。

　　蒙迪维利埃村的一位马贩子对他大声说：

　　"好了，好了，老主顾，你那根绳子，我知道啦!"

　　奥士高纳大爷嘀咕道：

　　"皮夹子既然找到了嘛。"

　　但那个人接着说：

　　"老爹，别说了。有个人捡着了，又有个人送还了。俗话
说，没人见，没人晓，骗你你也不知道。"

　　奥士高纳气得连话也说不上来。他终于明白了。人家指责他
是叫一个同伙，一个同谋，把皮夹子送回去的。

　　他想抗议。满座的人都笑了起来。

　　他午饭没能吃完便在一片嘲笑声中走了。

　　他回到家里，又羞又恼。愤怒和羞耻使他痛苦到了极点。他
感到特别狼狈，因为，凭他诺曼底人的刁钻，他是做得出别人指
责他的事来的，甚至可以自夸手段高明。他门槛精是出名的，所
以他模模糊糊意识到他无法证明自己是清白的了。他遭到无端的
怀疑，因而伤透了心。

　　于是，他重新向人讲述自己的遭遇，故事每天都长出一点
来，每天都加进些新的理由，更加有力地抗议，更加庄严地发
誓。这些都是他一人独处的时候编出来的，准备好的，因为他的
心思专门用在绳子的故事上了。他的辩解越是复杂，理由越是
多，人家越不相信他。

　　有人背后议论说："这都是骗子的歪理。"

　　别人的议论，他有所感。他闷闷不乐，用尽了力气洗刷自

124

己，还是白费。

他眼看着消瘦下去。

现在，爱开玩笑的人为了逗乐而请他讲绳子的故事，就像人家请打过仗的士兵讲他亲身经历的战斗故事一样，他那鼓到顶点的士气垮了下来。

将近年底的时候，他卧病不起。

年初，他含冤死去。临终昏迷的时候，他还在证明自己是清白无辜的，一再说：

"一根细绳……一根细绳……乡长先生，您瞧，绳子在这儿。"

（张裕禾　译）

【作者简介】居伊·德·莫泊桑（1850—1893），法国批判现实主义小说家，世界短篇小说三大家之一。主要作品：《羊脂球》、《蚩蚩小姐》。

亚·谢·普希金〔俄国〕

驿 站 长

　　谁没有咒骂过驿站长，谁没有同他们骂过架？谁没有在气愤的时候向他们索取过那要命的本子以便在上面写下自己对他们的压制、粗暴和怠慢的无济于事的控诉？谁不把他们当做人类的恶棍，犹如过去衙门里的师爷，或者，至少也和摩罗姆的强盗无异？但是，我们如果公平一些，尽量为他们设身处地想一想，也许，我们批评他们的时候就会宽容得多。什么是驿站长呢？一个十四品的真正的受气包，他的官职只能使他免于挨打，而且这也并非总能做到（请读者扪心自问）。维亚捷姆斯基开玩笑称他是独裁者，他的职务是怎样的呢？是不是一种真正的苦役？白天黑夜都不得安宁。旅客把在枯燥乏味的旅途中积聚起来的全部怨气都发泄在驿站长身上：天气恶劣，道路难行，车夫脾气犟，马不肯拉车——都成了驿站长的过错。旅客走进他贫寒的住所，像望着敌人似的望着他。要是他能赶快打发掉这个不速之客还好；但是如果正碰上没有马呢？……天哪！咒骂、威吓就会劈头盖脸而来！他得冒着雨、踩着泥泞挨家挨户奔走。遇上狂风暴雨天气或是受洗节前后的严寒日子，他得躲进穿堂间，只是为了休息片刻，避开激怒的投宿客人的叫嚷和推搡。来了一位将军，浑身发

126

抖的驿站长就得给他最后的两辆三套马车，其中包括一辆急行车。将军连谢也不谢一声就走了。过了五分钟——又是铃声！……一个信使把自己的驿马使用证往桌上一扔！……如果我们把这些都好好地想一想，那么我们心里就会怒气消释而充满真挚的同情。我再说几句：连续二十年，我走遍了俄罗斯的东西南北，差不多所有的驿道我都知道，好几代的车夫我都熟悉，很少有驿站长我不面熟，很少有驿站长我不曾跟他们打过交道。希望在不久的将来，我所积累的饶有趣味的旅途见闻能够问世。目前我只想说，人们对驿站长阶层的看法是很错误的。这些备受诽谤的驿站长，一般来说都是和善的人，生性愿意为人效劳，容易相处，对荣誉看得很淡泊，不太爱钱财。从他们的言谈（不巧得很，过路的老爷们却瞧不起这种言谈）中，可以吸取许多有趣的东西，得到许多教益。至于我呢，我是宁愿听他们谈话，也不要听一位因公外出的六品文官的高谈阔论。

不难猜到，我有一些朋友就是属于可尊敬的驿站长阶层的。真的，有一位驿站长给我留下了很珍贵的记忆。我们曾有缘一度相识，我现在准备同亲爱的读者谈谈他的故事。

1816 年 5 月，我曾经乘车在一条现在已经废弃的驿道上经过某省。我官卑职小，只能乘驿车，只付得起两匹驿马的租钱，因此驿站长们对我并不客气，我常常要经过力争才能得到我认为是我名分应得的东西。当时我由于年少气盛，要是驿站长把给我预备的三匹马套到一位官老爷的马车上，我对他的低贱和胆怯就感到愤慨；在省长的宴会上，如果善于辨别身份的仆人上菜时把我漏掉，我也总是耿耿于怀。如今呢，我觉得这两件事都是理所当然的了。真的，"按官阶论等"是一条大家称便的规律，如果用另一条规律，比方说，用"凭才智论等"来代替它，那我们会碰到什么事呢？会发生怎样的争论啊！仆人上菜又从谁开始呢？但我还是回过来讲我的故事吧。

那是一个炎热的日子。离某驿站还有三俄里的时候开始落下稀疏的雨点。转眼之间，倾盆大雨已经把我淋得浑身湿透。到了驿站，第一件要办的事就是赶快换衣服，第二件事是要一杯茶。"嗳，杜妮亚！"驿站长叫道，"生好茶炊，再去拿点奶油来。"一听到这两句话，从隔扇后面出来一个十四五岁的姑娘，跑到穿堂间里去了。她的美丽使我吃惊。"这是你的女儿吗？"我问驿站长。"是我的女儿，"他带着得意洋洋的神气回答说，"她聪明、伶俐，跟过世了的母亲一模一样。"这时他动手登记我的驿马使用证，我就欣赏起他那简朴而整洁的住屋的图画来。它们画的是浪子回头的故事：第一幅画上画着两个头戴尖顶帽、身穿长袍的可敬的老人给一个样子浮躁的青年送行，青年人急匆匆地接受他的祝福和一口袋金钱。另一幅画以鲜明的线条画出这个年轻人的放荡行为：他坐在桌旁，一群虚情假意的朋友和无耻的女人围着他。再往下，这个把钱挥霍尽了的青年人衣衫褴褛，戴着三角帽在喂猪，并且和猪分食，他脸上露出深切的悲伤和忏悔。最后画着他回到父亲那里。仍旧戴着尖顶帽、穿着长袍的慈祥老人跑出来迎接他。浪子跪着，远景是厨子在宰一头肥牛犊，哥哥向仆人们询问如此欢乐的原因。在每一幅画下面我都读到相当不错的德文诗句。这一切，还有那几盆凤仙花、挂着花布幔帐的床，以及当时我周围的其他什物，至今还保存在我的记忆中。这位五十来岁的主人，精神饱满，容光焕发，绿色长礼服上用褪色的绶带挂着三枚奖章，仍然历历在目。

我还没有跟送我的老车夫把账算清，杜妮亚已经拿着茶炊回来了。这小妖精看了我第二眼就察觉了她给我的印象，她垂下了浅蓝色的大眼睛。我开始同她说话，她很大方地回答我，像个见过世面的姑娘。我请他父亲喝一杯潘趣酒，给杜妮亚一杯茶，我们三人就聊起天来，仿佛认识了很久似的。

马匹早就准备好了，可是我仍旧不愿意同驿站长和他的女儿分手。最后我同他们告别了，父亲祝我一路平安，女儿送我上车。到穿堂间里我停下来，请她允许我吻她一下。杜妮亚同意了……

从我做这件事以来，我曾有过许多次亲吻，但是没有一次亲吻，曾在我心中留下这样悠长、这样愉快的回忆。

过了几年，机缘又把我带到那条驿道，使我重临旧地。我想起老站长的女儿，想到又可以看到她而感到高兴。但是，我又想，老驿站长也许已被撤换，杜妮亚大概已经出嫁。我的头脑里也闪过他或她会不会死去的念头。我怀着悲伤的预感走近驿站。

马在驿站前停下。一走进房间，我立刻认出了那几张描绘浪子回头的故事的画，桌子和床还放在原来的地方。但是窗台上已经没有花，四周的一切都显出破败和无人照管的景象。驿站长盖着皮袄睡着了，我的到来把他惊醒，他稍稍抬起身来……这正是萨姆松·维林，但是他衰老得多么厉害啊！在他准备抄下我的驿马使用证的时候，我望着他花白的头发，望着他那好久没刮胡子的脸上深深的皱纹，望着他那驼背——不能不感到惊奇，怎么三四年的工夫竟会把一个精力旺盛的汉子变成一个衰弱的老头。"你认得我吗？"我问他。"我和你是老相识了。""可能。"他阴沉地回答道，"这里是大路，来往旅客到过我这里的很多。""你的杜妮亚好吗？"我继续问。老头的眉头皱起来了。"天知道她。"他回答说。"这么说她是嫁人了？"我说。老头装做没有听见我的问话，继续轻声念我的驿马使用证。我不再问下去，吩咐烧茶。好奇心开始使我不得安宁，我希望潘趣酒能使我的老相识开口。

我没有想错，老头没有拒绝送过去的杯子。我发觉甜酒驱散了他的阴郁，一杯下肚，他变得爱说话了。不知是他记起来了呢，还是装出记起我的样子，于是我便从他口中知道了当时强烈吸引了我并且使我深为感动的故事。

"这样说来，您认识我的杜妮亚啰？"他开始讲了，"有谁不认识她呢？唉，杜妮亚，杜妮亚！是一个多么好的姑娘啊！以前，凡是过路的人，都要夸她，谁也不会说她不好。太太们有的送她一块小手帕，有的送她一副耳环。过路的老爷们故意停下来，好像要用午餐或是晚餐，其实只是为了多看她几眼。不管火气多么大的老爷，一看见她就会平静下来，宽厚地同我谈话。您相信吗？先生，信使们跟她一谈就是半个钟头。家由她管：收拾房子啦，做饭啦，样样都安排得妥妥当当。我这个老傻瓜，对她看也看不厌。有时，连喜欢都喜欢不过来。是我不爱我的杜妮亚，不疼我的孩子呢，还是她的日子过得不称心呢？都不是，灾祸是躲不了的，命该如此，要逃也逃不了！"于是他开始向我倾诉他的痛苦。三年前，在一个冬天的晚上，驿站长正在一本新的簿子上画格子，他的女儿在隔扇后面给自己缝衣服。这时候，来了一辆三套马车，一个头戴契尔克斯帽、身穿军外套、裹着披肩的旅客走进来要马，马都派出去了。一听说没马，旅客就提高嗓门，扬起了马鞭。见惯这种场面的杜妮亚，从隔扇后面跑出来，殷勤地问那个旅客，要不要吃点什么。杜妮亚的出现起了它惯有的效用：旅客的怒火烟消云散了，他同意等待马匹，并且要了晚餐。旅客脱下毛茸茸的湿帽子，解下披肩，脱掉外套，原来是一个年轻的骠骑兵，体格匀称，蓄着黑口髭。他坐到驿站长旁边，开始高高兴兴地同他们父女交谈。晚餐端上来了。这时有几匹马回来了，驿站长吩咐不用喂食，马上把它们套在旅客的车上。但是他回来的时候，却发现那个年轻人躺在长凳上，几乎失去了知觉：他感到非常不舒服，头痛得厉害，不能上路……怎么办呢？驿站长把自己的床让给他，如果病情不见好转，还准备第二天一早就派人到 C 城去请医生。

第二天，骠骑兵的病情更恶化了。他的仆从骑了马到城里去请医生。杜妮亚用醋浸的手帕包扎他的头，坐在他床边做针线活。当着驿站长的面，病人直哼，几乎一言不发，但是却喝了两杯咖啡，并且哼哼着要了午餐。杜妮亚没有离开过他。他不断要水喝，杜妮亚就把她做的柠檬水端给他。病人润着嘴唇，每次递还杯子的时候，都用他的无力的手握握杜妮亚的手，表示感谢。午餐前医生来了。他摸了摸病人的脉，用德语同他谈了几句，然后用俄语宣称，病人只需要静养，过两三天就可以上路。骠骑兵付给他二十五个卢布的出诊费，并请他用午餐。医生同意了，两人的胃口都很好，喝了一瓶酒，才彼此非常满意地分别。

再过一天，骠骑兵精神完全恢复了。他非常高兴，不停地一会儿同杜妮亚，一会儿同驿站长开玩笑。他吹着曲子，同旅客们交谈，把他们的驿马使用证登记在驿站册子上。他大大博得了好心的驿站长的喜欢，到了第三天早上，驿站长竟舍不得同他的可爱的客人分别了。那天是星期日，杜妮亚预备去做礼拜。骠骑兵的马车拉来了。他同驿站长告别，因为在这里又吃又住，重赏了驿站长。他也同杜妮亚告别，并且表示愿意送她到村边的教堂。杜妮亚犹豫不决地站着……"你怕什么？"父亲对她说，"这位大人又不是狼，不会把你吃掉的，你就坐车子去教堂吧。"杜妮亚上了车挨着骠骑兵坐下，仆人跳上赶车的座位，车夫吹了一声口哨，马儿就奔驰起来。

可怜的驿站长不明白，他怎能让他的杜妮亚同骠骑兵一起坐车走呢？他怎么会瞎了眼，怎么会让鬼迷了心窍？过了不到半小时，他心里开始烦躁焦急起来。他感到六神不安，忍不住自己也跑去做礼拜。到了教堂跟前，他看到人们已经散去，但是杜妮亚既不在围墙边，也不在台阶口。他急忙走进教堂，神父正从祭坛走出来，教堂执事在吹灭蜡烛，有两个老妇人还在角落里祈祷，但是杜妮亚却不在教堂里。可怜的父亲好容易才下决心去问教堂执事，杜妮亚有没有来做过礼拜。教堂执事回答说没有来过。驿站长半死不活地走回家去。他只留下一个希望：也许，杜妮亚因为年轻不懂事，竟忽发奇想，乘车到下一站去看她的教母去了。他痛苦而焦急地等待他让她乘坐的那辆三驾马车回来。车夫好久还没回来。最后，到傍晚时分，车夫独自醉醺醺地回来了，带来了骇人的消息，"杜妮亚从那一站又跟着骠骑兵往前走了"。

老头经不住这不幸的打击，他立刻倒在那个年轻骗子昨夜躺过的床上。现在驿站长回想起种种情况，猜到病是假装的。可怜的老人患了极其厉害的热病，他被送到 C 城，派了一个人暂时来代替他。给他治病的就是给骠骑兵看病的那个医生。他对驿站长确凿有据地说，那个年轻人身体完全健康，当时他就猜到他不怀好意，但是因为怕他的鞭子，所以没有作声。这个德国医生的话不知是真的呢，还是只想夸耀自己有先见之明，但是他的话丝毫安慰不了可怜的病人。驿站长的病体刚好，他就向 C 城的邮政局长请了两个月的假，对任何人都不提自己的打算，步行找寻女儿去了。他从驿马使用证上知道骑兵大尉明斯基是从斯摩棱斯克去彼得堡的。给他驾车的车夫说，杜妮亚一路啼哭，尽管她似乎自己情愿去的。"也许，"驿站长想道，"我能把我迷途的羔羊带回家来。"他怀着这个念头到了彼得堡，在伊兹玛依洛夫军团一个退职的上士、他的老同事家里住下，就开始四下寻找。不久他就打听出来，骑兵大尉明斯基是在彼得堡，住在杰摩托夫饭店。驿站长决定去找他。

一清早，他来到明斯基的前厅，请求禀报大人，说有一个老兵求见。一个勤务兵在擦用鞋楦撑着的皮靴，他说主人在睡觉，十一点钟以前不接见任何人。驿站长走了，到指定的时间又回来。明斯基穿着晨衣，戴着红色小帽亲自出来见他。"老兄，你要什么？"他问他。老头的心沸腾起来，泪水涌到眼睛里。他用颤抖的声音只说出了："大人！……请行行好吧！……"明斯基迅速地瞥了他一眼，脸一红，就抓住他的手，把他带到书房里，随手关上门。"大人！"老头接下去说，"过去的事情就算了，至少，请您把我可怜的杜妮亚还给我吧。您已经把她玩够了，别平白无故地毁了她吧。""生米已成熟饭，无法挽回了，"年轻人很尴尬地说，"我对不起你，很希望求得你的宽恕。可是你别以为我会抛弃杜妮亚，她会幸福的，我可以向你保证。你要她做什么？她爱我，她对以前的环境已经不习惯了。无论你也好，她也好——你们都不会忘记已经发生过的事情。"接着，他把一样东西塞到老人的衣袖里，就打开了门。驿站长自己也不记得，他是怎样到了街上的。

　　他呆呆地站了好久，最后在自己衣袖的折袖里看到一卷纸，他抽出来打开一看，是几张揉皱的五卢布和十卢布的钞票。泪水又涌到他的眼睛里，是愤懑的泪水啊！他把钞票揉做一团，扔在地上，又用鞋跟踩了一脚，走了。……走了几步，他停了下来，想了一想，又回转身来。……但是钞票已经不见了。一个衣着漂亮的年轻人一看见他，就奔向一辆出租马车，急忙坐上车，喊道："走！……"驿站长没有去追他。他决定回自己的驿站，但是先要看看他的可怜的杜妮亚，哪怕见一次也好。因此，两天之后，他又回到明斯基那里，但是勤务兵厉声告诉他，主人不接见任何人，胸一挺就把他挤出前厅，冲着他的脸砰地关上了门。驿站长站了一会，只好走了。

　　就在这一天晚上，他在"一切悲伤的人们"教堂做过祈祷，在利捷伊区上走着。忽然他前面驶过一辆华丽的马车，驿站长认出了明斯基。马车在一座三层楼房的大门口停下，骠骑兵就跑上了台阶。驿站长的头脑里闪过一个侥幸的念头。他折了回来，同车夫并肩站住。"老弟，是谁的马？"他问，"不是明斯基的吗？""正是，"车夫回答，"你有什么事？""是这么回事：你的主人盼咐我送一张字条给他的杜妮亚，可是我把他的杜妮亚住在哪里忘记了。""就在这儿二层楼上。你送信送得太晚了，老兄，现在他本人已经在她那里了。""不要紧，"驿站长心里激动得不可名状，"谢谢你的指点，可是我还要把我的事办完。"说着这话他就走上楼梯。

门锁着。他按了铃，焦急地等待了几秒钟。钥匙响了，有人给他开了门。"阿芙多季娅·萨姆松诺夫娜在这里吗？"他问。"在这里，"一个年轻的女仆回答着，"你找她有什么事？"驿站长并不回答，径自走进客厅。"不行，不行！"女仆跟在他后面叫道，"阿芙多季娅·萨姆松诺夫娜有客。"但是驿站长不听，继续往前走。头两间屋子很暗，第三间里有灯光。他走到开着的门边，停了下来。在布置得很精致的房间里，明斯基坐在那儿沉思。杜妮亚穿着极其华丽的时装，坐在他的安乐椅的扶手上，像女骑士坐在她的英国马鞍上一样。她深情地望着明斯基，把他的乌黑的鬈发绕在她的闪闪发光的手指上，可怜的驿站长啊！他从来不曾看见他的女儿有这么美，他情不自禁地叹赏起来。"是谁？"她问道，并没有抬起头来。他仍旧默不作声。没有听到回答，杜妮亚抬起头来……一声惊叫，就倒在地毯上了。明斯基吓了一跳，跑过去扶她，猛然看见老驿站长在门口。他放下杜妮亚，走到他跟前，气得浑身发抖。"你要干什么？"他咬牙切齿地对他说，"你怎么像强盗似的悄悄地到处跟着我？还是你想杀死我？你给我滚！"说着就用一只有力的手抓住老头的衣领，把他推到楼梯上。

老头回到自己的住处。他的朋友劝他去控告，但是驿站长想了想，挥了挥手，就决计让步了。两天之后，他从彼得堡动身回到自己的驿站，重新去干自己的工作。"我失去了杜妮亚单独生活到现在已经是第三个年头了，没有得到她一点消息。她是死是活，只有上帝知道。什么事都可能发生。被过路的浪子勾引的，她不是第一个，也不是最后一个，把她弄去供养一阵，然后就抛弃了。在彼得堡，这种年轻的傻丫头多的是，今天穿绸缎，穿天鹅绒；可是明天，你瞧吧，就会跟穷酒鬼在一起扫大街了。有时候一想到杜妮亚也许会流落在那边，就不由得动了罪恶的念头，希望她早点进坟墓……"

这就是我的朋友，年老的驿站长讲的故事，不止一次被泪水打断的故事——他像德米特里耶夫的美丽的叙事诗里的热心的捷连季伊奇那样用衣裙拭着眼泪，样子非常感人。这眼泪部分是由于他在讲故事时喝的五杯潘趣酒所引起的，但是不管怎样，这眼泪使我十分感动。同他分别后，我久久不能忘掉年老的驿站长，我久久想念着可怜的杜妮亚……

还在不久以前，我路过某地，想起了我的朋友。我探听到他主管的驿站已经撤销了。我问起："老站长还活着吗？"没有人能给我满意的答复。我决定去重访旧地，就向私人租了几匹马，前往 H 村。

那时正是秋天，满天灰色的云朵，冷风从收割过的田野吹来，风过之处，树上的红叶和黄叶都被吹走。我进村时太阳已经落山，我在驿舍前停下。从穿堂间里（可怜的杜妮亚曾在那里吻过我）走出一个胖胖的村妇，她回答我说，老站长已经死了快一年了，他的房子现在住进了一个做啤酒的师傅，她就是啤酒师傅的妻子。我开始为白跑一趟和白花了七个卢布而感到惋惜。"他是怎么死的？"我问啤酒师傅的妻子。"喝酒喝死的，老爷。"她回答说。"他葬在什么地方？""在村外，在他死去的妻子旁边。""能带我到他坟上去吗？""怎么不能。嗳，万卡！你玩猫该玩够了，陪这位老爷到坟地去，指给他看老站长的坟在哪里。"

她这样说的当儿，一个穿得破破烂烂、红头发、独眼的男孩跑到我面前，立即领我到村外去。

"你认识死去的站长吗？"路上我问他。

"怎么不认识！他教我削风笛。从前他（愿他进天国）从酒店出来，我们就跟着他：'老爷爷，老爷爷！给点榛子！'他就把榛子分给我们。从前，他总是跟我们玩。"

"那么，旅客们还记得他吗？"

"不过现在旅客少了，有时候陪审员顺路拐过来，可是他也不谈死了的站长了。夏天倒来了一位太太，她问起老站长，后来到他的坟上去过。"

"什么样的太太？"我好奇地问。

"一位美极了的太太，"小男孩回答道，"她坐着一辆六匹马拉的马车，带着三个小少爷和一个保姆，还有一只黑哈巴狗。她一听说老站长死了，就哭起来，对孩子们说：'你们乖乖地坐着，我到坟场去一下。'我说我愿意领她去，可是那位太太说：'我自己认得路。'还给我一个五戈比的银币——真是个好心的太太！……"

我们到了墓地，四周光秃秃的，毫无遮拦，满眼都是木头十字架，没有一棵小树遮阴。有生以来我不曾见过这样凄凉的墓地。

"这就是老站长的坟。"小男孩跳上一个沙墩告诉我说，沙墩上插着一个有铜质圣像的黑十字架。

"那位太太也到这儿来过吗？"我问。

"来过，"万卡回答说，"那时我从远处望着她。她趴在这儿，趴了好久。后来那位太太回到村子里，叫来了牧师，给了他一些钱，走了。我呢，她给了一个五戈比的银币——真是个好太太。"

我也给了小男孩一个五戈比银币，而且已经不为这次旅行和花掉的七个卢布而惋惜了。

（水夫　译）

【作者简介】亚历山大·谢尔盖耶维奇·普希金（1799—1837），俄国伟大诗人，俄国现代文学的奠基人之一，出身于半破产的贵族家庭。主要作品：诗作《自由颂》、《致恰达耶夫》、《高加索的俘虏》、《茨冈》等；诗体小说《叶夫盖尼·奥涅金》。

尼·瓦·果戈理〔俄国〕

外　套

　　在部里……但还是不要说出是哪一部好些。再没有比各种部、团、办事处，总之一句话，再没有比各种公务员更容易闹脾气的了。现在每一个个别的人，都认为侮辱他就是侮辱整个社会。据说，最近有一个县警察局长，不记得是哪一县的了，递了一张呈文，呈文里明明白白写道：国家法纪濒于危殆，他的神圣的官名随便让人糟蹋。作为证据，他把厚厚一大卷传奇稗史添附在呈文后面，每隔十页就有一个县警察局长出现，有些地方还写他喝得烂醉如泥。因此，为了避免引起不愉快起见，我们不如把这里所要讲到的部叫做某部。这样，在某部里，有某一官员当过差，这官员不能算是一个十分了不起的人物，矮矮的身材，有几颗麻子，头发有点发红，甚至眼睛也像有点迷糊，脑门上秃了一小块，两边腮帮子上满是皱纹，脸色使人疑心他患痔疮……有什么办法呢！这是彼得堡气候的不是。至于说到官衔（因为我们这儿开宗明义就得说明官衔），那么，他是所谓一辈子的九品文官，大家知道，对这种人，那些带有欺凌不会咬人的人的值得赞美的习惯的各式各样作家们，是会不惜尽情加以嘲弄和奚落的。这官员姓巴施马奇金。光瞧这个字就知道原来是从巴施马克变来的；可是它在哪一年，什么时候，怎么样从巴施马克变来的，可就无从查考了。父亲、爷爷，甚至妻舅和全体巴施马奇金家的人，都穿长筒靴，每年换两三回底。他的名字是：阿卡基·阿卡基耶维奇。读者也许觉得这个名字有点古怪，别出心裁，但我可以保证，决没有人搜索枯肠把它想出来，而是自然而然演变到这一步，无论如何也不能给他起别的名字。事情的经过是这样的：如果我没有记错的话，阿卡基·阿卡基耶维奇是在 3 月 23 日深夜降生的。故世的母亲，官员的老婆，一个贤惠的妇人，已经准备妥当给孩子受洗。母亲还躺在门对面的一张床上。右首站着教父，一个出格的好人，在枢密院当股长的伊凡·伊凡诺维奇·叶罗施金；还有教母，巡长的老婆，一个具有稀有美德的妇人，阿林娜·谢苗诺芙娜·别洛勃留希科娃。人家给产妇三个名字，任她挑选一个：莫基雅，索西雅，或者用殉教者霍慈达札特的名字称呼孩子。"不行，"死者想，"全是这样讨厌的名字。"为了讨她喜欢，人们把日历翻到另外一个地方，又出现了三个名字：特利菲里、都拉和瓦拉哈西。"真倒霉，"老太婆说，"全是些什么样的名字，说真的，我从来没有听见过这样的名字。要是瓦拉达特或者瓦鲁赫，倒也罢了，可偏偏是什么特利菲里、瓦拉哈里。"又翻过一页——出现了巴甫西卡熙和瓦赫季西。"得，得，我明白了，"老太婆说，"这一定是他命该如此。既然这样，就叫他父亲的名字好了。父亲叫阿卡基，儿子就也叫阿卡基吧。"这样，就有了阿卡基·阿卡基耶维奇。孩子受了洗；他在这当口哭了，扮了个鬼脸，仿佛预先知道他要当九品文官似的。这便是事情的全部经过。我们这样交代，为的是让读者可以明白，事情的趋势不得不如此，给他另外起个名字是决计办不到的。他在哪一年，什么时候进部里当差，什么人举荐的，这一点谁都不记得了。不管换了多少任部长和各种长官，总看见他坐在老地方，采取同样的姿势，干同样的职务，总是一个抄写文书的官儿。因此，后来大家都相信，他准是穿了制服、秃了头顶、原封原样生到世上来的。部里的人对他一点也不表示敬意。当他走过的时候，看门人不但不站起来，甚至也不对他望一眼，就当是一只普通的苍蝇飞过接待室一样。长官们对待他冷淡而又横暴。有一个副股长一直把公文塞到他鼻子前面来，也不说一声"请抄一遍"，或者"这儿有一份怪有趣味的案卷"，或者添上一些在教养有素的机关中常说的悦耳动听的话。他一手接过来，眼睛只盯住公文，也不瞧瞧谁递给他，人家有没有权利这样做。他接过来，就动手抄写。年轻的官员们，尽量施展出他们全部公务员的机智来嘲笑他、挖苦他，当面讲述关于他，关于他的房东太太，七十岁的老太婆的种种捏造出来的故事，说房东太太打他，问他们多咱结婚，又把碎纸片撒在他头上，说是下雪。可是，阿卡基·阿卡基耶维奇一句话也不回答，好像他面前一个人也没有似的；这甚至也不影响他的工作：在一阵纠缠中，他没有抄错过一个字。除非玩笑开得太厉害，人家碰他的胳膊肘，妨碍他干活儿的时候，他才说："让我安静一下吧，你们干吗欺负我？"在这几句话和讲这几句话的声音里面，有一种不可思议的东西。在这声音里面，可以听到这样一种引人怜悯的东西，一个就职不久的年轻人，本来学别人的样，也想取笑他，忽然竟像被刺痛了似的停住了，从此以后，仿佛一切在他面前都变了样，变得跟从前不大相同了。一种什么神奇的力量，使他疏远了那些从前被他认做体面的上流人物而来往甚密的同事们。以后有一个很长的时期，在最快乐的时刻，他会想起那个脑门上秃了一小块的矮小的官员和他的痛彻心脾的话："让我安静一下吧，你们干吗欺负我？"——并且在这些痛彻心脾的话里面，可以听到另外一句话："我是你的兄弟。"于是这个可怜的年轻人就用手掩住了脸，后来在他的一生里，当他看到人身上有着多少薄情的东西，在风雅的教养有素的上流士绅中间，天啊！甚至在世人公认为高尚而

140

正直的人们中间，隐藏着多少凶残的粗野的时候，他有许多次忍不住战栗起来。

很难再找到一个像他这样忠于职守的人。说他热心服务，还嫌说得轻了；不，他简直是怀着爱心服务。他在抄写中看到了一片变化多端和赏心悦目的世界，愉快之情流露在他的脸上。有几个字母是他特别心爱的，一写到它们，他就神魂颠倒起来：又是笑，又是眨巴眼睛，又是牵动嘴唇，因此一看他的脸，仿佛就可以猜出他笔下描出的每一个字母。如果按照他的勤奋行赏的话，连他自己都要吃惊，说不定他会当上五品文官的；可是，正像他的刻薄的同事们说的，他却挣得了两袖清风，一身毛病。然而也不能说，对他从来没有过丝毫的注意。有一个部长是个好人，想酬谢一下他长年的服务，于是吩咐给他些比普通抄写重要些的事情做，就是要他根据业已办妥的公事草拟一封公函送往另外一个衙门。事情是只需换一换上款，再把几处动词从第一人称改成第三人称就行了。这害他费了这么大的劲儿，弄得浑身是汗，他擦着额上的汗珠，终于说："不行，还是让我抄写点什么吧。"从此以后，人家就永远让他干抄写这一行了。除了抄写以外，仿佛什么东西对他都不存在似的。他压根儿没有注意过自己的衣着：他的制服不是绿的，而是一种红褐带灰色的。他的领子又窄又矮，因此他的脖颈虽然不长，却从领子里耸出来，显得特别顾长，好像是侨居俄国的外国小贩顶在头上的十来个一大堆摇头晃脑的石膏小猫的颈脖一样。并且，总有些什么东西粘在他的制服上：不是一根稻草就是一个线头。再加上他有一种特殊的本领，每次走在街上，总是当人家扔垃圾的时候，他偏偏打窗口经过，因此他的帽子上永远挂着西瓜皮、香瓜皮之类乱七八糟的东西。他一辈子从来没有一次注意过每天街上发生的事情，大家知道，他的同事年轻的官员，却总是留心这些的，他们那一双灵活的眼睛的敏锐性发挥到这种程度，甚至可以看出对过人行道上某人裤

141

子下面一根缚鞋掌的皮带松开了——这现象常常使他们脸上露出
狡猾的一笑。

可是，阿卡基·阿卡基耶维奇即使瞧什么，他瞧见的也只是
他自己的清晰工整的字行，并且只有当不知从什么地方跑来一匹
马，把马头搁在他肩膀上，鼻孔里把一阵风吹到他面颊上的时
候，他才省悟过来，知道自己不是在字行的中间，而是在街道的
中间。一回到家里，他立刻在桌子边坐下来，大口喝白菜汤，吃
掉一块夹葱牛肉，食而不知其味，连着苍蝇和这时老天爷送到他
嘴边的不管什么东西，一股脑儿吞到肚里。觉得肚子填饱了，就
从桌子旁边站起来，把墨水瓶拿出来，抄写带回家的公文。如果
没有这样的活儿干，他就为了满足自己的乐趣，故意给自己抄下
个副本，特别是如果公文的妙处不在于文体之美，而是因为写给
一位什么新贵的话。

甚至在那样的时刻：当彼得堡灰色的天空完全暗下来，全体
官员按照各人所得的官俸和嗜好吃饱了喝足了的时候，——当部
里飕飕的笔尖声已经停止，所有的人奔波忙碌，干完了自己和别
人的必不可少的事务、不安顿的人本来可以不必揽到身上的一切
事务，都去安息了的时候，——当官员们忙着享受剩余的时间的
时候：胆大一点的上戏院里去；有的去遛大街，尽往帽子下面看
女人；有的去赴晚会，消磨时间奉承一个姿色不恶的姑娘，小小
官场里的明星；最常见的是，还有的干脆去找同事玩，同事住在
四层楼或者三层楼上，有两间小房间，外带一间前厅或者厨房，
陈设一些有意摆阔的时髦玩意儿，像洋灯或者别的花了省吃省喝
牺牲玩乐等等代价换来的东西，——总之，甚至在那样的时刻：
当全体官员散布在朋友的小屋子里打惠斯特牌，捧着杯子喝茶，
啃着廉价的面包干，从长烟斗里喷出烟来，在发牌时讲着那些凡
是俄国人就不能不向往的上流社会传出的流言蜚语，或者要是没
有什么话可说，就重复着那永远说不完的奇闻，据说有人去报告

一位司令官，说是法尔康纳纪念碑上的马尾巴被人砍掉了云云的时候，——总之，甚至当大家都竭力寻找消遣的时候，阿卡基·阿卡基耶维奇也不去寻找任何消遣。谁都说不出，多咱在哪一个晚会上碰见过他。他抄够了，就躺下睡觉，想着明天的日子，先就打心眼儿里乐开了：不知道老天爷明天又要赐给他什么东西抄。一个每年挣四百卢布而能乐天知命的人的平稳无事的生活就这样过下去了，并且也许一直会过到衰老的暮年，如果不仅仅在九品文官，并且在三品、四品、七品以及一切顾问官，甚至那些既不给任何人顾问也不受任何人顾问的顾问官们的生活道路上，不是铺满着各式各样的患难的话。

在彼得堡，对于所有每年挣四百卢布官俸或将近这个数目的人，有一个强大的敌人。这个敌人不是别人，就是我们北方的严寒，虽然也有人说它对健康是有益的。早晨一过了八点钟，正是满街泛滥着上部里去的人的时候，它开始不分青红皂白，对准所有的鼻子狠命地、刺一样地钻起来，简直叫那些可怜的官员们不知道把鼻子往哪儿搁才好。在这连大人先生都冻得脑门发疼、眼泪汪汪的时候，可怜的九品文官们有时简直是毫无防御的。唯一解救的办法，就是穿着单薄的外套尽快地越过五六条街，然后在门房里使劲地跺脚，直跺到把所有的在路上冻僵了的执行职务的能力和才干融解开来为止。最近以来，阿卡基·阿卡基耶维奇开始觉得脊梁和肩膀奇冷刺骨，虽然他竭尽全力尽快地赶完那段一定的距离。他终于想到，别是他的外套出了什么毛病吧。回到家里把它仔细查看一遍，他发现果然在两三个地方，正是在脊梁和肩膀上，已经只剩下名副其实的几缕棉纱了，呢子磨得都透光了，里子也开了绽。得交代一下，阿卡基·阿卡基耶维奇的外套也早已成了官员们嘲笑的目标，甚至外套这个高贵的称号也给剥夺了，都管它叫长衫。它的确有一种奇怪的构造：领子一年比一年缩小，因为裁下缝补它的别的部分去了。这也实在显不出裁缝的手艺，补得又臃肿，又寒碜。阿卡基·阿卡基耶维奇看出别无办法，只得把外套拿去求教彼得罗维奇，一个住在某处从后楼梯出进的四层楼上的裁缝，这人虽然只有一只眼，满脸麻子，可是缝补官员们以及其他人等的裤子和燕尾服倒是挺在行的，自然，是当他没有喝醉酒，脑子里没有在胡思乱想的时候。关于这位裁缝，当然，不应该说得太多，可是现在已经成了这样的习惯，小说里每一个人物的性格都非说得清清楚楚不可，所以没有法子，我们只得在这儿也把彼得罗维奇表述一番。起初人家干脆管他叫格利戈里，他是某一位老爷的农奴；不久他领到了释奴证，于是每逢节日就狂饮起来，起初还是逢到大节日才喝，后来只要看见日历上画着个十字，就不分大小，在任何一个教会节日都喝起酒来，从这时候起，人家就称呼他彼得罗维奇了。从这方面说来，他是忠于祖先的习惯的，他和老婆吵起嘴来，就骂她臭娘们和德国娘们。我们既然提到了他的老婆，那么，就也得对她讲上两句，可是遗憾得很，关于她，我们竟知道得不多，只知道彼得罗维奇有一个老婆，她甚至只戴便帽，不包头巾，可是论到容貌，她似乎是无法夸口的，至少，看到她时，只有一些近卫骑兵才往便帽下面望她一眼，翘翘胡子，发出一声怪叫。

通到彼得罗维奇家的楼梯，得说句公道话，沾满着水渍和污水，渗透着一种熏人眼睛的酒味儿，大家知道，这股味儿是跟所有彼得堡房屋的后楼梯不可分离地连在一起的——走上这楼梯，阿卡基·阿卡基耶维奇就盘算着彼得罗维奇会要多大价，并且拿定了主意决不付给他超过两块卢布。门是开着的，因为主妇在烹一条什么鱼，厨房里烟雾弥漫，连蟑螂都看不见了。阿卡基·阿卡基耶维奇穿过厨房时主妇竟会没有瞧见，他终于走进屋里，看见彼得罗维奇像个土耳其总督似的盘着腿，坐在一张没有上漆的大木桌上。按照一般坐着干活儿的裁缝的习惯，赤着一双脚。首先映进眼帘的是一只怪眼熟的大拇指，油灰指甲又厚又硬，像乌龟壳一样。彼得罗维奇脖子挂着一绞丝线和棉线，膝盖上铺着一块破布。他用棉线穿针眼已经穿了三四分钟，没有穿上，所以对黑暗生起气来，甚至对棉线也生了气，低声嘟哝道："不进去，蛮婆子；折腾得我好苦，你这鬼灵精！"阿卡基·阿卡基耶维奇后悔不该正赶上彼得罗维奇生气的时候来找他，他喜欢在彼得罗维奇有点儿醉意醺然，或者像他老婆所说的，"灌饱了黄汤，这独眼龙"的时候，来找他做点什么。在这种情形下，彼得罗维奇总是肯让点价钱，一口应承下来的，甚至还鞠躬道谢。后来，固然，老婆会哭哭啼啼地来说，丈夫喝醉了酒，所以价钱要得低了，可是，常常只需多给她十戈比，事情也就顺当了。这会儿，彼得罗维奇却像是挺清醒的，因此，他的脾气就特别别扭，不容易说话，鬼知道会要多大的价钱。阿卡基·阿卡基耶维奇明白了这一点，像俗话所说的，就想打退堂鼓，可是已经来不及了。彼得罗维奇把一只独眼眯缝起来，盯住他瞧，于是阿卡基·阿卡基耶维奇不由自主地只得说：

"好啊，彼得罗维奇！"

"祝您好，先生。"彼得罗维奇说，把眼睛往阿卡基·阿卡基耶维奇的手上斜瞟过去，瞧瞧对方带来了一件什么样的好买卖。

"我上你这儿来，彼得罗维奇，是那个……"

得交代一下，阿卡基·阿卡基耶维奇说起话来总喜欢用上许多前置词、副词，还有一些毫无意义的小品词。如果碰到一件非常为难的事情，他甚至有不把话说完的习惯，因此常常用这样的话开场："这，简直是，那个……"往后就没有下文，连他自己也忘了个干净，以为话已经说完了。

"什么事呀？"——彼得罗维奇说，同时用独眼把他那件制服仔细打量了一下，从领子一直看到袖子、后身、下摆和扣眼，这一切都是他非常熟悉的，因为全是他亲手做的手艺。裁缝的习惯就是这样，这是他一见面时要做的第一件事。

"我是为了那个，彼得罗维奇……一件外套，呢子……你瞧，别的地方都挺厚实，就是有点灰扑扑的，看起来好像旧了，其实它还是新的，只有一个地方有点那个……脊梁上，还有肩膀上，有一个地方磨破了一点，就是这儿肩膀上有一点——你瞧，就是这么一点。费不了多大事情……"

彼得罗维奇接过长衫，先把它摊平在桌子上，看了许久，直摇头，伸手到窗台上去拿来一只圆圆的鼻烟匣，上面有一个将军像，可不知道是哪一位将军，因为脸部被手指戳破了，后来给贴上了一块四四方方的小纸片。彼得罗维奇闻了一撮鼻烟，双手把长衫撑开，迎着亮细瞧了一下，又是直摇头。然后把里子翻出来，又摇头，又打开贴着小纸片的匣盖，往鼻子里塞足鼻烟，关上盖，把鼻烟匣藏过一边，终于说：

"不行，不能补了，这衣服简直不成样啦！"

一听这几句话，阿卡基·阿卡基耶维奇心里扑通一跳。

"为什么不能补，彼得罗维奇？"他几乎用小孩子似的恳求的声音说，"总共只有肩膀上磨破了一点呀，你总有一些零碎料子……"

"零碎料子有倒是有，零碎料子倒是容易找到的，"彼得罗维奇说，"可是缝不上去呀，东西全糟了，针一碰，它就破啦。"

"破就让它破吧，你可以立刻给打上一块补丁。"

"补丁叫我往哪儿打？再缝上几针也不顶事了，破得太厉害了。说是呢子，也不过叫着好听罢了，风一吹，就烂了。"

"给缝上几针吧。这是怎么说的，实在那个……"

"不行，"彼得罗维奇坚决地说，"一点办法也没有。东西完全不中用了。您还不如等严冬到来的时候，把它改做裹脚布吧，因为袜子不暖和。袜子是德国人发明的，为了要多赚咱们的钱（彼得罗维奇喜欢一有机会就刺德国人几句）；可是外套，看来您只能做一件新的了。"

一听见"新的"这两个字，阿卡基·阿卡基耶维奇顿时两眼发黑，屋里的东西都在他眼前打起转来。他看得清楚的只有彼得罗维奇鼻烟匣盖上那个脸上贴着纸片的将军。

"什么做新的？"他说，仍旧好像在做梦似的，"我没有这一笔钱呀。"

"是的，做新的。"彼得罗维奇带着残酷的沉静说。

"唔，要是一定做新的，那可怎么那个……"

"您是说，要花多少钱？"

"是呀。"

"您得花上一百五十多块卢布。"彼得罗维奇说，同时意味深长地抿紧嘴唇。他非常喜欢强烈的效果，喜欢使个什么花招儿，突然把人家难住，然后斜着眼睛去瞧那个被难住的人听了他的话会窘成什么怪模样。

"一百五十卢布做一件外套！"可怜的阿卡基·阿卡基耶维奇喊起来，他有生以来恐怕还是第一次大声地喊，因为一向总是以低声说话出名的。

"是喽。"彼得罗维奇说。"还得看是什么样的外套。如果领子上搁貂皮，帽兜用绸里子，那就得花两百卢布了。"

"彼得罗维奇，劳你的驾，"阿卡基·阿卡基耶维奇用恳求的声音说，没有听见并且也不想听见彼得罗维奇所说的话以及它的一切效果，"你给想法子补一补，对付再穿一些时候吧。"

"没有用，结果准是：白费工夫，白糟蹋钱。"彼得罗维奇说。于是阿卡基·阿卡基耶维奇听了这些话，就垂头丧气地走了出去。彼得罗维奇在他走后，还站了好一会儿，意味深长地抿紧嘴唇，没有就去干活儿，很满意既没有降低身份，也没有糟蹋裁缝的手艺。

走到街上，阿卡基·阿卡基耶维奇恍恍惚惚，仿佛是在梦里。"真是打哪儿说起,"他对自个儿说,"我真没有想到事情会闹到那个……"后来,沉默了一会儿以后,又补上了一句:"瞧!到底闹了这么个结果,我真是想都没有想到。"这之后又是长时间的沉默,接着他说:"瞧!这简直,真是,出人意料,那个……这是怎么也……这步田地!"说完这几句话,他没回家,连自己也没有觉察,糊里糊涂往完全相反的方向走去。一路上,一个浑身煤灰的通烟囱的人碰了他一下,蹭了他一肩膀的黑,从一幢正在兴筑的房子顶上又劈头盖脸撒了他一大把石灰。他一点也没有注意到这些,后来,直等到他碰上一个把戟放在身旁、正从角形烟盒里往满布老茧的手掌上倒鼻烟的岗警的时候,他才有点清醒过来,并且这也是多亏岗警冲他喊了一声:"怎么往人家身上撞,你不能走人行道吗?"他这才往四下里瞧了瞧,转身走回家去。回到了家里,他才开始凝神思索,清楚而真切地看出自己所处的境遇,并非语无伦次,而是慎重、坦率地、像对一个可以倾谈知心话的明白事理的朋友谈天似的自问自答起来。"唔,不行,"阿卡基·阿卡基耶维奇说,"这会儿去跟彼得罗维奇讲,是讲不通的。他这会儿那个……准是让老婆给揍了。我最好还是星期天早晨去找他。他过了星期六这一晚,第二天眼睛一定会斜着,睡过了头,他就会需要喝两杯解解宿醉,可是老婆不给他钱,这时候,我只要那个,把十戈比塞在他手里,他就肯通融了,于是外套就那个……"阿卡基·阿卡基耶维奇这样自言自语着,振作起精神来,一直等到下一个星期天,远远地瞅见彼得罗维奇的老婆出门上什么地方去,就赶紧找他去了。彼得罗维奇在星期六以后,果然眼睛斜得很厉害,脑袋垂倒着,一副睡过了头的样子;可是,话虽如此,他一知道对方的来意,就跟有鬼推了他一把似的。"不行,"他说,"请您定做新的吧。"阿卡基·阿卡基耶维奇立刻塞给他十戈比。"谢谢您,先生,我来喝一杯祝您的健康,"彼得罗维奇说,"可是,外套的事,您不用再操心了，它简直不成了。新外套我一定好好地给您做，准保您满意。"

阿卡基·阿卡基耶维奇还是唠叨着说要修补，可是彼得罗维奇不等他说完，就打断他："我一定给您做新的，您把事情交托给我好了，我一定尽力。咱们做时兴样的，领钩用银的。"

这时候，阿卡基·阿卡基耶维奇看到非做新外套不可，心里凉了半截。真的，这可怎么办呢？指望什么，用什么钱来做新的呢？当然，一部分可以指望将来的节赏，可是这笔钱早就顶了别的窟窿了。得做一条新裤子，付清鞋匠给旧靴子换新靴面的一笔旧账，还得向女裁缝定做三件衬衫和两件不便形诸笔墨的内衣，总而言之，所有的钱全要花光。即使部长大发慈悲，不是给四十卢布的赏金，而是给四十五或者五十卢布，也还是剩下寥寥无几，用来做外套，那真是沧海中的一粟罢了。当然，他也知道彼得罗维奇专喜欢漫天讨价，常常连他老婆都忍不住喊起来："你疯了，你这傻瓜！有时候一个钱不拿就把活儿留下了，这会儿可又鬼迷心窍，要这么大的价钱，把你人卖了也不值呀。"当然，他也知道，彼得罗维奇就是八十卢布也肯做了；可是，打哪儿去弄这八十卢布呢？他可以对付上半数，半数是可以张罗到的，甚至还能更多些；可是，另外的半数上哪儿去找呢？……可是，读者先得知道，第一个半数是打哪儿来的。阿卡基·阿卡基耶维奇有一个习惯，每花掉一块卢布，就往一只上了锁、盖上挖一个投钱的窟窿的小箱子里投进一枚半戈比铜币。每过半年，他就查看一次积蓄起来的铜币的总数，把它换成小银币。他这样继续了许久，因此在几年当中，积蓄起来的钱数已经超过四十卢布。这样，半数总算有了着落；可是，上哪儿去张罗那一半呢？上哪儿去张罗另外的四十卢布呢？阿卡基·阿卡基耶维奇想了又想，于是决定至少在今后一年当中，必须缩减平时的费用：取消晚间的一顿茶，夜里不点蜡烛，如果要赶点什么公事，就到房东太太的屋里去，借她的灯亮；走在街上，要尽可能在石板和扁石子上举步轻些，小心些，光让脚尖着地，这样鞋底就不至于坏得太快；尽可能少拿内衣给洗衣妇洗，为了免得穿脏，每天一回到家里，就脱下内衣，只穿一件年代悠久而还能保持不坏的棉袍。说老实话，他起初对这种种限制也觉得怪别扭的，可是后来也就渐渐习惯了，不觉得什么了，他甚至完全习惯了每晚挨饿；另一方面用精神食粮来补足，那就是老是念念不忘地想那件未来的外套。从此以后，连他的存在都仿佛变得充实起来，仿佛他结了婚，仿佛另外一个人跟他住在一起，仿佛他已经不是一个人，另外一个可爱的终身女伴愿意同他过上一辈子——这女伴不是别人，正是那件填满厚棉花、衬着穿不破的结实的里子的外套。他变得活泼了些，甚至性格也变得坚强了些，好像是一个拿定了主意、设定了目标的人一样。怀疑，犹豫，总之，一切动摇而含糊的特征自然而然都从他的脸上和行动上消失了。有时他的眼睛冒出火光，脑子里甚至闪过最果敢而大胆的思想：要不要真的在领子上加条貂皮？想到这一点，几乎使他变得茫茫然起来。有一回，正在抄公文的时候，他差点都抄错了，几乎大声地喊起来。"哎呀!"赶快画了个十字。每一个月，他总少不了去找彼得罗维奇一趟，跟他商量商量做外套的事，最好上哪一家去买呢子，什么颜色，什么价钱，虽然不免担点心事，却总是心满意足地回家去，想着总有一天，把所有这些东西都买来，做成一件新外套。事情发展得甚至比他预料的还要快，完全出乎意外，部长赏给阿卡基·阿卡基耶维奇的不是四十或者四十五卢布，而是整整六十卢布。不知道他是不是预感到阿卡基·阿卡基耶维奇需要一件外套呢，还是出于巧合，无论如何，这么一来，他是多出二十卢布来了。这个情况加速了事态的进展。再稍稍饿上两三个月，阿卡基·阿卡基耶维奇就真的能积到将近八十卢布了。他一向很平静的一颗心，开始跳动起来。当天他就跟彼得罗维奇一起到铺子里去，买了质地很好的呢子——这是不足为奇的，因为他们俩早在半年以前就在筹划这件事，很少有一个月不上铺子去打听一趟价钱；所以连彼得罗维奇也说，再也没有比这更好的呢子。里子呢，他们选了一种细棉布，但质地是这样坚固耐穿。照彼得罗维奇的说法，这比绸缎还好，甚至看去也更漂亮些，更光泽些。貂皮没有买，因为价钱的确贵，可是，却买了铺子里仅有的一张好猫皮，远远地看上去是可以冒充貂皮的。彼得罗维奇忙了两个星期才把外套做好，因为许多地方都需要行线，否则早就完工了。彼得罗维奇要了十二卢布的工钱——再少可怎么都不行了：处处满都是用丝线缝的，缝成两道细针脚，彼得罗维奇后来还在每道缝上用牙齿咬了一遍，咬出各式各样的花纹。这是在……很难说是在哪一天，但大概总是在阿卡基·阿卡基耶维奇一生中最隆重的一天，彼得罗维奇终于把外套送来了。他是一清早在正要上部里去办公的时候把它送来的。在任何别的时候外套来的都不会像这样适当其时，因为严寒已经开始，并且似乎还有加剧之势。彼得罗维奇像一个好裁缝应有的那样把外套送了来。他的脸上现出一种意味深长的表情，那是阿卡基·阿卡基耶维奇从来没有见过的。他仿佛充分感觉到自己完成了一件了不起的大事情，忽然在那些只做衬衫补补零碎活儿的裁缝和那些专门裁制新衣服的裁缝之间划出了一道分明的界线。他从一路用来包外套的手帕里把它取出来，手帕是刚从洗衣店拿来的；然后他把手帕叠好，放进口袋里留着使用。取出外套之后，他十分自傲地对它望了一眼，双手提起来，很灵巧地往阿卡基·阿卡基耶维奇的肩膀上一披；然后把它摩挲平整，再把后襟往下扯扯；然后给扣上一两颗纽子，使它在阿卡基·阿卡基耶维奇身上显得服服帖帖的。阿卡基·阿卡基耶维奇像个上了年纪的人似的，想试试袖子；彼得罗维奇帮他把胳膊伸进袖子——结果袖子做得也不差。总之，外套似乎是尽善尽美的，刚好合身。彼得罗维奇不忘记趁这个机会表白一番，说他不过是因为不挂招牌，店开在小街上，再加上早就认识阿卡基·阿卡基耶维奇，所以价钱才要得这么便宜；要是在涅瓦大街上，这样一件外套，光是手工恐怕就得要七十五卢布。阿卡基·阿卡基耶维奇不想跟彼得罗维奇争论这件事情，并且他也怕听彼得罗维奇吹得那么耸人听闻的巨大的钱数。他跟他算清账目，谢过了他，立刻就穿新外套上部里去。彼得罗维奇跟着他走出来，站在街上，远远地还对着外套出神了好一会儿，然后故意闪在一旁，抄过弯曲的小巷，又跑到大街上来，从另外一个角度，就是从正面，再把自己缝的外套看上一遍。这当口，阿卡基·阿卡基耶维奇怀着过节般的心情向前走去。他一分一秒都感觉到他的肩膀上有一件新外套，有几次甚至由于内心的愉快笑了起来。这实在有两种好处：一来暖和，二来好看。他没觉着怎么走，就已经来到了部里。他在门房里脱下外套，前前后后把它看了个够，拜托看门的费神特别照看一下。不知怎么一来，部里忽然都知道阿卡基·阿卡基耶维奇有了一件新外套，长衫已经不复存在。大家立刻跑到门房里来看阿卡基·阿卡基耶维奇的新外套。大家恭喜他，祝贺他，起先他只是笑，后来甚至害起臊来。当大家拥到他跟前，对他说穿新外套得请大伙儿喝酒，至少也得招待一次晚会的时候，阿卡基·阿卡基耶维奇完全茫无所措了，不知道他该怎么办，回答什么，该怎样推托。过了几分钟，他才涨红着脸，十分天真地辩解说这完全不是什么新外套，实在只是一件旧外套罢了。终于有一个官员，并且还是一个什么副股长，大概为了表示他绝不傲慢，甚至不惜跟下属交往，就说："这么着吧，我来替阿卡基·阿卡基耶维奇招待一次晚会，请大伙儿今天晚上到舍间去喝茶，今天可巧是我的命名日。"官员们自然立刻祝贺副股长，欣然接受了他的邀请。阿卡基·阿卡基耶维奇原想推辞不去，可是架不住大家七嘴八舌地劝说，说这太不礼貌，简直是不识抬举，于是他怎么也不好再拒绝了。不过，他后来想到，这么

152

着他可以有机会晚上穿了新外套到外边走走，心里倒也着实很高兴。这一整天，对于阿卡基·阿卡基耶维奇真是一个最大的庄严的节日。他怀着十分幸福的心情回到家里，脱下外套，再把呢子和里子欣赏了个够，小心翼翼地挂在墙上，然后特地把从前的那一件脱了线的长衫找出来，比较一下。他对它望了一眼，连自己也笑了起来：这样大的差别啊！后来过了许久，在吃饭的时候，他只要一想起那件长衫所处的境遇，还一直笑个不停。他高高兴兴吃完了饭，饭后什么公文也不抄了，趁天还没黑尽，随便躺在床上舒坦了一下。然后，不多耽搁，穿上衣服，把外套披在肩上，就上街去了。请客的官员究竟住在哪儿，遗憾得很，我们可说不上来：记性坏得厉害，彼得堡所有的房屋和街道，在我们的记忆里都混杂、纠缠在一起，很难理出个头绪。可是无论如何，有一点至少是确实的，那位官员住在城里最好的地区，因此离阿卡基·阿卡基耶维奇是很不近的。阿卡基·阿卡基耶维奇起初得走过几条灯光暗淡的荒凉的街道，可是越走近官员的住宅，街道就变得越热闹，人烟越稠密，灯光越亮。行人越来越多，衣服华丽的淑女开始出现，男人们也有穿海狸领子外套的了，赶着有木栏杆钉有铜钉的雪橇的寒酸的车夫越来越少——相反，看到的尽是一些戴红天鹅绒帽子、赶着漆过的铺着熊皮毯子的雪橇的漂亮车夫，驭着台装潢一新的轿车在街上疾驰而过，车轮在雪地上吱吱直响。阿卡基·阿卡基耶维奇瞧着这一切，就仿佛看到什么稀奇的东西一样。他已经有好几年晚间不上街了。他好奇地在一家商店灯火辉煌的窗户前面停下来，眺望一幅画，上面画着一个美丽的妇人，她脱掉鞋子，这样就露出了一只挺不难看的光脚；在她背后，一个长着络腮胡子、嘴唇下面蓄有一撮美丽短髭的男人从另外一间房间里探出头来。阿卡基·阿卡基耶维奇摇了摇头，笑了一下，然后走自己的路，他为什么笑呢？是不是因为他遇到了虽然完全不熟悉，但每一个人对它仍旧保持着某种敏感的东西呢，还是因为他像其他许多官员那样地想："嘻，这些法国人！有什么话可说呢！他们要是打定主意干点什么，那就真有点那个……"但也很可能，他连这些也没有想——原是没有法子钻到一个人脑子里去，知道他所想的一切的啊。最后他到了副股长住的地方。副股长住得很阔绰：楼梯上亮着灯，他的住宅在二层楼上。走进前厅，阿卡基·阿卡基耶维奇看见地上放着许多双套鞋。在这些东西中间，在屋子中央，放着一个茶炊，咻咻发响，冒出一团团的热气。墙上挂的尽是些外套啦、斗篷啦，其中几件甚至是有着海狸领子或者天鹅绒翻领的。隔壁传出喧哗声和谈话声，当房门打开，侍仆端着放有空杯、牛油缸和盛面包干的筐子的托盘走出来的时候，声音就忽然变得清楚响亮起来。显然，官员们早已到齐，喝过了第一杯茶。阿卡基·阿卡基耶维奇自己动手把外套挂好，走进屋子，于是蜡烛、官员、烟斗、牌桌，同时出现在他的面前，四方哄然而起的急促的谈话声和移动椅子的声音，震得他的耳朵嗡嗡直响。他很不自在地站在屋子中央，踌躇着，不知道该怎么办才好。可是人家已经看见他了，喊着欢迎他，大家立刻都挤进前厅去，又把他的外套看上一遍。阿卡基·阿卡基耶维奇虽然有点不好意思，可是他是一个老实人，看见大家都夸奖他的外套，也不能不高兴起来。后来，不用说，自然是大家又把他跟外套都撇在一边，照例回到打惠斯特牌的牌桌前面去了。喧哗声、谈话声、一大堆的人，这一切在阿卡基·阿卡基耶维奇看来，都是不可思议的。他简直不知道该干点什么，把手脚跟整个身子往哪儿搁才好。最后，他坐到打牌的人旁边去看打牌，望望这个人的脸，又望望那个人的脸，过了一会儿就打起呵欠来，觉得乏味，尤其是因为早已到他平时上床睡觉的时候了。他想向主人告辞，可是人家不放他走，说是为了祝贺新外套，一定得喝一杯香槟酒。过了一个钟头，晚饭开出来了，有凉拌菜、冷小牛肉、肉馅饼、甜点心和香槟酒。人们逼着阿卡基·阿卡基耶维奇喝了两杯，这之后，他觉得屋子里变得热闹了些，可是仍旧忘不了已经十二点钟，早就该回家。为了不使主人挽留他，他悄悄地走出屋子，在前厅里找到了他的外套——他怪心疼地看见外套掉在地上——把它抖了抖，去掉每一根绒毛，披在肩上，然后下楼到街上去。街上到处还亮着灯火。几家小铺子——仆人和各色人等的永久的俱乐部——门还开着，另外几家已经关了门，但门缝里却还漏出一长道光线，说明里面还有人，大概女仆或是男仆还打算讲完他们的传闻和闲谈，害得主人无从探知他们的下落。阿卡基·阿卡基耶维奇满怀高兴地走着，甚至不知道为了什么，忽然跟在一个女人后面跑了起来，女人像一阵闪电似的走过他的身边，浑身充满着异常的活劲儿。可是，他立刻停下来，又跟先前一样慢慢地往前走去，连自己也纳闷儿为什么会不知不觉地跑了起来。不久之后，几条荒凉的街道展开在他面前，这些街道就连白天也不怎么热闹，更不用说夜晚了。现在它们变得更偏僻，更冷清：街灯越来越稀少——显然公家的灯油发得少了；出现了木房子、围墙；一个人影也没有，只有街上的积雪晶晶发光，已经关上板窗的睡熟了的低矮的茅屋凄凉地投出黑影。他走近一块地方，这儿街道被一片可怕的沙漠似的无边无际的广场遮断了，广场对过隐隐约约可以望见几幢房屋。

在远处，天知道什么地方，有一个岗亭闪动着一星微光，这岗亭看来好像站在世界的尽头似的。阿卡基·阿卡基耶维奇的一股子高兴，一到这儿不知怎么就大大地减少了。他怀着一种不由自主的恐惧走到广场上，仿佛他的心早已预感到有什么不祥似的。他往后，又往左右瞧了瞧：周围简直是一片茫茫大海。"不，最好还是别瞧。"他想道，闭着眼睛一直走去，当他睁开眼睛想知道广场是不是快走完的时候，忽然看见在他面前，几乎就在他鼻子跟前，站着几个满脸胡子的家伙，究竟是干什么的，他也摸不清。他两眼发花，心里怦怦直跳。"这不是我的外套吗!"其中一个人抓住他的领子,用打雷似的声音说。阿卡基·阿卡基耶维奇正打算呼救,另外一个家伙把一只有他老人家脑袋那么大的拳头往他下巴颏上一顶,补添上一句:"你敢喊!"阿卡基·阿卡基耶维奇只感觉到有人从他身上把外套剥掉,用膝盖拐了他一下,他就仰面朝天跌倒在雪地上,此外再也感觉不到什么了。过了几分钟,他醒过来,站了起来,可是已经一个人也没有了。他觉得旷野里冷得很,外套也没有了,就喊叫起来,可是声音似乎很不愿意达到广场的尽头。他绝望了,但还是不停地喊叫着,越过广场一直向岗亭奔去。岗亭旁边站着一个岗警,倚着戟,仿佛好奇地在张望着,想知道是个什么家伙叫喊着远远地向他跑过来。阿卡基·阿卡基耶维奇跑到他跟前,上气不接下气地嚷着,说他尽顾睡觉,什么事也不管,也不看见拦路抢劫。岗警回答,他没有看见什么,只看见两个人在广场中间把他喊住了,他还以为是他的朋友哩。他叫他不必谩骂,还是明天找巡长去,巡长会找到抢外套的人的。阿卡基·阿卡基耶维奇狼狈不堪地跑回家里。鬓角和后脑勺上仅有的几根稀疏的头发完全蓬乱了;两肋、胸口、整条裤子都沾满了雪。房东老太婆听见一阵可怕的敲门声,急忙从床上跳起来,只有一只脚趿了鞋子就跑出来开门,由于羞怯,一只手在胸口按着衬衣;可是,开了门,看见阿卡基·阿卡基耶维奇这副光景,不禁倒退了几步。他把事情始末讲明之后,她急得直甩手,说应该直接去见警察局长,说是巡长说话不算话,答应了人家的事一回头就不管了,最好直接去见警察局长。说是她还跟他相熟,因为一个芬兰女人安娜,从前在她家里当过女厨子的,现在到警察局长家里当保姆去了;说是当他经过她家门口时,她常常看见他本人;又说他每星期到教堂里去,一边祷告,一边快乐地望着大家。因此,从一切迹象上看起来,应该是一个好人。听完这样的意见,阿卡基·阿卡基耶维奇垂头丧气地回到自己的房间里,至于他这一夜是怎样挨过去的,凡是稍微肯替别人设身处地想一想的人就很容易想象得出。第二天一大早他就去见警察局长，但人家回复他局长在睡觉；他十点钟去——又说在睡觉；他十一点钟去——说是局长已经出门；吃饭的时候再去——可是，接待室里的文书们说什么也不肯放他进去，一定要知道他是为了什么公事、什么要务来的，到底发生了什么事情。最后，阿卡基·阿卡基耶维奇生平第一次想发点脾气了，斩钉截铁地说他要亲自见局长本人，说他们不敢不放他进去，他是为了一件公事从部里来的，他只要告他们一状，他们就会知道他的厉害。文书们对这些话一点也不敢反驳，其中一个人就去请警察局长出来。警察局长听取外套被劫这件事的态度很有点古怪。他不注意事情的要点，反而盘问起阿卡基·阿卡基耶维奇来：他为什么这么晚才回家，是不是到什么不规矩的地方去了？问得阿卡基·阿卡基耶维奇羞愧无地，也没有弄清楚外套一案会不会得到适当的处理，就从那儿走了出来。这一整天他都没有去办公（这是他生平唯一的一次）。第二天，他满脸苍白，穿着那件变得更加凄惨的古旧的长衫出现了。外套被劫的故事毕竟感动了许多人，虽然还有些官员即使到了这个节骨眼儿也不肯放过机会嘲笑阿卡基·阿卡基耶维奇。大家立刻决定给他募款，可是只募到了很少一点钱，因为官员们即使没有这件事也已经有很多意外的开支，例如认购部长的肖像，响应科长的建议订购一本什么书，这位科长就是作者的朋友——所以数目是微乎其微的。有一个人被怜悯心打动了，决定至少得对阿卡基·阿卡基耶维奇进一番善意的忠告，劝他别去找巡长，因为即使巡长为了博得上司的称赞，可能设法把外套找到，可是他如果提供不出法律上的证据，证明外套是属于他的，那么外套总还是留在警察局里。他最好去见某一位要人，只要要人跟有关方面公文来往，交涉一下，事情就可以顺利地解决。没有办法，阿卡基·阿卡基耶维奇就决定上要人那儿去了。要人究竟担任什么职位，直到现在还尚待查考。得交代一下，某一位要人是最近才成为要人的，在这之前，却是一个不重要的人。然而，即使是他现在的地位，跟其他更加重要的人比较起来，也算不得重要。可是总有这么一些人，别人看来是不重要的人，在他们看来就已经是重要的了。然而，他却竭力用别的许多方法来加强他的重要性，例如：当他来办公的时候，规定下级官员们得站在楼梯口上迎接他；不准任何人直接见他，一切都得经过极严格的手续：十四品文官报告十二品文官，十二品文官报告九品文官，逐级报告上去，必须这样，事情才能达到他面前。在神圣的俄罗斯，一切都这样传染上了模仿的习惯，每个人都喜欢装模作样，扮作上司的样子。甚至据说有一个九品文官，当派他到一个小小的办事处当主任的时候，他立刻给自己隔开一个单间，管它叫"主任室"，在门口派了一些穿红领子绣花边的制服的戏院查票员似的人，他们握着房门的把手，给每一个来访的人开门。虽然在这间"主任室"里只能勉强放下一张普通的写字桌，要人的态度和气派是显赫而威严的，但却是过分张扬的。他的制度的主要基础就是严厉。"严厉，严厉，第三个还是严厉。"他常常这样说，并且说到最后一句话时，总要意味深长地望一下听他说话的对方的脸。虽然这样做是没有任何理由的，因为组成办事处整个行政机构的十来个官员，即使没有这一着也害怕他得要命，老远望见他就已经放下了手里的公事，毕恭毕敬地站着，伺候上司从房里走过。他平时跟下属谈话是声色俱厉的，几乎总不外乎三句话："您怎么敢？您知道您在跟谁说话吗？您知道谁站在您的面前吗？"然而他内心却是一个善良的人，待同事很好，肯帮忙；可是将军头衔完全把他弄糊涂了。得了将军头衔之后，他就神魂颠倒起来，迷失了道路，不知道该怎么办才好。他要是跟职位平等的人在一起，倒还像个人，还像是一个很正派的、在许多方面甚至并不愚蠢的人；可是，只要遇见一个品位只比他低一级的人，那简直就糟透啦，他就默默无言

158

了。他的处境格外惹得人怜悯，因为连他自己也感到觉到可以把时间消磨得有意味得多。从他一双眼睛里有时也可以看到想跟别人和好相处、参加一场有趣的谈话的强烈的愿望，可是一个念头阻止了他：这不是做得太过分了吗？不是太随便了吗？这么一来，不会降低了自己的身份吗？这样考虑的结果，他就偶尔只发出几个单音节的字，永远保持着始终不变的沉默，于是给自己赢得了"最枯燥的人"的外号。我们的阿卡基·阿卡基耶维奇便是来见这样一个要人，并且是在最不利的时候，对于自己很不适合而对于要人却很适合的时候来见他。要人正在办公室里，兴高采烈地跟一个最近才到的老朋友，一个多年不见的儿时的伙伴谈话。这时有人进来报告，说有个巴施马奇金要见他。他轻率地问了声："是个什么样的人？"回复道："一个官员。""啊！叫他等一等，现在没有工夫。"这儿得交代一下，要人扯了个天大的谎：他是有工夫的，他跟朋友早已什么都谈到了，已经在谈话中间夹杂着长久的沉默，只是轻轻地彼此拍拍大腿，说道："是吧，伊凡·亚勃拉莫维奇！""是呀，斯捷潘·瓦尔拉莫维奇！"可是尽管如此，他却还是让那官员等着，以便向他的朋友，一个赋闲已久、久居在乡间的人证明，官员们得在他的前厅等上多少时候。最后，话谈够了，尤其是沉默得厌烦了，坐在设有能折叠过去的靠背的十分舒适的安乐椅里吸完一支雪茄，这才好像忽然记起来似的，对一个拿着报告文件站在门口的秘书说："噢，仿佛还有个官员在那儿等着，告诉他可以进来了。"他一看见阿卡基·阿卡基耶维奇谦卑的样子和他那身旧制服，就突然对他说："您有什么事？"声音轻率而强硬，那是他还没有得到现在的地位和将军头衔的一星期之前，特地在自己房间里独自对着镜子预先学会的。阿卡基·阿卡基耶维奇早已不寒而栗，有点张皇失措起来，费了很大的力气转动着他那不灵活的舌头，并且比平时加上了更多的小品词"那个"，解释道：有一件崭新的外套，现在被人用非常残酷的手段抢去了，他来求见他，是希望他草拟个公文，想法子那个，跟警察总监或者别的什么人交涉一下，好把外套找回来。不知道为什么，将军觉得这种做法太放肆了。

"您怎么了，先生，"他继续用轻率的口吻说，"您不懂得规矩吗？您找上什么地方来了？您不知道办事的手续吗？办这种事，您得先向办事处递个呈文，呈文送到股长那里，再到科长那里，然后再转给秘书，秘书才把它交给我……"

"可是，大人，"阿卡基·阿卡基耶维奇竭力鼓起他仅有的一点勇气，同时觉得已经浑身汗湿了，"我敢来麻烦您大人，因为秘书们那个……都是些不可靠的人。"

"什么，什么，什么？"要人说，"您哪儿来的这么大的胆子？哪儿来的这些想法？这些年轻人对长官和上司真是狂妄到了极点！"

要人似乎没有注意到阿卡基·阿卡基耶维奇已经五十开外了。所以，如果他能称为年轻人，那除非是相对的，就是和七十岁的人比较来说。

"您知道这是跟谁在说话？您明白谁站在您的面前？您明白不明白，明白不明白？我问您。"

说到这儿，他一顿脚，把嗓门提得这么高，即使不是阿卡基·阿卡基耶维奇也会害怕的。阿卡基·阿卡基耶维奇就这样晕了过去，浑身发抖，摇摇晃晃，再也站立不稳，要不是看门的赶紧过来扶住他，他准会摔倒在地上，他几乎一动不动地被抬了出去。要人很满意效果甚至还超出意料之外，一想到他的话居然能使人失掉知觉，就更加陶醉起来，他斜眼望了望他的朋友，想知道他对这件事的反应，竟不无高兴地看到他也很不自在，甚至也开始感到了恐惧。

怎样从楼梯上下来，怎样走到街上，阿卡基·阿卡基耶维奇一点也不记得了。他的手脚都麻木了。他这一辈子还从来没有这

160

样厉害地被一位将军申斥过，并且还是一个陌生的将军。他张大嘴，辨不清人行道的高低，在遍街呼啸着的暴风雪中走去。风，按照彼得堡的惯例，从所有的胡同，四百八方向他吹来。转瞬间就吹得他扁桃腺发起炎来，等到他勉强走回家里，已经一句话也说不出了，喉咙全肿了，倒在床上。一顿好骂有时竟是这样厉害啊！第二天他发了高烧。由于彼得堡气候的慷慨的帮助，病情进展得比预期的更快，当医生赶到的时候，摸了摸脉门，除了开一张敷药的方子以外，一点办法也没有了，连这也只是为了让病人不至于受不到医术的恩惠罢了；然而立刻又宣布，顶多再过一天半，非完蛋不可。然后他对房东太太说："老太太，您不必白操心了，现在就给他预备一口松木棺材吧，因为橡木的他买不起。"阿卡基·阿卡基耶维奇有没有听见这些在他是致命的话，如果听见了，这些话有没有对他发生惊心动魄的影响，他有没有惋惜他的薄命的一生——这都无从知道，因为他一直在说胡话和发热。一幅更比一幅奇怪的景象不断地浮现在他的眼前：他忽而看见彼得罗维奇，向彼得罗维奇定做了一件置有捉贼的机关的外套，他老觉得贼就躲在他床底下，并且时时刻刻叫房东太太把贼从他的被窝里拖出来；忽而问人家为什么把旧长衫挂在他面前，说他原是有一件新外套的；忽而觉得他站在将军的面前，一边谨听严厉的训斥，一边诺诺连声地说：我错了，大人；最后，忽而撒野骂起街来，用了一些最难听的字眼，使房东老太婆甚至画了十字，她有生以来从来没有听见他说过这样的话，尤其这些字眼是直接紧跟在"大人"这个字后面的。他完全胡言乱语起来，叫人一点也听不明白了，只知道这些杂乱无章的胡话和思想，翻来覆去总离不了那件外套。最后，可怜的阿卡基·阿卡基耶维奇咽了气。无论是他的房间或者他的物件，都没有封存起来，因为一来没有承继人，二来剩下的遗产很少，不过是一束鹅毛笔，一帖公家的白纸，三双袜子，两三颗裤子上脱落下来的纽扣和那件读者已经熟知的长衫。谁得了这一切东西，只有天知道。老实说，连讲这个故事的人对这也不感兴趣。人们把阿卡基·阿卡基耶维奇抬了出去，埋掉了。于是彼得堡就没有了阿卡基·阿卡基耶维奇，仿佛彼得堡从来就不曾有过他这个人似的。一个谁都不保护、不被任何人所宝贵、任何人都不感兴趣，甚至连不放过把普通的苍蝇用钉子穿起来放在显微镜下面仔细察看的自然观察家都不屑加以一顾的生物，消失了，隐没了；这个生物顺从地忍受公务员们的嘲笑，没有做过任何非凡的事业就进了坟墓，然而无论如何，在他生命快结束之前，一个光辉的访客曾经借外套的形式闪现了一下，刹那间使他可怜的生命活跃起来，后来灾祸还是降临到他头上，正像降临到帝王和世间的统治者头上一样……

他死后过了几天，部里派了一个看门的到他家里来，带着叫他立刻去办公的命令：说是长官要他去。可是，看门的不得不一无所得地回去，报告他不能再来了，对于质问"为什么？"是这样答复的："就因为他已经死了，大前天把他埋掉的。"这样，部里的人才知道了阿卡基·阿卡基耶维奇的死讯，第二天在他的座位上已经坐着一个新的官员，个子高得多，写的字母已经不是直体，却偏得多，歪斜得多。

可是谁会想到阿卡基·阿卡基耶维奇的故事到这儿还没有完结，他注定死后还得轰动几天，好像补偿他默默无闻的一生似的。可是事情就这么发生了，于是我们可怜的故事就意外地得到了一个荒诞无稽的结局。忽然谣言传遍了彼得堡，说是在卡木金桥畔和附近一带地方，一到晚上，就有一个官员模样的死人出现，在寻找一件被劫的外套，并且以外套失窃为借口，不问官职和身份，从一切人的肩上剥掉各种外套，不管是猫皮的、海狸皮的、棉絮的、貂皮的、狐皮的、熊皮的，总而言之，剥掉凡是人们想得出用来遮盖自己的皮肉的各式各样的毛革和柔皮。部里的一个官员亲眼看见过那个死人，立刻就认出他是阿卡基·阿卡基耶维奇。可是，这把他吓坏了，他拼命地往前跑，因此没有来得及瞧仔细，只看见那个人远远地用手指威胁他。状子雪片似的从四面八方递上去，说是由于夜晚外套的被剥，尽是九品文官倒也罢了，连一些七品文官的脊梁和肩膀，也都不免有受凉的危险。警察局下了命令，不管死活，无论如何得把死人逮捕归案，严加惩罚，以诫其余，并且差一点连这也几乎办到了。是这样的：某一区的岗警在基留希金胡同，在出事的当场，当死人正要从一个从前吹笛子的退职乐师身上剥掉一件粗毛布外套的时候，已经完全把死人的领子抓住了。他一把抓住死人的领子，大声喊来另外两个同伴，拜托他们抓住他，他自己不过花掉片刻的工夫伸手到靴筒里，打算从那儿摸出桦皮鼻烟匣来，使一生中冻坏过六次的鼻子暂时清醒一下。可是，鼻烟一定是连死人都受不住的一种。岗警用手指塞住右鼻孔，左鼻孔还没有来得及吸完半手掌鼻烟，死人就一喷嚏打得这么凶，溅了他们三人满眼都是脏水。当他们举起拳头擦眼的时候，死人连影儿也没有了，甚至他们都不知道刚才死人是不是真的被他们抓在手里。从此以后，岗警们对死人这样害怕，甚至连活人也怕提了，只是站得老远地喊："喂，快走你的路吧！"于是死官员甚至在卡林金桥的那一边也出现了，给胆小的人带来不少的惊慌。可是，我们完全把某一位要人忘怀了，他才可以说真正是这本来完全真实的故事获得荒诞无稽的趋势的原因。首先得说句公道话，自从被痛骂了一顿的可怜的阿卡基·阿卡基耶维奇走后不久，某一位要人感到了一种类乎怜悯的东西。他不是绝对没有同情心的，他的心也会发生许多善良的冲动，虽然官级常常阻碍它们表露出来。来客刚走出他的办公室，他甚至思念起可怜的阿卡基·阿卡基耶维奇来了。从此以后，受不住职务上的斥责的脸色苍白的阿卡基·阿卡基耶维奇就差不多每天都浮现在他的眼前。一想到这人，就使他陷于极度的不安，过了一星期，他甚至决定派一个官员去探听一下他的情况，能不能真的对他有所帮助。当他得到报告说，阿卡基·阿卡基耶维奇患热病暴死了的时候，他甚至吃了一惊，受着良心的责备，整天心绪不宁。他想散散心，忘掉不愉快的印象，这天晚上就到一个朋友家里去，这朋友家里聚着一大群正派的人；尤其称心的是，几乎大家都是一样的官级，因此他可以完全不受任何拘束。这对他的精神状态发生了惊人的作用。他松动起来，眉飞色舞地聊着天，态度和蔼可亲，总之，这一晚过得非常愉快。晚饭时，他喝了两杯香槟酒——大家知道，这是一种不坏的助兴的东西。香槟酒使他涌上来一股子豪兴，想做各种奇特的事情，那就是：他决定还不回家，却去找一位熟识的太太卡罗林娜·伊凡诺芙娜，这位太太似乎是德国血统，他跟她交情很深。得交代一下，要人已经不年轻了，是个好丈夫，可尊敬的一家之主。他有两个儿子，其中一个已经在衙门里当差，还有一个讨人喜欢的十六岁的女儿，生有一个微微弯曲但很好看的鼻子，他们每天走来吻他的手，说道：日安，爸爸。他的老婆，一个还很有风韵，甚至一点也不难看的女人，先把自己的手给他吻，然后翻过手来，再吻他的手。可是，要人虽然满足于家庭的温暖，却认为在城里别处另外交个女朋友倒也无伤大雅。这女朋友一点也不比他的老婆好看些，年轻些；可是，这样的难题世间是常有的，评判这一类难题可不是我们的事。这样，要人走下楼梯，坐上雪橇，对车夫说："到卡罗林娜·伊凡诺芙娜家里去。"而他自己，雍容华贵地裹着一件暖和的外套，落进了一种被俄国人认为无可再好的愉快心境，就是说，自己一点事也不想，可是思想却自会钻到脑子里，一个更比一个愉快，甚至不用你费劲地去追逐、搜寻。他感到心满意足，轻快地想起刚才过掉的这一晚上所有快乐的事情、所有惹得一小堆人哄堂大笑的机智的警句；有许多话，他甚至低声地重复了一遍，觉得依旧像刚才一样可笑，所以无怪乎他要打心坎里笑出来。然而，不时有一阵一阵的暴风来打扰他，这风，天知道是打哪儿，也不明白由于什么原因，突然就刮起来，刀子似的割他的脸，成块的雪往他身上撒，把外套的领子吹得风帆似的鼓起来，或是蓦地来了一股子非常的力量，吹得领子蒙住他的头，这样就使他老是忙着要把头钻出来。要人忽然觉得有人紧紧地把他的领子抓住了。他转过脸来，看见一个身材不高、穿着破旧的文官制服的人，并且不无恐惧地认出这人就是阿卡基·阿卡基耶维奇。官员的脸色苍白如雪，完全像个死人。可是，当要人看见死人咧开嘴，阴森森地向他嘘出坟墓似的气息，说出下面几句话的时候，他的恐惧就更无法控制了："啊！这下子可找到你了！我总算那个，把你的领子抓住了！我正需要你的外套呢！你没有给我的外套想办法，并且还骂了我——现在把你的给我！"可怜的要人差点没有吓死过去。不管在办事处，一般地在下属面前，他的脾气有多么大，也不管每个人一见到他堂堂的仪表和魁梧的身躯，就要说："吓，多神气！"可是他在这时候，像许多有英武外表的人一样，害怕到了这步田地，竟并非毫无根据地担心自己要发病了。他甚至赶快自己从肩上把外套脱下来，用不自然的嗓音对车夫喊道："赶快回家！"车夫听见平时只在紧急关头才喊出的声音，还伴随着一种更加有效得多的动作，就把脑袋缩在肩膀中间以防不测，鞭子一挥，箭似的飞去了。大约六七分钟，要人已经回到自己的家门口。他面无人色，饱受惊吓，没有了外套，卡罗林娜·伊凡诺芙娜那儿也没有去成，却回到了家里，好容易摸到自己的卧室，嘀嘀咕咕地熬过了这一夜。所以第二天早晨喝茶的时候，女儿径直对他说："爸爸，你今天脸色难看极了。"可是，爸爸一声不响，他发生了些什么事，到哪儿去过，打算上哪儿，他对谁都一字不提。这件事情给了他一个强烈的印象。他甚至不大对下属们说："您怎么敢？您知道谁站在您的面前吗？"即使说了，也总在先听明白了事情的原委以后。可是，尤其值得注意的是，死官员从此完全绝迹了：显然，将军的外套披在他的肩上是完全合适的，至少，再也不听说有从谁身上剥掉外套的事情发生。然而，许多好事而喜欢多操心的人们还是怎么也不肯安静下来，说在城市的僻远地区，死官员还是照旧出现。的确，一个柯洛姆纳区的岗警亲眼看见过幽灵从一幢屋子后面走出来。可是，他生来有点虚弱，有一回，一只普通的长成了的小猪从一家私宅里奔出来，把他撞了个狗吃屎，惹得站在周围的车夫们放声大笑，为了这场侮辱，他还逼他们每人出一文钱买过鼻烟闻哩——他是这样虚弱，所以不敢把幽灵拦住，却在黑暗里一直跟他往前走，直到最后，幽灵忽然回头一看，停下来问道："你要干什么？"并且举起了在活人中间也从来没有见过的大拳头。岗警说了声"没有什么"，立刻就往回走。然而，幽灵的身材可变得高得多，长着一把大胡子，仿佛举步往奥布霍夫桥那边走去，完全被夜的黑暗吞没了。

（满涛　译）

【作者简介】尼古拉·华西里耶维奇·果戈理（1809—1852），俄国批判现实主义文学奠基人之一。主要作品：中短篇小说集《狄康卡近乡夜话》；长篇《死魂灵》；喜剧《钦差大臣》。

屠格涅夫〔俄国〕

木　木

　　在莫斯科的一条偏僻的街上，有一所灰色的宅子，这所宅子有白色圆柱，有阁楼，还有一个歪斜的阳台：从前有一位太太住在这儿，她是一个寡妇，周围还有一大群家奴。她的儿子全在彼得堡的政府机关里服务，她的女儿都出嫁了，她很少出门，只是在家孤寂地度她那吝啬的、枯燥无味的余年。她的生活里的白天，那个没有欢乐的、阴郁的日子，早已过去了；可是她的黄昏比黑夜还要黑。

　　在所有她的奴仆当中最出色的人物是那个打扫院子的人盖拉新，他身长十二维尔肖克，体格魁伟得像一个民间传说中的大力士，生下来聋哑。太太把他从乡下带到城里来，在村子里他一个人住在一间小屋里头，跟他的弟兄们不在一块儿，在太太的缴租农人中间，他算是最信实可靠、能按时缴租的一个。他生就了惊人的大力气，一个人做四个人的工作，他动手做起事来非常顺利，而且在他耕地的时候，把他的大手掌按在木犁上，好像他用不着他那匹小马帮忙，一个人就切开了大地的有弹性的胸脯似的，或者在圣彼得日里，他很勇猛地挥舞镰刀，仿佛要把一座年轻的白桦林子连根砍掉一样，或者在他轻快地、不间断地用着三

167

阿尔申长的连枷打谷子的时候,他肩膀上椭圆形的坚硬的肌肉一起一落,就像杠杆一般——这些景象看起来都叫人高兴。他的永久的沉默使他那不倦的劳动显得更庄严。他本来是一个出色的农人,要不是为了他这个残疾,任何一个女孩子都肯嫁给他。……可是盖拉新给带到莫斯科来了。人家还给他买了靴子,做了夏天穿的长裾外衣和冬天穿的羊皮外套,又塞了一把扫帚和一把铁铲在他手里,派他当一个打扫院子的人。

起初他很不喜欢他的新生活。他自小就习惯了种田,习惯了乡村生活。他由于自己的残疾一直跟人群隔离,长大起来,又聋又哑,而且力气很大,就像在肥沃的土地上生长的一棵树。……他给人带进城市以后,倒不明白该怎么办了,他发闷,发呆,就好像一头很壮的小公牛在发呆那样,这头牛在那块茂密的青草长到它肚皮一般高的牧场上嚼草,忽然让人牵走了,放在铁路的货车上。啊,它的结实的身体一下子让煤烟和火花包住了,一下子又是一股一股的水蒸气淹没了它,它给拖着向前飞奔,跟着隆隆声和尖锐声飞奔,飞奔到哪儿去呢——只有上帝知道!拉新自来做惯了农人的苦工,所以他把这个新职务需要他干的活并不当做一回事。每天只花半个钟头他的活就干完了,他便又站在院子中间,张开嘴,出神地望着所有过路的人,好像他想从他们那儿得到一个可以说明他这个莫名其妙的处境的解答;或者他就突然跑到某一个角落里,把手里的扫帚和铁铲掷得远远的,自己头朝着地扑下去,在地上躺几个钟头,连动也不动一下,仿佛是一头关在笼里的野兽。可是人对什么事情都会习惯,盖拉新后来也习惯城里的生活了。他的工作并不多,他的全部职务不过是把院子打扫干净,每天分两次取两桶水,运柴、劈柴给厨房和整个宅子使用,白天不让生人进来,夜间小心守夜。应当说,他的确热心执行了他的职务。院子里从来不曾有过一片木屑,也没有见过一点垃圾;遇到下雨路烂的时候,带着桶去取水的老马在路上什么地方陷在泥里走不动了，他只要肩头一推，不单是车子，连马也给推着走了；要是他动手劈柴，斧头会发出玻璃似的响声，木片、木块会朝四面八方飞散；至于生人呢，自从某一天晚上他捉住了两个小偷，把两个脑袋在一块儿狠狠地碰了几下（碰得那样厉害，简直用不着再把他们送到警察局去了）以后，附近这一带地方人人都非常尊敬他；即使在白天，有些过路人，他们绝不是贼，不过是陌生人罢了，看见像他这样一个可怕的打扫院子的人，他们连忙向他挥手、叫喊，就好像他能够听见他们的叫声似的。盖拉新跟这个家里男女仆人的关系并不亲密（因为他们怕他），但也不疏远，他把他们当做自己人看待。他们用手势跟他讲话，他都明白，主人命令他做的事他全照办了，可是他也知道他自己的权利，没有人敢在饭桌上坐他的位子。一般地说，盖拉新的性情是严厉的、一本正经的，他喜欢什么事情都有秩序，连公鸡也不敢在他的跟前打架，否则，它们就该倒霉了！他马上捉住它们的腿，把它们当轮子一样在空中转它个十来回，然后朝各个方向抛出去。太太的院子里也养得有鹅，可是鹅是出名的一种尊贵的、懂道理的家禽；盖拉新尊敬它们，他照料它们，他喂它们，他自己就像是一只很神气的雄鹅。他们分派了一间厨房上面的顶楼给他，他照他自己的趣味布置了这间屋子，他用橡木板做了一张床，床脚是用四个木头墩子做的——这真是一张民间传说中大力士睡的床了，它载得起一百普特的重量，不会塌下去；床底下放了一口坚固的木箱，一个角落里立着一张同样牢固的小桌子，桌子旁边有一把三只脚的椅子，椅子非常结实、矮小，所以盖拉新常常把它举起来，又丢下去，一边高兴地微笑。这顶楼是用挂锁锁住的，锁的形状倒像"卡拉奇"，不过它是黑色的罢了。盖拉新总是拿这把锁的钥匙挂在自己的腰带上，他不喜欢别人走进他的顶楼去。

　　就这样地过了一年，在这年的年尾盖拉新遇到了一桩小小的意外事情。

那位老太太（盖拉新就是在她的宅子里当打扫院子的人）对什么事情都遵照古法办理，她养了一大群佣人：在她的宅子里不仅有洗衣女人、缝衣女人、细木匠、男裁缝、女裁缝等等，甚至还有一个马具匠，他也兼作兽医，并且还要给佣人看病，宅子里另外有一个专给女主人看病的家医，最后还有一个鞋匠，叫做卡皮统·克里莫夫，是一个无可救药的酒鬼。克里莫夫一直认为自己受了委屈，没有人认识他的真正价值，他原本是一个有教养的京城里的人，不应当连一个职业也没有，在莫斯科郊外这种偏僻地方住下来。要是他喝酒（他自己这样说，而且在说话的时候还时常停顿，用手打他自己的胸膛），那就是在借酒消愁。有一天太太跟她的管家加夫利洛谈到他的事情（加夫利洛是这样一个人：单从他那对又黄又小的眼睛和他那根鸭嘴般的塌鼻子看来，就知道他是一个命中注定要指挥别人的人物），太太在惋惜卡皮统的堕落，他刚巧在前一个晚上还给人看见醉倒在路旁。

"啊，加夫利洛，"她突然说，"要是我们给他配个亲，你觉得怎样？也许他就会安分起来。"

"是啊，为什么不给他配个亲呢，太太？是可以的，太太，"加夫利洛答道，"这会是一桩很好的事情，太太。"

"对，只是把谁配给他呢？"

"自然啦，太太。不过，随您的意思吧，太太。无论如何，他总可以有点用处；放在十个人里头挑，他总是不会落选的。"

"我看他好像喜欢塔季雅娜吧？"

加夫利洛正要回答，却又把嘴唇闭紧了。

"对……把塔季雅娜配给他吧，"太太决定说，她高兴地闻了闻鼻烟，"你听见了吗？"

"听见了，太太。"加夫利洛应道，就退了出来。

加夫利洛回到自己的屋子里（这是耳房，屋子里差不多装满了用铁片包的箱子），先把老婆支开，然后坐在窗前，细细地想起来。女主人这种意料不到的命令显然使他感到为难了。他终于站了起来，叫人去找卡皮统来。卡皮统来了。……不过在我们把他们的谈话向各位读者转述之前，我们觉得有必要用简单的几句话讲一讲卡皮统要娶的那个塔季雅娜是什么人，而且为什么太太的命令叫管家感到头痛。

塔季雅娜就是上面讲过的那班洗衣女人中间的一个（不过因为她是一个能干的熟练的洗衣女人，所以她只管上等的细衣服），她是一个二十八岁光景的女人，瘦小的身材，金黄色的头发，左边脸颊上有几颗痣。俄国人认为左边脸颊上的痣是凶兆——是苦命的预兆。……塔季雅娜不能说自己的运气好。她自小就受虐待：一个人做两个人的事情，从来没有受到人怜爱；她穿得很坏，而且只拿到极少的工钱；亲戚呢，她可以说一个也没有，有一个上了年纪的管事，说是不中用给开除了，丢在乡下，这个人是她的远房叔父，另外还有几个叔父、舅父，都是些农人——再也没有别的了。有一个时候她还算是一个美人，可是她的漂亮很快就过去了。她的性情极柔顺，或者更可以说是懦弱怕事；她完全不关心她自己的事情，怕别人却怕得要命；她只想到在指定的时间里面做完她的工作，从来不跟谁谈话，只要听见人提起太太的名字就发抖，其实太太看见她也不见得会认出来。盖拉新从乡下给带进城的时候，她看见他那个庞大的身形差一点儿给吓得晕过去，她想尽一切方法避免跟他见面，碰到她从宅子里出来到洗衣房去，在他跟前跑过的时候，她甚至于眯起了眼睛。盖拉新起初并不特别注意她，后来她走过他跟前的时候，他总是一个人笑起来，然后他开始出神地望着她，最后他就盯住她不肯把眼睛掉开了。他喜欢她，究竟是因为她脸上温和的表情呢，还是因为她那种畏怯的举动呢——这只有上帝知道了！有一回她偷偷地在院子里走过，伸开手指头小心地提着太太的一件浆过的短衫……忽然有人使劲地捉住她的胳膊肘，她回过头来，不觉尖声大叫，盖拉新就站在她后面。他傻笑，发出怜爱的叫声，送给她一只姜饼做的小公鸡，鸡的翅膀上和尾巴上都贴着金箔。她不想接受，可是他把姜饼硬塞在她的手里，摇摇头走开了，随后又回过头来，再对她发出一些非常亲密的叫声。从那天起他就不让她安静了：不管她走到哪儿，他就会跟到哪儿，去跟她见面，对她微笑，发出叫声，摇他的手，或者突然间从怀里拉出一根彩带放在她的手上，或者拿他手里的扫帚扫去她面前的尘土。这个可怜的女子简直不知道要怎样应付，怎样做才好。很快地整个宅子里的人都知道这个打扫院子的哑巴的鬼把戏了：嘲笑，打趣，挖苦，一起落在塔季雅娜的头上。可是没有一个人敢取笑盖拉新：他不喜欢人开玩笑，所以人们当着他的面不去麻烦塔季雅娜。不管这个女子愿意不愿意，她是在他的保护下面了。他跟每个聋哑的人一样，非常机敏，只要是有人在取笑他或者她的时候，他马上就完全明白。有一回在吃中饭的时候，塔季雅娜的上司，那个管衣服女人，照一般人的说法，在挑三挑四地逗她，而且闹得很厉害，叫那个可怜的女子不知道把眼睛朝哪儿看好，差一点儿要恼得哭起来了。盖拉新突然站了起来，伸出他的大手，把它放在管衣服女人的头上，并且非常凶恶地望着她的脸，吓得她把头埋在饭桌上面。众人都不做声。盖拉新又拿起他的调羹继续喝他的白菜汤。"看，这聋哑的魔鬼，这个树妖！"众人低声喃喃说。管衣服女人站起来，回到女佣人房间去了。还有一次，盖拉新看见卡皮统（就是我们刚刚讲起的那个卡皮统）跟塔季雅娜谈话谈得很亲密，他便向卡皮统招手叫他过来，把他带到马车房去，拿起一根立在墙角的车杆，捏紧它的一头，轻轻地然而很有意思地用这车杆威胁他。从那时候起就没有一个人再跟塔季雅娜谈话。这一切并没有给盖拉新带来任何的麻烦。固然那天管衣服女人一跑进女佣人房间就晕倒了，而且她用很巧妙的方法让太太在当天就知道了盖拉新的粗暴的行为，可是这位喜怒无常的老太太只是笑笑罢了，并且好几次弄得管衣服女人非常难堪，她逼着她一再说明：例如，"他怎样用他那很重的手把你的头弯下去的"。第二天她就赏了盖拉新一个银卢布，她认为他是一个忠心的、力气大的看守人，很赏识他。盖拉新倒很害怕他的女主人，可是他仍然希望着她给他恩惠，他正打算去求她答应他跟塔季雅娜结婚。他等着管家答应过他的那件新的长裾外衣，想打扮得干干净净去见太太，可是这位太太却突然想到把塔季雅娜配给卡皮统了。

读者们现在容易明白加夫利洛在跟女主人谈过话以后为什么会感到为难了。他坐在窗前想着："女主人不用说喜欢盖拉新"（这一层加夫利洛倒是很清楚的，因此也很纵容他），"可是他究竟是一个不会讲话的东西。我可不能报告女主人说盖拉新爱上了塔季雅娜。而且这也是公平的，他究竟算是怎样的丈夫呢？可是从另一方面来说，那个——上帝饶恕我——树妖要是知道塔季雅娜要配给卡皮统了，他会把宅子里所有的东西都捣毁的，一定的。你没法跟他讲道理。他这个魔鬼——上帝饶恕我这个罪人——不管你用什么方法都说服不了他……对的！……"

卡皮统的出现打断了加夫利洛的思路。那个轻浮的鞋匠走了进来，把两只手搁在背后，很随便地靠着门边一个突出的墙角，右腿架在左腿的前面，摇晃着头，仿佛在说："我在这儿。您有什么事？"

加夫利洛望着卡皮统，一面拿手指敲窗台。卡皮统不过把他那沉浊无光的眼睛稍微眯细一点，他并没有埋下它们。他居然微微地笑了起来，还伸手去抚摩他那朝四面八方竖起来的带白色的头发，仿佛又在说："喂，是的。我，我啊。你在看什么？"

"你倒好，"加夫利洛说，他又不做声了，"你倒好，没有什么话好说的！"

卡皮统只是扭扭他的瘦小的肩膀。"那么，请问，你比我更好吗？"他心里想道。

"哼，你看看你自己，哼，你看看，"加夫利洛带责备地往下说，"哼，看你自己像个什么？"

卡皮统从容地仔细看他那脱了线的破礼服和打补丁的裤子，他特别注意地看他那双穿了洞的靴子，尤其是他的右脚很文雅地放在靴头上的那一只，然后他又把他的眼光停留在管家的脸上。

"先生，什么事？"

"先生，什么事？"加夫利洛跟着他说，"先生，什么事？你还说：先生什么事？你简直像个魔鬼，上帝饶恕我这个罪人，你就像那个样子。"

卡皮统很快地眨着眼睛。

"你咒吧，你咒吧，加夫利洛·安得列伊奇。"他心里想道。

"不用说，你又喝过酒了，"加夫利洛说，"你又喝过酒吗？嗯？喂，回答我。"

"我因为身体弱的关系，的确喝了含有酒精的饮料。"卡皮统答道。

"因为身体弱的关系！……你鞭子挨得太少了，就是这么一回事。你还在彼得堡做过学徒……你学到的真多！你就只是白吃面包不做事。"

"讲到这件事情，加夫利洛·安得列伊奇，我就只有一位审判官：那就是上帝，此外再没有别人了。只有他知道在这个世界上我是什么样的一种人，我是不是真的白吃面包。至于您对我喝醉酒的看法，我觉得讲到那件事情，我也不错，倒不如说是我一个朋友的错；他引诱我喝上了酒，他就丢开我，一个人走了，可是我……"

"你就像鹅一样地给丢在街上了。啊，你这个放荡的家伙！啊，现在的事情倒不是这个，"管家继续说下去，"却是这样的

174

事。太太……"说到这儿他又停了一下，"太太高兴要你讨老婆。听见吗？她以为你讨了老婆就可以安分了。你明白吗？"

"我怎样会不明白呢，先生。"

"嗯，好的。照我看，还是揍你一顿好些。嗯，不过那是太太的事情。怎么样？你同意吗？"

卡皮统露出牙齿笑了笑。

"讨老婆，对男人说，是一桩很好的事，加夫利洛·安得列伊奇；至于我呢，在我这方面，我是非常满意的。"

"嗯，好的。"加夫利洛答道，他一面在心里暗想："不用说，这个家伙倒讲得很对。"他接着大声说："只是有一桩事，新娘子挑得不合适。"

"那么她是谁呢，请宽恕我多问……"

"塔季雅娜。"

"塔季雅娜？"

卡皮统睁大了眼睛，离开墙角走出来一点。

"你为什么这样吃惊？难道她不中你的意？"

"怎么不中我的意，加夫利洛·安得列伊奇！这个姑娘她是没有说的，是个工作勤劳、性情温和的好姑娘……可是您自己也知道，加夫利洛·安得列伊奇，那个树妖，那个草原的妖精看上了她，您知道……"

"我知道，伙计，我全知道，"管家烦恼地打断了他的话，"可是你知道……"

"啊，上帝保佑啊，加夫利洛·安得列伊奇！他会杀死我的，我敢说他会的，他会像打死苍蝇一样地打死我。啊，他有手，只消请您看看他的手是怎样的手啊：这简直是米宁和波查尔斯基的手。他是一个聋子，他打起人来自己却听不见！他挥舞他的大拳头，就好像他在做梦一样，简直不可能阻止他。为什么呢？因为您自己知道，加夫利洛·安得列伊奇，他是个聋子，而且他蠢得像脚后跟一样，您看，他还是一种野兽，一个邪教的偶像，加夫利洛·安得列伊奇——比邪教的偶像还要坏……他是一块白杨木头。为什么我现在应该受他欺负呢？自然，我现在已经毫不在意了：我变得柔顺了，我学会忍耐了，我在自己身上涂了油，就像一个发亮的科隆纳的水罐——可是我究竟是一个人，无论如何，我实在不是一个不值钱的水罐。"

"我知道，我知道。不要多讲下去了……"

"主，我的上帝啊！"鞋匠热烈地接着说下去，"末日在什么时候来啊？什么时候啊，主啊！我是个可怜人，一个悲惨的可怜人！这是命运，我的命运啊，您想想看！在小时候我挨惯了德国师傅的打，长大了又挨同胞们的打，最后在壮年时期，您看又要弄到什么样的结果……"

"呸，你这个软弱不中用的家伙，"加夫利洛·安得列伊奇说，"你为什么只顾唠唠叨叨地讲个不停，真是!"

"你讲'为什么'吗，加夫利洛·安得列伊奇！我并不害怕挨打，加夫利洛·安得列伊奇。要是碰到一位老爷，他可以关起门打我，不过在人面前还得跟我打招呼。我究竟还算是一个人啦，可是现在我碰到的是什么人呢……"

"喂，不要讲了。"加夫利洛不耐烦地打断了他的话。

克里莫夫掉转身子，摇摇晃晃地走了。

"喂，要是他那方面没有问题，"管家还在后面大声问道，"你本人答应吗？"

"我完全同意。"卡皮统答道，就走出去了。

就是在走投无路的时候，他也没有失掉他的口才。

管家在屋子里来来回回地走了好几次。

"好吧，现在把塔季雅娜叫来。"他最后说。

不多久，塔季雅娜就静悄悄地来了，她站在房门口。

"您有什么吩咐，加夫利洛·安得列伊奇?"她小声地说。

管家注意地望着她。

　　"喂，"他说，"塔纽莎，你愿意嫁人吗？太太给你找到了一个新郎。"

　　"我知道，加夫利洛·安得列伊奇。"她又吞吞吐吐地加了一句："她给我挑的新郎是谁呢？"

　　"卡皮统，那个鞋匠。"

　　"我知道，先生。"

　　"他是一个荒唐的人，那倒是事实。不过在这方面太太把希望放在你身上。"

　　"我知道了，先生。"

　　"可是有一桩麻烦的事情……你知道那个聋子盖拉新爱上了你。你究竟是怎样地迷住了那头熊的。可是你知道，他要杀死你，恐怕他会的，他这样的一头熊。"

　　"他会杀死我，加夫利洛·安得列伊奇，他一定会杀死我。"

　　"他会杀死你……哼，我们等着瞧吧。你怎么说他会杀死你。难道他有权杀死你吗？你自己判断一下吧。"

　　"不过我并不知道他有没有权，加夫利洛·安得列伊奇。"

　　"你是个怎样的女人啊！我想你总没有允许过他什么吧……"

　　"请问您是什么意思，先生？"

　　管家停了一会儿，心里想："你真是个柔顺的女人！"

　　"嗯，好的，"他大声说，"我以后再跟你谈这桩事情，现在你走吧，塔纽莎，我看出来你的确是个肯听话的女子。"

　　塔季雅娜掉转身子，在门柱上轻轻地靠了一下，就走出去了。

　　"说不定太太明天就会忘记这桩亲事，"管家想道，"为什么我这样担心呢？我们把这个坏蛋绑起来，要是他闹出什么事情，我们就报告警察……"

"乌斯季尼雅·费约多罗夫娜,"他大声唤他的妻子道,"把小茶炊预备好,我的好女人。"

这一天塔季雅娜差不多整天没有走出洗衣房。起先她哭了一阵,随后揩干眼泪,又跟先前一样地做工作了。

卡皮统跟他的一个面貌阴沉的朋友在酒馆里一直坐到夜深,他对那个朋友详详细细地讲他从前跟一位老爷同住在彼得堡,那位老爷什么都比人强,只是他爱守秩序,而且他还有一个小缺点,就是他太喜欢喝酒;至于女人呢,凡是勾引女人的本领,他都有。……他那个脸色阴沉的同伴只是点头答应,可是等到后来卡皮统声明他由于某种情况必须在明天自杀的时候,那个脸色阴沉的同伴才注意以应当回去睡觉为由分开了。他们就闷声不响地分别了。

同时,管家的指望并没有成为事实。太太非常惦记卡皮统的婚事,她甚至在夜里跟她的一个陪伴女人就只谈这桩事情,这种陪伴女人是她养着专门在她夜里失眠的时候陪伴她的,她们同值夜班的车夫一样在白天睡觉。第二天早茶以后加夫利洛进去见她报告家务的时候,她的第一句问话就是:"我们那桩婚事怎样了?"他自然回答说,进行得很好,卡皮统今天要来见她谢谢她的恩典。

太太身体不大好,料理事情并不久。管家回到自己的屋子去了,召开了一个会。这桩事的确需要特别考虑。塔季雅娜自然不会反对,可是卡皮统当着众人表示,他只有一个脑袋,并没有两个,三个……盖拉新凶恶地、迅速地轮流望着每一个人,不肯离开女佣人房间的台阶,他好像已经猜到了他们正在商量什么对他不利的事情。大家聚在一块儿商量(他们里面有一个上了年纪的伺候吃饭的佣人绰号"尾巴叔叔"的,大家总是带着敬意地找他出主意,虽然他老是回答他们:"有个办法了,是的;是的,是的,是的!")。会议的第一个决定,就是为着安全起见,

178

先把卡皮统锁在放滤水器的贮藏室里头，然后郑重地仔细考虑这桩事情。要用武力解决，自然倒很容易，可是上帝啊，这不行！要闹出事来，太太会不开心——那就该倒霉了！那么怎么办呢？他们想了又想，终于想出一个办法来了。他们有好多次看出来盖拉新很讨厌喝醉的人。……他坐在大门口，每次看见什么人喝得醉醺醺的，走路摇摇晃晃，帽檐盖在一边耳朵上面的时候，他总是生气地把头掉开。他们便决定叫塔季雅娜假装喝醉，一偏一倒地走过盖拉新的面前。那个可怜的女子好久都不肯答应，可是他们终于说服了她，而且她自己也看出来她只有用这个办法才可以摆脱那个爱慕她的人。她去了。他们把卡皮统从贮藏室里放了出来，因为这桩事究竟跟他有关系。盖拉新正坐在大门口的边石上，拿他的铁铲在地上戳来戳去。……每一个角落后面，每一幅窗帷后面都有人在偷偷地望他……

　　这个诡计完全成功。他看见塔季雅娜，起先还是像往常那样地一边发出怜爱的叫声，一边对她点头；随后他就注意地望她，丢开铁铲，跳起来，走到她跟前，把自己的脸挨近她的脸……她吓得摇晃得更厉害了，紧紧闭上了眼睛。……他捉住她的膀子，拉着她一块儿飞跑过这个大院子，一直跑进那间开会的屋子，把她推到卡皮统的身上去。塔季雅娜完全晕过去了。……盖拉新站在那儿，望着她，挥他的手，笑了笑，然后迈着沉重的脚步走回他的顶楼去了。……整整一天二夜他都没有出来过。马夫安季卜卡后来对人说，他从墙板缝里看见盖拉新坐在床上，一只手贴住脸颊，时时发出轻轻的有规律的叫声，他悲声哼着，那就是说，他把身子摇来摇去，闭着眼睛，晃着脑袋，往常车夫或者拉船人唱他们那种悲歌的时候就是这个样子。安季卜卡害怕起来，他就离开墙板缝走了。盖拉新第二天走出了他的顶楼，他身上并没有现出什么特殊的变化。他只是脸色更阴沉，而且完全不去注意塔季雅娜和卡皮统了。当天晚上，塔季雅娜和卡皮统两个人胳膊底下挟着一只鹅一块儿到太太那儿去谢恩，一个星期以后他们便结婚了。就在举行婚礼的那天盖拉新的举动也没有什么改变，只是他空着手从河边回来：他在路上不知道怎么把水桶弄破了。夜里他在马房里拼命洗擦马身，弄得那匹马像草给风吹着似地摇摆起来，在他的铁拳下面它有点站不稳了。

　　这一切都是春天里发生的事情。又一年过去了，这中间卡皮统成了一个无可救药的酒鬼，而且干什么事都不中用了，所以他得到吩咐带着妻子坐上大车，给遣送到遥远的乡村去了。在动身的那一天，他起初还鼓起很大的勇气，公开表示，不管他们把他遣送到哪里去，就是到乡下女人洗衬衫把捣衣杵放在天上的地方，他也不会给毁掉的；可是后来他又颓丧起来，抱怨说他们把他送到未开化的人们中间去了，最后他萎靡到连自己的帽子也戴不上了。有个好心的人把帽子扣在他的额上，对正了帽檐，从上面敲一下，把帽子给他戴稳了。等到一切都弄好了，乡下人已经把缰绳捏在手里只等着说出"上帝保佑"就动身的时候，盖拉新从他的小屋子里出来，走到塔季雅娜跟前，送给她一幅红棉布头巾做纪念品，这头巾还是他在一年前为她买的。塔季雅娜，一直到这个时候为止，对她一生所遭遇的悲欢离合都是非常淡漠地忍受了的，可是到这时她再也控制不住自己了，她淌了眼泪。她上车的时候，还照基督徒的礼节跟盖拉新接了三次吻。他原想把她一直送到城门口，而且起初还在她的车子旁边走了一会儿，可是走到克里米亚浅滩他忽然停了下来，挥了挥手，就顺着河边走去了。

　　时候快到黄昏了。他望着河水，慢慢地向前走着。他忽然觉得好像有什么东西在岸边淤泥里面打滚。他俯下身子，看见了一条带黑点子的白毛小狗，不管它怎样努力，它始终不能够爬到水外面来，它一直在挣扎、滑跌，打湿了的瘦小身子抖得厉害。盖拉新望着这条不幸的小狗，用一只手把它抓起来，放在自己的怀

180

里，大踏步走回家去了。他走进自己的顶楼，把救起来的小狗放在床上，用他的厚厚的绒布外衣盖住它，先跑到马房去拿了些稻草，然后到厨房去要了一小杯牛奶。他小心地折起厚绒布外衣，铺开稻草，又把牛奶放在床上。这条可怜的小狗生下来还不到三个星期，它的眼睛睁开并不多久，看起来两只眼睛还不是一样的大小，它还不能够喝杯子里的东西，它只是在打战，在眨眼睛。盖拉新用两根手指轻轻地捉住它的脑袋，把它的小鼻子浸在牛奶里面。小狗突然贪馋地舐起来，一面吹吹鼻息，浑身打战，而且时时呛起来。盖拉新在旁边望着，望着，忽然笑了起来。……他整夜都在照应它，安排它睡觉，擦干它的身子，最后他自己也睡着了，在它的旁边安静地快乐地睡着了。

　　盖拉新看护他这个"养女"小心得超过任何一个看护自己孩子的母亲（小狗原来是一条母狗）。起初"她"很弱，很瘦，很丑，可是"她"渐渐地强壮起来，好看起来，靠了"她"的恩人不懈怠的照料。过了八个月的光景，"她"居然变成了一条很漂亮的西班牙种狗，有一对长耳朵，一条毛茸茸的喇叭形的尾巴，和一对灵活的大眼睛。"她"多情地依恋着盖拉新，从不离开他一步，总是摇着尾巴，跟在他后面。他还给"她"起了一个名字——哑巴们都知道他们那种含糊不清的叫声常常引起别人对他们的注意——他叫"她"作木木。宅子里所有的人都喜欢"她"，也叫"她"作小木木。"她"非常聪明，跟每个人都要好，可是"她"只爱盖拉新一个人。盖拉新疯狂地爱着"她"……他看见别人在抚摸"她"，他就会不高兴：他是在替"她"担心，还是由于单纯的妒忌，这只有上帝知道了。"她"常常在早上拉他的衣角把他叫醒；"她"常常口里衔住缰绳把运水的老马牵到他跟前，"她"跟那匹老马处得十分和好；"她"常常脸上带着庄重的表情跟他一块儿到河边去；"她"常常看守着他的扫帚和铁铲，绝不让一个人走进他的顶楼去。他特地为"她"

在他的房门上开了一个洞。"她"好像觉得只有在盖拉新的顶楼里"她"才是十足的女主人，所以"她"走进屋子来，就马上带着满意的神气跳到床上去。夜里"她"一直不睡，但也绝不像某种愚蠢的守门狗那样不分青红皂白地乱叫，那种狗提起前脚坐着，鼻子朝天，眼睛眯细，只是为了无聊的缘故对着星星乱叫，而且总是连续地叫三回——不！木木的细小声音从来不会无缘无故地响起来，除非有生人走到篱笆跟前来了，不然就是在什么地方有了可疑的响动，或者沙沙声。……一句话说完，"她"是一条很出色的看家狗。说实话，除了"她"以外院子里还有一条老公狗，"他"一身黄毛带着褐色的斑点，名字叫陀螺（沃尔巧克）。可是"他"一直给铁链锁着，就是在夜里也不放松。而且"他"自己也因为太衰老了的缘故，完全不想争取自由了——"他"整天躺在"他"的狗窠里，身子蜷缩在一块儿，只是偶尔发出一声嘶哑的、几乎是无声的狗叫，而且"他"马上就把这叫声咽下去了，好像"他"自己也觉得这种叫声并没有用处似的。木木从来不到太太的宅子里去，每逢盖拉新搬柴到上房各处去的时候，"她"总是留在后头，不耐烦地在台阶上等他，只要门里有一点轻微的声音，"她"便竖起耳朵，把脑袋忽左忽右地掉来转去。

这样地又过了一年。盖拉新仍旧在担任他那个打扫院子人的职务，而且非常满意他自己的命运，可是突然发生了一件意外的事情……那就是：在夏天里一个天气晴朗的日子，太太和她那一群寄食女人正在客厅里来回地闲踱着。她的兴致很好，她在笑，又在讲笑话；寄食女人们也在笑，也在讲笑话，不过她们并不觉得特别快乐。宅子里的人并不太喜欢看见太太高兴，因为在那个时候，第一，她要所有的人立刻而且完全跟她一样地高兴，要是某一个人的脸上没有露出喜色，她就发脾气了；第二，这种突然的高兴是不会久的，通常总是接着就变成一种阴郁不快的心情。

182

在那一天她早上起身好像很吉利，弄纸牌的时候她拿到了四张"贾克"，这表示着"她的愿望可以实现"的兆头（她总是在早上弄纸牌占她的运气），喝茶的时候她又觉得茶特别香，那个女佣人因此得到了夸奖，而且还得到一个十戈比的银币。太太的起皱纹的嘴唇上带着甜蜜的微笑，她在客厅里走来走去，又走到了窗前。窗外便是花园，就在花园正当中那个花坛上，一丛玫瑰底下，木木正躺在那儿仔细地啃一根骨头。太太看见了"她"。

"上帝啊！"她突然叫了起来，"这是什么狗啊？"

让太太问到的那个可怜的寄食女人慌张得不得了，一般处在寄食地位的人，遇到弄不清楚主人的叫喊有什么样意思的时候，通常就有这种焦急不安的情形。

"我不……不……不知道，太太，"她结结巴巴地说，"好像是哑巴的狗。"

"上帝啊！它是一条漂亮的小狗啊！"太太打断了她的话，"叫人把它带到这儿来。他养了它好久吗？为什么我以前一直没有看见它？……叫人把它带到这儿来。"

那个寄食女人马上就跑到前厅里去。

"来人啦，来人啦！"她大声嚷着，"把木木立刻带到这儿来！它在花园里头。"

"那么它的名字叫木木了，"太太说，"很好的名字。"

"啊，很好的，太太，"寄食女人回答道，"司捷潘，快去！"

司捷潘是一个身强力壮的年轻人，他的职务是跟班。听到吩咐，他马上跑到花园里去，捉木木，可是"她"很敏捷地从他的手指中间滑脱了，"她"竖起尾巴，飞跑到盖拉新跟前去。盖拉新这时正在厨房里拍打水桶、抖落桶上的尘土，把水桶拿在手里颠来倒去，就当它是一个小孩玩的小鼓一样。司捷潘在后面追"她"，就要在"她"的主人的脚跟前把"她"抓住了；可是这条机灵的狗不肯让生人的手提住"她"，"她"一跳就逃掉了。

盖拉新带了微笑看着这一切的纷扰；最后司捷潘恼怒地站起来，连忙做手势对他解释明白，说：太太吩咐把你的狗带到她那儿去。盖拉新有点吃惊，可是他唤着木木，把"她"从地上抱起来，交给司捷潘。司捷潘把"她"带到客厅里去，放在镶木地板上面。太太用亲切的声音唤"她"到她身边去。木木一辈子从没有到过这么富丽堂皇的房间，因此惊惶得不得了，"她"回头就朝门口跑去，可是让那个会拍马屁的司捷潘赶了回来，"她"颤抖着，紧紧地挨着墙壁。

"木木，木木，到我这儿来，到太太这儿来，"女主人说，"来，蠢东西……不要害怕……"

"来，来，木木，到太太这儿来，"那些寄食女人也都跟着说，"来啊。"

木木张皇不安地朝四面看了看，"她"并不动一下。

"给'她'拿点吃的东西来，"太太说，"'她'多蠢啊！'她'不肯到太太这儿来。怕什么呢？"

"'她'，还不习惯，怕生。"一个寄食女人鼓起勇气用了胆怯的、柔顺的声调说。

司捷潘拿了一小碟牛奶来，放在木木面前。可是木木连闻也不闻一下，她仍旧像先前那样地在打战，在朝四面看。

"啊，你是个什么样的东西啊！"太太说，她走到"她"跟前，弯下身去，正要抚摩"她"，可是木木猝然掉转头来，露出"她"的牙齿。太太连忙缩回了她的手。

接着是一阵短时间的沉默。木木轻微地哀声叫着，好像"她"在诉苦，而且在请求原谅似的。……太太皱着眉头，走开了。狗的突然的动作吓坏了她。

"呀！"屋子里所有的寄食女人异口同声地叫起来，"'她'没有咬着您吧，但愿没有这样的事！"（木木一辈子从没有咬过任何人。）"呀，呀！"

"把'她'带出去，"老太太改变了声调说，"讨厌的小狗，'她'多坏啊！"

她慢慢地掉转身子，朝她的内房走去。寄食女人们胆怯地互相望着，她们正要跟随她去，可是她却站住了，冷冷地望着她们，说："你们这是为着什么？我并没有叫你们呢。"她就走出去了。

那些寄食女人垂头丧气地朝司捷潘挥手。他抓起木木，尽快地把"她"往门外一丢，正巧丢在盖拉新的脚跟前。半个小时以后，宅子里就非常清静了，老太太坐在她的沙发上，脸色比打雷时候的浓云还要阴沉。

大家想想看，这样小的事情，有时候也能够弄得人精神失常的！

太太一直到晚上都不快活，她不跟任何人讲话，也不打牌，她一夜都不舒服。她觉得她们给她用的花露水并不是平常给她的那一种，而且她的枕头有肥皂的气味，她叫那个管衣服女人把所有的被褥床单都闻过一遍——总之她心里烦，而且气得不得了。第二天早上了她叫人去通知加夫利洛比往常早一个钟头来见她。

"请你告诉我，"等到加夫利洛心里慌慌张张地跨进她的内房门槛的时候，她马上就说，"在我们院子里叫了一整夜的是什么狗？它弄得我一夜不能睡！"

"一条狗，太太……什么样的狗，太太，也许是那个哑巴的狗，太太。"他支支吾吾地说。

"我不知道这是哑巴的狗，还是别人的狗，只是它弄得我不能睡觉。我奇怪我们养那么一大群狗做什么！我倒要问个明白。我们不是有一条守门狗吗？"

"是的，太太，我们有的，太太。陀螺，太太。"

"那么，为什么还要多的呢，我们还要更多的狗做什么？只是增加纷扰罢了。宅子里没有管事的人——事情就是这样。哑巴养狗干什么？谁准许他在我的院子里养狗？昨天我走到窗前，看见它躺在花园里头，它拖了什么脏东西进来在啃着——可是我的玫瑰花就种在那儿……"

太太停了一会儿。

"今天就把它弄走……听见吗？"

"听见了，太太。"

"就在今天。你现在就去。我以后会叫你来报告家务。"

加夫利洛走了。

管家走过客厅的时候，他为了维持秩序起见，把一个叫人铃从一张桌子移到另一张桌子上面去；他偷偷地在大厅上擤了擤他那根鸭嘴鼻子里头的鼻涕，然后走进前厅。司捷潘正睡在前厅里一把长椅上，他睡着的样子倒很像战争图画中一个战死的军人，他的两只光腿从那件当做毯子盖在他身上的大衣底下伸出来。管家把他一推，小声地在他耳边吩咐了几句话，司捷潘就用半笑、半打呵欠来回答。管家走了，司捷潘从长椅上跳起来，穿上他的长裙外衣和靴子，走了出去，就站在台阶上。不到五分钟盖拉新来了，背上背了一大捆柴，身边跟着那个和他形影不离的木木（太太吩咐过她的睡房和内房就是在夏天也得生火）。盖拉新到了门前，就斜着身子，用肩膀推开了门，然后背着他那捆重东西摇摇晃晃地走进里头去了。木木像平常那样留在外面等他。司捷潘就抓住了这个有利的时机，突然向"她"扑过去，像兀鹰抓小鸡似的，拿他的胸膛按"她"在地上，两只手抱起"她"来，抱在怀里，连他的帽子也不戴上，就抱着"她"跑出了院子，碰到第一辆出租马车就坐上去。他一直坐到了家禽市场，在那儿很快地就找到了一个买主，拿"她"卖了半个卢布，不过讲定买主至少得把"她"拴一个礼拜，以后他马上动身回家。可是还没有回到宅子，他就从马车上跳下来，绕过了院子，走到后面一条小巷，翻过篱笆跳进院里，因为他害怕打耳门进去——怕的

186

是碰见盖拉新。

　　然而司捷潘的担心倒是不必要的，盖拉新并不在院子里面。他从宅子里出来，马上发觉木木不见了。他从不记得"她"有过不在屋外等着他回来的事，于是他跑上跑下，到处去找"她"，用他自己的方法唤"她"……他冲进他的顶楼，又冲到干草场，跑到街上，这儿那儿乱跑一阵。……"她"丢失了！他便回转来向别的佣人询问，他做出非常失望的手势，向他们问起"她"来；他比着离地半阿尔申的高度，又用手描出"她"的模样。……有几个人的确不知道木木的下落，他们只是摇摇头，别的人知道这回事情，就对他笑笑，算是回答了。管家做出非常严肃的神气，在大声教训马车夫。盖拉新便又跑出院子去了。

　　他回来的时候，天色已经暗了。从他那疲倦的样子，从他那摇摇不稳的脚步，从他那尘土满身的衣服看来，谁都可以猜到他已经跑遍半个莫斯科了。他对着太太的窗子默默地站着，望了望台阶，六七个家奴正聚在那儿，他便掉转身子，口里还叫了一次"木木"。没有木木的应声。他走开了。大家都在后面望他，可是没有人笑，也没有人讲一句话。……第二天早上那个爱管闲事的马夫安季卡在厨房里讲出来，说哑巴呻吟了一个整夜。

　　第二天盖拉新整天没有出来，所以马车夫波塔卜不得不代替他出去运水，这桩事情是马车夫波塔卜很不高兴做的。太太问过加夫利洛，她的命令是不是已经执行了。加夫利洛答道已经执行了。下一天早上盖拉新从他的顶楼里出来，照常地做他的工作。他回来吃中饭，吃了中饭，又出去了，也不跟任何人打招呼。他的脸色一向是呆板的，所有的聋哑人都是这样，现在他的脸好像完全变成石头的了。吃过中饭以后，他又走出院子，可是不多久就回来了，他立刻到干草场去。

　　夜来了，是一个清朗的月夜，盖拉新躺在那儿，唉声叹气，

187

不停地翻身，忽然间他觉得有什么东西在拉他的衣角，他吃了一惊，然而他并不抬起头来，而且他还把眼睛眯紧些，可是什么东西又在拉他的衣角，而且这一次拉得更用力，他跳了起来……木木就在他面前，颈项上还系着一节绳子，"她"在他跟前直打转。一个拖长的喜悦的叫声从他那哑巴的胸中发出来。他捉住木木，把"她"紧紧地抱在怀里；"她"一口气在舔他的鼻子、眼睛、唇髭和胡子。……他静静地站了一会儿，想了想，小心地从干草堆上爬下来，朝四面看了看，他确定了并没有人看见他以后，平安地回到了他的顶楼。在这以前盖拉新已经猜到他的狗并不是自己走失的，一定是太太叫人拿走的。佣人们做手势对他说明，他的木木向太太咬过，这时他决定使用他自己的处置办法。起初他喂了木木一点面包，把"她"爱抚了一会儿，放"她"到床上去，然后想着他怎样可以把"她"藏得更好，他花了一整夜的工夫想这桩事情。最后他想出了一个办法：把"她"整天留在顶楼里面，他只是偶尔进去看看"她"，夜里才把"她"带出来。他用他那件旧的厚绒布外衣把门上开的洞严严地塞住，天才刚刚亮，他就已经在院子里了，好像并没有发生过什么事情一样，他甚至于保留着（天真的狡猾啊！）脸上那种忧郁的表情。这个可怜的聋子连想也不会想到，木木会用"她"的叫声暴露了自己。事实上宅子里所有的人很快地就全知道哑巴的狗已经回来，给关在他的顶楼里面了，不过因为他们同情他，也同情"她"，而且或许一半也因为他们害怕他的缘故，他们并不让他知道他们已经发现了他的秘密。只有管家一个人搔着他的后脑袋，摇着手，好像在说："嗯，上帝跟他同在！也许太太不会知道的！"不过哑巴从来没有像这一天那样热心地劳动过：他把整个院子收拾得干干净净，把小草拔得一根也不留，又用自己的手把花园篱笆上面的柱子一根一根地拔起来，看看它们够不够结实，随后又用手把它们敲进去——一句话说完，他奔跑、劳动得那么起劲，连太太也注意到他的勤快了。在这一天中间，盖拉新两次偷偷地去看他的囚徒。天黑了以后，他便跟"她"一块儿躺下来睡觉，就在他的顶楼里面，不是在干草场内，只有在夜里一点到两点之间的时候，他才带"她"出来在新鲜空气中散步一阵。他跟"她"一块儿在院子里走得相当久了，他正打算转身回去，突然间就在篱笆背后，从巷子那一面传过来一种沙沙的声音。木木竖起耳朵，叫起来，"她"走到篱笆跟前，闻了一闻，便发出了响亮的刺耳的叫声。原来有一个喝醉的人正想在那儿躺下睡过这一夜。凑巧就在这个时候，太太正发过了一阵相当长久的"神经紧张"的毛病，刚刚睡着了：她的这种紧张的毛病每逢她晚饭吃得太饱的时候就会发作一回。突然的狗叫把她惊醒了，她的心扑扑地跳着，它就要停止跳动了。

"丫头，丫头！"她呻吟道，"丫头！"

那些吓坏了的女佣人跑进她的睡房里来。

"哦，哦，我要死啦！"她说着，痛苦地举起她的两只手，"又，又是那条狗。去请医生来，他们要把我杀死了……狗，又是狗！哦。"她把头朝后倒下去，这应当是晕倒的表示了。

人们连忙跑去请医生，这就是说，去请家医哈利统。这个郎中的全部本领就在于穿软底靴，他摸脉得慎重，他在一天二十四小时里面睡去十四个钟头，在剩下来的时间里他老是在叹气，而且不断地让太太服月挂水。——这个郎中立刻跑来了，他用烧焦的鸟毛熏屋子，等到太太睁开了眼睛，他马上端给她一杯圣水，这是用小玻璃杯盛着，放在银茶盘上面的。太太喝了圣水，马上又用含泪的声调抱怨狗，抱怨加夫利洛，抱怨自己的命运，她诉苦道，她是一个可怜的老太婆，大家都抛弃了她，没有一个人可怜她，大家都希望她死。这些时候那个不幸的木木一直在叫着，盖拉新要引"她"从篱笆那儿走开，也没有办法。

"就在那儿……就在那儿……又来啦。"太太呻吟道，她的眼珠又在朝上翻了。

郎中跟一个女佣人小声地讲了几句话，她立刻跑到前厅去，摇醒了司捷潘，司捷潘又跑去叫醒加夫利洛，加夫利洛一生气，就吩咐把整个宅子里的人都叫起来。

盖拉新正转过身来，他看见窗里亮光和影子在移动，他感觉到祸事要来了，便把木木挟在胳膊底下，跑进了他的顶楼，锁上了门。几分钟以后五个人来捶他的房门，他们觉得有门闩抵住，也就停止了。加夫利洛慌慌忙忙地跑了上来，吩咐他们全在门口等着，一直守到天亮；他自己却跑到女佣人房间去，叫那个年纪最大的陪伴女人柳包芙·柳比莫夫娜（他过去常常跟她一块儿偷茶叶、糖和别的杂货，还造了假账）代他回禀太太说，不幸那条狗又从什么地方跑回来了，不过"她"不会活到明天的，请太太开恩不要动气，请她安静下来。太太本来也许不会这样快就安静下来，可是郎中在忙乱中把原定的十二滴月桂水弄成整整的四十滴让她喝下去了；月桂水的药性发生了效力——过了一刻钟太太又稳又熟地睡着了。盖拉新脸色惨白地躺在他的床上，紧紧地捂住木木的嘴巴。

第二天早上太太醒得相当迟。加夫利洛等着她醒来，好发命令向盖拉新的掩蔽部作决定性的进攻，同时他又准备着自己去忍受那一阵大雷雨。可是雷雨并没有来。太太躺在床上叫人把那个年纪最大的寄食女人找了去。

"柳包芙·柳比莫夫娜，"她用了又轻又弱的声音说，她有时候喜欢装作一个受压迫的、无依无靠的苦命人的样子。不用说，在那种时候宅子里所有的人都感到不安了，"柳包芙·柳比莫夫娜，您看看我处在什么样的境地。我的亲人，您到加夫利洛·安得列伊奇那儿去，跟他讲一下：难道在他眼里随便一条恶狗都比他女主人的安宁、她女主人的性命更宝贵吗？我不愿意相信这个，"她又露出感动的表情添上了后面的一句话，"您去吧，

190

我的亲人，请您做点好事，到加夫利洛·安得列伊奇那儿去一趟。"

　　柳包芙·柳比莫夫娜到加夫利洛的屋子里去了。没有人知道他们谈了些什么话，可是过了不多久，就有一大群人走过院子，朝着盖拉新的顶楼的方向走去：加夫利洛走在前头，虽然这时并没有起风，他却拿一只手按住他的帽子；他的旁边便是跟班和厨子，尾巴叔叔站在窗里朝外面望，他在发号施令，这就是说，他不过举举手罢了；最后是一群小孩，他们一路上跳着，做鬼脸，他们里头有一半是从外面跑进来的生人。在那一段通到顶楼去的窄楼梯上坐着一个守卫，还有两个拿木棍的站在门口。他们开始走上楼梯，把楼梯全堵住了。加夫利洛走到房门口，用拳头敲门，大声叫着：

　　"开门！"

　　听得见轻微的狗叫声，可是没有人答话。

　　"我叫你开门！"他又说一遍。

　　"喂，加夫利洛·安得列伊奇，"司捷潘在下面提醒他说，"您知道他是个聋子——听不见的。"

　　所有的人全笑了。

　　"那么我们怎么办呢？"加夫利洛在上面反问道。

　　"啊，他房门上有一个眼，"司捷潘答道，"您可以把棍子插进去动它几下。"

　　加夫利洛弯下身去。

　　"他用了厚绒布外衣一类的东西把眼堵上了。"

　　"那么您把厚绒布外衣朝里头推进去。"

　　这时候又听见了不响亮的狗叫声。

　　"听，听，'她'自己泄露出来了。"人群中有人这样说，他们又笑了。

　　加夫利洛搔他的耳朵后面。

"不，兄弟，"他后来接着说，"要是你愿意，你自己来把那件厚绒布外衣推进去。"

"好的，那么我就照您吩咐办。"

司捷潘就爬了上去，拿起木棍，把厚绒布外衣推进去了，他又把木棍放在洞里动了几下，接连地说："出来吧，出来吧!"他还在拨动棍子，忽然顶楼的门一下就打开了。这一群佣人立刻连跳带滚地从楼梯上跑下来。加夫利洛跑在最前头。尾巴叔叔关上了窗子。

"喂，喂，喂，喂，"加夫利洛在院子里嚷着，"你不要莽撞啊!"

盖拉新站在门口，也不动一动。那一群人就挤在楼梯脚下。盖拉新把两只胳膊轻轻地叉在腰上，从上面望着所有这些穿德国长裙外衣的渺小可怜的人。他穿了一件红色的农人衬衫，在他们面前他简直是一个巨人了。加夫利洛向前走了一步。

"当心啊，兄弟，"他说，"我不让你胡闹。"

他接着就用手势对盖拉新解释，他说：太太一定要你的狗，你得马上把"她"交出去，不然你就该倒霉。

盖拉新望着他，指了一下狗，又用手在他自己的颈项上做了一个记号，好像他在拉紧一个活结似的，然后他带着探问的脸色看了看管家。

"对，对，"管家点头答道，"对，一定要。"

盖拉新埋下了眼睛，忽然挺起身子，又指了指木木，木木一直站在他身边，天真地摇着尾巴，好奇地耸动耳朵，接着他又在自己的颈项上做了一遍勒的手势，而且含有意义地拍拍自己的胸膛，好像在对大家表示，他要自己担任弄死木木的工作。

"你会骗我们。"加夫利洛摇着手答复他。

盖拉新望着他，轻蔑地笑了笑，又拍一下自己的胸膛，便砰的一声关上了门。

192

大家不做声地互相望着。

"他把自己关在里面，"加夫利洛开口说，"这是什么意思？"

"让他去吧，加夫利洛·安得列伊奇，"司捷潘说，"要是他答应了，他就会做的。他一向就是那样的。……既然他已经答应，那就算数了。在这方面他可跟我们这班人不一样，他说真就是真。是的。"

大家都点着头，跟着说："是的，是这样的，是的。"

尾巴叔叔开了窗，他也说："是的。"

"好的，也许是这样，我们等着看吧，"加夫利洛答道，"不过，无论怎样，我们还是不要撤去守卫。喂，你，叶罗希卡！"他添上了后面这一句，这是对那个穿黄色粗棉布宽上衣的脸色惨白的人说的，那个人在宅子里算是一个园丁。"你可以干什么呢？你拿一根棍子，坐在这儿，要是出了事情，你马上跑来找我！"

叶罗希卡拿了一根棍子，坐在楼梯的最下一级。人散了，只剩下几个爱管闲事的人同顽皮的小孩；加夫利洛也回屋去了，他叫柳包芙·柳比莫夫娜代他回禀太太说，一切都弄好了，必要的时候他会差马夫去找警察来。太太在她的手帕上打了一个结，洒了点花露水，拿着它闻了闻，擦了擦她的太阳穴，又喝了茶，因为月桂水的药性还没有消除，她又睡去了。

在这一切骚扰过去以后的一个钟头，顶楼的门开了，盖拉新出来了。他穿了那件过节穿的长裾外衣，用一根绳子牵着木木。叶罗希卡连忙避开在一边，让他走过。盖拉新朝着大门走去。那些小孩同所有在院子里的那班小孩都静悄悄地盯着他。他连头也不掉一下，到了街上才戴上了帽子。加夫利洛就差这个叶罗希卡跟着他，执行着侦探的职务。叶罗希卡远远地看见盖拉新带着狗走进一家饮食店去了，他守在外面等候他出来。

盖拉新跟店里的人很熟，他们都懂他的手势。他叫了一份带肉的白菜汤，就坐下来，把两只胳膊支在桌子上。木木站在他的椅子旁边，用"她"那对聪明的眼睛安静地望着他。"她"身上的毛在发亮，看得出"她"是最近让人梳洗过的。盖拉新叫的白菜汤端上来了。他撕碎面包放在汤里，又把肉切成小块，然后把汤盆放在地上。木木照平常那样文雅地吃着，"她"的嘴只轻轻地挨到"她"吃的东西；盖拉新把"她"看了许久，两颗大的眼泪突然从他的眼睛里落下来：一颗落在狗的倾斜的额上，另一颗落在白菜汤里面。他拿自己的手遮了脸。木木吃了半盆，就走开了，还舐舐自己的嘴唇。盖拉新站起来，付了汤钱，走出去了，茶房用了带点疑虑的眼光望着他出去。叶罗希卡看见了盖拉新，连忙躲在角落里，让他走了过去，自己却在后面跟着他。

盖拉新不慌不忙地走着，仍然用绳子牵着木木。他走到街角，就站住了，好像在思想什么心事似的，接着他忽然迈着快步子朝克里米亚浅滩对直走去。在路上他走进一所宅子的院子，那儿正在修建厢房，他从那儿拿走两块砖挟在胳膊底下。到了克里米亚浅滩，他又拐弯儿顺着岸边走去，他走到一个地方，那儿有两只带桨的小船拴在桩上（他以前就注意到了），他带着木木一块儿跳到一只小船上面。一个瘸腿的小老头儿从菜园角一间小屋里出来，在后面叫他。可是盖拉新只点点头，那么使劲地摇起桨来，虽说是逆流，但一会儿的工夫他就冲到一百沙绳以外去了。老头儿站着，站着，用手搔自己的背，起初用左手，后来又用右手，随后就一颠一跛地回到小屋去了。

可是盖拉新一直朝前划着。莫斯科已经落在他的后面了。两边岸上展开了一片草地、菜园、田地、林子，农家小屋也出现了。农村的气息也闻到了。他丢开桨朝着木木俯下头去，木木正坐在他前面一块干的坐板上（船底积满了水），动也不动一下，他把他那两只力气很大的手交叉地放在"她"的背上，在这时候，浪渐渐地把小船朝城市的方向冲回去。后来盖拉新很快地挺

194

起身子，脸上带着一种痛苦的愤怒，他把他拿来的两块砖用绳子缠住，在绳子上做了一个活结，拿它套着木木的颈项，把"她"举在河面上，最后一次看"她"。……"她"信任地而且没有一点恐惧地回看他，轻轻地摇着尾巴。他掉开头，眯着眼睛，放开了手。……盖拉新什么也听不见——他听不见木木落下去时候的尖声哀叫，也听不见那一下很响的溅水声；对于他，最热闹的白天也是寂无声响的，正如对于我们，最清静的夜晚也并非没有声音一样。等他再把眼睛睁开的时候，微波照旧一个追一个地在水面上急急滚动，它们照旧地碰在船舷上飞溅开去了，只有在后面远远地一些大的水圈逐渐在扩大，一直到了岸边。

叶罗希卡看不见盖拉新的时候，连忙赶回宅子去报告他所见到的一切。

"嗯，不错，"司捷潘说，"他要淹死'她'。现在可以放心了。要是他答应了……"

这一天整天没有人见到盖拉新。他没有在家里吃中饭。天黑了，大家在一块儿吃晚饭，只少了他一个人。

"盖拉新这个人多古怪啊！"一个肥胖的洗衣女人尖声说，"为了一条狗居然弄得这样昏头昏脑！……真是这样！"

"可是盖拉新倒回来过！"司捷潘正在拿调羹刮着粥，忽然大声说。

"怎么样？什么时候？"

"大概在两个钟头以前吧。他的确回来过。我在门口碰见他，他又走出去了，他从院子里出去的。我正想问他那条狗怎样了，可是我看得出他心里不高兴。喂，他推了我一下，他大概只是想叫我站开吧，就像在说'不要黏住我！'一样——可是他在我的背脊上这么厉害地一拍，这么重的一下——哎唷，哎唷，哎唷！"司捷潘不由得笑起来，他耸了耸肩膀，摸了摸后脑袋。"不错，"他又接下去说，"他那只手是多厉害啊，真是没有说的。"

大家都在笑司捷潘，他们吃过晚饭以后都散去睡觉了。

可是，就在这个时候，有一个巨人，肩头扛了一个背包，手里捏着一根长棍，急切地、不停步地顺着公路走去。这就是盖拉新。他只顾急急忙忙地走着，也不朝两旁看一眼，他急急忙忙地走回家去，走回自己的村子里去，走回他的家乡去。他淹死了可怜的木木以后，连忙跑回他的顶楼上去，匆匆地收拾了一点东西用一块旧马衣包起来，弄成一个小包裹，扛在自己的肩头，就这样地准备妥当上路了。他让人带到莫斯科来的时候，他很小心地记住了路，太太把他从那儿带走的村子离开公路有二十五维尔斯特。他带了一种不屈不挠的勇气，和一种交织着绝望与快乐的决心在公路上走着。他大踏步地向前走，胸口大敞开，两只眼睛热切地对直朝前面望。他走得急急忙忙，好像他的老母亲在家乡等着他一样，好像他长期在异乡里陌生人中间流浪以后，他的母亲现在唤他回到她跟前去一样。……刚刚来到的夏天的夜是静寂而温暖的。这一边，在太阳落下去的地方，天边仍旧现着白色，而且让落霞染上了一抹浅红；那一边，青灰色的暮霭已经升起来了。夜就是从那儿来的。鹌鹑成百地在四周噪鸣，秧鸡竞赛似地彼此叫唤。……盖拉新听不见这些声音，他也听不见树木的极其微妙的夜语（他正迈着他那结实有力的脚走过树旁），可是他闻到了他闻惯的熟了的黑麦香，这是从那些黑黑的田地上飘送过来的。他觉得迎面吹来的风——这是家乡的风——亲热地打他的脸，玩弄他的头发和胡须；他看见眼前这条闪着白光的路一直向他的家乡伸出去，直得像一支箭一样；他看见天上无数的星星照亮他的路，他好像一头雄狮，强壮地、勇敢地踏着大步走去。所以等到初升的太阳拿它那带水气的红光照着这个强壮的行人的时候，他跟莫斯科的中间已经隔了三十五维尔斯特了。……

两天以后他已经到家，在他自己的小屋里了，这使得从前搬到那儿住下来的兵的老婆大吃一惊。他在圣像面前祷告了以后，马上就去找村长。村长起先也很惊讶，可是正巧逢着割草的时期，盖拉新又是一个出色的劳动者，他们马上塞了一把镰刀在他的手里。他便照从前那样地割草去了，他割得那么起劲，农人们看见他挥镰刀割草和堆草的情形，着实地吓了一跳。……

可是在莫斯科，盖拉新逃走的第二天，他们才发觉了这桩事情。他们到他的顶楼上去，搜查了一通，便去通告加夫利洛。加夫利洛来了，看了一看，耸了耸肩膀，便断定那个哑巴不是逃走，就是跟他那条愚蠢的狗一块儿投河自尽了。他们通知了警察，也报告了太太。太太动了怒，气得哭起来，她吩咐他们无论如何要把他找到，并且声明，她从没有命令他们把那条狗弄死，到后来加夫利洛让她骂得没有办法，整天不做事情，只是摇着头，说："好吧！"后来尾巴叔叔也对他说："好吧——吧！"这样才把他弄清醒了。最后从乡下传来了盖拉新住在那儿的消息，太太才稍微安心。起初她还发出命令，要人马上把他带回莫斯科来，可是后来她又说这种忘恩负义的人对她毫无用处。而且这桩事情过去以后不久，她自己也去世了。她那些继承人没有工夫想到盖拉新身上去，他们把母亲留下的其余的家奴都遣散了，准许那些人缴纳年租赎回自由。

盖拉新一直活到现在，都是一个光人，住在他自己那间小屋里面。他跟从前一样地健康、力气大，跟从前一样地一个人做四个人的工作，而且跟从前一样地严肃、稳重。可是他的邻人们看出来：他从莫斯科回来以后就再也不跟女人来往，他连看她们一眼也不肯，而且他绝不养狗。农人们谈论说："他不需要女人，这倒是他的运气；可是狗呢——他要狗来做什么？你拿绳子拴在小偷的脖子上也把小偷拖不进他的院子去！"关于那个哑巴的大力士一般的气力的传说就是这样。

1852 年

（巴金　译）

【作者简介】 伊凡·谢尔盖耶维奇·屠格涅夫（1818—1883），俄国现实主义作家。主要作品：短篇故事集《猎人笔记》；长篇《罗亭》、《贵族之家》、《前夜》、《父与子》等。

托尔斯泰〔俄国〕

瓦罐阿廖沙

阿廖沙是家中最小的兄弟。他叫瓦罐是因为有次妈妈叫他端一罐牛奶给教堂执事太太，他绊了一跤砸了瓦罐。妈妈揍他一顿，小伙伴们就叫他"瓦罐"取笑他。瓦罐阿廖沙，就这样成了他的外号啦。

阿廖沙又矮又瘦，长着招风耳（耳朵像翅膀一样张开），大鼻子。小伙伴们笑阿廖沙："阿廖沙的鼻子，就像只公狗趴在山坡上。"林子里有小学校，可阿廖沙没摊着读书识字的好事，再说也没工夫去上学。大哥在城里一个商人家做事，阿廖沙从小就开始帮父亲做事。他六岁就和小姐姐一起放羊和奶牛，再长大点，就白天晚上都能放马了。十二岁起，他就又耕地又赶车了。他力气是没有的，但身手灵活。他总是快活的。伙伴们取笑他，他不吭气儿，要不就笑笑。要是父亲骂他，他不吭声，听着。只要骂他的人一住口，他就笑起来，抓起面前的活就干起来。

他哥哥被选去当兵的时候，阿廖沙十九岁。父亲让他顶替哥哥的位置在商人家里当个院工。阿廖沙穿上哥哥的旧靴子，还有父亲的帽子和外衣就进城了。阿廖沙对自己的衣着高兴个没完，可商人看到阿廖沙可不高兴。

"我想找个跟谢苗一样的人代替他。"商人说，看看阿廖沙，"可你给我领来个什么样的鼻涕娃。他能干什么？"

　　"他什么都能干，套车、赶车、干下人活，别看他样子像树篱墙似的，其实可结实了。"

　　"这倒也看得出，我再看看吧。"

　　"他最好的是老实极了。干起活来可利索啦。"

　　"拿你有什么办法呢。把他留下吧。"

　　这样阿廖沙开始在商人家干活。

　　商人的家庭不大：女主人；老太太；已婚的大儿子，他受过普通教育，和父亲一道经商；另一个儿子是有学问的，他读完中学上了大学，但被开除了，他住在家里；还有一个中学生女儿。

　　开始阿廖沙不讨人喜欢，他这个庄稼汉太土气，穿的又不好，又不太懂规矩，跟谁都只说"你"，可大家很快习惯他了。他比哥哥还干得好。他确实老实，什么事都叫他干，他兴冲冲地干得又快又好。干完一件事又接着干另一件事，中间停都不停一下。这一下商人全家把所有的事都压在阿廖沙身上了。他干的事越多，往他身上推的事也就越多。女主人、女主人的妈、主人的女儿、主人的儿子，还有管家和厨娘，都一会这儿、一会那儿地支派他，叫他干这干那。老听着在喊："阿廖沙，你跑一趟"，"阿廖沙，你把这安排好。你怎么啦，阿廖沙，你忘了吗？留点神，可别忘了，阿廖沙"，阿廖沙就去跑路，去安排，留着神，从不忘记，他总是来得及干完所有事，总在微笑。

　　哥哥的靴子他很快穿坏了，主人为他穿开了花露脚趾的靴子训了他一顿，吩咐在市场上给他买双靴子。靴子是新的，阿廖沙对这高兴极了，可他的脚还是那双旧的脚，每天晚上它们都因为跑路太多而酸痛得很，他对它们很生气。阿廖沙心里害怕，父亲来替他拿工钱的时候可千万别生气才好，因为商人会从工钱里扣掉靴子钱。

200

冬天阿廖沙天不亮就起来劈柴，然后扫院子，给奶牛、马匹添草料、喂水。然后生壁炉，给主人们的靴子上油，清刷他们的衣服，摆出茶炊，清洗它们。再往后不是管家叫他搬东西，就是厨娘叫他揉面、洗锅。再往后不是派他进城送个条子，就是派他去学校接主人女儿，再不就是去拿老太太需要的长明灯油。"该死的，你跑到哪儿去了"，一会儿这个，一会儿那个对他说。"您自己跑腿干什么，阿廖沙会跑一趟的。阿廖沙！喂，阿廖沙！"阿廖沙就这么跑着。

早饭他是走着吃的，中饭他很少赶得及同大家一起吃。厨娘为他不和大家一块来骂过他，但还是同情他，中饭晚饭都给他留点热乎乎的东西吃。每当过节前和过节的日子事情特别多。可阿廖沙过节特别高兴，因为过节时他得到的茶钱尽管少，但也积起了六十戈比，这总算是他自己的钱啊。他可以想怎么花就怎么花。自己的工钱他连见都没见过，父亲进城从商人那里拿走工钱，还只管说阿廖沙那么快就穿坏了靴子。

等他把这种"茶钱"凑足两个卢布，他听从厨娘的建议买了一件红色的毛线外套。等到穿上身，他高兴得连嘴都合不拢了。

阿廖沙说话很少，说起话来也总是断断续续的，也很简短。每当吩咐他做什么或者问他能不能做，他总是毫不迟疑地说："这都能行"，然后马上动手干并认真干好。

母亲教过的祈祷词，他一篇都记不得，忘了，可他仍然每天早晚祷告，用手势划十字的方式祷告。

阿廖沙这样过了一年半，就在这时，在第二年的下半年，他的日常生活中发生了一件对他来说不平常的新鲜事。这事是这样的：他很惊奇地发现人与人之间除开互相需要帮忙之外，还有一种特殊的关系：不是要人擦靴子、拿东西、套马什么的，而是一个人不为什么但需要另外一个人，需要被人照顾、被人爱抚，而这个人，需要这些的人恰恰就是他，阿廖沙。他是从厨娘乌斯金妮那里知道的。乌斯金妮是孤儿，她年轻，也和阿廖沙一样勤劳，她开始心疼阿廖沙，而阿廖沙第一次觉得他，他这个人，不是他的效劳，而确实是他这个人，被另一个人需要，母亲疼他，他觉得是应该的，就像他自己疼自己一样。可在这里他突然看到乌斯金妮完全是个外人，可她疼他，总给他在瓦盆里留好放葵子油的粥，而且在他吃的时候，她用挽起袖子的胳膊托着脸看他吃。只要他看她一眼，她就笑起来，他也笑起来。

这些对阿廖沙来说又新鲜又奇怪，他都有些害怕。他觉得这事妨碍他像过去那样干活。但他每次看着乌斯金妮替他补好的裤子，心里就很高兴，总是摇摇头微笑着。他常在干活时或走路时想起乌斯金妮，就说："这个乌斯金妮啊，真不错！"乌斯金妮尽力帮他忙，他也同样对她。她告诉他自己的经历，怎么成了孤儿的，她阿姨怎样收养她，又怎样送到城里来，还有商人儿子怎样劝说她做蠢事，她又怎样将他赶开了。她喜欢说话，而他爱听她说。他听说过，在城里做工的庄稼汉娶了厨娘做妻子，有次她问他，家里是不是快给他娶亲了。他说不知道而且没兴趣在乡下娶亲。

"怎么，看中谁啦？"她问。

"要是你，我就会要的。你呢，嫁不嫁？"

"瞧，瓦罐啊瓦罐，你学得多么能说了。"她说着用袖套照他背上打了一下，"干吗不嫁？"

老头子谢肉节进城拿钱。商人妻子知道了阿廖沙想和乌斯金妮结婚，她不喜欢这件事。"她会有孩子，带个孩子怎么行。"她告诉丈夫。

主人把钱给了阿廖沙的父亲。

"怎么样了，我那个在这里过得怎样？"庄稼汉说，"我说过，他很老实。"

"老实是老实，可转了个傻念头。想和厨娘结婚。我可不用结婚的人。我们用不着。"

"傻瓜，傻瓜，他想了些什么！"父亲说，"你别放在心上，我叫他去掉这念头。"

走到厨房，父亲在桌前坐下等儿子。阿廖沙正在跑腿办事，后来喘着气回来了。

"我以为你是个懂事的，可你想了些啥？"父亲说。

"什么也没有。"

"怎么没有。想结婚，到了时候我会给你娶亲的，给你娶个该娶的，不要这种城里的破鞋。"

父亲说了很多，阿廖沙站着叹着气。父亲说完，阿廖沙笑笑。

"那好吧，这也可以不再说了。"

"这还差不多。"

父亲走了以后，他和乌斯金妮单独留下来，他对她说（父亲和儿子谈话时，她就站在门外听）：

"我们的事没了，没成。你听见了？他生气了，不准。"

她用围裙蒙住脸哭起来。

阿廖沙弹了一下舌头。

"没法不听他的啊。明摆着，只有算了。"

晚上老板娘叫他上护窗的时候，对他说：

"怎么，听父亲话，丢下傻念头啦？"

"明摆着，丢下啦。"阿廖沙说，笑一笑，可马上又哭起来。

从那以后阿廖沙再也不和乌斯金妮谈结婚的事了。他还是照老样子过日子。

斋月管家派他上屋顶清积雪。他爬上屋顶，清完全部积雪后又动手擦流水槽里的冻雪，双脚一滑，他连人带锹摔倒了，糟糕的是他没摔到雪地里，而摔到铺了铁板的门口。乌斯金妮跑到他

203

跟前，还有主人女儿也跑来了。

"摔着了吗？阿廖沙？"

"说什么呀，没事。"

他想站起来，却不行，他就微笑起来。人们把他抬到下房里。医助来了，诊察之后问他哪里痛。

"哪儿都痛，这倒没关系，就是主人会不高兴的。该给老爹捎个信儿。"

阿廖沙躺了两天，第三天他们派人去叫神父了。

"怎么，你就这样打算死了？"乌斯金妮问。

"要不怎么办？我们还能老活着？总会有这天的。"阿廖沙像平时一样说话很快。"谢谢你，乌斯秋莎，谢谢你疼我。这样好一些。还好没准我结婚，要不也白费了，这下全好了。"

他只用手和心同神父一起祈祷。而他心里想的是，这里多么好，要是听话并且不责怪别人，那边也会好的。

他说话很少，只是要水喝，还老是对什么东西觉得奇怪。

什么东西让他惊讶，挺直身子他死了。

1925 年

【作者简介】列夫·尼古拉耶维奇·托尔斯泰（1828—1910），俄国批判现实主义伟大作家，出身于贵族家庭。主要作品：长篇小说《战争与和平》、《安娜·卡列尼娜》、《复活》。

尼·谢·列斯科夫〔俄国〕

岗　哨

第一章

　　下面给读者讲的故事，就它对这幕戏的主角的意义来看，确是惊心动魄，而结局又是如此不平常，真是除了俄国，任何地方也未必会发生这种事情的。

　　故事的情节，部分是宫廷轶事，部分是历史奇闻，它恰如其分地表现了那个非常有趣而又不大有人理会的时期——当今19世纪30年代的风尚和潮流。

　　这个故事没有丁点儿虚构。

第二章

　　1839年冬天，主显节前后，彼得堡猛然开始解冻，天气十分潮湿，简直像是春天：雪融化了，白天，雪水从房顶上滴滴答答地往下掉，河面上的冰变成了蓝色，出了一层水。紧靠冬宫门前的涅瓦河上，有一些很深的冰窟窿。西风虽然暖洋洋的，但是刮得很猛，海波被卷上岸来，不时有人鸣炮报警。

守卫皇宫的任务是由伊兹玛依洛夫团的一个连担任的，连长尼古拉·伊凡诺维奇·米勒是一个学识渊博、在社会上颇有声望的年轻军官（后来他晋升为将军和皇村学校校长）。他是个具有所谓"人道"倾向的人，这早已引起最高当局注意，因而对他在军队里服役是有些不利的。

其实，米勒倒是个认真、可靠的军官，再说当时守卫皇宫也不会出什么风险。那是个国泰民安的年月。守卫皇宫除了按时站岗以外，无须再管别的事情。但是正当米勒大尉在皇宫值班的时候，发生了一桩极不平常、极其惊人的事件，关于这件事，目下依稀记得的，只有不多几个健在的当代人了。

第三章

起初，守卫工作方面一切都很顺利：班次排定了，哨兵也布置好了，一切都安排得有条有理。尼古拉·巴夫洛维奇陛下身体很健康，他傍晚出游，回宫后就入睡了。整个宫廷都在沉睡之中。最宁静的夜降临了。内廷警卫室里也是静悄悄的。米勒大尉把他的白手帕别在军官坐的那张照例总是油垢的、高大的皮靠椅的靠背上，坐下来看书消磨时间。

米勒是个嗜书如命的人，因此读着书并不感到无聊，夜晚便在不知不觉中过去了。直到夜里一点多钟，一种可怕的骚动突然吓他一跳：一个值班的军士跑到他的跟前，脸色刷白，慌慌张张地说：

"不好了，大人，不好了……"

"什么事？"

"大祸临头了！"

米勒异常惊慌地跳了起来，他弄不清这"不好了"和"大祸"到底是怎么回事。

第四章

事情是这样的：伊兹玛依洛夫团的哨兵波斯特尼科夫正在如今的约旦门外站岗，听见有人掉到对面涅瓦河的冰窟窿里，绝望地呼救。

士兵波斯特尼科夫原来是一位贵族的家奴，是个神经质的、异常敏感的人。他好久地倾听着远处传来的那个溺水的人的呼救声和呻吟声，给弄得目瞪口呆。他恐惧地左右张望空旷的滨河街，但无论是街上还是涅瓦河上，好像故意和他为难似的，连一个人影也没有。

没有人去救这个落水的人，他是死定的了……

然而，落水的人却在久久地拼命挣扎。

看来，他只好别再自费力气，沉到河底了事。但是事情并非如此！他的微弱的呻吟声、呼救声，时断时续地传送过来，离皇宫前的滨河街越来越近。他的神智显然还是非常清醒，正在准确地朝街灯这一头挣扎。尽管如此，他还是不能得救，因为走这条道，一定会掉到约旦冰洞里，而一坠到冰下，那就完事大吉……接着又是一片静寂，但过了一分钟，他又挣扎着，喊叫着："救命，救命……"现在更近了，连他挣扎时的溅水声都可以听见了。士兵波斯特尼科夫心想，要救起这个人是轻而易举的事。要是现在跑到冰上，那个人一定就在那里。只要抛给他一条绳子，或是递给他一根竿子，再不然就把步枪递给他，他就可以得救了。他离得这么近，准能用手抓住，跳上岸来。但是，波斯特尼科夫忽然想起自己的职责和誓言。他知道自己是个岗哨，无论出什么事，有什么借口，岗哨都不能擅自离开岗亭。

但是另一方面，波斯特尼科夫的心却很不听话，它是那么地作痛，那么地跳动，又是那么地收缩着……呻吟声和哀号声叫他难受，就像把他的心挖出来放到自己脚下践踏一样，要知道这是多么可怕，坐视别人死亡而不去搭救，而在当时，说实话，他是完全能够救他的。因为岗亭不会跑掉，也不会发生别的危险。"要不要跑过去呢？……不会有人看见吧？……唉，老天爷，快点结束了多好！他又在哼叫了……"

这样一直持续了半个钟头，士兵波斯特尼科夫的心全碎了，于是又开始"动摇"了。他是个聪明、认真、头脑清醒的士兵，他清楚地知道，擅离职守是哨兵最大的罪行，会立即被送交军事法庭，随后要受鞭笞、罚劳役，甚至还会被"枪决"。但是呼救声又从上涨的河流那儿传了过来，愈来愈近，最后连水的哗哗声和绝望的挣扎声都听得见了。

"快——淹——死——了，……救命呀，快淹死了！"

眼看就要到"约旦冰洞"了……完了！

波斯特尼科夫又向四下望了一两次，哪儿也没有一个人影，只有路灯在风里闪耀不定，还有断断续续地被风吹送过来的叫喊声……也许这是最后的喊叫了……

接着又是溅水声，单调的号叫声，人在水里挣扎的声音。

哨兵再也忍耐不住了——他离开了自己的岗位。

第五章

波斯特尼科夫冲到跳板上，心扑通扑通地跳着，他跑到冰上，慌张地看了看冰窟窿里的积水，溺水的人正在挣扎，他便把枪托递了过去。

那个人抓住枪托，波斯特尼科夫拉着刺刀，便把他拖到冰上来。

救人的和被救的两人全身都湿透了，被救的疲惫不堪，抖抖索索倒下了，救他的士兵波斯特尼科夫不忍把他抛在冰上，便拖他上了堤岸，他看看周围，想把他交给别人。正在这时，一辆雪橇驶到滨河大街上，雪橇上坐着当时设置（后来撤掉）的宫廷残废军人联队的一个军官。

对波斯特尼科夫说来，这位老爷的到来真不是时候。应该说，这人的性格十分轻浮，头脑又有点糊涂，是个大混蛋。他从雪橇上跳下来，问道：

"这是什么人？……你们是什么人？"

"他掉在水里快要淹死了……"波斯特尼科夫正要分辩。

"怎么掉下水的？谁掉下水，是你吗？为什么在这个地方？"

溺水人正在喘气，波斯特尼科夫却已经溜走了：他背上毛瑟枪又站到岗亭里来。

军官不知道有没有猜出这是怎么回事，但是他也不再往下追究，立刻把救上来的人拖上自己的雪橇，赶到海军大街海军部的拘留所去了。

军官向警官报告说，他带来的这个浑身湿透的人，掉进了皇宫对面的冰窟窿，是他，这位军官老爷，冒着生命危险救上来的。

被救上来的人浑身还是湿淋淋的，又冷，又疲倦。当时他由于惊恐和拼命挣扎，昏迷过去，根本不清楚究竟是谁救了他。

警医睡眼惺忪地在他身边忙碌着，办公室里已经按照残废军官的口述作了记录，警察本来是多疑的，他们纳闷，他从水里出来为什么身上一点也没有湿。那个想得到一枚"救危"奖章的军官解释说，这是一个偶然的巧合，但是他解释得不合情理，叫人难以相信。于是派人去叫醒警察所长，还派人出去调查。

但是这时在皇宫里，因为这件事已经掀起了另一场风波。

第六章

刚才提到的一切骚动——那个军官把落水的人放在雪橇上带走以后的事，皇宫警卫室是毫不知情的。伊兹玛依洛夫团的军官和士兵们只知道他们的士兵波斯特尼科夫擅离职守去抢救溺水的人，这是违反军纪的行为，因此一定要将他送交军事法庭审问，还要处以鞭刑，而所有的军官，从连长到团长都感到极不愉快，对这种不愉快的事既不能提出反对意见，也不能加以辩护。

全身湿得直打冷战的士兵波斯特尼科夫，不用说立即被从岗位上撤了下来。他被带到警卫室，老老实实地把我们知道的一切讲给了米勒听，他讲得十分详细，一直说到残废军官把被救的人拖上雪橇，又叫车夫把雪橇赶到海军部去为止。

这样一来危险却闹大了，简直是不可避免的了。不用说，这个残废军官会把一切都禀告警察所长，而警察所长会马上报告警察总长柯柯希金，柯柯希金会在第二天早上启奏陛下，于是就会"天下大乱"了。

来不及多加考虑了，只好立即请长官们解决。

尼古拉·伊凡诺维奇·米勒立即给营长斯维宁中校送去一张报警报告，请他从速到皇宫警卫室来，采取一切措施，帮他摆脱这场可怕的灾难。

那时已经是凌晨三点，柯柯希金一清早就会向陛下上疏，因此时间十分紧迫，必须马上考虑办法，采以行动了。

第七章

斯维宁中校不像尼古拉·伊凡诺维奇·米勒，他不是富于同情心的软心肠的人，但他也不残忍成性，他首先是个"公事公办的官员"（这种人如今人们回忆起来，还会表示惋惜）。斯维宁的特点是严格，他甚至喜欢夸耀自己的执法严明。他并不喜欢作恶，也从来不会故意刁难人，但谁要是有任何失职行为，那么斯维宁是铁面无私的。他认为讨论罪犯当时犯罪的动机是不适当的，他坚持一种原则：凡是在职务上犯错误的，都是罪行。因此，全警卫连都知道，士兵波斯特尼科夫擅离岗位定会受到惩罚，斯维宁绝不会因此而难过的。

上级和同僚都知道这位校官是这样的人，他们中间有些人不喜欢斯维宁，因为那时候"人道主义"和其他类似的异端还没有完全绝迹。斯维宁对于"人道主义者"给他的褒贬是毫不在意的。要向斯维宁讨情、恳求，或者甚至乞求他的怜悯都是徒劳的。由于这一切，他披挂着当时前程远大的人们的坚甲利盾，但是像阿喀琉斯一样，他也有弱点。

斯维宁在宦途上已有个良好的开端，他自然小心翼翼地珍惜和爱护它，像对待检阅时穿的军服一样，不让它沾上丁点儿灰尘。然而，他管辖的营里一个人的不幸的越轨行为，一定会给整个营的纪律涂上不光彩的阴影。属下某一士兵为最高贵的怜悯心所吸引而干出的事儿，营长该不该负责呢？把斯维宁一开始就一帆风顺的而又谨慎保持着的官运掌握在手里的人们，对这是不会进行分析的，有许多人甚至高兴在他的脚下使绊儿，以便为自己的亲信开路，或者提拔某些有背景的年轻军官。何况皇上肯定会动怒，责备团长，说他手下有些军官"无能"，说他的部下"散漫不堪"，这是谁搞的呢？……是斯维宁。于是就会有人说，"斯维宁无能"，也许，这种谴责将在斯维宁的名声上留下一个洗不净的污点。那么，他再也不能凌驾于同僚之上，自己的肖像也不能挂在俄罗斯国家历史人物的画廊里了。

那时，虽然人们很少去研究历史，但是他们相信历史，尤其愿意厕身于创造历史的事业里。

211

第八章

凌晨三点钟左右，斯维宁接到米勒大尉的紧急报告，立即跳下床来，穿好军装，怀着恐惧和愤怒的心情来到了冬宫警卫室。他当即讯问士兵波斯特尼科夫，并且确信不可思议的事故已经发生了。士兵波斯特尼科夫又老老实实地把自己值岗时发生的事，先前已经告诉过连长米勒大尉的，都报告了营长。他说，他"对上帝和皇帝陛下犯了不可饶恕的罪行"，说他正在站岗，听见掉到冰窟窿里的人的呻吟声，他长时间感到痛苦，责任心和怜悯心经过长时间的斗争，直到最后他才被诱惑了，他经受不起这场斗争，擅自离开了岗位，跳到冰上把落水的人拖上岸来，正在这时，真倒霉，遇见了一个过路的内廷残废军人联队的军官。

中校斯维宁感到绝望：他唯一能得到满足的是，把全部愤怒都倾泻在波斯特尼科夫身上，立即把他送去关在军营的禁闭室里；接着他又挖苦米勒一番，责备他"太人道"，说在军队里这是绝对不合适的。然而这一切都不能使事态好转。既找不到一个替哨兵擅离岗位辩护的借口，更谈不上证明这种行为是合理的了。他唯一的出路是——把这件事瞒过陛下。……

然而，这种事隐瞒得了吗？

显然是不可能的。因为不但全体警卫队都已经知道救了一个落水的人，而且那个可恶的残废军官也知道了，他现在当然已经把整个事情向柯柯希金将军报告了。

现在跑到哪儿去好呢？向谁乞求帮忙和庇护呢？

斯维宁想去见米哈依尔·巴甫洛维奇大公爵，老老实实地把事情全盘告诉他。这样的动机和方法当时很时兴。虽然大公爵脾气急躁，可能会动起怒来，呵斥他几句，但是他的脾气和习惯是这样的，开头他的来势越凶——他甚至还会狠狠地辱骂你——后来他施恩也就越快，而且会自动出面袒护。过去曾有不少类似的事情，有人甚至有时故意这样做。"挨几句骂是不会让人知道的"，因此斯维宁很想把这件事转到有利的方面来，但是难道可以在夜里进宫去惊扰大公爵吗？要是等到早晨，等柯柯希金已经奏闻陛下之后再去见大公爵，那就晚了。正当斯维宁这样左右为难、一筹莫展的时候，他的头脑开始意会到另外一条出路，这在以前却一直隐在重雾里。

第九章

著名的军事策略很多，其中有这么一条——当天大的危险威胁着被包围的城堡时，不是远离它，而是要直奔城脚下。斯维宁决定不采取先前想到的办法，而是马上去见柯柯希金。

在彼得堡，关于警察总长柯柯希金有过许许多多可怕和荒唐的传说，但是也有人说，他是个具有惊人的多方面机智的人，凭着这种机智，他不但"能小题大做，而且也能轻而易举地把大事化小"。

柯柯希金的确非常严厉、骇人，使人望而生畏，但是他有时候对那些好淘气和爱开玩笑的军官们却很放纵，这种人在当时是为数不少的，他们不止一次地把他当做一个强有力的、热心的保护人。一般说来，只要他愿意，他能够而且善于做许多事。斯维宁和米勒大尉都知道他这一点。米勒也怂恿他的营长马上去见柯柯希金，相信他的仁慈的心地和"多方面的机智"，这种机智大概会使将军想出摆脱这个困境的办法，不至于使陛下动怒。值得赞扬的是，柯柯希金总是努力避免使陛下生气的。

斯维宁穿上军大衣，望了望天空，喊了几声"天呀，天呀！"就进谒柯柯希金去了。

这时已是早晨四点钟。

第十章

警察总长柯柯希金被人叫醒，说是斯维宁有重要的、刻不容缓的事来求见。

将军赶忙起身，穿了睡衣出来接见斯维宁，一边擦着前额，一边打哈欠，伸懒腰。柯柯希金聚精会神，安详地倾听斯维宁说的每一细节，在整个解释和请求宽容的过程中，他只问了一句：

"士兵离开岗亭去救人吗？"

"正是。"斯维宁回答。

"那么岗亭呢？"

"那时就空了。"

"嗯……我知道是空了。幸好没有被人偷走。"

从这话里，斯维宁更加相信柯柯希金已经全都知道，而且已经决定第二天早晨怎样启奏皇上，现在再也没法改变他的决定了。不然，像哨兵擅离皇宫岗哨这样的事件，一定会使这位精力旺盛的警察总长大吃一惊。

然而柯柯希金什么也不知道。残废军官带着从水里救上来的人去找的那个警察所长，并没有把这件事当做了不起的大事。在他看来，根本不值得深更半夜去惊动疲劳的警察总长，何况，警察所长认为这件事本身相当可疑，因为残废军官浑身是干的，如果他曾经冒着生命危险去救落水的人，绝不会是这样。警察所长认为，残废军官不过是个爱慕虚荣的骗子手，想在胸前再挂上一枚奖章罢了，因此，当值班的在作记录时，警察所长把这个残废军官留在身旁，一个劲儿地询问案情细节，想探出真情来。

警察所长也不很愉快。因为这件事故发生在他的管区里，而那救人的不是警察，却是皇宫里的军官。

柯柯希金所以态度冷静，原因很简单，第一，那天整天工作很忙，当夜又参加两处火警工作，非常疲倦；第二，哨兵波斯特尼科夫的行为和警察总长大人没有直接关系。

虽然如此，柯柯希金仍然立刻作出了相应的指示。

他差人去找海军部警察所长，命他立即带残废军官和那个被救的人来见他，又叫斯维宁在他的办公室前的小接待室里等着。他本人回到办公室，没有随手带上门，便坐在桌旁，开始签署文件。但是，他立刻手捧着头在桌旁的安乐椅里睡着了。

第十一章

当时，既没有市内电报也没有电话。当局的紧急指令都是由"四万个信差"骑马奔向四面八方去传达的。这在果戈理的喜剧里留下了永恒的回忆。

不消说，这当然没有电报或电话那样快，但是确实也给城市平添了无比的生气，同时证明了当局的警惕。

当警察所长从海军部带了救人的残废军官和被救的落水者气喘吁吁地赶来时，神经质的、精力旺盛的柯柯希金将军已经打了一个盹儿而精神焕发了。这从他的面部表情和智力的表现上都看得出来。

柯柯希金让来人全都到办公室，同时也请了斯维宁。

"记录呢？"柯柯希金以清爽的声音问了警察所长一声。

警察所长不声不响地递上一卷纸，接着低声地说：

"请允许我向大人私下报告一点情况……"

"好。"

柯柯希金走到窗洞跟前，警察所长跟了过去。

"什么事？"

接着可以听到警察所长模糊不清的耳语声和将军的清晰的哼哼声。

"唔……嗯……怎么样呢？……这也可能……他坚持说从水里跳出来没有弄湿衣服……没别的了吗？"

"没有了。"

将军离开窗洞，坐在办公桌旁开始读记录。他默默地读着，既没有表现惊讶也没有表现疑惑，接着立即用洪亮、坚定的声音问那被救的人：

"喂，朋友，你怎么会掉到皇宫对面的冰洞里去的呢？"

"我错了。"那被救的人回答道。

"嘿！是喝醉了吧？"

"我错了，我是喝了酒，醉倒还没有醉。"

"你为什么掉到冰里去了呢？"

"我想抄近路从冰上过去，走错了路就掉到水里去了。"

"这么说，眼前一片漆黑吧？"

"漆黑，四下一片黑，大人！"

"你连谁拉你上来也没看清楚吗？"

"我错了，我什么也没有看清楚。大概就是他。"他指了指那残废军官，又加上一句："我吓昏了，没有看清楚。"

"这可真是，该睡觉的时候，你们还在外面逛！现在好好地看一看，要永远记住谁是你的救命恩人，一位高贵的人冒着生命危险救了你！"

"我一辈子也忘不了。"

"请问尊姓大名，军官先生？"

军官讲了自己的姓名。

"你听见了吗？"

"听见了，大人。"

"你是正教教徒吗？"

"是正教教徒，大人。"

"记下这个名字，以后好为他祝福。"

216

"我一定记下来，大人。"

"要为他祈祷上帝，去吧，这儿用不着你了。"

那人磕了头，就溜走了，不料会放他走，真是高兴极了。

斯维宁茫然地站在那儿：事情变得多快，真得感谢上帝！

第十二章

柯柯希金转脸对那残废军官说道：

"是您冒着生命危险去救这个人的吗？"

"是，大人。"

"没有人作证，深更半夜不可能有人作证，是吗？"

"是，大人，天很黑，滨河大街上除了哨兵就没有旁人。"

"您不必提到哨兵，哨兵总是站在岗位上，根本不能注意旁的事情。我相信记录上写的，它是按照您的话写的，对吗？"

柯柯希金讲这几个字时，语气特别重，好像是在威胁或者在申斥。

军官却丝毫不胆怯，他睁大眼睛，挺起胸膛，回答说：

"完全是照我的话写的，大人。"

"您的行为值得嘉奖。"

军官立即鞠了一躬，表示感谢。

"没有什么可谢的。"柯柯希金接着说，"我将把您奋不顾身的行为启奏皇帝陛下，也许，今天在您胸口上会添上一枚奖章。现在您可以回家，喝杯酒暖暖身体，别往哪儿去，说不定还要找您。"

残废军官容光焕发地鞠了一躬，告退了。

柯柯希金目送他走后，说道：

"陛下可能要见他本人。"

"是。"警察所长会意地说。

"这里用不着您了。"

警察所长走了出去，随手带上门，按照他那虔诚的习惯划了个十字。

残废军官正在下等候所长，他们一起走了，两人的关系比来时友好得多了。

现在只有斯维宁一个人留在警察总长的办公室里。柯柯希金先定睛看了他好久，然后问道：

"您没到大公爵那儿去过吧？"

在那个时候，只要一提到大公爵，大家都知道指的是米哈依尔·巴甫洛维奇大公爵。

"我直接到您这儿来的。"斯维宁回答道。

"是哪个军官值班？"

"米勒大尉。"

柯柯希金又瞥了斯维宁一眼，然后说：

"好像您先前对我不是这样讲的。"

斯维宁没听懂他这话指的是什么，没敢做声，于是柯柯希金又说：

"好吧，反正一样，好好休息去吧。"

谒见就此结束了。

第十三章

下午一点钟，柯柯希金真的派人去请残废军官，很客气地告诉他说，陛下听到皇宫残废军人联队里有这样警惕性高、舍己为人的人很是高兴，因而赏给他一枚"救危"奖章。这时柯柯希金亲自把奖章授给这位英雄，这位英雄便拿它去夸耀了。整个事件看来可以算是结束了，但是中校斯维宁却认为还没有了结，他感到自己有义务来结束这个案件。

为这件事他惊慌过度，因此病了三天，第四天才起身去彼得教堂，在救世主神像面前做过谢恩的祈祷，才心神安定地走回家，派人去找米勒大尉。

　　"谢天谢地，尼古拉·伊凡诺维奇，"他对米勒说，"现在我们头上的乌云散了。关于岗哨的那桩不幸事件，已经完全平安无事了。我看现在我们可以舒舒服服地喘口气了。为此，毫无疑问，我们先得感谢上帝的仁慈，其次得感谢柯柯希金将军。尽管人家说他不好，说他冷酷，可我却衷心感激他的宽宏大量，尊敬他的足智多谋。他非常巧妙地利用了那无赖残废军官的大言不惭，要是照理办事，这个无赖根本不配得奖章，只配在马棚里挨一顿鞭子。但是没有别的办法，为了救许多人，只好利用他一下，柯柯希金使整个案件转圜得真妙，谁也没有遭到一点儿麻烦，相反大家都很愉快和满意。实不相瞒，据靠得住的人说，柯柯希金对我十分满意。我没有找别人，一直去找他，也没有和那个领奖章的流氓争吵，他很开心。总之，谁都没有吃亏，一切都办得这样机智，以后也不用怕了。但是，我们还有一点没有办妥当。我们也要学柯柯希金一样机智地了结咱们的事，免得今后出问题。现在有一个人还没有处理，我是说士兵波斯特尼科夫。他现在还关在禁闭室，无疑正在焦虑地等待处理。我们也必须结束他的痛苦的焦虑。"

　　"对，是时候了。"米勒高兴地附和说。

　　"当然，由您处理是再好不过的了，请您马上到兵营里去，集合全连士兵，把士兵波斯特尼科夫带出来，当着全连，用桦木条抽他两百下。"

第十四章

　　米勒大吃一惊，并劝说斯维宁饶恕士兵波斯特尼科夫，让大家都高兴，说他纵然不受罚，在禁闭室里等待处理也够受苦的了。然而斯维宁火了，甚至不让米勒讲下去。

"不，"他打断了他的话，"别说了！我刚和您谈过机智，可您立刻表示出缺乏机智。别说了！"

斯维宁的语调变成干巴巴的官腔，接着他又很坚决地说：

"在这桩事件上，您本人也不是无可非议，甚至还犯了不小的错误，因为您表现了军人不应有的软弱，您性格上的这种缺点也传染给了您的部下。因此，我命令您亲自执行这次惩罚，要认真地执行严厉的体罚，尽量严厉。为了做到这点，请下令让那些刚从军队里调来的新兵执行鞭刑，因为我们那些上岁数的人都传染上近卫军的自由主义思想：他们不会认真地抽打同伴，只不过拍去他们脊梁上的跳蚤罢了。我要亲自去看看处理罪犯的情况。"

违抗长官任何职务上的命令，都是不行的，因此软心肠的米勒只好一丝不苟地执行营长给他的命令了。

全连士兵在伊兹玛依洛夫团的营房前的院子里排好队，领到足数的桦木条，波斯特尼科夫也被带出禁闭室，在那些从军队新调来的年轻同伴们热心的帮助下被"处理"了。这些士兵由于还没有受到近卫军自由主义的影响，因此非常准确地执行了营长的"结束这一案件"的命令。然后，受过处分的波斯特尼科夫当即被裹上受刑时穿的军大衣，从刑场抬到军医院里去了。

第十五章

接到刑罚已经执行的报告之后，营长斯维宁立即亲自到医院去，亲切地慰问了波斯特尼科夫。他很满意，因为事实证明他的命令完全执行了。心地善良的、神经质的波斯特尼科夫已被"狠狠地处理"过了。斯维宁非常满意，因此吩咐赏给被处罚的波斯特尼科夫一磅糖和四分之一磅茶叶，让他能在恢复期间享用，费用记在斯维宁名下。波斯特尼科夫躺在病床上听见赐茶的命令之后，回答道：

"我心满意足了，大人，感谢您像父亲一样关怀我。"

他的确"很满意"，因为在禁闭室里的这三天，他原期待比这要重得多的处分。在那个残酷的年代里，和军事法庭惯常加给人们的处分相比，挨两百鞭子根本算不了什么；如果不是侥幸，事态要不按上述的勇敢而机智的方式发展，波斯特尼科夫也少不了要受重罚的。

而且，对我们叙述的故事结局感到满意的还不止这些人。

第十六章

士兵波斯特尼科夫的英勇事迹在京都各界中偷偷地传开来了，因为在那个时候，新闻出版不大风行，风行的倒是流言蜚语。传来传去，真正的英雄——士兵波斯特尼科夫的名字被遗忘了，而故事本身却被加以夸张，平添一层极其有趣的浪漫主义色彩。

说是有一个出色的游泳家，从彼得保罗要塞朝皇宫游来，皇宫哨兵朝他开了一枪，打伤了他，刚好一个残废军官路过这里，跳下水把他救了上来，因此一个受到了应得的奖赏，而另一个受到了应得的处罚。这个荒诞的谣言居然传到主教的耳朵里，这位主教是个为人谨慎、颇为关心"世俗事务"的人，他对斯维宁在莫斯科的虔诚的一家很有好感。

这个颖悟的主教，对这个开枪的故事并不十分清楚。这个夜里游泳的究竟是怎样的人呢？如果他是个在逃的罪犯，那么他从要塞跑出来，游过涅瓦河，哨兵执行自己的职责朝他开枪，又为什么挨处罚呢？如果不是罪犯，而是某一个应该被从涅瓦河中救出来的神秘人物，那么哨兵又怎么会知道他呢？

事情也绝不会像城里人瞎扯的那样。世人对许多事情都是不假思索地"瞎扯"一通，但是住在修道院和教堂里的人要认真得多，他们了解尘世琐事的真相。

第十七章

一天，当斯维宁拜谒主教求他祝福时，这位十分值得尊敬的主人谈起"闲聊中的开枪事件"。斯维宁把事情真相全都告诉了他，我们已经知道，这个事件的真相和到处"闲聊中的开枪事件"是全然不同的。

大主教静静地听完了这个真实的故事，一面慢慢地数着白色的念珠，眼睛始终没有离开斯维宁。斯维宁讲完，主教才轻言细语地道：

"那么应该下断语说，随便什么人，不论什么地方，谈论的都不完全符合事实吗？"

斯维宁犹豫了一会儿，然后避免正面回答地说，打报告的不是他，而是柯柯希金将军。

主教默默地用他那黄蜡似的手指数了几回念珠后，又轻声说道：

"谎言和不完全真实是应该区分开来的。"

接着又是数念珠，又是沉默，最后又轻声说：

"不完全的其实并不等于谎言。但是这根本没有多大关系。"

"正是这样，"在他的鼓励之下，斯维宁说道，"使我十分不安的是，非得去责罚那个士兵，虽然他玩忽职守……"

又是数念珠，又是轻声插嘴说：

"职责是无论在什么时候都不允许疏忽的。"

"对，不过他那样做是出于好心，出于怜悯心，此外他还经

222

过内心的搏斗，冒着生命危险，他知道，救了别人的性命会毁了自己……这是一种高尚的、神圣的情感！"

"神圣的东西能通达上帝，凡人肉体上受的罪算不了什么，它和民族习俗和圣经的精神并不矛盾。皮肉挨鞭抽要比精神上受洗礼轻松得多。从这方面看来，您丝毫没有损害正义。"

"但是他被剥夺了获得救人奖章的权利。"

"救人性命并不是什么功绩，而是为人的本分。谁要是能救人性命却袖手旁观，他就要受法律制裁，而谁救人性命，他就是尽了自己的本分。"

暂时的停顿，数念珠，又是轻言细语：

"对一个军人说来，因自己的勇敢行为而遭到屈辱和痛苦，也许要比受奖好得多。然而，在这事件里最重要的是一要小心谨慎，在任何地方都不要谈起任何场合对谁谈过这事件。"

显然，大主教对此怡然自得。

第十八章

有一些上帝的幸福的选民，他们因为他们伟大的信念而赋有洞悉上帝意旨的秘密的能力；如果我也具有这种胆识的话，我就会大胆地这样想：上帝本人也一定会满意他的奴仆波斯特尼科夫这个驯顺灵魂的行为的。然而，我是个小心的人，看不到这样的高度，我只有凡人的见识。我想到那些为善而行善，不追求奖赏的人。我相信，这些正直而可靠的人，在我这个实实在在、毫无虚构的故事里，对谦卑的主角的神圣的爱的冲动和同样神圣的耐心，一定也会非常满意的。

（陈焘宇　译）

【作者简介】不详。

契诃夫〔俄国〕

一个文官的死

在一个挺好的傍晚，有一个也挺好的遮务官，名叫伊万·德米特里奇·切尔维亚科夫，坐在戏院正厅第二排，举起望远镜，看《哥纳维勒的钟》。他一面看戏，一面感到心旷神怡。可是忽然间……在小说里常常可以遇到这个"可是忽然间"。作者们是对的：生活里充满多少意外的事啊！可是忽然间，他的脸皱起来，眼珠往上翻，呼吸停住……他取下眼睛上的望远镜，低下头去，于是……啊嚏!!! 诸位看得明白，他打了个喷嚏。不管是谁，也不管是在什么地方，打喷嚏总归是不犯禁的。农民固然打喷嚏，警察局长也一样打喷嚏，就连三品文官偶尔也要打喷嚏。大家都打喷嚏。切尔维亚科夫一点也不慌，拿出小手绢来擦了擦脸，照有礼貌的人的样子往四下里瞧一眼，看看他的喷嚏搅扰别人没有。可是这一看不要紧，他心慌了。他看见坐在他前边，也就是正厅第一排的一个小老头正用手套使劲擦他的秃顶和脖子，嘴里嘟嘟哝哝。切尔维亚科夫认出小老头是在交通部任职的文职将军布城兹扎洛夫。

"我把唾沫星子喷在他身上了！"切尔维亚科夫暗想。"他不是我的上司，是别处的长官，可是这仍然有点不合适。应当赔个

224

罪才是。"

切尔维亚科夫就嗽一下喉咙,把身子向前探出去,凑着将军的耳根小声说:

"对不起,大人,我把唾沫星子溅在您身上了……我是出于无心……"

"没关系,没关系……"

"请您看在上帝的面上原谅我。我本来……我不是有意这样!"

"哎,您好好坐着,劳驾!让我听戏!"

切尔维亚科夫心慌意乱,傻头傻脑地微笑,开始看舞台上。他在看戏,可是他再也感觉不到心旷神怡了。他开始惶惶不安,定不下心来。到休息时间,他走到布里兹扎洛夫跟前,在他身旁走了一会儿,压下胆怯的心情,叽叽咕咕说:

"我把唾沫星子溅在您身上了,大人……请您原谅……我本来……不是要……"

"哎,够了……我已经忘了,您却说个没完!"将军说,不耐烦地撇了下嘴唇。

"他忘了,可是他眼睛里有一道凶光啊。"切尔维亚科夫暗想,怀疑地瞧着将军。"他连话都不想说。应当对他解释一下,说我完全是无意的……说这是自然的规律,要不然他就会认为我是有意啐他了。现在他不这么想,可是过后他会这么想的!"

切尔维亚科夫回到家里,就把他的失态告诉他的妻子。他觉得妻子对待所发生的这件事似乎过于轻率。她先是吓一跳,可是后来听明白布里兹托洛夫是"在别处工作"的,就放心了。

"不过你还是去一趟,赔个不是的好,"她说,"他会认为你在大庭广众之下举动不得体!"

"说的就是啊!我已经赔过不是了,可是不知怎么,他那样子有点古怪……他连一句合情合理的话也没说。不过那时候也没

225

有工夫细谈。"

第二天，切尔维亚科夫穿上新制服，理了发，到布里兹扎洛夫那儿去解释……他走进将军的接待室，看见那儿有很多人请托各种事情，将军本人夹在他们当中，开始听取各种请求。将军问过几个请托事情的人以后，就抬起眼睛看着切尔维亚科夫。

"昨天，大人，要是您记得的话，在'乐园'里，"遮务官开始报告说，"我打了个喷嚏，而且……无意中溅您一身唾沫星子……请原谅……"

"简直是胡闹……上帝才知道是怎么回事！您有什么事要我效劳吗？"将军扭过脸去对下一个请托事情的人说。

"他话都不愿意说！"切尔维亚科夫暗想，脸色发白。"这就说，他生气了……不行，这种事不能就这样丢开了事……我要对他解释一下……"

等到将军同最后一个请托事情的人谈完话，举步往内室走去，切尔维亚科夫就走过去跟在他身后，叽叽咕咕说：

"大人！倘使我斗胆搅扰大人，那我可以说，纯粹是出于懊悔的心情！……这不是故意的，您要知道才好！"

将军做出一副要哭的脸相，摇了摇手。

"您简直是在开玩笑，先生！"他说着，走进内室去，关上身后的门。

"这怎么会是开玩笑呢？"切尔维亚科夫暗想。"根本连一点开玩笑的意思也没有啊！他是将军，可是竟然不懂！既是这样，我也不想再给这个摆架子的人赔罪了！去他的，我给他写封信就是，反正我不想来了！真的，我不想来了！"

切尔维亚科夫这样想着，走回家去。那封给将军的信，他却没有写成。他想了又想，怎么也想不出这封信该怎样写才对。他只好第二天亲自去解释。

"我昨天来打搅大人，"他等到将军抬起问询的眼睛瞧着他，就叽叽咕咕说，"并不是像您所说的那样为了开玩笑。我是来道歉的，因为我打喷嚏，溅了您一身唾沫星子……至于开玩笑，我想都没想过。我敢开玩笑吗？如果我们居然开玩笑，那么结果我们对大人物就……没一点敬意了……"

"滚出去！！"将军脸色发青，周身打抖，突然大叫一声。

"什么？"切尔维亚科夫低声问道，吓得愣住了。

"滚出去！！"将军顿着脚，又说一遍。

切尔维亚科夫肚子里似乎有个什么东西掉下去了。他什么也看不见，什么也听不见，退到门口，走出去，到了街上，慢腾腾地走着……他信步走到家里，没脱掉制服，往长沙发上一躺，就此……死了。

1883 年

契诃夫〔俄国〕

胖子和瘦子

尼古拉铁路一个火车站上，有两个朋友相遇：一个是胖子，一个是瘦子。胖子刚在火车站上吃过饭，嘴唇上粘着油而发亮，就跟熟透的樱桃一样。他身上冒出白葡萄酒和香橙花的气味。瘦子刚从火车上下来，拿着皮箱、包裹和硬纸盒。他冒出火腿和咖啡渣的气味。他背后站着一个长下巴的瘦女人，是他的妻子。还有一个高身量的中学生，眯细一只眼睛，是他的儿子。

"波尔菲里！"胖子看见瘦子，叫起来。"真是你吗？我的朋友！有多少个冬天，多少个夏天没见面了！"

"哎呀！"瘦子惊奇地叫道。"米沙！小时候的朋友！你这是从哪儿来？"

两个朋友互相拥抱，吻了三次，然后彼此打量着，眼睛里含满泪水。两个人都感到愉快的惊讶。

"我亲爱的！"瘦子吻过胖子后开口说。"这可没有料到！真是出其不意！嗯，那你就好好地看一看我！你还是从前那样的美男子！还是那么个风流才子，还是那么讲究穿戴！啊，天主！嗯，你怎么样？很阔气吗？结了婚吗？我呢，你看得明白，已经结婚了……这就是我的妻子路易丝，娘家姓万采巴赫……她是新

228

教徒……这是我儿子纳法奈尔，中学三年级学生。这个人，纳法尼亚，是我小时候的朋友！我们一块儿在中学里念过书！"

纳法奈尔想了一会儿，脱下帽子。

"我们一块儿在中学里念过书！"瘦子继续说。"你还记得大家怎样拿你开玩笑吗？他们给你起个外号叫赫洛斯特拉托斯，因为你用纸烟把课本烧穿一个洞。他们也给我起个外号叫厄菲阿尔忒斯，因为我喜欢悄悄到老师那儿去打同学们的小报告。哈哈……那时候咱们都是小孩子！你别害怕，纳法尼亚！你自管走过去，离他近点……这是我妻子，娘家姓万采巴赫……新教徒。"

纳法奈尔想了一会儿，躲到父亲背后去了。

"嗯，你的景况怎么样，朋友？"胖子问，热情地瞧着朋友。"你在哪儿当官？做到几品官了？"

"我是在当官，我亲爱的！我已经做了两年八品文官，还得了斯坦尼斯拉夫勋章。我的薪金不多……哎，那也没关系！我妻子教音乐课，我呢，私下里用木头做烟盒。很精致的烟盒呢！我卖一卢布一个。要是有人要十个或者十个以上，那么你知道，我就给他打个折扣。我们好歹也混下来了。你知道，我原来在衙门里做科员，如今调到这儿同一类机关里做科长……我往后就在这儿工作了。嗯，那么你怎么样？恐怕已经做到五品文官了吧？啊？"

"不，我亲爱的，你还要说得高一点才成。"胖子说。"我已经做到三品文官……有两枚星章了。"

瘦子突然脸色变白，呆若木鸡，然而他的脸很快就往四下里扯开，做出顶畅快的笑容，仿佛他脸上和眼睛里不住迸出火星来似的。他把身体缩起来，哈着腰，显得矮了半截……他的皮箱、包裹和硬纸盒也都收缩起来，好像现在皱纹来了……他妻子的长下巴越发长了。纳法奈尔挺直身体，做出立正的姿势，把他制服的纽扣全都扣上……

"我，大人……很愉快！您，可以说，原是我儿时的朋友，现在忽然间，青云直上，做了这么大的官，您老！嘻嘻。"

"哎，算了吧！"胖子皱起眉头说。"何必用这种腔调讲话呢？你是我小时候的朋友，哪里用得着官场的那套奉承！"

"求上帝饶恕我……您怎能这样说呢，您老……"瘦子赔笑道，把身体缩得越发小了。"多承大人体恤关注……有如使人再生的甘霖……这一个，大人，是我的儿子纳法奈尔……这是我的妻子路易丝，在某种程度上说，是新教徒……"

胖子本来打算反驳他，可是瘦子脸上露出那么一副尊崇敬畏、阿谀谄媚、低首下心的丑相，弄得三品文官恶心得要呕。他扭过脸去不再看瘦子，光是对他伸出一只手来告别。

瘦子握了握那只手的三个手指头，弯下整个身子去深深一鞠躬，嘴里发出像中国人那样的笑声："嘻嘻嘻。"他妻子微微一笑。纳法奈尔并拢脚跟立正，把制帽掉在地下了。三个人都感到愉快的震惊。

契诃夫〔俄国〕

苦 恼

我向谁去诉说我的悲伤？……

暮色昏暗。大片的湿雪绕着刚点亮的街灯懒洋洋地飘飞，落在房顶、马背、肩膀、帽子上，积成又软又薄的一层。车夫约纳·波塔波夫周身雪白，像是一个幽灵。他在赶车座位上坐着，一动也不动，身子往前伛着，伛到了活人的身子所能伛到的最大限度。即使有一个大雪堆倒在他的身上，仿佛他也会觉得不必把身上的雪抖掉似的……他那匹小马也是一身白，也是一动都不动。它那呆呆不动的姿态、它那瘦骨嶙峋的身架、它那棍子般直挺挺的腿，使它活像那种花一个戈比就能买到的马形蜜糖饼干。它多半在想心思。不论是谁，只要被人从犁头上硬拉开，从熟悉的灰色景致里硬拉开，硬给丢到这儿来，丢到这个充满古怪的亮光、不停的喧嚣、熙攘的行人的旋涡当中来，那他就不会不想心事

……约纳和他的瘦马已经有很久停在那个地方没动了。他们还在午饭以前就从大车店里出来，至今还没拉到一趟生意。可是现在傍晚的暗影已经笼罩全城。街灯的黯淡的光已经变得明亮生

231

动，街上也变得热闹起来了。

"赶车的，到维堡区去！"约纳听见了喊声。"赶车的！"

约纳猛地哆嗦一下，从粘着雪花的睫毛里望出去，看见一个军人，穿一件带风帽的军大衣。

"到维堡区去！"军人又喊了一遍。"你睡着了还是怎么的？到维堡区去！"

为了表示同意，约纳就抖动一下缰绳，于是从马背上和他肩膀上就有大片的雪撒下来……那个军人坐上了雪橇。车夫吧嗒着嘴唇叫马往前走，然后像天鹅似的伸长了脖子，微微欠起身子，与其说是由于必要，不如说是出于习惯地挥动一下鞭子。那匹瘦马也伸长脖子，弯起它那像棍子一样的腿，迟疑地离开原地走动起来了……

"你往哪儿闯，鬼东西！"约纳立刻听见那一团团川流不息的黑影当中发出了喊叫声。"鬼把你支使到哪儿去啊？靠右走！"

"你连赶车都不会！靠右走！"军人生气地说。

一个赶轿式马车的车夫破口大骂。一个行人恶狠狠地瞪他一眼，抖掉自己衣袖上的雪，行人刚刚穿过马路，肩膀撞在那匹瘦马的脸上。约纳在赶车座位上局促不安，像是坐在针尖上似的，往两旁撑开胳膊肘，不住转动眼珠，就跟有鬼附了体一样，仿佛他不明白自己是在什么地方，也不知道为什么在那儿似的。

"这些家伙真是混蛋！"那个军人打趣地说。"他们简直是故意来撞你，或者故意要扑到马蹄底下去。他们这是互相串通好的。"

约纳回过头去瞧着乘客，努动他的嘴唇……他分明想要说话，然而从他的喉咙里却没有吐出一个字来，只发出咝咝的声音。

"什么？"军人问。

约纳撇着嘴苦笑一下，嗓子眼用一下劲，这才沙哑地说

232

出口：

"老爷，那个，我的儿子……这个星期死了。"

"哦！……他是害什么病死的？"

约纳掉转整个身子朝着乘客说：

"谁知道呢，多半是得了热病吧……他在医院里躺了三天就死了……这是上帝的旨意哟。"

"你拐弯啊，魔鬼！"黑地里发出了喊叫声。"你瞎了眼还是怎么的，老狗！用眼睛瞧着！"

"赶你的车吧，赶你的车吧……"乘客说。"照这样走下去，明天也到不了。快点走！"

车夫就又伸长脖子，微微欠起身子，用一种稳重的优雅姿势挥动他的鞭子。后来他有好几次回过头去看他的乘客，可是乘客闭上眼睛，分明不愿意再听了。他把乘客拉到维堡区以后，就把雪橇赶到一家饭馆旁边停下来，坐在赶车座位上偻下腰，又不动了……湿雪又把他和他的瘦马涂得满身是白。一个钟头过去，又一个钟头过去了……

人行道上有三个年轻人路过，把套靴踩得很响，互相诟骂，其中两个人又高又瘦，第三个却矮而驼背。

"赶车的，到警察桥去！"那个驼子用破锣般的声音说。"一共三个人……二十戈比！"

约纳抖动缰绳，吧嗒嘴唇。二十戈比的价钱是不公道的，然而他顾不上讲价了……一个卢布也罢，五戈比也罢，如今在他都是一样，只要有乘客就行……那几个青年人就互相推搡着，嘴里骂声不绝，走到雪橇跟前，三个人一齐抢到座位上去。这就有一个问题需要解决：该哪两个坐着，哪一个站着呢？经过长久的吵骂、变卦、责难以后，他们总算做出了决定：应该让驼子站着，因为他最矮。

"好，走吧！"驼子站在那儿，用破锣般的嗓音说，对着约纳的后脑壳喷气。"快点跑！嘿，老兄，瞧瞧你的这顶帽子！全彼得堡也找不出比这更糟的了……"

"嘻嘻……嘻嘻……"约纳笑着说。"凑合着戴吧……"

"喂，你少废话，赶车！莫非你要照这样走一路？是吗？要给你一个脖儿拐吗？……"

"我的脑袋痛得要炸开了……"一个高个子说。"昨天在杜克玛索夫家里，我跟瓦西卡一块儿喝了四瓶白兰地。"

"我不明白，你何必胡说呢？"另一个高个子愤愤地说。"他胡说八道，就跟畜生似的。"

"要是我说了假话，就叫上帝惩罚我！我说的是实情……"

"要说这是实情，那么，虱子能咳嗽也是实情了。"

"嘻嘻！"约纳笑道。"这些老爷真快活！"

"呸，见你的鬼！……"驼子愤慨地说。"你到底赶不赶车，老不死的？难道就这样赶车？你抽它一鞭子！哼，魔鬼！哼！使劲抽它！"

约纳感到他背后驼子的扭动的身子和颤动的声音。他听见那些骂他的话，看到这几个人，孤单的感觉就逐渐从他的胸中消散了。驼子骂个不停，诌出一长串稀奇古怪的骂人话，直骂得透不过气来，连连咳嗽。那两个高个子讲起一个叫娜杰日达·彼得罗芙娜的女人。约纳不住地回过头去看他们。正好他们的谈话短暂地停顿一下，他就再次回过头去，嘟嘟哝哝说：

"我的……那个……我的儿子这个星期死了！"

"大家都要死的……"驼子咳了一阵，擦擦嘴唇，叹口气说。"得了，你赶车吧，你赶车吧！诸位先生，照这样的走法我再也受不住了！他什么时候才会把我们拉到呢？"

"那你就稍微鼓励他一下……给他一个脖儿拐！"

"老不死的，你听见没有？真的，我要揍你的脖子了！……跟你们这班人讲客气，那还不如索性走路的好！……你听见没

234

有，老龙？莫非你根本就不把我们的话放在心上？"

约纳与其说是感到，不如说是听到他的后脑勺上啪的一响。

"嘻嘻……"他笑道。"这些快活的老爷……愿上帝保佑你们！"

"赶车的，你有老婆吗？"高个子问。

"我？嘻嘻……这些快活的老爷！我的老婆现在成了烂泥地啰……哈哈哈！……在坟墓里！……现在我的儿子也死了，可我还活着……这真是怪事，死神认错门了……它原本应该来找我，却去找了我的儿子……"

约纳回转身，想讲一讲他儿子是怎样死的，可是这时候驼子轻松地呼出一口气，声明说，谢天谢地，他们终于到了。约纳收下二十戈比以后，久久地看着那几个游荡的人的背影，后来他们走进一个黑暗的大门口，不见了。他又孤身一人，寂静又向他侵袭过来……他的苦恼刚淡忘了不久，如今重又出现，更有力地撕扯他的胸膛。约纳的眼睛不安而痛苦地打量街道两旁川流不息的人群：在这成千上万的人当中有没有一个人愿意听他倾诉衷曲呢？然而人群奔走不停，谁都没有注意到他，更没有注意到他的苦恼……那种苦恼是广大无垠的。如果约纳的胸膛裂开，那种苦恼滚滚地涌出来，那它仿佛就会淹没全世界，可是话虽如此，它却是人们看不见的。这种苦恼竟包藏在这么一个渺小的躯壳里，就连白天打着火把也看不见……

姚纳瞧见一个扫院子的仆人拿着一个小蒲包，就决定跟他攀谈一下。

"老哥，现在几点钟了？"他问。

"九点多钟……你停在这儿干什么？把你的雪橇赶开！"

约纳把雪橇赶到几步以外去，伛下腰，听凭苦恼来折磨他……他觉得向别人诉说也没有用了……可是五分钟还没过完，他就挺直身子，摇着头，仿佛感到一阵剧烈的疼痛似的。他拉了拉缰绳……他受不住了。

"回大车店去，"他想。"回大车店去！"

那匹瘦马仿佛领会了他的想法，就小跑起来。大约过了一个半钟头，约纳已经在一个肮脏的大火炉旁边坐着了。炉台上，地板上，长凳上，人们鼾声四起。空气又臭又闷。约纳瞧着那些睡熟的人，搔了搔自己的身子，后悔不该这么早就回来……

"连买燕麦的钱都还没挣到呢，"他想。"这就是我会这么苦恼的缘故了。一个人要是会料理自己的事……让自己吃得饱饱的，自己的马也吃得饱饱的，那他就会永远心平气和……"

墙角上有一个年轻的车夫站起来，带着睡意嗽一嗽喉咙，往水桶那边走去。

"你是想喝水吧？"约纳问。

"是啊，想喝水！"

"那就痛痛快快地喝吧……我呢，老弟，我的儿子死了……你听说了吗？这个星期在医院里死掉的……竟有这样的事！"

约纳看一下他的话产生了什么影响，可是一点影响也没看见。那个青年人已经盖好被子，连头蒙上，睡着了。老人就叹气，搔他的身子……如同那个青年人渴望喝水一样，他渴望说话。他的儿子去世快满一个星期了，他却至今还没有跟任何人好好地谈一下这件事……应当有条有理，详详细细地讲一讲才是……应当讲一讲他的儿子怎样生病，怎样痛苦，临终说些什么话，怎样死掉……应当描摹一下怎样下葬，后来他怎样到医院里去取死人的衣服。他有个女儿阿尼西娅住在乡下……关于她也得讲一讲……是啊，他现在可以讲的还会少吗？听的人应当惊叫，叹息，掉泪……要是能跟娘们儿谈一谈，那就更好。她们虽然都是蠢货，可是听不上两句就会哭起来。

"去看一看马吧，"约纳想。"要睡觉，有的是时间……不用担心，总能睡够的。"

236

他穿上衣服，走到马房里，他的马就站在那儿。他想起燕麦、草料、天气……关于他的儿子，他独自一人的时候是不能想的……跟别人谈一谈倒还可以，至于想他，描摹他的模样，那太可怕，他受不了。……

"你在吃草吗?"约纳问他的马说，看见了它的发亮的眼睛。"好，吃吧，吃吧……既然买燕麦的钱没有挣到，那咱们就吃草好了。……是啊……我已经太老，不能赶车了……该由我的儿子来赶车才对，我不行了……他才是个地道的马车夫……只要他活着就好了……"

约纳沉默了一会儿，继续说:

"就是这样嘛，我的小母马……库兹玛·约内奇不在了……他下世了……他无缘无故死了……比方说，你现在有个小驹子，你就是这个小驹子的亲娘……忽然，比方说，这个小驹子下世了……你不是要伤心吗?"

那匹瘦马嚼着草料，听着，向它主人的手上呵气。

约纳讲得入了迷，就把他心里的话统统对它讲了……

1886 年

契诃夫〔俄国〕

万　卡

　　九岁的男孩万卡·茹科夫三个月前被送到靴匠阿利亚兴的铺子里来做学徒。在圣诞节的前夜，他没有上床睡觉。他等到老板夫妇和师傅们出外去做晨祷后，从老板的立柜里取出一小瓶墨水和一支安着锈笔尖的钢笔，然后在自己面前铺平一张揉皱的白纸，写起来。他在写下第一个字以前，好几次战战兢兢地回过头去看一下门口和窗子，斜起眼睛瞟一眼乌黑的圣像和那两旁摆满鞋楦头的架子，断断续续地叹气。那张纸铺在一条长凳上，他自己在长凳前面跪着。

　　"亲爱的爷爷，康司坦丁·玛卡雷奇！"他写道。"我在给你写信。祝你圣诞节好，求上帝保佑你万事如意。我没爹没娘，只剩下你一个亲人了。"

　　万卡抬起眼睛看着乌黑的窗子，窗上映着他的蜡烛的影子。他生动地想起他的祖父康司坦丁·玛卡雷奇，地主席瓦列夫家的守夜人的模样。那是个矮小精瘦而又异常矫健灵活的小老头，年纪约莫六十五岁，老是笑容满面，映着醉眼。白天他在仆人的厨房里睡觉，或者跟厨娘们取笑，到夜里就穿上肥大的羊皮袄，在庄园四周走来走去，不住地敲梆子。他身后跟着两条狗，夯拉着脑袋，一条是老母狗卡希坦卡，一条是泥鳅，它得了这样的外号，是因为它的毛是黑的，而且身子细长，像是黄鼠狼。这条泥鳅倒是异常恭顺亲热的，不论见着自家人还是见着外人，一概用脉脉含情的目光瞧着，然而它是靠不住的。在它的恭顺温和的后面，隐藏着极其狡狯的险恶用心。任凭哪条狗也不如它那么善于抓住机会，悄悄溜到人的身旁，在腿肚子上咬一口，或者钻进冷藏室里去，或者偷农民的鸡吃。它的后腿已经不止一次被人打断，有两次人家索性把它吊起来，而且每个星期都把它打得半死，不过它老是养好伤，又活下来了。

眼下他祖父一定在大门口站着，眯细眼睛看乡村教堂的通红的窗子，顿着穿高统毡靴的脚，跟仆人们开玩笑。他的梆子挂在腰带上。他冻得不时拍手，缩起脖子，一忽儿在女仆身上捏一把，一忽儿在厨娘身上拧一下，发出苍老的笑声。

"咱们来吸点鼻烟，好不好？"他说着，把他的鼻烟盒送到那些女人跟前。

女人们闻了点鼻烟，不住打喷嚏。祖父乐得什么似的，发出一连串快活的笑声，嚷道：

"快擦掉，要不然，就冻在鼻子上了！"

他还给狗闻鼻烟。卡希坦卡打喷嚏，皱了皱鼻子，委委屈屈，走到一旁去了。泥鳅为了表示恭顺而没打喷嚏，光是摇尾巴。天气好极了。空气纹丝不动，清澈而新鲜。夜色黑暗，可是整个村子以及村里的白房顶，烟囱里冒出来的一缕缕烟子，披着重霜而变成银白色的树木、雪堆，都能看清楚。繁星布满了整个天空，快活地眨着眼。天河那么清楚地显出来，就好像有人在过节以前用雪把它擦洗过似的……

万卡叹口气，用钢笔蘸一下墨水，继续写道：

"昨天我挨了一顿打。老板揪着我的头发，把我拉到院子里，拿师傅干活用的皮条狠狠地抽我，怪我摇他们摇篮里的小娃

239

娃，一不小心睡着了。上个星期老板娘叫我收拾一条青鱼，我从尾巴上动手收拾，她就捞起那条青鱼，把鱼头直戳到我脸上来。师傅们总是耍笑我，打发我到小酒店里去打酒，怂恿我偷老板的黄瓜，老板随手捞到什么就用什么打我。吃食是什么也没有。早晨吃面包，午饭喝稀粥，晚上又是面包，至于茶啦，白菜汤啦，只有老板和老板娘才大喝而特喝。他们叫我睡在过道里，他们的小娃娃一哭，我就根本不能睡觉，一股劲儿摇摇篮。亲爱的爷爷，发发上帝那样的慈悲，带着我离开这儿，回家去，回到村子里去吧，我再也熬不下去了……我给你叩头了，我会永远为你祷告上帝，带我离开这儿吧，不然我就要死了……"

万卡嘴角撇下来，举起黑拳头揉一揉眼睛，抽抽搭搭地哭了。

"我会给你搓碎烟叶，"他接着写道，"为你祷告上帝，要是我做了错事，就自管抽我，像抽西多尔的山羊那样。要是你认为我没活儿干，那我就去求总管看在基督面上让我给他擦皮靴，或者替菲德卡去做牧童。亲爱的爷爷，我再也熬不下去，简直只有死路一条了。我本想跑回村子，可又没有皮靴，我怕冷。等我长大了，我就会为这件事养活你，不许人家欺侮你，等你死了，我就祷告，求上帝让你的灵魂安息，就跟为我的妈佩拉格娅祷告一样。

"莫斯科是个大城。房屋全是老爷们的。马倒是有很多，羊却没有，狗也不凶。这儿的孩子不举着星星走来走去，唱诗班也不准人随便参加唱歌。有一回我在一家铺子的橱窗里看见些钓钩摆着卖，都安好了钓丝，能钓各式各样的鱼，很不错，有一个钓钩甚至经得起一普特重的大鲶鱼呢。我还看见几家铺子卖各式各样的枪，跟老爷的枪差不多，每支枪恐怕要卖一百卢布……肉铺里有野乌鸡，有松鸡，有兔子，可是这些东西是在哪儿打来的，铺子里的伙计却不肯说。

240

"亲爱的爷爷，等到老爷家里摆着圣诞树，上面挂着礼物，你就给我摘下一个用金纸包着的核桃，收在那口小绿箱子里。你问奥尔迦·伊格纳捷耶芙娜小姐要吧，就说是给万卡的。"

万卡声音发颤地叹一口气，又凝神瞧着窗子。他回想祖父总是到树林里去给老爷家砍圣诞树，带着孙子一路去。那种时候可真快活啊！祖父咔咔地咳嗽，严寒把树木冻得咔咔地响，万卡就学他们的样子也咔咔地叫。往往在砍树以前，祖父先吸完一袋烟，闻很久的鼻烟，讪笑冻僵的万卡……那些做圣诞树用的小云杉披着白霜，站在那儿不动，等着看它们谁先死掉。冷不防，不知从哪儿来了一只野兔，在雪堆上像箭似的窜过去。祖父忍不住叫道：

"抓住它，抓住它……抓住它！嘿，短尾巴鬼！"

祖父把砍倒的云杉拖回老爷的家里，大家就动手装点它……忙得最起劲的是万卡喜爱的奥尔迦·伊格纳捷耶芙娜小姐。当初万卡的母亲佩拉格娅还活着，在老爷家里做女仆的时候，奥尔迦·伊格纳捷耶芙娜就常给万卡糖果吃，闲着没事做便教他念书，写字，从一数到一百，甚至教他跳卡德里尔舞。可是等到佩拉格娅一死，孤儿万卡就给送到仆人的厨房去跟祖父住在一起，后来又从厨房给送到莫斯科的靴匠阿利亚兴的铺子里来了……

"你来吧，亲爱的爷爷。"万卡接着写道，"我求你看在基督和上帝面上带我离开这儿吧。你可怜我这个不幸的孤儿吧，这儿人人都打我，我饿得要命，气闷得没法说，老是哭。前几天老板用鞋楦头打我，把我打得昏倒在地，好不容易才活过来。我的生活苦透了，比狗都不如……替我问候阿廖娜、独眼的叶戈尔卡、马车夫，我的手风琴不要送给外人。孙伊凡·茹科夫草上。亲爱的爷爷，你来吧。"

万卡把这张写好的纸叠成四折，把它放在昨天晚上花一个戈比买来的信封里……他略微想一想，用钢笔蘸一下墨水，写下地址：

寄交乡下祖父收

然后他搔一下头皮，再想一想，添了几个字：

康司坦丁·玛卡雷奇

他写完信而没有人来打扰，心里感到满意，就戴上帽子，顾不上披皮袄，只穿着衬衫就跑到街上去了……

昨天晚上他问过肉铺的伙计，伙计告诉他说，信件丢进邮筒以后，就由醉醺醺的车夫驾着邮车，把信从邮筒里收走，响起铃铛，分送到世界各地去。万卡跑到就近的一个邮筒，把那封宝贵的信塞进了筒口……

他抱着美好的希望而定下心来，过了一个钟头，就睡熟了……在梦中他看见一个炉灶。祖父坐在炉台上，耷拉着一双光脚，给厨娘们念信……泥鳅在炉灶旁边走来走去，摇尾巴……

1886年

【作者简介】安东·巴甫洛维奇·契诃夫（1860—1904），19世纪后半期俄国现实主义文学的杰出艺术大师，世界短篇小说三大家之一。主要作品：《套中人》、《醋栗》、《姚内奇》、《第六病室》等。

勃·布什马〔前苏联〕

活命的水

　　阳光下，河水闪烁着金色的星点。我独自坐在双座兽皮艇上，丝毫也不惋惜拉马斯不能来同游。此刻，想必他又徘徊在哪家酒店附近，破口大骂那些好酒贪杯之徒——这种人照例为数不少，足可排成一列长蛇阵。

　　四周，芳草翠碧连天，散发着阵阵新割牧草的清香。好一派美景，不由人心旷神怡，安适恬静。整个人仿佛都与小艇、流水，以及这晴朗夏日的景色融成一体。我多么想纵情高声呼唤，然而还是压抑住了这股激情，竭力使低垂在船底瞎摆弄的双脚安静下来，蓦地，水面上掠过一个模糊的影子。兽皮艇随之一侧，渐渐停了下来，这时候我才发现水底有一株树干擦过。一股细流冲击着我的双脚。

　　不远处，河岸上站着一个赤脚的小女孩，身穿一件短短的花连衫裙，兴致勃勃地看着我把漏水的小艇拖上岸来。她不时抬起手，用纤细的手掌撩开松散在额前的缕缕乌黑的秀发。恰好一阵江风拂来，头发又飘散下来，接住了她的视线。小姑娘干脆把头一甩——活像只小鹅——摆出一副调皮的姿态继续打量着我的一举一动。

我把小艇拖了上来，底朝天，放在太阳下晾晒，接着又跳下水去。小姑娘仍站在原地，一动不动，时而打量着我，时而注视着摊在小船周围的东西。我痛痛快快地洗了个澡，走上岸来。这时她忽然拿定主意，走到我跟前，蹲下身子，问道：

"有窟窿了？"

"可不，船……"我答道。

"糟了。"她一眼就看出了我狼狈的处境。

"实在糟透了。"我承认。

小姑娘约莫六岁。她用一个小手指儿戳了戳船底，显然想试试，戳穿它是否容易。随后她立起身来，绕着小艇走了一遍，端详着船底到处那东一块、西一块的补洞。

"补洞挨着补洞。"她晃着小脑袋。

"是条老掉牙的破烂货。"我轻蔑地摇着手答道。

"还算不得太旧，也不是破烂货。"真没想到小姑娘居然反驳起我来。

我解开背囊，取出胶水。小姑娘还是围着小艇转悠。她终于在船舵旁停下来，手指按在金属上，扯着绳子。猛然间，像是想起了什么，沿着灌木丛生的小径跑开去。花衣衫在赤杨树的翠叶丛中欢快地飘动着。转眼间她又跑了回来，好奇地打量着用来补洞的胶布。她的双脚被江风刮得血迹斑斑。几处痕痕旧创虽已愈合，旁边却又出现许多累累新伤。我看见了渗出来的点点鲜血。

"你不痛？"我指着她腿上新裂开的伤口问。

"不——痛。"小姑娘答道，有点不好意思。说罢，她忙蹲了下去，用衣襟遮住双脚。蛛丝般的秀发掩住了她的脸蛋。"看您那船舵，叔叔，活像鱼尾巴。"

好一个叔叔，才二十五岁哩。

"可不，像条挺大挺大的鱼尾巴。"我随声搭腔说。

"大鱼总归有大尾巴呗。"小姑娘困惑不解。

她耸了耸肩。我转身盯着她的小脸蛋。好一双乌亮的眼睛。我们的视线久久地碰在一起，仿佛在玩盯眼睛的游戏。终于还是我先避开了。

"您在补船洞？"

"是呀。你叫什么名字？"

"莲乌卡吉娅。"小姑娘一个音节、一个音节地说出来，唯恐我听不真切，接着又问："咋啦？"

"没什么。咱们交个朋友吧。你妈妈叫你什么来着？"

"莲乌柯塔。妈说，这么叫更好听，该怎么称呼您呢？"

"你就叫我勃罗纽斯叔叔好了。"

"是不是就是勃罗尼斯拉凡斯？"

"正是勃罗尼斯拉凡斯。"

"我爹也叫勃罗尼斯拉凡斯……"

"瞧，多巧！"

"这些名字怪难听的。"小姑娘说。"我有个朋友叫莎乌露塔。她比我美一百倍，就因她有一个漂亮的名字。"

"你也很美。你的模样本来就够美哩。"我安慰着她。

"头一次听人这么说！我得回去了。"莲乌卡吉娅扭身就走，转眼又消失在刚才过来的地方。

过了好一会儿她才回来。不知为什么，显得心事重重。她走近我，眼睛老是盯着我的背囊。一看见她那闷闷不乐的神情，我决心问个清楚，到底出了什么事情。她低垂着头，兀自立在一旁，一言不发。后来才举起泪水盈眶的双眼，凝视着我。

"勃罗尼斯拉凡斯叔叔，"她终于开口了，"您可有活命的水？"

"活命的水？"我大为诧异。

"是的。要是在伤口洒上活命的水，很快就会好起来。"小姑娘赶忙回答，"妈妈对我说过，世上有种活命的水，王子的头被人砍了，只要洒上些这种水，他就会活过来的。"

"你要活命的水干吗？"

小姑娘悄声告诉我，仿佛是对我透露一件重大的秘密。

"那边树丛里躺着一只兔子，两只脚被镰刀割断了。要是我能弄到点活命的水……"

我听罢不知如何是好，怎样才能解救那只兔子呢？莲乌卡吉娅屏声静气地专等着我的答复。

"可不，当然有！"我鼓足勇气地说，"活命的水我怎么会没有呢？"

我解开背囊，掏出水壶。

小姑娘怀疑地看着我，再三问：

"这当真是活命的水？"

我对她解释说，这是地道的活命的水，要是她把水洒到兔子的脚上，兔子马上就会好起来的，跑得比原先还要快。

莲乌卡吉娅的小手一举一拍，直向树丛奔去。她穿过赤杨树丛，招呼我跟她去。她踮着脚尖儿轻步向前。过了一会，小姑娘停了下来，俯身对着一团灰色的东西，上面小心翼翼地盖着一堆青草。她扒开青草，只见两条鲜红的兔子脚。我连忙拧开壶盖，把水浇了下去。兔子几乎已不能动弹，只是微微地抽动着鲜血淋漓的身子。

"瞧它，真的活过来了。"小姑娘好不高兴。

我诡秘地对她眨了眨眼睛，说道，水有点失灵了，得给兔子包扎包扎才好。开始时，莲乌卡吉娅不相信我的话，后来还是拔腿往家里跑去。我连忙提起兔子，向河边走去，就在河水的转弯处，也是水流最湍急的地方，把兔子扔了下去，急忙回到了兽皮艇。

胶布干透了——黑色的胶布严严实实地补上了破洞。我把小艇拖到水中，等着莲乌卡吉娅。过了好一阵子，那熟悉的花连衫

246

裙终于在树丛间飘闪而来。小姑娘出现在林中空旷地上，双手拿着一卷白亚麻布。

"兔子呢?"她轻声地问。

"跑掉了。看来活命的水还挺灵验，一点也没失效。"

"活命的水是没有的。"

"怎么会没有呢! 我不是就有吗? 你的兔子就是洒上活命的水才好起来的，活蹦蹦地跑掉了。"

"我爹说，只有童话里才有活命的水。兔子腿断了，活不成，当然也就跑不了了。"

"可你的兔子得救了。起死回生，你懂吗?"我说，声调分外严峻、紧迫。

莲乌卡吉娅沉默不语，死死地盯着我的脸孔。我坐上兽皮艇，驶离了河岸。离开几公尺后，我真想回头向她告别。但小姑娘那坚强不屈的目光直刺我的项背，使我不忍回顾，终于更加使劲地荡着桨，匆匆离去。

（程懋曾　译）

【作者简介】勃罗纽斯·布什马，前苏联共和国中立陶宛籍青年作家。他的创作以短篇小说为主。

史托姆〔德国〕

茵梦湖

老人

一个晚秋的下午，有一位服装整齐的老人慢慢地沿街走来。他好像是散步后回家似的，他的旧式的扣鞋已经盖满了灰尘。他腋下挟着他的金头的长手杖；他一双暗黑的眼睛里仿佛还藏着他整个失去了的青春，它们同他雪白的头发恰恰成了显著的对照。他用这对眼睛安静地看看四周，又望着他面前那个躺在黄昏的芳香中的城市。——他有点像是外乡人，因为过路的人中间只有寥寥几个同他打招呼，虽然有好些人不由得要看看这一对严肃的眼睛。最后他在一所人字形屋顶的房屋门前站住了，他又看了看城市，才走进了门廊。门铃响了，房里对着门廊的窥视窗的绿窗帷拉开了，窗后现出一个老妇人的脸。这男人用手杖向她招呼。"还没有点灯！"他带一点南方的口音说。管家妇又把窗帷放了下来。老人走过宽敞的门廊，然后穿过一间靠墙立着几个放瓷瓶的橡木柜的宽大屋子；他又走过对面的门，进了一条窄小的过道，这里有一道窄的楼梯通到后屋的楼上。他慢慢地走上楼梯，开了上面的一道房门，走进一间宽大的屋子里去。这里又安适，又幽静，一面墙差不多全被书橱遮盖了，另一堵壁上挂着人物和风景的图片，一张铺着绿桌布的桌子上凌乱地摊开了几本书，桌子前面放着一把笨重的靠背椅，椅子摆着红天鹅绒坐垫。——老人把帽子和手杖放到角落里，便在靠背椅上坐下来，他两手交叉着，仿佛在享受散步后的休息。他这样坐着的时候，天渐渐地黑了；后来一线月光透过玻璃窗射进来，射到壁上挂的画上面，那一道亮光慢慢地向前移动，他的眼光也不知不觉地跟随着。现在亮光移到了一张嵌在朴素的黑镜框里的小照片。"伊利沙白！"老人轻轻唤了声：他刚刚吐出这个字，时间就变了，他是在他的青年时代了。

孩子们

不久一个小女孩的秀美的身子到他面前来了。她名叫伊利沙白，大约有五岁的光景，他的年纪大她一倍。她脖子上围着一条小红绸巾，这使她的一对褐色眼睛显得更加好看。

"来因哈德！"她叫道，"我们放假了，放假了！今天一天不去上学，明天也不去。"

来因哈德连忙把他胳膊下挟的演算板放到门背后，两个孩子从屋里跑进花园，又穿过园门到外面草地上去。这意外的放假真是来得太凑巧了。来因哈德得到伊利沙白帮忙已经在这里用草皮盖了一所房屋，他们打算夏天晚上住在这里面，可是还少一条长凳。现在他立刻动手做起来，钉子，锤子，和必需的木板都准备好了的。这时伊利沙白便到沟边去采集环形的野葵子，用围裙兜着，她想拿它们给自己做项链和项圈。等到来因哈德敲弯了好些钉子终于把凳子做好以后，回到太阳光下面来时，她已经走得远远的，到草地的另一端去了。

"伊利沙白!"他唤道,"伊利沙白!"她立刻来了,她的卷发一路飞舞着。"来,"他说,"我们的房子好了。你也很热,进来,我们要坐坐新凳子。我给你讲个故事。"

两个孩子便走了进去,在新凳子上坐下来。伊利沙白从围裙里拿出她那些小环儿,把它们一一穿在长线上,来因哈德便讲道:"从前有三个纺纱的女人——"

"啊,"伊利沙白说,"这个我记得烂熟了。你不该老是讲同样的一个故事。"

现在来因哈德只好把三个纺纱女人的故事抛开,另外讲一个给扔在狮子洞里的不幸的人的故事。

"现在是夜里了,"他说,"你知道吗?非常黑暗,狮子也睡觉了。可是它们在睡梦中时而打起呵欠来,又伸出它们的红舌头。那个人吓得打哆嗦,他以为天亮了。他四周忽然现出一道亮光,他抬起头来看,他面前站着一位天使,天使对他招手,随后一直走进山岩里去了。"

伊利沙白注意地听着。"天使?"她说,"他有翅膀吗?"

"这只是故事里这么说,"来因哈德答道,"其实并没有天使。""呵,呸,来因哈德!"她说,注意地望着他的脸。可是她看见他皱着眉头在看她,她不觉疑惑地问他道:"那么为什么她们老是讲起这个呢?母亲同婶婶,还有学堂里也是这样讲的。"

"这我就不知道了。"他答道。

"可是你,"伊利沙白说,"那么狮子也是没有的吗?"

"狮子?有没有狮子!印度就有,在那儿那些拜偶像的教士把它们套在车子前头,用它们拖车走过沙漠。等我长大了,我自个儿也要上那儿去。那儿比我们这儿漂亮几千倍,那儿没有冬天,你也得跟我一块儿去。你要去吗?"

"是啊,"伊利沙白说,"不过母亲也得一块儿去,你母亲也去。""不,"来因哈德说,"她们那个时候太老了,她们不会跟我们一块儿去。"

"可是我不可以一个人去。"

"你应该可以的，你那个时候真的会做了我的妻子了，那个时候你不用听别人的话了。"

"可是我母亲要哭的。"

"我们真的要回来的，"来因哈德急躁地说，"你爽快地讲出来吧：你是不是愿意跟我一块儿旅行？不然我就一个人去，那么我就永远不回来了。"

这个小姑娘差不多要哭了。"请你不要做这样的凶相，"她说，"我真的愿意跟你一块儿到印度去。"

来因哈德带着万分高兴的样子捏住她的两手，把她拉出来到草地上去。"到印度去，到印度去！"他唱道，便拉着她一块儿转起圈子来，她的红绸巾也从脖子上飘落了。可是他突然放开她的手，认真地说："这件事不会成功的，你没有勇气。"

"伊利沙白！来因哈德！"有人在花园门口唤道。"这儿！这儿"两个孩子回答着，便手牵手地跑向屋里去了。

林中

两个孩子就这样地一块儿生活下去，他常常觉得她太沉静，她也常常觉得他太激烈，可是他们并不因此就分开，差不多凡是空闲的时候他们都在一块儿玩，冬天在他们母亲的窄小的屋子里，夏天在树林和田野里。——有一次伊利沙白在来因哈德面前挨了教师的骂，来因哈德便生气地拿石板在桌子上碰，想把那个人的怒气引到自己的身上。并没有人理他。可是来因哈德就不再注意地听地理课了，他却作了一首长诗，在诗里他把自己比作一只小鹰，把教师比作一只灰色的老鸦，伊利沙白是一只白鸽。小鹰发誓等他的翅膀一旦长成，马上就向灰色老鸦报仇。这个年轻诗人眼里含着泪水，他非常自豪。他回到家里便弄到一本羊皮纸封面的本子，里面有不少的空白页。在开头的几页上他工整地抄下他的第一首诗。——这以后不久他便到另一个学校上学去了。在那儿他在那些和他同年纪的少年中间结交了好些新朋友，可是这并没有妨碍他跟伊利沙白的交往。他把他从前对她讲过并且不只讲过一遍的故事，选择了一些她最喜欢的抄下来。在抄写的时候他常常想把自己的思想编一些进去，可是他不知道为了什么缘故，他总没有能够做到。因此他便照他所听到的那样的内容老老实实地写下来。后来他把抄写好的活页拿给伊利沙白，伊利沙白小心地将它们放在她的小首饰匣的抽屉里面。要是间或在傍晚伊利沙白当着他把他抄写的本子里的这些故事读给她母亲听，这就使他愉快满意了。

　　七年过去了。来因哈德为了他自己的深造应该离开这个城市。伊利沙白简直不能够想到来因哈德走后她怎样过日子。有一天他对她说他会照常给她抄写故事，附在给他母亲的信里寄给她，不过她得写回信告诉他，她是不是喜欢它们，她听了这番话，心里非常高兴。行期近了，可是在这以前羊皮纸封面的本子里又添了许多首诗。这些诗渐渐加多，差不多占了一半的空白页，虽然伊利沙白唤起了写成这本册子和大部分诗歌的灵感，但是唯独她一点儿也不知道。

　　这是在6月里，来因哈德第二天便要动身。这时大家还想在一块儿再玩一天。因此他们组织了一次到附近树林里去的较大的野餐会。起先到树林入口那一段需要一小时的路程，大家坐车，然后他们把装食物的篮子拿下来，再步行前去。他们首先得穿过一个松树林，那里又凉，又阴暗，地上到处都是细的松针。走了半点钟之后他们出了黑暗的松林，又走进一个新鲜的山毛榉树林，这里的一切都是明亮的、碧绿的，有时一道日光穿过多叶的树枝射进来，一只小松鼠在他们头上的树枝间跳来跳去。——在一块空地上，古老的山毛榉树梢交织成一顶透明的叶华盖，众人便停下来在这里休息。伊利沙白的母亲打开了一只篮子，一位老先生来做伙食管理员。"你们这些小鸟儿，大家都来围住我！"他唤道，"你们留心听着我要对你们讲的话。每个人拿两块光光的面包做早饭；黄油留在家里没有带出来，配面包的东西要各人有得吃。不灵活的人就只好吃光面包，生活里到处都是这样。你们懂了我的话吗？"

"懂了！"年轻人大声答道。

"听着，"老人又说，"我还没有说完呢。我们老年人这一辈子也奔波够了，所以我们留在家里，就是说在这儿这几棵大树下面，削土豆皮，生火，安排开饭，到十二点钟还要煮鸡蛋。为了这个你们得分一半的草莓，给我们做餐后果品。现在你们快去吧，往东往西都好，要老老实实啊！"

年轻人做出各式各样顽皮的表情。"站住！"老人又唤道，"我想，用不着对你们说，空手回来的人也不必拿出什么来，可是你们得好好记住，我们老年人也没有东西给他。那么你们今天就会得到不少好的教训了。要是你们找到了草莓回来，你们今天就算是很幸运了。"

年轻人都赞成这个意见，便一对一对地跑进树林找草莓去了。

"来，伊利沙白，"来因哈德说，"我知道长莓子的地方，你不会吃光面包的。"

伊利沙白扎紧她草帽的绿带子，把帽子挂在胳膊上。"走吧，"她说，"篮子准备好了。"

于是他们走进了树林，越走越深。他们走进潮湿的、浓密的树荫里，四周非常静，只有在他们头上天空中看不见的地方，响起了鹰叫声；以后又是稠密的荆棘挡住了路，荆棘是这样的稠密，因此来因哈德不得不走在前面去开一条小路，他这儿折断一

253

根树枝，那儿牵开一条蔓藤。可是不多久他听见伊利沙白在后面唤他的名字。他转过身去。"来因哈德！"她叫道，"等一下，来因哈德！"他看不见她。后来他看见了她在稍远的地方同一些矮树挣扎，她那秀美的小头刚刚露在凤尾草的顶上。他便走回去，把她从乱草杂树丛中领出来，到一块空旷的地方，那里正有一些蓝蝴蝶在寂寞的林花丛中展翅飞舞。来因哈德把她冒热气的小脸上润湿的头发揩干，然后他要给她戴上草帽，她却不肯，可是他一再要求，她终于同意了。

"可是你的草莓在哪儿呢？"她停了步深深呼吸了一口气，末了问道。

"它们本来在这儿，"他说，"可是癞蛤蟆比我们先来了，不然就是貂鼠，或者多半是妖精。"

"是呀，"伊利沙白说，"叶子还在。不过你不要在这儿讲起妖精的话。你过来，我还不觉得一点儿疲倦，我们再往前去找吧。"

他们前面是一条小河，过了小河又是树林，来因哈德把伊利沙白抱起来走过去了。不到一会儿他们又从浓密的树荫里走到林中空旷的地方。"这儿应该有莓子了，"女孩说，"气味香得很。"

他们走过阳光照着的地方去寻找，可是他们一点也找不到。"不，这是石南的气味。"

遍地都是覆盆子和冬青，石南和短草相间地盖满了林中的空地，空气里弥漫着深郁的石南香。"这儿静得很，"伊利沙白说，"别的人都在哪儿呢？"

来因哈德并没有往回走的意思。"等等吧，风从哪儿来的？"他说，向空中举起他的一只手。可是并没有风来。

"不要响，"伊利沙白说，"我好像听见他们在讲话。向那边再唤一声吧。"

来因哈德把手做了个空筒罩在嘴上唤着："到这儿来！"——

"这儿!"有了应声。

"他们回答了!"伊早沙白叫道,她拍起手来。

"不,这不是,这只是回声哩。"

伊利沙白抓住来因哈德的手。"我害怕!"她说。

"不,"来因哈德说,"你不应该害怕。这儿很不错。你在这儿草间阴凉处坐下吧,让我们休息一会儿,我们马上就会找到别的人。"

伊利沙白在一棵枝叶悬垂的山毛榉下面坐下来,留心地向四面倾听;来因哈德坐在离她几步远的一个树桩上,默默地望着她。太阳正在他们的头上,现在是中午的炎热了。一群金光灿烂的、钢青色的小小的苍蝇动着翅膀在空中飞舞,她的四周有一种轻微的嘤嘤嗡嗡的声音,有时还可以听见树林深处啄木鸟的剥啄声和别的林鸟的叫唤。

"听,"伊利沙白说,"钟响了。"

"在哪儿?"来因哈德问道。

"我们后面。你听见吗?是正午了。"

"那么城市就在我们后面了,倘使我们朝这个方向一直走过去,我们就会找到别人的。"

他们便动身回去了;他们不再去寻找草莓,因为伊利沙白疲乏了。后来同伴们的笑声从树丛中送过来,不久他们便看见一幅白布亮晃晃地铺在地上,这就是餐桌,上面放着大堆的草莓。那位老先生的纽孔里扣着一条餐巾,他继续对年轻人作他的道德的训话,一面起劲地切一块熏肉。

"落后的人来了。"那些年轻人看见来因哈德同伊利沙白穿过树丛走来,便大声说。

"这儿!"老先生唤道,"把手帕和帽子里的东西都倒出来!现在把你们找到的给我们看看。"

"只有饥同渴。"来因哈德说。

255

"倘使就只有这一点的话，"老年人答道，他端起那只装满了的盆子，给他们看，"那么你们也只好把它留着。你们知道规定的办法，偷懒的人没有东西吃。"不过后来经过大家劝说，他也答应分给他们一点。现在是开饭的时候了，同时画眉鸟在杜松丛中唱起歌来。

那一天便这样地过去了。——来因哈德毕竟找着了一样东西，虽然并不是草莓，可是它也是在树林里生长的。他回到家中便在他那个旧的羊皮纸封面的本子里写下来：

山坡上，
风静止，
树枝低垂，
下面坐着女孩子。

她坐在百里香丛中，
她坐在芬芳里；
一群营营的青蝇，
带着闪光在空中飞舞。

林子里非常静，
她向四周探望，眼光十分灵活；
在她那褐色卷发上，
闪动着太阳的光辉。

杜鹃在远处笑了，
我心里忽然想起：
她有一对金色的眼睛，
像那林间仙女的那样。

这样看来她不仅是一个受他保护的人，她还是他的青春时期中一切可爱的和神奇的事物的象征了。

孩子站在路旁

圣诞夜快到了。——来因哈德和别的几个大学生在市政厅地下室里围了一张橡木桌子坐着，那时还只是下午。墙上的灯已点了起来，因为在这儿下面已经黑暗了，可是只有寥寥几个客人，伙计们都闲散地靠在墙柱上。在这间圆顶屋的角落里坐着一个提琴师和一个有着秀丽的吉卜赛人容貌的弹八弦琴的姑娘。他们把乐器放在膝上，没精打采地望着前面。

在大学生们的那一桌上香槟酒的瓶塞打开了。"喝吧，我的波希米亚爱人！"一个阔公子模样的年轻人说，把满满的一杯酒递给她。

"我不要喝。"她说，连动也不动一下。

"那么唱吧！"阔公子嚷道，他掷了一个银币到她的怀里，姑娘伸手慢慢地掠她的黑发，提琴师在她的耳边低声讲了几句话。她却仰起头，把下巴支在八弦琴上面。"我不为这个唱。"她说。

来因哈德手里拿着酒杯跳起来，站到她面前去。

"你要做什么？"她傲慢地问道。

"看你的眼睛。"

"我的眼睛跟你有什么相干？"

来因哈德两眼发亮地朝她的脸望下来。"我知道它们是假的！"——她用手掌托着腮，仔细地打量着他。来因哈德把杯子举到嘴边。"祝你这一对漂亮的、害人的眼睛！"他说，便把酒喝了。

她笑起来，动了动头。

"给我！"她说，一双黑黑的眼睛盯住他的两眼，一面喝干了杯中的残酒。然后她拨起弦来，深情地低声唱道：

> 今天，只有今天
> 我还是这样美好
> 明天，啊明天
> 一切都完了！
> 只有在这一刻
> 你还是我的
> 死，啊死
> 留给我的只有孤寂。

提琴师快速地弹到终曲的时候，一个新客人从外面走了进来。

"我去找过你，"他说，"你已经出去了，可是有人给你送圣诞节礼物来过了。"

"圣诞节礼物？"来因哈德说，"它再也不会到我这儿来了。"

"喂，真的来了！你满屋子都是圣诞树同棕色姜汁饼的香味。"

来因哈德放下手里的酒杯，拿起帽子来。

"你要做什么？"少女问道。

"我就要回来的。"

她蹙了蹙前额。"不要去！"她轻轻唤道，并且亲密地望着他。

来因哈德犹豫起来。"我不能够。"他说。

她笑着用脚尖踢了他一下。"去吧！"她说，"你这个不中用的，你们大家全不中用。"等她转过身去，来因哈德慢慢地走上了地下室的阶梯。

外面街上天已经完全暗了，他觉得清冷的冬天空气向着他的灼热的前额扑来。从好些窗户里射出来点燃了蜡烛的圣诞树的灿烂光辉，那些屋子里一阵一阵地送出小笛子和洋铁皮喇叭的声

258

音，里面还夹杂着小孩们的欢乐的喧哗。一群群的讨饭的孩子从这家走到那家或者爬上台阶的栏杆，想从窗户偷看一眼他们享受不到的豪华情景。有时候一扇门忽然打开了，接着一阵叱骂声把整群这样的小客人从光亮的房屋赶到黑暗的巷子里去；在另一个人家的门廊里正唱着一首古老的圣诞歌，歌声中听得出清脆的少女的声音。来因哈德没有去听这歌声，他匆匆地走了过去，从一条街又走进另一条街。他走到自己住处的时候，天色差不多黑尽了。他连忙跑上楼梯，进了他的屋子。一股甜香迎面扑来，这使他想起了家乡，这仿佛是在家里过圣诞节的时候母亲那间小屋子的气味。他用颤抖的手点燃了灯，桌上有一个大的包裹，他把包裹打开，棕色的节饼从里面落了出来，有几块饼上有着他的名字的简写字母，是用糖涂上去的，这只有伊利沙白会做。其次映入他眼帘的是一个小包，里面是一些绣得很精致的衬衣、手帕和袖口，最后是他母亲和伊利沙白写给他的信。来因哈德先把伊利沙白的信拆开。伊利沙白这样写着：

　　这些美丽的糖字可以告诉你是谁帮忙做好饼子的，给你绣袖口的也就是这个人。在我们这儿今年的圣诞节一定是冷清清的，我母亲总是到九点半钟就早把纺车放到角落里去了。今年冬天你不在这儿，真是寂寞得很。上个星期天你送我的那只梅花雀死了，我哭得很伤心。不过我平日照料它也很小心。这只鸟，每当下午太阳照在它笼子上的时候，便唱起歌来。你知道它唱得挺起劲的时候，母亲便在笼子上挂起一块布，遮住阳光使它静下来。因此我们屋子里现在更清静了，只有你的老朋友埃利克间或来看望我们。你有一回对我讲过，他很像他身上穿的那件棕色大衣。他每次走进门来，我就会想到你那句话，这太滑稽了；不过你不要对母亲说，她容易生气。——你猜猜，过圣诞节，我拿什么礼物送给你母亲！你猜不着吧？就是我自己！埃利克用炭笔给我画像，

259

我已经在他面前坐了三次了，每次都是整整坐一个钟点。我真不高兴一个陌生人把我的面貌看得这样熟。我本来不愿意，可是母亲一定要我这样，她说这会使好心的维尔纳太太欢喜的。

可是你没有守信呀，来因哈德。你没有给我寄故事来。我常常对你母亲抱怨你，她老是说，你现在有更多的事要做，顾不到这种小孩事情了。可是我并不相信，那一定有别的原因。

来因哈德又读他母亲的信，他把两封信都读完了，慢慢地折起它们，放到一边，这时候一种无法控制的乡愁抓住了他。他在屋子里来回踱了好一会儿，他小声自语着，后来又含含糊糊地哼着：

他几乎迷失路途
寻不着自己的家屋；
孩子站在路旁
指给他回家的路！

随后他走到他的书桌前面，拿出一点钱来，又走到街上去了。——这时街上已经静多了，圣诞树也熄了，小孩们的游行也停止了。风吹过荒凉的街道，无论是老年人或者年轻人都在自己家里团聚，圣诞夜的第二个时期已经开始了。——

来因哈德走近市政厅地下室的时候，听见了下面传来的提琴声和那个弹八弦琴的姑娘的歌声。下面地下室的门叮当地响了，一个黑影从那宽阔的、灯光黯淡的阶梯摇摇晃晃地走了上来。来因哈德连忙退到房屋的阴影里去，然后急匆匆地走过去了。过了一会他走到一家灯烛辉煌的珠宝店的窗前，他在这店里买了一个红珊瑚的小十字架，便又顺着原路回去。

在他的住处附近，他看见一个穿破衣的小女孩站在一道高高的门前，她想打开门却没有办法。"要我帮你忙吗？"他说。女

260

孩并不回答，却放开了重甸甸的门柄。来因哈德已经打开了门。"不，"他说，"他们会赶你出来的，跟我来吧，我会给你圣诞饼。"于是他又把门关上，抓起女孩的手，她一声不响地跟着他到了他的住所。

他先前出去的时候并没有灭灯。"这些饼子你拿去，"他说，把他的全部宝贝分了一半倒在她的围裙里，不过有糖字的却一个也没有给她，"现在回家去，分一点给你母亲。"女孩抬起头羞怯地看着他：她对这种好意好像感到不习惯似的，也回答不出一句话来。来因哈德打开房门，照亮她下楼。这个小女孩便像一只小鸟似的带着她的饼子飞跑下楼梯到门外去了。

来因哈德拨了拨炉里的火，把那个灰尘盖满的墨水壶放在桌上；随后他坐下来写信，他整夜地写着，给他母亲的，给伊利沙白的信。剩下的圣诞饼还堆在他手边没有人动过，可是伊利沙白做的袖口却已经扣上了，这跟他那件白色厚呢上衣配起来显得很古怪。他一直坐到冬天的太阳照在结了冰的玻璃窗上的时候，那时他对面的镜子里映出了一个苍白的、严肃的脸庞。

回家

复活节一到，来因哈德便动身回家去了。他到家后第二天早晨，去看伊利沙白。"你大得多了！"他看见那个美丽苗条的少女含笑迎上来的时候，就这样说。她红了脸，可是并不回答他；他在问好的时候握着她的手，她却想轻轻地缩回手去。他疑惑地望着她，她以前从没有这样做过。现在好像他们两个中间有了什么隔膜似的。——他在家住了一些日子，并且照常天天去看她，可是这种情形仍旧继续下去。只要他们两人单独在一起的时候，谈话总要发生间断，这使他感到痛苦，并且他总是很担心地提防着它。为了要在这个假期中找一样固定的事情做，他便教伊利沙白学一点植物学，这门功课是他在进大学的最初几个月中特别热心研究过的。伊利沙白对什么事都肯依他的话，并且也聪明好学，因此她很高兴地答应了。他们一个星期出去旅行几次，或者去田野或者到灌木林里。要是到了中午他们带了装满花草的绿色植物采集箱回家，那么过了几个钟头来因哈德便要再来，同伊利沙白分他们共同找到的东西。

有一天下午他为了这样的目的到她的屋子里去，看见伊利沙白站在窗前把新鲜的繁缕草搭在一只他以前在这儿没有见过的镀金鸟笼上面。笼里有一只金丝雀，它不停地拍着翅膀，同时，带着叫声啄伊利沙白的手指。来因哈德的小鸟从前就是挂在这个地方的。"是不是我那只可怜的梅花雀死后就变成了金丝雀了？"他高兴地问道。

"梅花雀不会变的，"坐在扶手椅上纺纱的伊利沙白的母亲说，"您的朋友埃利克今天中午从他的庄子上差人给伊利沙白送来的。"

"从什么庄子？"

"您不知道吗？"

"知道什么？"

"埃利克在一个月前继承了他父亲在茵梦湖上的第二个庄子。"

"可是关于这个您并没有对我讲过一句。"

"啊，"这母亲说，"您自己对您那朋友的事情也没有问过一句呢！他是一个很可爱、很懂事的年轻人。"

母亲走出屋子煮咖啡去了；伊利沙白背向着来因哈德，仍旧忙着给她那只鸟笼做凉亭。"请等一会儿，"她说，"我马上就好了。"——来因哈德不像平日那样，他没有答话，她便转过身来看他。他的眼里有一种突然发生的烦恼的表情，她以前从没有在他的眼里看见过。"你有什么不舒服吗？来因哈德？"她问道，走到了他的身边。

"我吗?"他顺口说道,两眼像做梦似的望着她的眼睛。

"你的样子很不高兴。"

"伊利沙白,"他说,"我不喜欢这只黄鸟。"

她惊奇地望着他,她不懂他的意思。"你真古怪。"她说。

他拿起她的两只手,她静静地让他捏着。不久母亲便回来了。他们喝了咖啡以后,母亲在她的纺车前面坐下;来因哈德和伊利沙白到隔壁屋子里整理他们的植物去了。他们数了花蕊,又把叶同花小心地放平,然后把每一种挑出了两份标本夹在一本对开本的大书里去压干。这个晴朗的下午很清静,只有隔壁屋子里母亲纺车的咿唔声,此外便是时时响起来的来因哈德的低沉的声音了,那时他正在解释那些植物的门类或者替伊利沙白改正她读拉丁学名时笨拙的发音。

"这次我还是没有找到铃兰。"他们采集的标本全部分类整理以后,她说。

来因哈德从衣袋拿出了一本白羊皮纸封面的小本子。"这儿一枝铃兰给你。"他说着,便拿出那枝半干的花来。

伊利沙白看见那些写满了字的篇页,便说道:"你又在编故事吗?"

"这不是故事。"他说着,便把书递过去。

这里面全是诗,大多数都很短:每首至多占一页的篇幅。伊利沙白便一页一页地翻下去,她似乎只是在看题目。《她受教师斥责的时候》、《他们在林中迷路的时候》、《同复活节故事一起》、《她第一次给我写信的时候》,差不多都是这一类的题目。来因哈德用一种侦察的眼光偷偷看她,她只顾一页一页地翻下去,他看见她那张纯洁的脸上最后泛起一阵娇羞的红晕,渐渐地布满了整个脸庞。他想看她的眼睛,可是伊利沙白并没有抬起头,最后她默默地把书放在他面前。

"不要这样地还给我！"他说。

她从洋铁匣子里取出了一小枝棕色的花。"我把你心爱的花草放进去。"她说，把书递到他的手里。……

假期的最后的一天终于到了，现在是来因哈德动身的早晨了。驿车站同伊利沙白的住处只隔了几条街，伊利沙白得到母亲的允许去送她的朋友上车。他们走出大门以后，来因哈德让她挽住他的胳膊，他默默地这样同她并肩走着。他们离目的地愈近，他愈觉得他有一桩心事必须在他这次同她长期分别之前对她说出来，这桩心事是他日后生活中一切的价值和一切的甜美所依靠的，可是他却找不到简单扼要的话来表明他的心意。他有点胆怯，他的脚步愈走愈慢了。

"你会到得太晚的，"她说，"圣玛利（教堂）的钟已经打过十点了。"

可是他并没有加快脚步。最后他结结巴巴地说："伊利沙白，你会有整整两年见不到我。……我下次回来的时候，你会像现在这样跟我要好吗？"

她点了点头，亲切地望着他的脸。——"我还替你辩护过呢。"她停了一会儿说。

"替我？你用得着对谁替我辩护呢？"

"对我母亲。昨晚你走了以后，我们还谈了你许久。她觉得你没有从前那么好了。"

来因哈德沉默了一会儿，可是后来他便拿起她的手，恳切地望着她那天真的眼睛，一面说："我还是像从前一样好，你要牢牢地相信啊！你相信吗，伊利沙白？"

"相信的。"她说。他放开她的手，急急地同她走过最后一条街。分别的时刻愈近，他的脸色愈显得高兴。他走得太快了，差一点叫她跟不上。

"你这是怎么一回事，来因哈德？"她问道。

"我有一个秘密，一个美丽的秘密！"他说，并且用发亮的眼睛望着她，"等我两年以后回来，你就会知道的。"

这个时候他们到了驿车前面，刚刚赶得及上车。来因哈德又拿起她的手。"再见！"他说，"再见，伊利沙白！不要忘记啊。"

她摇了摇头。"再见！"她说。来因哈德上了车，马就动了。

车子辘辘地在这条街角转弯的时候，她正慢慢地走回家去，他又一次看见她可爱的身影。

一封信

将近两年之后，来因哈德坐在灯前，前面堆着书籍和文件，他在等待一个和他一起学习的朋友。有人走上楼来。"进来！"——来的是房东太太。"您有一封信，维尔纳先生。"随后她又走了。

来因哈德自从上次回家以后没有写过一封信给伊利沙白，也没有接过她一封信。现在的这封信也不是她写来的，这是他母亲的手迹。来因哈德拆开信，读着，不久他便读到下面这一段：

在你这样的年纪，我亲爱的孩子，差不多一年有一年的面目：因为年轻人总不愿意让自己消沉下去。我们这儿也发生了大的变化，倘使我对你的了解并不错，那么这件事起初会使你很痛苦。埃利克昨天终于得到伊利沙白的同意了，最近三个月当中他向她求过两次婚，都没有能够如愿。她对这件事老是打不定主意，现在她终于还是决定了，她毕竟还太年轻。婚礼不久就要举行，那时她母亲也要同他们一块儿去。

茵梦湖

又是几年过去了。——一个暖和的春天的下午，在一条向下倾斜的树林里的路上，一个脸色健康的、被日光晒黑了的年轻人慢慢地走着。他那双严肃的、灰色的眼睛急切地望着远处，好像他在盼望这条单调的路会发生变化，而这变化却始终不肯出现似的。后来他终于看见一辆大车从下面慢慢地上来。"喂！好朋友，"这个行人向车旁的农人喊道，"这就是到茵梦湖去的路吗？"

"尽管一直走。"那个人伸手推一下他的垂边帽子答道。

"那么离这儿还远吗？"

"先生已经到了跟前了。不消半袋烟的工夫就走到湖边了，主人的宅子就在湖上。"

农人过去了，行人便加快脚步沿着树下的路向前走去。过了一刻钟光景，他忽然在左边树荫下站住了，那条路转入一个山坡，坡下百处老橡树的树梢差不多跟山坡一样高。从树梢望过去，前面展开一片宽阔的、当阳的景色。下面低低地躺着一片平静的、深蓝的湖水，湖的四周差不多全让阳光照耀的绿树环绕着；只有在一个地方树木分开了，露出一派远景，可以一直望到远远的一带青山。对面望过去，绿叶丛中笼罩着一片雪似的白色，都是开花的果树，树后湖畔的高高的岸边耸立着庄主的宅子，白墙红瓦，显得格外分明。一只鹳鸟从烟囱上飞起来，在水上慢慢地盘旋飞绕。

"茵梦湖！"行人叫道。现在他差不多像是到了他的旅程的终点。他站住不动，并且从他脚下树梢望过去，眺望着对岸，庄主宅子的倒影浮在那儿水面上，轻轻地荡漾。随后他突然又继续往前走了。

266

现在路差不多陡直地引下山去，因此刚才在他脚下的树木却又罩在头上给他遮阴了，可是它们同时也遮住了湖景，只偶尔从树枝缝隙间露出闪光的湖水来。一会儿路又渐渐地往上斜去，左右两边树木都不见了，沿路换了一些长满葡萄藤的小山，两旁都是正在开花的果树。花间充满了嗡嗡叫着的忙碌的蜜蜂。一个穿棕色大衣的相貌堂堂的男子迎着这个行人走来。他快到了行人面前，便挥着帽子欢呼起来："欢迎，欢迎，来因哈德兄！欢迎你到我茵梦湖的庄上来！"

"你好啊，埃利克，谢谢你欢迎的盛意！"行人回应道。

这时他们走到一块儿了，彼此伸出手来。

"那么这真的是你吗？"埃利克清清楚楚地看了看他老同学的严肃的面貌，便说道。

"当然是我啦，埃利克，我也认得你呢，只是你看来气色比一向显得更好了。"

埃利克听见这句话露出了喜悦的微笑，这使他的质朴的面容显得更愉快了。"是啊，来因哈德兄，"他说，又伸出手去握来因哈德的手，"我从那个时候起还中了大奖，你是知道的。"接着他搓了搓自己的手，快乐地叫道："这可是一桩意外的事！她绝对没有想到，永远想不到的。"

"一桩意外的事？"来因哈德问道，"对谁呢？"

"对伊利沙白。"

"伊利沙白！你没有对她说过我要来吗？"

"一句话也没有说，来因哈德兄，她没有想到你来，她母亲也没有想到。我完全偷偷地邀请你来，好让她们那时更高兴一点，你知道，我也总有我的一些诡秘的小花招。"

来因哈德显出沉思的样子。他们愈走近那庄子，他的呼吸愈显得急促起来。在路的左边葡萄园又到了尽头，现在是一片大菜园，差不多一直连到湖边。那只鹳鸟已经飞下来了，它正在菜畦中间庄严地散步。"喂！"埃利克拍着手叫道，"这个长脚埃及人又在偷我的短豆荚了！"鹳鸟又慢慢地飞起来，飞到一座新房子的屋顶上。这所房屋位置在菜园的尽头，墙上盖满了用人工盘上去的桃杏的枝条。"这是酿酒场，"埃利克说，"我两年前造的。农场的房屋却是先父加造的，住宅还是我祖父修建的。我们这样一代一代地增加一点。"

他们这样谈着，就到了一片大的空场，两边是农场的房屋，后面是庄主的宅子，宅子的两翼连接着一面高高的园墙，墙后是一排一排的繁茂的紫杉，随处还有一些丁香树把它们的开花的枝子伸进庭院里来。一些因日光晒灼和工作忙碌而脸上发红流汗的人走过这个空场，向这两个朋友行礼问好，埃利克便对这个吩咐了一些事，又对那个问几句关于这一天的工作的话。——这时他们已经到了这宅子前面。他们走入一道又高又凉爽的走廊，在走廊的尽处，向左边转一个弯又进了一条稍稍阴暗的侧廊。埃利克在这儿打开了一扇门，他们便走进一间宽大的花厅，覆盖在对面窗户上的一簇簇浓密的绿叶使这个厅子的两边充满了绿色的微光；可是在窗户之间两扇大开着的高高的折门，让春天的阳光满满地射了进来，并且使人看见花园的景色，园中布置着一些圆形的花坛，种着一行一行的壁立的高树，中间隔着一条宽的直路，顺着这条路望过去，便可以望见湖水，再远一些，还可以望见对岸的树林。两个朋友进来的时候，迎面一股微风把一阵香气送了过来。

花园门前阳台上坐着一个白衣少女的身形。她站起来迎接他们，可是在中途她忽然站住了，好像脚生了根似的，她呆呆地望着那位生客，他微笑地对她伸过手来。"来因哈德！"她叫道，"来因哈德！我的上帝，你来了！——我们好久不见了。"

"好久不见了。"他说了这半句，就再也接不下去。因为他听见她的声音，他心里便感到一种隐隐的肉体的痛楚，他看她，

268

她分明地站在他面前，依旧是那轻盈柔美的体态，和几年前他在故乡向她道别的时候并没有两样。

埃利克留在门口，脸上带着喜色。"你看，伊利沙白，"他说，"喂，这不是你绝有想到、万万想到会见着的吗？"

伊利沙白用了姊妹般的神情望着他。"埃利克，你真好。"她说。

他亲热地把她的纤柔的小手捏在自己手里。"现在他在我们这儿了，"他说，"我们不会让他就走。他在外面等得太久了，我们要叫他再过一过家乡的生活。你只看，他样子多么像外乡人，样子多么高雅。"

伊利沙白羞涩地瞥了来因哈德一眼。"这是因为我们相别太久的缘故。"他说。

正在这时她母亲走了进来，胳膊上挂了一个放钥匙的小篮子。"维尔纳先生！"她看见他便说道，"呵，真是一位又亲切又想不到的客人。"——于是他们的谈话就这样一问一答顺利地继续下去。两个女人坐下来做她们的事情，来因哈德吃着他们给他预备的饮食，埃利克点燃了他那只海泡石的烟斗，坐在来因哈德身边，一面抽烟，一面谈话。

第二天来因哈德便同埃利克出去参观田地、葡萄园、酵母花园和酿酒场，全都现出兴盛的样子，在田地上和大锅旁边工作的人都带着健康和愉快的脸色。中午全家的人聚在那间花厅里，一天里大家或多或少总要在一块儿过一些时候，这得看主人们的空闲来决定。只有在晚饭以前和大清早的时间里来因哈德才单独在他自己的屋子里工作。他这几年来对那些在民间流传的歌谣，每逢碰到的时候，就搜集起来，现在他便着手整理他的珍品，并且只要有机会，他还要在这附近一带增加一些新的材料。伊利沙白什么时候都是温柔而亲切的，她差不多用一种带谦卑的感谢来接受埃利克经常的关切，来因哈德有时候禁不住要想，从前那个活泼的女孩想不到会变成一个这么沉静的妻子。

从他到后的第二天起，他便习惯了在傍晚时分沿着湖滨散步。那条路就在花园下面，是傍着花园筑的。花园尽处，在一个突出的碉堡上有一条凳子放在几株高大的桦树下面，伊利沙白的母亲叫它做"傍晚凳"，因为这地方朝西，每天一到这个时刻便有人到这儿来观赏落日。——有一个傍晚来因哈德在这条路上散步回来，遇到了骤雨。他躲到一棵长在水边的菩提树下，可是不久大的雨点从树叶间落了下来。他全身湿透了，便索性不管它，又慢慢地往回家的路上走去。天差不多全黑了，雨也落得愈急。他走近"傍晚凳"时，他觉得仿佛看见那些发亮的桦树干中间有一个白衣女人的身形。她静静地站在那里，等他走近了些，就他可以辨别的情景看来，她的脸正朝着他，好像在等待谁似的。他相信这是伊利沙白。可是等他加快了脚步，想到她跟前，同她一块儿穿过花园回屋子去的时候，她却慢慢地掉转身子，隐入黑暗的侧路去了。他不了解这是怎么一回事，他差一点要生伊利沙白的气了。但是他又有点怀疑这究竟是不是她，可是他又不好意思向她问起，而且他回屋子的时候也不进花厅去，他害怕碰见伊利沙白从园门进来。

依了我母亲的意思

几天后的傍晚，全家的人照往常的习惯按时坐在花厅里面。门开着，太阳已经落在对岸林子后面了。

来因哈德这天下午得到一个住在乡下的朋友寄给他的民歌，众人请他读一点给他们听，他回到他的屋子里去，过一会儿他拿了一卷纸出来了，这卷纸仿佛全是些写得很整洁的散页。

大家围了桌子坐下来，伊利沙白坐在来因哈德旁边。"我们随便拿点出来念吧，"他说，"我自己也还没有看过。"

伊利沙白展开了稿纸。"这儿还有谱,"她说,"这应该我来唱,来因哈德。"

他起先读了几首蒂罗尔地方的小曲,他读着,有的时候还小声哼那个愉快的曲子。这几个人中间产生了一种共同的快感。"这些美丽的歌是谁做的?"伊利沙白问道。

"呵,"埃利克说,"从歌词就可以听出来,裁缝店伙计啦,剃头匠啦,就是这一类的好玩的浪子。"

来因哈德说:"它们都不是做出来的,它们生长起来,它们从空中掉下来,它们像游丝一样在地上飞来飞去,到处都是,同一个时候,总有一千个地方的人在唱它们。我们在这些歌里面找得到我们自己的经历和痛苦,好像是我们大家帮忙编成它们似的。"

他又拿起另一页:"我站在高山上……"

"这个我知道!"伊利沙白嚷道,"你唱起来吧,来因哈德,我来同你一块儿唱。"现在他们唱起了这个曲子。它是这么神秘,使人不能相信它是从头脑里想出来的。伊利沙白用她柔和的女低音和着男高音唱下去。

母亲坐在那里忙碌地动她的针线;埃利克两只手放在一起,凝神地听着。这首歌唱完了,来因哈德默默地把这一篇放在一边。——在黄昏的静寂中,从湖滨送上来一阵牛铃的叮当声,他们不知不觉地听下去,他们听见一个男孩的清朗的声音在唱着:

> 我站在高山上
> 望下面的深谷……

来因哈德微微笑起来:"你们听见吗?就是这样一个传一个的。"

"在这一带地方,常常有人唱的。"伊利沙白说。

"对,"埃利克说,"这是放牛娃卡斯帕尔,他赶牛回家了。"

他们又听了一会儿,直到铃声渐渐上去,消失在农庄后面。

271

"这是些古老曲子，"来因哈德说，"它们沉睡在山林深处，只有上帝知道是谁把它们找出来的。"

他抽出一篇新的来。

天色已经暗得多了，一片红色晚霞像泡沫似的浮在对岸的林梢上面。来因哈德摊开了这一篇。伊利沙白用手将纸的一端按住，也在看纸上的歌。来因哈德读起来：

> 依了我母亲的意思，
> 我得嫁给别一个人；
> 从前我向往的事，
> 现在要我心里忘记；
> 我实在不愿意。
>
> 我埋怨我母亲，
> 实在是她误了我；
> 往日的清白和尊荣
> 现在却变成了罪过。
> 叫我怎么办啊！
>
> 拿我的骄傲同欢快，
> 换得无穷的痛苦来。
> 啊，要是事情能挽回
> 啊，我情愿走遍荒野，
> 去做一个乞丐！

来因哈德读的时候，觉得纸上有一种轻微的颤动。他读完了，伊利沙白轻轻地把她的椅子往后一推，默默地走下园里去了。她母亲的眼光送她出去。埃利克想跟着出去，可是母亲说："伊利沙白到外面去有事情。"埃利克就不走了。

可是外面在园子的上空和湖上夜色渐渐地浓了，飞蛾嗡嗡地飞过开着的门，花树的芳香一阵浓似一阵地吹进来，水面浮起了一片蛙声，窗下有一只夜莺在歌唱，另一只夜莺在园子的深处和着，明月在树梢出现了。伊利沙白的秀美的身形已经消失在花叶繁茂的幽径中了，来因哈德还向那个地方望了一会儿。于是他卷起了稿纸，又向在座的人告了罪，便穿过房屋走到湖滨。

树林静静地立在那里，把它们的黑影投在湖上，同时湖心又给笼罩在闷热的朦胧月光里。有时一种低微的飒飒声颤动地穿过树丛；可是并没有风，这只是夏夜的气息。来因哈德沿着湖继续往前走着。他看到一朵白色的睡莲开在离岸不十分远的地方。他忽然想起要走近去看看它，他便脱去衣服，走下水去。水很浅，尖利的水草和石子割痛他的脚，他始终走不到可以让他游泳的水深的地方。忽然地在他脚下陷了下去，水在他的头上旋转，过了好一会儿他才浮到水面上来。于是他动着手脚游泳起来，他绕了一个圈子才认清了他入水的地点。不久他又看到那朵莲花了，它孤单地躺在那些闪光的大叶子中间。——他慢慢地游过去。常常把胳膊举出水来，顺着胳膊滴下的水点在月光里闪耀，可是他同那朵花之间的距离好像一点儿也没有缩短似的，只有湖岸（当他回过头去看的时候）却被罩在愈来愈模糊的香雾中了。他还不肯放弃这件事，便打起精神继续朝着这个方向游过去，最后他毕竟游到离花很近的地方，他可以借着月光看清楚了那些银白的花瓣。可是同时他觉得自己好像陷在一个网里面了，湖底那些滑湿的草梗漂浮上来，缠住他的光赤的四肢。一片茫茫的水黑黑地横在他的四周，他听见背后一条鱼跳动的声音；他在水里忽然觉得非常不安，便用力挣断水草的网，连气都不出地急急游回岸上来。到了岸他再掉转头去看湖，那朵睡莲仍旧躺在黑沉沉的湖心，依旧是那么远，那么孤单。——他穿好衣服，慢慢地走回家去。他从园中走进厅子里的时候，正看见埃利克同她的母亲在预备行装，他们第二天要出门去办一件事。

"这么夜深您在什么地方？"她母亲向他问道。

"我？"他答道，"我想去看看睡莲，可是没有办到。"

"这倒叫人不懂了！"埃利克说，"你跟睡莲有什么相干呢？"

"我从前跟睡莲很熟，"来因哈德说，"可是这是多年以前的事情了。"

伊利沙白

第二天下午来因哈德同伊利沙白到湖的对岸去散步，他们一会儿穿过了树林，一会儿又走到那段高高耸起的湖滨。埃利克嘱咐过伊利沙白，要她在他和她母亲出门的时候领着来因哈德去看看附近一带最美丽的风景，尤其是从湖对岸望庄子这边的景致。现在他们一处一处地游览。后来伊利沙白累了，便在垂枝的树荫里坐下来，来因哈德站在她对面，靠在一棵树干上。他听见杜鹃在树林深处叫着，他忽然觉得这一切情景都是从前有过的。他带着一种奇特的微笑望着她。"我们要去找莓子吗？"他问道。

"这不是莓子熟的时节。"她说。

"可是莓子熟的时节快到了。"

伊利沙白默默地摇摇头，她随即站了起来，两个人又继续往前走了。她这样在他身边走着的时候，他的眼光老是掉向着她，她走路的姿势很美，她好像是让她的衣服带着走似的。他常常不自觉地落后一步，去看她的整个身形。这样他们走到了一块空旷的灌木丛生的地方，从这里可以望见一片远景，一直到田野那边。来因哈德弯下身去，在地上生长的野草中间摘起一枝什么来。他再抬起了头，他的脸上露出一种非常痛苦的表情。"你认得这朵花吗？"

她惊疑地看了他一眼。"这是石南。我常常在林子里摘过它们。"

"我在家里有一本老书，"他说，"我从前常常在那上面写下各种各样的诗歌，不过这已经是很久以前的事了。书页中间也夹着一朵石南，不过那只是一朵枯萎了的。你知道，那是谁给我的？"

　　她默默地点点头，可是她却埋下眼睛，凝神地望着他拿在手里的草。他们就这样立了好一会儿。等到她张开眼睛看他的时候，他看见她的眼里装满了泪水。

　　"伊利沙白，"他说，"我们的青春就埋在那些青山背后，现在它在哪儿去了呢？"

　　他们不再说什么了，他们并着肩默默地走下湖滨去。空气闷热，黑云正从西方涌上来。"快有雷雨了。"伊利沙白说，便加快了她的脚步。来因哈德默默地点点头，两个人沿着湖滨急速地走着，后来就到了他们停船的地方。

　　渡过湖的时候，伊利沙白拿手扶着船舷。来因哈德一边摇桨，一边在看她，可是她的眼光却经过他眼前眺望着远方。他埋下眼睛去望她的手，这只苍白的手却把她的脸不曾表示出来的感情泄露给他了。他在这只手上看出了一种隐痛的微痕，女人的纤手夜间放在伤痛的心上的时候常常会现出这种痕迹来。——伊利沙白觉察到他在看她的手，她便慢慢地把手从船舷上放进水里去了。

　　他们到了庄上的时候，看见宅子前面放着一架磨剪刀的小车，一个生着长长的黑色卷发的男人忙着踏动车轮，嘴里哼着吉卜赛人的曲子，同时一只套在车上的狗正躺在旁边喘气。门廊上站着一个衣服破烂的姑娘，她有一张憔悴的美丽的脸，伸出手来向伊利沙白讨钱。

　　来因哈德伸手进衣袋里去，可是伊利沙白抢了先，她匆忙地把她钱袋里所有的钱都倾倒在讨饭姑娘摊开的手掌心里。于是她急急地转身走了。来因哈德听见她一路哭着走上楼去。

他想留住她，可是他思索了一下，便在楼梯口停住了。那个姑娘仍旧呆呆地站在门廊上，手里拿着刚才讨到的钱。"你还要什么呢？"来因哈德问道。

姑娘吃了一惊，"我不要什么了。"她说，随即回过头来向着他，用惊慌的眼光呆呆地望了他一会儿，她慢慢地向门口走去。他叫出了一个名字，可是她听不见了；她垂着头，两只胳膊交叉地放在胸前，穿过庄院走下去了。

　　死，啊死，
　　留给我的只有孤寂！

一首旧的歌在他的耳里响了起来，他简直喘不过气了。这只有一会儿的工夫，随后他便掉转身子，走到楼上他的屋子里去了。

他坐下来工作，可是他没有心思。他勉强试了一个钟点，并没有用，他便下楼到客厅里去。那里一个人也没有，只有阴凉的绿色的黄昏。伊利沙白的缝纫桌上放着一条红带子，她这天下午在脖子上戴过的。他把它拿在手里，可是它使他痛苦，他又把它放下了。他心里还是静不下来，他便走到湖滨，解开了船。他划起桨来，将他刚才同伊利沙白一块儿走的那些路再走一遍。他回来的时候，天已经黑了，他在院子里遇见了马车夫，马车夫正要把拖车的马拉去吃草，出门的人刚刚回来了。他走进门廊，便听见埃利克在厅里来回走着的脚步声。他不进去会他，他静静地站了一会儿，然后轻轻地走上楼，回到他的屋子里。他坐在窗前一把靠背椅上，他极力想象着他在这里听下面紫杉篱间夜莺的歌声，可是他听见的只有自己的心跳。楼下宅子里众人都睡了，夜渐渐地逝去，他却没有觉得。——他这样地坐了几个钟点。最后他站了起来，探身到开着的窗外去。夜晚的露水正在树叶间滴着，夜莺已经停止歌唱了。夜空的深蓝色渐渐地被一片从东方升上来的淡黄的微光赶走了。一股清凉的风吹起来，抚摩着来因哈德的发热的前额。第一只云雀欢欣地飞上了高空。——来因哈德突然转过身来，走到桌前。他摸索着去找一支铅笔，找到了，便坐下来，在一张白纸上写了几行字。他写完了，便拿起帽子同手杖，却把字条留着，他小心地开了门，走下去到了廊上。——曙光还停留在每个角落。那只大的家猫正在草席上伸腰，他无意地向它伸过手去，它便在他的手下耸起背来。可是外面花园里麻雀已经在枝上叽叽喳喳地叫了，告诉大家，夜已过去了。他听见楼上开门的声音，有人走下楼来，等到他抬头一看，伊利沙白就站在他面前。她把一只手按在他的胳膊上，她的嘴唇动了一下，可是他一个字也没有听见。"你不会再来了。"她最后才说了出来，"我知道，你不要骗我，你永不会再来了。"

"永不。"他说。她把手放了下来，也不再说话了。他走过门廊到了门口。他又一次转过身来。她仍旧呆呆地站在原处，用了失神的眼光望着他。他走了一步，朝着她伸出两只胳膊。随后他猛然掉转身走出门去了。——外面一切都躺在清新的晨光里，蜘蛛网上挂着露珠在最初的阳光里闪耀。他不再回头去看，他急急地走了出去。静静的庄子渐渐地在他后面隐去，广大的世界却在他的眼前展开了。

老人

月光不再照进玻璃窗里来了，现在完全黑暗了，可是老人仍旧抄着手坐在他的靠背椅上，望着眼前屋子的空间。他四周这一片黑暗渐渐地消失了，现在变成一个宽大、幽暗的湖。黝黑的水波一个跟随着一个不停地向前滚去，水波愈滚愈深，也愈远，最后的一个离得极远，老人的眼光差一点儿追不上了，在这个水波上，一朵白色的睡莲孤单地浮在许多大叶子中间。

房门打开了，一道亮光照进屋子里来。"您来得正好，布利吉特，"老人说，"只消把灯放在桌上就行了。"

于是他把椅子拉到桌子前面，拿起一本摊开的书，他又埋头去研究他年轻时候用过功的学问了。

（巴金　译）

【作者简介】不详。

海泽〔德国〕

犟 妹 子

太阳还没有升起。维苏威山上弥漫着一片灰色的浓雾，雾朝着那不勒斯方向延伸，沿岸一带的城镇都被笼罩住了。海静静躺着，但在索伦多镇陡峭的岩岸上，在狭窄的海湾的沙滩上，渔夫和他们的妻子已经开始活动。他们挽着粗大的缆绳，把在海上打了一夜鱼的船和网拖回岸边来。还有一些人在收拾小船，整理风帆，或者把桨和桅杆从巨大的洞窟里搬出来。这些洞深挖在岩壁里，装着栅门，是渔民们夜间存放船具的地方，看不见一个闲人，就连那些不能再出海的老头儿，也加入了拖网的长长的行列。这儿那儿的平屋顶上，站着一些个老婆婆，要么纺线，要么照看孙儿，好让女儿去帮助丈夫干活儿。

"瞧见啦？蕾切拉？咱们的神父先生在那儿，"一个老婆婆对她身边摆弄纺锤的十岁小姑娘说，"他正在上船。他让安东尼送他上卡普里。圣母玛丽亚啊，瞧他老人家简直还没睡醒哩！"——她边说边举起手来，对下面船上一位矮小和气的神父打招呼，神父正撩起黑袍子来细心地铺在木凳上，然后坐定。岸边的其他人也停下工作，看这位不住向左右两边和蔼地点头的神父离去。

"他干吗一定得去卡普里呢，奶奶？"女孩问。"是那儿没有神父，要向咱们借吗？"

"别发傻，"老婆婆说，"他们那儿有的是，他们有顶美丽的教堂，还有一位咱们没有的隐士。只不过那里有位高贵的太太，她在索伦多住过多年，并且得了重病，家里人几次都以为她熬不过下夜了，每次都请神父去为她送临终。可瞧，这时童贞圣母帮助了她，她又变得结实起来，又好每天在海里洗澡啦。后来，她从这儿搬去卡普里，临走时送了一大堆钱给教堂和穷人。据人讲，她让神父答应了常去看她，听她忏悔；不然呐，她是不肯走的。真奇怪，她就这么信赖他。咱们真运气，有他这个神父。他跟个大主教似的有能耐，大人老爷们都来请教他。愿圣母与他同在！"——边说，她边向就要离岸的小船挥手。

"咱们会碰上晴天吗，我的儿子？"矮小的神父问，同时担心地向那不勒斯方向眺望。

"太阳还没出来，"小伙子回答，"这点儿雾它会驱散的。"

"那就开船吧，我们好在天热之前赶到。"

安东尼抓起长桨，正想把船撑开，但突然又停下来，眼睛望着从索伦多镇下港湾来的那条陡峻的小路的高处。

那儿出现了一个少女苗条的身影，正匆匆走下石阶，边走边摇动手绢。她腕子上挎个小包，衣着相当简朴。然而，她高傲地，简直可在说桀骜不驯地昂着头，黑色的辫子盘在头上，就像戴着一顶王冠。

"还等什么？"神父问。

"有人朝船走来了，大概也想上卡普里。要是您允许的话，神父——船不会慢下来的，她只是个不到十八岁的女孩子。"

说话间，姑娘已从围绕着小路的墙后转了出来。

"劳蕾拉？"神父问。"她上卡普里干什么？"

安东尼耸耸肩。——姑娘急步来到跟前，眼睛望着前方。

"你好啊，犟妹子！"年轻船夫中有几个喊道。看来他们还要说些什么，要不是神父在面前，使他们怀着敬畏的话。姑娘对待他们问候的态度，很叫他们不开心。

"你好，劳蕾拉，"这时神父也大声问，"过得怎么样？想搭船去卡普里吗？"

"要是您允许，神父！"

"问安东尼吧，他是船主。每个人都是自己财产的主人，而上帝，是我们大家的主宰。"

"给你半卡尔令，"劳蕾拉对青年船夫正眼不瞧地说，"要是够我作船钱。"

"你留下自己用更好，"小伙子嘟囔着，把几篓橘子搬顺，腾出一个座位来。他准备把橘子运到卡普里去卖，那边岛上遍地岩石，长得橘子满足不了众多游客的需要。

"我可不白搭你的船。"姑娘黑色的眉毛一扬，回答道。

"来吧，孩子，"神父说，"他是个好青年，不想靠你这可怜的一点钱发财。上来呀。"——他把手伸给她——"就坐在我旁边。瞧，他把自己的衣服给你垫上啦，让你坐得软和一些。对我他可没这么好。年轻人都是这样的，他们照顾一个年轻姑娘，比照顾十个教士还周到呐。得了，得了，安东尼，别道歉啦，这是我们上帝的安排，人以群分嘛。"

这当儿，劳蕾拉已上了船，坐下来，但坐下之前，她一声不吭地把那件上衣推到了边上。安东尼也让它摆着，只在牙齿缝里嘀咕了几句。随后，他猛一撑岸，小船便飞快地射向海湾。

"你那包里头装些什么？"神父问。这时候，他们行驶在刚刚被第一抹霞光照亮的海面上。

"丝，线，和一块面包，神父。丝准备卖给卡里普一位太太织带子，线卖给另一位。"

"你自己纺的吗？"

"是的，大人。"

"要是我记得不错，你也学过织带子。"

"是的，大人。只是母亲的病更重了，我离不开家，要自己买架织机又没钱。"

"更重了！唉，唉！我复活节来你家，她还坐得起来嘛。"

"春天一向是她最难熬的季节。自打那几场大风暴和地震，她就痛得起不来床啦。"

"别少祈祷和请求啊，我的孩子。求童贞圣母代你母亲说情。你要诚实而勤劳，她才会听你的祈祷呐。"

停了一停，他又道："当你走到海边来的时候，人家对你喊：'你好，犟妹子！'他们为什么这样叫你呵？对于一个基督徒，这个名字可不好，一个基督徒应该温顺谦卑才是。"

姑娘棕色的脸庞通红，两眼闪闪发光。

"他们讽刺我，因为我不像别的女孩子一样跳舞、唱歌、喜欢讲话。他们就该让人家自己走自己的路嘛，我又没有碍着谁。"

"可你也该对每个人都和和气气呀。跳舞和唱歌，尽可让生活轻松的人去唱，去跳，但说话和气，对一个苦闷的人也是应该的。"

她低下了头，双眉蹙得更紧，好似要在眉毛底下，藏起她那对黑色的眼睛。他们默默地航行了一会儿。这时，辉煌的太阳已升起在群山顶上，维苏威山的峰尖已高高耸出云端，而山脚一带仍雾气环绕；索伦多平原上的房舍，在一座座绿色橘园的掩映中，闪着白光。

"那位画家，那个想娶你的那不勒斯人，他再没有消息了吗？"神父问。

姑娘摇摇头。

"他那次来画你的像，你为什么拒绝他呢？"

282

"他画这干吗？比我好看的女孩子有的是。而且——谁知他要拿去做什么。母亲说，他会用它对我施魔法，戕害我的灵魂，甚至弄我死的。"

　　"别信这些罪过，"神父严肃地道，"你不是一直在主的手掌中吗？没有主的意志，你头发也掉不了一根。难道一个人手头拿着张画像，就比主还强？——再说，你也看得出来，他是对你好的。要不，他肯娶你吗？"

　　姑娘不作声。

　　"可你为什么回绝他？据说，他是个正派人，又挺阔气的，他一定会养活你和你母亲，比你靠缫丝挣点钱好得多。"

　　"咱们是穷人，"姑娘激动地说，"母亲又病了这么久，咱们只会成为人家的累赘。再说，咱也配不上一位上等人。要是他的朋友来看他，他会为了我害羞的。"

　　"瞧你说些什么话！我不是告诉过你，人家是正派人。他还打算搬到索伦多来住。这样一个好人，不会很快再有啦，他像是上天专门派来扶助你们的。"

　　"我根本不要嫁人，永远不嫁！"她十分执拗地说，像在自言自语。

　　"你许了愿吗！还是想去做修女？"

　　她摇摇头。

　　"人家说你性子犟，说得对，虽然那个名字不好听。你没想过吗，你并不是独自生活在世界上，你这个倔脾气，只能使你生病的母亲生活更苦、病更重的？你有什么重要理由，竟拒绝任何诚恳地伸过来扶助你和你母亲的手？回答我呀，劳蕾拉！"

　　"我有个理由，"她迟疑地低声说，"可我不能讲。"

　　"不能讲？对我也不能讲？对你平时那么信赖他，相信他对你是一片好意的忏悔神父也不能讲？或者并非这样？"

　　她点点头。

"那就让你的心轻松轻松吧，孩子。要是你说得对，我第一个表示赞成。不过，你还年轻，对世界了解太少。也许将来有一天，你会后悔，后悔不该为着一些孩子气的想法，断送了自己的幸福。"

她羞怯地瞥了小伙子一眼。他坐在船尾，用力划着桨，羊毛帽子低低地拉到了额头上。他盯住船旁的海水，像是独自堕入了沉思。神父发现姑娘看了他，便把耳朵凑近姑娘。

"您不认识我父亲。"她悄声说，目光变得阴沉起来。

"你父亲？我记得他过世那会儿，你还不满十岁。可是你父亲，愿他的灵魂早升天堂，他与你这倔脾气又有什么关系？"

"您不了解他，神父。您不知道，我母亲的病，就完全是他弄出来的。"

"怎么会呢？"

"因为他虐待她，打她，用脚踢她。我还记得那些个他怒气冲冲回家来的晚上。母亲从不说他一句话，对他真是百依百顺。可他呢，却揍她，揍的我心都快碎了。我只好用被子蒙着头装睡，实际上整夜在哭。后来，他见她躺在地上起不来了，又突然变了态度，抱起她来拼命地吻，使得她大叫要憋死啦。母亲不准我提一个字，但她被折磨得很惨，所以父亲死了很多年，她身体还没复原。要是她早早地去世——求主保佑不会这样——我就知道是谁害死了她。"

矮小的神父摇晃着脑袋，像是拿不定主意，该在多大程度上赞成他的忏悔女。临了，他说："宽恕他吧，就像你母亲宽恕他那样。别再老是想着那悲惨的事情，劳蕾拉。将来你会过上好日子，并且忘记这一切的。"

"我永远也忘不了，"她回答，身上不禁战栗起来，"现在您明白了，神父，因此我要永远做闺女，不去给任何一个先虐待我，过后又来亲我的人做奴隶。要是现在有谁来打我，或者吻

284

我，我就知道反抗。母亲却无法反抗，既不能反抗别人打，也不能反抗别人吻，就因为她爱他。我才不愿这样爱任何人，爱得自己生病，爱得自己受苦。"

"瞧你还不是个孩子，说起话来完全和个不知世事的人一样吗？难道所有男人，都像你那可怜的父亲，纵情任性，虐待自己的妻子吗？难道你在左邻右舍中，没有见到很多好人？难道没有见到很多妻子，与自己丈夫过着宁静和睦的生活吗？"

"但我父亲待我母亲的情况，也没谁知道呀，她宁肯死一千次，也不愿意告诉人，向人诉苦。而这统统一切，都是因为她爱他。要是爱情就是这样，在该呼救时堵住你的嘴，在受恶人侵害时使你无力反抗，那我就永远不会倾心任何男人。"

"我告诉你，你是个孩子，自己不知道自己讲些什么。等到了时候，你的心就会不断问自己，到底爱还是不爱；到那会儿，不管你往自己脑袋里塞些什么想法，都不顶事啦。"——又停了一停："再说那位画家吧，你相信，他也会虐待你么？"

"他瞅人家那眼神，就跟我看见我父亲求母亲原谅，抱起她来用好话诓她时的眼神一样。我熟悉这眼神。一个忍心殴打从未损害过自己的老婆的人，也有这样的眼神。我害怕再见到这样的眼神啊。"说完，她便固执地一声不响了。神父也沉默下来。看样子，他在想着种种可以用来开导姑娘的箴言隽语。只是当着年轻的船夫，他不便开口。在姑娘忏悔快结束时，小伙子变得烦躁不安了。

航行了两小时后，他们在卡普里小小的码头靠了岸。安东尼把神父从船里抱起来，涉过最后几道平缓的海浪，恭恭敬敬地放他在岸上。劳蕾拉却不等他回来接她，扎起裙子，右手提木屐，左手挎小包，扑喇扑喇就踩着水跑上了岸。

"我今天在卡普里可能待很久，"神父说，"你不用管我。也许我要明天才回去。你，劳蕾拉，回去后代我问候你母亲。我这个礼拜就来看你们。天黑前你还回去吧？”

“要是有机会就回去。”姑娘一边回答，一边整理自己的裙子。

“你知道我是得回去的，”安东尼用自以为满不在乎的口气说。“我等你到响晚祷的钟声。要是你那会儿不来，我也无所谓。”

“你一定得来，劳蕾拉，”矮小的神父插进来道，“你不能让你母亲单独过夜。——你要去的地方远吗？”

“我到安那卡普里的一个葡萄园去。”

“可我得去卡普里。上帝保佑你，孩子，还有你，我的儿子！”

劳蕾拉吻他的手，随后说了声“再见”，既像对神父说的，又像对安东尼说的。但安东尼装做没听见。他朝神父摘下帽子，看都不看劳蕾拉一眼。

可是，在他们俩转过身子以后，小伙子的目光只跟着困难地走在卵石滩上的神父移动了短短一会儿，就追着向右边高坡走去的姑娘看起来，同时还把手举到额前遮住刺目的阳光。上坡以后，道路眼看要转进两堵围墙之间，这时她停下来，像是想喘口气，同时回头望。她脚下就是码头，四周怪石嶙峋。海水湛蓝湛蓝的，异常美丽——这景致的确是值得停下来欣赏一番的。然而，事有凑巧，她的目光在掠过安东尼的船旁时，与安东尼追赶她的目光碰在了一起。于是，双方就像无意间干了错事的人那样，做了个表示歉意的动作；然后，姑娘一噘嘴便向前走去。

午后才一点钟，安东尼已经在渔民酒馆前的长凳上坐了两小时啦。他心头必定有什么事，每过五分钟就跳起来，跑到太阳地里去，仔仔细细朝着通向岛上两个小镇的道路张望。他对酒馆的老板娘解释：他是怕变天了。天色虽还明亮，但天空和海水的这种颜色他是认识的。去年起风暴之前，天空和海水正是这样。那一次他险些把一家英国人划不到岸边来。这她还记得吧。

"记不得。"女人说。

那好，要是傍晚时变了天，她就该想起他的话来了。

"老爷太太去你们那边的多吗？"老板娘过了一会儿问。

"刚开始来。在这以前我们的日子可苦啦。洗海水浴的游客迟迟未到。"

"春天来得迟。比起我们卡普里这儿，你们挣的钱多吗？"

"还不够一礼拜吃两顿空心粉，要是我光靠划船过日子的话。时不时地送封信去那不勒斯，或者把一位想钓鱼的老爷划到海上去——这就是全部营生。不过，您知道，我舅舅有几个大橘园，是一位有钱的人。'托尼诺，'他说，'只要我还在，就不让你吃苦，就算以后吧，也会考虑到你的。'这样，上帝保佑我才熬过了冬天。"

"他有儿女吗，您舅舅？"

"没。他没结过婚，在国外住了很久，狠攒了两个钱。眼下，他有心开个大渔行，要我去总管一切，帮他把事情料理料理。"

"那，您就成了位有靠头的人了哟，安东尼。"

年轻的船夫耸耸肩。"谁都有自己的难处哩。"他道。说着又跳起来左瞧右瞧，尽管他完全清楚，只有一会才可能变天。

"我给您再来瓶酒吧。你舅舅反正付得起账。"老板娘说。

"只要一杯得啦，你们这酒烈着哩。我脑袋都已经发热了。"

"这酒不醉人。你们喝多少，尽管喝多少。正好我男人来了，您得和他再坐一会儿，聊一聊。"

果然，身材魁梧的酒馆老板从高坡上下来，肩搭渔网，鬈发上盖着顶红色便帽。他刚进城给那位贵夫人送鱼去，为了招待索伦多来的小个子神父，夫人专门定了鱼。一瞧见年轻船夫，他便挥手热情欢迎，然后坐到他身边，开始问长问短，讲这讲那。正好老板娘又提来一瓶没掺水的纯卡普里酒，左边的沙地便响起咔嚓咔嚓的声音，劳蕾拉从通往卡普里的路上走来了。她向众人点了点头，沉默地站在那儿，不知如何是好。

安东尼一跃而起。"我该走了，"他说，"这姑娘是索伦多镇的，今儿一早随神父先生一块儿过来，天黑前得回家去照料自己生病的母亲。"

"得，得，离天黑还早着呐。"老板说。"她有的是时间来喝一杯。喂，老婆，再拿个酒杯来。"

"谢谢，我不会喝。"劳蕾拉回答，仍站得远远的。

"只管斟吧，老婆，斟啊！她要人劝哩。"

"随她去吧，"小伙子道，"她是个顽固脑瓜，什么事她要不愿，就连圣者也说不动她。"——说完，他便急匆匆地告了辞，跑到底下船边去，解开缆，站在那里等着姑娘。她先又向酒馆老板夫妇点点头，然后才步履蹒跚地向小船走去。上船前，她环顾四周，好像盼着谁来和她搭伴。然而，码头上空无一人，渔民们要么在午睡，要么在海上垂钓撒网，少数几个妇女小孩在自家门口中，打盹儿的打盹，纺线的纺线，再就是那些外来的游客，也一早就过去了，要等天凉了才乘船回来，但她也没能望多久。她还未来得及反抗，安东尼已一把抱起她，把她像个小孩似的抱到船上去了。他自己跟着也跳上去，抓起桨来，三划两划便到了海上。

姑娘坐了船头，半背向着他，使他只能看见她的侧面。眼下，她的表情比平时更严肃。鬌发低覆在额头上，纤细的鼻翼执拗地颤动着，丰满的嘴唇紧闭。他们这样默默地在海上航行了一些时候，她给太阳晒热了，便从手帕中取出东西，把帕子包在头上。接着，她吃起面包来，当她的午餐，她在卡普里什么也没吃啊。安东尼看不下去。他从早上装满橘子的筐子中，取出两个橘子来，说：“喏，拿去和你的面包一块吃吧，劳蕾拉。别以为是我特意为你留的。它们从筐子中滚了出来，我搬空筐子回船时在舱板上发现了。”

“你自己吃吧。我吃面包就够了。”

“大热天橘子可以解渴，瞧你跑了这么老远。”

“人家给了我一杯水喝，我已经不渴了。”

“随你便吧。”他说着，便把橘子扔回筐里。

又一阵沉默。海面平静如镜，船头的水声很轻很轻。就连那些栖息在岩岸洞穴中的白色水鸟，在飞来飞去地觅食时也悄然无声。

“你可以把这两只橘子捎给你母亲，”安东尼又提起话头。

“咱们家里还有橘子；就算吃完了，我再去买就是。”

“你就捎去吧，算我的一点儿心意。”

“可她不认识你呀。”

“那你可以告诉她我是谁嘛。”

“我也不认识你。”

她说不认识他，这已经不是第一次了。一年前的一个礼拜天，就在那位画家来索伦多的时候，安东尼和当地的几个小伙子正好在大街旁的广场上玩地滚球。就在那儿，画家初次见到了劳蕾拉，她头上顶着水罐，打他身边走过，压根儿没有注意到他。那不勒斯人一见她便着了迷，呆呆立在那儿盯着她瞧，不顾自己正好站在滚球道上，只要再跨两步就可以让出来。这当儿，重重的一球滚到了他的脚踝上，提醒他，此处不是发呆的地方。他回头瞅了瞅，像是等着谁去向他道歉。掷这一球的年轻船夫却傲慢地站在伙伴中间，一声不吭；陌生人觉得还是避免口角，走开为妙。可是，这件事后来传开了，画家来正式向劳蕾拉求婚时，又被人们提了起来。画家曾经问劳蕾拉，她是不是为了那个不懂礼貌的愣小子才拒绝他的，劳蕾拉不耐烦地回答：“咱不认识他。”

上述那件事，也传到了她耳朵里。这以后，她碰见安东尼就该认得了吧。

眼下，他俩坐在船上，就像一对仇敌，各人的心都跳得要命。安东尼平时那平和的面孔涨得通红。他击打着海水，让水花溅到自己身上。他的嘴唇时而哆嗦，像是在骂人似的。姑娘装作没有看见，完全漫不经心的样子。她把身子倾出船外，让水流从手指间滑过。随后，她解下手帕，整理头发，就像船上只有她一个人似的。不过，她的眉毛微微抽动，两颊发烧，她用湿淋淋的手去冰也没有用。这时，他们已在大海中间，远近都见不到半点帆影。卡普里岛被抛在了身后，前面的海岸躺在迷眼的阳光中，还离得很远很远。甚至没有一只海鸥，来冲破这深沉的岑寂。安东尼环顾四周。突然，他像是拿定了主意，脸上的红色褪了，放下了桨。劳蕾拉情不自禁地回过头来看他，心情十分紧张，但一点也不害怕。

"我必须了结这事，"小伙子冲口说道。"拖了这么久啦，我差不多奇怪自己竟没有因此死掉。你说，你不认识我？难道你没有一次一次地瞧见，我怎么疯子似的打你面前跑过，有满肚子话要对你说？可你总是嘴一瞥，转过身去不理我。"

"我有什么好和你谈呢？"她干巴巴地说，"我看得出，你想和我搭讪。可我不愿让别人嚼舌头，无缘无故地嚼舌头。我不愿意嫁给你，不愿意嫁给你和任何人。"

"不嫁给任何人？你以为打发走了那个画家，就好总这么讲么？呸！你那会儿还是个孩子。你将来会感到寂寞，到那时，像你这么个怪脾气，就会随随便便嫁个人了事的。"

"谁知道自己将来怎样呢？就算我会改变主意，可这跟你什么相干？"

"跟我什么相干？"他大叫一声，从桨手凳上跳起老高，弄得小船也颠来簸去。"跟我什么相干？在知道了我的境况以后，你还能这样问？你将来对谁比我好，谁就不得好死！"

"难道我答应过你吗？你自己头脑发昏，又关我什么事？你有什么权力，要我跟你好？"

"哦，"他吼道，"这在书上自然没有写，任何法律家也不会用拉丁文把它写下来，盖上封印的；不过，我知道，我有权利讨你做老婆，就跟我有权升天堂一样，因为我是个好小伙子。你以为，我肯眼睁睁，瞧着你被另外的男人带着上教堂去吗？姑娘们打我面前经过，都会耸肩膀，这我受得了吗？"

"您想咋办就咋办吧。你再怎么吓唬，我都不害怕。我将仍旧照自己的想法去做。"

"你才不会老是这么讲哩，"他浑身颤抖着说，"我是一个男子汉，不会长此下去，让自己的生活叫一个犟妮子给糟蹋了。你明白吗，你现在在我的手心里，我要你怎的，你就怎的！"

"弄死我吧，要是你敢，"她慢吞吞地说。

"那就来个干脆，"他嚷道，声音变得嘶哑起来，"海里有的是咱俩的地方。我帮不了你啦，妹子。"——他几乎是满怀同情地说，犹如在梦呓——"不过，我们必须同时一起去，两人一块儿，就在马上！"他大声吼叫，蓦地用双手抓住了她。但转瞬间，他缩回右手，鲜血涌了出来：她狠狠地咬了他一口。

"你要我怎的，我就得怎的吗？"她叫道，身子猛地一扭，撞开了他。"咱们等着瞧吧，看我是不是在你手心里！"——说完，便跑下船去，一眨眼便消失在了大海深处。

一会儿，她浮出了水面，裙子紧紧裹住身体，辫子叫海浪冲散了，沉甸甸地拖在脖子上。她双臂不停地划水，一声不响地奋力游着，从小船旁向岸边游去。

突然的震惊，使小伙子几乎失去了知觉。他站在船上，弓着腰，目光盯住在她身上，好似眼前出现了奇迹。随后，他晃了晃脑袋，便扑到桨前，使出全部力气追着她划去。这当儿，他手上喷涌出来的鲜血，已把舱底给染红了。

转眼间，他就到了她身边，尽管她游得很快。

"看在圣母玛丽亚份上！"他喊道，"上船来吧！我是个疯子，天晓得我怎么失去了理性。就像给闪电打着了一样，我脑子里突然一热，就发起狂来，连自己干些啥，说些啥，也全不晓得啦。我不求你原谅我，劳蕾拉，我只希望你救自己的命，上船来啊！"

她只顾游着，仿佛什么也没听见。

"你到不了岸边，还有两海里呐。想想你母亲吧。要是你遭不幸，我会吓死了的。"

她用眼睛估量了一下到岸边的距离，然后也不答话，就游到船边，攀住了船舷。他赶去帮助她。姑娘的体重使小船倾到了一边，他放在凳子上的衣服便掉进了海里。她敏捷地翻进船来，回到老位子上。他看见她平安无事了，又划起桨来。她拧着湿淋淋的裙子，挤掉辫子里的水。这时，她望着舱底，才发现了血。她迅速地瞅了瞅那只手，他仍在划着桨，压根儿就像没有受伤似的。

"拿去！"她递过手帕去说。

他摇摇头，继续朝前划。临了，她站起来，走到他身边，用手帕把他那很深的伤口紧紧包扎起来。然后，她不顾他的反抗，从他手中夺过桨，坐在他对面，正眼也不瞧他，只是盯住被血染红了的桨，一下一下地猛力划起来。两个都默默无语。快到岸边，正碰上出海进行夜间捕捞的渔民们。他们招呼安东尼，并拿劳蕾拉打趣。可两个都没抬头，也不回答一句。

进港的时候，太阳还高高挂在波希达岛上空。劳蕾拉抖了抖在海上差不多已经干了的裙子，跳上岸去。早上看见他们离开的那个老婆婆，这会儿又站在屋顶上。"你那手怎么啦，托尼诺？耶稣基督啊，整个船都给血泡起来了。"

"没事儿，教母，"小伙子回答，"我让一颗突出的钉子挂伤了，明儿个就好了的。该死的血一碰着便出来，其实并没有多少危险。"

"我来给你敷点草药吧，小伙子。"

"不劳神啦，教母，已经包好了，明儿个就没事儿，我的皮肤健康着哩，任何伤口都会一下子长好。"

"再见！"劳蕾拉道，转身朝上山的路走去。

"晚安！"小伙子在后面大声说，但眼睛并未看她。随后，他把船具和筐子从船上搬下来，爬上狭窄的石级，走回自己的小屋去了。

在那两间他眼下走进走出的小屋里，除去他没有任何人。透过几孔只装着木条子的小敞窗，风吹进来，带着比在平静的海面上更多的凉意。寂静使他感到舒服。刚才，他在圣母的小像前站了很久，虔诚地望着贴在像上的、银纸剪成的星辉状灵光。但他并未想到祈祷。他不再有任何希望，还祈祷什么呢？

白天似乎停住了脚步。他渴望黑夜快快到来，因为，他疲倦了，而且失血过多也使他虚弱，尽管他不承认。他感觉手上阵阵剧痛，便坐到一张小凳上，解开手帕。被堵住的血又渗了出来，伤口周围肿得老高。他仔细地洗净伤口，把它久久地浸在水里冰。当他再取出手来时，便清楚地辨出了劳蕾拉的齿痕。"她说得对，"他自言自语着，"我是个野兽，活该如此。明天我让乔西普把手帕交给她。我不想让她再见我的面。"——他在用左手和牙齿重新扎好右手以后，便仔仔细细洗起手帕来，洗好又摊开，在太阳底下晒。他自己则倒在床上，闭上了眼睛。

皎洁的月光，使他从似睡非睡中醒来，再说手上的疼痛，也不让他安睡。他跳起来，想再把手浸到水里止止痛。这当儿，他听见门上发出了响声。"谁呀？"他大声问，同时拉开门。劳蕾拉站在他面前。

也没问是否允许，她就走进屋去。她解下裹在头上的帕子，把一只小提篮搁在桌上，便喘起长气来。

"你来取手帕吧，"他说。"其实你不必劳这个神，明天一早我就要请乔西普送给你。"

"不关手帕什么事，"她立即回答。"我上山去给你采了些止血药。这儿！"她边说边揭提篮盖。

"太麻烦你，"他说，口气中全无讽刺意味，"太麻烦你。已经好些了，已经好多了；就算更坏了吧，那也是自讨的。你这时来干吗呢？要是给人碰见怎么办！你知道，他们会怎么胡扯，虽然他们不知道自己在说些啥。"

"我才不管任何人呢，"她急躁地说，"我只想看看你的手，给它敷上草药，要知道你用左手可弄不好呵。"

"我告诉你，这不必要。"

"那让我瞧瞧，好让我相信。"她二话不说，就抓起那只无力反抗的手，解开布条。一见那巨大的肿块，她就怔住了，叫道："耶稣玛丽亚！"

"有一点儿肿，"他说。"过一天一宿就没事儿了。"

她摇摇头说："像这样，你一礼拜也出不了海啦。"

"我想后天就可以。又有什么关系呢？"

说话间，她端来面盆，重新洗那伤口；他也像个孩子似的，听凭她摆布。然后，她把草药叶子铺在伤口上，用自己带来的夏布条包扎好。立刻，他就觉得疼痛减轻了。

包扎完毕，他说："谢谢你。听我说，你要是肯对我再行个好，就请原谅我今天发了狂，并把我说的和我做的一切，统统忘了吧。我自己也不知是怎么搞的。你从来不曾逗引过我，真的没有。往后，你再也听不见我说任何使你生气的话了。"

"该我求你原谅，"她抢过话头。"我本可以更好地向你说清

294

楚一切，不该不理不睬地气你。再说，还有这手上的伤口……"

"你那是自卫，而且在该让我恢复理智的万不得已的时候。我说过了，这不要紧的。甭提什么让我原谅你了。你这样做对我有好处，我感谢你。好了，回家睡觉吧。这儿——这儿是你的手帕，你可以马上带回去。"

他递给她，她站着一动不动，像是思想里在进行斗争。终于，她说，"你为了我的缘故，把上衣也丢了，而且我知道，卖橘子的钱也在里边。这是我在回家的路上才想起的。我无法赔偿你，因为我没有钱。就算我有点，那也是母亲的。不过，我有个银十字架，那个画家最后一次上我家，给我留在桌上的。可我瞧都不愿瞧一眼，恨不得从箱子里把它摔出去。要是你拿去卖掉——母亲说，可以值几个钱——就可补偿你的损失。要是还不够，我就设法在夜里母亲睡觉时，再纺线挣点钱给你。"

"我什么也不收，"他坚决地说，并且把她从衣袋里掏出来那个亮晶晶的十字架推开。

"你一定得收下，"她说，"谁知你这手多久才能干活儿呢。我放它在这儿了，我再不想让自己的眼睛看见它。"

"那就扔它到海里去吧！"

"这可不是我送给你的礼物呀，这纯粹是你的权利，是你理所应得的。"

"权利？我没有权利要你的任何东西，要是你往后再碰见我，就对我行行好，别再瞧我；不然，我就会想，你是在提醒我曾经对不起你。好啦，晚安，就让这是最后一次吧。"

他给她把手帕放进提篮，再将十字架搁在上边，然后盖上篮盖。可当他抬起头来看见她的脸时，他吓了一跳。大颗大颗的眼泪滚过她的面颊。她任其自由地流淌。

"圣母玛丽亚啊！"他喊出来。"你病了吗？瞧你浑身都在哆嗦！"

"没什么，"她说。"我要回家！"边说边朝门口歪歪倒倒走去。终于，她忍不住哭出声来，额头抵在门柱上，发出大声而急促的抽泣。但在他追上去劝阻她之前，她突然转过身来，扑到了他的脖子上。

"我受不了啦！"她喊道，紧紧地抱住他不放，就如垂死的人抱住生命一样。"我不能听你对我这么好言好语，然后叫我走，使我良心上过意不去。你打我吧，踢我吧，咒骂我吧！——或者，要是真的，你真爱我，在我对你这么狠以后还爱我，那么，就收留我吧，想把我怎样，就怎样吧。只是别打发我离开你！"——又一阵急促的抽泣，使她讲不下去了。

他默默地搂住她有好一会儿。

"你问我还爱你吗？"他终于大声说。"圣母玛丽亚啊！你难道以为，这小小的伤口，就把我心里的血全部流光了吗？你感觉到这颗心，它在我胸中激烈跳动，就像要跳出来献给你吗？要是你讲这些话只是想试试我，或者因为你同情我，那你就去吧，就连这些我也会忘记的。你不必因为知道我为你吃了许多苦，就觉得自己对不起我。"

"不，"她从他肩上抬起头来，眼泪汪汪地盯着他的脸，坚决地说。"我爱你。让我说了吧，我只是一直害怕会爱上你，一直想反抗。现在我可要变个样子了，因为当你在巷子里打我身边走时，要叫我不看你我就再也受不了啦。这会儿，我还要吻你哩，"她说，"这样，要是你又发生怀疑，你就可以对自己讲：她吻过我了，而劳蕾拉是不吻任何人的，除非她让这人做她的丈夫。"

她吻了他，然后挣脱身，说："晚安，我亲爱的！睡觉去吧，把你的手养好。不用跟着我，要知道我不害怕任何人，只害怕你。"说罢，她便一溜烟跑出门去，消失在围墙的暗影里。小伙子却还久久地凝视着窗外的大海：海上，星星们好像全在轻轻地摇曳。

下一次矮小的神父听完劳蕾拉长时间的忏悔，从忏悔室中走出来时不禁暗自发笑。

"谁想得到呢，"他自言自语说，"天主这么快就垂怜这颗奇异的心。我还在责备自己，没有更严厉地警告她身上那个犟性子魔鬼哩。然而，我们的眼光都太短浅，看不见通往天国的条条道路。喏，愿上帝赐福给她，并让我活到劳蕾拉的大小子能代替他爸爸送我过海去的那一天吧！哎呀呀，这个犟妹子！"

(杨武能 译)

【作者简介】不详。

聂鲁达〔捷克〕

害人郎中

人们并不总是这样称呼他的，只是发生了一桩如此荒唐，竟至见诸报端的事件后，才这样叫他。这位先生本姓赫里贝尔特，教名叫什么……我已经记不确切了，反正非同一般。赫里贝尔特先生本是医师，说实在的，他虽然得过医学博士的头衔，但从来没给人瞧过病，没干过这行当。也许他自个儿也不得不承认，打从他作为学生参加临床实习以后，就不曾给一个病人摸过脉。假如他能同谁聊个天的话，也许他会乐意承认这一点。总之，他是一个相当古怪的人。

赫里贝尔特博士是小城名医赫里贝尔特博士的儿子。母亲早亡，父亲在儿子大学快毕业时去世了，把在奥耶兹达街那幢两层楼的房子留给了他，大概还有些钱，但为数不多。于是这个老赫里贝尔特的后代就住在这里。他靠收楼下两间临街的铺子和楼上的窗子朝街的一套住宅的房租过日子。他自己也住在楼上，但窗户是朝院里的。他家有一个单独入口，直接从院里一座露天楼梯通上来，楼梯下边的入口处还有一道带锁的栅栏。医生的家里到底怎么样，无从得知。我只知道他生活得简朴。两个小铺子是同一个老板，老板娘还给医生当佣人，而她的儿子约瑟夫是我的朋友，但我们的友好关系早就吹了，因为他当上了大主教的马车夫就趾高气扬起来。可当时我从他那儿得知，赫里贝尔特医生是自己烧早饭，午饭随便去老城一家便宜的饭馆吃点，晚饭则凑合着有啥吃啥。

只要年轻的赫里贝尔特医生自个儿愿意，他在小城是大有可为的。他父亲刚一死，病人就把他们的信赖转到他身上，谁知不管是有钱没钱的病人来求医，他都一概不理，并且哪儿也不出诊。大伙对他的信赖这才逐渐淡薄了。附近的居民开始把他当成草包看待，后来索性嘲笑起他来："哼，什么医生，一窍不通，要是我呀，连猫都不送给他去瞧呢！"但看来这些嘲弄并没怎么触动他，他依然落落寡合，不招呼人，连别人向他问好也不理睬。他走在街上宛如风扫落叶，又加之他是个小矮个——按新式度量，也不过才一公尺半这么高——他总把步履控制在离旁人两步远的距离，走起路来总是东倒西歪的。他那双蓝色的眼睛呈现出一种羞怯的神情，好似一只被踢了一脚的狗的眼神一样。他脸上长满了浅褐色的胡须，这在当时看来就十分别扭。冬天，他将一件灰色的羊皮袄裹在身上，戴着呢帽的头直缩到廉价的皮领里；夏天，他穿灰格子衣服和亚麻布便装，小脑袋毫无信心地摇来晃去，好像长在一根细茎上似的。夏天一大早三四点钟的时候，他就到玛丽耶城堡街那边花园去了，捧着一本书坐在园内最僻静的长凳上。间或有那么个把小城里好心肠的邻居挨他身边坐下，想和他聊聊，刚要开始谈话，这位赫里贝尔特博士竟霍地一下站了起来，将书啪地一合，一言不发地走开了。久而久之，人们就懒得理他。由于这位赫里贝尔特博士极端古怪，到了四十上下的年纪了，小城里却没有个女人愿意嫁给他。

突然有一天发生了一桩事儿，正如我曾提及过的，这事还上了报。我很愿意来叙述一下。

那是个美妙的六月天，一个似乎能使人感到这整个大千世界、芸芸众生的脸上都洋溢着最满意的微笑的好日子。临近傍晚时分，一支壮观的送殡行列通过奥耶兹达街向城门走去。他们要葬的是地方银行——或者如当时所说的县银行——的董事谢皮列尔先生。请上帝原谅我们，然而这却是事实，那种满意的微笑竟反映到整个出殡行列里来了。死者的遗容当然无从得见，因为我们这里没有南方那种习惯，用敞盖的棺材将死人运往墓地，为的是到他入土之前能最后一次晒晒太阳。但是，在如此美妙的日子里，尾随着棺材的人们脸上，除了应有如仪的哀戚之状外，总掩饰不住一种皆大欢喜的神情。这又有什么办法呢！

最高兴的要数那些抬着董事先生棺材的来自各机关的练习生。他们乐意干这事。两天来他们就激动不安，到各部门去活动，才争得此机会。现在他们负着重荷，神气十足地迈着均匀的步子，人人一心以为众目睽睽都是在瞧他，众口喷喷都是在赞他："好一位县银行的练习生啊！"其次感到高兴的是高个子的林克医生，由于他为死了的董事先生治过八天病，他便从董事遗孀手里得到了二十杜加的酬金。这件事整个小城都知道。现在林克医生半低着头走着，好像是在沉思。感到高兴的还有董事先生的邻居和近亲——制革匠奥斯特罗赫拉茨基。虽然董事叔父生前并不怎么关注他，但现在——奥斯特罗赫拉茨基已经获悉——却在遗嘱里遗赠给他五千金币。为此他三番五次地向走在行列中的啤酒酿造商凯依舍克先生唠叨："他的心毕竟还是好的！"奥斯特罗赫拉茨基紧跟在棺材的后边，和死者的最好、最忠诚的朋友，身肥体壮的凯依舍克先生并排走着。紧跟在他俩后面的都是地方银行董事会的成员：克多耶克，穆日克和霍曼。但他们的职位都比死去的谢皮列尔低。显然这伙人也感到高兴。然而我们还不得不痛心地指出，就连独自坐在头一辆出租马车里的玛丽亚·谢皮列尔太太也染上了大伙那种高兴劲，不过很遗憾，她的这种高兴劲还并不由于六月的好天气，而是由于这么多的人一连三天的热烈吊唁，使这位可爱的小夫人像普天下的女人那样有些飘飘然。此外，那黑色的丧服很合她那苗条的身材，显得十分迷人，而她那永远带着几分苍白的脸蛋衬在黑色的面纱里，格外漂亮动人。

唯独只有啤酒酿造商凯依舍克一个人，对董事的死感到沉痛，怎么也摆脱不了忧郁的心情。他至今还是光棍一个，正如前面已经提到的，他是死者最好最忠实的朋友。年轻的寡妇昨天已明确地向他表示了自己的期待：她要求得到应有的报答，因为她早在丈夫生前就钟情于他啦……所以当今天早些时候死者的邻居奥斯特罗赫拉茨基对他谈到"他的心毕竟还是好的"这句话时，凯依舍克先生冷冷地答道："不见得吧，否则怎会如此短命呢！"说罢他便再也不理睬奥斯特罗赫拉茨基的唠叨了。

送殡的行列徐徐地来到奥耶兹达街的城门口。当时城门还不像今天修得这样整齐，要通过它可不是件容易事。由于城墙过宽，门洞便成了两条又长又弯而且还很黑的巷子，真像所说的通往墓地的甬道。

一辆讲究的柩车驶上前来，在城门口停下。牧师们转过身来面向行列，小年轻们慢慢地把杠头放到地上，于是就开始往棺材上洒净水了。接着几个马车夫抽出了柩车下部的活动平台，小伙子们抬起了棺材，想把它放到车上去。就是这时发生了那桩事！不知是由于棺材的一头抬起太猛呢，还是两头都没抬得太稳，棺材突然往下一沉，较小的一头撞在地上，轰隆一声把棺材盖给震开了。死尸虽然还留在棺内，但膝盖给碰弯啦，右手也给震出棺外。

全场的人都惊住了。霎时鸦雀无声，静得可以听到邻近人怀表的滴答声。所有的目光都聚集在死去的董事那张纹丝不动的脸上。谁知就在棺材近旁竟出现了……赫里贝尔特医生！他正从什么地方散步归来，刚好路过城门，他在人群中尽管还是东藏西闪的，但却也不由自主地突然在牧师们的身旁停下。他现在穿的那件灰不叽叽的小大衣给死人乌黑的寿衣一衬，格外显得刺眼。

几秒钟过去了，赫里贝尔特下意识地抓起了死人那只垂着的手，也许是为了把它放回棺内摆好。不，他却把那只手紧紧地握在自己手里，他的手指不安地颤抖着，两眼盯着死人的脸。然后他又伸出另一只手去翻死人的右眼皮。

"喂，还磨蹭些什么呢？"这时奥斯特罗赫拉茨基粗暴地责问道，"为什么还不把它安置好？难道我们就这样泡在这里站着？"

几个年轻人便伸手去抬。

"停住！"瘦小的赫里贝尔特突然大声地喝道，"这个还没死！"

"胡说，您疯啦！"林克医生咆哮着。

"警察在哪里？"奥斯特罗赫拉茨基大声喊道。

全场所有人的脸上都露出了极其慌乱的神情，只有啤酒酿造商凯依舍克却快步奔向冷静的赫里贝尔特。"该怎么办？"他焦急地问道，"他不是……他真的不是死人？"

"不是，他只是麻木呆滞了。现在你们赶紧把他搬到一个屋子里，让我们来试试能否救活他。"

"简直是荒谬绝伦！"林克医生喊道，"如果这个人真的没死，这就……"

"这人是谁？"奥斯特罗赫拉茨基问道。

"听说是个医生……"

"害人郎中！……警察！"一想到那五千金币就突然气得发抖起来的制革匠嘶叫了起来。

"害人郎中！"董事克多耶克和穆日克也跟着叫起来。

然而那位死者的热心朋友凯依舍克先生和几个青年人已经将棺材慢慢地抬到较近的一家名叫"石灰岩"的客店里去了。

302

街上人声嘈杂，一片喧哗。柩车调头而去。出租马车也跟着打了个转身。董事克多耶克先生高喊道："走吧……反正我们会知道的！"但是谁也不知道该怎么办。"您可来得正好呀，警官先生！"奥斯特罗赫拉茨基一瞧见有个警察局的官员走了过来便嚷道，"这儿发生了一件骇人听闻、令人难忍的荒唐事……有人竟敢在光天化日之下，当着半个布拉格城人的面亵渎死人！"说完他就领着警官进到"石灰岩"客店里去了。林克医生早已溜了。不一会，奥斯特罗赫拉茨基又和那警官一前一后地出来。"请大家散开！"这位警官对人群说道，"谁也不准进到那边去！赫里贝尔特医生已明确表示，他完全有把握使董事先生起死回生。"

董事太太正想从马车里出来，却立即失去了知觉。是的，有时快乐也会乐死人的。这时凯侬舍克先生急忙走出客店奔向马车，那里有一群女眷正在昏迷不醒的董事太太身边张罗不停。"快把她送回家去，一到家就会苏醒过来的。"他一面劝说，一面暗自思忖："她毕竟是令人愉快的……非常漂亮。"接着他就转身跳进另一辆马车，去办赫里贝尔特医生派他去办的事。

马车各奔东西，悲戚的送丧人也都走散了。但奥耶兹达街城门附近总挤满了人。警察还必须在客店前维持秩序。人们东一堆西一伙地谈论着各种稀奇古怪的事儿。紧接着就有人大骂起林克医生来，给他散布了种种流言蜚语，很快又有另一些人依旧嘲笑赫里贝尔特。跑得上气不接下气的凯侬舍克不时出现，面带喜色地说："大有希望了！……""我已亲耳听到他的脉搏啦！""这医生简直像变魔术，神啦……""有气啦！"他最后一次出来时，欣喜若狂地高喊道，并立即跳上一辆等候着他的马车，想尽快把这一喜讯告知董事太太。

终于在夜里十点左右，从"石灰岩"客店里抬出了一副遮盖好的担架。担架的一边走着赫里贝尔特医生和凯侬舍克先生，另一边走着警官。

当天夜里，小城没有一家客店不闹到半夜后才睡的。什么也不比谈论董事谢皮列尔先生的复活以及赫里贝尔特医生的种种来得有劲。然而有些说法实在荒诞离奇，语无伦次。

"这人的知识比拉丁文的菜谱还丰富！"

"这人一看就看得出来！他父亲就是挺棒的……挺高明的医师！祖传嘛！"

"他究竟为什么不愿行医呢……说不定这人还可能成为皇家顾问！"

"他大概很有钱，一定是这样。"

"但为什么大伙都把他叫做害人郎中呢？"

"害人郎中？我没听说过。"

"今天我已经听到过一百遍了……"

两个月之后，董事谢皮列尔先生又照常上班了。"上有老天爷，下有医生赫里贝尔特。"他说。有时候他还说："凯依舍克这人像金刚钻一样可贵……"

全城都在谈论赫里贝尔特医生。世界各地的报纸也提到他。小城为此引以为荣。流传着各色各样的怪事。据说许多男爵、伯爵和公爵都争先恐后地聘请赫里贝尔特博士当私人医生。甚至还有一位意大利的国王向他许下了骇人听闻的待遇。总之，凡是一死就能使许多人高兴的这些人都迫不及待地想把他据为己有。可是赫里贝尔特医生像个笨蛋一样不识抬举。甚至还听说，当董事太太带着满满一袋杜加去酬谢他时，他竟闭门不见，最后据说他还泼了她一身水。

他还是老样子，不与人交往。人们招呼他，他从来就不答理，像从前一样在街上遇人躲躲闪闪，一个光秃干瘪的小脑袋像羞羞答答的蒲公英上的小绒毛样摇晃不停。他仍然不肯接待病人。于是现在大伙都管他叫"害人郎中"了。这个绰号真是不

304

胫而走。

我已经有十多年没见到他了，不知是否还在人间。他那幢楼房依旧在奥耶兹达街上。等我哪次去打听打听……

（蒋承俊　译）

【作者简介】不详。

莫里兹〔匈牙利〕

七个铜板

穷人也可以笑，这本来是神明注定的。

茅屋里不但可以听到呜咽和嚎哭，也可以听到由衷的笑声。甚至可以说，穷人在想哭的时候也是常常笑的。

我很熟悉那个世界。我父亲所属的苏斯家族的那一代经历过最悲惨的贫困。那时，我父亲在一家机器厂打零工。他不夸耀那个时代，别人也不，可是那时候的情景是真实的。

在我今后的生活中，我再也不会像在童年的短短的岁月中笑得那样厉害了，这也是真实的。

没有了我那笑得那么甜蜜、终于笑得流眼泪、笑到咳嗽得几乎透不过气来的、红脸盘儿的、快活的母亲，我怎么会笑呢？

有一次，我俩花了整整一个下午来找七个铜板，就是她，也从来不曾像那一次笑得那么厉害。我们找寻那七个铜板，而且终于找到了。三个在缝纫机的抽屉里，一个在衣橱里……另外几个却是费了更大的劲才找出来的。

头三个铜板是我母亲一个人找到的。她希望在缝纫机抽屉里再找到几个，因为她时常给人家做点针线活，赚来的钱总是放在那里面的。在我看来，那个缝纫机抽屉是个无穷无尽的宝藏，只

306

要伸手就能拿到钱。

因此，我非常奇怪地看着我母亲在抽屉里搜寻，在针、线、顶针、剪子、扣子、碎布条等等中间摸索，又突然大惊小怪地叫起来：

"它们都躲起来啦！"

"谁呀？"

"小铜板哪。"我母亲笑着说。她把抽屉拉了出来。

"来，我的小乖乖，不管怎么样，我们得把这些小坏蛋找出来。啊，这些淘气的，淘气的小铜板！"

她蹲在地板上，把抽屉放下来，直像是怕它们会飞掉。她又像人家用帽子扑蝴蝶似的突然把抽屉翻了个身。

看她那个样子，叫你不能不笑。

"它们就在这儿啦，在里头啦。"她咯咯地笑着说，不慌不忙地把抽屉搬起来，"假如只剩一个的话，那就应该在这儿。"

我蹲在地板上注视着有没有晶亮的小铜板悄悄地爬出来。可是，那儿没有一样东西蠕动。事实上，我们也并不真的相信里面会有什么东西。

我们彼此望望，觉得这种儿戏可笑。

我碰了碰那个翻了身的抽屉。

"嘘！"我母亲警告我，"当心，会逃走的啊。你不晓得铜板是个多么灵活的动物，它会很快地跑掉，它差不多是滚着跑的。它滚得可快哪……"

我们笑得前仰后合。我们从经验中知道一个铜板多么容易滚走。

当我们平静下来的时候，我又伸出手去翻转抽屉。

"哦！"我母亲又叫起来，我吓得连忙把手缩回来，好像碰到一只火辣辣的炉子。

"当心，你这个小败家精！干吗急着把它放走呀！只有它藏在下面的时候，它才是属于我们的呢。让它在那儿多待一会儿吧！你瞧，我要洗衣服，得用肥皂，可是肥皂起码要花七个铜板才能买到，少一个就不行。我们已经有三个了，还差四个。它们都在这小屋子里，它们逗留在这儿，但是它们不喜欢人去惊动。假如它们生了气，它们就一去不回了。当心，钱是很敏感的，你得很巧妙地对付它，要毕恭毕敬地。它像少妇一样容易气恼。你不是会唱迷人的曲儿吗？也许我们可以把它从它的蜗牛壳里逗出来呢。"

天晓得我们在这唠叨不休的谈话中间笑得多起劲。不过那的确是非常好笑的。

> 铜板叔叔快出来，
>
> 你的房子着火啦！……

我一面说，一面就把它的房子翻过来。

下面是各种各样的破烂儿，就是没有钱。

我母亲撅着嘴在乱翻，但是毫无结果。

"多可惜呀，"她说道，"我们没有桌子。假如把它倒在桌面上，我们就可以做得更隆重了，并且我们一定会从下面找到一些什么的。"

我把那堆破烂儿抓在一起，放回抽屉里。这时我母亲正在寻思。她绞尽脑汁想她是不是曾经把钱放在别的什么地方，但是她什么也想不出来。

不过，我的心里倒动了一个念头。

"亲爱的妈妈，我知道一个地方有一个铜板。"

"在哪儿，我的孩子？我们快把它找出来吧，别让它像雪一般融掉。"

"玻璃橱里，在那个抽屉里。"

"哦，你这倒霉孩子，亏了你早先没有说出来！不然，这时一定不在那里了。"

308

我们站起来，走到早已没有玻璃的玻璃橱前，还好，我们在它的抽屉里找到了那个铜板，我知道它一定是在那里的。这三天来，我一直准备把它偷走，就是不敢。假如我敢偷的话，我一定拿它买了糖啦。

"得，我们已经有四个铜板了。打起精神来吧，我的小宝贝，我们已经找到一大半了，再有三个就够了。我们既然花了一个钟头找到了这一个，到下午喝茶的时候，我们就可以找到那三个了。尽管那样，在天黑以前我还可以洗不少衣服呢。快点儿吧，也许其余的抽屉里都有一个铜板呢。"

每个抽屉里要都有一个可好了！那就真的了不起！这个老橱柜在它年轻的时候曾经收藏过很多东西。但是，在我们家里，这个可怜的家伙却不曾放过很多东西。难怪它变得那么破烂，生了虫，到处是窟窿了。

我母亲对每一个抽屉都唠叨一番。

这一个抽屉豪华过一阵！那一个从来没有过东西！靠边的一个呢，永远是靠借债度日的！唉，你这缺德的可怜的叫花子，你连一个铜板也没有吗？这一个不会有什么东西了，因为它在守护我们的穷神。假如现在不给我一点东西，你就永远别想有一点东西了，这是我唯一的一次向你要东西！"瞧，这一个最多！"她笑着叫道，拉出那个连底也没有了的最下层的抽屉。

她把它套在我的脖子上，于是我们坐在地板上，放声大笑。

"别笑了，"她突然说道，"我们马上就有钱了。我就要从你爸爸的衣服里找出一些来。"

墙上有些钉子，上面挂着衣服。你说怪不怪，我母亲把手伸进头一个口袋，就马上摸到了一个铜板。

她简直不相信自己的眼睛了。

"瞧，"她叫道，"我们找着了！我们已经有多少啦？简直数不过来了！一，——二，——三，——四，——五，——五个！

再有两个就够了。两个铜板算什么？算不了什么。既然有了五个，另外两个没有疑问就要出现的。”

她非常热心地搜寻那些衣袋，可是，天哪，什么结果也没有。她一个也找不出来了。就连最有趣的笑话也没法把另外两个铜板逗出来了。

由于兴奋和辛苦，我母亲的两颊已经泛起两朵红晕。再不能让她干下去了，因为这样会叫她马上害病的。这当然是一种例外的工作，谁也不能禁止谁找钱哪。

下午喝茶的时候到来了，又过去了。夜不久就要来临。我父亲明天需要一件衬衫，可是我们没法洗。单是井水是洗不掉油污的。

这时，我母亲拍了拍前额。

“哦，我有多么傻！我就不曾看看我自己的衣袋！既然想起来了，我就去看看吧。”

她去看了一下，你相信吗，她真在那里找着了一个铜板。第六个。

我们都兴奋起来，现在只缺一个了。

“把你的衣袋也给我看看，说不定那儿也有一个！”

我的衣袋！我可以给她看的，里边什么也没有。

到了晚上，我们有了六个铜板，可是我们真好像一个也没有一样。那个犹太人不肯放账，邻居们又像我们一样穷，也不作兴去向人家讨一个铜板啊！

除了打心坎上笑我们自己的不幸以外，再也没有别的办法了。

这时，一个叫花子走了进来。他用歌唱的调子发出一阵悠长的哀叹。

我母亲笑得几乎昏过去了。

“算了吧，我的好人，”她说道，“我在这儿糟蹋了整整一个

310

下午，因为需要一个铜板。少了它就买不到半磅肥皂。"

那个叫花子，一个脸色温和的老头儿，瞪着眼睛看着她。

"一个铜板？"他问道。

"是的。"

"我可以给你一个。"

"这还了得，接受一个叫花子的布施！"

"不要紧，我的姑娘。我不会短少这一铜板的。我短少的是一铲子土，有了这，就万事大吉了。"

他把一个铜板放在我的手里，然后满怀着感恩的心情蹒跚地走开了。

"好吧，感谢上帝，"我母亲说道，"再没有……"

她停了一会儿，然后大大发出一阵笑声。

"钱来得正是时候！今天再也洗不成衣服了。天黑了，我连灯油也没有！"

她笑得透不过气来。这是一种可怕的、致命的窒息。她弯着腰把脸埋在手掌里，我去扶她的时候，一种热乎乎的东西流过我的手。

那是血，是我母亲的血，是她宝贵的、圣洁的血。我的母亲呀，就连穷人中间也很少有人像她那样会笑的。

（凌山　译）

显克微支〔波兰〕

灯塔看守人

一

　　有一次，离巴拿马不远的阿斯宾华尔岛外的灯塔看守人忽然失踪了。因为他是在暴风雨发作的时候失踪的，所以大家疑心这不幸的人是行走在灯塔所在的那个石骨嶙峋的小岛边上，被一个浪头卷去了。到了第二天，一向系在山坳里的他的小船都找不到了，于是这种猜测似乎就格外近情。灯塔看守人的职位空了出来，这是必需赶紧补派的，因为这个灯塔，对于本地的交通，以及从纽约到巴拿马来的船舶，都极为重要。蚊子湾里又多砂碛和礁石。在这些碛石中间，白天行船已经很不容易；到了夜间，尤其是因为在这热闹的烈日所灼热的海面上常常升起浓雾，航行几乎是不可能的事。在这种时候，给许多船舶作唯一的向导的，便是这座灯塔。

　　找一个新的灯塔看守人，这是驻巴拿马的美国领事的任务，而且这任务竟也不小：第一，因为绝对必须在十二小时之内物色到这样一个人；第二，这个人必须是非常忠诚小心的——因此当然就决不能把第一个来应征的人便贸然录用；而最后一个理由是，根本没有人愿意应征候补。灯塔上的生活是非常艰苦的，它对于那些喜欢过懒散自由的放浪生活的南方人，可以说是毫无吸引力。这个灯塔看守人差不多就等于一个囚犯。除了星期日以外，他不能离开他这全是石头的小岛。每天有一条小船从阿斯宾尔岛上给他送粮食和淡水来，可是马上就开了回去。在这个面积不过一亩的孤岛上，再没有别的居民了。灯塔看守人就住在灯塔里，按照规律管理它。在白天，他悬挂各种颜色的旗帜来报道气象；在晚上，他就点亮了灯。他必须爬上四百多级又高又陡的石级，才能到达塔顶上的灯边，有时在一日中还得上下好几回，要不是这样，这也就算不得艰苦的工作了。总而言之，这是一个僧人的生活，实际上还不止此——这简直是一个隐居苦修者的生活。因此，无怪乎那领事艾沙克·法尔冈孛列琪先生非常着急，不知道打哪儿去找这么一个有耐性的继任人。而就在这一天，竟意想不到的有一个人来自荐继任此职，法尔冈孛列琪先生的快乐如何，也就很容易了解了。来者是一个老人，约有七十来岁了，但精神矍铄，腰背挺直，举止风度，都宛然是一个军人。他的头发已经全白，脸色黑得像一个克里奥尔人，但是看他那双蓝眼睛，可知他绝不是一个南美洲人。他的脸色有些阴沉和悲哀，但却显得很正派。法尔冈孛列琪先生一眼就中意了他。只要盘问他一遍就成了。因此就有了底下这一番对话。

"你从什么地方来的？"

"我是波兰人。"

"你以前在什么地方做事？"

"做过好些事，没有一定。"

"可是一个灯塔看守人是要肯长住在一个地方的。"

"我正是需要休息啊。"

"你办过公事没有？有没有公职人员的证明文件？"

这老人就从怀里掏出一块褪色的绸子，好像从一面旧旗上撕下来的一条。他把这个绸包解开来，说道：

"这些就是证件。这个十字勋章是在1830年得到的。这第二个是法国勋章，我从卡罗斯党战争里得到的；这是第三个法国勋章；第四个是我在匈牙利得到的。此后我又在美国跟南方打仗，可是这一次他们没给勋章。"

于是法尔冈孛列琪先生拿起那张文件来看。

"哦，史卡汶思基？这是你的名字吗？哦！在短兵相接的时候获得两面旗。你真是个勇敢的士兵了。"

"我也能做一个忠诚小心的灯塔看守人。"

"做这件事要每天好几回爬上塔楼去的。你的腿够不够劲？"

"我就是靠两条腿穿过大平原走来的。"

"你懂不懂海事？"

"我在一条捕鲸船上做过三年事。"

"你倒是各式各样的事情都做过了。"

"我没有懂得的就只有一个'安静'了。"

"为什么？"

老人耸耸肩膀道："这就是我的命啊。"

"不过我总觉得你去看守灯塔，似乎太老了。"

"大人，"这个应征者忽然神情激昂地说，"我已经流浪得很疲倦了。你知道，我做过的事情也不少了。这是我心里热烈向往着的一个位置。我现在老了，我要的是休息。我得对自己说，'你得在这里待下去，这是你的港口了。'啊，大人，这件事情全得仰仗你。倘到将来，恐怕不容易碰上这么个位置。现在我恰巧在巴拿马，这是多么运气！我求求你，看上帝的面上，我好比一只漂泊的孤舟，万一错过了港口，它就会沉没了。如果你愿意使一个老人得到幸福——我可以对你发誓，我是忠实的，但是，我已经厌倦这样的流浪了啊。"

老人的蔚蓝的眼睛里显示出一种真挚的祈恳的神色，使这位心地淳善的法尔冈字列琪先生感动了。

"好吧，"他说，"我就录用你。你去做灯塔看守人吧。"

老人的脸上透出莫可名状的喜悦。

"谢谢你。"

"你今天就可以到灯塔上去吗？"

"可以。"

"那么，再会吧。还有一句话，万一有什么失职的情形，你就得革职的啊。"

"知道。"

当晚，当太阳在地峡彼端沉下，一个阳光辉耀的白天已经消逝，马上就接上了一个没有黄昏的夜晚，那新任的灯塔看守人显然已经就职了，因为灯塔已照常把明亮的光映射在海面上。夜色十分平静，是真正的热带景色，空中弥漫着澄澈的雾，在月亮的四周形成了一大圈柔和而完整的彩晕，大海只因潮水升涨而微有动荡。史卡汶思基立在露台上，从下面看上去好像是一个小黑点。他努力想收束他的种种思想，以接受他的新职位，但是他的心绪紧张得竟不能有秩序地思索。他此时的感觉，有些像一头被追赶的野兽，终于在人际所不能到的山崖或洞窟里，获得了藏身之处。他终于获得了一个安静的时期，安全之感使他满溢着说不出的幸福。现在，在这个小岛上，回想起从前种种漂泊、不幸和失败，简直可以付之一笑。他实在像一只船，帆樯绳索都被风暴所摧折，从云端里被抛入海底了———一只被风暴打满了波浪和水花的船，但它还是曲折前进，到达了港口。当他把这种风暴的情景，和如今正在开始的安静的未来生活相比较的时候，这种惊涛骇浪便在他心头迅速地一一映现。一部分惊险的生活，他曾对法尔冈字列琪说过了，但是此外还有无数的没有提起。原来他命运很坏，每当支起篷帐，安好炉灶，正想做久居之计，便总有大风吹来，摧倒他的木桩，熄灭他的炉火，逼得他归于毁灭。现在从灯塔的露台上看着闪烁的海波，他想起了平生所经历的种种旧事。他曾经转战四方，而在流浪之中，又差不多什么事情都做过。由于热爱劳动和正直无私，他曾不止一次地积蓄过一些钱，但是尽管他能未雨绸缪，尽管他怎样小心谨慎，他的积蓄还总是分文不剩。他曾在澳洲做过金矿工，在非洲掘过钻石，又曾在东印度做过公家的雇佣兵。他又曾在加利福尼亚经营过一个牧场——旱灾来破坏了他。他又在巴西内地与土人贸易，可他的木筏在亚马逊河上撞碎了。他孑然一身，手无寸铁，几乎是赤身裸体的，在森林里流浪了好几个星期，采食野果为生，随时都可能葬送在猛兽的嘴里。后来，他又在阿尔干萨斯州的海仑那城中开设一家铸铁厂，不幸碰上全城大火，他的厂也付之一炬。此后他还在落矶山里给印第安人捉去，幸而遇到加拿大猎户，仿佛是个奇迹似的，把他搭救出险。再后，他在一只往来于巴希亚及波尔多之间的船上做水手，又到一艘捕鲸船上充当渔师，这两条船都是出事沉没的。他在哈瓦那开过一个雪茄厂，当他生黄热病的时候，被他的合伙者卷逃一空。最后他才来到阿斯宾华尔，或许这是他失败的终点了——因为这个石骨嶙峋的荒岛上，还有什么能来打扰他呢？水，火或人，全都扰他不到。但是从人这方面，史卡汶思基一生并没有受到过很多迫害，因为他所遇到的毕竟还是善人多于恶人。

但是在他看来，宇宙间地、水、火、风四种原行却仿佛都在迫害他。凡是与他相识的人，都说他的命蹇，于是解释他的种种遭遇，都以此为根据。到后来，连他自己也有些变成偏执狂了。他相信冥冥之中，有一只巨大而仇怨的手，在一切的陆地上或水面上到处跟着他。然而，他并不高兴把这种感觉说出来，只有当人家问到他，这只手可能是谁的，他才神秘地指着北极星说道："是从那个地方来的。"的确，像他这样接二连三地失败，真是

316

古怪得很容易逼死人的，尤其是对于一个已经饱受过这些失败的人。但是史卡汶思基有的是一个印第安人的坚忍，还有一种从心地正直里来的极大的镇静的抵抗力。从前他在匈牙利的时候，曾经有过一次，因为不肯向人讨饶，不愿抓住人家意在搭救他而给他的鞍蹬，因而身上受了许多剑刺。他的不肯向忧患低头，也正是如此。他正如爬上一座高山，勤奋得像蚂蚁一样，虽然跌落了一百次，他还是安静地开始第一百零一次的攀爬。他真是一个非常少见的人。这个老兵，不知经过了几次烈火中的锻炼、苦难中的磨砺，但是却还有着天真的童心。当古巴大疫的时候，他之所以害上黄热病，就是因为他把自己所有的许多奎宁丸完全施舍给病人，而自己不留一颗的缘故。

他还有这样一种卓越的品质——在许多失意之事之后，他还是满有信心，毫不失望，以为将来一切自会好转。在冬天里，他反而精神抖擞，还预言着未来的大事，整个夏季就在向往这些大事中过完了。但是冬季一个个地消逝，而史卡汶思基还是一无所遇，唯有头发却雪白了。终于他老了，渐渐地失去了他的精力，他的坚忍逐渐衰颓了，从前所有的沉静也变成多感了，于是这个千锤百炼的兵士竟变成为一个处处生愁的人。此外，在任何情景中——例如看见了燕子，像禾花雀似的云鸟，山上的雪，或是听到了旧时的悲歌，他常常会感触起深刻的乡愁，因而人也渐渐地憔悴下去。最后，只剩下一个念头在支配着他——那就是希望休息。这念头完全支配了老人，把他所有别的希冀和欲望全都吞没了。这个仆仆风尘的流浪人，除了想得到一角平安的地方，以静待天年之外，再也想不出有什么更宝贵、更值得希冀的事情了。或者，尤其是因为他被命运所驱策，流徙于天涯海角，使他忙碌得不遑喘息，于是以为人间最大的幸福，便只是不再流浪而已。这种菲薄的幸福，实在是他应该可以享受到的；但是因为他失意惯了，所以他的向往休息，正和一般人之向往一件绝不容易办到的事一样，因此他简直就不敢有此希望。如今在十二小时之内，他竟意外地得到了一个好像有人替他从世间百业中挑选出来的职位。所以我们就无怪乎他在晚间点亮了灯之后，就好像目眩神迷——心中自问着这究竟是不是真的，而竟不敢回说是真的了。但同时，当老人在露台上一点钟一点钟地立下去，现实却给了他显著的证明。他呆看着，于是自己也相信其为真事了。他好像还是生平第一次看见大海。灯上的凸透镜在乌黑的海面上投射了一道巨大的三角形光亮，在这以外，老人的眼光所及，完全是远远的一片神秘而可怖的黑暗。但这遥远的黑暗好像在向着光亮奔来。长列的浪头一个接一个地从黑暗中翻滚出来，咆哮着一直扑奔到岛脚下，于是喷溅着泡沫的浪脊，在灯光中闪耀着红光，也看得清了。潮水愈涨愈高，淹没了砂礁。大洋的神秘语声，清晰地传来，愈加响朗，有时像大炮轰发，有时像森林呼啸，有时又像远处人声嘈杂，有时又完全寂静。既而老人的耳朵里，听到了长叹的声音，或者也像一种呜咽，再后来又是一阵猛厉的大声，惊心动魄。终于海风大起，吹散了浓雾，但却带来了许多破碎的黑云，把月亮都遮没了。西风越吹越紧，海涛怒立，冲激着灯塔下的石矶，水花直舐着基墙。这是有一场风暴在远处开始发作了。昏黑而纷乱的海面上，有几点绿色的灯光正在船桅上闪烁。这些绿点儿正在忽上忽下，忽左忽右，飘摇不定。史卡汶思基走下塔顶，回到自己的卧室里。风暴开始咆哮了。在塔外，船里的人正在与夜、黑暗及浪涛相斗争，而塔内却是安逸与平静。便是风暴的吼声也不能侵入这坚厚的墙壁，只有单调划一的时钟滴答声，在诱使这个疲倦的老人颓然入梦。

二

　　一小时又一小时，一日又一日，一星期又一星期地过去了。

航海者都说，当海上风暴大作的时候，常常听到黑夜中有呼唤他们名字的声音。如果这大海的幽冥能够这样呼唤。那么当一个人老起来的时候，或许在另外一个更黑暗更神秘的幽冥中，也会有呼声来召唤吧。一个人愈厌倦于生活，便愈觉得这些呼声的亲热。但是如果要听到这些呼声，就需要安静。况且，老年人大概都喜欢离群独处，好像先已有了入墓之感。对于史卡汶思基，这座灯塔也就一半等于坟墓了。没有比灯塔上的生活更单调的了。倘使有年轻人肯来担任这个职务，他们一定会随即就跑掉的。所以看灯塔的大都不是年轻人，而且还是些忧郁好静、不涉世务的人。如果他们中有一个人偶尔离开灯塔，身入人丛，他总是踽踽独行，好像一个酣睡初醒的人。在普通的人生中，有种种细密的观感会指示人们去适应一切世事，但灯塔上并无这种观感。一个灯塔看守人所能接触的，唯有一片苍茫高远的海天，漫无圭角。上面是浑然的天，下面是浩然的水，而这个人的心灵便孤独地处于这二者之间。在这种生活中，所谓思想，简直就只是不断地默想。而且也没有一件事情能把这灯塔看守人从默想中警醒过来，即使他的工作也没有这能力。今天与明天完全一样，正如串索上的两颗念珠，只有天气的变换，总算形成了唯一的不同。但是史卡汶思基却觉得这是生平最幸福的生活了。他黎明即起，早餐后，揩抹好灯上的凸透镜，于是坐在露台上，远望海景，他的眼睛永不厌倦当前的景色。在这浩大的蓝宝石似的洋面上，总看得见有好几群饱满的风帆，在阳光中闪耀，明亮得使人目眩。有时，还有许多船只，趁着所谓贸易风，排着长长的队伍，鱼贯而来，好像一串海鸥或信天翁。红色的浮筒在微波上徐徐漂荡。每天午后，总有好多浅灰色的像鸟羽似的烟，一阵一阵地从帆篷中间升起。这便是从纽约载了客人和货物到阿斯宾华尔来的轮船，航程所过，船后的浪花，曳成一条泡沫的路。在露台的那一边，史卡汶思基可以看见阿斯宾华尔全市及其忙忙碌碌的港口，港中帆樯林立，舳舻相接；再远些，便可见城中白色的屋宇及高耸的塔楼，都了如指掌。从他的灯塔顶上看来，那些小屋子就宛如海鸥的巢，船舶都如甲虫，而人在白石的大街上行走，却像点点的黑子。清晨，和缓的东风吹来了一阵喧哗的市声，其中以轮船的汽笛声最为响亮。到午后六时，港中一切动作渐次停息下来，海鸥都躲进岩穴里去，波浪渐渐衰弱，好像有些懒倦了。于是在陆地上，在海上，以及在这灯塔上，一时都归于寂静，不受任何喧扰。波浪退落之后，黄沙滩闪着光，在这汪洋大水上，宛如一个个金色的斑点；塔身在蔚蓝的天宇中，显得轮廓分明。一道道的夕阳从天空中照射在水上、沙滩上和崖壁上。这时候，便有一种十分甜蜜的疲倦侵袭了这老人。他觉得现在所享受的休息真是最美妙的，当他一想到这种美妙的休息可以尽他继续享受下去，便觉得心满意足，毫无缺憾。

史卡汶思基给他自己的幸福陶醉了，而且，因为一个人对于改善了的境况很容易满足，所以他渐渐地有了信仰与希望。他心想世上既有人为残废人造屋，那么上帝为什么不终于也收容了他这个残废人呢？一天天地过去，他对于这种思想愈加坚信了。这老人对于他的灯塔、灯、岩石、沙滩和孤独的生活，都已渐渐熟悉。而且他对于那些巢居于岩穴中的，每到薄暮时便飞集到塔顶上来的海鸥也熟悉了。史卡汶思基常常将残余的食物丢给它们，不久它们都驯服了，此后每当他给它们喂食的时候，便有一大阵白翅在他周围飞扑，于是老人在这些海鸟中间走来走去，正如牧人在羊群中间一样。退潮的时候，他便走到沙滩低处，拾取潮汐所遗留下来的美味的玉黍螺和绮丽的鹦鹉螺。月明之夜，他便到塔下去捕捉那些常常成千累万地游到岩曲里来的鱼。后来，他竟深爱着这些石矶和这个小岛了。这小岛上并无树木，只是到处生着许多分泌出黏脂来的丛莽，但是远景甚美，尽足以给他弥补缺憾。下午，如果空气非常清朗，他可以看见那林木茂翳的整个地

320

峡的全景。在这种时候，史卡汶思基就好比看到了一个大花园——一丛丛的椰树、巨大的芭蕉，夹杂着像一个个华丽的花束，纷披于阿斯宾华尔万家屋宇之后。再远一些，在阿斯宾华尔及巴拿马之间，还有一个大森林，每天清晨及薄暮，都有蒸气升腾在这上面，凝结成一重红雾。——这个森林脚下积着死水，上面缠绕着古藤老蔓，无数巨大的兰草、棕榈、乳汁树、铁树、胶树充斥其间，发出一片林海的声音。这是一个真正的热带森林。

从望远镜中，老人非但能看见这些树木和阔大的香蕉树叶，他甚至还能看见成群的猿猴和巨大的鹳鹤，还有鹦鹉，不时成群地飞起，竟像一曲彩虹围绕在这茂林之上。史卡汶思基对于这种树木很熟悉，因为他在亚马逊河上碎舟之后，曾在类似的林莽流浪过好几个星期。在这种外表奇丽可亲的树林中，他看见有不知多少危险和死亡隐伏着。在夜间，他曾听到过附近有猿猴哀号，猛虎怒吼，又曾看见过蟒蛇像藤蔓一般缠绕在树身上；他还知道在这种沉寂的森林中的沼泽里，充满了电鱼与鳄鱼；他又知道在这种未开垦的荒野里，人的生活是多么艰苦，在这地方，就是一片树叶，也比人大上十倍——总之，这是个充满了吸血的蚊虫、水蛭和巨大的毒蜘蛛的荒野。他因为对这种树林生活有过经验，亲眼看见过，亲身遭遇过，现在他能够从高处远眺这些荒野，欣赏它们的美丽，而自身不会受到它们的危害，因此就使他觉得格外快乐。他的灯塔给他以万全的保护。只有在星期日，他才离开它几小时。那时他穿上了银纽扣的蓝色制服，胸前挂上了他那些勋章。当他走进教堂门的时候，他听见那些克里奥尔人都在窃窃私语道："我们有了一位可敬的灯塔看守人了，他虽则是个洋鬼，却不是个异端。"老人听了这话，昂起了他的乳白色的头，不免有些傲色。做完弥撒，他立刻就回到他的小岛上去，而且心中非常愉快，因为他对大陆还不很放心。在星期日，他还在城里买了西班牙报纸来看，或者向领事法尔冈孛列琪先生那里借看《纽约先驱报》，在这些报纸上，他急切地寻找着欧洲的新闻。所以这可怜的老人的心，虽然在灯塔上，却一直在怀念他那在另一半球上的故乡。有时，当供给他每天粮食饮水的小船来时，他也下塔去和港警约翰生闲谈。但后来他好像有些害羞了。他不再进城去看报，也不再下塔来跟约翰生谈政治了。这样地过了好几个星期，没有一个人看见他，他也不见一个人。放在岸上的食物，过一天就不见了；灯光也仍旧每晚都照耀着，正如旭日每晨从这一片海面上升起来一样地准时不爽。只有这两件事情，表示老人还住在这个塔上。显然这老人已对于人世很淡漠了。但这也不是因为怀乡之故，而是由于，他连怀乡之心都已经渐渐消失了。对于史卡汶思基，这小岛就是他整个的世界了。久而久之，他就惯常地这样想，他将一辈子都不离开这个灯塔了，因为他简直已经记不起，除此之外，世界上还有些什么。甚至，他竟变成一个神秘的人，他那双温和的蓝眼睛开始像小孩的眼睛一般呆望着，好像看定了远处的一个东西似的。当着四周这些异常单纯而伟大的景色，这老人已消失了他的一己的感觉；他的存在已经不再是一个人，而是逐渐与周围的云天沧海融为一体了。如果问他的周围之外还有些什么，他是一点都不知道的，只是无意识地有些感觉而已。最后，他就仿佛这些天、水、岩石、塔、黄金色的沙滩、饱满的风帆、海鸥、潮汐的升降——全都化合做浑然一体，成为一个巨大的神秘的灵魂；而他仿佛就沉没在这个神秘中，感受着这个自动自息的灵魂。他沉没在这中间，任其摇荡，恬然自忘其身。于是在他的逼仄的生命中，在这半醒半睡的状态中，他发现了一种伟大得几乎像半死的休息。

三

但是惊醒的时候来了。

322

某一天，小船送来了淡水和食物，一小时后，史卡汶思基从塔上下来，看见平时照例的那些东西之外，还多了一个粗布包裹。包上贴着美国邮票，写着："史卡汶思基大人收。"

老人满心奇怪地解开包裹，见是几本书。他拣起了一本，看了一看，随即放下，于是他的手大大地颤动起来。他遮掩着眼睛，好像不信似的，仿佛在做梦一般。原来这本书是波兰文的——这是什么意思？这又是谁寄来的？起初，他分明已经忘记了当他初来做灯塔看守人的时候，他曾从领事那里借看《纽约先驱报》，看见报上载着纽约成立了一个波兰侨民协会，于是他立刻捐助了半个月薪俸，因为他在塔上没什么用度。那协会里就寄赠他这几本书，以表示答谢。这些书来得并不奇突，但是老人起先却没有想到。在阿斯宾华尔，又是在他这个灯塔上，在他孤寂的时候，却来了波兰文的书籍——在他看来，这简直是一种非常的事情，一种从古昔发出来的声息，一种奇迹。现在，正如那些水手在夜里一样，他好像听见有人用很亲爱的，可是几乎已经忘却了的声音叫唤着他的名字。他闭目静坐了一会儿，几乎要以为如果把眼睛一睁开，这梦境就会立刻消逝了。

包裹摊开在他面前，被午后的阳光照得清清楚楚，这上面的一本已经翻开了。当老人伸出手去想再把它拿起来的时候，他在寂静之中听见了自己心房的跳跃。他一看，这是一本诗集。封面上用大字印着书名，底下印着作者的名字。这个名字对于史卡汶思基并不陌生，他知道是一个大诗人的名字，他曾经在1830年在巴黎读过他的著作。后来，从军于阿尔及尔及西班牙的时候，他曾经从自己本国人那里听到过这位大诗人的正在日益高扬的名字，但那时他却忙于打枪，身边简直不带一本书。1849年，他来到美洲，在流离颠沛的生活中，很难遇到一个波兰人，至于波兰文的书，更是一本也没有看到过。因此，他以更大的热忱，心房也跳得更活泼，翻开了第一页。这时他好像在这孤岛上，将要举行什么庄严的典礼了。实则，此刻正是很静穆的时候。阿斯宾华尔的大钟，正在鸣报下午五时。天宇清朗，净无云翳，只有几只海鸥在空中盘旋。大海好像在摇摇欲睡。岸边的波浪，都在喁喁低语，轻轻地漫上沙滩。远处阿斯宾华尔的白色房屋及离奇古怪的棕榈树丛，都好像在微笑。的确，这时候那小岛上真有一股神圣、肃穆、庄严的气氛。忽然，在这大自然的肃穆中，可以听到那老人的颤抖的声音，他正在高声吟诵，好像这样才能对他自己有更好的了解：

> 你正如健康一样，我的故乡立陶宛！
>
> 只有失掉你的人才知道他应该
>
> 怎样看重你，今天，我看见而且描写
>
> 你的极其辉煌的美丽，因为我正在渴望你。

到这里，他读不出声了。文字好像都在他眼前跳跃起来，仿佛心坎里有什么东西在爆裂，像波浪似的从他心头渐渐地汹涌上来，塞住了他的喉咙，窒息了他的声音。过了一会儿，他勉强镇定下来，再读下去：

> 圣母啊，你守护着光明的琛思妥诃华，
>
> 你照临在奥斯脱罗宇拉摩，又保佑着
>
> 诺武格罗代克城及其忠诚的人民，
>
> 正如我在孩提的时候，我垂泪的母亲
>
> 把我交托给你，你曾使我恢复了健康，
>
> 当时我抬起了奄无生气的眼睛
>
> 一直走到你的圣坛，
>
> 谢天主予我以重生——
>
> 现在又何不显神迹使我们回到家乡。

读到这里，心如潮涌，不能自制。老人便哽咽起来，颓然仆地，银白色的头发拌和在海砂里。他离开祖国，已经四十年了，不听见祖国的语言，也已经不知多久，而现在这语言却自己来找

324

上他——越重洋而到另一半球上访他于孑然独处之中——这是多么可爱可亲，而又多么美丽啊！使这位老人站在那里哽咽不止的，并不是什么苦痛——而只是一种油然而起的博大的爱心，在这种爱心之前，别的一切事情都是无足轻重的。所以他只以这一场伟大的哭泣来祈求热爱的祖国给他以饶恕，他的确已经把祖国丢在一边，因为他已经这样的老，而且又住惯了这个孤寂的荒岛，所以把祖国忘记得连怀念之心都在开始消失了。但是现在，仿佛由于一个神迹似的，它竟回到他身边来，于是他的心就跳跃起来。

过了好久，老人还躺在那里。海鸥在灯塔上空飞翔呼叫，好像在惊醒它们的老友，该是把残食喂饲它们的时间了。所以，有些海鸥便从灯塔顶上飞下来，渐渐地愈来愈多，开始在地上啄着寻食，或是在老人头上拍着翅膀。这些翅膀的声音惊醒了他。他已经哭了个痛快，这时才得宁静与和霁，但他的眼睛却反而神采奕奕。他不知不觉地把所有的食物都丢给这些海鸟，海鸟便呼叫着冲上前来争食，他自己却又取起那本书来。夕阳已经沉到巴拿马园林背后，正在徐徐地向地峡外降到一个大洋上去，但是大西洋上还很光亮，室外尚能看得很清楚，于是他便读下去：

现在请把我渴望的心灵带到那些
　山林中，带到那些绿野上去吧。

终于，短如一瞬的暮色沉下来，遮隐了白纸上的文字。老人便枕首于石上，闭着眼睛。于是那"守护着光明的琛思妥诃华的圣母"便把他的灵魂送回到那一片"被各种作物染成彩色斑斓的田野"上。天上还闪耀着一长条一长条金色和红色的晚霞，他的灵魂便乘此彩云，回到挚爱的祖国，耳朵边听到了祖国的松林在呼啸，溪流也在淙淙私语。他看一切风物，都宛然如昔，一切都在问他："你还记得吗？"他当然记得的！他看见了广大的田野，在这些田野之间，便是森林和村庄。这时天已入夜。平时

325

在这时候，他的灯总已照耀在黑暗的海面上了，但是此刻他却正在祖国的村庄里。他的衰老的头俯在胸前，他正在做梦。种种景色，稍微有些纷乱地，都在他眼前很快地闪过。他没有看见他所诞生的屋子，因为已经给战争毁了；他也没有看见他的父母，因为当他还是一个孩子的时候，他们已经死了；但是村子里的景色，还依然如旧，好像他还是昨天才离开的——整整齐齐的一排茅屋，窗子里都透着灯光、土阜、磨坊、相对的两个小池塘，通夜喧闹着蛙鸣。有一回，他曾经在这个村子里担任全夜守卫；现在，当时那些景象，又立刻历历呈现在眼前。一会儿他又是一个枪骑兵了，他正在那里站岗，远处便是一家小酒店，他不时向那里溜一眼。在夜的寂静中，可以听到喧哗、歌唱和叫喊的声音，还有呜呀呜呀的小提琴和低音四弦琴的声音。后来那些枪骑兵都上马疾驰而去，马蹄在石上踢出火星来，而他却骑马独自立在那儿，疲倦得很。时间慢慢地过去，终于人家的灯火都熄灭了，现在，眼光所看得到的地方，尽是一片迷蒙。已而浓雾升起，显然是先从田野里开始，如一片白云包裹了大地。你可以说，这简直是一片海洋。但这实在是田野，不久你就会得在黑暗中听到秧鸡啼声，而芦苇丛中的白鹭也会叫起来了。夜色很平静，很冷——一个真正的波兰之夜！在远处，松林正在无风而自响，宛如海上的涛声。东方快发白了。真的，鸡已在篱落间啼起来，一家家地互相应和着；天上已经有鹳鸟在飞鸣而过。这枪骑兵觉得精神很爽快。有人曾经讲起过明天的战争。嗨！这将是像别的一切战争一样，挥着枪旗，呐喊着，厮杀上去的呀。青年人的血，尽管为夜寒所冻，却还如号角一般地在响着。但天已渐明，夜色逐渐衰淡下去，林树、丛莽、村庄、磨坊以及白杨，都已从黑暗中显现出来。井上的辘轳正在像塔楼上的金属旗那样吱吱地响。在鲜红的晨曦中，这是多么可爱，多么美丽的国土呀！啊，这挚爱的国土，这唯一的国土！

326

别做声！这守望着的哨兵听见有脚步声在走近来。一定是有人来换班了。

忽然，有人在史卡汶思基头上喊道：

"喂，老头儿！起来！这是怎么回事？"

老人睁开眼来，吃惊地看着站在他面前的人。残余的梦景在他头脑里和现实斗争着，终于是这些梦景由模糊而至于消失。在他面前，站着的是港警约翰生。

"怎么啦？"约翰生问，"你病了吗？"

"没有。"

"可是你没有点灯。你得免职了。一条从圣吉洛谟来的船在海滩上出了事，亏得没有淹死人，要不你还得吃官司呢。跟我一道上船走吧，其余的话，你会在领事馆里听到的。"

老人脸色惨白，当夜他的确没有点灯。

几天之后，有人看见史卡汶思基在一条从阿斯宾华尔开到纽约去的轮船上了。这可怜的老人已经失业了。新的流浪的旅途又已展开在他面前。风又把这片叶子吹落，让它飘零在天涯海角，簸弄着它，直到快意而后止。这几天来，老人大大地衰颓了，腰背伛曲了下来，唯有目光还是很亮。在他新的生命之路上，他怀中带着一本书，不时地用手去抚摸它，好像唯恐连这一点点东西也会离开他。

比昂逊〔挪威〕

父　亲

要说的这个故事的主人公是本教区最富有、最有影响的人物，他叫索尔德·奥弗拉斯。一天他来到牧师的书房，高高的个儿，热诚而真挚。

"我得了个儿子，"他说，"我想让他接受洗礼。"

"给他取个什么名字呢？"

"芬恩——按照家父的称谓。"

"那么，他的教父、教母呢？"

于是索尔德提到教父、教母的姓名，实际上都是本教区索尔德亲戚中最有名望的人物。

"还有什么事呢？"牧师问，抬头看看。

这位农民犹豫了一下。

"我非常希望由牧师亲自给这孩子行洗礼，"他终于说。

"那就是说，除了礼拜天，随便哪天都行了？"

"下礼拜六，正午十二点。"

"还有什么事吗？"牧师问。

"没别的啦。"这农民把他的帽子在手上旋得团团转，仿佛准备走了。

328

于是牧师站起来。"不过，还有一件事，"牧师说着朝索尔德走来，拉着他的手，严肃地看着他，"托上帝的福，但愿这孩子给你带来幸福！"

十六年以后，一天，索尔德再次来到牧师的书房。

"真的，你的日子过得太称心如意了，索尔德。"牧师说，因为他看这人竟无变化。

"这是因我没有烦恼。"索尔德回答。

牧师对这句话没有再说什么，不过，过了一会儿，他问："今晚光临舍下有什么贵干？"

"今儿晚上我到府上来，是为了小儿的事情，他明儿就要接受坚信礼了。"

"聪明的孩子。"

"除非我知道明天小儿在教堂就座的时候他排在第几位，否则我不想付钱。"

"他将名列第一。"

"我这就知道啦，这儿是十块钱。"

"还有什么事我可以为你效劳的么？"牧师问，盯着索尔德。

"没事儿啦。"

索尔德走了。

又过了八年，一天，牧师的书房外面传来一阵嘈杂声，因为有不少人朝这儿走来，领头的就是索尔德。他第一个走进书房。

牧师抬头看看，认出是索尔德。

"今儿晚上，你们来的人可不少啊，索尔德。"牧师说。

"我是来请求公布小儿结婚预告的。小儿就要跟古德芒德的闺女卡伦·斯托里丹结婚了，站在我身边的这位就是古德芒德。"

"嗬，斯托里丹可是本教区最有钱的姑娘哟。"

"大伙儿都是这么说的。"这农民回答，一只手把头发稍稍往脑后抹抹。

牧师坐了一会儿，仿佛在沉思，然后一言不发地把男女双方的姓名登记下来，然后由双方家长在登记簿上签了字。索尔德把三块钱放在台子上。

"只要一块钱就够了。"牧师说。

"这我很清楚。不过，这个孩子是我的独生子，我想把事情办得体面一点。"

牧师收下这笔钱。

"为了公子的事，你已经是第三次光临舍下了，索尔德。"

"不过眼下，我样样事情都给小儿安排好啦。"索尔德说，合起小笔记本，跟牧师说声再见，接着就走了。

其余的人慢慢地跟在他的后面。

两个星期以后的一个风平浪静的日子，索尔德父子两人划着小船摆渡过湖，到斯托里丹那儿去安排婚礼。

"这条座板没有放稳。"儿子说，站起来，把座板摆摆正。

就在这时，他站在上面的那条座板突然在他的脚下一下滑溜出去，他张开两臂，一声尖叫，一头栽进湖里。

"抓住船桨！"父亲大声喊叫，霍地跳起来，把船桨向儿子伸过去。

但是儿子作了两次努力，想抓住船桨而没有成功以后，他的手脚渐渐僵硬起来。

"等一等！"父亲大声说，开始把小船朝儿子划过去。

这时，儿子在湖心仰面朝天翻了个身，久久地对父亲看了一眼，接着就沉入湖底。

索尔德简直不敢相信，他把小船静静地停在湖心，凝视着儿子沉没的地方，那神情就仿佛他的儿子一定还会浮出水面。从湖下汩汩地冒出几只水泡，接着又冒出一连串的水泡，最后的一只大水泡破灭了。然后湖面又呈现出一片波平如镜的景象。

三天三夜，人们看见这位父亲坐在小船上，在儿子沉没的湖面上划来划去，既不吃饭，也不睡觉。他在打捞儿子的尸体。第三天早晨，他找到了儿子的尸体。他抱着亡儿的遗体，翻过山冈，回他的农庄去。

　　那次灾难以后，大约过了一年光景，深秋的一天晚上，牧师听见过道里有人想打开门。牧师把门开了，接着就走进一位又高又瘦的客人，佝腰驼背，满头白发。牧师看了很长时间，才认出是谁。来的人是索尔德。

　　"你出门一直走到这么晚吗？"牧师问，静静地站在他的面前。

　　"唉，是哟，已经很晚了。"索尔德说，坐了下来。

　　牧师也坐下来，仿佛在等待对方说话。接着而来的是长长一段时间的沉默。索尔德终于说，——

　　"我有点钱，想送给穷人，我想用小儿的名义，作为小儿的遗产，送给穷人。"

　　索尔德站起来，把钱放到台子上，然后又坐下来。牧师点点钱数。

　　"这笔钱可不少啊。"牧师说。

　　"这是我变卖农庄所得价款的半数。我今儿才把农庄卖掉的。"

　　牧师沉默地坐了很长时间。他终于温和地问，——

　　"眼下，你准备干什么呢，索尔德？"

　　"干点有意义的工作。"

　　他们坐了一会儿，索尔德目光沮丧，牧师盯着他。不久，牧师又缓慢又柔和地说，——

　　"我想，你的公子终于给你带来了真正的幸福。"

　　"是啊，我也是这么想。"索尔德说，抬头看看，两颗晶莹的泪珠儿慢慢地滚下他的脸颊。

比昂逊〔挪威〕

猎　熊　人

　　整个教区几乎找不出一个比牧师的大儿子更会吹牛撒谎的孩子了。他还是个出色的说书人，这一点，并不缺乏事例。他说的书，农民都乐于听。碰到农民爱听的东西，他就尽量胡诌乱编一些大同小异的故事，投其所好。他所编造的，绝大部分都是关于大力士和爱情的故事。

　　不久，牧师就发现，雇工们在谷仓里的脱粒工作是越来越懒散了，他跑去看个究竟，于是他看见索尔瓦尔德正站在那儿讲故事。不久，雇工们从山上背回来的柴薪渐渐少得出奇，他跑去看看究竟出了什么问题，于是他又看见索尔瓦尔德站在那儿讲故事。他想这一切必须到此为止了。因此，他把儿子送到最近的学校去读书。

　　虽然在这所学校里就读的，全是农民的子弟，但是牧师心想如果单独为儿子请个家庭教师，那就未免花费太大了。但是索尔瓦尔德入学还不到一个星期，就有一个同学面色惨白地奔进教室，说是他看见一个从坟墓里爬出来的僵尸，沿着大路走来了。另一个脸色更惨白的孩子接踵而至，说是千真万确，他看见一个没有脑袋的人到处乱跑，并且把几只小船从浮码头旁边推开。最

332

糟糕的是，一天晚上，小克弩德·普拉德苏和他的小妹妹正从学校回家，他们突然没命地狂奔回来，大喊大叫说他们听见牧师公馆附近有熊的叫声。不仅如此，小玛丽特还亲眼看见那头熊炯炯发亮的灰眼睛。不过现在教师大发雷霆了，他举起教鞭，啪地一声抽在讲台上，然后问——请上帝宽恕我的罪孽——你们究竟中了什么邪啦。

"一个比一个更胡说八道，"教师说，"说什么处处丛林里都潜伏着山妖，说什么只只小船上都坐着一个人鱼，隆冬季节竟有大熊出没！你们不相信上帝，不相信教义问答了么？"教师问，"或者你们居然相信各种魔法，相信种种可怕的凶神，或者相信大熊在寒冬腊月出洞么？"

过了一会儿，教师多少平静下来以后，他问小玛丽特是不是真的不敢回家了。小玛丽特又是哭，又是叫，说她真的不敢回家。于是教师说，在留下来的学生当中，年龄最大的索尔瓦尔德应该陪着小玛丽特穿过森林。

"不要他陪我，他亲眼看见过那头大熊，"小玛丽特哭着说，"就是他跟我们大家说熊来了。"

索尔瓦尔德在他坐的地方胆怯起来，特别是当教师朝他看看，从左手抽出教鞭的时候。

"你亲眼看见那头大熊么？"教师平静地问。

"是哩，不管怎么说，我知道，"索尔瓦尔德说，"我们的管理员在森林里发现一个熊窝，那是他拿枪出去打松鸡的那天。"

"不过，你是不是亲眼看见那头大熊？"

"不是一头，而是两头大熊，说不定，另外还有两只熊仔，因为老熊一般都有去年生的熊仔，所以今年就带着熊仔啦。"

"不过是不是你亲眼看见的？"教师一面更加温和地重复问道，一面把教鞭在手指中间抽来抽去。

索尔瓦尔德沉默了一会儿。

"无论如何，去年，我亲眼看见过猎人拉尔斯打死的那头大熊。"

　　这时教师逼近一步，饶有兴趣地问，索尔瓦尔德着实给吓慌了，——

　　"我是问你，在牧师公馆附近的森林里，你究竟看见过大熊没有？"

　　索尔瓦尔德一句话也没说。

　　"也许这一次，你的记忆力太坏了吧？"教师说，一把揪住索尔瓦尔德的衣领，扬起教鞭就朝他的腰部打来。

　　索尔瓦尔德一句话没说，其余的孩子也不敢朝他看看。然后教师严肃地说，——

　　"牧师的儿子吹牛撒谎实在可恶，而教唆可怜的农民的孩子们吹牛撒谎就更加可恶。"

　　因此，索尔瓦尔德立刻逃之夭夭。

　　但是第二天上课的时候（教师被牧师传唤去了，学生在教室里空课），玛丽特首先要求索尔瓦尔德再跟她说点熊的事情。

　　"但是一说到熊，可把你的小命都吓掉啦。"他说。

　　"唉，这一次，我得壮着胆子听。"她说，向她的哥哥挨近一点。

　　"咳，你现在最好相信，那头大熊迟早要被打死的！"索尔瓦尔德边说边点头晃脑。"教区来了个猎人，他能开枪把熊打死。猎人拉尔斯一听说牧师公馆附近的森林里发现熊窝，他就带了枝猎枪，穿过七个教区跑来了，他那枝猎枪真有上等磨石那么重，足足有从这儿到汉斯·沃登坐的地方那么长。"

　　"哦嗬！"孩子们全嚷起来。

　　"那么长么？"索尔瓦尔德又说一遍，"是哟，一准有从这儿到那边的板凳那么长。"

　　"你看见过那枝猎枪么？"奥利·贝恩问。

"你是说我见过那枝猎枪么？咳，干脆跟你说吧，我一直帮他擦枪呢，这活儿他可不准别人插手。我当然举不动那枝大枪，不过，那没关系，我只是擦擦枪机。不过，我可以告诉你们，那可不是轻松的活儿。"

"据说拉尔斯的猎枪最近常常打不中目标，"汉斯·沃尔登说，他向后靠着，两只脚翘在课桌上。"在奥斯马克，自从拉尔斯那次对准一头睡大觉的大熊开枪以来，他两次瞎火，三次没有打中目标。"

"是哟，自打他向一头睡大觉的大熊开枪以来。"小姑娘们插嘴说。

"那个傻瓜！"男孩子们说。

"只有一个办法才能治好那枝猎枪的毛病，"奥利·贝恩说，"那就是把一条活蛇丢进枪筒里。"

"对，这办法大伙儿都知道。"小姑娘们说，她们想听点新鲜事儿。

"眼下天寒地冻，找不到蛇，所以拉尔斯的那枝猎枪不大靠得住了。"汉斯·沃尔登沉思地说。

"拉尔斯希望尼尔斯·贝恩跟他一起打猎，不是么？"索尔瓦尔德问。

"没错，"贝恩家的孩子说，这桩事儿他当然最了解了，"但是他妈妈不准尼尔斯去，姐姐也不同意他去。他爸爸肯定是因为去年在高山牧场上和大熊搏斗时死的，因此，他们家里只有尼尔斯一个男的了。"

"那么，现在就没有和大熊搏斗的危险了么？"一个小男孩问。

"危险？"索尔瓦尔德大声说，"大熊的嗅觉比十个人还灵，力气比十二个人还大。"

"没错，这我们知道。"小姑娘们又一次说，心里只想听点新鲜事儿。

"不过，尼尔斯倒像他爸爸的脾气，我想猎人一定会到尼尔斯那儿去的。"索尔瓦尔德说下去。

"他当然会去，"奥利·贝恩说，"今儿一大早，我们农庄上还没有人走动，我就看见尼尔斯·贝恩，猎人拉尔斯，以及另一个人，背着猎枪上山去了。要是他们到牧师公馆附近的森林里去，我是不会觉得奇怪的。"

"一大早么？"孩子们异口同声地问。

"一大早！我比妈妈先起床，然后就去生火。"

"拉尔斯背的是那枝长枪么？"汉斯问。

"那我可不知道，不过他背的那杆枪总有从这儿到那张椅子那么长。"

"咳，胡说八道！"索尔瓦尔德说。

"哼，你自个儿是这么说的。"奥利回答。

"我可没说，我看见的那杆长枪，他差不多不用啦。"

"好吧，不管怎么说，这杆枪总有——那么长，从这儿差不多到那张椅子那么长。"

"唷！不过，这一次，说不定他到底还是把这杆枪带去了。"

"想想看，"玛丽特说，"这会儿他们已经混到一群大熊中间去了。"

"就在这会儿，说不定他们已经和大熊干起来了。"索尔瓦尔德说。

接着而来的是一片沉寂，不，几乎是庄严的沉寂。

"我想，我得走了。"索尔瓦尔德一面说，一面拿起帽子。

"去吧，去吧，去了以后，你就可以弄清楚底细了。"所有的孩子们都吵吵嚷嚷，又变得生气勃勃起来。

"要是教师不准我去呢？"索尔瓦尔德说，接着就停下脚步。

"胡说！你是牧师的儿子嘛。"奥尔·贝恩说。

336

"对，看教师敢不敢动我一根毫毛！"索尔瓦尔德说，在一片寂静中，他意味深长地点点头。

"你敢向教师报什么？"大伙儿热切地说。

"谁知道呢？"索尔瓦尔德说，他点点头，接着就走了。

大家想索尔瓦尔德走了以后，他们最好是读点书，但是结果谁都没心思读书——他们情不自禁地要谈谈大熊。他们开始猜测拉尔斯出去打猎会有什么结果。汉斯向奥利打赌，拉尔斯的猎枪没打响，因此，大熊就朝他猛扑过来。小克弩德·普拉德苏认为猎人们的处境不妙，小姑娘们同意他的看法。但是索尔瓦尔德来了。

"我们走吧。"索尔瓦尔德一面说，一面推开门，激动得简直说不出话儿来。

"要是教师不准我们去呢？"孩子中有人问。

"教师见鬼去吧！那头大熊！那头大熊！"索尔瓦尔德大声嚷嚷，再也说不下去了。

"他们把大熊打死了么？"有人轻轻地问，其余的孩子连大气儿也不敢出。

索尔瓦尔德坐下来，喘口气，他终于又站起来，站在一只板凳上，把手里的帽子摇摇，大声说，——

"我说，我们走吧。一切责任由我担当。"

"可我们上哪儿去呢？"汉斯问。

"已经把那头最大的熊打翻了，别的熊还活着。尼尔斯伤得很重，因为拉尔斯的猎枪没有打中目标，于是几头大熊一起朝他们扑过来。跟他们一起去的那个小伙子，只是由于躺在地上装死，才留下一条小命，熊连碰也没有碰他。一等到拉尔斯和尼尔斯杀死那头大熊，就立即掉转枪口，朝小伙子旁边的那头熊开火。

"好哇！"大伙儿一起呐喊，男孩子，女孩子全从座位上跳起来，冲出门去。他们连蹦带跳地穿过田野和森林，朝贝恩家奔去，仿佛世界上根本就没有教师似的。

不久女孩子就开始叫苦连天，说她们跟不上男孩子们，于是男孩子们就抓住女孩子们的手，一起狂奔。

"当心点，别去碰大熊！"索尔瓦尔德说，"有时候，死熊又能活过来。"

"是吗？"玛丽特问。

"当然，它们会装死，所以得当心点！"

他们一路奔过去。

"在那头大熊倒下以前，拉尔斯开了十枪。"索尔瓦尔德又说。

"哎哟！十枪！"

他们向前飞奔。

"在大熊倒下以前，尼尔斯向它捅了十八刀！"

"哦嗬！多凶的大熊！"

孩子们一路狂奔，汗如雨下。

他们终于来到目的地。奥利·贝恩首先推开大门，第一个走进去。

"当心点！"汉斯在他的身后喊叫。

夹在索尔瓦尔德和汉斯中间的玛丽特和一个小姑娘跟在贝恩后面进去，再后面是索尔瓦尔德，但是索尔瓦尔德并没有走到大家的前面，只是留在可以观察全场的地方。

"瞧瞧这滩血迹！"索尔瓦尔德大声对汉斯说。

其余的孩子简直不知道是不是要壮着胆子进去。

"你看见了么？"一个小姑娘向在门里面她身边的男孩子问。

"看见了，就跟队长的那匹大马似的。"这孩子回答，然后继续跟她谈话。"它身上还拴着铁链条呢，"他说，"拴在前腿上的那根链条还让它挣断了呢。"他清清楚楚地看出来，这家伙还

338

活着，身上血流如注。

这孩子说的当然不是实话。不过当大家看见熊、猎枪、在跟大熊搏斗以后伤口缠着绷带坐在那儿的尼尔斯，以及当他们谛听老猎人拉尔斯向他们叙述全部猎熊经过的时候，他们把那孩子说的话全忘了。大家非常热切地、全神贯注地又是看，又是听，竟然没有注意到有人来到他们身后，也开始说起故事来了，不过故事是以下述方式说的：

"没有经过我的准许，就擅自离开学校，看我来教训教训你们，非教训教训不可！"

全体学生顿时发出一片惊呼，接着就争先恐后地夺门而出，冲出走廊，跑到庭院，然后就狼奔豕突起来。不久，孩子们就像一堆黑球似的，一个一个滚过洁白的雪地，当上了年纪的教师跟在他们后面来到学校的时候，他老远就听见琅琅的读书声了，他们一直读到教室的墙壁震得格格作响。

咳，多么痛快的一天，猎人满载而归的一天！早晨阳光灿烂，晚上夜雨连绵，而这样的日子一般是最适于孩子们的生长发育了。

【作者简介】比昂逊（1832—1910），挪威著名的诗人和作家，是挪威文学史上划时代的文学大师。主要作品：中篇小说《辛诺夫·苏巴金》、《阿尔内》、《渔家女》；短篇《灰尘》。

埃·德·亚米契斯〔意大利〕

不可思议的勤务兵

世上的怪人无奇不有，说句夸口的话，我在一生之中还真见过不少。但是，像我现在要讲的这个怪人，也许你在任何地方都不会遇到。

他是撒丁岛人，一个目不识丁的庄稼汉，二十来岁，在步兵团里当差。

当我第一次遇见他——那时在佛罗伦斯，军队报纸的编辑部里——他一下子就博得了我的同情。不过，仔细地瞧了他一眼，并且跟他谈了几句话之后，我深信，这乃是个不可思议的人。只要他朝您侧过身子，他的容貌就会完全变样。当您正视他，您见到的是一张最平常的脸，倘若侧面瞅他一眼，您无论如何也要忍俊不禁的。看起来。他的鼻子尖和下巴颏就像要粘连在一块儿似的，可是不成，因为宽大的嘴唇和稍微张开的、两排像近卫军士兵一样彼此相仿的牙齿横在中间作梗。他的眼睛细小犹如针头，当他微笑时，眼睛就完全消失在脸的陷窝里。那双眉毛特有的形态不由使人想起两个等腰三角形，额头长得这样低，在头发和眉毛之间几乎没有留出空隙。我的一个朋友称这人为造化的恶作剧。不过，他的面孔却显示出善良和某种灵活性。如果可以这样

340

形容的话，他的灵活是完全偏向一个方面的。善良也属于某种特殊的类型。他发出的声音不悦耳，多少使人想到母鸡的咯咯喊叫。在他的意大利语言里你会有不少最惊人的发现。

"怎么样，您还喜欢佛罗伦斯这座城市吗？"他来到本地后的第二天，我问他。

"就这样，还可以。"他回答。

从这个除了卡利亚里和意大利北部一个小城市外从未在其他地方待过的人嘴里所听到的这声赞许，我觉得太不够味儿了。

"那么，你究竟更喜欢哪座城市：是佛罗伦斯呢，还是贝尔加摩？"

"一时说不上，我昨天才来。"

他打算离去，我对他说："再见。"他也回我一声："再见。"

第二天早上，他来就职了。最初几天，我在与他相处过程中经常失去耐性，原准备把他退回他服役的军团去。如果一切还只限于不明白、不理解，则还能将就下来，不幸的是，他不仅缺乏意大利语的起码知识，而且不能胜任我交给他的任务。我吩咐的话，他都是似懂非懂，而后干的事却适得其反。

倘若我像讲故事一般说给别人听，他曾把我的刮脸刀带到勒蒙涅出版社去磨，把我的手稿送交一个旋工，把一部法国长篇小说硬塞给一个鞋匠，把我的一双皮靴放在一个贵夫人的大门口，恐怕谁也不会相信真有其事。只有亲眼目睹，你才相信。他不光对意大利语不求甚解，而且办起事来还漫不经心，否则，就不至于闹出上述这些令人啼笑皆非的事。我反正憋不住了，不得不在此把他所经历过的最叫人惊奇的事描述几件。

上午十一点钟，我打发他去买些火腿回来就早餐，这时报贩子都在大街上叫卖《意大利前程报》。当我获悉当天的报上登出一则引起我兴趣的简讯后，我关照他："快去把火腿和《意大利前程报》买来。"他走了，过不多久又回来了，把火腿裹在《意

341

大利前程报》里。

有一个早晨，我在他面前翻阅一本从图书馆里借来的、装帧精美的军用地图集，把一幅幅地图指给我的一个朋友看。我说："我没有办法把这些地图一眼全看遍，现在不得不仔细地查看每一幅，简直太糟糕了。若要设想一下打仗的整个过程，就得把这一幅幅地图并列地挂上墙壁才行。"

傍晚，当我回到家里——想起这事，我此刻还气得直打哆嗦——发现所有的地图全被从地图集上扯下来，挂上墙壁了。第二天早上，他居然还来见我，脸上透露出俏皮的微笑，以为我会嘉奖他哩。

另一次，我派他去买两只鸡蛋，嘱咐他在酒精灯上煮熟。在他外出的这段时间，有个朋友为一件要紧的事情来找我。这个可怜虫恰好这时回来了。我对他说："稍等一会儿。"他遂往屋角一坐，我则继续与访客晤谈。突然，我看见我那勤务兵的脸一阵红，一阵白，一阵紫，如坐针毡一般局促不安，不知眼睛往哪儿躲闪。我仔细瞧去，见到我早先没有发现他坐的那把椅子一只椅脚上有金黄色的条状物。我再走近一些看，原来是流淌出来的蛋黄。这个丑八怪把给我买来的鸡蛋放在他穿的军大衣背后的口袋里，进入屋子就一骨碌坐到椅子上，把我早餐的鸡蛋全压碎了。

但是这一切比我后来吩咐他给我整理房间时所看到的情况不过是小巫见大巫。我就不表我怎么会打发他给我收拾屋子的，我想，任何一个思维健全者至少都会这样做的。在他看来，收拾屋子的最高水平就是把一件件东西堆成各式各样的建筑工程。他特别引以为自豪的是，他能把这些物件叠床架屋似的垒成多层的高楼。只要他一开始搞这项建设，我所有的书籍就会遭殃：它们被排列呈半圆形，堆积得像某些钟楼的样子，稍有一阵微风吹来，顷刻之间便有倒塌的危险。在翻倒的脸盆底上，垛着一大堆由小瓶子和菜碟子构成的金字塔，塔顶上还竖起一把抹发油的刷子，鬃毛向上突出，就像凯旋的圆柱一样，高度到达令人目眩的程度。这一切导致的结果是，有时，甚至在深夜，常常发生意外事故：随着一声巨大的轰响，垒得高高的物件全部倾塌下来，假如没有屋子的四面墙壁截挡，这种灾祸大概会层出不穷。为了向我的勤务兵解释清楚，牙刷与头刷是用途完全不同的两件东西，装发油的罐头与装肉的罐头也不是一码事，床头柜根本不是用来存放干净衬衫的，就需要具备西塞罗的口才和约伯的忍耐。

　　我怎么都不明白，他会不会由于我对他的关注而感激我，抑或，相反抱怨我。不过，有一次，他以一种应该说是最奇特的方式表现了对我的关怀。我倒在床上大约已经有两个星期了，我的病情既不好转也不恶化。一天傍晚，他止步在我的医生——顺便提一句，那是个心胸很狭窄的人——的楼梯上，无缘无故地问他：

　　"归根结蒂，您要不要把他的病治好？"

　　这话可把医生气疯了，他狠狠地痛斥了士兵一顿。

　　"他已经病倒在床上很久了。"我的勤务兵嘀咕道。

　　他还有一些其他乖戾和突兀的举动，在这种场合，我非但不骂他，简直憋不住要笑。比如一天早晨，他把我唤醒，脸上带着某种不寻常的表情，凑近我的耳朵低声说："先生，愿您睡过天国。"

　　另一天，当他回家时，在门口遇到了一位社会名流，后来，他碰巧听到我的一个朋友谈到他："是啊，这是一个与众不同的家伙。"过了两个星期，在我跟我的一位朋友忙于晤谈时，他出现在门口，通报说有人打听我。

　　"谁？"我问。

　　"这，"他回答（一向记不住别人的姓名），"是一个与众不同的家伙。"

　　紧接着，屋子里爆发了哄堂大笑，笑声一直传到我那位新来客人的耳朵里。在我向他解释了事情的原委后，来客也捧腹大笑了。

　　简直很难说，这个不可思议的家伙说的是哪里话：那是撒丁语！意大利语和伦巴底方言的混合体。所有的句子像是被砍伐过的，词尾全给吞掉了，一切动词使用的都是不定人称，因此话语完全是不连贯的。有一次，我的朋友在午饭时刻来看我。刚走进房间，他便问道："你的主人呢，可在吃午饭?""完了!"勤务兵回答。我的朋友惊讶得目瞪口呆。这声"完了"实际上表示我已经结束午餐。

　　他在团部办的学校里读过五六个月的书，勉强地学会了念书和写字。但是这对于我来说才是个真正不小的灾难哩。我不在家时，他便坐到我的写字台前，把同一个字写上一二百遍。这通常都是我前一天出声朗读什么时被他听到了，不知怎么的，在他脑海里留下了特别深刻印象的字眼儿。比如，有天早上，维尔金盖托里格的名字使他震惊不已。傍晚，我回到家里，便看见在所有报纸的空白处、校样的背面、书籍的包装纸上、信封上、从字纸篓里翻出来的各种小纸片上，总之，只要能找到可以写字的空白地方，都写下了深深地吸引他的这个"维尔金盖托里格"。另一次，他突然想起了"东哥特人"这个字眼儿，于是在我周围的一切物件上都写着这个历史名称。还有一次，他被"犀牛"这个字眼儿夺去了魂，第二天早上，我的房间里到处都是"犀牛"的字样。然而，我也善于从这种不可思议的怪癖中获得好处。现在我已经不用派他给不同的人物传递邮件时在信封上盖各种颜色的十字戳了：他居然能记住他们的姓名，简直是不敢想象的事。从前他只晓得说："这是给穿绿衣服太太的信（这位太太本是穿蓝袜子的女学究）；这封是给黑头发的记者的（他却长着火红色的头发）；这是交给红光满面的官员的（尽管他的脸色苍白得像死人一样）。"

在他的作业中，特别值得注意的是他的书写艺术。他为自己准备了一本练习簿，从他所能获得的一切书籍中，把作者写给自己亲人的各种献词都抄录在本子上，用勤务兵的父亲、母亲和兄弟的名字取代他本人一无所知的作者的亲人的名字。显而易见，他认为这是向双亲和同胞手足表达他的感激与爱心的最好方法。有一回，我打开这本练习簿，在许多摘录中读到："彼得洛·特朗契（这是他父亲，一个庄稼汉的名字），出身贫贱，靠自己的勤奋和毅力在学者们中间取得了卓越的地位。他分担家庭的忧患，模范地教育子女们。安东尼奥·特朗契（代替米盖尔·列松纳）谨以抄录此书纪念我父辈之中的佼佼者。"在另一页上，"谨以此歌献给我的父亲彼得洛·特朗契，他向撒丁王国的议会报告了诺伐拉城郊战败的消息后，昏倒在地，几天以后就与世长辞了"，如此等等。在"献给在意大利国会尚未获得代表资格的卡利亚里"的标题下，署名"安东尼奥·特朗契（代替乔凡尼·普拉蒂）"，如此等等。

尤其使我震惊，而且从未在别人身上发现的一点是，他平时对无缘见到的任何不寻常的事物所表现出来的那种令人惊愕的麻木不仁。住在佛罗伦斯时，他是翁贝尔托王子举行婚礼庆典的见证人；他在佩尔戈列剧院听过歌剧，参加过舞会（这是他生平第一次进歌剧院）；在科里大道目睹过狂欢节的热闹场面和童话般的彩灯游艺会。他还见识过许多其他事物。对他来说，这些都是完全新奇的，必然会使他惊讶，引起他的兴趣，促使他经常挂在嘴边的话题。然而，根本不对！他的惊愕并没有超出他通常的说法："就这样，还可以。""圣塔—玛丽亚·台尔·费奥莱嘛……就这样，还可以；乔托钟楼嘛……就这样，还可以；庇提宫嘛——就这样，还可以。"我甚至在想，就是上帝亲自盘问他，对于神的创造奇功有些什么评价，说不定他也是如此回答："就这样，还可以。"

从第一天给我当差直到最后一天，他始终处于同样的心理状态：半认真半随便，一向温顺和气，常常怡然自得和无动于衷地对待世上的一切事物。他总是把我说的话理解反了，他的行为表现出某种特殊的不合情理。当他退出预备兵役的那一天，就像过去一样，仍旧心平气静地往他的练习簿里抄录什么，花了许久的时间。离开部队之前他来向我告别。我们不是特别情意绵绵地分手的。我问他是否喜欢离开佛罗伦斯，他回答：

"为什么不喜欢？"

我再问他想不想回家，他扮了一个怪相作为回答，我就是不明白他这副怪相包含什么意思。

"如果你需要什么，"我在最后一分钟说，"只管给我写信，我将乐意为你办理一切事务。"

"谢谢。"他回答。

他就这样告别了跟我一起住过两年多的宅子。在他离去时，脸上既没有高兴，也没有惆怅的表情。

当他走下楼梯时，我瞧着他的后背。突然，他转过身来。

"此刻他的心弦被触动了，要说话了，"我这样思忖，"他会像知交一样跟我告别的。"

"中尉先生，"他说，"我把抹发油的刷子搁到大桌子的抽屉里了。"

说完这句话，他就走了。

（翟继栋　译）

【作者简介】埃德蒙多·德·亚米契斯（1846—1908），意大利作家。代表作：《心》、《卡尔美拉》。

伊巴涅斯〔西班牙〕

在 海 上

半夜两点钟有人敲茅屋的门。

"安东尼奥！安东尼奥！"

安东尼奥从床上跳起来。那是他的伙计，捕鱼的老搭档来通知他出海。

那天晚上他只睡了一会儿。十一点钟的时候他还在和他可怜的女人鲁菲娜谈话，他们谈着捕鱼的活计。女人不安地在床上翻来覆去。情况不能再坏了。这个倒霉的夏天！去年，鲔鱼成群结队、络绎不绝地来到地中海。就是最不景气的日子，每天至少也能打到二百到三百阿罗巴的鱼。银钱的收入就像上帝的恩赐。像安东尼奥那样行为检点又能搞点积蓄的人们，都摆脱了一般水手的地位，买一条船自己捕起鱼来。

小小的港口挤得满满的。每天晚上这里都停泊着一支真正的船队，几乎连移动一下的空隙都没有。但是，随着渔船的增加，渔源却枯竭了。

渔网只拉起一条条海带或者小鱼，那些小鱼放在平底锅里一煎就烂了。今年的鲔鱼改了道，谁也没能打上一条到自己的船上。

鲁菲娜被这种情景吓坏了。家里没钱用，他们在面包房和店铺里都欠了债。托马斯先生是个歇了业的老板，由于他犹太人的巧取豪夺，成了村里的一霸。他曾借给他们五十杜罗有息贷款，使那条花尽了他们的积蓄的漂亮而灵便的渔船得以完工。现在他不断地恐吓他们说，要是他们再不拨付一点的话，他就要去控告了。

安东尼奥一边穿衣服一边叫醒他的儿子——一个九岁的小水手，他随同父亲去捕鱼，干着成年人的活。

"看看今天你们运气也许好一点吧，"女人在床上低声嘀咕着，"饭篮子就在厨房里……昨天店铺里不肯赊账了……唉，主啊！这真不是人干的行当啊！"

"别说了，女人家！大海是糟糕，可上帝会布施的。就在昨天，有人还看到一条孤单的鲔鱼，那条老东西估量有三十多阿罗巴重。你想想，要是我们抓到它的话……少说也值六十杜罗。"

他收拾完毕，心里还惦念着那条大鱼。那条离了群的孤零零的鱼，因为习惯了，重新来到了去年的水道。

安东尼戈已经起身，带着一本正经和自鸣得意的神气——那种同年龄的孩子还在玩耍而自己却能挣钱谋生的孩子所特有的神气，准备出发。他肩上扛着饭篮子，一只手挎着一篮罗贝尔鱼，那是鲔鱼最爱吃的小鱼，是引鲔鱼上钩最好的诱饵。

父子俩走出茅屋，沿着海滩来到了渔民码头。伙计在船上等他们，一面在准备船帆。

小船队在黑暗中移动了，林立的船桅在摇晃。船上，船员们的身影在奔跑着。帆杠落在甲板上的声响，辘轳和绳索的轧轧声打破了沉寂。船帆在黑夜中展开，仿佛一幅幅巨大的床单。

村子里笔直的小道一直延伸到海边，两旁点缀着一幢幢白色的小屋。夏令季节，那些全家从内地来到海边避暑的人们在这里居住。码头近旁有一幢大房子，房子的窗户就像生着火的炉灶，在动荡不安的水面上描绘出条条光流。

那就是俱乐部。安东尼奥朝它投出了憎恨的目光。这些家伙多么会熬夜啊！他们准是在赌钱……要是他们也不得不起早挣钱糊口的话，那……

"起帆！起帆！好多人赶到我们前面去了。"

伙计和安东尼戈拉着绳索，三角形船帆徐徐升起，被风吹鼓后便抖动起来。

小船起初在海湾里平静的水面上慢慢前进，随后海水动荡起来，小船开始颠簸。他们已经驶出海岬，到了大海上。

迎面是漫无边际的黑暗。黑暗中星星在眨巴着眼睛。在黑乎乎的海面上，到处是船只。它们在波浪中行进，像一个个尖角的幽灵向远处移动。

伙计凝视着天际。

"安东尼奥，风向变了。"

"我知道。"

"我们要碰到风浪了。"

"我知道。可是还得向前。我们要离开所有这些在海上搜索的渔船。"

渔船不再跟着其他船只贴岸行进了，它调开船头继续朝大海驶去。

拂晓，红色的、裁得像个巨大的圣饼似的太阳，在海面上画出一个火红的三角形。海水在沸腾，仿佛映照着一场火灾。

安东尼奥把着舵，他的伙计站在桅杆旁，孩子在船头上察看大海。从船尾到船舷拴着一排绳索，上面钩着鱼饵在水中拖着。绳子不时被牵动一下，翻起一条鱼来。鱼儿扭动着，闪出锡一般的光芒。但尽是些小鱼……一文不值。

这样过了几个小时。渔船不停地前进着，一会儿陷进浪里，一会儿又被掀起来，露出红色的船帮。天气很热，安东尼戈溜进舱洞，在放在狭窄的船舱里的水桶中取水喝。

十点钟光景已经看不见陆地了。从船尾一眼望去，只见其他船只远远的帆影，宛如一条条白鱼的鱼翅。

"喂，安东尼奥，"伙计喊了一声，"我们这是上奥朗去吗？如果鲔鱼不愿出来，那这儿和远海还不是一个样吗？"

安东尼奥把船调了个方向。渔船开始侧面迎风，但没有驶向陆地。

"现在，"他高兴地说，"我们吃点东西吧。伙计，把饭篮拿来。鱼儿什么时候愿意，它自己会出来的。"

他们每人拿了一大块硬面包、一个生洋葱头，在船舷上用拳头捣碎了就着吃。

风猛烈地吹着，渔船在汹涌起伏的波涛中狂颠。

"爹！"安东尼戈在船首喊着，"一条大鱼，好大呀……是一条鲔鱼！"

洋葱头和面包都滚落在船尾上，两个大人从船舷上探出身去。

真的，是一条鲔鱼，一条巨大、强壮、肚儿鼓鼓的鲔鱼，拖着那黑丝绒似的背脊，几乎要露出水面了。这也许就是渔民们都在谈论的那条孤单的鲔鱼。它威武地游着，轻轻地扭动一下有力的尾巴，就从船的一侧游到了另一侧。它会突然在你眼前消失，随即又露出身子来。

安东尼奥激动得脸也红了。他急忙把一根缚着一个手指般粗的鱼钩的绳子抛到海里。

海水翻腾了。渔船震荡不定，好像有人以巨人般的力量牵制着它，阻止它前进，要把它掀翻。甲板在摇晃，仿佛要从船上人的脚下逃走，桅杆在吹胀的帆幅的冲力下轧轧作响。可是突然阻力消失了，渔船跳了一下又开始向前驶去。

那根渔绳，原先是拉直绷紧的，这会儿软绵绵地挂在那里，

350

失去了力量。往上一提，鱼钩就露出了水面，它虽然很粗，却从中间折成两段。

伙计悲哀地摇了摇头。

"安东尼奥，这条畜生比我们厉害。放它走了吧！还要感谢它呢，幸亏折断了鱼钩，否则我们差点儿掉到海底去了。"

"放掉它？"船老大喊了起来，"见鬼！你知道这条鱼值多少钱吗？现在可不是犹豫和害怕的时候。追上它！追上它！"

他又把船转了个方向，朝着刚才碰到这条鱼的水域驶去。

他重又装了一个新鱼钩，一只巨大的铁钩，在上面串了好几条罗贝尔鱼。他一手紧握着舵，一手抓了一根尖利的船篙，准备等那条笨拙、强悍的畜生游近时，狠狠地给它一篙子！

渔绳拴在船尾上，几乎绷直了。小船重新晃动起来，这次却格外可怕。那条鲔鱼被牢牢地钩住了。它拉住那只粗铁钩，牵住了小船，使渔船在波浪上一个劲儿狂跳。

海水好像沸腾了。水花和气泡合成了混浊的漩涡冒出水面，仿佛海底有许多巨人在交战。突然，好像被一只无形的手拉住，小船倾侧过去，海水浸没了半个甲板。

这一扯使船上的人都摔倒了。安东尼奥放了舵，差一点掉进浪里。但随即吱嘎一声响，船又回复到正常位置。渔绳折断了。正在这时候，那条鲔鱼冒出来了。它几乎齐水面紧贴着船边，用它有力的尾巴激起巨大的浪沫。好哇，这条贼鱼！终于落到他手边了！安东尼奥怒不可遏，像对付一个不共戴天的仇敌那样，用船篙接连捅了它几下。篙头的铁尖一直刺进胶质的鱼皮中，海水染成了红色，那条鱼在猩红的漩涡中沉了下去。

安东尼奥这才松了一口气。他们总算得救了。这一切发生在几秒钟之内，但是差一点他们已经葬身海底了。

他看了一眼浸湿了的甲板，看见他的伙计站在桅杆下面，一只手抓着桅杆，脸色苍白，但神色却很镇定。

"我以为我们都要淹死了呢，安东尼奥。我甚至还喝了海水。这条该诅咒的畜生！你那几下子够它受的。但是你瞧着吧，它待不了一会儿就会冒出水面的。"

"孩子呢？"

孩子的父亲不安地问了这句话。声音那么小，仿佛害怕听到答话似的。

孩子不在甲板上。安东尼奥走下舱口，指望在船舱里找到他的孩子。他钻进齐膝深的水里——海水灌进了船舱，但谁还顾得上这些？他摸索着找遍了这块狭窄、黑暗的地方，除了那个水桶和备用的绳索外，什么也没有找到。当他返回甲板时，就像发了疯一样。

"孩子啊！孩子啊！……我的安东尼戈啊！"

伙计的脸色变得阴沉了。他们自己不也差一点掉下水去吗？这孩子也许被一个浪头打愣了，一下子给打到海底。伙计虽然想到了这一切，但嘴里却一句话也没说。

远处，在渔船险遭沉没的地方，一个黑色的东西在水面上漂浮。

"在那儿呢！"

于是，父亲跳进海里，用力地游着。这时伙计在下着船帆。

安东尼奥游着，游着。但是，当他看清那个东西是从他的船上掉下去的一支船桨时，他几乎连气力也没有了。

浪头把他掀了起来，把他的身体托出了海面，使他看到了更远的地方。到处是无边无际的海水。海上只有他自己，那只正在向他靠近的渔船和一团刚露出来的、在一大片血水中可怕地抽搐着的黑色弧形的东西。

那条鲔鱼已经死了……对他说来又有什么意思呢！他的独生子、他的安东尼戈的生命换来了这条畜生！上帝啊！难道要用这种方式来谋生吗？

他游了一个多小时。每逢碰到什么东西，就以为他儿子的身体会从他的腿下面浮起来；看到波浪中的凹影，就以为他儿子的尸体在两个浪头中间浮动。

他本来会留在海里，会同他儿子一起死在海里的。他的伙计不得不把他从水里捞起来，像对付一个倔强的孩子似的把他按在船上。

"我们怎么办呢，安东尼奥？"

他没有回答。

"你可不能这样啊！这是生活中常有的事。这孩子死在我们所有的亲人死去的地方，也是我们将来死的地方，只是早晚的问题……可是现在还得干我们的，要想想我们是穷人啊！"

他扣了两个活结，套在鲔鱼身上，让鱼在船后面拖着。船过处，浪沫都给血染成了红色……

顺风推着小船，可是船里积满了水不能好好航行。这两个人，两个水手，忘记了所遭受的不幸，手拿着戽斗，弯身钻进舱底，一斗一斗地把海水戽出去。

就这样连续干了几个小时。艰辛的劳动使安东尼奥麻木了，使他无法想事情。可是在他的眼眶里却滚着泪珠，流不尽的泪水混在舱底的水中又落到海里，掉在他儿子的"坟"上。

船肚子里的水越来越少，小船越走越轻快。

小小的港口遥遥在望，周围是被夕阳染成金色的一片片小白屋。

看见了陆地，安东尼奥心头沉睡着的悲哀和恐惧都醒来了。

"我老婆会怎么说呢？我的鲁菲娜会怎么说呢？"不幸的人在低吟着。

于是，他颤抖起来，像所有干活有力大胆但在家里却俯首听命的男人一样。

欢乐的华尔兹舞曲在海面上荡漾，仿佛在抚摸着大海。陆地上吹来的风用活泼、欢快的旋律向小船致意。那是俱乐部面前散步场上弹奏的乐曲。在扁扁的棕榈树下，像一串彩色的念珠上的珠子似的排列着避暑的人们的丝质的遮阳伞、草编的凉帽和鲜艳夺目的衣衫。

穿着白色和粉红色衣服的儿童们，在他们的玩具后面跳着、跑着，或者围成一个个快乐的圈子，像一只只五彩缤纷的轮子那样转动着。

码头上聚集着以打鱼为业的人们：他们那习惯于眺望无际的大海的目光，早已看清小船拖着的东西了。可是安东尼奥的眼睛却只盯着防波堤上的一个瘦长的、黑黑的女人。她站在一块岩石上，风正在翻卷着她的裙子。

小船靠上了码头。多热烈的喝彩啊！大家都想凑近些看看那条庞然大物。渔民们从他们的小船上投来了羡慕的眼光，那些光着砖灰色的身子的小无赖们，都跳到水里去摸摸那条鱼的大尾巴。

鲁菲娜在人堆里分开一条路，走到她丈夫面前。她丈夫垂着头表情呆板地听着朋友们的道贺。

"孩子呢？孩子在哪儿？"

可怜的男人把头垂得更低了，一直缩到肩膀里，好像要使它消失掉，那样就可以什么也听不见，什么也看不见了……

"安东尼戈到底在哪里啊？"

鲁菲娜的眼睛里燃烧着怒火，好像要把她丈夫一口吞下去似的。她一把抓住他的胸口，像筛糠似的猛烈摇着那个男人。可是不一会儿她就松了手，突然举起双臂，发出了可怕的叫声：

"啊，主啊……他死了！我的安东尼戈淹死在海里了。"

"是的，老伴，"丈夫仿佛被泪水噎住了，他吞吞吐吐、结结巴巴地说，"我们太不幸了。孩子已经死了。他到他祖父去的地方去了，那儿也是我总有一天要去的地方。我们靠海吃饭，大

354

海是该把我们吞掉。这有什么办法呢？不是所有的人生下来都是当主教的。"

可是她女人不听他的。她躺在地下，由于神经受刺激而极度激动，她打着滚，跺着脚，露出了干活的牲口那种枯瘦的、烤黑了的身子，一面还扯着自己的头发，抓破自己的脸。

"我的儿啊！我的安东尼戈！"

渔民区的女邻居都朝她跑过来了。她们很清楚那是什么滋味，因为几乎所有的人都曾经历过这种事情。她们用有力的胳膊把她扶起来，开始往家里走。

几个渔民给哭个不停的安东尼奥一杯酒喝。这当儿，他那个伙计，却由于谋生的强烈的自私心所驱使，在拼命地同那些争着买这条漂亮的鲔鱼的鱼贩子们讨价还价。

下午过去了，海水平静地波动着，反射出金色的光芒。

那个披头散发、疯疯癫癫的可怜的女人，由女邻居们搀扶着回家去了。她那绝望的呼喊还不时地传来，但一次比一次远：

"安东尼戈！我的孩子！"

棕榈树下，照常徘徊着身穿绚丽的衣衫、面带幸福的微笑的人们，他们并没有感到身边发生了什么不幸。对那一幕贫困的悲剧，他们连看都不看一眼。那优美的、富有节奏的、肉感的华尔兹舞曲，那欢乐的痴情的颂歌，正和谐地在水面上飘荡，它伴随着微风，抚爱着大海的永恒的美。

（黄锦炎　译）

【作者简介】维森特·布拉斯科·伊巴涅斯（1867—1928），西班牙现实主义作家。主要作品：长篇小说《茅屋》、《血与沙》；短篇集《西班牙的爱与死的故事》等。

乌纳穆诺〔西班牙〕

眼　罩

　　只见走过来一位吓昏了头的女人，真像一只受了伤的小鸟，每走一步都要磕磕绊绊。一双恐惧的大眼直征征地瞧着杳无人迹的空间，两只胳膊张开平伸着。她停下了脚步，害怕地瞅了瞅四周，往前迈几步，又退了回来，然后又往前试探着走几步，根本就没有个固定方向，活像掉进大海就要淹死了一样，而且连哭带喊：

　　"我的爸爸哟，我的爸爸就要死了。"

　　走到一位先生的面前，她冷丁又站住了，像是有生以来头一次见到人，神秘地把对方打量了一番，掏出来一块手帕，然后启唇问道：

　　"您带着手杖了吗？"

　　"您没看见这个吗？"他一面答着话一面指了指手杖。

　　"噢，真的。"

　　"要不，您的眼神一定不好使吧？"

　　"不是，可现在比瞎了还倒霉。把手仗给我使使。"说着，她把一块手帕蒙上了眼睛。

　　蒙妥帖了，又说：

356

"把手杖给我，看上帝的份上。手杖就是我的小癞子。"

她一面说着，一面把手杖夺过来。那位先生抓住她的一条胳臂："这是要干什么呀，我的姑奶奶？您这是怎么了？"

"放开我，我爸爸就要归天了。"

"可是您这个样子要到哪儿去呀？"

"放开我嘛！让我走，看在大慈大悲的圣卢西亚面上，让我走吧。我眼神不好，靠它反而看不见道儿了。"

"她准是个疯子。"这位先生对另一位停下脚步来看热闹的男人低声说。

可是，这话让她给听见了。

"不，我可不是疯子。不过，要是再这么下去，我准会疯的。让我走吧，他就要归天了。"

"是个瞎子。"一个过路的女人这么说。

"怎么会是瞎子呢？是瞎子还用蒙上眼？"手杖先生反驳道。

"我就是想再当上瞎子。"她喊着，用手杖探着地面和墙根，那神情那么焦躁，真像在黑沉沉的大海里想要抓住沉船上的一块碎木板什么的。蓦地，嘴里哼出声来，这是表现情绪缓和下来的音调。像一只鸽子飞到空中片刻以后找到了方向，这位蒙着眼的女人又像一支快箭，嗖的一声射了出去，毫不迟疑地拄着拐杖探着地面走开了。

目击者们仍然留在街上议论纷纷。

那可怜的女人生下来就是个瞎子，虽然眼前一片漆黑，可精神上的甜蜜给予她欢乐，心灵从爱情中汲取了营养。就这样，她瞎着眼睛长大成人。

虽然双目失明，也有人爱恋她，也有人和她成亲。于是，她也就瞎着眼睛结了婚。拥抱她男人的一双手臂代替了传情的双目。唯一遗憾的是她不得不离开了老父亲，可是，几乎天天如此，她拄着一根棍子到她爸爸那里，接触他，聆听他的说话和抚

357

摸他。如果丈夫要搀扶她一起去，她就把丈夫的手臂推开，温情脉脉地说："我用不着你的眼睛。"

有位小有名气的专科大夫在街上碰上了这位女瞎子。经他检查，自告奋勇保证能够给她治好眼睛让她见到光明。可是，手术等到她生了孩子过完产期才能作。

终于那么一天，手术奇迹般的效果把这位女瞎子可怕的预感变成了欢乐。大夫和他的助手在这桩出奇的医例中搜集着经验，迫切地为心理学寻找着根据，所以总是用一些问题来缠着病人。她呢，整天只是惶惑地望着周围的东西。视力是有了，可是在精神上却受了罪，经受着一种好奇的折磨。新的天地慢慢地浸入她原来那片黑茫茫的世界，带来一阵阵的刺痛。

"噢，原来是你？"她听到丈夫在身边说话的时候，不由得喊了起来。

她搂着丈夫哭了，闭着眼把脸贴在丈夫的脸上。

她的孩子也送来了。她把孩子抱在怀里，样子让人看了真以为她是发了疯，既不言语，脸上也毫无表情，气色苍白得像个死人，用孩子身上松软的嫩肉蹭着自己紧紧合起来的双眼，显得那么疲惫和无精打采，连一眼也不愿意去看看孩子。

"多咱我能去看看我的爹呵？"她问道。

"不，这还不行。"大夫说，"在你的视觉感到习惯之前就跑出医院，那就有点冒失了。"

第二天，赶巧就在玛丽亚飞快地获得了痊愈出院的第二天，正当她开始享受着新的童年和沉浸在新天地的花花绿绿之中的时候，一个呆头呆脑非常笨拙的送信的人跑来，结结巴巴地告诉她，说她的爸爸前一阵儿瘫在床上，这一阵子又犯了病，眼看就要死了。

这一惊可非同小可，周围的光线像烧着了她的灵魂，合上眼也觉得不行了，疯疯癫癫地穿上衣服跑到自己屋里抓起了耶稣的

358

十字架，一边闭起眼来吻着，一边哭叫着：

"我的眼睛哟，不就是为了伺候您活得长寿吗，要不，我要眼睛干什么哪？"

猛地站起身来，闯到街上，第一次也许是最后一次要看看她的父亲。

就在她碰上了拿着手杖的先生的时候，周围奇怪的世界已经使她迷了路。可是，只是在她蒙上眼睛回到了自己的天地——黑茫茫的老家的时候，才像一只回巢的鸽子那样有把握地去找她的父亲。

一进娘家门，便把手杖扔在一边，径直地穿过过道，来到奄奄一息的父亲榻前，一下就扑倒在老人的脚下，两臂搂住他的脖子，用手代替眼睛抚摸着。在她号啕痛哭声中夹杂着呼唤："爸爸，爸爸，爸爸哟。"

神志昏然的可怜的老头，几乎已经失去了知觉，惊愕地望了望她的眼罩，想把它扯下来。

"不，不，别给我拿下去……我不想看见您，爸爸，爸爸，我的爸爸哟。"

"可是，闺女，我的闺女。"老头喃喃地说。

"你疯了吗？"她的兄弟劝她，"把它摘下去吧，玛丽亚，别开玩笑了，要严肃点……"

"开玩笑？这是开玩笑吗？你们知道这是怎么回事吗？"

"可你难道就不想看爸爸一眼吗？这可是第一次也是最后一次了。"

"就因为我想看见他……可，我的爸爸，我的……是他，我瞎着的时候用亲吻把我抚育成人，正因为要看见他，才不能把眼罩摘掉……"

她慌慌忙忙地用双手抚摸着，同时吻着父亲的全身。

"可是，我的闺女，我的闺女……"老人只是机械地重复着这句话。

"也许您是正确的。"神父神秘地说着，把她扶开，"也许您有道理。"

"正确？道理？我的正确和道理都在黑暗里面，只有在黑暗里我才能看得见。"

"生命即是人类的光明……光明在黑暗中放光……"神父用拉丁文喃喃地背诵着，像是在那里自言自语。

玛丽亚的兄弟走近她，冷不防一把扯下了她的眼罩。在场的人都捏了一把汗，因为只见这位可怜的女人一看见周围的事物就吓傻了，到处摸索着像是要抓住什么救命的东西。她定了定神之后咕哝着说："男人们都这么粗鄙。"说着跪倒在她父亲的面前问道："是这位吗？"

"是的，是这位。"神父指着说，"他已经都不认识你了。"

"我也不认识他了。"

"上帝是仁慈的，我的孩子，他让你在父亲归天之前能瞧见他。"

"是呵，可就在他已经认不出来的时候，看来……"

"上帝仁慈……"

"只能降临到黑暗里。"玛丽亚接过神父的口气说完之后，盘着腿坐在地上，脸色灰白，垂着双臂，目光超越过她的父亲望着空间。

她又站了起来，靠近父亲，刚一碰到他就缩了回来，喊道："凉了，像光线那么凉，他死了。"说完昏倒在地上。

等她苏醒过来，搂住尸首，一面吻着一面不停地说："爸爸，爸爸，我没看见你死。"

"应该把爸爸的眼睛合上。"玛丽亚的弟弟对她说。

"对，对，应该把他的眼合上，别让他再看了，不要让他再看了，我的爸爸！你已经在黑暗里了……在仁慈的世界里了。"

360

"现在，他正接受着上帝的光芒。"神父说。

"玛丽亚，"她兄弟拍了拍她的肩膀，嗓音发颤地说，"你已经做了母亲了，人家把你孩子送来了。你来的时候把他撂在家里，他一直哭到现在……"

"啊，可不是嘛，我的小天使！他该吃奶了，抱过来！"接着她又喊了起来，"眼罩！眼罩！快给我眼罩，我不想看见他。"

"可是，玛丽亚……"

"要是不给我蒙上眼，我就不给他喂奶。"

"你该理智一点，玛丽亚……"

"我和你们讲过，只有在黑暗里我才有理智……"

她把眼蒙上，接过孩子，亲了亲。解开衣襟把乳房贴近孩子，紧紧地搂住他，嘴里咕哝着："可怜的爸爸，可怜的爸爸。"

（陈光孚　译）

【作者简介】米格尔·德·乌纳穆诺（1864—1936），西班牙著名作家和诗人。主要作品有：长篇小说《战争中的和平》、《爱和教育》；短篇《眼罩》等。

欧文〔美国〕

瑞普·凡·温克尔

啊，渥登，撒克逊的大神，因为你
我们才有了星期三，也就是渥登节，
真理，这是我永远要坚持的，
我要一直坚持到我爬进坟墓的
那一天——

　　　　　　　　　　　——卡尔特莱特

　　凡是在哈得逊河上游航行过的人，必定记得卡兹吉尔丛山，那是阿帕拉钦山脉的一支断脉，在河的西岸，巍然高耸云端，威凌四周的乡村。四季的每一转换，气候的每一变化，乃至一天中每一小时，都能使这些山峦的奇幻的色彩和形态变换，远近的好主妇会把它们看做精确的晴雨表。天气晴朗平稳的时候，它们披上蓝紫相间的衣衫，把它们雄浑的轮廓印在傍晚清澄的天空上，但有时，虽然四外万里无云，山顶上却聚着一团灰雾，在落日的余晖照耀之下，像一顶灿烂的皇冠似的放射着异彩。

　　在这些神奇的丛山脚下，航行的旅客有时会看见轻烟从一座村落里袅袅而上，树丛中隐约地闪露出农家的木屋顶，那正好是

362

山上的青葱转变为近处一片新绿的地方。这是一座非常古老的小村庄，是荷兰殖民者在这个州成立初期建造起来的，正当好心的彼得·斯泰弗山特（愿他在地下安眠！）开始执政的时候。不久以前，这里还有几所最初来此定居的人的房屋，它们都是用荷兰运来的小黄砖造的，格子窗，人字门墙，屋顶上装着风信鸡。

　　好多年之前，当这里还是大不列颠的一个州的时候，在这个村子里，而且就在这样的一所房子里（这所房子，说句老实话，由于年深月久，风吹雨打，已经破旧不堪），曾经住着一个淳朴善良，名叫瑞普·凡·温克尔的人。他本来是凡·温克尔一族的后代，他的祖先在彼得·斯泰弗山特执政的骑士时代，以勇敢出名，并且还曾经随着彼得围攻过克瑞士廷纳要塞。可是，他祖先那种好勇斗狠的性格，很少遗传到他身上。刚才我已经说过，他是个淳朴善良的人；非但如此，他还是个和气的邻居和一个驯顺的怕老婆的丈夫。实际上，他那到处受欢迎的温和性情可以说是由于怕老婆而来的。一个人在家里受惯了泼妇的教训，到外面就最容易处处随和，事事顺从。他的脾气，毫无疑问，就是因为在家庭磨难的熊熊的火炉里受过锻炼，才变得柔软和有韧性。看起来，要教人养成耐心和坚忍的美德，一次帐中说法抵得过全世界的说教。因此，从某些方面来说，有一个泼辣的妻子，也可以看做是相当有福气的。要是这样，瑞普·凡·温克尔就有三倍的福气了。

　　村里的好心的主妇们，倒的确个个都欢喜他，每逢他家里发生口角，她们总是帮着他说话，一般的女人往往都是如此。黄昏时，当她们聊起天，谈到了这些事情，她们总是把一切错处都推到凡·温克尔太太身上。就是村里孩子们看见他走过来，也是一片欢呼声。他参加他们的游戏，给他们做玩具，教他们放风筝和弹石子，并给他们讲关于鬼怪、巫婆和印第安人的长篇故事。每逢他在村子里闲步的时候，总有一大群孩子围着他，有的拉住他的衣服下摆，有的爬在他背上，有的大胆地百般捉弄他，连附近一带的狗见了他，也没有一条会对他吠的。

瑞普的性格中最大的缺点，就是对于一切有好处的劳动都感到不可克制的厌恶。这倒不是由于他缺乏刻苦耐劳或坚持不懈的精神，他可以坐在一块潮湿的石头上，拿着一根像鞑靼人的标枪似的又长又重的钓竿，钓上一整天鱼，即使鱼儿一口也不来咬饵，他也不会抱怨一声。有时他还会为了打几只松鼠或野鸽子，掮着一支猎枪，穿林越泽，上山入谷，一连跋涉好几个钟头。遇到邻居们要他帮忙，即使最繁重的工作，他也从来不会拒绝；每逢村子里为了剥玉米或者筑石墙而举行集会时，他总是第一个赶到；村里的女人也常常差遣他为她们跑腿，或者叫他做些自己不大听话的丈夫不愿意干的零碎活儿。总之，瑞普这个人除了自己的事情，无论哪个的事他都愿意干；如果要他在家里干点家务，料理料理自己的田地，他就觉得有些办不到了。

事实上，他对人家说，在自己的田里干活是白费力气，他说，那是全村最倒霉的一小块地，田里的事情样样都糟，不管他怎么干，也还是要出毛病。他的篱笆总是坍塌；他的母牛不是走迷了路，就是跑到人家菜地里；他田里的野草准比任何地方都要长得快些；每逢他要到田里去干活的时候，天就下起雨来。因此，祖上传下来的田产在他手里，就一英亩一英亩地少下去，最后只剩一小块玉米和马铃薯地，而且还是附近一带最糟糕的一块地。

他的那些孩子，也是穿得破破烂烂，野得不得了，就像没有父母似的。他的儿子瑞普，是个淘气鬼，长得和他一模一样，不仅穿着他父亲的旧衣服，保险还能继承父风。通常，总看见他像匹小马似的跟在他母亲脚后面，穿着一条他父亲丢掉不用的裤子，一只手费劲地拉着裤子，仿佛一位华丽的太太在下雨天拎着裙子下摆似的。

364

不过，瑞普·凡·温克尔却是个傻里傻气、无忧无虑的乐天派，过着优哉游哉的生活，吃白面包和黄面包都行，只看哪一样最不用操心和费神。他宁可只有一个便士而挨饿，不愿为一个金镑去工作。倘使听他自便，他一定会吹吹口哨，心满意足地度过一生，可是他老婆不断地在他耳朵边唠叨个没完，说他懒惰，说他事事不操心，说一家人都要毁在他身上。早晨，中午，晚上，她成天地喋喋不休，只要他说了一句话或者做了一件事，就必定会招来她一篇滔滔不绝的家教。瑞普对付一切这类的教训，只有一个办法，久而久之，也就成了习惯，他一句话也不说，只是耸耸肩，摇摇头，两眼看天。可是，这种办法又总是引起他老婆的一场新的痛骂，于是，他就只好全线退却，跑出大门——老实说，怕老婆的丈夫也只有这样一条路可走。

　　在家里，瑞普的唯一知己就是那条名字叫"狼"的狗，"狼"和他主人一样怕女主人。因为凡·温克尔太太把他们看成一对闲游的伙伴，老是拿凶恶的眼光对待"狼"，认为它主人常常出门忘了回家，全是它的缘故。其实，"狼"也具有一条体面的狗所应有的全部精神特点，它的英勇气概，并不逊于任何在林中奔驰的动物——可是，有哪一种勇气，能挡得住喋喋不休、咄咄逼人的可怕的女人的舌头呢？"狼"只要一走进家里，立刻就垂头丧气，它的尾巴不是拖在地上，就是夹在腿间，它的神气像个罪犯，在屋子里偷偷地走来走去，不停地瞟着凡·温克尔太太，只要扫帚柄或水勺子微微一举，便狂吠着飞也似的奔向门外去了。

　　瑞普·凡·温克尔婚后的岁月一年年地过去，他们的日子却一天比一天难过了。凶悍的性情，绝不会因为年龄增长而变得温和，尖刻的舌头却是一柄唯一的愈用愈锋利的刀子。有一段很长的时期，每逢他被老婆从家里赶出来，他总是去参加一个由村中的圣贤、哲学家和其他空闲的人组成的永久俱乐部，以此自慰。

他们开会的地点，就在一家拿乔治三世陛下的红色肖像做招牌的小客店的门前的长凳子上。他们常常坐在这儿的树荫下面，度过一个漫长的懒洋洋的夏日，无精打采地谈论些村里张家长李家短的闲话，或者不断地讲些令人昏昏欲睡的、不知所云的故事。不过，偶尔他们手里弄到一张过路旅客丢掉的旧报纸，他们有时也会发表一点深刻的议论，照我看来，这些话，对于某些政治家说来，不论花多少钱，也是值得去听听的。当乡村教师戴立克·凡·本麦尔慢吞吞地读着报纸的时候，他们多么严肃地听着啊。戴立克个子虽然矮小，却极有学问，即使字典上最长的字也难不倒他。当他们谈论起这些发生在几个月之前的国家大事时，他们的见解可真是英明啊。

这个秘密政治会议里的意见，完全控制在尼古拉斯·维德尔的手里，他既是村长，又是客店的老板。他从早到晚坐在客店门口，只有在太阳要晒到身上时才把座位移动一下，始终坐在那一株大树的阴影下面。因此，邻居们凭着他的动作就能够知道是几点钟，跟日规一样准确。其实，大家难得听见他讲话，他只是不住地抽烟斗。尽管如此，他的那些信徒（因为凡是大人物都有信徒）却完全懂得他，都知道怎样去揣摩他的意见。如果所读的和所谈的事情使他不高兴的话，你就会看见他剧烈地抽着烟斗，喷出短促的、密密的、愤怒的烟圈；反之，如果听得高兴，他就会慢吞吞地、从容不迫地把烟吸进去，吐出一朵朵淡淡的平静的烟云，有时，他把烟斗从口中拿下来，任凭那一缕缕芬芳的烟在鼻子边袅袅而上，一面庄严地点点头，表示完全赞许。

即使在这样的堡垒里，不幸的瑞普到底还是要被他那凶悍的老婆赶出来。她常常会突然闯到这里，破坏会议的安宁，把会上的人通通臭骂一顿。这位可怕的泼妇的利口，甚至连尼古拉斯·维德尔那样尊严的人物也饶不过，她公然责备他促使她丈夫养成懒惰的习惯。

到了这一步，可怜的瑞普几乎是走投无路了，唯一逃避田里的工作和老婆的叫骂的办法，就是拿起猎枪，一步一步踱到林子里去。到了林子里面，有时他就靠着树干坐下，把背包里的东西拿出来和"狼"一道分食。他很同情"狼"，把它当做患难朋友。"可怜的'狼'，"这时候他就会说，"你的女主人叫你过这样悲惨的日子；不过，这不要紧，我的朋友，只要我活着，不怕没有帮你的人！"于是"狼"就会摇摇尾巴，忧愁地望着它主人的脸。假使一条狗也有怜悯之心，那么我就可以肯定地相信，它也同样衷心地可怜它的主人。

有一天，秋高气爽，瑞普作了一次这样的漫游：他不知不觉地爬上了卡兹吉尔丛山中一个极高的峰顶。他专心地在打松鼠，这是他最爱的事情，寂静的山头反复震荡着他的枪声的回音。到了将近黄昏时，他喘着气，感到很疲乏，便在悬崖顶上一个绿草丛生的圆丘上坐下来。从树隙中，他可以俯视连绵数英里的整片密密的树林。他再望过去，远远地可以看见下面那条雄伟的哈得逊河，默默而又庄严地流着，平静如镜的江心有时倒映着一片紫云，有时点缀着点点孤帆，迟迟不前。这条河终于隐没在苍翠的山麓之间。

他从另一面望下去，只见一个荒凉、寂寞、乱蓬蓬的深谷，谷底填满了从危崖绝壁上落下去的碎屑，隐约还有几缕落日返照的余晖。瑞普躺在草地上，对着这片景色，默默沉思了一会儿。黄昏渐渐地来临，群山已在山谷里投下了蓝蓝的长影子。他知道等他回到村里天早已黑了，想起回家又要遭到老婆的责骂，不禁深深叹了一口气。

他正要下山时，忽然听见远远有一个人的声音喊着："瑞普·凡·温克尔！瑞普·凡·温克尔！"他向四处一望，连个人影子也没有，只见一只乌鸦孤零零地振翼掠过山头。他想这一定是幻觉，便重新转身下山，这时却又听见那同一的声音在寂静的薄暮中回荡："瑞普·凡·温克尔！瑞普·凡·温克尔！"——同时，"狼"也竖起背上的毛，低低地嗥叫了一声，躲到主人身边，惊恐地向下面山谷里望着。这时瑞普隐隐觉得一种恐惧袭来，也急急地向这个方向望去，只见一个古怪的人，吃力地慢慢向山岩上走来，背上驮着一件沉重的东西，压得腰也弯了。他看见在这荒凉的、人迹罕到的地方，居然有个人来，觉得很惊讶，但是他还以为这是他的一位邻居，需要他帮忙，就赶紧下去接他。

走近以后，他看到那个陌生人的外表非常古怪，就更加惊异了。那是个矮胖的老头子，头发蓬松浓密，胡子已经斑白，衣服是古代的荷兰装束：上身穿着一件呢马甲，腰上束着皮带，下面穿着好几条裤子，外面的一条非常宽大，两侧装饰着两排纽扣，膝上打着褶。他肩上驮着一个似乎装满了酒的大桶，对瑞普做着手势，叫他过去帮忙。瑞普对这位新交，虽然有点害怕，并且觉得可疑，他还是照往常那样，爽快地答应了他。于是，他们便彼此替换背着酒桶，爬上了一条狭窄的山沟，这分明是干涸了的溪流的河床。在上山时，瑞普不时地听到长长的隆隆声，好像远处的雷鸣，这声音仿佛来自悬崖之间的深深的峡谷，或者还不如说是隘口，他们那条崎岖的小路正通向那儿。他停了一下，但认为那不过是山中常有的雷雨声，便仍然向前走去。穿过峡谷之后，他们就到了一个山凹，它的形状像一个小型的圆剧场，周围矗立着悬崖峭壁，那上面的树木、枝叶都从悬崖顶上垂下来，因此从这里只能看得见蓝天和明亮的晚霞。一路上，瑞普和他的同伴始终一声不响地走着，他实在不懂，究竟为什么要把一桶酒，捎上这样一座荒山。不过，他没有问，因为那个陌生人的样子有点奇怪，而且不可思议，使得他望而生畏，不敢亲近。

他们才走进圆剧场，眼前便出现了新的奇迹。在中央一块平地上，有一群形容古怪的人正在玩九柱戏。他们的服装都是古怪的外国式样：有的穿着紧身白短上衣，有的穿着马甲，腰带上插着长刀，其中大多数人的裤子都和那位向导的一样宽大。同时，他们的面貌也很奇特：有一个是大胡子，阔面孔，一双小小的猪眼睛；另外一个人的脸似乎全给一个鼻子占了，头上戴着一顶圆锥形的白帽子，插着一根小小的红鸡毛。他们留着形形色色的胡子。其中一个仿佛是首领。他是个身材魁梧的老先生，一张饱经风霜的脸，身上穿着一条镶花边的紧身短上衣，束着一条宽皮带，挂着一柄短剑，头上戴一顶插着羽毛的高帽子，脚上穿着一双红袜子和一双系着玫瑰花结子的高跟皮鞋。这一群人使瑞普想起了挂在乡村牧师凡·夏克客厅里的一张弗兰德尔古画上的人物，那幅画还是初次移民时，牧师从荷兰带来的。

使瑞普特别感到奇怪的是：这些人虽然明明是在消遣，脸上的神气却极其严肃，而且沉默得很神秘，这是他所见到过的一次最扫兴的娱乐。只有球声不时打破眼前的寂静，每逢这些球滚动的时候，山中就会发出雷鸣似的隆隆的回声。

当瑞普和他的同伴走近他们时，他们突然停止了球戏，用凝固的石像似的眼光盯着瑞普，一张张面孔都是那么古怪、陌生、毫无生气，吓得他的心收缩起来，膝盖不住地哆嗦。这时，他的同伴把桶里的酒倒在几只大酒壶里，并且做做手势，叫他去伺候他们喝酒。瑞普怀着恐惧，浑身哆嗦着，照他的吩咐做了。他们一声不响地把酒一口气喝干，然后又打球去了。

后来，瑞普恐惧不安的情绪慢慢地减轻了。他甚至还敢在没人盯着他的时候，偷偷地尝了一口酒，他觉得这酒很有点上等荷兰酒的味道。他本来是个贪杯的朋友，因此隔了一会便忍不住又去尝了一口，他越尝越有味，一口口地不断呷着那酒壶里的酒，最后他的神志有点迷迷糊糊，头晕目眩，脑袋渐渐垂了下来，就昏昏地睡去了。

他醒来以后，发现自己仍然躺在最初看到谷中老人的绿丘上

369

面。他揉了揉眼睛——是一个明朗光辉的早晨。小鸟在树丛中跳来跳去，喊喊喳喳；一只老鹰在天空迎着山上的清风盘旋。"难道，"瑞普想，"我在这里睡了一夜？"于是，他想起了未睡之前的种种经过。掮着一桶酒的怪人——那个山中的峡谷——峭壁之间的那个荒凉的隐避所——一伙玩九柱戏的忧郁的人——那把酒壶——"唉！那把酒壶！该死的酒壶！"瑞普想，"回家见了我的凡·温克尔太太，怎么说得清呢？"

他四面望了一下，找他的猎枪，可是他那支干净的、擦足了油的枪却不知到哪去了，只见身边横着一支旧火枪，枪筒上包着一层铁锈，扳机已经脱落，枪托也蛀空了。这时他开始怀疑昨晚遇见的那些道貌岸然的酒鬼玩了一套鬼把戏，把他灌醉了，然后抢走了他的猎枪。"狼"也不见了，不过它可能因为追松鼠或老鹧鸪而迷了路。他吹了几下口哨，喊着它的名字，但都没有用，只听见口哨和喊声的回音，却看不见他的狗。

他决计再到昨晚看他们玩九柱戏的地方去一趟，只要遇到他们一伙里的人，就可以向他们讨回他的枪和狗。他站起身来要走时，发觉自己的关节僵硬，没有往日那样灵活了。"山上的床铺对我真不相宜，"瑞普想，"万一这一次游荡害我得了风湿症，整天躺在床上，那我跟我的凡·温克尔太太的日子可就好受了。"后来，他好容易走下了山谷。他找到昨天黄昏他和他的同伴一同上山的那条山沟，可是，太奇怪了，那条山沟现在已经变成了一条滚滚的溪流，越过一块块的岩石，奔腾而下，山谷里充满了潺潺的水声。但是，他还是设法从溪边爬上去，费劲地穿过赤杨、黄樟和金缕梅的树丛，有时还给野葡萄藤绊倒或缠住，这些野葡萄藤把它们的蔓条和卷须从这树绕到那树，好像在他的路上撒下一片网似的。

最后，他终于爬到了从悬崖之间的峡谷通向圆剧场的那块地方，但是看不出可以进入那个山洞的痕迹。壁立的巉岩好像一道不可超越的高墙，岩顶上一道瀑布，飞沫四溅地奔流而下，落入一个宽广的深潭中，周围树林的影子，使得潭水成为一片黝黑。到了这里，可怜的瑞普不得不停下来。他重新吹起口哨，喊叫他的狗，但是回答他的却是一群闲鸦的哑哑声，它们在高高的天空中，绕着一株倒挂在阳光照耀着的悬崖上的枯树盘旋。它们因为在很高的地方，觉得很安全，似乎正在向下面望着这个可怜人，嘲笑他的狼狈境况。怎么办呢？一个早晨快消磨光了，瑞普因为没有吃早饭，肚子已经饿了。他失掉了狗和枪，感到很痛心，他怕见他的老婆，可是总不能饿死在山中。他摇了摇头，捎上那支生锈的火枪，怀着一肚子的烦恼和忧虑，转身走回家去。

当他快到村子时，他遇到了许多人，可是一个也不认识，这可使他有点惊讶，他以为周围一带的人，他没有一个不认识的。同时，他们的衣服也是另一种式样，和他所习见的不同。他们都以同样惊讶的神气盯着他，每逢看他一眼总不免要摸摸自己的下巴。他们一再做着这个手势，引得瑞普也不知不觉地做了同样的动作，可是，这一下可把他吓了一跳，他发觉自己的胡子足足有一尺长了。

这时，他已经走到村子边界。一群陌生的小孩子跟在他后面奔跑，朝他喊叫，指着他的花白胡子。他又发现，连村上的狗也没有一条是他的旧相识，他路过的时候，那些狗都对着他狂吠。甚至村子也变了，它比以前大了，人口也较多。一排排的房屋，都是他从来不曾见过的，从前他常去的那些熟悉的地方都不见了。门上都是陌生的名字——窗口全是陌生的面孔——一切都是这样陌生。这时，他心里感到很不安，他开始怀疑他和这周围的世界，是不是都中了魔法，这明明是他的家乡，他离开了不过一天。那里是巍然耸立的卡兹吉尔丛山——远远流着的是银色的哈得逊河——每一重小山，每一个溪谷，都和往日完全一样——瑞普心里真搞糊涂了——"昨晚那把酒壶，"他想，"把我这可怜的脑子搞昏了!"

他好容易才找到了去自己家里的道路，快到家的时候，他提心吊胆，悄悄地走过去，担心随时都会听到他的凡·温克尔太太的尖锐的骂声。他发现家里的房屋已经坍败不堪——屋顶已经倒塌了，窗户都破了，大门上的铰链都脱下来了。一条饿得半死的狗，样子很像"狼"，正在屋子附近躲躲闪闪地跑来跑去。瑞普喊它的名字，但是这个畜生猖猖地吠了起来，露着牙齿，走开了。这真是使人伤心的事——可怜的瑞普叹了口气："连我自己的狗也把我忘了。"

他走进了屋子，这屋子，天地良心，凡·温克尔太太一向收拾得非常干净整齐。现在是空空洞洞，冷冷清清，分明已经无人居住。这种荒凉的感觉压倒了他的一切惧内心理——他大声喊他的老婆和孩子——只听见自己的声音在这寂寞的屋子里回荡了片刻，于是一切又恢复沉静。

他急忙跑出来，赶到他从前常去的那个老地方——乡村旅店，但是那旅店也不见了。在那地方却是一座东倒西歪的大木屋，开着几扇大窗户，有的已经破了，塞着旧帽子和旧裙子，大门上漆着"江奈生·杜立特尔联合旅馆"几个字。当初那株隐蔽着安静的荷兰小旅店的大树，已经变成一根光光的高柱子，柱顶上有一个仿佛红色睡帽似的东西，从那上面飘扬一面旗子，旗子上画着些星星和条子——一切都是这样奇怪，这样难以理解。不过，从招牌上，他总算还认出了国王乔治的那张红脸，他从前在这下面安安静静地吸过好多次烟，可是即使连这个像也发生了惊人的变化。红色上衣换成了一件蓝黄色的衣服，手里拿着的已经不是王笏，而是一把宝剑，头上戴着一顶三角帽，底下用大楷字母漆着"华盛顿将军"的字样。

门口，和往常一样，聚着一堆人，但是瑞普一个也不认识。甚至连这些人的性格也似乎变了。他们都带着一种忙碌、慌乱、

372

好争论的神气，一点也不像往日那样心平气和并且保持着昏沉沉的宁静。他想找到那位宽面孔、双下巴、衔着那支长长的漂亮的烟斗、喷着一圈圈的浓烟代替闲谈的圣贤尼古拉斯·维德尔，或者那位反复读着旧报纸的乡村教师凡·本麦尔，可是，白费劲。相反，只看到一个瘦瘦的、样子暴躁的家伙，口袋里塞满了传单，正在那儿激烈地演说公民的权利——选举——国会议员——自由——邦克尔山——1776年的英雄——还说了许多其他的话，在愕然无措的凡·温克尔听来，完全莫名其妙。

瑞普在这里一出现，他那长长的花白胡子，生锈的猎枪，奇怪的衣服，后面还跟着一大群女人和孩子，马上就引起了那些旅店政客的注意。他们围住他，好奇地从头到脚打量着他。这时，那位演说家急忙走到他面前，把他拉到旁边，问他预备投哪一面的票。瑞普只是呆呆地瞪着他。另外有个矮小的、好管闲事的人就拉他的胳膊，踮着脚尖，在他耳边问道："你是联邦党，还是民主党？"瑞普同样莫名其妙。这时候，有一个自作聪明的、妄自尊大的老绅士，戴着一顶尖尖的三角帽，用肘排开众人，从人群中挤了过来，在凡·温克尔面前站住，一手叉腰，一手拄着手杖，他那锐利的眼光和尖尖的帽子好像刺进了瑞普的灵魂，他用严峻的口气质问他，为什么他在选举的时候，揣着枪，带着一群人，是不是打算在村子里造反。——"哎呀！诸位先生，"瑞普有点害怕起来，叫道，"我是个安分守己的穷人，我是本地人，是国王的忠实臣民，愿上帝保佑他！"

这时，旁边看热闹的人一齐叫起来："保皇党！保皇党！奸细！逃亡者！把他轰出去！叫他滚蛋！"那个戴着三角帽、妄自尊大的人费了许多力气才把秩序维持下来，接着装出比以前更严肃十倍的样子，重新盘问这个来路不明的罪犯，问他到这里来干什么，找谁。可怜的瑞普低声下气地保证自己没有恶意，他不过是到这儿来找那几个通常和他在旅店门口碰头的邻居罢了。

"好吧，他们是些什么人呢？把他们的名字说出来。"

瑞普稍微想了想，便问道："尼古拉斯·维德尔到哪儿去啦？"

大家沉默了一会儿，然后一个老头子用一种尖细的声音回答道："尼古拉斯·维德尔！唔，他死了十八年了！本来在教堂的墓地里，他坟上还有一块木碑，上面刻着他一生的事迹，现在那块木碑也烂掉了，什么也没留下。"

"那么，布鲁姆·达契尔呢？"

"哦，他在战争开始时就投了军，有些人说，他在猛攻斯东尼角的时候阵亡了；还有些人说他在安东尼之鼻的脚下，遇到风暴淹死了。究竟怎么样，我也不知道——总之，他一直就没有回来。"

"教师凡·本麦尔呢？"

"他也打仗去了，后来成为民军的大将，现在国会里当议员。"

瑞普听到他的家乡和老朋友这些悲惨的变化，发觉只有自己一个人孤孤单单地留在世界上，心都碎了。同时，他们回答的那些话，句句都使他莫名其妙，因为他们一提到经过的时间，都是这么久，所讲的事情也都是他无法理解的：战争、国会、斯东尼角。他再也没有勇气打听另外的那些朋友了，只得绝望地喊道："难道这儿没有人知道瑞普·凡·温克尔了吗？"

"啊！瑞普·凡·温克尔！"有两三个人叫道，"那还有谁不知道！瞧那边，靠着那棵树的就是瑞普·凡·温克尔。"

瑞普向那边一望，看见一个和他自己上山时长得一模一样的人，神气也是那么懒散，身上当然也是同样的褴褛。可怜的瑞普现在完全搞糊涂了。他甚至对自己也有点怀疑了：不知道他究竟是瑞普呢，还是另外变了一个人。正在他觉得糊里糊涂的时候，那个戴三角帽的人又来问他是谁，叫什么名字。

"天知道，"他不知所措地叫道，"我已经不是我自己了——我成了另外一个人——站在那边的那个人才是我——不——那是披着我的皮的另外一个人——昨天晚上我还是我自己，可是我在山上睡着了，他们把我的枪换了，于是一切都变了，连我自己也变了，现在我不能说我叫什么名字，或者我到底是谁！"

这时，看热闹的人一个个你望着我，我望着你，点着头，彼此会意地交换着眼色，用指头轻轻敲着自己的额角。接着，他们又悄悄地议论起来，打算把他的枪夺下，免得这个老家伙闹出乱子来。那个戴三角帽的、妄自尊大的人一听到这种风声，就匆匆溜掉。正在这紧要关头，一个年轻美丽的女人从人群中挤出来，也想看看这个白胡子老头儿。她手里抱着一个脸蛋胖胖的孩子，那孩子一看见瑞普的模样，就哭起来了。"别哭，瑞普，"她叫道，"别哭，你这个小傻瓜，这个老头子不会伤害你的。"孩子的名字，母亲的神态，以及她说话的腔调，这一切在他脑子里引起了一大串回忆。"你叫什么名字，我的好大嫂？"他问道。

"裘狄斯·茄尔顿妮尔。"

"你父亲的名字呢？"

"唉，可怜的人，他名叫瑞普·凡·温克尔，可是，自从他带着他的猎枪出门，已经二十年了，一直没有听到他的消息——他的狗却独自回来了，不过他到底是用枪自杀，还是被印第安人捉去了，谁也不知道。那时候，我不过是一个小姑娘呢。"

瑞普只剩下一个问题要问了，但问的时候声音不免颤抖：

"你母亲在哪里呢？"

"哦，她也死了，不过这还是不久以前的事，她是跟一个新英格兰的小贩发脾气，血管破裂死的。"

这个消息里面至少含有一点安慰。这个老实人再也忍不住了。他抱住女儿和外孙。"我就是你的爸爸！"他叫道，"从前是年轻的瑞普·凡·温克尔——现在却是老瑞普·凡·温克尔了！——难道没有人认得可怜的瑞普·凡·温克尔了吗？"

大家站在那里，全愣住了。后来，才有一个老婆子，从人群中摇摇晃晃地走出来，用手遮住阳光，向他脸上瞅了一会儿，就叫了起来。"一点也不错！真是瑞普·凡·温克尔——真是他！恭喜你回来了，老邻居——这样长的二十年，你在哪儿啊？"

瑞普的经历很快就讲完了，因为这整整的二十年，对他来说，只有一个晚上。邻人们听着这个故事，都瞪起眼睛，有几个人却彼此使眼、做鬼脸，那个戴着三角帽、妄自尊大的人，因为一场虚惊已经过去，又回来了，撇着嘴，摇摇头——这一来，大家都跟着摇起头来。

这时候，大家瞧见老彼得·范德尔敦克从大路上慢慢走过来，便决定去征求他的意见。他是一位跟他同名的历史学家的后裔，那位历史学家曾经编著过本州初期的历史。彼得是村里最老的居民，对于附近一带神奇的事迹和传说非常熟悉。他立刻想起了瑞普，断定他的故事完全可靠。他向大家保证，说这是一件事实，是他那位先辈——历史学家传下来的一段掌故，说卡兹吉尔山一向有奇怪的人出没。还说有一桩事非常可靠，最初发现这条河和这一带地方的伟大的亨德利克·哈德逊，每隔二十年总要率领他那条"半月号"大船上的水手，到这一带来巡视一次，这样他就可以经常来访问他建立功业的地方，察看以他命名的河流和大城。又说他的父亲曾经看到他们穿着古代的荷兰服装，在一个山凹里玩九柱戏。又说，有一年夏天的一个下午，他自己还听到他们打球的声音，如像远处隆隆的雷鸣。

最后，这伙人也就散了，重新去搞他们的更重要的选举去了。瑞普的女儿带他回家一起生活，她有一所舒适的、陈设体面的房子，她的丈夫是个身躯魁梧、性情快活的农民，瑞普还记得他就是当初常爬到他背上的一个顽皮孩子。至于瑞普的儿子和后嗣，也就是刚才靠着大树、长得和他一模一样的那个人，他在田里给人做工，不过他的脾气显然跟他父亲一样，除了自己的事情以外，什么事都肯干。

现在瑞普恢复了他往日的行径和习惯。不久他又找到了许多老朋友，不过这一班人都已经到了风烛残年，因此他宁愿跟晚一辈的人交朋友，不久他就得到他们的爱戴。

他在家里也没有什么事情可做，而且已经到了逍遥闲散的幸福年龄，因此，他又终日坐在旅店门口，大家都尊他为村中的老前辈，把他看做一部活的"战前"旧时代的历史。他过了好久才能参加日常的闲谈，才明白在他睡着时所发生的奇奇怪怪的事情：怎样发生了革命战争——美国已经摆脱了英国的奴役——他已经不是乔治三世陛下的臣民，现在是合众国的一个自由公民。事实上，瑞普不是什么政客，共和国和帝国的变化在他没有多大的印象，他只知道一种专制，他在它的压迫下吃了多年苦头，那就是妇人的专政。所幸这种专制也结束了，他已经摆脱了婚姻的枷锁，可以随自己高兴，愿意出去就出去，愿意回来就回来，不必再怕凡·温克尔太太的暴政了。不过，每逢提起她的名字，他总是摇摇头，耸耸肩，两眼看天，他的这种神态，可以看做对于命运的屈服，也可以看做对于获得解放的喜悦。

他常常把自己的故事讲给每一个到杜立特尔先生的旅店里来的新客人。起初，大家都觉得他讲起来，每一次都有些不同的地方，这一定是因为他才醒来不久的缘故。最后，这段故事才讲得完全和我刚才讲的一样，附近的人，不论男人、女人和小孩，都背得出来。有些人却始终怀疑这个故事的真实性，断定瑞普有精神病，而这个故事就是永远留在他脑子里的狂想。不过，年老的荷兰居民，几乎全都深信这回事。甚至到了今天，每当夏天午后，他们听到从卡兹吉尔山传来的雷声时，总说那是亨德利克·哈得逊和他的水手在玩九柱戏。而邻近所有怕老婆的丈夫，遇到日子实在过不去的时候，真希望从瑞普·凡·温克尔的酒壶里喝一日安神的酒。

（万紫　雨宁　译）

【作者简介】华盛顿·欧文（1783—1859），美国文学的创始人之一，有"美国文学之父"的赞誉。主要作品：短篇小说《鬼新郎》、《瑞·凡·温克尔》；故事集《见闻杂记》、《布雷斯勃列奇田庄》、《游客谈》等。

纳撒尼尔·霍桑〔美国〕

罗杰·马尔文的葬礼

印第安战争里，有一件充满传奇色彩的大事，就是1725年为保卫边疆而进行的"远征"，它以人们永志不忘的"路弗尔之战"告终。一小队人马深入敌境，抗击两倍敌军，这件事本身就极其发人深省。只要稍一留意，就会发现其中有不少可歌可泣的英勇事迹，值得大书特书，经过适当剪裁，便成妙文。交战双方所表现的气概，都是符合文明人对于"英勇"的概念的。其中有一两人的事迹特别感人，即使称誉为"富于骑士精神"也当之无愧。这次战役虽然伤亡惨重，却取得赫赫战果，对于国家颇有裨益，因为它使一个部落大伤元气，一蹶不振，从而赢得了多年的和平。正史和口头传说对于这次战役都有翔实的描述，使边区一个侦察小队的队长，竟可与领导成万大军夺取胜利的统帅同样彪炳史册，流芳百世。

以下只是"洛弗尔之战"的一段插曲，其中述及的某些事件，尽管人名地名都是虚构的，但凡聆听过老一辈讲述该次战役少数生还勇士命运的人，都会承认它是有事实根据的。

清晨的阳光愉快地洒落在树梢上。树荫下躺着两个疲惫的伤员。头天夜晚他们拖着困乏的肢体，来到这靠近坡顶的地方

379

（这一带地势不平，到处都有缓坡起伏），在一块巨石下比较平坦的地方，铺了橡树枯叶，躺下安歇。

　　那块硕大的花岗岩，表面光滑平坦，有十五至二十英尺高，矗立在他们头顶上，有点像巨型墓碑，它上面的纹理宛若用已被遗忘的古老文字镌成的墓志铭。这一带地区生长的一般都是松树，而这块巨石周围几英亩方圆却都是橡树和其他硬材树。一株茁壮的小橡树，就挺立在这两个过路伤兵的近旁。

　　年纪大的那个伤兵，伤势严重，难以成眠。第一缕晨曦刚在最高的树梢上出现，他就痛苦地撑持着坐起来。他脸上深深的皱纹以及斑白的头发说明他已过中年，不过他体格还算强健，若不是负了重伤，肯定还和年轻力壮时一样能经受住长途跋涉的劳顿。这会儿他憔悴的面容上镌刻着极度的衰弱和困乏。他把绝望的目光投向树林深处，这表明他深信自己的旅程快到尽头了。接着他又将目光转向躺在身旁的旅伴。那个刚刚成年的年轻人正枕着臂弯睡觉，由于伤口发出一阵阵剧痛，他魂梦不安，随时都会痛醒。他右手握着一管毛瑟枪。从他面部的剧烈表情来看，他正在睡梦中重温那场激烈的鏖战（他是这场激战后少数生还者之一）。梦里的高喊化为嘴唇上不成句子的喃喃低语，就是这轻微的声音使他突然惊醒了。他醒来后第一件事便是焦虑地询问他那受重伤的旅伴的病情。那人摇摇头。

　　"鲁本，我的孩子，"他说，"咱们头顶上的这块石头，快成为我这老猎人的墓碑了。咱们面前横着茫茫荒野，还要走好多好多英里才能到家。而且，即便过了这坡地就能看到我家屋的炊烟，也无济于事了。我中的这颗印第安人的子弹，杀伤力比我原来料想的大得多。"

　　"别泄气。你是跋涉了三天太累了，"年轻人回答他，"休息一阵就会恢复体力的。你坐在这儿，我到树林里去找一些野草树根充饥。咱们先吃点东西，然后，我把你背上，往老家去。我相

380

信捎一程，背一程，至少会把你送到某个边防军驻地的。"

　　"我活不满两天了，鲁本。"那个年纪大的人平静地说。"你自顾不暇，我不能再拖累你了。你伤口很深，再受我拖累，力气很快就会耗尽了。你只有自个儿赶紧走才能逃出性命。我是没有指望了，我只好在这里等死。"

　　"即便是这样的话，我也要留在这儿守护你。"鲁本坚决地说。

　　"不行，我的孩子，不行。"上了年纪的旅伴回答。"你就顺从一个快死的人的心愿吧。让我握一下你的手，你以为我在临终的时候想到你也会拖累死，心里好受吗？我像父亲一样疼你，鲁本。在这样的紧急时刻，我应当拿出做父亲的权威，责令你快走，这样我死也瞑目了。"

　　"你像慈父一样对待我，我倒忍心让你暴尸荒野，没有人掩埋？"年轻人痛心地呼喊起来。"不行，如果你真是寿限到了，我也要守着你，听到你临终的话。我要在这块大石头旁边给你掘个墓，万一累倒了，咱们就在这里一齐安息，要是天可怜见，给我足够的力气，我总能摸索着回家的。"

　　"在城市里和有人烟的地方，"中年人接住他的话茬说，"死人当然总是入土为安。大家把死人埋起来，是免得被活人看见。可是在这里，一百年也没有人经过，我在露天安息，让秋风卷起橡叶盖在身上又有什么不行呢？我在临死的时候，在这块灰色的大石头上刻出罗杰·马尔文这几个字，不就是很好的墓碑吗？将来有人路过，总会知道这里安眠着一个猎人兼战士。别再耽搁，做这样的蠢事了。赶紧走开，即便不是为了你自己，你也要为她想想。你撇下她一个人，该会多么凄凉。"

　　马尔文说到后来，嗓音发颤，哽咽住了。他的年轻的同伴显然深受感动。这些话使他领悟到，以身殉友，并不能挽救朋友的生命。自己还有其他义不容辞的责任要尽。

尽管鲁本更坚定地拒绝同伴的恳求，实际上他被说服了，何况，很难说他心里当时就没有一点自私的想法。

　　"在这荒野慢慢等死，多可怕啊！"他痛苦地呼喊道。"在战场上勇士不怕为国捐躯，有亲友们送终，连妇女也能安心瞑目，可是在这片荒野——"

　　"我在这里也不会畏缩，鲁本·伯恩，"马尔文打断他的话，"我不是个怯懦的人。即便是，了却心愿，就是比亲友送终更可靠的支持。你还年轻，生命是宝贵的。你临终时远远比我更需要安慰。你把我埋葬了，你自己也累垮了，若是在茫茫黑夜的森林里孤孤单单地死去，那是多么痛苦啊。趁现在还有逃生的希望赶快走吧！你思想高尚，我劝你走，你也绝不会是出于自私的动机。你走是为了顺从我的心愿。我祈祷上帝保佑你安全还乡，我就再没有什么牵挂，可以放心地离开尘世了。"

　　"可是你的女儿——我这样抛下你，我怎么有脸见她呢?"鲁本失声痛呼道。"我曾经发誓要豁出命来维护你的安全，她如果问起她父亲的命运，难道我能回答她，我和她父亲撤出战场，跋涉了三天，到头来却把他撇在荒野里，眼睁睁让他死去？与其贪生回去向朵尔卡丝说这样的话，倒不如和你死在一起。"

　　"告诉我女儿，"罗杰·马尔文说，"你虽然自己也负了重伤，筋疲力尽，还是搀扶我跟跟跄跄地跋涉了许多英里，只是因为我不愿拖累你一起死，一再恳求，你才离开我。告诉她，你始终忠心耿耿和我患难与共，如果你的流血能救我的命的话，你是不惜流尽最后一滴血的。告诉她，对她来说，你比父亲更可贵。我祝福你们俩，告诉她，我能看到你们成为终身伴侣，走过漫长的幸福道路，死也瞑目了。"马尔文最后这几句话很有力量，好像使荒芜凄寂的森林也充满了幸福的憧憬。他说话时精神奕奕，看样子几乎要从地上爬起来。但这只是短暂的回光返照，他随即精力耗尽，颓然倒在橡叶铺上。鲁本为他的话所鼓舞，眼睛里本已燃起了希望的光芒，看到马尔文又倒下去，希望的光芒也随之熄灭了，他好像感到，在朋友临终的时刻想到自己的幸福是有罪过的，也是愚昧的。年长的旅伴看到他面部表情的变化，就想了个方法来减轻他的悲哀。

"也许我太悲观了，我不见得就要死去。"他说。"我的伤如果得到及时医疗，也许会愈合。最先逃命的人也许已经把这场死战的消息带给边区居民了。他们会派人来援救像我们这样处于绝境的人的。你要是遇到派遣的人，赶快把他们领到这里，说不定我还会回到家里火炉边嘛！"

那个快死的人说出这渺茫的希望时，脸上掠过一丝苦笑。这话确实并非不对鲁本起作用。自私的动机，甚至于朵尔卡丝的凄凉处境都不能使他在危急的关头抛弃难友——但是现在全部想法都归结于一个愿望，那就是马尔文可能获救。他天性是乐观的，因此把这个渺茫的希望几乎当成准会实现的事实。

"当然有理由，有充分的理由指望在不远的地方会找到救星。"他悄声说。"仗刚打响，就有个胆小鬼临阵脱逃，他很可能已经生还了。边区每个真正的男子汉听到这个消息，一定会扛起枪来，寻找伤亡战士的。虽然他们不会派人到这样的深山老林里来，不过赶一天路，就很可能碰上他们。"他说到这里，因为不太相信自己的动机，就征询马尔文的意见："请你如实地告诉我，如果你处于我的地位，你忍心眼看着我一息尚存，就丢下我吗？"

"这是二十年前的事了。"罗杰·马尔文边说边叹了口气。不过他心里总认为两桩事的性质是迥然不同的。——"二十年前我和一个好朋友被印第安人俘虏，囚禁在蒙特利尔，我们设法脱逃，在森林里走了许多天。我的朋友终于因饥饿困乏，卧倒不起，恳求我离开他。他认为，如果我留下，两个人必死无疑。当时尽管获救的希望很渺茫，我还是听从了，在他的头下面垫了许多枯叶作为枕头，急匆匆往回赶路。"

"你及时带人去救他了吗？"鲁本热切地谛听马尔文的回答，仿佛想从中找到自己能否成功的预兆。

"我去了。"那中年人回答。"就在当天日落之前，我遇到一帮打猎人的宿营地。我领他们来到我的旅伴躺卧的地点，他从奄奄一息的状态中得救了！现在他在边区自己的农场上，矍铄健壮，而我却负伤，躺卧在荒野。"

这个事例对鲁本起了强烈的影响，加之他内心深处许多潜在的动机也起了作用，于是他的思想动摇了，罗杰·马尔文看出，很快就能说服他了。

"马上就去吧，孩子，老天会保佑你成功的！"他说。"你遇到自己人，甭跟他们一起回来了。你的伤还没好，路上再一劳累，说不定身体就会拖垮了。你可以叫他们派两三个人来寻找我。鲁本，相信我的话，你每向家乡走近一步，我心里就会轻松一些。"然而他说话的声调和脸色都变了。因为无论如何，被抛弃在荒野慢慢咽气，到底是非常可怕的事情啊。

鲁本·伯恩的内心还在斗争，他还有点怀疑撇下同伴的做法是否对。他终于无可奈何地爬起来，准备上路。首先，他不顾马尔文的反对，在附近采集了一些树根和野草（他们这两天以来一直赖以维生），把这些聊以充饥的东西放在那个临终的人身边。此外，还扫集了许多干枯的橡叶，垫在他身体下面。然后，他又从那块大石有粗糙裂痕的一边爬到它顶端，扳下那棵小橡树，把自己的手帕系在树梢上，这样做并不是多余的，因为那块大石头附近丛生着茂密的橡树，除了它那光滑宽阔的一面以外全都被树叶遮蔽住了，很难发现。这块手帕可以帮助搜寻的人发现马尔文躺卧的地点。这手帕原来是鲁本包扎自己膀上的伤口的，上面血迹斑斑。他把它系在树梢上的时候，凭着那血迹发誓，自己一定回来，即使来不及救死扶伤，也要把同伴的遗骸安葬。起誓以后，他爬下岩石站在同伴的身旁，目光低垂，听取他永别之前的嘱咐。

马尔文详尽地指点他怎样通过这无路的森林，神态异常冷静沉着，好像自己是安全地留在后方，而派遣鲁本去执行一项战斗或追击任务，一点也不像临终前的诀别。但是说到后来，他终于支持不住，软弱下来了。

"把我的祝福带给朵尔卡丝，告诉她，我要为你们俩作最后一次祈祷。叫她别误会，别因你撇下我而对你有什么看法。"这时鲁本心里一阵难受。"因为只要能救我的命，你是不惜牺牲自己的。她服丧期满便会嫁给你。老天便保佑你们百年好合，直到儿孙为你们养老送终！"马尔文说到这里，终于露出了对于死的恐惧，他添说了一句："鲁本，你要回来。等到养好了伤，恢复了疲劳以后，你要回到这荒野的大石头下面，把我的骸骨安葬入土，祈祷我早日升天。"

边境居民对于葬礼是极为重视的，几乎带有一种迷信色彩，这也许是受印第安人的风俗习惯的影响吧。在印第安人心目中，非但活人之间有战争，亡灵之间也会进行战争。为了安葬在旷野阵亡的勇士，他们不惜以活人殉葬，这样的事例屡见不鲜。

因此鲁本隆重地宣誓，要回来为罗杰·马尔文举行葬礼，并非信口许诺，这在他心目中是头等大事。马尔文语重心长的临终嘱咐中，再也没有提到自己还有遇救的希望，因为事实明摆着，抢救的人哪怕兼程赶路，也来不及救他的命了。

鲁本心里完全明白，这是他和马尔文的最后一次见面，即使十万火急地回来，也来不及在他生前再次会晤了。按照鲁本仗义的性格，不管风险多大，他也得留下来，为马尔文送终。可是，贪生的欲望和对幸福生活的憧憬太强烈了，使他无法摆脱。

"不用多说了，"罗杰·马尔文听了鲁本的许诺后说道，"去吧，老天保佑你一路平安！"

年轻人默默无言地紧握一下他的手，便转身离去。然而他逡巡不前，走得很慢，没有走上几步，又听到马尔文的声音。

"鲁本，鲁本！"他微弱地呼喊，鲁本闻声立即回来，跪在这个弥留的人身旁。

"把我扶起来，让我靠在这块大石头上。"马尔文作了最后一次请求。"我要面向着老家，我要再多看一眼你在树林里走过的情景。"

鲁本按照他的心意，把他扶起来，然后，再次踽踽离去。一开始，他走得比较匆促，不像是一个体格非常衰弱的人，因为他内心的愧怍（即使最理直气壮的人，有时也会有这种心情）驱使他竭力避开马尔文的视线。但是，他踩着沙沙响的落叶走了一程以后，又出于一种痛苦的心情和强烈的好奇隐藏在一株被风刮倒的大树的带着泥土的树根后面，以热切的目光窥视着这个凄凉孤寂的人。

晴空无云，晨光熹微，大树和灌木都在吮吸这五月之晨的芳馨气息。然而大自然却露出阴郁的神色，仿佛她也在分担着这临终人的痛苦和忧愁。罗杰·马尔文举起双手，在虔诚地祈祷，有些话语，透过树林里静谧的空气，直传到鲁本的心里，使他感到难以名状的悲痛。这是为他和朵尔卡丝的幸福向上苍的祈求。年轻人听着听着，不由受到天良（或是类似天良的东西）强烈谴责，很想回到大石下面躺卧的马尔文身旁，他感到自己撇下的这个仁慈而仗义的长辈，奄奄待毙，遭遇真是太悲惨了。死神像一具僵尸，缓慢地穿过森林悄悄地向他逼近。它的阴森可怕、狰狞凝滞的面容，在一株又一株的树木后面显露出来，越逼越近。

不过，如果鲁本耽搁到第二天日落时分，他自己也准会遭到同样的厄运。而他避免这种无谓的牺牲，总算情有可原吧。他临去之前又投以深情的一瞥，只见一阵微风吹动了那棵小橡树上的小旗，好像提醒他刚才发的誓言。

由于好多难以逆料的波折，负伤的年轻人回到边境已经比较晚了。第二天阴云密布，使他无法根据太阳的位置调整方向。当时他体力几乎耗尽，非常焦急，拼命挣扎前进，殊不知越往前走离开老家越远。他没有粮粮，全靠森林里的浆果和其他野生植物来苟延残喘。一路上，他有时倒确实遇见成群的梅花鹿在不远处奔跃而过，鹧鸪也往往就在他前面不远处扑棱棱飞起，可是他的弹药都在那次战役中用完了，没有办法猎获它们。

他为了生还而拼命赶路，体力消耗太大，创伤也恶化了，时不时地神志不清。但是即使在精神恍惚的时候，这年轻人也还是怀着顽强的求生渴望，一个劲挣扎前进，终于精力衰竭，寸步难移，倒在一株树下，等待死神来临。

边境居民一得到战斗的消息，立即派人来救济战役后的幸存者。他就是在这千钧一发的垂危时刻，被这批人发现的。他们把他送到最近的拓居地，这恰巧就是他的老家。

朵尔卡丝是恪守妇道的纯朴的旧式妇女，她寸步不离地守在负伤的情人的床边，本着女性所特有的柔情和灵巧，给他以无微不至的照顾和抚慰。好几天，鲁本一直昏昏沉沉地想着他所经历的危险和困厄，对于许多人急切的询问，无法给以确实的回答。当时大家还没有得到有关战争的确切可靠的消息。做母亲、妻子和子女的，都无法探悉他们的亲人究竟是被俘，还是被更牢固的死亡锁链拴住。朵尔卡丝也默无一语地暗自担忧。一天下午，鲁本从惊魂未定的昏睡中醒来，好像稍能清晰地认出她来。她看到他神志比较清醒了，她的孝心使她再也按捺不住了。

"鲁本，我的父亲怎样了？"她急切地问。可是看到她的情人脸色陡变，不禁心里一沉，没有再往下说。

那个年轻人好像是心痛如绞地缩成一团，然后热血蓦然涌上他苍白凹陷的双颊。他的第一个冲动就是掩住面孔说出真情，但是看来他害怕朵尔卡丝会谴责他，只好歪曲事实，开脱自己。他带着嚣出来的心情，抬起身子，感情激动地急巴巴地说起来。

"你父亲作战时负了重伤，朵尔卡丝，他叫我搀扶他到湖边，喝点水解渴。后来，他吩咐我快走，让他一个人在那儿等死。但我说什么也不愿在老人临终时撇下他，虽然我自己也血流如注，我还是费尽了力气，一直搀扶他走。我们在一起走了三天。出乎我意料，你父亲竟能支持下来。可是在第四天早晨日出的时候，我发现他虚脱无力，一步也走不动了，他的生命力很快地衰竭了，于是——"

"他死啦！"朵尔卡丝虚弱地喊了一声。

鲁本感到她父亲本来还有一线希望，是自己贪生怕死，害得他过早地归天的，但又不敢承认这一点。他默无一语，只是低垂着头，羞愧而又软弱地倒在床上，把脸藏在枕头里。朵尔卡丝害怕的事得到证实了。她悲哀地恸哭，但是由于这件事早在意料之中，倒也没有怎么震惊。

"你把我可怜的父亲在旷野里埋葬了吗，鲁本？"她对父亲的孝心全都归结到这句问话上了。

"我疲乏无力，但是我尽了最大力量。"年轻人喘着气说。"他的坟上有一块宏伟的墓碑。但愿老天也保佑我死得像他那样安静。"

朵尔卡丝看到他气急败坏，没有再问下去。她想到在自己父亲的葬礼中，鲁本凡是能做的，无不尽力而为，也就安心了。她一字不漏地把鲁本见义勇为、孝敬长辈的事迹，对亲友们原原本本地讲述了。

年轻人蹒跚地步出病室，呼吸新鲜空气，晒晒阳光时，听到大家众口一词地称赞自己，实在感到内疚，羞愧难当。所有的人都认为鲁本对难友忠诚"生死不渝"，理应成为他女儿的配偶。由于这不是一篇爱情小说，他们结婚的经过就毋庸赘述了。这里我只简单地说一句，几个月后，鲁本和朵尔卡丝·马尔文结婚了。举行婚礼那一天，新娘泛起羞赧的红晕，而新郎却面如死灰。

现在鲁本·伯恩无法对别人，特别是他最爱和最信任的朵尔卡丝倾吐衷曲。当初本应该向她透露事情的真相，却因一时懦怯，没敢说真话。他深深悔恨，想对她承认。可是由于自尊，害怕失去她的爱情，唯恐受到大家鄙视，只好讳莫如深，只字不提。他感到，在离开罗杰·马尔文这件事上自己并没有做错，如果留在那儿也是徒然送命，只能使那个快死的人在弥留时更加痛苦。可是因为自己隐瞒了真相，这件本来是情有可原的事，终于成了一桩心病。理智告诉他并没有做错，可是他心里总是像将被发现的罪犯一样，极为恐惧。有时他竟把自己想象为杀人犯。许多年以来，有一个妄想始终在他心里作祟，以为他的岳父还没有死，还坐在森林里那块岩石下面铺着枯叶的地上，等待他信誓旦旦地许诺的救援。这种妄想一直折磨着他。尽管他也明白，这种想法是愚蠢而荒谬绝伦的，却无法摆脱。当然这种幻觉旋即消失，他也从来没有把它们当成事实。可是他即使在最冷静最清醒的时刻也清楚地意识到自己没有履行誓言，一具没有安葬的尸体正在旷野里向他召唤。然而他如果应这召唤到旷野里去，人们不会怀疑吗？他又该用什么托辞才能搪塞过去呢？这显然是不行的。何况事情拖得太久了。现在要求马尔文的朋友们去帮助埋葬，为时已晚。而鲁本和所有边远拓居地的居民一样，充满了迷信的恐惧，也绝对不敢单独去。

再说，在没有路径、无边无际的森林中，他又怎么能找到那块光滑的好像镂有墓志铭的大岩石，找到马尔文的尸体躺卧的地点呢？他实在记不清回来的路线，特别是最后的一段旅程，根本一点印象也没有了。然而他内心一直有种冲动，一种只有他自己才能听见的声音，命令他去履行誓言。他有种奇怪的感觉——只要去找，就神差鬼使地一定能径直找到马尔文的骸骨。然而年复一年，他一直没有听从他内心这隐约的召唤。他的这个心病像铁镣一样沉重，使他提不起精神，像蛇一样狠毒，咬啮着他的心，使他变成一个悲伤的萎靡不振而又烦躁易怒的人。

在他们婚后的岁月里，鲁本和朵尔卡丝的原来比较兴旺的家业，眼看着渐渐地衰落下来了。鲁本身无长物，唯一的财富乃是他的坚定的性格和坚强的手臂。朵尔卡丝是父亲的唯一继承人，是她的嫁妆使她丈夫成为农场之主。这个农场比当时边区一般农场开垦时间长，面积大，产量也高得多，可是鲁本·伯恩变得失魂落魄，不好好侍弄庄稼。别的开拓者的土地，一年比一年肥沃，而他的土地却一年比一年贫瘠。

以前在印第安战争时期，人们一手扶犁，一手拿枪，下地干活非常危险。如果他们的农作物，没有在地里或是谷仓里被未开化的敌人破坏，就算是万幸。这几年战争停止了，按说要发展农业，该不会遇到什么阻碍了，可是鲁本并没有从这种改善的局面中得到什么好处，不知怎么的，他断断续续的耕耘总是歉收。

他和毗邻的开拓者难免有些接触，而这一段时期，他烦躁易怒的毛病变得非常严重，经常和人家争吵，导致数不清的诉讼（在美洲殖民拓荒初期，新英格兰的居民们，一有机会总是通过打官司来解决争端）。

长话短说，鲁本·伯恩每况愈下，婚后没有几年，就沦于破产的境地。他对付紧追不舍的厄运，只剩下一个权宜之计了——在树林深处刀耕火耨，在荒无人迹的处女地上进行开垦。

鲁本和朵尔卡丝只有一个儿子，那时已满十五岁，长得清秀健壮，看来将出落为一个有出息的男子汉。他对粗犷生活很能适应，对各种重累的农活已经比较熟练了。

他步履轻捷，瞄射很准，不管学什么都领会得很快，心胸开朗，气概不凡，大家都对他很器重，都说将来一旦印第安战争再次爆发，赛勒斯·伯恩定会成为这个地区居民的领袖。

鲁本虽然嘴上不说什么疼惜的话，心里却深深地钟爱这孩子，他感到自己性格的优点都随自己的钟爱灌注到这孩子身上了。在鲁本心目中，连自己的爱妻朵尔卡丝也远远比不上赛勒斯惹他心疼。因为鲁本长期与世隔绝，落落寡合，渐渐养成一种自私的性格，他看到或想象到的人若不是能反映出自己的心灵，他是绝不可能爱得很深的。他在赛勒斯身上看到自己过去的影子，他间或好像也为这孩子的精神所感染，一种新的愉快的生命力在他身上苏醒了。

　　在迁徙之前，鲁本把孩子带到远方去选择土地，砍伐和焚烧树木，秋季的两个月就这样过去了。然后鲁本·伯恩和他的年轻猎手回到拓居地来度过最后一个冬天。

　　翌年五月，一家三口怀着恋恋不舍的心情，忍痛舍弃了老家的家具什物，辞别了在他们潦倒的日子里少数几个堪称患难之交的朋友，远走他乡了。这几个背井离乡的人各有表达离愁别绪的方式。忧郁的鲁本，因境遇不遂而愤世嫉俗，和往常一样，眉头紧锁，目光下垂，大踏步向前走去。他没有什么，或者说，他不屑承认有什么割舍不下的东西。

　　单纯而深情的朵尔卡丝，对什么都那么依恋，一旦分离，当然泣不成声。然而她想到最亲爱的人仍然在她身边偕行，而其他一切虽然失去，日后终究会得到补偿，她的愁闷也就宽解些了。那个小伙子天性乐观，弹了一滴眼泪以后，已经在想象荒无人迹的大森林里历险的乐趣了。

　　啊，在热切的白日之梦中，谁不愿意有个美好的伴侣轻倚着自己的臂膀，在夏日的旷野尽情漫游。在年轻时，他不知险阻为何物，迈着欢快的步伐走遍大地，直到皑皑雪山之巅和汹涌的大海之滨。在成年时期，他比较沉稳了，择居于清溪潺湲、钟灵毓秀的山谷里。而在清净的生活以后，老年悄悄来到，萧萧两鬓皤的耆老已成了一家之祖，一族之长，未来强国的缔造者了。

然后死神来到了。正好像我们在幸福一天后，欣然入睡一样，他恬然长眠。

他的后裔将为他遗骸归于尘土而黯然举哀。传说使他居于神秘的雾气中，子子孙孙将奉他为神明，而遥远后世的人将要想象他站在久远的时间之谷，荣耀的氤氲之中，亿万斯年，永世长存。

尽管我这篇故事中的人物，所经过的枝叶茂密的幽暗森林和上述梦想者的幻想国土迥然不同，然而他们也是注定要走一条奋斗创业的道路。好在除了离乡背井的愁绪以外，并没别的东西阻碍他们的幸福。他们有一匹鬃毛蓬松的骏马，驮着他们的全部家当。每天上午它还要额外驮上朵尔卡丝，这匹矫健的坐骑对这点重量是满不在乎的。不过她从小就劳动，有一副吃苦耐劳的身板，所以每天下午，还是坚持在丈夫的身边徒步跋涉。

鲁本父子肩扛猎枪，腰插利斧，不知疲劳地持续前进，一路上用猎人的敏锐目光，注视着他们赖以充饥的猎物。他们走累了，肚子饿了，就停下来在森林里清洌的溪水旁做饭。他们跪下去把干渴的嘴唇贴在溪面上喝水的时候，小溪就像初恋的少女被吻时那样，半推半就地发出可爱的娇嗔的声音。夜晚他们在树枝搭的小棚下睡眠，恢复精力，第二天天刚亮便精神抖擞地重新踏上征途。朵尔卡丝和她的儿子一路上心情愉快，连鲁本有时外表上也露出高兴的样子，不过他内心却始终有一种冰冷的哀愁，好比山坡上已郁郁葱葱，一片青翠，在深深的峡谷和洼地里仍然寒气料峭，积雪未融。

赛勒斯·伯恩对于穿过树林相当熟练，他观察到他父亲并没有按照去年秋天远征时的原路走，而是偏北，朝着离开各个拓居地都很远、只有野兽和野蛮人出没的荒凉地区行进。小伙子有时提醒他父亲，路线错了。鲁本倒也虚心听取儿子的劝告，有两次也根据他的意见改变路线，可是他一这样做，就感到忐忑不安。

他总是目光迅速地向前扫去，好像在审视有没有敌人暗藏在树干后，看清前面没有危险以后，又回首环顾，好像害怕后面有人追踪。赛勒斯看到父亲渐渐又回到错的方向，知道劝说无用，也就不再干预了。虽然他看到父亲无端绕路，显得诡秘，有点担心，好在他天性爱冒险，倒也没有过分往心里去。

第五天下午，离太阳下山约莫还有一个小时，他们停歇下来，因陋就简地搭棚露宿。他们走的最后几英里，全是坡地，高低起伏，好像凝固的海涛。他们在一块洼地里，一个粗犷而带有浪漫色彩的所在，搭起小棚并生起篝火。一想起这三个人，由强烈的爱之纽带牢牢地拴在一起，你就会感到温暖；而想到他们和周围的一切动物完全隔绝，你又会感到寒心。四周幽暗阴郁的松树俯瞰着他们，每当夜风从树梢上吹过，森林里便发出一种使人哀怜的声音。也许那些老树看到人们来了，以为他们会用斧头砍伐，而害怕地呻吟吧？这一天鲁本父子忙于赶路，没有顾上打猎，所以趁朵尔卡丝做饭的时候，他们便提出要去寻找猎物。

小伙子答应母亲不走远，只在露宿地点的附近，便高高兴兴连蹦带跳地跑开了，步伐就像他想射杀的野鹿一样轻捷而富于弹性。他的父亲望着他远去的背影，不由感到一阵喜悦，也准备迈开步子，向相反的方向走去。朵尔卡丝，这时坐在多年前被风连根拔起，如今已开始腐朽，长满苔藓的大树上，傍着它用枯枝生起的篝火。她除了偶尔看一眼火上滋滋作响、快要沸腾的汤锅以外，正在专心致志地看一本在马萨诸塞殖民地出版的当年历书。这家人藏书很少，除了一本黑体字的古老《圣经》以外，这本历书就是他们唯一的读物了。要知道最关心农时和节令的，莫过于那些和社会隔绝的人——当下，朵尔卡丝好像报道一则重要新闻似的提到这天是五月十二日，她的丈夫听到这话蓦地一惊。

"五月十二！我应该把这个日期牢记住的。"他喃喃地说，一刹那间百感交集，心烦意乱。"我是去哪儿？我正在往哪儿去，当年我把他抛弃在哪儿了？"

朵尔卡丝对她丈夫的反复无常难以捉摸的情绪已经习惯了，所以也没有注意到他的行动和往常有什么特异的地方。这时她放下历书，用那种软心肠的人在提起久远往昔的伤心事所用的那种悲哀语调对丈夫说：

"十八年前这个月份，差不多就是今天这个日子，我可怜的父亲离开人世归天了。他临终的时候，有个好心人扶住他的头温言安慰，他总算是死得瞑目了。鲁本，多少次我一想到你对他忠诚不渝地关心照顾，心里就感到暖呼呼的。唉，要是没有你在身边，他在这么个荒凉的森林里孤单单地死去，该是多么可怕呀！"

"向上帝祈祷吧，朵尔卡丝，"鲁本用沮丧的声音断断续续地说，"向上帝祈祷，咱们仨都不会孤零零地死在这荒山野林里，无人埋葬。"说罢，他就急匆匆离开，撇下她一个人在阴森森的松树下看着火堆。

朵尔卡丝的话无意中引起的痛楚缓和下来以后，鲁本·伯恩的急促的步子也渐渐放慢了。然而许多怪诞的想法涌上他心头，他不像猎人那样朝明确的方向走，而是像梦游病患者一般信步乱走，而又不由自主地老是在露宿地点的附近徘徊。他的步子难以察觉地几乎形成了一个圆圈。他也没有觉察到自己是在一片蓊郁树林的边缘。不过，这些树都不是松树，而是橡树和其他硬材树，在这些大树底部都丛生着下层榛莽。树与树之间有足够的空地，铺着厚厚的枯叶，时不时地树枝发出瑟瑟声音，树干也偶尔嘎嘎作响，好像森林正在从睡梦中醒来。这时鲁本总是本能地托起枪，迅捷而敏锐地四下扫视，等到他看清附近并无野兽，便又沉湎于遐想之中。他感到奇怪，究竟是什么奇异的魔力，使他离开预定的路线，走到这极其荒凉的所在。他无法探究自己灵魂深处潜藏的动机，便相信是一种超自然的声音召唤自己前来，并且有一种超自然的力量，切断了自己的退路。他认为还是天意，是上苍要给他一个赎罪的机会。他希望能找到多年暴露于荒野的骸骨，用土埋葬，相信这样做以后，平安的阳光便会照进自己心灵的墓穴。这时森林里离他不远的地方发出一阵瑟瑟的声音，使他从沉思中惊醒。他看出有一个东西在密密层层的榛莽后面移动，猎人的本能驱使他抬起枪，以老练的目光瞄准射击了。砰的一响，随着传来了一声低低的呻吟（野兽也会发出呻吟，宣泄临死的痛苦），告诉他打中了。鲁本·伯恩没有深究这呻吟从哪里发出，不知什么往事兜上他的心头。

　　鲁本·伯恩瞄射的那丛灌木靠近一道山坡的顶部，在一块巨石的周围。那块巨石的一面异常光滑，颇像硕大的墓碑。它宛若明亮的镜子，把鲁本内心深处的往事一下子照得清清楚楚。他甚至辨认出了那好像用遗忘的古老文字镌刻的墓志铭的纹理。什么都和以往一样，只是巨石的下部已经丛生了茂密的灌木，要是罗杰·马尔文还坐在那里的话，也准被灌木完全遮蔽了。鲁本找到当年曾掩在后面窥探的那株被大风连根拔起的大树，站在树旁望去，他的目光立即被时光造成的另一变化所吸引。他曾经系上象征自己誓言的血迹斑斑的手帕的那棵小橡树已经长得颇为粗壮了，虽然还远远没有长足，但是已经枝叶扶疏，浓荫蔽空了。鲁本看出这棵树有一个奇异的特点，惊得浑身哆嗦。这棵树中部和下部都是枝繁叶茂，长势很旺，绿葱葱的叶子把整个树干遮住；可是树的上部却显然患上了枯萎病，梢头的那根树枝已经枯死了。鲁本回忆十八年前，这根树枝曾经是葱绿可爱，他系上的那方手帕像旗帜一样在树枝上飘扬，它之枯萎是谁的过失造成的？

　　两个猎人离开以后，朵尔卡丝继续准备晚饭。她把一棵倒下的大树长满苔藓的树干作为桌子，在最粗的部分铺上一块雪白的桌布，放上仅存的几件锃亮的锡餐具（她在拓居地曾为这套餐具感到自豪）。这些带着家庭温暖的小小器皿，在凄凉荒僻的大自然中显得多么奇特啊。夕辉还滞留在高坡的较高的树枝上，迟迟不肯离去，但是在他们搭棚露宿的洼地暮色已经很深。篝火照在周围松树的树干上或是茂密而朦胧的枝叶上，红彤彤的煞是鲜艳。此刻朵尔卡丝心中没有愁苦，因为她感到和两个亲爱的人在荒野里跋涉，要比在冷漠的人群中孤零零地生活强得多。她正忙着往腐朽的木头上铺树叶，准备鲁本父子的座位，一面唱起了一支她在年轻时学会的歌曲，歌声在昏暗的森林里荡漾。这首质朴的曲子是一位无名的吟游诗人写的，描写某个冬夜在边境一所茅屋附近吹雪积得很高，野兽无法袭击，这家人欢欢喜喜地围着炉火团聚。整首歌曲都充满独特风味，有一种难以言宣的魅力，其中有四句不断再现的叠句，好像歌曲里赞美的火光一样，特别光彩夺目，令人难忘。诗人像魔法一样，使纯朴的歌词中充满了天伦之爱、家庭之乐、洋溢着美妙的诗情画意。朵尔卡丝歌唱的时候，好像又回到她离开的那个家屋。她不再看到阴森森的松树，不再听到正在树枝间劲吹，随而又空虚地呻吟着渐渐消逝的晚风，她整个身心沉浸在幸福之中。露宿地点附近传来的砰然一响，使她惊醒过来，这突如其来的枪声，以及在熊熊火光旁孑然一身的处境，使她浑身颤抖。可是顷刻之间，她便明白，她心里充满了作为母亲的自豪感，不禁笑出声来。

"我的英俊的年轻猎人！我的孩子射死了一只鹿！"她想到枪声正是从赛勒斯去追猎的方向传来，高兴地喊道。

她等了一会儿，想听见儿子轻快地踩着沙沙响的枯叶，来报告这个好消息。可是他并没有立即出现。于是她便放开嗓门呼喊起来，她的愉快的喊声在树林里回荡：

"赛勒斯！赛勒斯！"

他还没有来。于是她打定主意，既然枪声很近，就亲自找他去吧。做母亲的高兴地想，既然儿子已经射中鹿了，可能他一个人背不动，需要她助一臂之力，才能把鹿拖回来。于是她就朝着久已沉寂下去的枪声方向走去，一路走，一路唱，以便儿子听到她的歌声跑来迎接她。在每株树干的后面，在榛莽丛生可能藏身的茂密的树叶中间，她都以为会发现儿子的面容。她带着由母爱产生的戏耍顽皮的笑声，呼喊着，寻找着。这会儿夕阳已经隐入地平线了，照在树叶间的余晖极其微弱，使她期盼的心中产生了许多幻影。有好几次，她好像清楚地看见儿子从树叶间露出脸来。还有一次她竟想象儿子站在一个陡峭的岩下面向她招手，要她过去，然而她定睛逼视，却发现这原来是一棵橡树，围着一圈密密的枝杈，直到地面，其中有一根树枝特别长，在微风中摇动，好像人在招手。她绕过那块巨石，突然发现丈夫就在面前，他一定是从对面走来的。他倚在枪托上，枪口支在地面的枯叶上，显然是在沉思地凝视着脚下的什么东西。朵尔卡丝乍一看到他这副呆若木鸡、瞠目凝视的样子，愉快地笑喊着：

"怎么回事，鲁本？你射杀了这只鹿以后，在它旁边睡着了吗？"

他一动不动，也不转过脸来看她一眼，于是一阵冰冷的无名恐惧无端地钻进了她的血液，使她战栗不已。她现在清楚地看见丈夫的脸像死人一样煞白，面容僵滞，镌刻着深深的绝望，好像除此以外，再也不能流露其他表情了。他纹丝不动，一点没有觉察到她走过来。

"看在上帝的份上，鲁本，你对我说话呀！"朵尔卡丝狂喊着。她自己的怪异的声音比死一般的沉寂更使她害怕。

她的丈夫吃了一惊，瞪着她的脸，把她拉到巨石的前边，用手指了一下。

啊，她的孩子躺在那儿，在森林的落叶上面睡着了，但这是没有梦的、长眠不醒的睡！他的腮帮枕在臂上——他的头往后仰，鬈发从眉宇往额上披垂，四肢松松地伸展着。这个年轻的猎人突然困乏无力了吗？他母亲的声音竟不能唤醒他吗？她明白了，这是死亡！

"这块宽阔的巨石就是你的亲骨肉的墓碑，朵尔卡丝。"她的丈夫说。"你的眼泪同时为你父亲和你儿子流淌吧。"

她听不见他的声音，一声疯狂的嘶叫从这个受苦的人的心灵深处冲决出来，接着她便失去了知觉，倒在她儿子的尸体旁边。这时，那棵橡树最高的枯枝在静寂的空气中裂成碎片，一片片柔和而轻盈地落到巨石上，落到枯叶上，落到鲁本身上，落到他的妻子和孩子的身上，也落到罗杰·马尔文的骸骨上。这时，鲁本的心碎了，眼泪像石缝里的泉水一样涌出来。当年那个受伤的年轻人在他临终的同伴前发的誓言应验了。他赎了罪——诅咒离开他，他使比自己生命更宝贵的亲人流血而亡。就在这时，鲁本·伯恩的唇边发出的祈祷（这是多年以来的第一次祈祷）飘升起来向上帝飞去。

1832 年

【作者简介】纳撒尼尔·霍桑（1804—1864），美国浪漫主义小说家。主要作品：短篇小说集《古屋青苔》；长篇《七个尖顶房子》、《福谷传奇》、《红字》等。

杰克·伦敦〔美国〕

热爱生命

一切，总算剩下了这一点——
他们经历了生活的困苦和动乱；
能做到这样也就是胜利，
尽管他们输掉了赌博的本钱。

　　他们两个一颠一跛，痛苦地走下河岸，有一次，走在前面的
那个还在乱石中间失足摇晃了一下。他们又累又乏，因为长期忍
受艰难，脸上都带着咬牙苦熬的表情。他们肩上捆着用毯子包起
来的沉重的包袱。总算那条勒在额头上的皮带还得力，帮着吊住
了包袱。他们每人拿着一支来复枪。走路的姿势，全是弯着腰，
肩膀冲向前面，而脑袋冲得更前，眼睛总是瞅着地面。

　　"我们藏在地窖里的那些子弹，有两三发在我们身边就好
了。"走在后面的那个人说道。

　　他的声调，阴沉沉的，完全没有感情。他冷冷地说着这些
话。前面的那个只顾一瘸一拐地向流过岩石、激起一片泡沫的白
茫茫的小河里走去，一句话也不回答。

　　后面的那个紧跟着他。他们两个都没有脱掉鞋袜，虽然河水

冰冷——冷得他们脚踝疼痛，两脚麻木。每逢走到河水冲击着他们膝盖的地方，两个人都摇摇晃晃地站不稳。

跟在后面的那个在一块光滑的圆石头上滑了一下，差一点没摔倒，但是，他猛力一挣，站稳了，同时痛苦地尖叫了一声。他仿佛有点头昏眼花，一面摇晃着，一面伸出那只闲着的手，好像打算扶着空中的什么东西。站稳之后，他再向前走去，不料又摇晃了一下，几乎摔倒。于是，他就站着不动，瞧着前面那个一直没有回过头的人。

他这样一动不动地足足站了一分钟，好像心里在说服自己一样。接着，他就叫了起来：

"喂，比尔，我的脚踝扭伤啦。"

比尔在白茫茫的河水里一摇一晃地走着，没有回头。后面那个人瞅着他这样走去，脸上虽然照旧没有表情，眼睛里却流露着跟一头受伤的鹿一样的神色。

前面那个人一颠一跛，登上对面的河岸，头也不回，只顾向前走去，河里的人眼睁睁地瞧着。他的嘴唇有点发抖，因此，他嘴上那丛乱棕似的胡子也在明显地抖动。他甚至不知不觉地伸出舌头来舔舐嘴唇。

"比尔！"他大声地喊着。

这是一个坚强的人在患难中求援的喊声，但比尔并没有回头。他的伙伴干瞧着他，只见他古里古怪地一瘸一拐地走着，跌跌撞撞地前进，摇摇晃晃地登上一片不陡的斜坡，向矮山头上柔和的天际走去。他一直瞧着他跨过山头，消失了踪影。于是他掉转眼光，慢慢扫过比尔走后留给他的那一圈世界。

靠近地平线的太阳，像一团快要熄灭的火球，几乎被那些混混沌沌的浓雾同蒸气遮没了，让你觉得它好像是什么密密团团，然而轮廓模糊、不可捉摸的东西。这个人单腿立着休息，掏出了他的表。现在是四点钟，在这种七月底或者八月初的季节里——

他说不出一两个星期之内的确切的日期——他知道太阳大约是在西北方。他瞧了瞧南面，知道在那些荒凉的小山后面就是大熊湖；同时，他还知道在那个方向，北极圈的禁区界线深入到加拿大冻土地带之内。他所站的地方，是铜矿河的一条支流，铜矿河本身则向北流去，注入加冕湾和北冰洋。他从来没到过那儿，但是，有一次，他在哈得逊湾公司的地图上曾经瞧见过那地方。

他把周围那一圈世界重新扫了一遍。这是一片叫人看了发愁的景象。到处都是模糊的天际线。小山全是那么低低的。没有树，没有灌木，没有草——什么都没有，只有一片辽阔可怕的荒野，迅速地使他两眼露出了恐惧神色。

"比尔！"他悄悄地、一次又一次地喊道，"比尔！"

他在白茫茫的水里畏缩着，好像这片广大的世界正在用压倒一切的力量挤压着他，正在残忍地摆出得意的威风来摧毁他。他像发疟子似的抖了起来，连手里的枪都哗啦一声落到水里。这一声总算把他惊醒了。他和恐惧斗争着，尽力鼓起精神，在水里摸索，找到了枪。他把包袱向左肩挪动了一下，以便减轻扭伤的脚踝的负担。接着，他就慢慢地，小心谨慎地，疼得闪闪缩缩地向河岸走去。

他一步也没有停。他像发疯似的拼着命，不顾疼痛，匆匆登上斜坡，走向他的伙伴失去踪影的那个山头——比起那个瘸着腿，一瘸一拐的伙伴来，他的样子更显得古怪可笑。可是到了山头，只看见一片死沉沉的、寸草不生的浅谷。他又和恐惧斗争着，克服了它，把包袱再往左肩挪了挪，蹒跚地走下山坡。

谷底一片潮湿，浓厚的苔藓，像海绵一样，吸饱了水。他每走一步，水就从他脚底下溅射出来，他每提起脚，就会引起一种喳叽喳叽的声音，因为潮湿的苔藓总是吸住他的脚，不肯放松。他挑着好路，从一块沼地走到另一块沼地，并且顺着比尔的脚印，走过一堆一堆的、像突出在这片苔藓海里的小岛一样的岩石。

　　他虽然孤零零的一个人，却没有迷路。他知道，再往前去，就会走到一个小湖旁边，那儿有许多极小极细的枯死的枞树，当地的人把那儿叫做"提青尼其利"——意思是"小棍子地"。而且，还有一条小溪通到湖里，溪水不是白茫茫的。溪上有灯芯草——这一点他记得很清楚——但是没有树木，他可以沿着这条小溪一直走到水源尽头的分水岭。他会翻过这道分水岭，走到另一条小溪的源头，这条溪是向西流的，他可以顺着水流走到它注入狄斯河的地方，那里，在一条翻了的独木船下面可以找到一个小坑，坑上面堆着许多石头。这个坑里有他那支空枪所需要的子弹，还有钓钩、钓丝和一张小渔网——打猎钓鱼求食的一切工具。同时，他还会找到面粉——并不多——此外还有一块腌猪肉同一些豆子。

　　比尔会在那里等他的，他们会顺着狄斯河向南划到大熊湖。接着，他们就会在湖里朝南方划，一直朝南，直到马肯齐河。到了那里，他们还要朝着南方，继续朝南方走去，那么冬天就怎么也赶不上他们了。让湍流结冰吧，让天气变得更凛冽吧，他们会向南走到一个暖和的哈得逊湾公司的站头，那儿不仅树木长得高大茂盛，吃的东西也多得不得了。

　　这个人一路向前挣扎的时候，脑子里就是这样想的。他不仅苦苦地拼着体力，也同样苦苦地绞着脑汁，他尽力想着比尔并没有抛弃他，想着比尔一定会在藏东西的地方等他。他不得不这样想，不然，他就用不着这样拼命，他早就会躺下来死掉了。当那团模糊的像圆球一样的太阳慢慢向西北方沉下去的时候，他一再盘算着在冬天追上他和比尔之前，他们向南逃去的每一寸路。他反复地想着地窖里和哈得逊湾公司站头上的吃的东西。他已经两天没吃东西了，至于没有吃到他想吃的东西的日子，那就更不止两天了。他常常弯下腰，摘起沼地上那种灰白色的浆果，把它们放到口里，嚼几嚼，然后吞下去。这种沼地浆果只有一小粒种子，外面包着一点浆水。一进口，水就化了，种子又辣又苦。他知道这种浆果并没有养分，但是他仍然抱着一种不顾道理、不顾经验教训的希望，耐心地嚼着它们。

走到九点钟，他在一块岩石上绊了一下，因为极端疲倦和衰弱，他摇晃了一下就栽倒了。他侧着身子，一动也不动地躺了一会。接着，他从捆包袱的皮带当中脱出身子，笨拙地挣扎起来勉强坐着。这时候，天还没有完全黑，他借着流连不散的暮色，在乱石中间摸索着，想找到一些干枯的苔藓。后来，他收集了一堆，就升起一蓬火——一蓬不旺的、冒着黑烟的火——并且放了一白铁罐子水在上面煮着。

他打开包袱，第一件事就是数数他的火柴。一共六十七根。为了弄清楚，他数了三遍。他把它们分成几份，用油纸包起来，一份放在他的空烟草袋里，一份放在他的破帽子的帽圈里，最后一份放在贴胸的衬衫里面。做完以后，他忽然感到一阵恐慌，于是把它们完全拿出来打开，重新数过。

仍然是六十七根。

他在火边烘着潮湿的鞋袜。鹿皮鞋已经成了湿透的碎片。毡袜子有好多地方都磨穿了，两只脚皮开肉绽，都在流血。一只脚踝胀得血管直跳，他检查了一下，它已经肿得和膝盖一样粗了。他一共有两条毯子，他从其中的一条撕下一长条，把脚踝捆紧。此外，他又撕下几条，裹在脚上，代替鹿皮鞋和袜子。接着，他喝完那罐滚烫的水，上好表的发条，就爬进两条毯子当中。

他睡得跟死人一样。午夜前后的短暂的黑暗来而复去。太阳从东北方升了起来——至少也得说那个方向出现了曙光，因为太阳给乌云遮住了。

六点钟的时候，他醒了过来，静静地仰面躺着。他仰视着灰色的天空，知道肚子饿了。当他撑住胳膊肘翻身的时候，一个很

403

大的呼噜声把他吓了一跳，他看见了一只公鹿，它正在用机警好奇的眼光瞧着他。这个牲畜离他不过五十尺光景，他脑子里立刻出现了鹿肉排在火上烤得嗞嗞响的情景和滋味。他无意识地抓起了那支空枪，瞄好准星，扣了一下扳机。公鹿哼了一下，一跳就跑开了，只听见它奔过山岩时蹄子得得乱响的声音。

这个人骂了一句，扔掉那支空枪。他一面拖着身体站起来，一面大声地哼哼。这是一件很慢、很吃力的事。他的关节都像生了锈的铰链。它们在骨臼里的动作很迟钝，阻力很大，一屈一伸都得咬着牙才能办到。最后，两条腿总算站住了，但又花了一分钟左右的工夫才挺起腰，让他能够像一个人那样站得笔直。

他慢腾腾地登上一个小丘，看了看周围的地形。既没有树木，也没有小树丛，什么都没有，只看到一望无际的灰色苔藓，偶尔有点灰色的岩石，几片灰色的小湖，几条灰色的小溪，算是一点变化点缀。天空是灰色的。没有太阳，也没有太阳的影子。他不知道哪儿是北方，他已经忘掉了昨天晚上他是怎样取道走到这里的。不过他并没有迷失方向。这他是知道的。不久他就会走到那块"小棍子地"。他觉得它就在左面的什么地方，而且不远——可能翻过下一座小山头就到了。

于是他就回到原地，打好包袱，准备动身。他摸清楚了那三包分别放开的火柴还在，虽然没有停下来再数数，不过，他仍然踌躇了一下，在那儿一个劲地盘算，这次是为了一个厚实的鹿皮口袋。袋子并不大，他可以用两只手把它完全遮没。他知道它有十五磅重——相当于包袱里其他东西的总和——这个口袋使他发愁。最后，他把它放在一边，开始卷包袱。可是，卷了一会，他又停下手，盯着那个鹿皮口袋。他匆忙地把它抓到手里，用一种反抗的眼光瞧瞧周围，仿佛这片荒原要把它抢走似的。等到他站起来，摇摇晃晃地开始这一天的路程的时候，这个口袋仍然包在他背后的包袱里。

他转向左面走着，不时停下来吃沼地上的浆果。扭伤的脚踝已经僵了，他比以前跛得更明显，但是，比起肚子里的痛苦，脚疼就算不了什么。饥饿的疼痛是剧烈的。它们一阵一阵地发作，好像在啃着他的胃，疼得他不能把思想集中在到"小棍子地"必须走的路线上。沼地上的浆果并不能减轻这种剧痛，那种刺激性的味道反而使他的舌头和口腔热辣辣的。

他走到了一个山谷，那儿有许多松鸡从岩石和沼地里呼呼地拍着翅膀飞起来。它们发出一种"咯儿——咯儿——咯儿"的叫声。他拿石子打它们，但是打不中。他把包袱放在地上，像猫捉麻雀一样地偷偷走过去。锋利的岩石穿过他的裤子，划破了他的腿，直到膝盖流出的血在地面上留下一道血迹；但是在饥饿的痛苦中，这种痛苦也算不了什么。他在潮湿的苔藓上爬着，弄得衣服湿透，身上发冷，可是这些他都没有觉得，因为他想吃东西的念头那么强烈。而那一群松鸡却总是在他面前飞起来，呼呼地转，到后来，它们那种"咯儿——咯儿——咯儿"的叫声简直变成了对他的嘲笑，于是他就咒骂它们，随着它们的叫声对它们大叫起来。

有一次，他爬到了一定是睡着了的一只松鸡旁边。他一直没有瞧见，直到它从岩石的角落里冲着他的脸蹿起来，他才发现。他像那只松鸡起飞一样惊慌，抓了一把，只捞到了三根尾巴上的羽毛。当他瞅着它飞走的时候，他心里非常恨它，好像它做了什么对不起他的事。随后他回到原地，背起包袱。

时光渐渐消逝，他走进了连绵的山谷，或者说是沼地，这些地方的野物比较多。一群驯鹿走了过去，大约有二十多头，都待在可望而不可即的来复枪的射程以内。他心里有一种发狂似的、想追赶它们的念头，而且相信自己一定能追上去捉住它们。一只黑狐狸朝他走了过来，嘴里叼着一只松鸡。这个人喊了一声。这是一种可怕的喊声，那只狐狸吓跑了，可是没有丢下松鸡。

傍晚时，他顺着一条小河走去，由于含着石灰而变成乳白色的河水从稀疏的灯芯草丛里流过去。他紧紧抓住这些灯芯草的根部，拔起一种好像嫩葱芽，只有木瓦上的钉子那么大的东西。这东西很嫩，他的牙齿咬进去，会发出一种咯吱咯吱的声音，仿佛味道很好。但是它的纤维却不容易嚼。它是由一丝丝的充满了水分的纤维组成的，跟浆果一样，完全没有养分。他丢开包袱，爬到灯芯草丛里，像牛似的大咬大嚼起来。

他非常疲倦，总希望能歇一会——躺下来睡个觉，可是他又不得不继续挣扎前进——不过，这并不一定是因为他急于要赶到"小棍子地"，多半还是饥饿在逼着他。他在小水坑里找青蛙，或者用指甲挖土找小虫，虽然他也知道，在这么远的北方，是既没有青蛙也没有小虫的。

他瞧遍了每一个水坑，都没有用，最后，到了漫漫的暮色袭来的时候，他才发现一个水坑里有一条独一无二的、像鲦鱼般的小鱼。他把胳膊伸下水去，一直没到肩头，但是它又溜开了。于是他用双手去捉，把池底的乳白色泥浆全搅浑了。正在紧张的关头，他掉到了坑里，半身都浸湿了。现在，水太浑了，看不清鱼在哪儿，他只好等着，等泥浆沉淀下去。

他又捉起来，直到水又搅浑了。可是他等不及了，便解下身上的白铁罐子，把坑里的水舀出去。起初，他发狂一样地舀着，把水溅到自己身上，同时，因为泼出去的水距离太近，水又流到坑里。后来，他就更小心地舀着，尽量让自己冷静一点，虽然他的心跳得很厉害，手在发抖。这样过了半小时，坑里的水差不多舀光了。剩下来的连一杯也不到。可是，并没有什么鱼。他这才发现石头里面有一条暗缝，那条鱼已经从那里钻到了旁边一个相连的大坑——坑里的水他一天一夜也舀不干。如果他早知道有这个暗缝，他一开始就会把它堵死，那条鱼也就归他所有了。

他这样想着，四肢无力地倒在潮湿的地上。起初，他只是轻轻地哭；过了一会，他就对着把他团团围住的无情的荒原号啕大哭；后来，他又大声抽噎了好久。

他升起一蓬火，喝了几罐热水让自己暖和暖和，并且照昨天晚上那样在一块岩石上露宿。最后他检查了一下火柴是不是干燥，并且上好表的发条，毯子又湿又冷，脚踝疼得在悸动。可是他只有饿的感觉，在不安的睡眠里，他梦见了一桌桌酒席和一次次宴会，以及各种各样的摆在桌上的食物。

醒来时，他又冷又不舒服。天上没有太阳。灰蒙蒙的大地和天空变得愈来愈阴沉昏暗。一阵刺骨的寒风刮了起来，初雪铺白了山顶。他周围的空气愈来愈浓，成了白茫茫一片，这时，他已经升起火，又烧了一罐开水。天上下的一半是雨，一半是雪，雪花又大又潮。起初，一落到地面就融化了，但后来越下越多，盖满了地面，淋熄了火，糟踢了他那些当做燃料的干苔藓。

这是一个警告，他得背起包袱，一瘸一拐地向前走，至于到哪儿去，他可不知道。他既不关心"小棍子地"，也不关心比尔和狄斯河边那条翻过来的独木舟下的地窖。他完全给"吃"这个词儿管住了。他饿疯了。他根本不管他走的是什么路，只要能走出这个谷底就成。他在湿雪里摸索着，走到湿漉漉的沼地浆果那儿，接着又一面连根拔着灯芯草，一面试探着前进。不过这东西既没有味，又不能把肚子填饱。后来，他发现了一种带酸味的野草，就把找到的都吃了下去，可是找到的并不多，因为它是一种蔓生植物，很容易给几寸深的雪埋没。

那天晚上他既没有火，也没有热水，他就钻在毯子里睡觉，而且常常饿醒。这时，雪已经变成了冰冷的雨。他觉得雨落在他仰着的脸上，给淋醒了好多次。天亮了——又是灰蒙蒙的一天，没有太阳。雨已经停了。刀绞一样的饥饿感觉也消失了。他已经丧失了想吃食物的感觉。他只觉得胃里隐隐作痛，但并不使他过分难过。他的脑子已经比较清醒，他又一心一意地想着"小棍子地"和狄斯河边的地窖了。

他把撕剩的那条毯子扯成一条条的，裹好那双鲜血淋淋的脚。同时把受伤的脚踝重新捆紧，为这一天的旅行做好准备。等到收拾包袱的时候，他对着那个厚实的鹿皮口袋想了很久，但最后还是把它随身带着。

雪已经给雨水淋化了，只有山头还是白的。太阳出来了，他总算能够定出罗盘的方位来了，虽然他知道现在他已经迷了路。在前两天的游荡中，他也许走得过分偏左了。因此，他为了校正，就朝右面走，以便走上正确的路程。

现在，虽然饿的痛苦已经不再那么敏锐，他却感到了虚弱。他在摘那种沼地上的浆果，或者拔灯芯草的时候，常常不得不停下来休息一会。他觉得他的舌头很干燥，很大，好像上面长满了细毛，含在嘴里发苦。他的心脏给他添了很多麻烦。他每走几分钟，心里就会猛烈地怦怦地跳一阵，然后变成一种痛苦的一起一落的迅速猛跳，逼得他透不过气，只觉得头昏眼花。

中午时分，他在一个大水坑里发现了两条鲦鱼。把坑里的水舀干是不可能的，但是现在他比较镇静，就想法子用白铁罐子把它们捞起来。它们只有他的小指头那么长，但是他现在并不觉得特别饿。胃里的隐痛已经愈来愈麻木，愈来愈不觉得了。他的胃几乎像睡着了似的。他把鱼生吃下去，费劲地咀嚼着，因为吃东西已成了纯粹出于理智的动作。他虽然并不想吃，但是他知道，为了活下去，他必须吃。

黄昏时候，他又捉到了三条鲦鱼，他吃掉两条，留下一条做第二天的早饭。太阳已经晒干了零星散漫的苔藓，他能够烧点热水让自己暖和暖和了。这一天，他走了不到十英里路；第二天，只要心脏许可，他就往前走，只走了五英里多地。但是胃里却没有一点不舒服的感觉。它已经睡着了。现在，他到了一个陌生的地带，驯鹿愈来愈多，狼也多起来了。荒原里常常传出狼嗥的声音，有一次，他还瞧见了三只狼在他前面的路上穿过。

又过了一夜。早晨，因为头脑比较清醒，他就解开系着那厚实的鹿皮口袋的皮绳，从袋口倒出一股黄澄澄的粗金沙和金块。他把这些金子分成了大致相等的两堆，一堆包在一块毯子里，在一块突出的岩石上藏好，把另外那堆仍旧装到口袋里。同时，他又从剩下的那条毯子上撕下几条，用来裹脚。他仍然舍不得他的枪，因为狄斯河边的地窖里有子弹。

这是一个下雾的日子，这一天，他又有了饿的感觉。他的身体非常虚弱，他一阵一阵地晕得什么都看不见。现在，对他来说，一绊就摔跤已经不是稀罕事了。有一次，他给绊了一跤，正好摔到一个松鸡窝里。那里面有四只刚孵出的小松鸡，出世才一天光景——那些活蹦乱跳的小生命只够吃一口。他狼吞虎咽，把它们活活塞到嘴里，像嚼蛋壳似的吃起来，母松鸡大吵大叫地在他周围扑来扑去。他把枪当做棍子来打它，可是它闪开了。他投石子打它，碰巧打伤了它的一个翅膀。松鸡拍击着受伤的翅膀逃开了，他就在后面追赶。

那几只小鸡只引起了他的胃口。他拖着那只受伤的脚踝，一瘸一拐，跌跌撞撞地追下去，时而对它扔石子，时而粗声吆喝。有时候，他只是一瘸一拐，不声不响地追着，摔倒了就咬着牙、耐心地爬起来，或者在头晕得支持不住的时候用手揉揉眼睛。

这么一追，竟然穿过了谷底的沼地，发现了潮湿苔藓上的一些脚印。这不是他自己的脚印，他看得出来。一定是比尔的。不过他不能停下，因为母松鸡正在向前跑。他得先把它捉住，然后回来察看。

母松鸡给追得筋疲力尽，可是他自己也累坏了。它歪着身子倒在地上喘个不停，他也歪着倒在地上喘个不停，只隔着十来英尺，然而没有力气爬过去。等到他恢复过来，它也恢复过来了，他的饿手才伸过去，它就扑着翅膀，逃到了他抓不到的地方。这场追赶就这样继续下去。天黑了，它终于逃掉了。由于浑身软弱无力绊了一跤，头重脚轻地栽下去，划破了脸，包袱压在背上。他一动不动地过了好久，后来才翻过身，侧着躺在地上，上好表，在那儿一直躺到早晨。

又是一个下雾的日子。他剩下的那条毯子已经有一半做了包脚布。他没有找到比尔的踪迹。可是没有关系。饿逼得他太厉害了——不过——不过他又想，是不是比尔也迷了路。走到中午的时候，累赘的包袱压得他受不了。于是他重新把金子分开，但这一次只把其中的一半倒在地上。到了下午，他把剩下来的那一点也扔掉了，现在，他只有半条毯子、那个白铁罐子和那支枪。

一种幻觉开始折磨他。他觉得有十足的把握，他还剩下一粒子弹。它就在枪膛里，而他一直没有想起。可是另一方面，他也始终明白，枪膛里是空的。但这种幻觉总是萦回不散。他斗争了几个钟头，想摆脱这种幻觉，后来他就打开枪，结果面对着空枪膛。这样的失望非常痛苦，仿佛他真的希望会找到那粒子弹似的。

经过半个钟头的跋涉之后，这种幻觉又出现了。他于是又跟它斗争，而它又缠住他不放，直到为了摆脱它，他又打开枪膛打消自己的念头。有时候，他越想越远，只好一面凭本能自动向前跋涉，一面让种种奇怪的念头和狂想，像蛀虫一样地啃他的脑髓。但是这类脱离现实的遐思大都维持不了多久，因为饥饿的痛苦总会把他刺醒。有一次，正在这样瞎想的时候，他忽然猛地惊醒过来，看到一个几乎叫他昏倒的东西。他像酒醉一样地晃荡着，好让自己不致跌倒。在他面前站着一匹马。一匹马！他简直不能相信自己的眼睛。他觉得眼前一片漆黑，霎时间金星乱迸。他狠狠地揉着眼睛，让自己瞧瞧清楚，原来它并不是马，而是一头大棕熊。这个畜生正在用一种好战的好奇眼光仔细察看着他。

这个人举枪上肩，把枪举起一半，就记起来。他放下枪，从

410

屁股后面的镶珠刀鞘里拔出猎刀。他面前是肉和生命。他用大拇指试试刀刃。刀刃很锋利。刀尖也很锋利。他本来会扑到熊身上，把它杀了的。可是他的心却开始了那种警告性的猛跳。接着又向上猛顶，迅速跳动，头像给铁箍箍紧了似的，脑子里渐渐感到一阵昏迷。

他的不顾一切的勇气已经给一阵汹涌起伏的恐惧驱散了。处在这样衰弱的境况中，如果那个畜生攻击他，怎么办？他只好尽力摆出极其威风的样子，握紧猎刀，狠命地盯着那头熊。它笨拙地向前挪了两步，站直了，发出试探性的咆哮。如果这个人逃跑，它就追上去，不过这个人并没有逃跑。现在，由于恐惧而产生的勇气已经使他振奋起来。同样地，他也在咆哮，而且声音非常凶野，非常可怕，发出那种生死攸关、紧紧地缠着生命的根基的恐惧。

那头熊慢慢向旁边挪动了一下，发出威胁的咆哮，连它自己也给这个站得笔直、毫不害怕的神秘动物吓住了。可是这个人仍旧不动。他像石像一样地站着，直到危险过去，他才猛然哆嗦了一阵，倒在潮湿的苔藓里。

他重新振作起来，继续前进，心里又产生了一种新的恐惧。这不是害怕他会束手无策地死于断粮的恐惧，而是害怕饥饿还没有耗尽他的最后一点求生力，他已经给凶残地摧毁了。这地方的狼很多。狼嗥的声音在荒原上飘来飘去，在空中交织成一片危险的罗网，好像伸手就可以摸到，吓得他不由举起双手，把它向后推去，仿佛它是给风刮紧了的帐篷。

那些狼，时常三三两两地从他前面走过。但是都避着他。一则因为它们为数不多，此外，它们要找的是不会搏斗的驯鹿，而这个直立走路的奇怪动物却可能既会抓又会咬。

傍晚时他碰到了许多零乱的骨头，说明狼在这儿咬死过一头野兽。这些残骨在一个钟头以前还是一头小驯鹿，一面尖叫，一

411

面飞奔，非常活跃。他端详着这些骨头，它们已经给啃得精光发亮，其中只有一部分还没有死去的细胞泛着粉红色。难道在天黑之前，他也可能变成这个样子吗？生命就是这样吗？真是一种空虚的、转瞬即逝的东西。只有活着才感到痛苦。死并没有什么难过。死就等于睡觉。它意味着结束，休息。那么，为什么他不甘心死呢？

但是，他对这些大道理想得并不长久。他蹲在苔藓地上，嘴里衔着一根骨头，吮吸着仍然使骨头微微泛红的残余生命。甜蜜蜜的肉味，跟回忆一样隐隐约约，不可捉摸，却引得他要发疯。他咬紧骨头，使劲地嚼。有时他咬碎了一点骨头，有时却咬碎了自己的牙，于是他就用岩石来砸骨头，把它捣成了酱，然后吞到肚里。匆忙之中，有时也砸到自己的指头，使他一时感到惊奇的是，石头砸了他的指头他并不觉得很痛。

接着下了几天可怕的雨雪。他不知道什么时候露宿，什么时候收拾行李。他白天黑夜都在赶路。他摔倒在哪里就在哪里休息，一到垂危的生命火花闪烁起来，微微燃烧的时候，就慢慢向前走。他已经不再像人那样挣扎了。逼着他向前走的，是他的生命，因为它不愿意死。他也不再痛苦了。他的神经已经变得迟钝麻木，他的脑子里则充满了怪异的幻象和美妙的梦境。

不过，他老是吮吸着，咀嚼着那只小驯鹿的碎骨头，这是他收集起来随身带着的一点残屑。他不再翻山越岭了，只是自动地顺着一条流过一片宽阔的浅谷的溪水走去。可是他既没有看见溪流，也没有看到山谷。他只看到幻象。他的灵魂和肉体虽然在并排向前走，向前爬，但它们是分开的，它们之间的联系已经非常微弱。

有一天，他醒过来，神志清楚地仰卧在一块岩石上。太阳明朗暖和。他听到远处有一群小驯鹿尖叫的声音。他只隐隐约约地记得下过雨，刮过风，落过雪，至于他究竟被暴风雨吹打了两天

412

或者两个星期，那他就不知道了。

他一动不动地躺了好一会，温和的太阳照在他身上，使他那受苦受难的身体充满了暖意。这是一个晴天，他想道。也许，他可以想办法确定自己的方位。他痛苦地使劲偏过身子，下面是一条流得很慢的很宽的河。他觉得这条河很陌生，真使他奇怪。他慢慢地顺着河望去，宽广的河湾蜿蜒在许多光秃秃的小荒山之间，比他往日碰到的任何小山都显得更光秃，更荒凉，更低矮。他于是慢慢地，从容地，毫不激动地，或者至多也是抱着一种极偶然的兴致，顺着这条奇怪的河流的方向，向天际望去，只看到它注入一片明亮光辉的大海。他仍然不激动。太奇怪了，他想道，这是幻象吧，也许是海市蜃楼吧——多半是幻象，是他的错乱的神经搞出来的把戏。后来，他又看到光亮的大海上停泊着一只大船，就更加相信这是幻象。他眼睛闭了一会再睁开。奇怪，这种幻象竟会这样地经久不散！然而并不奇怪，他知道，在荒原中心绝不会有什么大海、大船，正像他知道他的空枪里没有子弹一样。

他听到背后有一种吸鼻子的声音——仿佛喘不出气或者咳嗽的声音。由于身体极端虚弱和僵硬，他极慢极慢地翻一个身。他看不出附近有什么东西，但是他耐心地等着。又听到了吸鼻子和咳嗽的声音，离他不到二十英尺远的两块岩石之间，他隐约看到一只灰狼的头。那双尖耳朵并不像别的狼那样竖得笔挺，它的眼睛昏暗无光，布满血丝，脑袋好像无力地、苦恼地耷拉着。这个畜生不断地在太阳光里眨眼。它好像有病，正当他瞧着它的时候，它又发出了吸鼻子和咳嗽的声音。

至少，这总是真的，他一面想，一面又翻过身，以便瞧见先前给幻象遮住的现实世界。可是，远处仍旧是一片光辉的大海，那条船仍然清晰可见。难道这是真的吗？他闭着眼睛，想了好一会，毕竟想出来了。他一直在向北偏东走，他已经离开狄斯分水

413

岭，走到了铜矿谷。这条流得很慢的宽广的河就是铜矿河。那片光辉的大海是北冰洋。那条船是一艘捕鲸船，本来应该驶往马肯齐河口，可是偏了东，太偏东了，目前停泊在加冕湾里。他记起了很久以前他看到的那张哈得逊湾公司的地图，现在，对他来说，这完全是清清楚楚，入情入理的。

他坐起来，想着切身的事情。裹在脚上的毯子已经磨穿了，他的脚破得没有一处好肉。最后一条毯子已经用完了。枪和猎刀也不见了。帽子不知在什么地方丢了，帽圈里那小包火柴也一块丢了，不过，贴胸放在烟草袋里的那包用油纸包着的火柴还在，而且是干的。他瞧了一下表。时针指着十一点，表仍然在走。很清楚，他一直没有忘了上表。

他很冷静，很沉着。虽然身体衰弱已极，但是并没有痛苦的感觉。他一点也不饿，甚至想到食物也不会产生快感。现在，他无论做什么，都只凭理智。他齐膝盖撕下了两截裤腿，用来裹脚。他总算还保住了那个白铁罐子。他打算先喝点热水，然后再开始向船走去，他已经料到这是一段可怕的路程。

他的动作很慢。他好像半身不遂地哆嗦着。等到他预备去收集干苔的时候，他才发现自己已经站不起来了。他试了又试，后来只好死了这条心，他用手和膝盖支着爬来爬去。有一次，他爬到了那只病狼附近。那个畜生，一面很不情愿地避开他，一面用那条好像连弯一下的力气都没有的舌头舐着自己的牙床。这个人注意到它的舌头并不是通常那种健康的红色，而是一种暗黄色，好像蒙着一层粗糙的、半干的黏膜。

这个人喝下热水之后，觉得自己可以站起来了，甚至还可以像想象中一个快死的人那样走路了。他每走一两分钟，就不得不停下来休息一会。他的步子软弱无力，很不稳，就像跟在他后面的那只狼一样又软又不稳。这天晚上，等到黑夜笼罩了光辉的大海的时候，他知道他和大海之间的距离只缩短了不到四英里。

414

这一夜，他总是听到那只病狼咳嗽的声音，有时候，他又听到了一群小驯鹿的叫声。他周围全是生命，不过那是强壮的生命，非常活跃而健康的生命，同时他也知道，那只病狼所以要紧跟着他这个病人，是希望他先死。早晨，他一睁开眼睛就看到这个畜生正用一种如饥似渴的眼光瞪着他。它夹着尾巴蹲在那儿，好像一条可怜的倒霉的狗。早晨的寒风吹得它直哆嗦，每逢这个人对它勉强发出一种低声咕噜似的吆喝，它就无精打采地龇着牙。

太阳亮堂堂地升了起来，这一早晨，他一直在绊绊跌跌地，朝着光辉的海洋上的那条船走。天气好极了。这是高纬度地方的那种短暂的晚秋。它可能连续一个星期。也许明后天就会结束。

下午，这个人发现了一些痕迹，那是另外一个人留下的，他不是走，而是爬的。他认为可能是比尔，不过他只是漠不关心地想想罢了。他并没有什么好奇心。事实上，他早已失去了兴致和热情。他已经不再感到痛苦了。他的胃和神经都睡着了。但是内在的生命却逼着他前进。他非常疲倦，然而他的生命却不愿死去。正因为生命不愿死，他才仍然要吃沼地上的浆果和鲦鱼，喝热水，一直提防着那只病狼。

他跟着那个挣扎前进的人的痕迹向前走去，不久就走到了尽头——潮湿的苔藓上摊着几根才啃光的骨头，附近还有许多狼的脚印。他发现了一个跟他自己的那个一模一样的厚实的鹿皮口袋，但已经给尖利的牙齿咬破了。他那无力的手已经拿不动这样沉重的袋子了，可是他到底把它提起来了。比尔至死都带着它。哈哈！他可以嘲笑比尔了。他可以活下去，把它带到光辉的海洋里那条船上。他的笑声粗粝可怕，跟乌鸦的怪叫一样，而那条病狼也随着他，一阵阵地惨嗥。突然间，他不笑了。如果这真是比尔的骸骨，他怎么能嘲笑比尔呢，如果这些有红有白、啃得精光的骨头，真是比尔的话？

他转身走开了。不错，比尔抛弃了他，但是他不愿意拿走那袋金子，也不愿意吮吸比尔的骨头。不过，如果事情掉个头的话，比尔也许会做得出来的，他一面摇摇晃晃地前进，一面暗暗想着这些情形。

他走到了一个水坑旁边。就在他弯下腰找鲦鱼的时候，他猛然仰起头，好像给戳了一下。他瞧见了自己反映在水里的脸。脸色之可怕，竟然使他一时恢复了知觉，感到震惊了。这个坑里有三条鲦鱼，可是坑太大，不好舀，他用白铁罐子去捉，试了几次都不成，后来他就不再试了。他怕自己会由于极度虚弱，跌进去淹死。而且，也正是因为这一层，他才没有跨上沿着沙洲并排漂去的木头，让河水带着他走。

这一天，他和那条船之间的距离缩短了三英里；第二天，又缩短了两英里——因为现在他是跟比尔先前一样地在爬；到了第五天末尾，他发现那条船离开他仍然有七英里，而他每天连一英里也爬不到。幸亏天气仍然继续放晴，他于是继续爬行，继续晕倒，辗转不停地爬；而那头狼也始终跟在他后面，不断地咳嗽和哮喘。他的膝盖已经和他的脚一样鲜血淋漓，尽管他撕下了身上的衬衫来垫膝盖，他背后的苔藓和岩石上仍然留下了一路血渍。有一次，他回头看见病狼正饿得发慌地舐着他的血渍，他不由得清清楚楚地看出了自己可能遭到的结局——除非——除非他干掉这只狼。于是，一幕从来没有演出过的残酷的求生悲剧就开始了——病人一路爬着，病狼一路跛行着，两个生灵就这样在荒原里拖着垂死的躯壳，相互猎取着对方的生命。

如果这是一条健康的狼，那么，他觉得倒也没有多大关系，可是，一想到自己要喂这么一只令人作呕、只剩下一口气的狼，他就觉得非常厌恶。他就是这样吹毛求疵。现在，他脑子里又开始胡思乱想，又给幻象弄得迷迷糊糊，而神志清楚的时候也愈来愈少，愈来愈短。

416

有一次，他从昏迷中给一种贴着他耳朵喘息的声音惊醒了。那只狼一跛一跛地跳回去，它因为身体虚弱，一失足摔了一跤。样子可笑极了，可是他一点也不觉得有趣。他甚至也不害怕。他已经到了这一步，根本谈不到那些。不过，这一会，他的头脑却很清醒，于是他躺在那儿，仔细地考虑。那条船离他不过四英里路，他把眼睛擦净之后，可以很清楚地看到它；同时，他还看出了一条在光辉的大海里破浪前进的小船的白帆。可是，无论如何他也爬不完这四英里路。这一点，他是知道的，而且知道以后，他还非常镇静。他知道他连半英里路也爬不了。不过，他仍然要活下去。在经历了千辛万苦之后，他居然会死掉，那未免太不合理了。命运对他实在太苛刻了，然而，尽管奄奄一息，他还是不情愿死。也许，这种想法完全是发疯，不过，就是到了死神的铁掌里，他仍然要反抗它，不肯死。

　　他闭上眼睛，极其小心地让自己镇静下去。疲倦像涨潮一样，从他身体的各处涌上来，但是他刚强地打起精神，绝不让这种令人窒息的疲倦把他淹没。这种要命的疲倦，很像一片大海，一涨再涨，一点一点地淹没他的意识。有时候，他几乎完全给淹没了，他只能用无力的双手划着，漂游过那黑茫茫的一片；可是，有时候，他又会凭着一种奇怪的心灵作用，另外找到一丝毅力，更坚强地划着。

　　他一动不动地仰面躺着，现在，他能够听到病狼一呼一吸地喘着气，慢慢地向他逼近。它愈来愈近，总是在向他逼近，好像经过了无穷的时间，但是他始终不动。它已经到了他耳边。那条粗糙的干舌头正像砂纸一样地摩擦着他的两腮。他那两只手一下子伸了出来——或者，至少也是他凭着毅力要它们伸出来的。他的指头弯得像鹰爪一样，可是抓了个空。敏捷和准确是需要力气的，他没有这种力气。

　　那只狼的耐心真是可怕。这个人的耐心也一样可怕。

这一天，有一半时间他一直躺着不动，尽力和昏迷斗争，等着那个要把他吃掉，而他也希望能吃掉的东西。有时候，疲倦的浪潮涌上来，淹没了他，他会做起很长的梦，然而在整个过程中，不论醒着或是做梦，他都在等着那种喘息和那条粗糙的舌头来舐他。

他并没有听到这种喘息，他只是从梦里慢慢苏醒过来，觉得有条舌头在顺着他的一只手舐去。他静静地等着。狼牙轻轻地扣在他手上了，扣紧了，狼正在尽最后一点力量把牙齿咬进它等了很久的东西里面。可是这个人也等了很久，那只给咬破了的手也抓住了狼的牙床。于是，慢慢地，就在狼无力地挣扎着，他的手无力地掐着的时候，他的另一只手已经慢慢摸过来，一下把狼抓住。五分钟之后，这个人已经把全身的重量都压在狼的身上。他的手的力量虽然还不足以把狼掐死，可是他的脸已经紧紧地压住了狼的咽喉，嘴里已经满是狼毛。半小时后，这个人感到一小股暖和的液体慢慢流进他的喉咙。这东西并不好吃，就像硬灌到他胃里的铅液，而且是纯粹凭着意志硬灌下去的。后来，这个人翻了一个身，仰面睡着了。

捕鲸船"白德福号"上，有几个科学考察队的人员。他们从甲板上望见岸上有一个奇怪的东西。它正在向沙滩下面的水面挪动。他们没法分清它是哪一类动物，但是，因为他们都是研究科学的人，他们就乘了船旁边的一条捕鲸艇，到岸上去察看。接着，他们发现了一个活着的动物，可是很难把它称作人。它已经瞎了，失去了知觉。它就像一条大虫子在地上蠕动着前进。它用的力气大半都不起作用，但是它老不停，它一面摇晃，一面向前扭动，照它这样，一点钟大概可以爬上二十英尺。

三星期以后，这个人躺在捕鲸船"白德福号"的一个铺位上，眼泪顺着他的消瘦的面颊往下淌，他说出他是谁和他经过的一切。同时，他又含含糊糊地、不连贯地谈到了他的母亲，谈到了阳光灿烂的南加利福尼亚，以及橘树和花丛中的他的家园。

　　没过几天，他就跟那些科学家和船员坐在一张桌子旁边吃饭了，他馋得不得了地望着面前这么多好吃的东西，焦急地瞧着它溜进别人口里。每逢别人咽下一口的时候，他眼睛里就会流露出一种深深惋惜的表情。他的神志非常清醒，可是，每逢吃饭的时候，他免不了要恨这些人。他给恐惧缠住了，他老怕粮食维持不了多久。他向厨子、船舱里的服务员和船长打听食物的贮藏量。他们对他保证了无数次，但是他仍然不相信，仍然会狡猾地溜到贮藏室附近亲自窥探。

　　看起来，这个人正在发胖。他每天都会胖一点。那批研究科学的人都摇着头，提出他们的理论。他们限制了这个人的饭量，可是他的腰围仍然在加大，身体胖得惊人。

　　水手们都咧着嘴笑。他们心里有数。等到这批科学家派人来监视他的时候，他们也知道了。他们看到他在早饭以后萎靡不振地走着，而且会像叫花子似的，向一个水手伸出手。那个水手笑了笑，递给他一块硬面包，他贪婪地把它拿住，像守财奴瞅着金子般地瞅着它，然后把它塞到衬衫里面。别的咧着嘴笑的水手也送给他同样的礼品。

　　这些研究科学的人很谨慎。他们随他去。但是他们常常暗暗检查他的床铺。那上面摆着一排排的硬面包，褥子也给硬面包塞得满满的，每一个角落里都塞满了硬面包。然而他的神志非常清醒。他是在防备可能发生的另一次饥荒——就是这么回事。研究科学的人说，他会恢复常态的。事实也是如此，"白德福号"的铁锚还没有在旧金山湾里隆隆地抛下去，他就正常了。

（万紫　雨宁　译）

【作者简介】杰克·伦敦（1876—1916），美国优秀的批判现实主义作家。主要作品：《寂静的雪野》、《海狼》、《铁蹄》、《热爱生命》等。

欧·亨利〔美国〕

最后一片叶子

华盛顿广场往西有一小片地区的街道横七竖八，像乱摊着的小布条，名曰"胡同区"。这些胡同拐弯抹角，叫人摸不着头脑，甚至一条胡同会自身交叉一两回。有一次，一位画家发现，这种小巷也有一种难能可贵之处。要是有谁上这儿来收颜料、纸张、画布钱，会沿街转回老地方，连一分一文都收不着！

难怪，没多久那些搞艺术的人便纷至沓来，云集又古又怪的格林尼治村。他们图房租便宜，专找窗户朝北的房间，18 世纪山形墙屋和荷兰式小阁楼。又从六马路买来几只大圆筒形锡杯，一两只火锅，立起了"门户"。

休易与乔安西两人的画室就是在一栋矮墩墩的三层砖房的顶层。乔安西昵称为乔安娜。两人一个是缅因州人，一个是加利福尼亚州人，首次相逢是在八马路德尔蒙尼克饭店的餐桌上。她们同样爱好艺术，同样吃着凉拌菊苣，同样穿着大袖管衣服，这一来，便合租了一间房做画室。这是 5 月间的事。

到了 11 月，一位冷酷、看不见的不速之客闯进了这一带，伸出只冰凉的手今天碰碰这个，明天碰碰那个。医生称这位客人为"肺炎"。在广场以东，这瘟神简直横行无忌，害起人来一动

421

手就几十，但走到长着青苔、迷宫似的"胡同区"，他放慢了脚步。

你决不会说肺炎先生是位老侠士。让加利福尼亚州的和风都吹得没有了血色的小个子女人哪会经得起喘粗气的老糊涂的铁拳？而他偏偏就打了乔安西。乔安西躺在油漆铁床上没有力气动弹，两眼呆望着荷兰式小窗对面的砖墙。

一天上午，那位忙碌的医生皱皱灰色浓眉，把休易叫到过道里。

"现在十成希望只剩下一成，"医生一边甩下体温表里的水银一边说，"这成希望取决于她抱不抱活下去的决心。遇上一心想照顾棺材店生意的人，纵有灵丹妙药也不顶用。这位小姐已经认定自己再也好不了。就不知她还有什么心事吗？"

"她——她希望有一天能去画那不勒斯湾。"休易答道。

"画画？你扯到哪儿去了！我是问她心里有没有还留恋的事。比方说，心里还会想着哪位男人。"

"男人？男人还会值得她想？"休易的声音尖得像单簧口琴，"没这种事，医生。"

"那就麻烦了。"医生说，"我一定尽力而为，凡医学上有的办法都会采用。但是如果病人盘算起会有多少辆马车送葬来，药物的疗效就要打个对折。要是她能问起今年冬天大衣的衣袖时兴什么式样，那么我对你说吧，她的希望就不是一成，而是两成。"

医生走了以后，休易到画室里哭了一场，把条日本餐巾全哭湿了。哭过后她拿着画板昂首阔步走进乔安西的房间，还一边吹口哨，吹音律多的切分音。

乔安西脸朝窗躺在被窝里，一动没动。休易以为她睡着了，忙不吹了。

她摆好画板，开始替杂志社作小说的画插图。年轻作者要踏

422

上文学之路得先替杂志社写短篇小说，美术工作者要闯出艺术之路得先替杂志社作小说的插图。

小说的主人公是爱达荷州的牛仔，休易在画主人公穿的漂亮马裤和单眼镜时，好几次听到一个微弱的声音。她赶紧走到床边。乔安西睁大着眼在望窗外，边数数，是倒着数的。

"12，"她数着。过了一会，"11。"又过了会。"10"，"9"。又过了会，"8"，"7"，两个数几乎是接着数。

休易觉得奇怪，看着窗外。有什么可数呢？见到的只是个空荡荡的冷落院子和 20 英尺外一栋砖房的墙。一根老而又老的藤趴在墙上，有半堵墙高，巴巴结结，靠近根部的地方已经萎缩，藤叶几乎全被冷飕飕的秋风吹落，只剩下光秃秃的枝干还紧贴在破败的墙上。

"怎么啦？"休易问。

"6，"乔安西又在数，声音低得几乎听不见，"现在落得快了。3 天前还有将近 100，叫我数得头发痛。现在容易。又掉了一片，只剩下 5 片。"

"5 片什么？快跟我说。"

"5 片藤叶。那根藤上的。等最后一片掉下来，我也就完了。早 3 天我已经明白。难道医生没对你说？"

"快别胡思乱想啦！"休易觉得这太荒唐，不屑一顾地说，"一根老藤上的叶子跟你的病好不好得了有什么相干！丫头，别乱来，就因为你平日里喜欢那根藤。不要这么傻里傻气。今天上午医生还对我说，你很快好起来的希望是——让我想想他的原话来着——对啦，他说你的希望有 9 成！想想看，这可以比作我们到了纽约有可能坐电车，或者走路时遇上一栋新房子。来，喝点儿汤，喝了我就再画画，卖给编辑，得了钱给你这病娃娃买名牌紫葡萄酒，再买点猪排，给我自己解馋。"

"葡萄酒用不着再买，"乔安西说，眼睛还盯着窗外，"又掉了一片。汤我也不要。只剩下 4 片叶了。要是天黑前我看到最后一片掉下来就好。见到了我也好闭眼。"

"乔安西，你听我的，闭上眼睛，别再看窗外，等我把这幅插图画完，怎么样？"休易弯下身对她说，"这些画明天等着交。画画光线得好，要不然，我就会把窗帘放下。"

"那你不能到别的房间画？"乔安西没好气地反问。

"我得在这儿陪着你。再说，我也不能让你看着几片藤叶发傻气。"休易答道。

"那你画完了得告诉我，我想看着最后一片飘下来。"乔安西边说边闭上眼睛，脸惨白，躺着不动，像尊倒下的石膏像，"我不愿再等，也不愿想什么。一切我都不要了，只愿像一片没有了生命力的败叶一样，往下飘，飘。"

"安心睡一会吧，"休易说，"我画退隐的老矿工要个模特儿，得找贝尔曼来。我只出去一会儿。别动，等我回来。"

贝尔曼老头也能画画，就住在下面一楼。他已年过 6 旬，头像希腊神话中半人半兽的森林神的，身子像小鬼的，胡须像米开朗琪罗的摩西雕像的，鬓卷曲着从头顺身子往下垂。他作画没搞出个名堂来，挥舞了 40 年的画笔，却连艺术女神的长衫边都没碰着。他一心要画出个惊人之作，但至今还没开笔。近些年除了涂涂抹抹弄一张商业画或广告画，他什么也没搞，就靠替这一带请不起职业模特儿的年轻画家当模特儿挣几个钱。他喝起杜松子酒来没有节制，还不停叨念要搞的惊人之作。此外这小个子老头像个凶神恶煞，谁软绵绵的就瞧不起谁，自诩为保护楼上两位年轻画家的看家猛犬。

休易去时贝尔曼果然在楼下他那间又暗又邋遢的房间里，浑身杜松子酒气冲天。屋角里画架上绷着块白画布，就等画上幅惊人之作，但等了 25 年还是一笔未画。休易告诉他，乔安西在胡思乱想，把自己比作一片弱不禁风的藤叶，等到力气亏空，在这世界再也巴不住时，会飘落下来。

贝尔曼老头的一双红眼睛正不停地流泪，但听到这般白痴似的胡想，他连鄙薄带挖苦地叫了一阵。

"什么话！"他嚷着，"看到混账藤叶子掉了就会想死，阳世上还真有这种蠢货？这种事还是头一回听说。叫我陪你们胡闹，当什么退隐的笨驴子的模特儿，我可不爱干。你怎么让那种怪事钻到她脑瓜子里去听？哎哟，乔安西那小家伙也可怜。"

"她病得厉害，身体太虚弱。"休易说，"脑子烧糊涂了，老胡思乱想。贝尔曼先生，既然你不愿给我当模特儿，那就算了，没关系。不过我看，你这老头也够呛，太啰唆。"

"你们女人就是女人！"贝尔曼又是大喊大叫起来，"谁说的我不愿？走吧，我跟你去。这老半天我的话意思就是愿意。老天爷！乔安西小姐是大好人，怎么就病倒在这种地方？哪天我画出张绝妙的画，我们一块儿远走高飞。老天爷！行啦。"

两人上楼时乔安西睡着了。休易把窗帘放得严严实实，打个手势把贝尔曼带进了另一间房。他们在房里瞧着窗外的那根藤，心里不由得害怕。接着，两人你看我，我看你，好一会没说话。冰冷的雨在不停地下，还夹着雪。贝尔曼穿件旧蓝色衬衫，坐到个翻转的水壶上当退隐的矿工，那水壶是充作石头的。

休易只睡了一个小时，到早上醒来时，只见乔安西睁大两只无神的眼睛盯住放了下来的绿窗帘。

"卷起来，我要看。"她有气无力说。

休易照办了，也是有气无力。

可是，看啊！经过漫漫长夜的一夜风吹雨打，竟然还有一片藤叶扒在砖墙上。这是藤上的最后一片叶。叶柄附近依旧深绿，但锯齿形边缘已经枯败发黄。它顽强地挂在离地面20英尺高的一根枝上。

"这是最后一片叶，"乔安西说，"我还以为晚上它准会掉。

我听见了风声。今天它会掉的，我的死期也就来了。"

"乖乖，乖乖！你不愿为自己着想也得为我着想。丢下我怎么办呢？"休易说，把消瘦的脸贴到枕头上。

但是乔安西没有答话。即将踏上黄泉路的人的心灵是无比孤寂的。乔安西与朋友、与人世一步一步拉开了距离，而幻觉在这时间便越来越难摆脱。

这一天慢慢过去了，天色尽管已暗下来，她们还是能看见那片孤零零的藤叶牢牢趴在墙上。后来，夜幕降临，北风又紧，雨敲打着窗户，也从矮荷兰式屋檐上倾泻而下。

天刚亮，乔安西不管三七二十一就叫拉开窗帘。

藤叶还在。

乔安西躺在床上久久看着。后来她叫唤休易，休易正在翻动煤气炉上鸡汤里的鸡。

乔安西说："休易，我太不应该。不知是怎么鬼使神差的，那片叶老掉不下来，可见我原来心绪不好。想死是罪过。你这就给我盛点鸡汤来，还有牛奶，牛奶里搁点葡萄酒——等等！先拿面小镜子来，再把几个枕头垫到我身边，让我坐起来看你烧菜。"过了一小时，她说：

"休易，我希望以后能去画那不勒斯湾。"

下午医生来了。医生刚走，休易找个借口跑进走廊。

"有五成希望，"医生握着休易的手，说，"只要护理得好，就能战胜疾病。现在我得去楼下看另一个病人。他叫贝尔曼，肯定也是个画画的。又是肺炎。他年纪大，体质弱，病又来势凶，已经没有了希望，但今天还是要送医院，医院的条件好些。"

第二天，医生对休易说；"她出了危险期。你们胜利了。剩下的事是营养和护理。"

这天下午，休易坐到乔安西躺的床上，织着条根本用不着的蓝色羊毛披肩，已经无忧无虑。织着织着，她伸出只手连人带枕头搂着乔安西。

"有件事告诉你,小宝贝。"她说,"贝尔曼先生得肺炎今天死在医院。他只病了两天。头一天早上看门人在楼下房间发现他难受得要命,衣服、鞋子全湿了,摸起来冰凉。谁也猜不着他在又是风又是雨的夜晚上哪儿去了。后来他们发现了一盏灯笼,还亮着,又发现楼梯搬动了地方,几支画笔东一支西一支扔着,一块调色板上调了绿颜料和黄颜料。现在你看窗外,乖乖,墙上还扒着最后一片藤叶。你不是奇怪为什么风吹着它也不飘不动吗?唉,亲爱的,那是贝尔曼的杰作。在最后一片叶子落下来的晚上,他在墙上画了一片。"

【作者简介】欧·亨利,原名威廉·锡德内·波特(1862—1910),美国20世纪初最杰出的短篇小说家,世界短篇小说三大家之一。其主要作品:《警察与赞美诗》、《双料骗子》、《麦琪的礼物》、《最后一片叶子》等。

艾伯特·马尔兹〔美国〕

兽国黄昏

　　查理·法仑，十三岁，掌心里掂着一枚手榴弹，等待交通灯改变颜色。八号路的公共汽车开动时，他躲在一个雪堆后面。等汽车离开他有二十码路，他就把那枚致命的飞弹高高地投到空中。飞弹正落在汽车顶上，爆炸开来。查理满意地笑了，又抓起雪去做第二枚手榴弹。

　　他向哈德逊街慢慢走去，消磨时间。他是个矮小、结实的孩子，面色苍白，嘴唇紧撅在一起。到了柏里街拐角上，他捡到了一个信封，里面有一百万零二百三十四块钱。于是他扔掉了手榴弹，穿过马路，朝一家当铺走去。那天正是星期天，当铺门前上了一道铁栅门，可是查理许了一个心愿，走了进去。他拿了一支手电筒、一双冰鞋、一把童子军刀、一副望远镜、一幅"马槽中的圣母"图，还有许多别的东西，留下一张十万元的支票付账。

　　他到了十二号街，又穿过马路，信步走到格林尼治村，在一家电影院的前厅里停了下来，看看电影照片。他认为安妮达·路易斯比那高傲自大的玛瑙·希拉漂亮些。他吻了吻安妮达·路易斯。他们俩坐在她用一百万元修的游泳池边上，他又吻了她一

428

下。安妮达·路易斯正要跟他说他是多么漂亮的时候，收票的走了过来对他说："出去，小家伙。"他只好别别扭扭地溜走了。

到了十一号街和七号路的岔路口，他在一家面包房的橱窗前面站住了。他一口气吃了一块巧克力蛋糕、一块甜面饼、一块俄式的水果奶油布丁，还有两块两角五分钱一块的奶油桃糕。他正要把整个面包房都买下时，一个女人走了出来，叫他别靠在玻璃窗上，赶快走开。

他觉得没趣，转入七号路，转回家去。到了商业街和莫尔顿街之间，他走进了他有时也光顾的一家糖果店。胖老板娘气喘吁吁地走到柜台跟前。

查理问道："奶油糖怎么卖?"

"一分钱两块。"

"这种呢?"

"一分钱四块。"

"棒糖呢?"

"一分钱一根。你要哪一样?"

"我回家去拿点钱。八分钟以内就转来。"

他又穿过街，朝霍斯登街走去，一心盼望能买些糖吃。他有个法儿，能把一块奶油糖吃上半个钟头。那就是把糖放在舌头上去舔。不把糖一下子嚼碎吃下去，是需要一点毅力的，可是甜味可以留得久一点，而且还可以避免牙痛。他脱下湿透了的无指手套，往手上呵了口热气。他心想要不是星期天就好了，因为星期天工厂都关了门，他家周围附近冷静得像一片墓地。

一辆公共汽车开了过来，向南开去。跟查理住在一座房子里的许希老先生和他太太穿过华利克街来搭这辆车子。公共汽车停住了。这对老夫妇赶上前去，当许希老先生把手从口袋里抽出来时，一枚五角钱的银币掉在人行道上。他拼命想去把它抓住，可是它滚到盖地下车道通风孔的铁格子上，掉到阴沟底下去了。老头咕哝着，踏上了公共汽车。他一面用手带上车门，一面朝跑向铁格子的查理喊道："查理，要是你把它捡起来，我给你一角钱！"

"好吧。"查理说。

公共汽车开走了，查理也跑开了。他得弄一块橡皮糖和一根绳子才能把它粘上来。五角钱哩！他过去从铁格子下面取出过小钱，有一次甚至取出过一个一角钱的硬币，但是捡这么多钱，这是破天荒第一次。至于跟许希老先生说，钱捡不出来，那还不是世界上最好办的事。

他一口气跑到唐宁街他的家里。他太兴奋了，忘记了第二节楼梯上有一级是坏了的。他的右脚踩了个空，跌了一大跤，脚杆骨上重重地撞了一下。他眼里噙着眼泪，一跛一跛地走完了剩下的三节楼梯。

他的妈妈正坐在窗户前补衣服。

"妈，给我三分钱，行不行？"他问道。虽然是一句问话，可是话里却含着命令的口气。长期的经验告诉他，一吓唬，他的妈妈就会屈服的。

"天老爷，小声点！"她说。"你爸爸睡着了。你穿着湿漉漉的胶鞋跑进来，把地板都弄脏了，这是干什么呀？"

"我马上就出去，给我几分钱吧，妈。"

"我不能再给你钱了。星期二你已经拿了一分钱去买糖了。"

"妈，你一定要给我。你听我说，有人掉了一毛钱在地下道的通风孔里。要是我有几块橡皮糖，我就能把它粘上来。"

"原来是这么一回事？你本来打算瞒着我的，是不是？"她温和地笑了。"三分钱没有，我给你一分钱，而且你得还我。"

"一分钱没有用，一定要三分钱才行。一分钱我办不了事。一分钱的橡皮糖嚼出来的橡胶不够大，你还不明白吗，妈？"

法仑太太走进厨房，把放零钱的钱袋拿了回来。"除了今晚上做礼拜要捐的一毛钱外，我只有两分钱了。"她说。

"好吧，就把那一毛钱给我。我去——"他停住话，打了一个喷嚏。"我去换去，等会儿照数还你，说老实话。"

"不成，我才不冒这个险。"她把那两分钱给了他。查理气嘟嘟地接下了钱。这样一来，他的事情比较难办一些，但是他知道，他妈妈对捐给教会的钱比什么都顶真。

"这两分钱你也得还我。"她说。

"没错。"他已经跑到厨房里忙着半天找绳子去了。

"唉，真是，"他妈妈说，带着他听惯了的久经患难的哀叹声。"从前，如果你向你爸爸或我要一分钱，我们就会给你五分钱。如果你要五分钱，你就会得到一毛钱。"

查理找到了一捆粗线，剪下丈把长，赶快塞进了口袋。

"可是现在你爸爸残废了，可怜的人，"他妈妈继续说下去，"别人走路，他却一跛一跛的，别人白天干活，他只好晚上干。赚钱虽少，他已经感激不尽了。"

"得啦，妈，我走啦。"查理说。他等不及回话，便呼地带上门走了出去。他心里说，天下的妈妈都唠叨得讨厌，爸爸更糟。老头子决不肯少喝一杯啤酒替他孩子买一条巧克力糖。

他跑完了那一段街，拐到卡尔明街的糖果店。他买了两盒齐客莱牌的橡皮糖，一股脑儿放进嘴里。一定要把橡胶嚼得又软又湿，不然的话就粘不住钱币。他跑过了华立克街，使劲嚼着橡皮糖，但是只用右边的牙嚼，免得牙痛。在公共汽车停车牌旁边，他伏在冰冷的铁格子上。水门汀的沟底上布满了垃圾、雪和一小滩一小滩的水。他开始按部就班地搜索那枚银币，把贴在铁格子上面的身子一寸一寸地挪动。他的心兴奋得乱跳，而面包房橱窗的影子也在他的头脑中闪动。

十分钟过去了，并无结果。他停下来，在手上呵了呵气，然后再去搜索。

他看到了那枚银币，一半在一滩水里，一半在水门汀的沟底上，一个很难下手的目标。他的紧闭着的嘴唇上带着微笑，他把绳头儿绕了好几道，打了个结，于是把橡皮胶缠在结上，又把底面弄得宽宽的、平平的。绳的另一端绕在手腕上，打了几个活结，免得脱落。然后就把橡胶放进嘴里，最后湿了一下，这才小心翼翼地放到沟底去。

他在聚精会神地工作，竟没有注意到有人从他背后走过来。那人生得瘦小，衣服破烂，年约四十五岁。他的瘦脸给风吹得表面发红，但是下面却是一层紫灰色。

查理还没有看见他就听见他的声音了，那人的呼吸很吃力，仿佛是在沉重的负担下挣扎似的。查理抬起头来匆匆望他一眼，就回到他的工作上。他正集中力量去做最困难的一段工作。那堆橡胶不够重，线垂不直，他得用点力气把它投在钱币上，才能粘住。也许要试投百来次，才能命中。

那人默默地观望了一会儿，然后在查理身边跪下去，用沙哑的声音说："咦，五角钱哩？"他低头望望那节摇摆在钱币上面的绳子。"啊，那么搞太费劲了，是不是？"他轻轻问道。

查理没有理他。

那人低下头看他又试投了一次。"天这么冷，橡胶当然马上就冻硬了，"他说，"孩子，照我看，你粘不起来。而且天渐渐黑了。干这件事，你得有顺手的工具。这样搞，你永远搞不到手。"

查理连头也不抬，大声说："谁问你来呀？"

那人站了起来。他往四下迅速地扫了一眼。一个人都没有。他后退了几步，解开了他的大衣。他的上衣里面，有四根皮带系牢的、削细了的竿子，各有三英尺长，每根的一端都配有一个橡皮套，可以和另一根连接起来。他熟练地把它们接上。最末一根的尖端有一个小小的橡皮吸盘。他走上前去，很利落地把竿子的

432

末端插入铁格子，然后跪下去，把竿子伸到沟底去。"我让你看看，一个行家是怎样干的。"他若无其事地说。他说话时把眼睛避开，不去看查理的脸。"这是一种办法。另一种办法是用胶油。用胶油连镯子都能粘得上来。不过如果你看见零钱时，用吸盘……"

"怎么回事？"查理气得叫了起来。"你这是干什么呀？"

"我来让你看看，一个行家是怎么干的，孩子。"

"滚开！"查理用左手死拖那人的手臂。"滚开！"

那人把他挡开，一面哑声笑着，笑得很无趣。"有什么关系呢？反正你弄不上来，"他说，"何必留给别人来捡呢？"

"我弄不上来才怪！"查理喊道。"你甭管。那钱是我的。请吧，大爷。"

"我给你五分钱。"那人说。

查理决然地把绳子拉了上来，塞到口袋里。然后，站起身来，走到那人背后，照他的背心猛踢一脚。那人痛叫起来。查理立刻退了十来英尺路。

"真他妈岂有此理。"那人呻吟着，一面用手按着背心。

"我要拧断你的脖子，你这个小鬼。你把我踢得几乎丢掉了竿子。"他们互相怒视了一会，站着不动，打不定主意。他们之间相差三十岁，但在某一方面，看上去又非常相像。两个人都矮小，就孩子来说，那孩子是矮小的孩子，就成年人来说，那人也是矮小的成年人，两人都枯瘦而偻强。

那人又跪了下去，一面却留神注视着查理。他把竿子伸了下去，但他的头却是抬起来的。查理犹豫地站在那里，然后跑到街边的雪堆跟前。那人转过身去，面对着他。"你敢走近我，我就拧断你的脖子。"他说。"我告诉你，你滚开点。我现在火了，连五分钱都不给你了。"

查理从雪堆上抓了一大块冰，用尽全身的力气投去。那冰块差了尺把远没打中他。那人却吓得抽出竿子跳了起来。查理退到雪堆后面。他气得浑身发抖，眼睛盯着他的敌人，两手在冰壳下面挖着雪。

"你想找麻烦，是不是?"那人发狠地说。他前后左右瞟了瞟那寂无行人的、逐渐黑暗下来的街道。"你以为我喜欢干这个么?"他突然问。"你以为我乐意和你这样一个小孩子争夺这五角钱吗?"

一个雪球打到他的膝头上，恰好是他的破烂的大衣盖不到的地方。他摇晃着他的拳头，大声怒吼。"你这个小鬼，你要是想找麻烦，我就给你点苦头吃啦!"他打住话，喘着气。随后他抛下了竿子，冲上前去。查理赶快逃开了。可是一颗几乎被捏得完全变成了冰块的雪球正打在那人的额头上。他用一只手按住了头，又痛又气，快要哭了出来。

"你觉得味道怎样，你这个下流胚子。"查理叫道。

那人追赶他，可是查理比他灵活一倍，两人之间始终隔着一堆雪。一会儿那人就停下了，张着嘴，一只手按着哮喘的胸口。他连一句话也没哼，回到铁格子跟前，蹲下，把竿子又放了下去。

查理快气疯了，他改变了攻击的方式。他拐了个弯子，从后面跑了过来，扔出一把碎冰，打在那人的后脑勺上。那人的身体打了一个冷战，但没有转过头来。他正在提起竿子，要从另外一个格子眼插进去。查理又一次冲过来，这次他决定用脚踢。那人一面骂着，一面跳起来迎上去，就在查理吓得要转身逃走的时候，抓住了他的胳膊，把他拖了过来。查理的两只胳膊都被那人提住了。竿子横躺在他们中间的铁格子上。

"我真该拧断你的脖子!"他喊道，一面摇着他。"我真想把你的小小的老鼠脖子拧断! 不过我不打算那么做，懂吗? 你不过是个小娃儿。可是你听着……"

434

查理用力挣，挣脱了身，同时还踩了那人一脚，才跑到雪堆背后那个安全的地方。那人站在那里，呆望着他，脸上痛苦地抽搐着。"哦，老天爷，你真是个小混蛋！我伤害你来着么？我抓住了你的时候，也并没有对你怎么样呀。我是打算向你提出一个条件。"又是一个雪球投了过来，打在他的胸上。"好吧，"他说，"你不让我捡，我捡不到手。我不让你捡，你也捡不到手。我们两个都落了空。天快黑啦。我和你平分吧，我给你两角五。"

"不干！"查理叫道。"那钱是我的！"他气得浑身发抖。

"没有顺手的工具，你弄不到手，你还不明白吗？"现在那人在哀求了。"天气这样冷，你的橡皮糖不中用。"

"那钱是我的。"

"老天爷，钱是你找着的，我承认，"那人说，"不过我有吸盘。我能把钱弄上来，给咱们俩。"

"不干。"

"老天爷，我总得分一些呀！"那人叫道，声音都给羞愧和痛苦弄涩了。"这就是我的职业，孩子。我干的就是这一行。你还不明白么？我奔跑了一整天，什么都没有找到。你一定要分点给我，说什么也得分！"

"不分！"

那人摊开了两只手。"哦，你这孩子，你这孩子！"他绝望地喊道。"如果你大十岁的话，你就会明白了。你以为我喜欢干这个吗？要是你大十岁的话，我就能跟你谈谈，你就会明白了。"

查理的嘴唇绷得紧紧的。冻得青一块白一块的脸上满是怒容。"要是我大十岁的话，我就会把你的脸打扁。"他说。

那人痛苦地弓下腰去，捡起竿子。他手按着背心，脚微跛着走了开去，不禁哭了起来。

查理站在那里高兴得发抖，但他的脸却像石头一样毫无表情。

天已经黑了。

（荒芜　译）

【作者简介】不详。

尤多拉·韦尔蒂〔美国〕

一条新闻

　　她刚在外面淋过雨。现在她站在小房子的壁炉前面，叉开双腿，弯着腰，赌气地摇散一头湿淋淋的黄头发，就像一只猫在怪自己不识好歹一样。她在自言自语——那样慢声细语，在空荡荡的房间里简直难以觉察。

　　"倾盆大雨，倾盆大雨哪……"她像唱歌一样翻来覆去念叨的就只这句话吗？她一点一点地转动着身子，烤干自己，她的头往前斜着，蓬乱的黄头发波浪般地披散开来，她一本正经地提起了裙子，让热气透到身上。

　　后来她烤得红光满面，走到桌子跟前拿起一小包东西，那是一包咖啡，上面用红字标明"样品"。外面包着一张湿报纸，被她打了开来，可她是小心翼翼地拿着它的。

　　"咦，他怎么还拿了张报纸包着它呢！"她一会瞧瞧这只手，一会瞧瞧那只手，吃惊地说，瞧她对一点小事情都大惊小怪的神气，她这辈子过的一定是难以打发的寂寞日子。

　　她把咖啡放在桌子的正中，然后心不在焉地抓住报纸的一小角走到房间对面，把它摊在壁炉前，自己就在上面直挺挺地躺下来。她唱的那只下雨的歌，她大惊小怪的喊叫声，仅仅是个序

437

曲，是她在独自一个人的时候乔装赌气用来解闷的玩意儿。这会儿她自得其乐，四仰八叉地躺在火跟前，本来纠成一团的湿头发渐渐舒展开来，像块廉价的绸缎披在她背上，她闭上了眼睛，她的嘴角垂下，显得深沉，有一种不自觉的狡谲神情，而她又似乎独自一人藏身在自己那安静愉快的境界中。每当炉里的火焰晃动着，垮下来发出响声，她就会颤抖起来，又像焦急，又像绝望地伸出手去。

过了一会她微微动了一下，伸手到身子下面去取报纸。然后她蹲下来摸着那有印刷字体的纸张，好像它很容易打碎，她不是在瞧它——她是在观察它，像年轻姑娘观察婴儿，就像它是什么使人捉摸不透的东西。报纸上面，她身体躺过的地方留下了一块块湿痕。她紧张地蜷缩着，用裂了口的发红的小手指头抚平纸上的折纹，不时地朝上面一张水迹模糊的图画和它下方的大写字母皱起眉毛，她的嘴唇微微抖动，似乎这么仔细地观看和拼读使她内心非常激动。

她忽然笑了。

她抬起了头。

"鲁比·费希尔！"她低声说。

在她平淡的蓝眼睛里和柔和的唇边出现了一种极端羞怯的表情，然后眼睛里又出现了惊恐。她四下望望……仿佛觉得世界上有一只什么眼睛在看着她。她把衣服拉拉直，就读起报上的一小段文字来。

那是一条小新闻：

"鲁比·费希尔太太不幸于本周被其夫枪伤腿部。"

起初她一个字一个字地低声念了一遍，把"不幸"这个最长的字留在最后，然后她又念了一遍，这次是大声地念，像跟人说话那样。

"讲的是我。"她带着敬意郑重其事地轻声说。

屋外，雨点拍打着屋顶，雷鸣和闪电交织成一片。在这片喧闹声中，炉中的火焰跳动了一下，轰然一声熊熊燃烧起来。

"克莱德！"鲁比·费希尔终于跳起身来尖叫道。"你在哪儿，克莱德·费希尔？"

她笔直跑到门边，一把拉开了门。一股寒气透过室内的温暖，直扑到她全身。恼怒和惶惑在她心里交织着。一道电光闪过，她就站在那里等着，好像闪电会把他带进来，手里举着一支枪。

她不说话了，用背部抵住房门，臀部一使劲，把门关上了。她的怒气像淡淡的兴奋一闪即逝。她小心地绕开放着咖啡的桌子，开始心神不定地在屋里踱来踱去，像是有一种使人焦急不安的踌躇和捉摸不出的神秘感在驱使着她。屋里有一扇窗户，她时常停下来，等待着，凝视着窗外的雨点，她在静止的时候身上带着点迟钝的神气，那是一种迷惑人的假象，其实她一点也不迟钝。她身上有一种东西从来没有停息过。

最后她猛地一下坐到地上，背靠着报纸，久久地注视着火焰，简直好像火焰是小屋里的一面镜子，她一面把手指伸进头发里，想象着自己在那里，克莱德从她背后走过来，一面更深地望进这面镜子。

"是克莱德吗？"

当然，她的丈夫克莱德现在还在树林里，他的威士忌酒坊的屋顶铺的是厚厚的一层树干。他最怕这么吓人的闪电，无论如何不会离开酒坊的。

这时候她有些惊奇地发现了自己困惑不解的原因：克莱德是决不会开枪打她的。

她对着火垂下头来，把头埋进红润的双臂，跟自己说起话来，她滔滔不绝地说个不停。即使假定他听到一些关于驾着一辆庞蒂亚克牌小汽车的咖啡小贩的闲话，她认为他也不会开枪打她的。每回克莱德搞得她心情烦闷的时候，她就跑到大路上，有的汽车就会停下来。假如停的是辆有田纳西州牌照，也就是那种吉利牌照的车，她多半就会在装杜松子酒空酒瓶的小棚子里消磨掉下午的时间（想到这里，她像只猫一样把头在两臂上转来转去，两条腿往后面懒洋洋地伸直）。克莱德如果听见风声，就会搧她耳光。可是报纸上的消息搞错了。克莱德从来没有开枪打过她。一次也没有。他们一定是搞错了。

从壁炉里进出一点火星，差一点烧着了那张报纸，好吓了一跳，用手指头掐灭了火。然后她喃喃自语地往后一靠，踏踏实实地躺在报纸上。

她伸了个懒腰，觉得越来越暖和，也越来越想瞌睡。她想着想着就出了声，琢磨着克莱德要是真的打伤了她的腿又会怎么样……他要是真的生气了，会不会一枪打穿她的心脏呢？

她马上就想像自己快要死了。她一定穿着件睡衣躺着，心口上有颗子弹。不论谁看见她躺在那儿，嘴角上带着那么深沉的表情，都会知道事情有多么奇怪，多么糟糕。一件崭新的睡衣盖住了她的心，每跳动一下都疼得要命，比克莱德的巴掌打在她粗糙的皮肤上要疼好多倍。鲁比低声啜泣起来，她要是疼到极点的时候就会那样哭，泪水就会像小河一样流淌到被子上。克莱德就会站在她眼前，零乱的黑头发一直披到肩头，过去他就是这副样子。那时候他真是又漂亮又强壮啊！

他会说："鲁比，是我把你伤成这样的。"

她会说——低声地——"那是事实，克莱德。是你把我伤成这样的。"

然后她就会死去，她的生命就此结束。

她安静地躺了一会，把面部的表情调整得美丽、诱人而又奄奄一息。

克莱德一定得买件衣服给她穿着下葬。他还得在屋后那棵杉

440

树下面掘一个深深的穴，一个墓穴。他还得给她钉口松木棺材，把她放进棺材里面去。然后，他就会把她抬到墓地，放进去，用土埋起来。一想到他再也触摸不着她了，他就会像疯了一样，一直不停地在那儿狂野地喊叫着。

她微微动了一下，眼光转向窗口。白蒙蒙的雨点刷刷地倾泻而下。她一想到雨点也会这样扫到她的坟上，想到克莱德会来到坟前，站在那里，挂着悔恨的泪珠朝下看，她就觉得透不过气来。

一阵闪电像一棵高大的树耸立在空中。她目不转睛地望着窗外，身上洋溢着火炉的热意，洋溢着自己的死亡所具有的悲哀、美丽和力量。雷声隆隆地滚了过去。

这时候，克莱德已经站在屋里了，他踏过的地方留下了一道混浊的水流。他用枪托捅了鲁比一下，好像她睡着了似的。

"晚饭怎么还没做好？"他粗声粗气地问。

她跳起来躲开了他，然后像闪电一般飞快地收起了那张报纸。屋里除了炉里的一片火光外其他地方都沉没在黑暗里。她站在他的冒着水汽的长长的身影里对答如流地和他说起话来，一面点着了灯。

他在那儿站着，惊讶而又好脾气地、带着一副等了好久而有耐心的样子待在那儿，一动不动。他跺了跺沾满红褐色烂泥的靴子，两只大手好像被滴答滴答地从身上顺着枪托往下流的雨水压得垂了下来。过了一会，他庄重地在桌子旁边的椅子上坐了下来。他身上湿了，肚子饿了，所以满有理由稍稍抱怨一下。一缕缕水蒸气从他身上所有的地方往外冒。

鲁比轻手轻脚地准备着晚饭。她那双温暖的赤脚几乎是踮起来的。她有一次跪在食柜前取出饼干的时候看见克莱德正瞧着她，她就微笑了一下，温柔地点了点头。她慢慢地移动两只胳臂，带点神秘的甜意，又有些突如其来，犹豫不决的样子，看她

441

那副娇嫩柔弱的神态，就像她的乳部觉得疼痛一样。她毫无必要地走来走去，围着克莱德转。而克莱德呢，他冒着水汽默默地坐着，手里紧紧地握着刀叉。

"喂，你又野到哪儿去过？"她把第一盘菜放上桌子的时候，他忍不住咕噜起来。

"哪儿也没去。"

"不许顶嘴。你又去搭不花钱的汽车啦，是不是？"说到这里，他差点咯咯笑出声来。

她很快地直对着他的眼睛瞥了一下，根本没有听见他说的是什么。她沉浸在幸福里。倒咖啡的时候她的手发抖，泼出了些咖啡在他的手腕上。

马上他的巴掌重重地拍在桌上，震得盘子跳了起来。

"总有一天我要打掉你的魂儿！"他说。

鲁比机械地躲闪了一下。她等他吃饭，直到他把刀叉搁在盘子上不吃了，她就给他拿来了那张报纸。她又高兴地瞧了他一眼。就连她的手碰着那张报纸，听见手里拿的报纸发出轻微的秘密的响声——发出惊奇的沙沙声，都使她觉得兴奋。

"一张报纸！"克莱德带着贪心的轻蔑态度粗暴地一把抢过了报纸。"从哪儿搞来的报纸，不要脸的家伙？"

"你瞧这儿。"鲁比用平板的声调细声细气地说。她把他手里拿的报纸摊开，庄重地指着那条消息。

克莱德不太乐意地读了起来。她注意地看着他潮湿的秃头顶慢慢地低下来，转过去。

然后他哼了一声，说："撒谎。"

"报上写的是我。"鲁比挺直身子站了起来说。她收拾起他的盘子，快乐地瞥了他一眼。

他伸出弯曲的大手指头戳了戳那条新闻。

"哼，我倒想看看我打伤了你什么地方！"他大吼了一声。

他抬起头来，气势汹汹，面部毫无表情。

可是她手里握着空盘子往后缩了回来，挺直身躯对他板起了脸，两个人就这样对瞧着，在这一瞬间，谁拿谁都没有办法。慢慢地，似乎由于双重的羞耻和双重的乐趣，两人的脸都涨红了。好像克莱德果真可能杀死了鲁比，又像鲁比果真可能死在他手里，某种少有的不确定的可能性，像个陌生人那样怯生生地站在他们两人中间，使他们两人不由地都低下了头。

后来克莱德迈开浸透了水的靴子走了过去，把报纸放在即将熄灭的火堆上。报纸飘浮了一会，就着火燃烧起来，他俩纹丝不动地站着，看着它燃烧。整个房间都亮了。

"瞧，"克莱德突然说，"那是一张田纳西州的报纸，看见'田纳西'三个字了吗？上边写的不是你。"他大笑起来，为了表示他一直没有搞错。

"上面写的是鲁比·费希尔！"鲁比喊道。"我的名字就叫鲁比·费希尔！"她激动地对克莱德声明。

"嗬嗬，那是另外一个鲁比·费希尔，住在田纳西州。"她的丈夫喊道。"想骗我吗？这张报纸你从哪儿搞来的？"他不怀恶意地敲打着她的屁股。

鲁比把仍然颤抖的双手蜷进裙子里。她瑟缩地站在窗前，直到屋里屋外一切归于寂静，才去吃晚饭。

门外一片茫茫，漆黑一团，雷电发出隆隆的轰鸣声，像一辆滚滚驶过一座大桥的马车，渐渐去远了。

（文美惠　译）

尤多拉·韦尔蒂〔美国〕

哨　声

　　夜幕降临了。夜幕是细薄的，薄得像那些已穿了无数个冬天，再不能遮寒避冷的纤维毕露的衣服。月亮升了起来。可以看到一个静寂的农舍模身躺在叶儿已经飘零、死去的树林里，像一块浸在水中的白石头。要是再走慢一点，看得再仔细一些，就能看见天上那只眼睛看不到的情景：所有属于莫顿一家的东西都历历在目——就连房边上那些整整齐齐排列的番茄秧也收入了眼底。灰白色的番茄秧像些羽毛，悸悸地趴伏在寒冷的夜色里。月光淹没了一切，也淹没了大地上最黑的那一幢房屋。那儿的灯刚刚熄灭。

　　屋里，杰森·莫顿和莎拉·莫顿躺在一张靠在壁炉旁的小草铺上，各盖一床被子。炉栅后，火还燃着，不时发出困倦的声响，而它精疲力竭的光也在墙上、房梁上、老两口安躺的草铺上穿梭来往着，像一只想飞出屋的小鸟。

　　除去火苗细弱的喧闹，屋里唯一的声音就是杰森间隔长、特别疲困的喘息。他脸朝门蜷缩在被子里，像一根长豆荚。黑暗中，他的嘴张着、呼着、吸着，呼出、吸进。缓缓地，一起一伏，一遍又一遍，似在对话，似在讲故事——在提问、在叹息。

莎拉脸朝上躺在那儿，嘴巴也张着，不发一点声响，但却没有睡着，她瞅着房顶上那些黑乎乎的地方，眼睛睁得老大，眼皮皱在一起，萎缩了的眼皮，像两扇被损坏、不能再用的门。时不时有一朵嘶嘶作响的火苗挺身站在木柴上，照亮她那张狭窄的脸、灰白的头发和一只紧紧抓着被头的手，投下幢幢黑影。一到这会儿，她就用被子蒙上自己的头。

每天晚上，他们就这样躺在寒冷中抖索着。孤寂中，谁也不跟谁讲话，两人躺在一起，还不如被暴风雨吹打的一对百叶窗呢。有时候，一连几天、几个星期一句话也没有。其实他们并不老——才五十挂零，然而，他们的生活充满了困倦、互不搭理的需求和贫穷。贫穷像灾难一样压迫着他们。好大的灾难，说也无济于事，于是，两颗心各守一隅，谁也不需要怜悯。也许是在几年前的一次争吵或愤怒中，相互沉默的习惯便降生了。谁知道呢？

火苗越燃越小，杰森的喘息也越发沉重、庄严，连梦也不来打搅他。莎拉把自己整个儿裹在被子里，可那身体竟像一根毫无分量的棍子尖，在被子下面居然没有留下什么形状。莎拉有时候想，正因为她身体太轻，她才得不到温暖。

她是那么讨厌寒冷！寒冷能做的一切就只让她憎恶。年复一年，她总觉得自己会在寒冷过去以前就闭合双眼。这会儿，照年鉴上说的，该是春天了……可年复一年，总是这样，刚把青苗从苗圃中移出种到地里，却来了霜冻……什么时候那些青苗长壮过？什么时候寒冷消亡青苗结出了果实？

像在作一个无用的梦，莎拉的幻想开始在春天和夏天里驰骋。起初，她只想到绿色和红色，想到阳光在大地上发出的气味，泛青的菜叶，成熟的西红柿。过了一会儿，龟缩在被窝里的她又开始遐想和回忆德克斯德小镇在丰收季节的景象。在她的心中，肮脏、狭小的德克斯德成了上演一切人间喜剧的剧场，成了一个洋溢欢乐和愉悦的地方，在每一条通往小镇的道路上，满面春风的农夫把一车又一车最香最美的西红柿拉了进来。德克斯德车站焕然一新——不，那只不过是五月的阳光在闪耀。身材高大的波根先生指手画脚，站在这一切的中心，买呀、指点呀，摇着一定是电报的草纸头，极不耐烦地大喊大叫着。就是他把自己的土地租给了他们俩。一列又一列的空货车开了进来，等待装货。在这个世界上真能把那么多西红柿在寒冷中解救出来吗？当然了。那儿有成群结队的从佛罗里达来的包装工：皮肤晒得黝黑，脚上不穿袜子，有些人身上还文着花纹。酒吧里，电唱机响着，那个走路像鸭一样一颠一簸的瘸子为挣一毛钱给那些把头靠在一起的年轻人当模特儿。男人们喝醉了，欢天喜地地大叫着，时不时还传来手枪声。树荫里、房檐下，孩子们拿西红柿玩打仗。强烈的、令人头昏目眩的芳香在天地间飘浮。多惬意！让那些包装工歇一歇吧，哪怕一会儿也好，莎拉想。他们腿长胳膊短地躺在树荫下，一身的汗水。其中有一个会弹吉他。那些也搞包装的姑娘们一边听一边忙着。哦，那些褐色的小手沾满了番茄汁！她们的脸蛋儿红彤彤的，似有一层困意，男人跟她们一说话，她们就呵呵笑个不停。

……杰森和莎拉也站在那儿，站在矗立在阳光下的第一个天棚里，正卸着他们的西红柿，看着他们用劳动换来的果实给拿走了——分类了、包装了、搬上了一节小车皮——好快哟……波根先生伸出他的手，动作好潇洒。与他握手，用了好大的劲！这么快一切就完了！

瘦小的莎拉躺在被窝里，想着收获季节的德克斯德小镇，可那欢闹的情景转瞬即逝了，就像那些闪闪烁烁的小火苗。这以后，她的心里装的全是寒冷，那绵绵无尽的寒冷。她不禁感到这地方除了寒冷就一无所有了。于她来讲，寒冷已不再是一种观念，而只是夜里的一种颤动。

她轻轻地咳嗽了几声，把头转向一边。她悄悄从被子里往外看了一眼，看到炉栅后的火苗已经熄灭了。只有一块还发红的木头躺在那儿，有点像杰森该补的袜子。这情景给莎拉带来了慰藉。她闭上眼睛，睡着了。

丈夫和妻子这会儿静静地躺在黑黑的小屋里，杰森粗哑、滞缓地喘息着，仿佛一头笨拙的老熊想往树上爬，闹腾来闹腾去也没有一个人听见。

时间一小时一小时地过去了，天也愈来愈冷。月亮，像这儿从没下过的雪，煞白煞白的，在漫漫长夜里，升得更高了，离地球更远了。农舍小而且静，像一个贝壳，一座小土包，四周是种着番茄的田垄。寒冷像一只苍白的手压了下来，压住了这个贝壳。

在德克斯德，只要霜冻一来，就有人吹哨子。各地的人都知道这叫波根先生的哨声。这时候，哨声在晴朗的夜里响了起来，一声连着一声。田野上，各家各户的窗里都亮起了灯。男女老少冲到了地里，用一切能用的东西覆盖着青苗。波根先生的哨声响着、响着。

哨声没有把杰森·英顿吵醒。他还呼呼酣睡着，沙哑的喘息像是一株空树发出的噪叫，大概是在做什么深邃的梦。他的右手从被子里滑了出来，伸到了冰凉的地上，在屋里悄悄移动的月光正好照在那上面。

莎拉醒了。她知道波根先生的哨子正在响，知道这哨声意味着什么——是在叫她赶紧把杰森叫起来。一阵柔昵的松弛，一种暖意融融的幻觉从她身上倔强地掠过，她又在床上躺了一会儿。

接着，她坐了起来，抓住了丈夫的胳膊，一句话没说，只是使劲地摇曳。她用尽了全身力气才把他弄醒。他咳嗽了一下，不再打呼噜了，坐了起来。他也没有吭声。两个人默默无声地坐在那儿，低头倾听着那一阵又一阵的哨声。一阵沉寂之后，哨声又响了起来，急促，漫长。

莎拉和杰森立即下了床。因为天冷，他们睡觉前就没有脱衣服，这会儿，只要穿上鞋就行了。杰森点着了灯，莎拉把被褥一卷抱到了怀里，跟着丈夫出了门。

屋外一片银白。一走进冰冷的田野，似乎一切都变得广袤、深远了。白色在一个几年夏天都没有人填的土坑里投下了暗影，高粱磨坊的风车耸立在那儿，倾斜的长臂、损锈的轴显得朦朦胧胧。

杰森和莎拉弯下腰，摸着番茄秧和周围的泥土。他们似乎这时才知道，一切都是真的——霜冻的来临、预警的及时及行动的必要。他们精心地把被褥一床又一床地铺到了事先搭好的架子上。杰森脱下了他的大衣，盖在了屋边的一些嫩秧上。他看了一眼莎拉，她正把棉裙从头上往下脱。发夹给碰掉了，头发蓬了下来。她的身子开始剧烈地发抖。幸好裙子还长，把露在外边的秧苗全盖住了。

盖好以后，莎拉和杰森在田头站了一会儿，几乎是漫不经心地瞅着脚下的地和头顶的天。

没有风，只有皎洁的月光。为什么这沉静的寒冷竟像嘴里的牙齿一样咬住了他们？老两口缩着肩，默默地走进屋里。

屋里比屋外暖和不了多少。刚才哨声催得急，他们出去时连门也忘记关了。他们坐在屋里等待天明。

黎明迟迟不肯来。这时候，杰森干了一件罕见、奇怪的事儿。他把一些煤油倒到了一些引火物上，用火柴点着了。他俩都往那堆火跟前凑，渐渐地挨在了一起。他们悄没声息地坐在那里。那堆火熄灭了。

莎拉没有动。只穿了一件衬衣和一条黑裤子的杰森又出去抱了一堆引火物和一根留下来准备在冬末驱寒的粗粗的樱桃木。

屋里暖意洋洋。莎拉有些坐立不安，仿佛德克斯德丰收时节的记忆又来撩她的心魄。她坐在那儿，全身缩在一条挺长的灰色的小棉大衣里，紧紧地抓着缠在腰间的绳子。褐灰色的头发披到了肩上，鬓角边的头发显得更苍白了，那模样就像一个要去参加晚会的淘气的孩子。她把膝盖紧紧地顶在麻木、硕大的胸脯上，大睁着眼睛盯着炉里的火。

杰森坐在壁炉的另一边，也盯着融融燃烧的炉火。他的呼吸这会儿变得轻柔、短促、无声了。似乎他已掩匿了自己的倦怠。他抬起瘦骨嶙峋的手伸向火堆。

樱桃木烧完了，化成了灰烬。

杰森蓦地站起来。屋里那么多东西他不拿，单单把那把面已有些破裂的椅子搬到炉边，砸成了碎片……火烧得好旺，把整个房间都给照亮了。莎拉什么也没说，一动不动……

杰森接着又把饭桌给砸了。哦，那张质地坚硬、结实、在厨房里放了三十年的四腿桌竟在那么短的时间内就化成了灰！莎拉用几乎是有点贪婪的目光盯着那摇窜的火苗。

火熄了。黑暗中，杰森和莎拉坐在床边。屋里更冷了。吃饭桌燃起的火给他们带来了愉悦——似乎他们从未说过，也不可能说的东西说到底是有它自己的生命的。

莎拉发抖了，又把硬邦邦的膝盖顶到了胸脯上。冬天的回归，夜间的寒冷，一种难以名状、似恐惧、似孤独又似无依无靠的感觉突然攫住了她。她头也没转地猛然叫道：

"杰森……"

一阵沉默。可只有一会儿。

"你听。"丈夫颤颤悠悠地说。还和刚才一样，他们都垂着头，一动也没动。

屋外，仿佛要从他们的生活中索取更多的东西，哨声继续响着。

（刘亚伟 译）

【作者简介】 尤多拉·韦尔蒂（1909— ），美国南方知名女作家。主要作品：长篇小说《德尔塔的婚礼》、《沉思的心》；短篇集《绿色的帷幕》、《大网》等。

威廉·福克纳〔美国〕

熊

他那时不过十岁，但是故事已经开始。远在他终于要用两位数来记载他的岁数，远在他第一次看见那所营地之前，故事已经开始了。所说的营地就是他爸爸和德斯班少校、康普森老将军他们每年11月里总要去住两星期，6月里又要去住两星期的那处所。所以，虽还没见过，他已经和大人们一样同那只了不起的熊打起交道来。那个因一只后爪落在陷阱里落了残废的熊在一百英里方圆的地区很有名气，就像活人那样有个响当当的名儿。

多年来他听到了一大串传说，说玉米棒子怎么从囤上给抱走了，猪娃子和整猪甚至小牛怎么给活生生地拖到林子里吃掉了，布上的陷阱和夹子怎么给推倒了，猎犬又怎么给撕打得皮破血流，有的被搞死了，甚至传说这熊刀枪不入，用猎枪和步枪从正面打，子弹也比孩子们做枪玩的竹管里吹出来的豆粒起不了更大作用。这一切在他落生之前就开始形成了一套传说，使他似乎看到一条沿途布满破坏和毁灭了的东西的道路，在那上面一只惨惨的庞然大物在前进，速度不快但像火车机车那样无情地，不可抗拒地，不慌不忙地前进。

所以他还没有见着那只熊就听到关于它的事了。他还没有见过那片未开发的森林，那熊的庞大身影就常在他梦中出现。它在森林里留下带有残废的爪迹，它毛毛糁糁的，奇大无比，一双红眼珠，倒是不怀恶意，就是太大，大得狗不敢咬，马不敢追，人制不了、子弹不顶用，连它在里面活动的那地带比起来也显得狭小了。在他还没有眼见之前他似乎已经以孩子们特有的预感力看到了这一切。他似乎看到那注定要消灭的荒野，被人们带着砍斧、驾着耕犁不断地从四边跑来一点点地蚕食掉。那些各式各样互相不知姓名的人对这荒野怀有畏惧，因为它是如此荒凉。在荒野上那老熊给自己赢得了声誉，其实它甚至不是只世俗的动物而是从消亡了的世代里留下来的制不住、制不了的不合时宜之物，它是过去了的野生世界的幽灵、缩影和化身。渺小的人们既似厌恶又似恐惧地在那儿狂斫乱伐，就像侏儒在狂斫沉睡的大象的足踝。而这只老熊却寂寞、无畏而孤独，无妻、无子又超越了死生。它像古代庄严的老特洛伊王既失去了王后又丧尽了所有的儿子。

　　一直到他十岁之前，每年11月他都要看着那架大车装着狗，人们用的铺盖、食物和枪支，上面坐着他的爸爸和黑人丹妮的吉姆和印第安人山姆·伐德斯（他是一个女黑奴和印第安酋长的儿子）出发到杰佛逊镇跟德斯班少校和其他的人会合。在他七岁、八岁一直到九岁时，这孩子都认为他们进到"大洼地"不是去猎熊或猎鹿，而是每年去赴一次和那只他们根本不打算打中的熊的约会。这样去待上两个星期之后，他们就回来了，没有猎获物，带不回来一个兽头，也没有一张兽皮，他也从不指望他们会带什么回来。他甚至也不怕他们会猎得那只熊藏在大车里拉回来。他相信就是他过了十岁，他爸爸能让他在11月里去那里过两星期，他也不过就是凑个数，参加一次显示那只老熊可怖的永生性的演出，就像他的爸爸，德斯班少校，康普森将军带着那些不敢咬的狗，带着那些甚至在熊身上打不出血的猎枪和步枪经常

452

去干的一样。

他听见猎狗在叫。这是他头一次去营地的第二周。他和山姆·伐德斯靠在还朦胧难辨的渡口旁边的一棵大橡树上，他们每天凌晨在那里站着听猎狗的动静已经九天了。他听见它们叫过一次，那是在上星期某一天的早晨，先是一阵不知从哪里来的低沉的声音，从湿润的树林那边有回声反射，然后一下子高涨起来，分得出不同的吠声，是哪只猎犬的，他都能分辨，叫得出名字。他依照山姆的嘱咐把枪举起，枪栓拉开然后又一动不动站在那里，这时嘈杂的吠声不可捉摸地飘扬过来，又过去了，消失了。他觉得他好像真看见了那只鹿，一只公的，金黄色，淡灰色，奔跑的高速度使它显得身子特长，一晃就过去了，不见了，而那树林在一片灰色孤寂之中于猎犬声消失之后好像还在振响。

"把枪栓关上吧。"山姆向他说。

"你也知道它们不是向这边来的。"他说。

"是的，"山姆说，"我要你学会在不放枪的时候该怎么做。人和狗被打死总是在一只熊或者一只鹿已经出现又跑开了之后。"

"无论如何，"他说，"那不过只是一只鹿。"

然后在第十天早晨他又听见狗叫。这次不用山姆说他早已把山姆教会他用的那支又长又重的枪准备好了。这次不是一只鹿，也不是一群猎犬在狂吠着追踪。听到的是费力的尖叫，不但显出犹豫，甚至还有自卑。速度也很慢，过了好长的时间才完全听不见，然后在空中的什么地方留下一丝回声，轻轻的，有那么一点点歇斯底里，带着卑屈，几乎有点悲伤，全不是追逐一只跑得飞快、眼看不见、灰色的食草动物的意思。山姆一向教导他首先打开枪栓，找一个四面都看得见的地方，然后就站住不要动，这时山姆自己也凑到了他身旁。他听得见山姆在他肩旁呼吸的声音，还看得见老头子呼着气的圆圆的鼻孔。

"哈，"山姆说，"连跑都不跑，在走哪。"

"是老班！"那个孩子说。"就在这儿！"他叫了起来，"在这儿！"

"它每年都来这一手，"山姆说，"每年一次，也许是看看都有谁来了，会不会打枪。看看我们找到敢咬它和抓它的猎狗没有。它总是把它们引到河边，然后把它们轰回来。现在我们也可以回营地去了，看看它们回来时是个什么样儿。"

他们回到营地，看见猎犬已在那里，一共十条蜷伏在火灶下。那孩子和山姆蹲着向暗处瞧去，在那边，猎犬挤在一起，一声不响，发光的眼向他们看看然后又消失，还是不出声，但有一种气味，不是猎犬的，强烈于猎犬的，更不止于是动物的，不止于是野兽的。因为那天上午他们对之发出卑屈和几乎痛苦的尖叫的，仍然不过是孤寂和荒野，没有什么别的东西。因此在那第十一条猎犬中午回来了大家都在看，甚至自称首先是厨师的阿西大叔也在看山姆给那猎犬的撕烂了的耳朵和抓破了的肩头擦松节油和油脂的时候，对那孩子来说那老熊也仍然不是一个活物，而只是那荒野本身弯了一下腰轻轻地拍了一下那冒失的狗罢了。

"这狗就像个人，"山姆说，"就像人一样。她非到不得已的时候不拼那一下子，她一刻也没有忘记，早晚她总得要拼那一下子才能对得起自己，而她事先也知道，这样来一下子她会碰上什么事。"

当天下午，他骑上那一只眼的拉车骡子，这匹骡子不怕血腥味，听人们说也不怕熊，山姆骑上另一匹，他们两个在那黑得很快的冬日骑了三个小时。他们没有按着哪条道走，就是看得见道也不按着走。不久他们到了一个从未见过的地方。这时他才知道山姆为什么让他骑那匹不会惊的骡子。山姆那只没有残废的骡子突地站住了，山姆刚跳下来，它就转了个身想跑，口鼻喷沫，使劲挣脱缰绳。山姆拉着它，嘴里哄着它向前，因为他不敢在那孩

454

子正跨下那匹残废的骡子时冒险把自己的骡子拴住硬拉着向前。

　　然后在黄昏的余晖中他站在山姆身边看着倒在地上的那段满布爪痕的空心木头，旁边的湿土上还留有一只巨大的，只有两趾的熊爪的痕迹，他现在明白他早晨去看蜷在火灶底下的那群犬时闻到的是什么气味了。他这才知道，从他记事前就经常听到，经常梦见的，同时也想必是他爸爸，德斯班少校，甚至康普森老将军在他们记事前也经常听到梦见的那只熊也是终究会死的一只动物。如果每年11月他爸爸他们到营地去时不抱有真正希望想带回去这只胜利品，那并不是因为这熊是不死的，而是因为他们并不真打算去猎取它。

　　"明天。"他说。

　　"我们明天再试试，"山姆说，"我们还没找到一只合格的狗呢。"

　　"我们已经有十一条了，今天早晨不是追踪过它了吗？"

　　"其实有一条狗就够了，"山姆说，"熊不在这里。也许根本就找不到。再有就是让它碰巧遇上一个带着枪的人了。"

　　"那人反正不会是我，"孩子说，"也许是瓦尔特或者是少校或者是……"

　　"也许是，"山姆说，"早晨你可要特别注意，因为它很灵，所以活得这么久。如果它被包围，想从谁身上冲过去，它一定会选中你。"

　　"怎么？"孩子问，"它怎么知道——"他停了下来。"你是说它已经认识我，知道我以前没来过，还来不及弄清我自己是否——"他又停了下来，瞧着山姆，老头儿脸上除了笑时是不带任何表情的。然后孩子甚至不带着惊奇，谦逊地说："它在注意我。我不认为它只会来一次。"

　　第二天黎明前三小时他们就出发了。这次因为走起来太远，他们坐了大车，连狗也放在车上了。天刚亮时又到了一个他从未见过的地方。山姆叫他守在那里不要动，然后就走开了。他拿着那杆对他说是过长的枪。这枪也不是他的而是德斯班少校的，只是拿到的头一天他才向一个树墩放过一枪，试试后坐力和学一下如何上子弹。这时他倚在小河边的一棵香蕉树上，静静的黑色河水从丛竹里出来，穿过一小片空地又没入丛竹里，在那边看得见有一只鸟——就是黑人叫做"我主上帝"的大啄木鸟——在笃笃地啄枯树干。

他守在那里，和十天来每天都在干的一个样，就是有些细节不同：地方是生疏的，可是上次的地方他也不熟悉，过了差不多两星期他觉得也有些熟悉了。这里也是同样荒凉孤寂，有过人迹也改变不了，留不下痕迹，留不下伤疤，想必和山姆的印第安族远祖举着木棒或石斧或者张着搭上兽骨箭的弓钻进来窥探时一个样儿。但也有不同，不同在于昨天蹲在灶火旁时他嗅到了怯生生偎挤在灶下的那些猎犬的气味，也看到了那只山姆说不得不挤一下否则就觉得对不起自己的猎犬的抓破了的耳朵和肩膀；此外，他昨天还看到了在那段空心木头旁湿土上的活生生的爪印。

他此时一点听不见狗叫。他简直听不见。他只听到啄木鸟的声音一下子停了下来，知道老熊一定在看着他。他从未见过老熊。他不知道它在他前面还是后面，他一动不动，抓住那支无用的枪，甚至没有谁告诉他打开枪栓，到现在他也没把它打开，他觉得在他的口水里有一丝像黄铜的腥味，他现在知道了，因为他上午向火灶下去看那些挤在一起的猎狗时闻见过这气味。

然后老熊走了。就像停下来那样突然，啄木鸟干哑单调的笃笃声又响起来，过了一会他甚至相信能听到猎狗的声音——一种低吠，几乎不像声响，也许他已听到一会儿了但没有注意到，那声音飘过来，能听见了，又过去了，慢慢消失了。那些猎狗没有接近老熊。要是它们在追熊，那也是另一只。从丛林里出来穿过小河的是山姆，后面跟着那只昨天受了伤的牝狗。她紧跟在后

456

面，像一只猎鸟犬，不出一点声音。她走过来，蜷伏在他腿旁边，颤抖着往丛林里看。

"我没看见它，"他说，"山姆，我没看见！"

"我知道，"山姆说，"是它在看着我们。你也没听见它的声响，是不是？"

"没有，"孩子说，"我——"

"它机灵得很，"山姆说，"太机灵了。"他低下去看那只猎狗，它偎着那孩子膝部不住微微颤抖。从它那抓破了的肩膀上渗出的几滴鲜血粘着在那里。"太大了。我们还没找到合格的狗。也许有一天会找到。下一次也许还不行，但总有一天。"

因此孩子想，我非见见它不可。我非看看它不可。不然的话，这件事就会永远没完没了，就像对他的爸爸和比他爸爸年纪还大的德斯班少校一样，甚至像对康普森将军一样，他的年纪更大了，1865 年就做过旅长。不然的话，就会那么没完没了，就会一次再一次，来了还得再来。他觉得不能想象只是他和那只熊两个竟要栖身在时间开始之处的虚幻之乡而长存下去，那只老熊超脱了生死而他自己也分享这一点，享有那足够的一点。现在他懂得，他曾在那些蜷起的猎狗身上闻到的和他在自己口水中感到的是什么了。他认出了恐惧。他想，这么说我将不得不和它见面，这时他既不担心甚至也不抱希望。我将不得不看它一眼。

到了第二年 6 月，他十一岁了。他们又在营地里，正给德斯班少校和康普森老将军过生日。虽然一位是 9 月里生日而另一位降生在早了十年的深冬，他们却已聚会了两星期，一齐钓鱼，打松鼠、火鸡和晚上带上狗去猎浣熊和猞猁。那就是说，他和彭·霍根勃克和那些黑人去钓鱼打松鼠和猎浣熊猞猁，因为不止是德斯班少校和康普森老将军——后者两星期来天天坐在摇椅里，面对一张大铁锅弗吉尼亚式的洋葱烩松鼠火鸡肉，一边搅和一边尝味，又和老阿西叔不断争论他的烹调法是否对头，又从丹妮的吉姆从大酒瓮里倒上威士忌的大锡杯里喝着酒——而且其他老资格的猎手，甚至孩子的爸爸和还很年轻的瓦尔特·尤威尔都不屑于干这些，而只以打野火鸡比枪法来赌输赢。

或者也可以说，他爸爸和别的人都相信他是一直在打松鼠玩。他想，直到第二天之前，山姆·伐德斯也是这么想的。每天一吃过早饭他就出去了。他有了他自己的枪，是一件圣诞节礼品。他回到小河边那棵树旁，就是那次他守在那里的地方。以那里为起点，他使用康普森将军给他的指南针引路为探索森林。在不自觉之中他正在把自己训练成一个高山一般的森林狩猎人。在第二天他甚至自己找到了他头一次看见畸形爪印处的那根空了心的木头。那木头这时几乎全部烂掉了，它正以一种火急的，差不多是看得见的令人不可想象的速度在重新返回滋生它的大地。

当前，他在探索着夏季的森林，那绿森森的地方。要说的话，这儿比 11 月里那一派灰色的死气还要昏暗。在这里面，就是正午阳光也只是透过浓阴才能断续地、斑斑点点地照在地上。地上老是不干，到处爬的都是蛇，有几英尺长的食鱼蛇，有水蛇、响尾蛇。它们的颜色也是那样阴森而带斑点，所以要是它们不动弹，他是常常看不出的。他回去得越来越晚，第一天过去了，第二天过去了，第三天快黑时他走过围着那长长的马厩的大栅栏，山姆正在安置马过夜。

"你找寻得还不对头。"山姆说。

他停住脚，没有马上答话，然后平静地说起来，平静可也滔滔不绝，好像小孩子在溪水上筑的一道小水坝被冲开了似的："是那样。但又怎么办呢？我去了那道河边，我甚至又找到那根木头。我——"

"我想这倒没什么。很可能它一直在那里注意着我。你没有看见它的脚爪吗？"

"我，"那孩子说，"我没有——我没想到过——"

"那是因为你带了枪。"山姆说。他站在木栏旁一动不动——一个老印第安人，穿着破旧褪色的工作服，戴一顶五分钱的草帽，这草帽对黑人讲是被奴役的标志，可是现在却成了表示他的自由的徽章。这营地——这空地，房屋，仓屋，这些是德斯班少校在那片荒野上一点一点地，又不免是暂时地开出来的，现在这些都在黄昏里消失了，消失在林中亘古的黑暗里。"毛病就在那杆枪，"孩子想，"是那杆枪。"

"吓一跳，"山姆说，"这个你避免不了。但是不应当吓坏了。林子里的东西哪个也不会伤害你，除非你把它逼得无路可走。或者让它嗅到你是给吓坏了。一只熊或者一只鹿，也会被一个胆小鬼吓一跳的，一个勇敢的人也会那样。"

"毛病就在那杆枪。"孩子想。

"你得作出选择。"山姆说。

天还没亮他就离开了营地，远在阿西大叔从铺在灶房地上的被窝里睡醒起来生火之前他就出发了。他只带了指南针和一根打蛇用的棍子。他已差不多能走出一英里多路都不需要使用指南针。他坐在一根木头上，连指南针和他托着指南针的手都还看不清。而各种神秘的夜的声息，静静地笼罩着他的一举一动，急速地过来了，又轻轻地永远消失了。猫头鹰也不出声了，停下来，让位给醒来的群鸟，这时他看得清指南针了。于是他快走，但仍是轻轻地，他越来越成为一个好的森林狩猎人，但他自己还没有发现这一点。

日出时他惊起了一只睡眠中的母鹿和公鹿，他走近了，看见了它们——然后看见灌木丛被踏倒了，母鹿翘起白色尾巴，公鹿跟在它后面飞奔，他从没有想到过它会跑得这样快。他做得对，站在上风，这是山姆教给他的，在当前这当然也没有多大意义。他没有带枪，他自愿放弃的，这不是舍小求大的策略，不是选择，而是接受了一个条件，在这个条件下不但那只熊迄今为止未

459

被打破的神秘性而且在猎人与猎物之间的老规矩、老平衡全部都给放弃了。他甚至不会被吓着，甚至就是在恐惧全部掌握了他的那一刹那，掌握了他的骨、血、皮、肉、内脏和从久远以来一直传下来的记忆的那一刹那，只要他还保有那微弱、明晰和不朽的清醒感就不会。这种清醒感才是唯一把他和那熊以及他以后还会仗着他的本领和韧力既谦逊又自豪地猎到的其他的熊或者鹿区别开的。而这正是昨天黄昏山姆倚在营地的木栅上和他讲的。

中午时他早已过了小河，深入了他从未到过的新鲜而生疏的地方。他现在不止是根据原来是他爷爷所有的那块又重又厚的老式银挂表来跑路的。他终于停下来，这是他在天亮得能看清指南针时从那根木头上站起来后的第一次。走得够远了。他是九小时前离开营地的，再过九小时天早就黑了一小时了。可是他没想这个。他在想：好。是的。但是怎么办？他站了一会，在这无边的绿色孤寂之中他觉得渺小、陌生，自己在回答自己的一个刚形成又消失了的问题。一只表，一个指南针，一根棍子——他就是用这三件无生命的东西在九小时里把自己和外界的荒野隔开的。他把表和指南针小心地挂在一株灌木上，把棍子倚在旁边，把自己全部交给了荒野。

在前两三小时他走得并不太快。现在他也没有走多快，就是他能走得快些，距离也并没有多大关系。他设法不迷失他挂指南针的那棵树，想绕上一圈，最后还回到那里或者顶少要走个交叉，方向在当前也是没多大关系的。但那棵树找不到了，于是他照山姆教他的去做——朝相反的方向去绕一圈，使这两个圈圈在某处互切，他没有穿过任何自己留下的脚印，但最后找到了树，可是地方不对——没有灌木，没有指南针，没有表——甚至树也不是原样，因为树旁有一根横着的木头，于是他依照山姆所说的做了下一件也是最后一件该做的事。

他刚在木头上坐下来，一眼就看见了那畸形的爪印——那只

460

残废的、巨大的、两趾的爪印，里面还充满了水。他抬头一看，那荒野紧缩了，凝结了——林中那片空地，他寻找的那棵树，那灌木，那只表和指南针闪着光，一缕阳光正好射在它们上面。于是他看到了那只熊。它并不是显露了，或者出现了，它本就在那里，安稳，坚实，在中午阳光从浓绿树隙中斑斑点点照下来的无风的炎热之中，一动也不动。它没有他梦见的那样高大，但和他预期的差不多，甚至更高大些，让人说不上究竟有多高大。那熊在被点点阳光照破的朦胧之中望着他，他不动地坐在那木头上，也望着熊。

然后那熊走动了。它不出声，也不匆忙。它穿过那块空白地，一刹那走进了那十分闪眼的阳光之下。它走到空白地那一边时又停了下来，扭转头从一只肩上看着了足足有他屏着气呼吸了三下的时间。

于是那熊走开了。它并没有走进树林或隐没在树丛里。它就是消失了，回到了荒野，就像他见过的一条鱼，一条硕大的鱼，连鳍都不动一下就没入深黑的池塘消失了那样。

他当时想，秋天再见。但既非当年秋天，也非下一个或再下一个秋天，而是直到他十四岁那年才见到老熊。那时他已经猎着过一头鹿，山姆·伐德斯还用热鹿血在他脸上画了纹记，第二年他又打着了一头熊。但是就是在山姆给他举行那仪式之前他已经和许多有同样经验的大人一样具有了林间狩猎的本领。他虽只有十四岁，但比大多数年龄大得多的成人要强得多。在营地周围方圆三十英里之内他没有一块地方不熟悉——小河，山脊，树丛，一个标志，一棵树，一条小道，他都熟悉。他能准确无误地带领任何人去这区域内任何地方，并且把他们再带出来。他甚至知道山姆都不知道的一些打猎的小道。在他十三岁那年上他发现了一个公鹿的窠，也没告诉他爸爸，就借了瓦尔特·尤威尔的枪凌晨等在那里，等那鹿回窠时打死了它，就和山姆所说当年印第安族的老人们所干的那样。

但那老熊可不好对付，虽然这时他对它的爪印比自己的脚印还熟悉，而且不止于对畸形的那一只。他看见三只正常爪印的哪一只都能区别出来，而且并不只依靠大小来判断。在这三十英里之内，有其他的熊留下的痕迹，也差不多大小，但这只熊的爪印却不止是大而已。如果山姆·伐德斯曾经是他的导师，而家里后院的那些兔儿和松鼠是他上过的幼儿园，那么那老熊的其中活动的这片荒野就是他的大学，而那只长期无妻无子、生不知从何来的老熊也就是他的母校。但这一点他可从未认识到过。

现在他什么时候高兴都可在十五英里、十英里或五英里之内，有时甚至在离营地更近的地方找到那只畸形爪印。在这三年里他有两次在守望时听见猎犬碰巧追踪到那熊的行迹；第二次它们似乎是突然碰上了它，吠声高扬，带点卑怯，几乎像人类那样歇斯底里，就像两年前头一个早晨那样儿。但他没有看到熊本身。他常常记起三年前那天中午，那林间空地，他自己，和炎热无风中在树叶里滤出来的阳光下一刹那间被盯住的熊。他又常觉得好像那件事根本没发生过，他不过做了一个梦。但那件事的确发生了。他们两个是对过面，他们两个都是从古老得犹如大地本身一样的那荒野中出现，他们相遇在彼时彼刻并不由于他们的血肉之躯，而是由于有更高的主宰。这一来有桩事就牵扯上了，就定下来了，就确定了，任何意外都能毁灭脆弱的血肉之躯，但这事却是要继续下去的。

于是他又一次看见了那熊。因为他一心只惦记着这件事，所以倒忘记了去特地找它。他那时还是用着瓦尔特·尤威尔的猎枪。他看见它在龙卷风吹过的一长条空地的那一头。它的来势就象火车头一样把树干树杈都推倒，他从来没想到它会走得那么快，差不多和鹿一样了，而鹿跑起来大部分时间是凌空的，速度快到他举枪瞄准都来不及。现在他明白了这三年来问题在哪里。

这时他坐在一根木头上，浑身颤颤，好像从来没见过森林，也没见过任何出没在森林里的东西，不能想象他竟然能忘记山姆·伐德斯告诉他的那件事，而那件事这熊在第二天就证实了，三年之后的今天又回来重新肯定了一下。

现在他明白山姆·伐德斯所说的合格的狗的意思了，只要合格，大小是一点关系没有的。所以在4月里他一个人回到营地时——那时学校放假使农民子弟可以帮助春耕，他爸爸最后许他去了，但他必须保证四天就回来——他有了那合格的狗。这是他自己的一条杂种狗，就是那种黑人叫做小家伙或叫做拿耗子狗的，个头儿比耗子也大不了多少，可它的勇气却远远超过一个勇字而成蛮悍了。

没有用得了四天。还是单他一个人，第一天早上就找到踪迹了。这不是暗暗跟踪而是伏袭。他把时间算得差不多和跟人订约会一样。他抱着闷在一只饲料袋里的小家伙，山姆·伐德斯用一根缰绳拴着两条猎狗，在第二天早晨天刚亮就等在小道的下风。他们离那熊近极了，它只转了个身，连跑都没跑，好像是对从袋里放出的小家伙的出乎意外的尖叫狂吠感到诧异，然后背靠在一棵树干上，后爪立起准备应付。那孩子觉得这个熊像是在不断向上长，越来越高，连那两条猎狗也像是从小家伙那里取得了因绝望而拼死的勇力，跟着它一起上前。

于是他发现那小家伙实际上是不打算住手的。他一甩手扔开了枪，往前跑去。他赶上去抓住旋转得像风车、疯子似的小狗，他觉得他好像正站在耸立的熊的下边。

他闻得见那气味，很强烈，热烘烘腥臭腥臭的。他伏着身子仰起头来看那只熊堵在他面前又高又大，气派活像暴雨，声色又像惊雷，很熟悉，很平和，甚至明确无误地并不陌生。最后他记起来了，这就是他常梦见的那个样子。而后熊去了。他没看见它怎么走的。他跪下来，两手抱住那疯了似的小狗。一边听着越来

463

越远的那两只猎狗迷惘的类啸，直到山姆走过来。山姆拿着那枪。他不声不响地把它放在孩子身边，站在那里向下望着他。

"你已经有两次拿着枪看见它了，"他说，"这次你要打是不可能打不中的。"孩子站了起来。他还抱着那小狗。虽是悬空抱在他手臂里，那狗还是发狂似的尖叫，像一盘弹簧似的直往上蹿，想去追上那声音逐渐消失的两只猎犬。他有些喘，但既不打战也不发抖了。

"你也不会打不中，"他向山姆说，"枪是你拿着的！你也没有开枪！"

"而你没有开枪，"他爸爸说，"你离它有多近？"

"我不知道，爸爸，"他说，"它的右后腿上有一个大狗蝇子。我看见了。可是我那时候手上没有枪。"

"但是你有枪时也并没有开枪，"他父亲说，"为什么呢？"

他没有回答，他爸爸也没有等他回答就站了起来，走到屋的那一头，踏过两年前那孩子猎得的那张熊皮，和那张他爸爸在他落生前猎得的大熊皮，一直到书架前，在那上面挂着孩子打到的第一只鹿头。这间是他爸爸叫做办公室的屋子，农场里一切事务都在那儿处理，在过去的十四个年头里，这孩子在这屋里听到了最有益的谈话。德斯班少校常来，有时康普森将军也来，而瓦尔特·尤威尔和彭·霍根勃克、山姆·伐德斯和丹妮的吉姆也都同样是出色的猎人，都熟悉森林和出没在森林里的东西。

他总是只听不讲，听别人谈——那荒野，那大森林，其广大与古老都超出了任何愚蠢到相信自己购买了它们的任何一小部分的白人的载入记录的文书，也超出了任何自认有权可以出让它们的任何一小部分的无情的印第安人。它们属于人，而不是属于白种人或黑种人或红种人，属于人，属于有坚强意志能经受一切，又谦逊又有本领能生存下去的猎人们，属于和荒野森林并存，被它们衬托出来的狗、熊、鹿，它们根据古昔的不容情的规则，受

464

命于荒野，在荒野里进行着古昔以来就不间断的竞争，既没有懊悔，也毫不容情。谈话的那些人以平静、有分量、有斟酌的声音追想、回忆或者准确地记起某件事，他和丹妮的吉姆一样蹲在火光里，吉姆总是蹲着不动，除非是加木柴到火上或者把酒瓶子从一个人传到另一个人。因为在这种场合总有那么一瓶子酒，不久他就觉得好像是那些显出胆略和聪明、勇敢和机智敏捷的激动时光都集中起来被酿成这棕色的香醪，不为妇女，不为少年也不为儿童而只是为了给猎人喝的，喝下去的不是他们造成的死伤的血，而是那永存的粗犷精神的精华。他们喝得有节制，甚至很谦逊，喝这酒也不是带着异教徒的那种为了使自己多谋、有力、敏捷的不纯目的，而是为了对这些品质表示敬意。

他爸爸拿着那本书回来．又坐下打开了它。"你听着，"他说。他高声读了五节诗，声音平静而沉着，屋子里没有生火，因为已经是春天了。然后他抬起头。孩子望着他。"好，"他爸爸说，"你听着。"他又读起来。这回只读了第二节诗，只到最后两行，然后他把书合上放在身旁的桌子上。"她不会消失，纵然你没能得到你的天堂，你的爱情将永存，她的美貌将常在。"他爸爸说。

"他谈的是个女孩子。"孩子说。

"他总得谈点什么，"他爸爸说，然后又继续说道，"他谈的是真理。真理是不变的。真理只一个。它包括了触动人心的所有东西——荣誉呀，自豪呀，慈悲，公正，勇敢，爱情呀都在内，你懂得吗？"

他不懂，不只怎的，他觉得事情并没有那么复杂。这里有一只老熊，凶暴而冷酷，它不止于要活下去，而且要保持它那种强烈的对自己享有自由自主的自豪，自豪到眼看自由自主受到威胁也不害怕，甚至也不惊慌。不，不止那样，它有时甚至像有意要把自己的自由自主置于危险的境地，为的是品尝它们的滋味，为的是提醒自己苍劲的筋骨要保持灵活敏捷以保卫它们。这里又有一位老人，是黑种女奴和一位印第安王的儿子。他一方面继承了一个民族的长久的历史，这个民族曾从苦难之中懂得了屈辱，又从能经受苦难和不公平而生存下来的忍耐之中懂得了自豪。另一方面他又继承了另一民族的历史，这个民族比前一个更早生根于这片土地，可是他们早已不存在于这片土地上了，只剩下存在于一个老黑人身上的不纯血统和与之相通的体现在一只老熊身上的不驯不屈的精神。这里还有一个孩子，他想学到谦卑和自豪，为的是获得本领以无愧于森林。但是他突然发现本领学得太快了，使他害怕他是否真能无愧，因为虽然经过努力，他没有学到谦卑和自豪，直到有一天他同样突然地发现一位并说不清楚什么叫谦卑和自豪的老人好像把着手引导他到了一个境界，在那里一只老熊和一只杂种小狗向他启示，只要得到另一个东西，就会两者都得到。

而又有一只小狗，既没个名儿又非纯种，血统杂而又杂，长成了，可还不到六磅重，它好像在对自己说："我不可能是危险的，因为再没有比我小多少的东西了；我不可能是凶猛的，因为他们会认为我不过是叫得凶；我不可能是卑下的，因为我已低得贴近地面，无从屈膝了；我不可能自豪，因为我就是有一点点，那些高高在上的也不会觉察到，我甚至不知道我是否能上天堂，因为他们早已打定主意说我是没有不朽的灵魂的了。因此我能做的就只一样，要勇敢。但这好办。我能做到，即使他们仍然说那只是叫得凶而已。"

故事就完了。是个很简单的故事，比某人在书里谈到的青春和一位少女的事要简单得多，其实那人永远也不必为少女悲伤，因为他永远也不会离她更近，可也永远不会离她更远。这孩子只不过听说过有一只熊，最后他长大到可以去追踪这熊，追踪了四年，终于追到了，手里还拿着枪，可是没有开枪。因为一只小狗

466

——但是在那小狗跑完了二十码到了熊那里等着的地方之前，他早就可以开枪了，而山姆·伐德斯在老熊支起后腿耸立在他们面前的那似乎无穷无尽的一分钟之内任何时候也是可以开枪的。他想到这里停了下来。他爸爸在屋中充满春天气息的暮色中严肃地看着他，当他开口的时候，他的话也和暮色一样平静，声音不大，因为不需要声音大，这些话总是要永存下去的。"勇敢、荣誉、自豪，"他爸爸说，"怜悯以及对公正和自由的热爱，这些都是触动人心的，而就我们所知，深入人心的也就是真理。你现在懂得了吗？"

有山姆、老熊和小狗聂帕，他想。还有他自己。他也不错。他爸爸说过。"我懂了，爸爸。"他答道。

（周珏良　译）

凯特·肖班〔美国〕

一小时的故事

　　大家都知道马拉德夫人的心脏有毛病，所以在把她丈夫的死讯告诉她时是非常注意方式方法的。

　　是她的姐姐朱赛芬告诉她的，话都没说成句，吞吞吐吐、遮遮掩掩地暗示着。她丈夫的朋友理查德也在她身边。正是他在报社收到了铁路事故的消息，那上面"死亡者"一项中，布兰特雷·马拉德的名字排在第一。他一直等到来了第二封电报，把情况弄确实了，然后才匆匆赶来报告噩耗，以显示他是一个多么关心人、能够体贴入微的朋友。

　　要是别的妇女遇到这种情况，一定是手足无措，无法接受现实。她可不是这样。她立刻一下子倒在姐姐的怀里，放声大哭起来。当哀伤的风暴逐渐减弱时，她独自走向自己的房里，她不要人跟着她。

　　正对着打开的窗户，放着一把舒适、宽大的安乐椅。全身的精疲力竭，似乎已浸透到她的心灵深处，她一屁股坐了下来。

　　她能看到房前场地上洋溢着初春活力的轻轻摇曳着的树梢。空气里充满了阵雨的芳香。下面街上有个小贩在吆喝着他的货色。远处传来了什么人的微弱歌声。屋檐下，数不清的麻雀在喊喊喳喳地叫。

对着她的窗的正西方，相逢又相重的朵朵行云之间露出了这儿一片、那儿一片的蓝天。

她坐在那里，头靠着软垫，一动也不动，嗓子眼里偶尔啜泣一两声，身子抖动一下，就像那哭着哭着睡着了的小孩，做梦还在抽噎。

她还年轻，美丽、沉着的面孔出现的线条，说明了一种相当的抑制能力。可是，这会儿她两眼只是呆滞地凝视着远方的一片蓝天。从她的眼光看来她不是在沉思，而像是在理智地思考什么问题，却又尚未做出决定。

什么东西正向她走来，她等待着，又有点害怕。那是什么呢？她不知道，太微妙难解了，说不清、道不明。可是她感觉得出来，那是从空中爬出来的，正穿过洋溢在空气中的声音、气味、色彩而向她奔来。

这会儿，她的胸口激动地起伏着。她开始认出来那正向她逼近、就要占有她的东西，她挣扎着决心把它打回去——可是她的意志就像她那白皙纤弱的双手一样软弱无力。

当她放松自己时，从微弱的嘴唇间溜出了悄悄的声音。她一遍又一遍地低声悄语："自由了，自由了，自由了！"但紧跟着，从她眼中流露出一副茫然的神情、恐惧的神情。她的目光明亮而锋利。她的脉搏加快了，循环中的血液使她全身感到温暖、松快。

她没有停下来问问自己，是不是有一种邪恶的快感控制着她。她现在头脑清醒，精神亢奋，她根本不认为会有这种可能。

她知道，等她见到死者那交叉着的双手时，等她见到死者那张一向含情脉脉地望着她，如今已是僵硬、灰暗、毫无生气的脸庞时，她还是会哭的。不过她透过那痛苦的时刻看到，来日方长的岁月可就完全属于她了。她张开双臂欢迎这岁月的到来。

在那即将到来的岁月里，没有人会替她做主，她将独立生活。再不会有强烈的意志而迫使她屈从了，多古怪，居然有人相信，盲目而执拗地相信，自己有权把自己的意志强加于别人。在她目前心智特别清明的一刻里，她看清楚：促成这种行为的动机无论是出于善意还是出于恶意，这种行为本身都是有罪的。

当然，她是爱过他的——有时候是爱他的。但经常是不爱他的。那又有什么关系！有了独立的意志——她现在突然认识到这是她身上最强烈的一种冲动，爱情这未有答案的神秘事物，又算得了什么呢！

"自由了！身心自由了！"她悄悄低语。

朱赛芬跪在关着的门外，嘴唇对着锁孔，苦苦哀求让她进去。"露易丝，开开门！求求你啦，开开门——你这样会得病的。你干什么哪？看在上帝的份儿上，开开门吧！"

"去吧。我没把自己搞病。"没有，她正透过那扇开着的窗子畅饮那真正的长生不老药呢。

她在纵情地幻想未来的岁月将会如何。春天，还有夏天以及所有各种时光都将为她自己所有。她悄悄地做了快速的祈祷，但愿自己生命长久一些。仅仅是在昨天，她一想到说不定自己会过好久才死去，就厌恶得发抖。她终于站了起来，在她姐姐的强求下，打开了门。她眼睛里充满了胜利的激情，她的举止不知不觉竟像胜利女神一样。她紧搂着姐姐的腰，她们一齐下楼去了。理查德正站在下面等着她们。

有人在用弹簧锁钥匙开大门。进来的是布兰特雷·马拉德，略显旅途劳顿，但泰然自若地提着他的大旅行包和伞。他不但没有在发生事故的地方待过，而且连出了什么事也不知道。他站在那儿，大为吃惊地听见了朱赛芬刺耳的尖叫声，看见了理查德急忙在他妻子面前遮挡着他的快速动作。

不过，理查德已经太晚了。

医生来后，他们说她是死于心脏病——说她是因为极度高兴致死的。

（葛林　译）

【作者简介】肖班，原名加琴琳·奥弗莱哈蒂（1851—1904），美国著名女作家。主要作品：长篇小说《觉醒》，短篇集《巴尤老百姓》、《阿卡迪之夜》。

玛丽·威尔金斯·弗里曼〔美国〕

母亲的反抗

"孩子他爸!"

"干什么?"

"那些男人,他们在那边地里挖什么?"

老人脸的下半部分突然松弛下来,变得肥大了,好像有很大的重量压进它里面去,他紧闭着嘴,继续套着那匹栗色的大牡马。他猛推了一下,把轭具套在它脖子上。

"孩子他爸!"

老人把马鞍子扔在牡马的背上。

"你看那边嘛!我想知道那些男人们在那边地里挖什么,我总会知道的。"

于是老人说:"我希望你进屋子去,孩子他妈,去管你自己的事去。"他一口气把话说完。口齿那么不清楚,就像在噪叫。

但是那女人能听懂。那是她最熟悉的乡音。她说:"你不告诉我那些男人们在那边地里挖什么我就不进屋子去。"

说完后就站在那儿等着。她是一个瘦小的女人,身材不高,腰板挺直,穿着她那件棕黄色的棉布长衫,宛似一个小孩。分向两边的柔软的灰白发卷之间露出她那温和而慈祥的前额,嘴鼻周围都有柔顺下垂的皱纹；但是从她那双盯着老人的眼睛里显示出来她的那种柔顺只是出于她自己的意愿，而绝非其他。

他们正在牲口棚里，站在大开着的两扇门之间。春的气息，充满了嫩草的和看不出的花芽的芳香，轻拂着他们的面颊。前面深深的庭院中乱糟糟地停着一辆辆农庄运输用的车，堆放着木头，靠近篱笆和住房的尽头上，草都鲜绿了，还长着一些蒲公英。

老人固执地看了他妻子一眼，拉紧了马轭的最后一扣。他看见她一动不动，就像他牧场上那些被世世代代的黑莓蔓子牢牢地缚在地上的顽石一样。他把缰绳往马背上一扔，走出了牲口棚。

"孩子他爸！"她说。

老人停下来，"干什么？"

"我要知道那些男人们在那边地里挖什么？"

"他们挖地基，要是你非知道不可。"

"干什么用的地基？"

"盖牲口棚。"

"牲口棚？你不是在我们要盖房子的那块地上盖牲口棚吧？"

老人二话不说，匆匆忙忙地把马套在车上。他在他的座位上摇摇晃晃地坐着，健壮得像一个男孩子似的，咔嗒咔嗒地把大车赶出了庭院。

妇人站了一会，从他背后望着他。然后她出了牲口棚，穿过庭院的一角，走向住房去。那房子坐落在和牲口棚、一长列小棚屋以及库房等成直角的地方。它和这些棚子比较起来，真是小得不得了。人住在那里面还不如鸽子住在牲口棚屋檐下面的小笼子里舒服呢！

一张美丽的姑娘的脸，粉红色，漂亮得像一朵花，正从窗口向外望着。她正在注意三个男人在一块庭院边上挨近大路的交界处挖着地。妇人一走进来，她赶快转过身来问：

"母亲，他们在挖什么？"她说，"他告诉您了吗？"

"他们挖地，嗯，挖地窖盖新牲口棚。"

"噢，母亲，他不会再盖新牲口棚了吧？"

"他可是说要盖呢！"

一个男孩站在厨房里的镜子前面梳头发。他慢慢地，煞费苦心地梳着，要把他的棕色头发在前额上梳出光滑的波浪来。他似乎一点也不注意这场谈话。

"赛米，你知道父亲要盖一间新牲口棚么？"女孩子问。

那男孩子一门心思地梳他的头发。

"赛米！"

他转过身来。在他的柔软的头发梳成的高峰下面露出了长得像他父亲一样的脸庞来。"是的，我好像知道。"他不耐烦地说。

"你知道了多久了？"他母亲问。

"我想，大概三个月了吧！"

"你为什么没有说起呢？"

"我是觉得说了没有好处。"

"我看不出父亲还要个牲口棚干什么。"那女孩子以甜蜜的、缓慢的声调说。她又转身向窗子，注视着那些挖地的人们。她的温柔、甜蜜的脸蛋上全然一副微微忧郁的表情。她的前额光光的，像一个男孩子的额头。一头浅色头发紧紧地向后面梳过去，卷在一排发纸里。她个头很大，但是她身上柔软的曲线看来倒不像遮盖着多少肌肉。

她母亲严肃地看着那男孩说："他还要买一些牛吗？"

男孩子没有回答，他正在穿鞋呢！

"赛米，我要你告诉我，他是不是还要买牛。"

"我想他是。"

"买多少？"

"我想是四头。"

474

他母亲不再说什么了。她走进食品房去，一堆菜盘子叮叮当当地响起来。男孩子从门后面的钉子上摘下帽子，从书架上拿了一本旧数学书，上学去了。他身材瘦小，可是笨拙。他走出庭院的时候，屁股后面奇怪地高耸了一下，使他那件自己家里做的上衣背后翘了起来。

女孩子走到碗池边上开始洗堆在那里的盘子。她母亲急忙从食品间里出来，把她推到一边，说："我洗，你擦干。今天早上要洗的多着哩！"

母亲用力将双手放进水里洗了起来。姑娘缓慢地，神情恍惚地擦着那些盘子。她说："母亲，父亲又要盖一个新牲口棚，而我们更需要的是有一所像样的房子住进去，您不认为这是一件非常糟糕的事情么？"

她母亲狠狠地擦净了一只盘子。"你还不懂得我们是女人呢！南妮·潘，"她说，"你还没有见过几个男人呢！总有一天你要懂得的。到那时候你就知道，我们只能懂得男人们以为我们懂得的东西，再多了也没用；你会知道我们得把男人和上帝的安排同等看待。那么也就像不能埋怨天气那样，不再埋怨男人所做的事了。"

"我不在乎，反正我不相信乔治也会像那样，"南妮说。她娇嫩的脸上泛起一阵红晕，她的双唇温柔地撅起来，像是快要哭出来了。

"你等着看吧！我猜想乔治·伊斯特曼也不会比别的男人强。可是你还不到该评判你父亲的时候。他改不了。因为他对事情的看法和咱们不一样。毕竟我们在这里也很够舒服了。屋顶又不漏——只漏过一次——就那么一回，父亲马上用瓦补上了。"

"我真希望我们有一间客厅。"

"我想乔治·伊斯特曼能在一间舒适、干净的厨房里和你会见，也该知足了。我想不少姑娘还没有这么好的一个地方呢！谁也没有听见我抱怨过。"

"我也不是抱怨，母亲。"

"好吧。有这么好的父亲和这么好的房子，我看你还是不抱怨为好。要是你父亲叫你出去干活养活自己你怎么办呢？不少不比你身子骨壮实，也不比你能干的姑娘，人家可就得那么干呢！"

萨拉·潘摆出一副到此为止的神气洗完了煎锅。她把锅外面和锅里面擦得一样干净。她是她的这所小盒子似的住房的能干管家。她的那一间起居室里永远不许有任何由日常生活和无生命的东西之间摩擦而产生的尘埃。她打扫的地方根本没有什么灰尘，她擦拭完了的屋子同擦拭前的屋子看不出有什么两样来。她就好像一个艺术家，因为作品太完美了，因而也就显不出是艺术来了。今天她拿出一个和面的碗和一块面板来，擀了几块饼。她身上不粘一点面粉，跟正在做着精细的活儿的女儿身上一样干净。南妮秋天就要结婚了。她正在一块白色的麻纱上缝着，还绣着花。在她母亲做饭的时候，她勤奋地缝着。她那柔软的，白得像牛奶似的双手和手腕显得比她那精细的活儿还要白。

潘太太说："我们必须快点把炉子挪到外面那小棚屋里去。你尽说没这缺那，其实大热天有那么个棚屋放炉子可真是福气。父亲做了一件好事，在那小棚屋外面安上一个烟囱。"

在擀着饼的时候，萨拉·潘的脸部呈现出一种柔顺的表情，像新约中的圣徒。她正在做肉饼。她丈夫阿多尼拉姆最爱吃这种饼。她每星期做两次。阿多尼拉姆经常喜欢在两顿饭之间吃上那么一块。她今天早上很紧张，因此比平常开始得晚了一点。她要做一块饼当午饭。不管她被逼得多么恼恨她的丈夫，她也从来不停止耐心而周到地满足他的日常生活需要。

性格的高尚在不给它开大门的时候也能在一个空隙中露出来。萨拉·潘性格的高尚今天就在薄薄的糕点盘子里表现出来了。她忠心耿耿地做饼。在她干活儿的时候偶一抬眼，就能看见激怒她那颗忍耐而坚定的灵魂的景色：人们在给一个新的牲口棚挖地基。挖的那块地正是阿多尼拉姆早在四十年前就答应过她要盖新房子的那个地方。

午餐的饼做好了。阿多尼拉姆和赛米十二点过几分钟回到家。午餐在严肃而匆忙中吃完。潘家的饭桌上从来没有什么交谈。阿多尼拉姆做完了饭前的祈祷他们就立即吃饭。吃完了站起来就走，各干各的活儿去。

赛米回到学校里去。他像兔子似的，偷偷摸摸，轻轻地，大步跑出了庭院。他要在上课以前弹一会儿球，生怕他父亲给他点什么家务活儿干。阿多尼拉姆急忙追到大门口叫他，可是他已经跑得没有影儿了。

"我不知道你为什么让他走，孩子他妈，"他说，"我想叫他帮着我卸木头呢!"

阿多尼拉姆到庭院里从马车上卸木头去了。萨拉撤去了盘盏。南妮摘下卷发纸来，换上衣裳。她要到商店去买点花样子和绣花线。

南妮走了以后，潘太太走到门口叫声"孩子他爸"。

"做什么?"

"我要找你一小会儿!"

"我不能离开这些木头!"

"孩子他爸，你到这儿来。"萨拉·潘站在门口，就像一个女皇，她把头那么抬着，好像头上戴着一个王冠似的，那种忍耐性使得她的嗓音里露出一种国王所有的权威。阿多尼拉姆走过来了。

潘太太带路走进了厨房。她指着一张椅子说："坐下罢，孩子他爸。我有点事要和你说说。"

他一屁股坐了下来。他的脸色十分沉着。但是他以一种不安

477

的眼神看着她:"好吧,什么事?"

"我要知道,你盖那个新牲口棚有什么用处?"

"关于这个我没有话可说。"

"你认为还需要一个牲口棚么?"

"我告诉你,关于这个我没有话可说。我什么也不想说。"

"你不是还要买牛吗?"

阿多尼拉姆紧闭着嘴不回答。

"我知道你要买,现在,孩子他爸,你看,"萨拉·潘没有坐下,她站在她丈夫面前,一副谦恭的姿态,好像一个圣经里的妇人。她说:"我要真正对你直说。自从我们结婚以来我还从来没有这么做过,可是现在我要这么直说了。我从来没有埋怨过,可是现在我要埋怨了。不过我要直说。你看看这间屋,你仔细看看它。你看,地上没有地毯。糊墙纸也都脏了,从墙上脱落了。你十年没有糊过新纸,我只好自己买纸糊,九便士一捆的。你看看这间屋子,就是这么一间屋。我这从结婚以来就在这儿干活,在这儿吃饭,在这儿坐着,全城没有哪一个女人的丈夫不是只有你一半的钱就过得比咱们好。这儿就是南妮能够会见朋友的唯一的间屋子。她的女伴儿没有一个不比她的境况好的。而她们的父亲哪个也不如她的父亲能干。这是她唯一能在里面结婚的屋子。孩子他爸,要是当初我们在这么一间屋子里结婚,你可该怎么想呢?我是在我母亲的客厅里结的婚,地上铺着地毯,屋里摆满家具,还有一张红木牌桌。可是这儿就是我闺女办喜事的地方。你再看看罢,孩子他爸!"

萨拉·潘从屋子的这头走到那一头,就像在悲剧舞台上走台步一样。她用力打开一扇门,露出一间小小的卧室,小得只能放下一张床和一个写字桌。床和桌子中间只有狭小的一条路。她说:"孩子他爸,这里就是我不得不睡四十年的地方。我的孩子们都是在这儿出生的,两个死了的,两个活着。我在这儿还害过

478

一场发高烧的大病。"

　　她又走到另一扇门前,打开门。门里头是一间又小又暗的食品间。"这里,"她说,"是我仅有的贮藏餐具的地方。我得在这儿放盘子,贮藏食物,放奶锅。我得在这里放六个奶牛的奶。可是现在你又要盖一个新牲口棚了,又要养更多的奶牛了,让我在这块小地方干更多的活儿。"

　　她又打开另一扇门。一个窄小的曲折的楼梯转着通到楼上。"孩子他爸,"她说,"我要你看看这个楼梯,它通向两间没有修好的小屋,那就是我们的女儿和儿子生下以来住的屋子。全城再也没有一个女孩子比南妮长得更好,比她更有派头了。而这就是她睡觉的屋子。它连你的马棚都不如,不如马棚暖和和严实。"

　　萨拉·潘走回去站在她丈夫面前。她说:"现在,孩子他爸,我想要知道,你自己觉得你做得好吗?四十年前我们结婚的时候,你诚恳地答应我说不到一年你就在那边那块空地上盖一所房子。你说你有足够的钱,不能叫我住在这样的地方。现在已经过了四十年了,你也赚了很多的钱了。我是一直在给你省钱的。可是你至今还没有盖起房子来。你不断地盖小棚屋、牛棚、一座新牲口棚,现在又要再盖一座。孩子他爸,我想知道你认为这样做对不对?你使你的哑巴畜生住得比你的至亲骨肉住得还要好。我要知道你想这样做是不是对。"

　　"我没什么可说的。"

　　"你怎么说也不能不承认你是不对的,再说,还有——我不是抱怨,我已经像这样过了四十年了。我想我还能照样再过四十年,要不是——要是我们没有一所房子,南妮结婚后就不能和我们住在一起。她就得离开我们到别的什么地方去住。那我可不放心,不行。她从来身子骨不壮实。她气色不错,可是她自来筋骨不壮。我总是不叫她干重活儿。她可不适合自己管理家务,什么都干。要叫她那样,不到一年她就得累垮了。想一下她用那双雪

479

白的手臂去洗东西，熨衣服，烤食物，还得打扫卫生。我可不放心。不行，孩子他爸。"

潘太太面红耳赤，她温柔的眼睛也发出光来。她好像韦伯斯特大法官似的，为她的小案件申辩。她从严肃又变成了哀婉，但是她的对手竟然决心就那么顽强地沉默下去了。这种沉默的嘲笑式的反应使得一场雄辩毫无效果。阿多尼拉姆笨拙地站起身来。

"孩子他爸，你没话可说么？"潘太太问。

"我得赶着去看砂砾装车呢！我不能老站在这儿说上一天的话呀！"

"孩子他爸，你不能再好好想一想，那儿不盖牲口棚，盖所房子行吗？"

"我没有什么话可说。"

阿多尼拉姆拖拉着脚步走出去了。潘太太回到她的卧室里去。她再出来的时候，眼圈红了。她拿出一卷本色白布来，铺在厨房桌子上，开始给她丈夫裁衬衫了。地里的那些男人们，今天下午有一队人来帮他们的忙，她能听见他们咳唷、咳唷的打夯的声音。她有一个能节省布的衬衫样子。她得计算着怎么拼接两只袖子才好。

南妮买了绣花样子回来了，坐下来做针线。她已经把卷发纸拿下来了，一头柔软的卷发像光环一样覆盖在前额上。她的面庞优美，细腻，洁白得如同瓷器一般。突然间她抬起头来，一阵柔和的红晕布满她的脸儿和脖子。"母亲，"她说。

"要说什么？"

"我想过了——我看在这间屋子里——怎么也不能举行婚礼。不说别的客人吧，就是他家的人来，我也会感到丢人。"

"也许在办喜事以前，咱们能糊点新纸。我想你不至于为自己的亲人感到丢脸。"

"我们也许能在新的牲口棚里举行婚礼吧？"南妮发了点斯

文的脾气。"母亲，怎么了？您怎么这个模样儿？"

潘太太吃了一惊，然后用一种奇异的表情看着她。她又做她的活了，把纸样子小心地铺在布上，回答说："没什么。"

这时，阿多尼拉姆把他的双轮大货车咔嗒咔嗒地赶出了庭院，他直立在车上，像古罗马的武士。潘太太打开门，在门口站了一会儿，向外面看看。那些人们打夯的声音更大了。

她似乎觉得整个春天的几个月没有听见过别的声音，就只有打夯、拉锯、和斧头砍东西的声音。新牲口棚盖得很快。它是在这小小的村庄里一个很可观的大建筑物。人们在星期天天气好的时候到这儿来，穿着做礼拜的衣服，白色的衬衫前胸干干净净，站在它的周围欣赏着。潘太太从来不谈它。阿多尼拉姆也从来没有对她提起过它。可是有时候他视察工程回来时带着一种受了损害的尊严。

有一天，他颇有自信地对赛米说："你母亲对新牲口棚的看法真有点奇怪。"

赛米咕哝了两声。样子对一个孩子说来是很奇怪的。他是跟他父亲学的。

7月的第三周，这个牲口棚彻底完工了，可以使用了。阿多尼拉姆计划把他的牲口在星期三搬过去。星期二这天他接着一封信，把他的计划改变了。一清早他就来说："赛米到过了邮局。我收到海拉姆的一封信。"海拉姆是潘太太的兄弟，住在佛蒙特州。

潘太太说："好呀！他信上说家里人都怎么样？"

"我想都好吧。他说要是我马上到乡下去，那儿有机会买得到正是我想买的那种马呢！"他沉思着，向窗外望了牲口棚一眼。

潘太太正在擀饼，她继续用擀面杖擀着面包屑。可是她的脸色刷地一下白了，心里嘣嘣地直跳。

"我也不知道怎么好，可能我最好是去一下，"阿多尼拉姆说，"我现在是真不愿意去，正在割草的时候。不过那十亩一块的已经割完了。就是我走个三四天，鲁福他们也能干得了。这儿弄不到一匹适合我用的好马来。整个秋收拖运的活儿还需要一匹好马。我告诉过海拉姆给我留点心，能弄到好马给我来封信。我想，我最好还是去。"

"我去把你的干净衬衫和一条硬领子拿出来。"潘太太安详地说。

她把阿多尼拉姆星期日穿的好西服和他的干净内衣拿出来，放在小卧室的床上。她给他准备好刮脸的热水和剃胡子刀。最后，为他扣上了领子，扎上黑色的领带。

阿多尼拉姆除不平常的场合外，是从来不带硬领子、不扎领带的。他把头高高地昂起来，摆出了一副急躁的尊严。他准备好了以后，刷了刷衣服和帽子，装上一纸袋饼和干酪当午饭，在门槛上踌躇了一下。他以抱歉的态度看了看他的妻子。"假如新买的牛今天送来，赛米会把它们赶进新棚里去的，"他说，"他们把新草收起来以后，他们也会把草给叉到那里面去。"

"好吧！"潘太太回答。

阿多尼拉姆往前伸出他刮得光光的脸，走了。当他下了门口前面的二级台阶以后，他又回过头来往后面看了看，以一种紧张而严肃的口吻说："要是没有什么事，我星期六就回来。"

"小心点。"他妻子回答。

她站在门口，南妮在她旁边。她看着她丈夫走出去，直到看不见了。她眼睛里有一种奇怪的，令人可疑的表情。她安详地皱起眉头来，走回屋里去接着烙饼。南妮坐下来做针线。她的婚期一天近似一天了。她为缝纫操劳得人都瘦下来了，她母亲不时地望望她。

"你今天用力的那一侧还那么疼吗？"她问。

"还有一点。"

潘太太正在干活，脸色一变，她的愁额舒展开来，眼神坚定，双唇紧紧闭着。她把不成文的思想编出一句箴言，"不谋而来的机会正是上帝给新的生活道路竖的指路标"。她一再重复这句箴言，决心采取行动。

"假如我给海拉姆写过信，"她突然在食品间里自言自语地说，"假如我写过信，问他知不知道有卖马的呢？不过我没有写。孩子他爸出门和我没有关系。看来倒像是天意呢！"她终于大声音说出来了。

南妮叫道："母亲！您在说什么呀？"

"没有什么。"

潘太太急急忙忙地烙饼。十一点钟，一切都做好了。从西边地里运干草的车慢慢地沿着马路拉过来，停到新牲口棚那里。潘太太跑了出去，喊着："站住！站住！"

男人们站住了，看着。赛米从草堆上欠起身来看她的母亲。

"站住！"她又喊了一声，"别把干草放到新牲口棚里去，放进旧棚里来。""为什么？是他叫放在这里的。"一个割草人感到奇怪地说。他是一个年轻人，是邻居家的孩子。阿多尼拉姆按年算钱雇他来帮忙的。

"你别把干草放到新棚里。老棚还装得下呢，不是吗？"潘太太说。

"装得下，"那个雇工用他那庄稼人的沙哑嗓子回答，"要论地方嘛，一点也用不着新棚。好吧，我想他是改了主意了。"他抓住了马缰绳。

潘太太回到房子里去。不一会，厨房窗户里的灯熄了。一阵像热蜜糖似的香味飘进了屋子里。南妮放下了活计。"我以为父亲是要他们把草放进新棚里哩？"她感到奇怪地说。

"没问题。"母亲回答。

赛米从草堆上出溜下来，进屋看看午饭做好了没有。

"父亲不在家，我今天不做正餐了，"母亲说，"我把火熄了。你们可以吃一点面包、牛奶和饼。我想我们这样就行。"她端出几碗奶、一些面包和一块饼来，放在厨房里的桌子上。"你们最好现在就吃饭，"她说，"你们快点吃完饭，等会儿我还要你们帮我忙呢！"

南妮和赛米互相看了看。他们的母亲态度有点奇怪。潘太太自己什么都没有吃。她走进食品间去。他们吃饭的时候听见她搬动盘子的声音。不一会儿，她拿出一叠盘子。她从架子上拿下一个盛衣服的篮子来，把盘子都装了进去。南妮和赛米望着她。她搬出杯子、碟子来，把它们和盘子一起放了进去。

南妮很小心地问："母亲，您干什么呀？"一种什么不寻常的事要来了的感觉使得她发抖，好像见了鬼似的。赛米两只盯在饼上的眼珠子溜溜地转动。

"你们一会儿就会知道的，"潘太太回答，"你要是吃完了，我要你到楼上去收拾一下你的东西。你，赛米，我要你帮我把床从卧室里搬下来。"

"哎呀，母亲！为什么呀？"南妮气喘吁吁地问。

"你会知道的。"

在以后的几个小时里，这位单纯、热诚的新英格兰母亲完成了一件功绩。她可以与沃尔夫在亚伯拉罕高地上的猛烈进攻相比。沃尔夫鼓舞他的士兵在敌人的睡眼底上去爬悬崖陡壁也不比萨拉·潘太太趁她丈夫不在家带领她孩子们把她的小家当搬进新牲口棚所需要的雄才和胆略，或者说是勇气更大一些。

南妮和赛米一声不响地执行他们的母亲的指示，说真的，他们是吓坏了。在他们看来，他们母亲的这一独出心裁的举动有着某种神秘的、超人的性质。

南妮来来回回地搬着轻巧的东西，赛米认真卖力地搬着重

484

家什。

下午五点钟，潘家搬进了新牲口棚。这个住了四十年的小房子都搬空了。

每一个建筑家是常常不明确自己的设计图的目的，但又在某种意义上是先知。给阿多尼拉姆·潘盖这个新牲口棚的建筑师为四脚动物的舒适而设计的这个建筑出乎意料地适合于人住，甚至更舒适一些。萨拉·潘一眼就看到了它的可能性。那些大的没有窗户的隔栏前面挂上棉门帘，比她四十年来所住的卧室都好。此外还有一个严实的车房。马具房里有烟囱，还有放东西的架子，可以做一个她曾梦寐以求的厨房。当中的空地方可以做一个客厅，可以弄得像豪华的宫殿一样。楼上和楼下的空间一样多。有隔间、有窗户。这是怎样一所好房子啊！萨拉望着放牛的空场前面一排柱子，想到她要把这里做她的门厅。

六点钟的时候马具房里的炉子升起来了。锅开了。吃茶的桌子摆起来。这里和庭院对面那所搬空了的住房同样地有家庭气氛，年轻的雇工挤了牛奶。萨拉安静地指挥他拿到新牲口棚里来。他气喘吁吁地拿过来，草地上洒了一些从桶里流出来的泡沫点。第二天一清早，他就把阿多尼拉姆的妻子搬到新牲口棚里的事在整个小村子里传遍了。男人们聚集在店里面谈论着；女人们头上围着围巾，活都没干完就走家串户唠叨这件事。在这个安静的小城里任何一件不寻常的事都会使城中一切进程停顿。人人都在观望这个走上岔道的，沉着而独立自主的人物。关于她，人们有不同的看法。有些人认为她疯了，有些人认为她有一种无法无天的叛逆精神。

星期五，牧师来看她。那是在下午，她正在牲口棚门前剥豆子，准备晚饭。她抬头看了一眼，庄严地对他还礼，然后就继续干她的活儿。她没有请牧师到屋里坐。那种圣徒似的表情依然滞留在她的脸上，但又泛起一阵愤怒的红潮。

牧师手足无措地站在她面前说起话来。她拨弄豆子就像在拨弄枪弹。最后她抬起头来，眼睛里露出那种被她的温顺的态度遮盖了一辈子的神情。

"说也没有用，赫尔西先生，"她说，"我已经是想了又想啦，我相信我做的是对的。我曾经把这件事作为我祈祷的内容。而它又是我和上帝以及阿多尼拉姆之间的事情。别人没有必要为它操心。"

"好吧！当然了。要是你已经把这件事在祈祷中对上帝说了，并且自信你是做对了的话，潘太太。"牧师无可奈何地说。他的瘦瘦的，留着灰白胡子的脸上露出一副可怜相。他的生气勃勃的信心冷了下来。他不得不痛苦地鞭策自己去承担教区的责任，就像一个天主教的禁欲主义者一样。而这种苦恼又使他瘫痪无力。

"我坚信这是对的，正像我们的祖先从故国来到这里是对的一样。因为他们得不到他们分内应得的。"潘太太说着站了起来。从她的神气看，这个牲口棚的门槛在她简直就是普利茅斯的岩石了。"我不怀疑你的心是好的，赫尔西先生，"她说，"但是有些事情人们不该干涉。我是教堂的成员已经四十年了。可是我自己有脑子，有两只脚，我要自己去想，走自己的路。除了上帝谁也不能叫我干什么，除非我愿意听。您不进来坐坐吗？赫尔西太太好吗？"

"她很好，谢谢您！"牧师回答。他又含含糊糊地说了几句道歉的话，就告辞了。

他能够解释圣经中每一个人物的复杂的特点，他知道最早来美国殖民的英国清教徒以及一切历史上的革新者，但是不能理解萨拉·潘。他能够处理基本的问题，但是在并发的问题上他就失败了。不过，说到最后，尽管与他的本职无关，他倒是对阿多尼拉姆·潘怎么对付他老婆比上帝怎么对付她更感兴趣。阿多尼拉

486

姆的四头新牛来了，萨拉吩咐把三头放进老牲口棚里，还有一头放进原来放炉子的那个小棚屋里。这件事引起更多的议论来。人们窃窃私语，说是四头牛都被放在原来的住房里面了。

星期六太阳下山的时候，阿多尼拉姆快回来了。一群人挤在靠近牲口棚的路上。雇工已经挤完了奶，可是还在房子周围转悠。萨拉·潘把晚餐都准备好了。有黑面包和烤豆子，还有一个奶冻儿饼，这是阿多尼拉姆最喜欢当周末晚饭吃的东西。她穿着一件干净的印花布衣服，态度冷静，沉着。南妮和赛米紧紧跟在她身后。他们睁大了眼睛。南妮精神上很激动。可是他们兴高采烈的心情超过了一切，内心都坚信他们的母亲是要战胜他们的父亲的。

赛米从马具房的窗户往外面看。"他来了，"他低声宣布。他和南妮从门框向外窥视。潘太太继续干她的活。孩子们看见阿多尼拉姆走到原来的住房门前，任那匹新马站在道上。住房的门上了锁了。他又到小棚屋里去。小棚屋的门就是在全家都出去的时候也是很少上锁的。南妮一下子想到她父亲看到那头牛的时候该是什么样子。她的嗓子里不由得歇斯底里地哽住了。阿多尼拉姆从小棚屋里出来，站着，茫然地四下观看。他的嘴唇动了动。他正在说什么话呢！可是他们听不见他说什么。雇工在老牲口棚的拐角附近偷看，没有人看得见他。

阿多尼拉姆拿起那匹新马的缰绳，牵着它走过了庭院，到新牲口棚这边来。南妮和赛米溜到母亲身边。棚门开了，阿多尼拉姆站在那里。那匹加拿大种的耕马的温和的长脸从他的肩膀上面往里看。

南妮还躲在母亲身后。可是赛米突然走向前面，站在父亲面前。

阿多尼拉姆看看这些人，说："你们在这儿干什么？家里怎么的了？"

"我们到这里来住。"赛米勇敢地用颤抖着的尖嗓子说。

"什么,"阿多尼拉姆闻了闻,说,"哪儿来的饭菜味儿?"他往前走过去,从开着的马具房的门往里看。然后他转身向着他的妻子。他那老年人的,胡子拉碴的脸苍白了,露出恐怖的神色。"孩子他妈,这是要干什么呀?"他气喘吁吁地说。

"你进来,孩子他爸,"萨拉说,她带路走进马房,然后把门关上。"孩子他爸,"她说,"你不用害怕。我没有发疯。没有什么叫你不安的事情。只不过是我们到这儿来住,我们就要在这儿住下去了。我们正和新马、新牛同样地有权利到这儿来住。那个住房我们再也住不下去了。我就决心到这儿来住。我向你尽义务尽了四十年。现在也是一样。我要住在这里。你得开几扇窗户,隔出几间屋子来。还得买一些家具。"

老人喘吁吁地说:"为什么呢?"

"你最好脱了衣服,洗个脸。那边有脸盆。然后吃饭。"

"为什么呀,孩子他妈?"

赛米从窗口走过去了,他把新马牵到旧牲口棚里去。老人看着他,无言地摇摇头。他试着脱下衣服,可是他的膀子好像没有劲了。他妻子帮着他脱了下来。她往盆里倒了些水,拿了一块肥皂。她拿出梳子和刷子来,等他洗完了以后给他把灰白头发梳理一下。然后她把豆子、热面包、茶摆在桌子上。赛米进来了,全家人凑在一起。阿多尼拉姆昏昏然然坐下来,眼睛看着自己的盘子。他们都等着。

"你不祈祷么?"萨拉问。

老人低下头嘟囔起来。

一顿饭中他不一会就停下来偷看他妻子一眼,可是还是吃得很好。他以为家里的饭是好吃的。他年老的身躯很健康,不受思绪不安的影响。但是饭后他走出去了。坐在牲口棚右侧小门前的石头台阶上。这扇门他原来打算要让他的泽西种奶牛排着队,庄严地通过的。而如今萨拉要把它设计成她的前门了。他用两只手捧住自己的头。

把晚餐的杯盘收拾完了，奶锅也洗好了以后，萨拉走出来找他。夕阳渐渐暗下去了，天空呈现出清澈的紫色。在他们面前展开一片光滑、平坦的大地。远处是一连串的干草垛，宛似村中的小草房。空气凉爽、平静和甜蜜。眼前的景色是和平的理想景色。萨拉弯下身来，抚摸一下她丈夫的干瘦但是强壮的肩头："孩子他爸！"

老人双肩起伏：他正哭呢！

"喂，别这样，孩子他爸！"萨拉说。

"我要隔出间屋子来，摆上一切你想要的东西，孩子他妈！"

萨拉撂起围裙角来捂住脸。她竟被自己的胜利给吓坏了。

阿多尼拉姆像一个四堵墙都失去有效的抵抗力的堡垒，只要用合适的攻城武器一攻，它马上就得倒塌。"怎么，孩子他妈，"他声音嘶哑地说，"我哪里知道你是这样一个心眼儿地要得到这一切！"

（陆凡 译）

【作者简介】玛丽·威尔金斯·弗里曼（1852—1930），美国20世纪初期最多产的女作家。代表作品：《母亲的反抗》、《新英格兰一修女》。

489

劳森〔澳大利亚〕

阿维·阿斯平纳尔的闹钟

前些年，一家报纸刊载了一段新闻，说是有个警官在一个下雨天的清早四点钟的时候，在格兰德尔兄弟工厂大门口阶石上，发现一个小男孩在睡觉。他把孩子弄醒了，盘问他的究竟。

小家伙解释说他就在那儿干活，他害怕迟到，他是每天清晨六点钟上工的，他听说那时候才不过四点钟，显然感到很惊奇。警官检查了这个吓昏了的小孩手里的一个小包。里面有一条干净的工作围裙和三片涂着糖浆的面包。

孩子进一步解释说，他醒来时，以为时间已经迟了，他不想叫醒母亲问她是什么时候了，"因为她洗了一整天的衣服"。他也没有看钟，因为他们家"没有钟"。他没有自动说明一下，既然家里没有钟，他又怎能盼望他母亲知道是什么时候呢。但是，也许，就像他那一类的小家伙一样，他对于母亲无边的智慧，是有着无限的信心。他的名字叫阿维·阿斯平纳尔，先生，他住在琼司胡同。爸爸已经故世了。

几天以后，这一家报纸很有趣地报道说，关于本报前所刊载的感人事件，已有一位慈善的社会名媛在她的朋友之间发起募捐，以便给那个被人发现在格兰德尔兄弟厂房门口睡觉的小男孩购置闹钟一只云云。

以后，关于这感人的事件，报纸又曾提到，说是闹钟已经购妥，并且交给了孩子的妈妈，她似乎感激涕零云云。同时另一方面的消息却又说，上面所说的话是颇为言过其实的。

这件感人的事件终于以下面这段消息告结束。这段消息使人毫不置疑地知道，这位慈善的社交名媛原来不是别人，正是厂主格兰德尔家的一位美丽动人而又多才多艺的小姐。

复活节假期中，阿维·阿斯平纳尔一直伤风很厉害，睡倒在床上，现在已经是假期最后一天的时间了。照他自己的话说，他仍然有点"闹嗓子"，时候已经是差不多九点钟了，琼司胡同的生意正闹得欢畅哩。

"好多了，妈，我好多了，"阿维说，"我喝的白糖醋水把痰给化了，那要命的咳嗽就给赶出来了。"歇不多久，而咳嗽就"赶出来"了，弄得他连话也说不出。他喘过一口气之后，就说：

"不管好歹，我明天非去上工不可。妈，把闹钟给我。"

"我跟你说你不能去。去了会送命的！"

"说了也没有用，妈，我们不能等着饿死——再说——万一有人替了我的差事呢！妈，把钟给我吧。"

"我待会儿差一个小孩子替你去说你病了，他们一定会让你歇一两天的。"

"那没有用，他们不肯等我的，我知道他们——格兰德尔兄弟公司才不管我病不病呢！放心吧，妈，我将来总要有一天比他们都强。把闹钟给我，妈妈。"

她把闹钟递给他，他赶着把发条上紧，对准了闹钟。

"铃铛有毛病了，"他咕哝着说，"它已经一连有两个晚上打错了时间。可是我这还是试一试吧。我让它在五点钟闹，这样一

491

来我就有时间穿衣服了，还可以早到一会儿呢。唉，但愿我不必走那么远的路就好了。"

他停下来，念刻在钟面上的一圈字：

睡得早，起得早

使人聪明、富贵、身体好。

他以前念这两句诗念了许多次了，很喜欢它的韵律。他曾经一遍又一遍地暗暗背诵它，但从没有去想一想它所包含的意义或哲理。他以前做梦也没有想到去怀疑任何印出来的字——何况这是刻在钟面上的呢。可是现在似乎有点恍然大悟了。他把这句话思索了一会儿，接着又一次把它大声念出来。最后，他一语不发地在心中翻来覆去思量着。

"妈！"他忽然说，"我认为这是蒙人的！"她把钟拿了过来，放在架子上，把阿维睡的沙发上的小被窝盖严，吹熄了灯。

阿维似乎睡着了，可是她却睡不着，醒着躺在那儿想自己的愁苦事。她想到自己的一天早上死在工厂、被人抬了回来的丈夫；想到自己的只有在不用蹲监狱时候才回家来吃闲饭的大儿子；想到她的二儿子，他已经在别的城市里给自己安下了舒服的家，再也不来过问她；又想到老三——可怜的、瘦弱的小阿维——他像一个大人似的挣扎着来帮助家里，在他这个年纪本应该上学念书的，现在却不得不在格兰德尔兄弟工厂里消耗着他年轻的生命。她想到在隔壁屋里的那五个不顶事的小娃娃，想到自己的苦日子——从早上五点半给人擦地板直擦到八点钟，然后才开始干一天的活——给人洗衣服！——她又想到不得不在妓院的包围中把孩子抚养成人，只为的是没有钱，付不起更高的房租，搬不起家；接着她又想到房租。

阿维在睡梦中讲起话来。

"你睡不着吧，阿维？"她问，"你嗓子痛不痛？要什么吗？"

"我想睡，"他迷迷糊糊地嘟囔说，"可是好像再过一会儿就

492

要……就要……"。

"就要怎么样，阿维？"她急忙问，生怕他说起胡话来。

"就要响铃铛了。"

他是在说梦话呢。

她轻轻站起来，把闹钟往后拨了两个钟点。"现在他可以好好休息了。"她轻轻地自言自语说。

过了不一会儿，阿维忽然直挺挺坐起来，匆匆地说，"妈，我想闹钟刚才响了！"然后，也不等回答，他又突然躺下去睡。

雨停了，明亮的、满缀着星辰的苍穹覆盖着海洋和城市，不分彼此地覆盖着贫民窟与富丽的别墅。可是从琼司胡同中的这一家破房子里，除了南十字星座和它周围的几颗星星外，再看不见更大的一块苍天。从格兰德尔家的宅地——所谓"格兰德尔别墅"——看来，这便是贵妇名媛所说的"可爱的夜晚了"。在格兰德尔别墅，逶迤地通到水边的花园以及露台上，都洒遍了月光，它的窗户因为举行复活节舞会而灯火辉煌，它的多少大厅挤满了最尊贵的社交圈中的人物，其中有一位美丽动人而又多才多艺的小姐正在孕育一篇关于一个小清道夫的悲惨故事，赚得一群高等人士的不少热泪。

闹钟确是有毛病了，不然就是阿斯平纳尔太太拨错了，因为在夜深人静的时候，铃声忽然震人地响了起来。她痛苦地一惊而醒，静静地躺着，想阿维一定要起来了，可是他却没有动静。她把惨白的、惊恐的脸转向阿维所睡的沙发——琼司胡同的孤零零的街灯从高过窗子的人行道上把灯光照进了窗子，借着灯光她看见孩子没有动弹。

为什么闹钟吵不醒他，他平常睡得多不踏实呀！"阿维！"她叫道，没有回答。"阿维！"她又叫，在她恐惧的声音里还掺杂着一种奇特的责备的声调。阿维根本不回答。

"唉！我的天哪！"她呻吟道。

她起来，站在沙发旁。阿维仰面躺着，双臂交叉在胸口——这是他最喜欢的睡觉的姿势，可是他却睁大了眼，直直地朝上瞪着，好像他要透过天花板和房顶，要瞧瞧上帝应该在的地方。

他已经死了。

"我的天哪！我的天哪！"她哭了。

（夏祖焯　译）

【作者简介】亨利·劳森（1867—1922），澳大利亚小说家和诗人，出身于下层劳动者家庭，其主要作品都是反映下层劳动人民生活的。

休士〔美国〕

谢谢你，太太！

　　她，是一位粗手大脚的女人，随身带着一个大钱包，里面除了没装锒头和铁钉外，什么东西都有。钱包带子很长，她把它背在肩头上。漆黑的夜晚，大约已近十一点，她独自一人走在街上，这时候一个小孩从后面赶上来，想抢走她的钱包。孩子突然用力一拉，绳子给拉断了，自己的身体也失去了平衡，仰面朝天跌倒在人行道旁。女人一下转过身去，对准他那穿蓝色牛仔裤的屁股狠狠地踢了一脚。然后她俯下身去，一把抓住孩子的衬衫前襟，把他提了起来，使劲地摇晃，直摇得孩子牙齿咯咯打错。

　　"小东西，把我的钱包捡起来！"她紧紧抓住孩子，把他的头往下按，让他弯腰把钱包拾起。"你难道不感到害羞吗？"

　　"嗯，太太！"他的脖子给衬衫前襟紧紧地勒着。

　　"你想要干什么？"

　　孩子很吃力地回答："我，我不是故意的。"

　　"你撒谎！"

　　这时有两三个人从他们身旁走过，停下脚步，转过头来望了望，有的就站着观看。

　　"我要是放开手，你会跑吗？"

"嗯。"

"那我就不松手。"她仍然紧紧地抓住不放。

"太太，对不起！"孩子这才抬起头来悄声地说。

"唉！你的脸真脏。我倒很想把你的脸好好洗一洗。难道你家里面就没有人叫你洗脸吗？"

"没有，太太。"

"好，那我今晚上就跟你彻底洗洗。"说完，这位壮实的女人就拖着惊恐的孩子上路了。

孩子看上去像有十四五岁，脚穿网球鞋，身着蓝色牛仔裤，身体很瘦弱。

"活该你做我的儿子，我要教你改邪归正。现在至少可以给你洗洗脸，你饿了吗？"

"不，太太。"被拖着的孩子央求着："只求您松开我！"

"刚才拐弯的时候，我惹你了吗？"

"没有，太太。"

"是你自己找上我来的，"女人说，"如果你早知道我不是好惹的，你就会另打主意了。等咱们打完交道后，你就会记住路易拉·贝茨·华盛顿·琼斯太太了。"

孩子满脸淌着汗水，他开始挣扎。琼斯太太停下脚步，拎他在自己面前转了一个圈，又抓着他的后颈脖，继续拖着他往前走。到了自己家门口，她把孩子拖了进去，走过门厅，来到靠后端的一间兼有厨房设备的屋里。女人拉开了灯，让门敞开。孩子听得到有几个房客在隔壁说笑，他们的门也敞开着，他这才知道这所大房子里，不光是他和那女人。到了屋子中间，女人仍然抓住他的脖子。她问：

"你叫什么名字？"

"罗杰尔。"孩子回答。

"好，罗杰尔，到洗涤槽那里把脸洗了！"女人终于放了手。

496

罗杰尔看了看门,又看了看琼斯太太,又看了看门。然后,走到洗涤槽那里。

"放水吧,等水热了再关上!"她说。"这是一条干净的毛巾。"

"你要把我送进监狱吧?"孩子一边怯生生地问,一边把头埋在洗涤槽上。

"这样一张脸!我可不愿意带你到任何地方去。"女人说,"我正打算回家做一点东西吃,你这小子就来抢我的钱包!也许你也没吃晚饭吧,这么晚了,吃过吗?"

"我家里没人。"孩子说。

"哦,那我们就来吃吧。"女人说。"我想你是饿了——说不定早就饿了——才来抢我的钱包吧!"

"我想要一双蓝色的软羔皮鞋……"

"唉,你想要一双软羔皮鞋也用不着来抢我的钱包嘛。"琼斯太太说。"你可以向我要嘛!"

"太太?"孩子抬眼看着她。水,从他的脸上往下滴。一段很长时间的停顿。孩子擦干了脸上的水,不知道还该做什么,他又一次擦着他的脸,然后,回过身来,神情惶惑。门是敞开的。他可以一下子就冲出门去。他可以逃走,逃走,逃走,逃走吧!

女人坐在她白天休息的床上,过了一阵才开口:"从前,我年轻的时候,也想得到一些我得不到的东西。"

又是长时间的停顿。孩子张了张嘴,然后不自觉地皱起了眉头。

女人又开了口:"哼!你以为我会说'但是',是吗?你以为我会说'但是,我没有抢过别人的钱包'。哼。我才不打算说这样的话。"停顿,沉默。"我也做过一些我不愿意告诉你——儿子——也不愿意告诉上帝的事,假如他还不知道的话。每个人都有共同的需要。你坐下来吧。让我给咱们弄点东西吃。用那把

497

梳子把头发好好梳一梳，你也会见得人的。"

在屋子的另一角的屏风后面，有煤气炉和冰箱。琼斯太太从床上起来，走到屏风后面。她现在并没有监视着孩子，看他会不会跑掉，她也没有守护她放在床上的钱包。孩子小心翼翼地坐在屋子的另一边，距离钱包远远的，在他认为她只要眼角一扫，就很容易看见他的地方。他不相信女人还不信任他，可也不想受到怀疑。

"您要不要找人到店里去一趟，"孩子问，"也许该买点牛奶什么的？"

"别想我会叫谁去。"女人说。"除非你自己想喝甜牛奶。我这里有罐头牛奶，我准备用它做可可奶茶。"

"那可好哩！"孩子说。

她从冰箱里拿出一些利马豆和火腿在锅里煎好，又做好了可可奶茶，一齐端到桌上。她根本不问孩子家住哪里，家里还有什么人，以及任何别的会使孩子为难的问题。相反，在吃饭的时候，她却给他讲自己是在一家旅馆的美容室工作。美容室从清早开到深夜，都有些什么样的活干，以及各色各样的女人怎样进进出出，有白皮肤金发碧眼的，有红头发的，有西班牙的。然后她把一个廉价饼子分成两半，递一半给孩子。

"多吃点，儿子。"她说。

饭吃完了，她站起来说道："过来，把这十块钱拿去买一双蓝色的软羔皮鞋。以后再不要抢我的钱包了，也不要抢别的任何人的钱包——因为抢的钱买来的皮鞋穿起会烧你的脚的。现在我得休息了。从此以后，儿子，希望你好好做人。"

她领着孩子走过门厅，来到大门口，开了门。"晚安！好好做人吧，孩子！"她说，望了望外面的街道，目送着孩子走下石阶。

孩子很不想只对路易拉·贝茨·华盛顿·琼斯太太简单说一

498

声"谢谢你，太太"，但是，当他从这石阶下转过身来，抬头仰望这位宽宏大量的善良女人的时候，虽然嘴唇嚅动着，他却连这么一句简单的话也没能说出口。

此时，她已把门关上。

【作者简介】兰斯顿·休士（1902—1967），美国著名的黑人专业作家。主要作品：诗集《疲倦的布鲁斯》、《给当铺老板送好衣服》、《亲切可爱的死亡》；长篇小说《不是没有笑声的》等。

查尔斯·罗伯茨〔加拿大〕

迷途的公牛

在声名不佳的卡宾诺营地，有一头小公牛，他长得体型优美，但性情粗野，桀骜不驯。

他是一对同轭牛中的一头，身上带有一部分德文郡牛的血统，个头高大，毛色暗红，肌肉发达，精力充沛，还有一对又宽又漂亮的角。和他同套一副轭的是主人宠爱的一头温顺稳健的耕牛，而他自己似乎就从未完全驯服过。森林对他仍有某种魅力。他想回到牧场去，他曾同他的公牛伙伴们一起在那儿无拘无束地到处游荡。他回想起早晨露水未干时牛群一起在青草喷香的丘陵上吃草，想起六月天散发出带三叶草香的热气时他们一起挤在绿色柳荫下没过小腿的水潭中的情景。他恨牛轭，恨冬天，他想象在他心目中的草场上永远是夏天。如果他能回到那里去该多好！

一天，他盼望已久的机会终于来到。他立即抓住不放。那时他脖子上没有套轭，站在他的伙伴旁。赶牛人一个也不在。他昂起头喷出胜利的鼻息穿过森林里冲了出去。

伐木人追赶了一小会儿，没有追上就停了下来。"随他去吧！"他的主人说，"我想他肚子饿了就会回来的。他不能靠吃云杉的嫩芽和疗肺草过日子。"

500

他大步飞奔穿过雪地，很快就远离营地。跑累了，他的步伐逐渐放慢。最后只是慢步走着。等冬天落日凄凉的红光透过森林的稀疏枝条，染红了小块林间空地和沼泽上的积雪时，他感到饿了，开始一口口吞食高高低低长在树干上的长苔藓，但吃得很不可口。月亮还未升起前，他肚里已填满了这种草料，然后躺在一丛灌木树间过夜。

但离他的藏身之处几里外，有只熊却偶然发现了它的蹄印。一头迷路的公牛！这倒是很容易到手的食物。熊马上进行追踪。当蜷伏的公牛听到他的追捕者临近时，月亮已升上高空。他不知道来的是谁，但他站起身来等待。

熊大胆地冲进灌木丛，根本未想到会碰上抵抗。公牛发出一声低沉吼叫向他扑去，把他撞倒在地上，然后又换个方向，再次进攻。受惊的熊立即被打败，被锋利的角戳伤。他不想再同公牛对抗，想赶快逃走，就在他退却时公牛再次进攻，把他撞倒在一棵大树干上。熊艰难地拖着身子后退到他的对手够不着的地方，公牛轻蔑地回到他躺的地方。

黎明刚露出黄色，心神不宁的畜生又踏上旅途。在路旁又吃了些苔藓，但这时他更加不喜欢吃这种东西，因为他觉得他离那绿草如茵和溪流纵横的旧牧场一定很近了。周围雪积得更厚，大大加深了他对冬天的憎恨。走出森林，他来到一个山坡上，这里有些地方冰雪已经融化。好几年前山上的松树就被砍光，现在则是新栽的茂密桦树林。他啃着芳香的嫩枝，但觉得难以下咽。

他饥饿难忍，不禁有些怀念起他逃离的营地，但他并不想回去。他要继续前进，直到回到牧场和快活的伙伴们一起在熟悉的小潭旁舔那木槽里的盐粒。凭盲目直觉他能辨识方向，非常严格地保持着往南的路线，他心中的渴望始终引导他不会偏离正道。

那天下午，一只豹子从树上跳出来袭击他，咬伤他的喉咙。他冲到矮树枝下，摆脱袭击者，然后狂暴地转身向他发动第一次疯狂反攻，迫使那头畜生逃走。豹子跳上树后，公牛继续赶路寻找他的牧场。

他的脚步很快变得越来越没有劲，因为无情的豹爪深深抓破他的脖子，一路上留下斑斑血迹。他的力气虽然减退，但他那双不宁静的大眼仍充满了梦想。他毫不注意，也不顾自己已虚弱无力，全部心思都被这种渴望所占据，它推动着他——几乎连饥饿也没有感觉到。不过要想勉强充饥并不困难，因为没有营养的灰色长苔藓到处都是。

他慢慢来到一条小河的河床，在一层薄薄冰雪覆盖下，流过小石子的溪水发出微弱的淙淙声。他缓慢的脚步顺着这条畅通的路走了很远。在他的身影消失后不久，豹子从远远的拐弯处走了过来，它一直偷偷地追随着他血染的足迹。这头狡猾的野兽在等待它坚持不懈追逐的对象最后会因失血和饥饿而丧失抵抗的意志。

时间已近黄昏。一心一意想找到牧场的孤独的公牛不愿躺下来休息片刻。一整夜他都在挣扎着穿过洒满银光的旷野，穿过充满光怪陆离景象和艰难险阻的幽暗森林一步不停地前进，甚至忘记了饥饿，也许是当他想起等待他的一簇簇野三叶草和柔嫩的猫尾草时，正是饥饿在推动着他更加努力地走下去。同样在这一整夜里，远远跟在他后面的豹子依然是那么谨慎小心地尾随着他。

日出时，精疲力竭的公牛跌跌撞撞来到大湖岸边，一望无际的明净的白雪在他面前一直往南伸展。这就是他的方向，他毫不犹疑地顺着这条路走下去。冰封的宽阔水面上有些地方的雪被风吹走，但大部分湖面仍被冰雪覆盖，反映着黎明时刻的浅灰色、橘黄色和玫瑰、淡紫色灿烂光辉。

面临厄运的公牛极为缓慢吃力地前行。他每走一步都摇摇晃晃，漂亮的头低得快碰到雪地上。当他在湖面上已走了很远时，追踪他的豹子谨慎地从隐蔽处出现在森林边上。它抬起黄褐色的圆脸和恶毒的绿眼睛，朝辽阔的旷野窥视。它立刻注意到公牛吃力的步伐。豹子低头闻着雪地上的血迹，继续追踪，开始是小步，继而是用轻快的长步子小跑。这时公牛的寻求已接近完成。他往前一冲跪到了地上，又艰难地站起身，一动也不动，往四周环视。他的眼睛已变得模糊不清，但隐隐约约看见紧跟在后面的黄褐色畜生。他恢复了先前的勇气，转身双角朝下，去迎接袭击。他鼓足最后一点力气发起进攻，而豹子则迟疑不决地停下来，但在他自身冲力的推动下，这个游浪者双膝支撑不住，双角在雪地上划出两道沟印。一声痛苦的吼叫，他侧身翻滚在地，他的渴望和愉快的草场之梦也从他眼里消失。豹子纵身一跳扑在他身上，锐利的牙齿插进他喉咙里——但他对此已毫无所知。不是任何野兽，而是他自己的欲望征服了他。

豹在满足了对鲜血的渴求后，抬起了头，前爪放在死牛身上，注视四周的一切。

对一个从湖岸边看着这一景象的人来说——如果有人在那荒野的地方观看的话——野兽和他的猎物只不过是闪烁的荒原中的一个黑点。而在同一时刻，在古老森林深处很远的地方，拴在套架上的一只孤单的公牛在哞哞地叫，他烦躁不安，不吃不喝，正在为他的同轭伙伴不在身边而悲伤。

【作者简介】 查尔斯·罗伯茨（1860—1934），加拿大诗人，短篇小说家。其主要作品是反映田园风光的抒情诗和动物故事。

泰戈尔〔印度〕

喀布尔人

我的五岁的女儿敏妮，没有一天不叽叽咕咕地说个不停。我真相信她这一生没有一分钟是在沉默中度过的。她母亲时常为此生气，总是打断她的话头，可是我就不这样做。看到敏妮沉默是很不自然的，她倘若半天不说话，我就不能忍受。因此我和她的谈话一直是很热闹的。

比方说，一天上午，我正在写我的新小说第十七章的时候，我的小敏妮溜进房间里来，把小手放在我的手心里，说："爸爸！看门的拉蒙达雅，管乌鸦叫'五鸦'。他什么都不懂，对不对？"

我还没有来得及向她解释世界上的语言是不同的，她已经转到另一个话题的高潮。"您猜怎么着，爸爸？普拉说云里有一只象，从鼻子里喷出水来，天就下雨了！"

当我静坐在那儿思索着怎样来回答她最后的问题的时候，她忽然又提出了一个新问题："爸爸！妈妈跟您是什么关系呢？"

我不知不觉地低声自语着："她在法律上是我的亲爱的妹妹！"但是我绷起脸来敷衍她道："去跟普拉玩去吧，敏妮！我正忙着呢！"

504

我屋子的窗户是临街的。这孩子就在我书桌旁，靠近我脚边坐下来，用手轻轻地敲着自己的膝盖玩。我正在专心地写小说的第十七章。小说中的主人公普拉达·辛格，刚刚把女主人公康昌拉达抱住，正要带着她从城堡的三层楼窗子里逃出去，忽然间敏妮不玩了，跑到窗前，喊道："一个喀布尔人！一个喀布尔人！"下面街上果然有一个喀布尔人，正在慢慢地走过。他穿着宽大的污秽的喀布尔族服装，裹着高高的头巾，背着一个口袋，手里拿着几盒葡萄干。

　　我不知道我女儿看到这个人有什么感想，但是她开始大声地叫他。"哎！"我想，"他要进来了，我这第十七章永远写不完了！"就在这时候，那个喀布尔人回过身来，抬头看这孩子。她看到这光景，却吓住了，赶紧跑到妈妈那里去躲起来了。她糊里糊涂地认为这大个子背着的口袋里也许有两三个和她一样的孩子。这时那小贩已经走进门里，微笑着和我打招呼。

　　我书里的男女主人公的情况是那样紧急，当时我想既然已经把他叫进来了，我就停下来买一点东西。我买了点东西，开始和他谈到阿卜都·拉曼、俄国人、英国人和边疆政策。

　　他要走的时候，问道："先生，那个小姑娘在哪儿呢？"

　　我想到敏妮不应当有这种无谓的恐惧，就叫人把她带出来，见那个人。

　　她站在我的椅子旁边，望着这个喀布尔人和他的口袋。他递给她一些干果和葡萄干，但是她没有动心，只是更紧紧地靠近我，她的疑惧反而增加了。

　　这是他们第一次会面。

　　可是，没过几天，有一个早晨，我正要出门，出乎意外地发现敏妮坐在门口长凳上，和那个坐在她脚边的大个儿喀布尔人，又说又笑。我这小女儿，一生中除了她父亲以外，似乎从来没遇见过这么一个耐心地听她说话的人。她的小纱丽的角上已经塞满

505

了杏仁和葡萄干——她的客人送给她的礼物。"你为什么给她这些东西呢?"我说,一面拿出一个八安那的银角子来,递给了他。这人不在意地接了过去,丢进他的口袋里。

糟糕得很,一个钟头以后我回来时,发现那个不祥的银角子引起了比它的价值多一倍的麻烦!因为这喀布尔人把银角子给了敏妮,她母亲看到这亮晶晶的小圆东西,就不住地追问:"这个八安那的小角子,你从哪里弄来的?"

"喀布尔人给我的。"敏妮高兴地说。

"喀布尔人给你的!"她母亲吓得叫起来。"呵,敏妮!你怎么能拿他的钱呢?"

我正在这时候走进了门,把她从危急的灾难中救了出来,我自己就对她进行盘问。

我发现这两个人会面不止一两次了。喀布尔人用干果和葡萄干这种有力的贿赂,把这孩子当初的恐怖克服了,现在这两人已成了很好的朋友。

他们常说些好玩的笑话,给他们增加许多乐趣。敏妮满脸含笑地坐在喀布尔人的面前,小大人似的低头看着这大高个儿:"呵,喀布尔人!喀布尔人!你口袋里装的是什么?"

他就用山民的鼻音回答说:"一只象!"也许这并不可笑,但是这两个人多么欣赏这句俏皮话!依我看来,这种小孩子和大人的对话里面,带有一些非常引人入胜的东西。

这喀布尔人也不放过开玩笑的机会,便反问道:"那么,小人儿,你什么时候到你公公家去呢?"

孟加拉的小姑娘,多半早就听说过公公家这一回事了。但是我们有点新派作风,没有让孩子知道这些事情,敏妮对于这个问题一定有点莫名其妙,但是她不肯显露出来,却机灵地回答道:"你到那里去么?"

可是在喀布尔人这一阶层中间,谁都知道,"公公家"这几个字有一个双关的意思，那就是"监狱"的雅称，一个不用自己花钱而照应得很周到的地方。这粗鲁的小贩以为我女儿是指这个说的。"呵，"他就向幻想中的警察挥舞着拳头说，"我要揍我的公公！"听到他这样说，想象到那个狼狈不堪的"公公"，敏妮就哈哈大笑起来，她那了不起的大个子朋友也跟她一起笑着。

那些日子是秋天的早晨，正是古代的帝王出去东征西讨的季节；我却在加尔各答我的小角落里，从来也不走动，却让我的心灵在世界上漫游。一听到别的国家的名字，我的心就飞往那边去在街上一看到一个外国人，我的脑子里就要织起梦想的网——他那遥远的家乡的山岭啦、溪谷啦、森林啦，布景里还有他的茅舍和那些远方山野的人们自由独立的生活。也许因为我过的是植物一般固定的生活，叫我去旅行，就等于当头一个霹雳，所以在我眼前幻现的漫游景象，加倍生动地在我的想象中重复地掠过。看到这个喀布尔人，我立刻神游于光秃秃的山峰之下，在高耸的山岭间，有许多窄小的山径蜿蜒出入。我似乎看见那连绵不断的、驮着货物的骆驼，一队队裹着头巾的商人，有的带着古怪的武器，有的带着长矛，从山上向着平原走来。我似乎看见——但是正在这时，敏妮的母亲就要来打扰，她央求我"留心那个人"。

敏妮的母亲偏偏是个极胆小的女人。只要她一听见街上有什么声音，或是看见有人向我们的房子走来，她就立刻断定他们不外乎是盗贼、醉汉、毒蛇、老虎、疟疾菌、蟑螂、毛虫，或是英国的水手。甚至有了多年的经验，她还不能消除她的恐怖。因此她对于这个喀布尔人充满了疑虑，常常叫我注意他的行动。

我总是笑一笑，想把她的恐惧慢慢地去掉，但是她就会很严肃地向我提一些严重的问题。

小孩从来没有被拐走过么？

那么，在喀布尔不是真的有奴隶制度么？

那么，说这个大汉把一个小娃娃抱走，会是荒唐无稽的事

507

情么？

我辩解说，这虽然不是不可能，但多半是不会发生的。可是这解释还不够，她的恐怖始终存在着。因为这样的事没有根据，那么不让这个人到我们家里来似乎是不对的，所以他们的亲密友谊就不受约束地继续着。

每年1月中旬，拉曼，这个喀布尔人，总要回国去一趟，快动身的时候，他总是忙着挨家挨户去收欠款。今年，他却匀出工夫来看敏妮。旁人也许以为他们两人有什么密约，因为他若是早晨不能来，晚上总要来一趟。

有时在黑暗的屋角，忽然发现这个高大的、穿着宽大的衣服背着大口袋的人，连我也不免吓一跳，但是当敏妮笑着跑进来，叫着"呵，喀布尔人！喀布尔人！"的时候，年纪相差得这么远的这两个朋友，就沉没在他们的往日的笑声和玩笑里，我也就觉得放心了。

在他决定动身的前几天，有一天早晨，我正在书房里看校样。天气很凉。阳光从窗外射到我的脚上，微微的温暖使人非常舒服。差不多八点钟了，早出的小贩都蒙着头回家了。忽然我听见街上有吵嚷的声音，往外一看，我看见拉曼被两个警察架住带走了，后面跟着一群看热闹的孩子。喀布尔人的衣服上有些血迹，一个警察手里拿着一把刀。我赶紧跑出去，拦住他们，问这是怎么回事。众口纷纭之中，我打听到有一个街坊欠了这小贩一条软浦围巾的钱，但是他不承认他买过这件东西，在争吵之中，拉曼把他刺伤了。这时在盛怒之下，这犯人正在乱骂他的仇人，忽然间，在我房子的凉台上，我的小敏妮出现了，照样地喊着："呵，喀布尔人！喀布尔人！"拉曼回头看她的时候，脸上露出了笑容。今天他胳臂底下没有夹着口袋，所以她不能和他谈到关于那只象的问题。她立刻就问到第二个问题："你到公公家里去么？"拉曼笑了说："我正是要到那儿去，小人儿！"看到他的回

508

答没有使孩子发笑，他举起被铐住了的一双手，"呵，"他说，"要不然我就揍那个老公公了，可惜我的手被铐住了！"

因为蓄意谋杀，拉曼被判了几年的徒刑。

时间一天一天地过去，他被人忘却了。我们仍在原来的地方做原来的事情，我们很少或是从来没有想到那个曾经是自由的山民正在监狱里消磨时光。说起来真不好意思，连我的快活的敏妮，也把她的老朋友忘了。她的生活里又有了新的伴侣。她长大了，她和女孩子们在一起的时间更多了。她总是和她们在一起，甚至不像往常那样到她爸爸的房间里来了。我几乎很少和她攀谈。

一年一年过去。又是一个秋天，我们把敏妮的婚礼筹备好了。婚礼定在杜尔伽大祭节举行。在杜尔伽回到凯拉斯去的时候，我们家里的光明也要到她丈夫家里去，把她父亲的家丢到阴影里。

早晨是晴朗的。雨后的空气给人一种清新的感觉，阳光就像纯金一般灿烂，连加尔各答小巷里肮脏的砖墙，都被照映得发出美丽的光辉。打一清早，喜事的喇叭就吹奏起来，每一个节拍都使我心跳。拍拉卑的悲调仿佛在加深着我别离在即的痛苦。我的敏妮今晚就要出嫁了。

从清早起，房子里就充满了嘈杂和忙乱。院子里，要用竹竿把布篷撑起来，每一间屋子和走廊里要挂上叮叮当当的吊灯。真是没完没了的忙乱和热闹。我正坐在书房里查看账目，有一个人进来了，恭敬地行过礼，站在我面前。原来是拉曼，那个喀布尔人。起先我不认识他。他没有带着口袋，没有了长头发，也失去了他从前的那种生气。但是他微笑着，我又认出他来。

"你什么时候来的，拉曼？"我问他。

"昨天晚上，"他说，"我从监狱里放出来了。"

这些话听起来很刺耳。我从来没有跟伤害过自己的同伴的人说过话，我一想到这里，我的心瑟缩不安了，我觉得碰巧他今天来，这不是个好的预兆。

"这儿正在办喜事，"我说，"我正忙着。你能不能过几天再来呢？"

他立刻转身往外走，但是走到门口，他迟疑了一会说："我可不可以看看那小人儿呢，先生，只一会儿工夫？"他相信敏妮还是像从前那个样子。他以为她会像往常那样向他跑来，叫着："呵，喀布尔人！喀布尔人！"他又想象他们会和往日一样地在一起说笑。事实上，为着纪念过去的日子，他带来了一点杏仁、葡萄干和葡萄，好好地用纸包着，这些东西是他从一个老乡那里弄来的，因为他自己的一点点本钱已经用光了。

我又说："家里正在办喜事，今天你什么人也见不到。"

这个人的脸上露出失望的神色。他不满意地看了我一会，说声"再见"，就走出去了。

我觉得有点抱歉，正想叫住他，发现他已自动转身回来了。他走近我跟前，递过他的礼物，说："先生，我带了这点东西来，送给那小人儿。您可以替我交给她吧？"

我把它接过来，正要给他钱，但是他抓住我的手说："您是很仁慈的，先生，永远记着我。但不要给我钱！——您有一个小姑娘，在我家里我也有一个像她那么大的小姑娘。我想到她，就带点果子给您的孩子——不是想赚钱的。"

说到这里，他伸手到他宽大的长袍里，掏出一张又小又脏的纸来。他很小心地打开这张纸，在我桌上用双手把它抹平了。上面有一个小小的手印。不是一张相片。也不是一幅画像。这个墨迹模糊的手印平平地捺在纸上。当他每年到加尔各答街上卖货的时候，他自己的小女儿的这个印迹总在他的心上。

眼泪涌到我的眼眶里。我忘了他是一个穷苦的喀布尔小贩，而我是——但是，不对，我又哪儿比他强呢？他也是一个父亲呵。

在那遥远的山舍里的他的小帕拔蒂的手印，使我想起了我自己的小敏妮。

我立刻把敏妮从内室里叫出来。别人多方阻挠，我都不肯听。敏妮出来了，她穿着结婚的红绸衣服，额上点着檀香膏，打扮成一个小新娘的样子，含羞地站在我面前。

看着这景象，喀布尔人显出有点惊讶的样子。他不能重温他们过去的友谊了。最后他微笑着说："小人儿，你要到你公公家里去么？"

但是敏妮现在懂得"公公"这个词的意思了，她不能像从前那样地回答他。听到他这样一问，她脸红了，站在他面前，把她新娘般的脸低了下去。

我想起这喀布尔人和我的敏妮第一次会面的那一天，我感到难过。她走了以后，拉曼长长地吁了一口气，就在地上坐下来。他突然想到在这悠长的岁月里他的女儿一定也长大了，他必须重新和她做朋友。他再看见她的时候，她一定也和从前不一样了。而且，在这八年之中，她怎么可能不发生什么变故呢？

婚礼的喇叭吹起来了，温煦的秋天的阳光倾泻在我们周围。拉曼坐在这加尔各答的小巷里，却冥想着阿富汗的光秃秃的群山。

我拿出一张钞票来，给了他，说："回到你的家乡，你自己的女儿那里去吧，拉曼，愿你们重逢的快乐给我的孩子带来幸运！"

因为送了这份礼，在婚礼的排场上我必须节省一些。我不能用我原来想用的电灯，也不能请军乐队，家里的女眷们感到很失望。但是我觉得这婚筵格外有光彩，因为我想到，在那遥远的地方，有一个久出不归的父亲和他的独生女儿重逢了。

1892 年

511

【作者简介】 罗宾德拉纳特·泰戈尔（1861—1941），印度近代著名诗人、作家和社会活动家。主要作品：诗集《吉檀迦利》、《新月集》、《园丁集》、《飞鸟集》等；长篇小说《沉船》、《戈拉》；剧本《红夹竹桃》、《邮局》等。

国木田独步〔日本〕

少年的悲哀

如果说少年的欢乐是诗，那么，少年的悲哀也是诗；如果说蕴藏在大自然心中的欢乐是应该歌唱的，那么，向大自然之心私语的悲哀，也应该歌唱的了。

总之，我想把我少年时代的悲哀中的一件事讲给你听。——一个男人这样说。

因为父母住到东京去了，所以我从八岁到十五岁，就寄养在叔父家中。

叔父是当地的名门望族，拥有大片山林土地，就在平时，家里也雇着七八个男女佣人。

对于父母让我在农村度过少年时代这番好意，我是不能不表示感谢的。如果我在八岁那年也同他们一起去东京，那么，今天的情况就会迥然不同，至少，我可能比现在更聪明一些，但那颗心却难以享受像华兹华斯诗篇那种高远清新的诗意。

我驰骋在山林田野之间，度过了八年幸福的岁月。

叔父家坐落在小山山脚，近郊树林茂密，还有河川泉池，濑户内海近在咫尺。无论在山林田野，还是在河海溪流，我没有一点不自由的地方。

记得是十二岁那年，一天，一个名叫德二郎的仆人，说是要在夜里带我去一个有趣的地方，问我是否去。

我问他："那是什么地方？"

德二郎微笑着回答说："这您就甭问了，管它什么地方，德带您去的地方还会没有意思吗？"

这德二郎当时大约二十五岁，是个身强力壮的棒小伙子。他本来是个孤儿，从十一二岁就到叔父家里做佣人。他皮肤微黑，五官端正，眉清目秀。一喝起酒来就要唱歌，不喝酒时也是边唱歌边干活，精力非常充沛。平时令人觉得他总是高高兴兴的，而且心地非常善良。从叔父开始，当地人对他有口皆碑，说在孤儿当中是绝无仅有的。

"对叔叔、婶子可得保密啊。"德二郎边唱边向后山走去。

时值盛夏，是一个月光皎洁的夜晚。我跟在德二郎身后，穿过庄稼地，跑过稻叶飘香的田间小道，来到了河堤。河堤高出庄稼地半截，从那儿爬上去，一望无际的原野尽在眼中。天不过刚黑，已经皓月当空，满山遍野洒满了凛冽的月光。田野尽头，烟雾缭绕，如在梦中；树林披上一层薄雾，好似飘浮起来一般；撒在低矮的河柳叶尖上的露水，晶莹仿佛珍珠。小河下游不远的地方就是江湾，那儿已经涨满潮水。把船板连在一起搭起的桥，由于水位上升，顷刻之间好像变矮了。河柳半浸在水中。

堤上微风徐徐，但河面却一丝涟漪也没有腾起。万里晴空交映水中，就像一面镜子。德二郎走下河堤，解开了系在桥下的小船的缆绳，敏捷地跳了上去，静谧的水面顿时漾起涟漪。

"少爷，快点，快点！"德二郎一面催我，一面摇起了船桨。

我刚刚跳上去，小船就向海湾驶去。

越靠近海湾，河面就越宽阔，月儿的清光泻入海面，两岸的堤坝渐渐消失在远处。回头一看，上游已经隐没在一片迷雾中，

514

小船也不知几时竟驶进了江湾。

穿过这浩渺如同湖泊似的江湾，只有我们这一叶孤舟。德二郎不似往常那样放声高歌，而是轻声哼着。他一边唱歌一边划桨。江湾退潮后宛如一片沼泽，湖光山色变成了另一副样子，好像已经不是我平时熟悉的那个洋溢着土腥味的江湾了。南边峰峦幽暗，倒映水中；东边陆地，月色苍茫。水陆难辨，小船朝西驶去。

西面的江湾入口，又窄又深，而且离陆地很近，地势又高，把这儿作为锚地的船只寥寥无几，从外形看，大都是些洋式帆船，装运当地出产的食盐，还有不少从事对朝鲜贸易的本地人拥有的船只，以及往来于内海的日本船。两岸人家或在高处或在低处，依山傍水，有数万户之多。

从江湾深处望去，高悬的舷灯有如星斗，灯火低照，宛如金蛇。这片景象衬托在寂寥的山川景色中，好似一幅绘画。

随着船向前方划行，港内的动静也逐渐清晰了。我虽然不能详细描绘这海港风光，但我将努力把那晚亲眼所见而至今仍记忆犹新的情景讲一讲。那是一个月光如洗的夏夜，船上的人都踱向甲板，岸上居民也来到屋外，临海的窗户都敞开了。灯光虽然迎风摇曳，但水面却如油般光静。人们当中，有吹笛子的，有唱歌的，临海的妓院发出了夹杂着三弦的喧笑……真是一片欢愉、辉煌景象。但我却不能忘记在这歌舞升平背后那凄迷的山色、山影和水光。

"上岸吧。"德二郎催促我。他自从在堤下说了那么一句"请上船吧"以后，就一直闷声不响。因此，我对德二郎为什么带我到这儿，是迷惑不解的，但我还是乖乖地下了船。

德二郎系好缆绳，跟着立即迈上了石阶，然后三脚两步走在前头，登上石阶，我默默无言地尾随在他后面。石阶宽不到半间，两边是高高的墙壁。石阶尽头，像是一户人家的院子。四面全是木板墙，墙角放着盛满水的水桶。一棵出墙的树木，把它茂密的枝梢露在一面木墙的顶端，好像是棵柚子树。地上洒满了轻柔的月光，四周寥无人迹。德二郎站在那里侧耳静听了一会儿，然后，大摇大摆地走向右边的木墙，推了一下，原来是扇黑色便门，一声不响地推开了。朝里一看，紧挨着就是楼梯。随着门声，传过来下楼梯的飘忽脚步声。

"是德先生吗?"一个年轻女人向我们瞟了一眼。

"等着我们哪!"德二郎同那女人打招呼，然后特意向我瞥了一眼，补充说："我把少爷带来啦。"

"少爷，请进! 你也快点进来。不要在这儿耽搁时间了。"那女人敦促德二郎上楼梯。

"少爷，这儿可黑着呐。"德二郎只说了这么一句，就同那女人上了楼。我无可奈何，只好也跟着他们上了又黑又窄又陡的楼梯。

没想到这儿原来是一家妓院，那女人把我们引进一间临海的屋子。在那儿凭栏远眺，海港下游，田野边缘，甚至西面的海边都可饱览无遗，更不用说港口内部了。但是，这房间只有六铺席大小，而且席子已经陈旧，一眼就可以看出并不是富丽堂皇的房间。

"少爷，请这边坐。"说着，女人把坐垫放在栏杆旁，让我吃夏橘和其他水果及点心等等。里间那儿摆着准备好的酒和酒菜，女人把这些东西搬了过来，然后和德二郎面对面地坐了下来。

德二郎摆副平时不曾见过的严肃面孔，把女人替他斟的酒一饮而尽，然后双目逼视那女人问道："究竟定在哪一天啦?"

那女人大约十九或二十，苍白无力的神态，甚至使我怀疑她有病。

"明天，后天，大后天……"那女人扳着手指回答说，"定

516

在大后天了，可是，我现在又有点犹豫了。"说着就耷拉着脑袋，好像偷偷用袖子抹泪。

这时，德二郎正在自酌自饮，咕嘟咕嘟地喝酒。他说："现在说什么都没有用了。"

"话虽这么说——想起来，也许还不如死了清静。"

"哈，哈，哈……少爷，这位大姐说她要死哪，你说该怎么办？——喂，喂，我把同你说好了的那位少爷领来啦，你好好看看吧！"

"我已经端详半天了，真是一模一样，我算是服啦。"女人说完，含着笑，目不转睛地看我。

"说我像谁？"我惊愕地问道。

"像我弟弟耶！说少爷像我弟弟，实在不好意思，可是，您瞧这个！"那女人从衣袋掏出一张照片递给我看。

"少爷，这位大姐曾经给德看过这张照片，我一看就说和我家少爷像极了。听我这么一说，她求我非把您带来不可，于是，今晚就把少爷带来了。因此，您不多吃些菜可不行啊。"德二郎边说边呷酒不止。

"您想吃什么好吃的我都可以请客，少爷，您想吃什么？"那女人向我凑了凑，亲昵地说，然后莞尔一笑。

"什么都不想吃！"说着，我就把脸转了过去。

"那么，坐船好吧，咱们一块儿坐船去，好，就这么着。"说着，她站起来先走了，我顺从地跟在她后面下了楼梯，德二郎在一旁笑眯眯地看着我们。

来到先前那个石阶，年轻女人让我先上船，然后解开缆绳，跃身一跳，轻巧灵敏地划起桨。我虽是个孩子，对她的动作也不胜惊讶。

驶离河岸，抬头一看，德二郎在那里倚栏俯瞰。室内的灯光和室外的月光，把他的轮廓映照得分外清晰。

德二郎在上面提高嗓音喊道："粗心大意可危险啊！"

"不要紧！"女人在下面答道，"马上就回来，你可得等着啊。"

我们那艘小船穿过六七艘大小不等的船只的间隙，霎时驶进宽敞的海面。月儿愈加清朗，令人觉得似秋夜一般。女人不再划船了，她坐到我身旁。她仰望着明月，又向四下打量了一下，问我："少爷，您今年多大了？"

"十二。"

"我弟弟那张照片也是在十二岁那年照的，现在应当十六……是的，十六岁。自从他十二岁那年我们分开后，就始终没有再见过面。我总觉得他就像您现在这个样子。"说着，她就直盯盯地看着我，眼里噙满了泪水。月光下，她的面孔格外苍白。

"死啦？"

"死了，倒也让我死了这条心。离开后，没有一点音信，也不知他怎么样，下落不明啊。爹妈很早就死去，只剩下我们姐弟两人，相依为命，如今七零八散，也不知是死是活。而且，很快我就要让人家带到朝鲜去，这辈子也许再也见不到啦。"眼泪顺着她的腮边流下来，她也不去擦一下，只顾专注地看着我啜泣。

我望着远方的陆地，默不作声地听着。万家灯火辉映水面，摇曳不定。大舢板上的男子，缓慢地摇着双桨，用清脆的歌喉唱着摇船曲。这时，在我幼小的心灵上也涌起了一股不可名状的悲哀。

蓦地，一艘小船飞驰过来，是德二郎。

"我把酒带来啦！"德在远离二三间的地方锐声喊道。

"太好啦。我正向少爷说弟弟的事哭起来了。"女人正在说话的当儿，德二郎那只小船已经划过来了。

"哈，哈，哈，我估计就是这么回事，所以，把酒带来了。喝吧，喝吧，我来唱歌！"看样子，德二郎已经醉了。女人接过德二郎递给她的大酒杯，把酒斟得满满的，一口气就干了。

"再来一杯！"这回，女人又把德二郎替她斟满的酒一饮而尽，然后，对着月光喟然长叹，酒气熏人。

"这才够意思哩！我这就唱歌给你们听啦。"

"不，德先生，我想尽情地哭一场。这里既没人看见，也没有人听见，就让我哭吧，让我痛痛快快地哭个够！"

"哈，哈，哈，那么，你就哭吧，我和少爷听着。"德二郎笑着看我。

女人伏着就大哭特哭起来。她双肩颤抖，吞声饮泣，痛苦万端。德二郎顿时一本正经起来，两眼看着这副情景，霍地别转身子，不声不响地向山那边望去。

"德，咱们回去吧。"过了一会儿，我对德二郎说道。那女人迅急抬起头来，说：

"对不起，少爷尽看我哭，太没意思了……我因为看到少爷，竟以为看到了弟弟。祝少爷身体健康，快些长大成人，做一位伟大的人物。"女人颤巍巍地说："德先生，回去太晚，是对不起府上的，陪着少爷早些回去吧。我刚才已经哭过了，打昨天起就憋在心里的那股烦闷，已经烟消云散了，心情好像舒畅啦。"

那女人划船送我们三四町远，就被德二郎呵斥住，把船停了下来，两只小船逐渐分开。在行将分手时，她久久地一再叮咛我："不要忘记我！"

十七年后的今天，那天夜晚的情景历历如昨，永远不能忘怀。时至今日，她那张可怜的面庞还在眼前。而那天夜晚有如淡淡薄雾笼罩在我心头的一抹哀愁，与日俱增，如今，即使回想起当年的心情，依然泛起难以忍受的、深沉的、寂静的、郁闷不乐的悲哀。

其后，德二郎经我叔父帮助，成了一名很好的农民，现在已经是两个孩子的父亲了。

那风尘中的女人，以后是流落到朝鲜，甚至漂泊在天涯海角，过着渺无着落的生活呢，还是已经离开人间，去到静谧的死的世界了，我当然无从知晓，德二郎似乎也不清楚。

明治三十五年八月

（李德纯　译）

【作者简介】 国木田独步（1871—1908），19 世纪末日本诗人，小说家。主要作品：诗集《独步吟》；散文集《武藏野》；短篇小说《富冈先生》、《酒中日记》。

朱耀燮〔韩国〕

厢房里的客人和妈妈

　　我今年六岁，是个小女孩，名字叫朴玉姬。我们家就两口
人：世界上最美的妈妈和我。啊呀，糟了，把舅舅给漏掉了。舅
舅正在上中学，不知道怎么那么忙，总是在外面瞎闯，除了吃
饭，不大在家，有时一个礼拜都看不见他一次面，所以常常把他
忘了。

　　妈妈长得很漂亮，真正是天下没有第二个。今年二十四岁，
是个寡妇。寡妇是什么，我不大懂，反正村里人都管我叫"寡
妇的女儿"，我才知道妈妈是寡妇。别人都有爸爸，唯独我没
有。大概我就是因为没有爸爸，才叫寡妇的女儿的吧！

　　听外婆说，爸爸是在我出生前一个月死的，跟妈妈结婚刚一
年。爸爸的老家在很远很远的地方，他到咱们村的学校里来当教
师，所以结婚以后妈妈也没到婆家去，就在这儿买了这幢房子
（这房子就在外婆家隔壁）住下了。谁知一年不到，他突然死
了。由于爸爸是在我出世以前死的，我没看见过他的长相，所以
怎么想也想不到他。爸爸的照片我也只看见过一两次。脸盘儿长
得真好。要是他还活着，肯定是这个世界上最最漂亮的爸爸。没
能看见这样的爸爸，真是气人。我看见那张照片已经很久了。从

前这张照片经常放在妈妈的书桌上，外婆一来总是叫拿掉。现在那张照片没了，不知弄哪里去了。有一次我看见妈妈趁我不在房里的时候，偷偷地打柜子里掏出一样东西来看，我一进去她就赶忙藏起来。那东西好像是爸爸的照片。

爸爸去世前，给我们留下了一点遗产。去年夏天，不，不是夏天，都到秋天了，有一天，我跟妈妈到离咱们家十里路、有一座小山的地方去。我们在那里摘栗子吃，还到山脚下一所茅棚里去吃鸡汤。据说那里的地是咱们家的。我是靠那里的收成吃饭，才没有挨饿的。不过，没钱买菜买点心，所以妈妈就揽一些活计，替人家做针线，靠做针线赚钱来买鱼，买蛋，买我吃的糖。

还有，咱们家真的只有妈妈和我两口人，爸爸住的厢房空着。不过，现在我舅舅搬进来住了，一方面是因为要用这间房子，另一方面是因为舅舅可以替妈妈打点杂差。

今年春上，说是要送我进幼稚园，我高兴极了，在小伙伴们面前着实夸耀了一番，回家一看，大舅舅（就是住在咱们家厢房里的舅舅的哥哥），正在厢房里和一个陌生人坐着谈话。大舅舅看见我就喊我过去，说：

"玉姬，来，到这儿来。跟这个叔叔见见面。"

我不知道怎么这么害羞，扭扭捏捏的，直朝后退。那个陌生的客人对大舅舅说：

"啊，这孩子长得真漂亮，是你的侄女儿吗？"

大舅舅回答说：

"嗯。是我妹妹的女儿……景善君的遗腹女。"

"玉姬，来。嗯！她的眼睛就像她爸爸。"

面生的客人说。

"玉姬，你都是大姑娘了，干吗这模样。快来对这个叔叔行个礼。他是你爸爸的老朋友，从今天起要住在这个厢房里。你得跟他打个招呼，亲热亲热！"

我听说这个陌生的客人要在厢房里住下，突然高兴起来，走到叔叔面前，对他一躬到地，然后一溜烟地跑到里面去了。那个不认识的叔叔和大舅舅纵声大笑。我一跑进里屋就拉住妈妈直嚷嚷：

"妈，大舅舅带了一个叔叔到厢房里来。说是那叔叔，啊，往后要住在厢房里。"

妈妈好像已经知道这件事了，漫不经心地回答："嗯，对。"这么一来，我就问：

"什么时候来住？"

"打今天起。"

"哎唷。好啊！"

我拍起了巴掌，妈妈一把抓住我的手说：

"你怎么这么啰唆！"

"那么，小舅舅住到哪儿去呢？"

"小舅舅也住在厢房里。"

"两个人住？"

"嗯。"

"一间房两个人住？"

"把隔扇门搭上，小舅舅住下房，叔叔住上房。"

我不知道那个叔叔是什么样的人，但是他头一天就对我很好，我也一下子就喜欢他了。听大人说那个叔叔是我死去的爸爸小时候的朋友。他到远处去求学，最近刚回来，到我们村里的学校当教师。他跟大舅舅也是朋友。村里的客房都不大干净，所以就住到咱们家的厢房里来。我们收了他的饭钱也可以稍微贴补贴补生活。

叔叔有很多很多图画书，我到厢房里去，叔叔总是让我坐在他的膝盖上，给我看书。有时还给我糖果吃。

有一天，我一吃过中饭就悄悄地到厢房去，看见叔叔刚在吃饭。我不声不响地朝下一坐，看他吃。叔叔见我来了就问："玉姬，你顶喜欢吃什么菜？"我说喜欢吃煮鸡蛋，恰好桌上放着煮鸡蛋，他马上拿起一个给我叫我吃。我一面剥鸡蛋吃，一面问："叔叔，你顶喜欢吃什么菜？"

　　他微微一笑，说："我也喜欢吃鸡蛋。"

　　我高兴得噼噼啪啪直拍巴掌，站起来说："啊，跟我一样。我要去告诉妈妈。"

　　叔叔一把抓住我说："别告诉。"

　　我的脾气是一旦拿定了主意，就非么办不可。所以我一面朝里屋跑，一面大声嚷：

　　"妈妈，妈妈，厢房里的叔叔也跟我一样，最喜欢吃煮鸡蛋。"

　　"别吵吵！"妈妈白了我一眼。

　　不过，厢房里的叔叔喜欢吃煮鸡蛋，这一点却硬是叫我高兴。从那以后，妈妈买鸡蛋就买得多了。卖鸡蛋的老太婆一来，她一下子就买十个，二十个，煮好了放在叔叔桌上，还一准给我一个。不仅这样，而且我到叔叔那里去玩，叔叔也常常从抽屉里拿出一两个鸡蛋给我吃。所以从那以后，我吃了很多很多的鸡蛋。

　　我很喜欢叔叔。可是舅舅有时候嘀咕，大概不大喜欢叔叔。不，也不是不喜欢，叔叔的一些零碎事情都是舅舅做的，大概他觉得这个讨厌。有一次我甚至听见妈妈跟舅舅争起来了。妈妈说：

　　"喂，你别出去，待在厢房里，先生回来了，得给他端饭呀！"舅舅皱起眉头抱怨：

　　"每逢人家有事情，他总不准时回来吃饭。"

　　"所以你不能走。除了你，还有谁能到厢房里去哩！"

"你自己端去嘛！眼下这种世道，还分什么内外！"

妈妈顿时红了脸，一句话也不回答，直对舅舅瞪眼睛，舅舅嘿嘿一笑，到厢房里去了。

我在幼稚园里又学唱歌又学舞蹈。幼稚园的女先生很会弹风琴。可我们幼稚园的风琴和礼拜堂的风琴大不一样，很小很小，但是声音很好。我陡然想起了我们家的上屋里也放着一架跟幼稚园一模一样的风琴。所以我一回家就拖着妈妈到上屋去，问道：

"妈，这不是风琴吗？"

妈妈微微一笑，说：

"是呀。你怎么知道的？"

"咱们幼稚园的风琴跟这个一模一样嘛！妈，那么，你会弹啰？"我又问道。因为我一次也没有看见妈妈坐在这架风琴面前过。妈妈什么话也没有回答。我催促道：

"妈，你弹这架风琴呀！"

妈的脸色稍微有点变了，她说：

"这架风琴是你爸爸为我买的。你爸爸死了以后，到现在为止，连盖子也没有掀开过。"

我看妈妈的脸色，好像马上就要哭出来似的，便连忙拉着她到下房去：

"妈，我要糖。"

叔叔住进厢房已经有好多天了，大概有一个月了吧。我几乎每天到叔叔房里去玩。妈妈不时骂我，说你这样天天去，惹得叔叔讨厌可不行啊！说实话，我一点也没有叫叔叔讨厌，反而是叔叔弄得我不高兴。

"玉姬，你的眼睛像叔叔。好看的鼻子大概像妈妈。还有，嘴！嗯，是不是？妈妈也像玉姬一样漂亮吧？……"他有时这样问我好多问题。所以我也向他说："叔叔，你到现在还没看见过我妈妈吗?"叔叔闭着嘴不吭声。我又说:"那去看看我妈吧?"一面说,一面拉他的袖子。

叔叔霍地蹦起来,把我搂住说:"不,不,不行。我现在很忙。"

不过,说真话,好像他并没有那么忙。他也不说叫我走,就那么抓住我坐着,一会儿摸我的头发,一会儿亲我的脸。"这小袄是谁替你做的?……晚上是不是跟妈一块儿睡?"尽说废话。

不知怎的,叔叔那么喜欢我,只要舅舅一到下房来,他的态度霎时就变了。既不问这问那,也不紧紧地搂我,而是规规矩矩地坐着,给我看图画书。大概是有点儿怕我舅舅吧。妈妈认为我太麻烦人,有时吃过晚饭把我关在房里,不让我到叔叔那儿去。不过,隔了一阵,妈妈埋头做针线,做得出了神,我就悄悄地爬起来溜出去。每逢这时候,妈总是等到听见开门声,才忽然惊醒,撵出来把我抓住。不过,她并不发脾气,而是把我拉过去说:"来,来,梳梳头……"替我把头重新梳得漂漂亮亮的,一面梳,一面说:"得把头梳得漂亮点再去。乱蓬蓬的,叫叔叔看了笑话。"有时,替我梳好了头还说:"嗯,这件褂子像什么样子。"给我换上一件新的。

有一个礼拜天下午,叔叔叫我跟他一起上后山。我高兴极了,说:"走呀!"叔叔关照我:"你进去,跟妈妈说一声。"对呀,是该这样。我跑进房去,跟妈妈说了。妈妈替我重新洗了洗脸,梳了梳头,然后狠劲搂了搂我才把我放掉,大声说:

"别玩得时间太久了!"

这话厢房里的叔叔大概也听见了。

爬上后山,看了一会停车场,但没有火车经过。我一会儿摘草叶,一会儿掐躺在地上的叔叔的大腿。玩了半天,叔叔才抓住我的手腕,带我下山。路上碰见了幼稚园的小朋友,有一个小朋友说:

"玉姬，你跟爸爸一起到哪儿去了？"

那个孩子不知道我爸爸已经死了。我刷地红了脸。当时，我也许想过，要是这个叔叔真是我爸爸就好了。我真恨不得喊一声："爸爸！"

那天我跟叔叔手拉着手，走过一条条胡同，不知怎的，觉得非常有趣。走到大门口，我突然说：

"叔叔，你要是我爸爸就好了。"

叔叔听我这么一说，脸霎时变得通红，像个红萝卜。他使劲摇了摇我说："不许说这种话！"声音抖得厉害。

我当是叔叔大发脾气了，闷声不吭地跑了进去，妈妈迎出来抱住我问："你们一直去哪里了？"我不搭腔，光是抽抽搭搭地哭。妈妈吓了一跳，一股劲地问："玉姬，你这是怎么回事？嗯？"可我什么也不回答，光哭。

第二天是礼拜天，我打扮好了，准备跟妈妈一起到礼拜堂去。趁妈妈换衣裳的时候，到厢房去了一下。我悄悄地朝房里张了张，想看看叔叔是不是还在生气。只见叔叔正坐在书桌旁边写什么。他一面朝外看，一面冲着我微笑。看见他的笑容，我放心了。因为叔叔现在确实消了气。叔叔把我上上下下打量一遍问道：

"你今天到哪儿去，打扮得这么漂亮？"

"跟妈妈上礼拜堂。"

"上礼拜堂？"叔叔怔怔地对着我瞅了一会，又问：

"哪个礼拜堂？"

"就是前边那个礼拜堂。"

"前边？"

"玉姬！"

这时里面传来妈妈柔和的声音，她在喊我。我赶忙朝里面跑，回头一看，叔叔脸又通红地在发脾气了。我真不懂，近来，叔叔到底为什么事情常常这么生气。

进了礼拜堂，又是唱赞美诗，又是祈祷。祷告到一半，我陡然想起叔叔会不会来，于是我睁开眼睛，昂起头朝男子席上看了一眼。啊，可不是，叔叔正好坐在那里。叔叔尽管是个大人，可他既不闭眼睛，也不祈祷，却像我们孩子一样，把眼睛睁得大大地东张西望。我赶忙跟叔叔打招呼，叔叔也许没有看见我，我冲他笑，他也不笑，光是傻愣愣地朝前看。我向他招招手，叔叔连忙把头低了下去。这时，妈妈发觉我的膀子在动，用两只手把我抓住一拉，我附到妈妈耳朵上小声说：

"叔叔也来了。"

妈妈打了一个激灵，用手捂着我的嘴，使劲把我一拖让我坐在前面，还把我的头朝下撖撖。我一看，妈妈的脸也像个红萝卜。

那天礼拜做得非常糟。不知怎么回事，直到礼拜做完了，妈妈还气呼呼地坐在那里冲着讲台朝前看，而不像从前那样时不时地低下头来瞅着我笑。我想看看叔叔，瞅了瞅男子席，叔叔不理我，也是气呼呼地坐着。妈妈连看都不看我一眼，就没理由地使劲把我一拉。他们究竟为什么都生这么大的气呀……我真恨不得放声大哭一场。可是，我们幼稚园的先生就坐在不远的地方，尽管我想哭，还是拼命忍住了。

我进了幼稚园以后，起初有一阵来去都是舅舅接送。过了几天我一个人也就完全可以走了。不过，从幼稚园放学回家的时候，妈妈总是站在边门（我家有两个门，一个大门，也就是厢房的大门，一个边门，妈妈经常从这个边门出入）外面等我。我跑过去，她就抱住我进屋。

然而，不知是怎么回事，有一天妈妈没有在门堂里。我火极了。尽管脑子里也在想，"大概是到外婆家去了"，但总觉得我回来她不在门口等我，自己跑出去，非常之坏。所以我心里琢磨今天得稍微气她一下。正在这时门外面传来了妈妈的声音："哎呀，孩子已经回来了吗？"我连忙脱掉鞋子，跑进里屋，打开壁橱门，钻到里面去躲了起来。

"玉姬，玉姬，你还没回来吗？"妈妈的声音就在院子里响。"哦，还没回来！"看来是一面说一面朝外走。

我来劲儿了，一个人扑哧扑哧笑。隔不一会，家里闹翻了天，妈妈的声音响了，外婆的声音响了，舅舅的声音也响起来了。

"我一整天没出去，怕玉姬放学回来没有点心吃，到妈妈家去了一次，想不到这么一会工夫就出了事……"这是妈妈的声音。

"幼稚园说她已经走了二十分钟了。会不会在半路上……"这是外婆的声音。

"反正我出去看看，这个小东西跑到哪儿去了？"这是舅舅的声音。

接着响起了妈妈轻轻的哭泣声。外婆好像在嘀嘀咕咕地说些什么。我捉摸是不是就这样出去算了，但是我又想礼拜天妈妈在礼拜堂里发脾气，我得报仇，所以仍旧躺在壁橱里。壁橱里又闷又热，不一会我就不知不觉地睡着了。也不知睡了多少时候，我已经忘记自己钻在壁橱里，醒来一看，觉得自己躺在一个非常奇怪的地方，又黑、又窄、又热，我突然感到害怕，呜呜地哭起来。接着就在不远的地方，响起了妈妈的悲鸣声。橱门哗啦一下打开了，妈妈冲过来把我抱了下来。"你这个死东西！"她一面骂，一面接连打了我五下屁股。我更加放开喉咙哭，这时妈妈把我搂了过去，她也跟着我哭了。

"玉姬，玉姬。唔，现在没关系了。妈妈不是在这儿吗？

529

唔，别哭，玉姬。妈妈只有你一个，也就指望你一个。我就只有你一个呀，世界跟我全不相干。有你，我就有指望。玉姬，唔，别哭，唔，别哭。"

尽管妈妈叫我别哭，她自己还是不停地哭。

外婆坐在那里说："这孩子大概是碰见了鬼，干吗躲在壁橱里面！"

舅舅则说："嗨，倒霉，败兴！"一面说，一面朝外走。

第二天，从幼稚园放学回家的时候，我突然想起昨天躲在壁橱里，害得妈妈大哭一场，不知怎的，不大好意思回去。我想今天得让妈妈快活一下……弄点什么东西送她，大概她就会高兴了吧？我猛然想起了放在先生桌上的花瓶。那只花瓶里插着一些我叫不上名儿的好看的红花。那花既不是迎春花又不是金达莱。迎春花和金达莱我都认识，而且它们都已经开过了，凋谢了。我想也许是什么西洋花吧。我知道妈妈喜欢花，所以我以为要是把那花拿去送妈妈，她一定会非常高兴的。

于是我又回到幼稚园去，可巧房里没有人。先生也不在，大概是暂时出去了。我连忙把那花抽出两三枝，拿在手里一溜烟跑出来。

到家一看，妈妈正在门堂里等我，见我来了，就把我抱进屋去。

"这花是打哪儿来的，怪好看的。"妈妈说。

可我忽然说不出话来了。"这是我打幼稚园拿来送给你的。"不知怎的，我觉得这话讲出来非常难为情。犹豫了一下，我突然说：

"嗯，这花是厢房里的叔叔叫我带给妈妈的。"

我自己也不知道，这种谎话是从哪儿蹦出来的。妈妈正拿着花闻香味，我的话刚说完，她就像被什么吓着了似的发了急。她的脸霎时变得通红，比花还红。我看见她拿着花的手直抖。妈妈好像想起了什么可怕的事情，环视了房里一眼，说："玉姬，你可不能拿这种花呀！"声音抖得很厉害。

妈妈那么爱花，拿到这些花竟然会生那么大的气，我实在感到意外。我心里暗暗地想，从她生那么大的气这一点看来，我不说这花是我搞来的，撒谎说是叔叔给的，真是对极了。因为，尽管我不知道妈妈为什么要发脾气，但是，既然已经发了脾气，那么对我来说，她生叔叔的气，要比生我的气好得多了。隔了一阵，妈妈把我带到房里，关照我说：

"玉姬，这花的事对谁都别说，噢！"

我回答："嗯。"一连点了几下头。

我以为妈妈马上就会把花扔掉的，可她没有扔，反而插在花瓶里，放在风琴上。大概放了好几天，最后那花谢了。花一开始凋谢，妈妈就用剪刀把茎剪掉，单单留下花朵，怪好看地把它夹在赞美诗的书缝里。

在给妈妈送花的那天晚上，我又到厢房里去玩，坐在叔叔膝盖上看图画书。叔叔的身子忽然一动，然后侧着耳朵听。我也侧着耳朵听。

风琴的声音！那风琴声分明是从里屋传来的。

"好像是妈妈弹风琴。"我倏地站起来朝里跑。里屋没有点灯。不过当时是阴历十五，月亮像白天一样亮。银白的月光洒满了半个房间。我看见妈妈身穿白衣坐在风琴前面静静地弹琴。

尽管我已经六岁了，但是，看见妈妈弹风琴今天还是头一次。妈妈比我们幼稚园的老师弹得好。我走到妈妈身边，她也许是没有察觉到我已经来到，仍旧一动不动地坐着弹。隔了一阵，妈妈和着琴声开始唱歌了。到现在为止，我还不知道妈妈的嗓子那么好。妈妈的声音比我们幼稚园的老师的好听得多，歌也唱得好听得多。我悄悄地站着听。那歌声就像是循着一根银丝从月宫里传来的一样美妙，不过，不多一会就有点发抖了。风琴的声音好像也随着那轻轻颤动的歌声而微微抖动。歌声越来越轻，最后慢慢消逝了，风琴声也慢慢消逝了。妈妈默默地站起身来，摸摸我的头，然后把我抱起来走到廊台上。她一声不吭地把我搂得紧紧的。妈妈沐浴着月光，使人感到她的脸非常苍白，我觉得妈妈简直像天使。

我看有两行泪珠不停地流到妈妈雪白的双颊上，突然我也想哭了，抽抽噎噎地问道：

"妈，你干吗哭呀！"

"玉姬！"

"嗯。"

好一阵妈妈什么话也不说。又隔了一会，妈说：

"玉姬，我有你一个就行了。"

"妈！"

妈妈又没有回答。

一天晚上，我在叔叔房里玩困了站起来想进里屋去。叔叔从抽屉里拿出一个白封套交给我说：

"玉姬，你把这个拿去交给妈妈，就说是上个月的饭钱。噢！"

我把封套拿去交给妈妈。妈妈一接过封套脸就变得煞白，使人感到比前天坐在廊台上的时候还要苍白。妈妈拿着封套好像不知怎么是好，一脸焦躁的神色。

我说："这是上个月的饭钱。""嗯？"妈妈吃了一惊，好像刚刚睡醒，而且白纸一样苍白的脸霎时又变得通红。妈妈的手指伸到封套里，抖抖索索地拿出几张纸币。她的嘴唇上略微显出一些笑容，呼地叹了一口气。不过，这也只是一会儿工夫。接着妈妈也许又被什么吓着了，身子一动，脸霎时又变得雪白，嘴唇直抖。我看看妈妈的手，只见她手里除了几张纸币而外，还拿着一张折得四四方方的纸头。妈妈好像有点犹豫，然后像是下了什么决心，咬着嘴唇，把那纸头打开，看上面写的字。我自然看不懂上面写的什么，只看见妈妈看那纸条的时候脸一阵发青，一阵发红。拿着纸的手，不是微微有点发抖，而是上下直颤，颤得那纸头都发出了沙沙的响声。

隔了一阵，妈妈把那纸头折得像先前一样四四方方的，跟钱一起重新塞进封套，随手朝盘子里一扔，然后，就像掉了魂似的呆呆地坐着瞅着电灯，胸脯一起一伏。我担心妈妈是不是生了病，连忙扑到她膝盖上说：

"妈，睡觉吧！"

妈妈在我的脸上亲了亲，她的嘴唇不知道怎么那么烫。我觉得就好像是一块在火里烧过的砖头贴到我的面颊上。

我睡了一会，还没有完全醒，蒙蒙胧胧地朝旁边一看，妈妈不在。有时候我有这样的习惯，睡得模模糊糊地朝旁边看一眼，摸摸妈妈柔软的皮肤，然后再睡。

发觉妈妈不在炕上，我陡然害了怕，瞌睡全跑了，睁大眼睛，转着脑袋，四下里张望。房里没点灯，但微微有点亮。因为满院子的月色，把细微的亮光洒到了房里。炕头上有一只担子，是放爸爸的衣裳的，妈妈有时把衣裳拿出来摸摸又放进去。我迷迷糊糊地朝炕头上一看，只见那只柜子门打开了，下面地上摊了一堆白衣裳，还看见妈妈半靠着柜子蹲坐在衣裳旁边，昂着头，闭着眼，嘴里喃喃地咕噜着什么。我想她大概是在做祷告吧。我从铺上爬起来，爬到妈妈面前，扒开她的膝盖，钻到她怀里说：

"妈，你在做什么？"

妈妈不再小声说话了，睁开眼睛，呆呆地瞅了我一阵。

"玉姬！"

"嗯？"

"去睡觉！"

"妈也一起睡!"

不知怎的,我觉得她的声音冷冰冰的。

妈妈拿起一件死去的爸爸的衣裳,不声不响地用手摸摸,放到柜子里。她一件一件地摸,一件一件地放,等到衣裳全放完了,才关上柜门,落了锁,然后抱着我回到铺上。

"妈,我们做祷告吧?"我问。

因为每天晚上哄我睡觉,妈妈一定要做祷告。我只会背主祈祷。尽管我不懂它的意思,但是老跟妈妈背也背得滚瓜烂熟了。不知是怎么回事,我忽然想起昨晚睡觉时妈妈忘了做祷告,所以我特地问她。昨天晚上上炕的时候,我本想说:"做祷告吧!"看见妈妈神情非常难过,也就没有吭声睡了。

"嗯,祈祷吧!"妈妈默默地祈祷。

"妈妈,大声祈祷呀!"我忽然想听听妈妈祈祷的柔和的声音。

"我们在天上的父,"妈妈开始平静地祈祷了,"愿人都尊你的名为圣。愿你的国降临。愿你的旨意行在地上,如同行在天上。我们日用的饮食,今日赐给我们,免我们的债,如同我们免了人的债。不叫我们遇见试探……不叫我们遇见试探……不叫我们遇见试探……"

妈妈这样反复背诵着。连我也能背得很顺当的主祈祷,她却卡住了,真是好笑。

"不叫我们遇见试探,不叫我们遇见试探。"她老是颠三倒四地背,我实在忍不住了,就说:

"妈,让我先背:'救我们脱离凶恶,因为国度、权柄、荣耀,全是你的。'"我一下子结束了祈祷。

妈妈又默默地呆了一阵,很久很久以后,才勉强小声说了一句:"阿门。"

近来，妈妈做的事真叫人搞不懂。有时，她很快活，晚上弹琴，还唱赞美诗。每逢她弹琴唱歌，我就很高兴，悄悄地坐在她旁边听。不过，她的独唱往往以无声的哭泣结束。她哭，我也跟着哭。于是妈妈就把我抱起来，亲我的脸，转着圈子，一面亲一面不停地哭着说："妈妈就只有你一个，嗯，是吧……"

有一个礼拜天，是的，是礼拜天。那是幼稚园放假以后的第二天。那天妈妈突然喊头痛，没有到礼拜堂去。厢房里的叔叔出去了，舅舅也出去了，就只妈妈和我两个在家。妈妈躺着把我喊去，问我：

"玉姬，你想看爸爸吗？"

"嗯，要是我也有一个爸爸就好了。"

我卷起舌头，微微撒着娇，回答说。妈妈好一阵没开腔，直瞅天花板。

"玉姬啊！你爸爸在你出世以前就死了。你不是没有爸爸，不过死得早罢了。如果你现在又有一个爸爸，世上人要骂你的。你还不懂事，不知道厉害，可世上人是要骂的，人家要骂的呀！要骂你妈不正经。你爸爸死了，你又有了一个爸爸岂不是胡闹，所以世上人要骂。倘若又有了一个爸爸，你就要一直被人家指指戳戳的了，大了也嫁不到好婆家。就是你念书念得好，变得很了不起，人家也要骂你不是正经人的女儿。"妈妈自言自语，断断续续地说。

说罢，隔了一会儿，她又喊我"玉姬"，并对我说："你任何时候，任何时候，都不会离开我身边吗？你准备一直跟妈妈一起过活吗？就是你幼稚园毕业，小学毕业，中学毕业，大学毕业，变成全朝鲜顶顶了不起的人，也跟妈妈一起过日子，好吗？玉姬你爱妈妈，爱到什么程度呀？"

"爱到这样。"我冲着她张开两只手臂。

"嗯？怎样？哼！这样。你要一直，一直，光爱妈妈。还

535

有，你要好好念书，做一个好人……"

我听见妈妈的声音发抖，怕她又要哭，把两只胳臂张得更大一些说：

"妈！这样，这样！"

这次妈妈没有哭。

"嗯。好。玉姬，妈妈有你一个就行了。世界上其他的人，对我都没有用。有你一个就行了，是吧？玉姬！"

"唔！"

妈把我拉过去搂着，一直紧紧地搂着，搂得我气都透不过来。那天吃过晚饭，妈妈把我喊去让我坐下，她替我重新梳了头，打了个新蝴蝶结，裤子、小袄、裙子，所有的衣裳，都拿新的给我穿上。

我问："妈，到哪儿去？"

"不到哪儿去。"妈带着笑容回答，然后把新烫好的手绢塞到我手里说：

"这手绢是厢房里的叔叔的，你给他送回去。噢！"

我拿着手绢到厢房去，觉得折起来的手绢里好像有纸，窸窸窣窣响。我也没打开来看，就那么交给了叔叔。

叔叔躺在房里，霍地爬起来，把手绢接过去。不知怎的，他没有像以前一样冲着我笑，脸色铁青，而且使劲咬着嘴唇，一句话也不说。我觉得他有点奇怪，也没有进去坐坐，就转身回到里屋。只见妈妈坐在风琴前面，也许是在想什么，一动也不动。我走到风琴旁边，悄悄地在她旁边坐下。不一会，妈妈开始慢慢地弹琴了。不晓得弹的什么调子，那么凄惨，那么缓慢。妈妈弹了一遍又一遍，一直弹到深夜。

又过了几个晚上，有一天下午，我到叔叔房里去——我已经好久没有来过了，叔叔正忙着捆行李。自从我把手绢送给叔叔以后，不知道是怎么回事，叔叔看见我，总是非常伤心难过，有什

536

么心事似的，一句话也不说，光是呆呆地瞅着我，所以我也不常到他那里去玩了。现在突然看见他在打行李，我倒不由地吃了一惊。

"叔叔，到哪儿去。"

"嗯，到远处去。"

"什么时候走？"

"今天。"

"乘火车？"

"嗯，乘火车。"

"去了啥时候再来？"

叔叔什么话也不说，从抽屉里拿出一个漂亮洋娃娃给我。

"玉姬，拿去。玉姬，叔叔走了，你不会一下子就把叔叔忘记吧！"

我突然难过起来，连忙回答说："不会。"抱着洋娃娃到里屋去了。

我对妈说："妈，你瞧，叔叔给我的。今天他要乘火车到远处去。"可是妈妈没有回答。

"妈，叔叔干吗走呀？"

"学校放假了，所以他走了。"

"他到哪儿去呀？"

"到他家里去，还能到哪儿去！"

"去了还来吗？"

妈妈没有回答。

"叔叔走，我不高兴。"

我把嘴噘了起来，妈妈不回答我这句话，却说：

"玉姬，你去看看壁橱里还剩几个鸡蛋。"

我跳跳蹦蹦地到房里去，看见壁橱里还剩六个鸡蛋，便大声说：

"六个。"

"好。都拿到这里来。"

妈妈把那六个鸡蛋全都煮了。她把煮好的鸡蛋包在手巾里，又包了点盐，放在托盘的一只角上。

"玉姬，你把这个拿去给叔叔，叫他带去在车上吃。"

那天下午叔叔走了以后，我在房里背着叔叔给的洋娃娃哄它睡觉。妈妈从厨房进来，说："玉姬，我们到后山上去吹吹风好吗？"

"嗯，去，去。"我一面说，一面高兴得叫起来。

妈妈对舅舅说我们去一下就来，叫他看家，然后便拉着我的手腕子走了。

"妈，我把叔叔给的洋娃娃带着好吗？"

"好。"

我抱着洋娃娃，挽着妈妈的手，到后山去。一上了山，车站就看得清清楚楚。

"妈，你看车站。没有火车！"

妈妈什么话也不说，静静地站着。微风吹来，把妈妈的白麻布裙子吹得飘飘的。妈妈这样默默地站在山上，比平时显得更美。火车在那边山角上出现了。

"啊，那儿，火车来了。"我高兴得直喊。

火车在站上停了一下，忽然"呜"的一声，又动了。我拍着巴掌说：

"火车开啰！"

妈妈静静地站在那儿对着火车看，一直看到火车消失在那边山角后头，烟在天上全部散光了的时候。一从后山下来，妈妈就到房里去，把先前一直开着的风琴盖子关上，然后上了锁，又像过去一样，在上面放了个盘子，并且，没精打采地把旁边的赞美诗拿起来翻，从夹缝里抽出干枯了的花朵，交到我手中对我说：

538

"玉姬，把这个拿去扔了！"

那花就是我从幼稚园里拿来送给妈妈的那一朵。正在这时候，边门吱溜响了一声，每天来卖鸡蛋的老太婆顶着个鸡蛋筐子进来了，说：

"买鸡蛋吗？"

"往后我们不买鸡蛋了。吃鸡蛋的人不在了。"

妈妈的声音一点也没力气。我被妈妈这话吓了一跳，有心想跟她闹点别扭，但一看到映着夕阳的妈妈的脸，我就没了勇气。于是我把嘴贴到叔叔给我的洋娃娃脸上，悄悄地对它说：

"喂，我妈妈专会说谎。她明知道我喜欢吃鸡蛋，硬说没人吃。有心想跟她闹点别扭，不过，你看看我妈的脸色，怎么那么苍白呢？大概是哪儿不舒服了吧！"

（高岫　译）

【作者简介】 朱耀燮（1902—　），韩国著名作家，在一生中多执教于大学。代表作：《从一亿五千万对一》、《亡国奴群像》等。

桂镕默〔韩国〕

白痴阿达达

　　听到瓦盆子掉到地上的声音，朴氏连忙跑了进来，可是院子里没人。是不是厨房进了老鼠？正要打开边门去看，后院墙脚跟传来了"啊，哎哟，哎哟"的喊声，她便打开了后门。

　　只见阿达达张着嘴趴在酱缸台下面的斜坡地上，两条腿有气无力地扭动着。离她的头一庹远的地方，瓦盆子的碎片乱七八糟地撒了一地，嵌在大酱里。

　　"哎哟，我当是什么声音，原来是你这个死丫头又掉破了盆子。该死的，叫你舀大酱，你舀了没有？"

　　母亲不问女儿哪儿跌伤了，也不可怜她身上痛而爬不起来，只觉得瓦罐子摔破了可惜。

　　"哎哟，妈，阿达，阿达，阿达达……"

　　听到妈妈像一盆火炭倒翻在身上似的惊叫声，阿达达害怕得脸色发青，显出想讲一讲跌倒的缘由请求谅解的神情，可是话说不出来，直发急。因为阿达达是哑巴，要说话的时候，只会接连不断地发出阿达达的声音，有时好不容易讲出一句完整的话，也是极其简单的。

　　好像是嘲笑她不会说话，尽管她明明有个名字叫确实，大家

540

还是喊她阿达达。这样，阿达达就自然而然变成了她的名字。连她的父母也这样叫了。所以只要大家一喊阿达达，她自己也好像是觉得理应如此地答应。

"该死的丫头又闯祸啦！你若不到婆家去，今天就死吧！该死的，该死的，你这个死丫头！"

妈妈瞪着眼睛，用白眼睛珠子恶狠狠地瞟了她一眼，一步跨过门槛。想到妈妈又要揪自己的辫子，阿达达便把身子朝后仰，歪歪扭扭地站起来，一瘸一拐躲到角落里，东看西看，目瞪口呆地喊叫："阿达达，呃，妈！阿达，妈！阿达达达！"好像是说以后不再闯祸了，又好像是请求饶她一次。可是母亲不讲情面，硬是追过去骂道："死丫头，你快死吧！不想死就替我马上滚回婆家去，你倒是去不去呀……"说罢，高高地扬起拳头站在阿达达对面。

要是拳头一落下来……阿达达心里害怕，不禁打了个寒噤，浑身直起鸡皮疙瘩。就在这一刹那，啪的一声，母亲的拳头终于落下来了，而且一把揪住她的辫子左右摇晃。

"阿达达！呃呃，妈，啊，哎哟，妈！"

阿达达颤抖着合掌哀求，可是没有用。母亲一动了手，就好像打死她也无所谓似的，不停地揉。阿达达没有梳理过的蓬乱的头发像波浪一样晃动着，像云彩一样披散开来，纠结在一起。

就这样阿达达还是一股劲地哀求，丝毫不想反抗，因为这种事情几乎天天发生，她知道要是反抗的话，反而会招来更厉害的毒打。其实，家里的活再多，她如果装不知道，袖手旁观，也许还不会遭到这样的灾祸。可她待不住。她的性格近乎先天性的白痴，无论什么事情她好像只有尽力去干才能得到满足。

在未打发她出嫁之前，她的这个习惯就跟现在一模一样。由于她既是哑巴，行动又蠢，左邻右舍了解内情的没有人娶她，所以十九岁还待在家里。母亲急得没法，搭上二十斗落水田做嫁妆，像卸包袱似的把她嫁了出去。可是过了五年她又被赶了出来，而且她根本不想回去了，就天天这么折腾人。因此，母亲心里很不高兴，每当阿达达做错了事，就狠狠揍她，叫她不要管。可阿达达只是当时忍耐一下，看见人家干活还是憋不住，悄悄地溜出来围着人家转，最后总是动手干。

三天前漂棉布的时候，她冒冒失失空手去揭滚烫的锅盖，烫得受不了，把锅盖随手一甩，砸坏了瓦盆子，挨了一顿打骂。昨天晚上，妈妈关照佣人把陈酱换一只缸，不知道她什么时候听见了，刚吃完早饭，就一个人去舀酱，谁知又闯了祸。

"你去不去？去不去婆家？不去就替我死！"

母亲使劲抓着她的辫子，搡来搡去，她突然一阵昏眩，腿直打晃，但还是硬撑着不让自己倒下去。好不容易她才站稳了脚跟，立即朝着横眉怒目好像又要扑过来的母亲，眨巴着泪汪汪的眼睛，喊道："阿达，妈，阿达，妈！阿达达达！"然后指指北方，意思是说准备照母亲说的到婆家去，要不就去死。她低着头，害怕得不知如何是好，踉踉跄跄走到门外。

说是要回婆家，但总觉得挨丈夫打比挨母亲打还可怕。那么，是不是再回家去？肯定又是一顿打。该到哪儿去呢，她考虑着可以去的地方，眼泪潸潸淌，不禁又想起了五年前在婆家的情形。

冷吗？热吗？吃力吗？累吗？公公婆婆百般体贴她；晚上丈夫紧紧地把她搂在怀里，解除了她的疲劳。啊，婆家人对她是多么真诚呀！阿达达最初到婆家去的五年，真正是受到全家人的宠爱。这可是事实。

他们也不是没有听说阿达达是哑巴，不过，当时不拿钱买就讨不到老婆，丈夫二十八岁还没有成家，穷得连糊口都困难，要想等到有条件讨老婆，突在太渺茫了。

他们注意到阿达达尽管是哑巴，可带过来的嫁妆够吃一辈

542

子，所以生怕这个主儿被别人抢去，便定了亲。

阿达达这才感到了人生的幸福，回想起出嫁以前，父母亲说她是废料，是玷辱门庭的祸根，不把她当人，横加虐待，她就怨恨父母，以致逢年过节婆家那么叫她回娘家去看看，她都咬紧牙关不去。这种幸福的往昔，真不能不令人怀念，然而它已经一去不再来了，永远消逝在梦中了。

年复一年，那铺在生活底层的肥料——二十斗落——的水田渐渐地把他们的生活引向富裕，眼前终于有了几百块钱，谁知丈夫也无缘无故地讨厌起哑巴妻子来了。稍有差错，就对她吹胡子瞪眼睛，还动手打她。公公晓得后，教训他说，这是得福不知福，可是他对这些话总听不进去。因而父子之间时常发生冲突。每逢这种时候，丈夫就把想对父亲做而不敢做的举动加在妻子身上，拿妻子出气。"死女人，讨厌，滚回家去吧！"跟着就是一顿打，但是阿达达忍着，而且尽到了作为一个妻子和媳妇的责任。

这使公公婆婆更加保护阿达达，儿子发觉改变不了父亲对媳妇的态度，便对家庭产生了不满，把一年收下来的粮食统统卖掉，离家出走，去寻找安慰。他沉湎酒食，挥霍完了钱，就跟朋友们一起像水泡似的随波逐流，跑到安东去了。他在那个便于投机的城市，靠自己的劳动，卖力气，积蓄了一点钱，做洋货投机买卖，梦寐以求的黄金，竟然奇迹般地开始朝着他面前滚了过来，不到两年手里就有了将近两万元钱。他一向渴望得到一个生理上没有缺陷的妻子的爱，这下便称心如意地在被金钱所左右的女人当中挑了一个带回家来。他一面憧憬着新的生活，一面建造新屋，同时变本加厉地虐待阿达达，达到从未有过的地步。他的爸爸也喜欢聪明、仁慈、跟别人一样神气的新媳妇，觉得现在生活已经无忧无虑，就是不依靠阿达达，将来也可以过得满富裕，就不讨厌儿子对阿达达的态度了。这样，阿达达就不在公婆的眼里了。她有冤无处诉，又不堪丈夫无情的毒打，被迫回了家。想起过去的事情，几处老伤口还在痛，所以她宁愿死也不想再回婆家去。

那么，到哪儿去呢？想来想去，在这个世界上，除了水龙家，别无其他地方可去。

水龙是一个无父无母三十出头的小伙子，阿达达确信他比谁都爱自己。从前每当阿达达被赶出家门，都去找他，来求得安慰。

一年前水龙就在打阿达达的主意了。他觉得阿达达尽管是被婆家赶出来的哑巴，毕竟是金初轼的女儿。自己比她矮一头，自然是不能公开对她抱什么指望的。由于没法跟阿达达接近，他心里挺着急，一直在找机会。但他的明显的同情却已经打动了阿达达的心。

她在家里挨母亲的打骂，走到外面受众人的戏弄，唯独水龙爱她。孩子们尾随在阿达达后头的时候，别人都不管，只有水龙替她解围。有时阿达达挨了打，胸脯都快气炸了，也只有水龙给她安慰。

但是阿达达家里好像只有父亲为了她的将来着想，对她看管得很严，母亲反而希望她跟水龙情投意合，早点离开眼前算了。水龙察觉到这一点，近来竟然逐渐跟她公开往来了。

阿达达好像朝自己家跑似的，毫不犹豫地跑到水龙家门口，哗啦一下拉开了门。

"啊，阿达达！"

水龙没有想到，霍地蹦了起来。

"你又哭了！"

哭固然难为情，但她不准备隐瞒。她心里难过，没处诉苦，非常需要水龙亲切的抚慰。跟往常一样，一跨进房里她就把被赶出来的原因结结巴巴地说了。

544

"从此以后，你就别再回去，跟我一起过，好吗？"

说罢，水龙意味深长地笑了一笑，拍拍阿达达的脊背。他心里燃烧着一股欲望：今天无论如何也要把她变成自己的人。

可是阿达达直嚷嚷："阿达，怕！阿达，怕！阿达阿达达达！"好像说这样要闯大祸似的眼睛睁得老大。在水龙的爱抚中过活，是要比在家受虐待幸福多了。她并不是不考虑不再回去，但是听见水龙叫她留下，又觉得好像有个什么东西不允许她走，因而她瞪大了眼睛，当她想到父亲关照她别到水龙那儿去时，她觉得父亲的话挺严厉。

"咱俩一起逃走不就得了，怕什么呀！"

"……"

阿达达没有回答。

尽管如此，但是当她回过头来再想一下，自己刚被赶出来，能到哪儿去呢？就觉得母亲的打骂比父亲的眼色更叫人害怕，心里难过得不得了。她非常后悔刚才没有回答一句，就拒绝了水龙的要求。

"你说是不是？怕什么。从今以后，你千万别回家去，就跟我在一起，好吗？"

"嗯。就……在一起。阿达，阿达。"

阿达达凄然一笑，然后吸了口气，像是在等待水龙再说一句咱们在一起吧，又像是觉得自己这才找到了生路。同时为了明确表示愿意留下来，一面点头一面用手拍拍席子。

"对，应该这样。"

"唔，留，留，阿达，阿达。"

"真的吗？"

"唔，真，阿达，阿达。"

水龙得到肯定的回答，禁不住暗暗高兴，微微一笑。

水龙对于哑巴阿达达自然是不会感到心满意足的，但是在不拿钱买就讨不到老婆的情况下，忽然天上掉下一个来，即使是哑巴，他就很高兴了。他不指望她别的，只希望她帮助自己干活，给自己生儿育女。为了讨老婆，他十几年来不避风雨，卖零工，也积了一百五十元，放在箱子里。眼下用这笔钱讨个老婆也差不了多少，可他还是不娶亲，一直讨好阿达达。他是想把这笔款子省下来做本钱，给家庭生活打点底子。现在这个计划接近成功了，想到自己也可以像别人一样建立家庭，就觉得原先不敢企望的人生的幸福似乎已经降临到自己头上。

那天晚上，阿达达躺在水龙怀里，一觉醒来已是水龙的妻子了，所以也忘了害羞。

然而，为了永久的幸福，他们不能仍旧待在这个地方，再在这儿待下去是享受不到幸福的，这是阿达达最担心的事。要跟水龙一块过日子，爸爸首先就不会答应。村里人也未必一定不讥笑。这一点水龙也很担心。两个人商量了一夜，除了离开村子悄悄地逃到一个陌生的地方去，别无他法。

他们不拘仪式，海誓山盟之后，当天早上就离开村子，流落到一个叫做辛未岛的海岛上，在那里定居下来。可是人地生疏，找不到职业。这儿是靠捕鱼为生的海岛，只有驾船才是出路，可阿达达坚决不让。因为她还没忘记前几年自己村里有几十人失去了土地搬进了这个岛子，头一次驾船出海就让风浪给吞没了。

说实话，水龙三十岁了，他这半辈子也没有巴掌大的一块地，所以做梦也想有一块地。他不花钱去买一个生理上没有缺陷的老婆，而去讨好阿达达，也是出于这种对土地的所有欲。现在他已经得到了阿达达，就更加迫切希望能有一小块地了。而且他认为买一块地是使阿达达对自己更加死心塌地的最好的办法。

"我们买一块地吧，人只有种田才能过活。我积了点钱可以买一块好地。"

水龙得意地从放在碗架上的火油箱里把钱拿了出来，然后在

546

手指尖上沾了点唾沫嚓嚓地数了数。

但是，不知怎的，阿达达看见了钱，一下子就泄了气。水龙感到奇怪，他原以为阿达达只要一看到钱就会高兴的，他心想是不是因为我说有钱，她以为一定为数不少，结果大失所望呢？

"你瞧，你瞧，这是一百五十块。按市价可以买两千坪地，足可以舒舒服服过上好日子了。"

阿达达还是不回答。不知是什么缘故，脸上甚至显出了愁容。

"有两千坪地，好好侍弄侍弄种小米，可以收十石，外加一百捆谷子秸，这还不够过一个冬天吗？咱们同心协力再干几年，那时候就又能买一片水田。你这是瞎担心……"

阿达达闷声不吭地摇摇头。

"你以为我骗你，打不到十石吧？"

阿达达还是摇头。

"难道你不想要地？"

"阿达，不，嗯，不。"说罢，有气无力地垂下了眼睛。

阿达达不知道水龙说有钱竟然会有这么多。听说要拿这么多钱去买地，就觉得她所向往的一切幸福都将霎时化为乌有。她本来是可以过得很幸福的。但是由于钱的缘故，前夫的心变坏了，公婆也被迷住了眼睛，最后她终于被赶出了家门，想起这事，一听说钱，她就不高兴。看到原以为是分文全无穷得精光的水龙有那么多钱，而且兴高采烈地说要拿这钱去买地，她就觉得那钱不会给她带来幸福，相反只会给她带来棍棒，种小米也等于是种下不幸的种子。

阿达达以为到岛上来，唯有挖蛤蜊和牡蛎度日，才能得到水龙的爱。所以她觉得这种生活非常之好，心里一面暗自庆幸，一面考虑为了水龙得加倍卖力地干活。

"你不喜欢旱地，是不是买水田？"

水龙想知道她的意见，又问了一遍。可阿达达仍旧是有气无力地点点头。因为她觉得买水田也可能同样是带来不幸。丈夫的心思是，既然有了钱，不管要哪样反正一定要买。所以就是摇头也没有用。这样，她就认为钱是不幸的根源，既然拿它没有办法，也不必去违背丈夫的意思，弄得他不高兴了。

"唔。你也晓得田好！不过，对穷人来说，旱地比水田好！"

水龙坚持要买旱地，第二天他去找了中间人。

当天晚上，阿达达虽然躺在铺上，但睡不着觉。

丈夫好像没有任何心事，打天擦黑的时候起，就睡得很香，可阿达达想到钱就预感到不幸即将降临。她把被窝抱在怀里，又揪又扯，直到深夜。想来想去总不相信放着那钱不管，能在水龙的爱抚中永远享受幸福。

阿达达的心里更加焦急，今晚要是不把这笔钱处理掉，明天中间人就一定会买下一块地来。而那块地里出产的粮食，每年又会给他们生出一点钱。钱越聚越多，丈夫就会变得贪心，跟自己的感情也会越来越疏远。往后呢？她不敢再想下去了。

鸡叫以后，天越来越亮，抬眼一看，窗外不知道什么时候已经泛白了。阿达达再也躺不住，用胳膊肘子轻轻地碰了碰睡在身边的丈夫，丈夫一动也不动。她终于摸到了一沓钞票，紧紧攥着，蹑手蹑脚地开了门走进厨房。

她做了早饭吃罢，装着去砍柴，挎着篮子向海边走去。

阿达达放下篮子，从腰里掏出钞票，然后去解一层一层不知包了多少层的破布，打开一看，尽是一元的，二元的，五元的。无数戴了帽子的老爷都冲着她看，好像在说你不能亏待我。但阿达达对于把它们扔掉，似乎没有任何留恋，随手朝翻腾着的波涛上一撒。风很大，钞票被海风一吹，趁着风势飘到半空中，悠悠荡荡，戏耍了一番，然后散开来漂得远远的，一张一张落到水里，一会儿被汹涌的波涛吞没，一会又浮起来，翻着筋斗。

阿达达站在那里傻等着，心里想道，要是越快沉到水里或者漂走就好了。但是那些钞票好像舍不得离开主人的怀抱，有的沉下去了，有的又歪歪斜斜地冒上来，在水面上打转。直到退潮的时候，才无可奈何地慢慢朝下沉开始漂走了。

阿达达痛快极了。当她想到那无数纸币带着自己的种种不幸漂向无边的大海再也不会回来，高只得简直要跳舞。不过，那些纸币要完全漂走，从她的眼前消失，还得有几分钟时间。谁知这时候背后响起了急促的脚步声。回头一看，想不到水龙气喘吁吁地跑了来。

"喂，喂，阿达达，你拿过钱吗？钱，钱……"

他的声音简直像打雷。

阿达达慌了手脚，心想那水波要是能在丈夫到达之前把所有的钱一下子卷走就好了，可海水只是令人心焦地，慢慢悠悠地流着。阿达达眼睛一直盯着那些飘荡不定的纸币不放，一心只想看到它们马上从自己的眼前消失。就在她焦急不安的当口，水龙终于跑了过来，而且发现了纸币。

他意外地看到许多纸币散在海中，好像觉得不必再问阿达达是什么缘故了，扑通一声跳进水里。但是，他不会游泳，到不了纸币最集中的地带，勉强走到水深齐胸的地方就再也进不去了。他眼巴巴地望着漂走的钱，没命地朝前奔。波浪把钱卷走的速度逐渐加快了，那钱好像叫水龙快追似的一起一伏地流去。但是波浪越大，越是迈不开步。

水龙发觉自己的钱最后终于丢了，眼睛一直盯着水面转不过来，他失神地就那么站着看。随后他箭也似的奔上山冈，二话不说，恶狠狠地朝吓得直抖的阿达达的腰里猛踢了一脚。

"啊！"随着这一声喊，四面八方突然溅起了泥浆，阿达达仰面栽倒在泥塘里。

"你——你！你……"

水龙想说什么话，但是又好像实在气急了说不出来，嘴一张一张的。他看见阿达达还在动，心想你还活着，又闪电似的冲过去踹了她一脚。扑通一声，阿达达顺着倾斜的山坡骨碌骨碌滚下去掉到水里。

隔了一会，定睛看去，阿达达已经漂到了海当中，不时冒上来把两只手伸出水面乱抓，不过，怎么也摆脱不了那汹涌的波涛。阿达达团团地打着转，晃动着，但也只是一刹那的事，不一会便整个儿沉到海里，消失了。

水龙紧握拳头，泥塑木雕似的站着，凝视着起伏不定的波浪。

海鸥成双成对地盘旋，它们不知道这儿发生了凄惨的人生悲剧，嘎嘎地叫着，兴高采烈地飞来飞去。那扇动翅膀的声音为海岸的景色增添了情趣。

（许玉善　成晓园　译）

【作者简介】桂镕默（1904—1961），韩国著名作家。主要作品：散文集《象牙塔》；短篇小说集多种。

台木尔〔埃及〕

小　耗　子

　　她快满七岁了，谁见了她都以为她只有四岁。她身材瘦小，皮肤黝黑，看见她的人不知那是她皮肤的本色还是附在上面的脏垢？蓬在她头上的浓黑的鬈发更映衬出她皮肤的黑来。她肢体孱弱，肩头瘦削，身上一条条的肋骨在那被人们雅量地称作长衫的破布片后面显露出来。

　　什么时候人们问她："你爸爸是谁，小姑娘？"她就质朴而出于本能恐惧地回答："我不知道。"如果她被问起："你妈妈是谁？"她就会用手指搓着破衫的一角，一对无神的眼睛茫然地望着大街，咕哝着："我不知道。"

　　也许她的回答引起询问者的好奇，想继续和她交谈下去，于是问她："你住在哪儿？"她就会用干瘦的手指着一所被挤压在毗连的楼房之间的陈旧屋子，用单调的声音说道："在那儿。"是的，就在那所屋子的最底层，这个小姑娘为自己营造了一个每晚栖息的固定住所……这是门后地下一个堆放垃圾的角落，只是在这里，她的身体才得到休息，才使自己孩童的想象力驰骋。

　　小姑娘只是在深夜，当她做完了女主人吩咐的一切活计后才能得到休息。她的女主人是个骨瘦如柴的干瘪老太婆，真主没有

551

给她好的品质，她性情乖戾，喜怒无常。

小姑娘叫她做舅妈，老太婆把小姑娘叫做小耗子！这个称呼以后便被左邻右舍所接受，于是小姑娘从此就这样被叫着，后来她也习惯于回答这种呼叫。很快，她原来的名字就随着她的过去一道从她的记忆中消失了。

她也像任何人一样有自己的过去吗？还是她生长在这里就像青苔生长在房子附近的脏水里一样？不过，所有这些和她有什么相干呢？她不是在那位老妪的庇护下得到了糊口之食，不是也像其他人一样有自己的名字吗？这名字就是小耗子。为什么她的名字不叫小耗子呢？这名字为什么要使她恼怒呢？她并不讨厌这种动物，而且，自从她和一只与她共同居住在门后栖息地的小耗子建立了牢固的了解和感情之后，她还很同情它……任何感情都有缘由，任何了解都有开端。

一天晚上，小姑娘躺在屋角那条破席上，朦胧欲睡。近旁垃圾堆上的蠕动声搅扰着她，她屏住呼吸，全神贯注，心里很不安。蠕动声越来越大，垃圾被刨向四处。借着墙上那盏满是尘土的油灯的暗淡光线，她看到一个黑色的小脑袋露了出来，两只闪亮的眼睛警惕地四处搜寻。小姑娘感到惊惧，差点叫了起来，但她的舌头僵住了，声音也窒息了，全身紧缩，心脏剧烈地跳动，两只眼睛紧紧地盯住那只小耗子来回伸动的头。

小耗子从垃圾堆中出来，抖掉身上的脏土，伸出细软光滑的鼻子嗅闻着，髭须来回摆动。它突然找到一根臭骨头，快活地用前爪抱住，贪婪地啃啮着。小姑娘蜷伏在那里，怀揣恐惧和好奇，她很想继续观察下去，于是心中平静了些。她看着小耗子啃骨头，不留心弄出了响声，小耗子扔下那根只啃了很少一点的骨头，立即跑进垃圾堆，很快就隐匿不见了。

小姑娘露出了笑容，她想：小耗子是不是怕她呢？它不是当它感到她的存在时就拼命地逃跑了吗？……啊，真是怪事！难道在这个世界上还有什么东西怕她，把她当做一回事吗？

　　小姑娘在喃喃自语，两眼一直盯着那根臭骨头，无疑，那小耗子一定饿极了，不然它就不会去啃它，乐意把它当做一顿美餐。仅仅在不久前，小姑娘就曾在那垃圾堆上翻寻，希望找到一点下口的东西，就像每晚当她感到饥肠辘辘时所做的那样。这个晚上她除了那根臭骨头外什么也没有找到，她宁愿忍饥挨饿蜷伏一夜也不乐意去啃它。为什么这只夜出的小耗子那么津津有味地一口一口地啃啮这根臭骨头呢？那就是说它比小姑娘更饥饿，比她更需要食物。

　　但是，那小耗子为什么要自己出来四处寻找食物呢？

　　它没有妈妈照料它，为它保证食物，免得它东奔西跑四处寻找吗？小姑娘知道母亲对孩子们是多么体贴，她们不辞辛劳地为孩子们获得食物，而且亲手哺喂他们，尽管他们已经吃饱了……这只小耗子肯定不知道自己有爸爸和妈妈，就像小姑娘一样，小耗子饿了，就来垃圾堆寻找充饥之食，和小姑娘也一样，彼此多么相似的景况啊！……这个人间的小耗子好一阵子沉浸在自语中，直到困倦不支，倒在地上睡去，在梦中继续她的遐想。

　　第二天，小姑娘做完压在身上的一切家务事，照例饱尝了老妇人的耳光、脚踢和谩骂……一到晚上，她就撒腿跑向自己那门后的角落。她从衣服里掏出一小块食物，把它撒在昨晚小耗子出没的地方，躺在破席上。她没有合眼，心里惴惴不安，支撑着不睡，聚精会神地等着。

　　一会儿，一阵响声传到她耳里，她的心颤动了，那光滑的脑袋又显现在她面前，小心翼翼地嗅闻着，髭须来回摆动。不一会儿，小耗子就在它附近找到了那食物，贪婪地啃啮着。小姑娘高兴地看着它，满怀兴奋和喜悦……她已能达到喂食饥饿的小耗子的目的！

　　小姑娘十分得意地看着小耗子，它把一块食物吃得一点也不剩。她立即又扔出一块，正好抛在它面前，小耗子向后退缩了几步，表现出惊恐，但很快就回到那食物上，津津有味地啃啮着，同时两只闪亮的眼睛警惕地注视着小姑娘，小姑娘看着它，心里很高兴……小耗子坐了起来，两只纤细的前爪抱着剩下的食物，好像想有意延长享受的时间……这幅动人的景象多么使小姑娘心神激荡，引起她的自豪和喜悦啊！她发出了一声笑声，小耗子刚一听到声音，就立即逃跑了。

小姑娘感到遗憾和怅惘，她问自己：小耗子是因生气躲起来了吗？还是它感到小姑娘在嘲笑它，它不愿成为嘲笑的对象？还是它由于害怕，误解了小姑娘的意思，以为她要伤害它而跑掉了？……这小耗子都想错了，她既没有嘲笑它，也没有对它心怀恶意……难道小耗子不知道她是多么同情它，给了它多么纯真的友爱和亲昵呢？

日子一天天过去，小姑娘不断地取悦胆怯的小耗子，加强对它怀有的亲昵和友爱……她发现，一种非常亲近的东西把她和这个小生物联系在一起，她俩的生活有着明显的共同之处，她俩在生活中所占的地位又是多么相似啊！

小姑娘非常乐意和小耗子在一起度过夜晚的一些时候，当屋子里一片黑暗，四周死一般沉寂时，她对这亲切的晚会感到真正幸福。这对她消除长长的一整天为那个瘦得皮包骨头、像根弯干柴棍的丑八怪老太婆干活带来的困苦和劳累是多么重要啊！小姑娘是怎样度过她那劳累的一天的呢？她在屋子里不断地上楼梯，下楼梯，在它的每个角落奔来跑去，一刻也不停，没有任何人对她表示丝毫温情……她多像儿童们玩的陀螺，那倒霉的东西，他们把绳子紧紧缠在它身上，然后用力一拉，把它扔到地上，它就不停地转动，当它转得慢了，他们就用鞭子狠狠地抽打它，于是它又转起来，这样循环不止，直到孩子们厌烦了，才把它扔到一边……这小姑娘不就是个活陀螺吗？屋里主人们无形的鞭子不停

554

地抽打到她身上，为头的就是那个老妇人。这个屋里的陀螺，当她在夜晚陪伴可爱的小耗子一些时候时，怎不感到自得和亲切呢？

随着时光流逝，她俩的友情变得牢固了，小耗子再也不怕小姑娘了，它时时走近她，舔食她手中的食物，它在她面前很快活，跳来跳去，不停地戏耍，像个小玩物在舞台上表演滑稽戏，以博得观众的喝彩。小姑娘快活地用两眼伴随着它。小耗子戏耍完了，就伏在它伴友不远的地方，用两只闪亮的眼睛看着她，髭须不停地摆动，像在说：我为你表演过了，你有什么对我表演的吗？那时，小姑娘就心满意足地躺在破席上，对小老鼠讲她想讲的故事、趣闻和笑话，有时，她凭着记忆，搜寻出一些耳闻目睹的事情；有时，借助童稚的想象，编造出一些对未来的优美的憧憬。

就这样，小姑娘十分畅快甜美地度过了许多晚会，直到有一天，那老太婆女主人把她叫去，要她立即到房间的最顶层，去照料一位患病找不到护理的女邻居。小姑娘遵命前去。

女邻居得的是风湿病，不能离开卧铺，只能在床上艰难地翻动身体，就像被大铁钉钉在床上一样，起不了身。她蜷缩着，发出阵阵痛苦的呼唤，小姑娘注视着她萎缩的脸，那痛楚和烦躁的喊叫使她震耳欲聋。当病人睡去时，喊叫声和呼唤声停止了，房间里四壁悄然，小姑娘感到异常孤寂，阵阵恐怖袭向她心头。她脑子里常常生发出疑惧和幻想，她看到她面前是一张布满皱纹、露出遭受折磨痛苦神情的苍白的脸，一双半睁的眼睛，投射出忧郁暗弱的微光，两片粗唇突起的大张的嘴，急促地喘着气，像是发出嘤嘤声的吓人的蛇洞……小姑娘心里在想：她是否正在我手中弥留，等着谁来将她搬入坟墓？还是她已摆脱了这可怖而邪恶的世界，即将升入天国？小姑娘想逃跑，但她发现自己无法行动，不能脱身。

小姑娘最大的忧愁是她离开了她亲密的伴友小耗子，她已经不能每晚给它带去食物了。瞧，它会不会误解她，把她的离去看成疏忽和遗忘？或是它了解屋里发生的事而谅解她？小姑娘一直想趁着黑夜回到她那固定住所，去与她亲爱的伴友相会，哺喂它食物，和它一起度过窃窃私语的夜晚。但是病人像蝙蝠一样地生活着，夜里不睡，白天打盹，小姑娘一直没有找到离开的机会，她一直守在病人床前，等待着时机。

一天早晨，小姑娘照例守护在病人身旁，屋子里一阵嘈杂吵嚷，喊叫声、欢笑声传到她耳里，她仔细地观察和搜听着。她离开房间，站在楼梯口，向下观望，看见屋子底下围着一群人，有房主人和邻居，大部分是孩子，只听见他们在喧嚷，他们的吵闹声盖过了男人们和女人们的声音。小姑娘能够搜听到老太婆女主人不断重复的声音："终于把你逮住了，这家伙……你逃不出我的手心！"

小姑娘出于强烈的好奇，从楼梯口跑下来，看见一群人围在那里，老太婆女主人的话听得很清楚，她在说："你咬坏了我的所有衣服，偷吃了我的所有食物……今天你终于逃不掉了，该死的东西！"

一阵吱吱声传到小姑娘耳里，这声音对她是那么熟悉。吱吱声被一阵欢笑和嘈杂所淹没……小姑娘一阵颤抖。她快步跑到楼梯的尽头。这时人群已离开屋子走出胡同，关上了门。小姑娘躲在门后，从缝隙中向外窥望，她把门打开走了出去，围着老太婆女主人的人群正好闪开一个缺口，小姑娘走进缺口，看到女主人手上拿着一个笼子，里面一个黑色的东西在不停窜动，被笼子的丝栏关着跑不出去。

小姑娘一阵心慌，好像有一只铁掌压在脖子上，使她喘不过气来，她赶忙引颈翘望，仔细地注视着笼子，以便把事情弄得更明白。她挤过人群，朝着老太婆女主人走去，迎面立即看到一个细小的脑袋，两只闪亮的眼睛，和摆动着的髭须，脑袋上的毛发蓬松着，满是血痕，几乎分辨不出样子来……小姑娘的目光和小耗子的目光相遇了。小姑娘注意到，小耗子停止了在丝栏后面的窜动，走过来望着她，她听见它大声的吱吱求救声，她猛地向笼子扑去。但是人群围着老太婆女主人，笼子从小姑娘眼前消失了，吱吱的求救声在令人窒息的空气中不断发出回响。

老太婆的声音在说："拿汽油来，给这小下贱东西身上点上火，把它放在胡同里，这才好看哩，孩子们！"孩子们一阵欢叫声。小姑娘站在屋门旁，浑身发抖，泪水从眼角里涌流下来。老太婆手里拿着汽油瓶，把油一滴滴地浇在小耗子身上，她一边点燃火柴一边喊道："把所有房门都关上，不要叫耗子跑进去了，否则要引起火灾！"

门都关上了……人群看见一个火球从笼子里跑出来，四顾仓皇，小姑娘站在门边看着火球，她的身体也像被火烧着一样，越烧越猛……

小姑娘看见火球向房子跑来，她立即伸手推开房门，火球很快跑了进去，小姑娘随即跟了进去。老太婆女主人在大声地吼叫和咒骂，她跌跌撞撞地用尽力气推开门，她刚一进去，门就砰的一声锁上了。

人群中一片惊恐，团团围在门旁，你看着我我看着你，舌头都僵在喉咙里说不出话来。人们异口同声地惊喊道："大火烧着房子了！"

一个身穿长袍的女人走上前说道：

"小心，不要靠近房子……这是只受了魔法的老鼠，红色精魔附在它身上了！"

人们惊恐地议论着，房子里火越烧越大，从里面发出了可怖的求救声，但是没有一个人敢走上前去。

大火在咆哮，噼啪声响彻天宇！

（郅溥浩　译）

【作者简介】迈哈姆德·台木尔（1894—1973），埃及现代小说家。主要作品：长篇小说《未知者的召唤》；短篇集《印在额间》、《恭贺新禧》。

阿里法·利法特〔埃及〕

戈巴希家的意外事件

泽纳特被她卧室房顶上红色小公鸡的刺耳叫声吵醒。戈巴希家的房屋位于村外，房前的田野一直伸展到河边和铁轨旁。

红色小公鸡的叫声引来了邻居房顶上的一片应和声。然后就被桑树林间高耸的宣礼塔上呼报祈祷时刻的人的声音所淹没，那声音喊道："祷告胜于睡觉。"

她朝睡在身旁的那堆孩子伸出胳膊，把用破烂材料织的毯子的边角掖在他们身子底下，然后摇摇大女儿的肩膀。

"天亮了。真主的又一个早晨降临了。起来，尼玛——今天是赶集的日子。"

尼玛翻身平躺着，懒洋洋地伸展四肢。像被突然刮来的一股风吹醒的人，泽纳特注视着面前躺着的身体。尼玛坐起来把宽松长袍拉过来盖住大腿，用手揉揉颧骨高高的圆脸上那双充满睡意的眼睛。

"你还能不能把谷子拉到集市上去，女儿，这些谷子是不是太沉了？"

"当然行，妈妈。再说除了我还有谁能去呢？"

泽纳特下床后拖着缓慢的步子到院子里去做净礼。在做完例行祈祷后，她没有立即站起身，而是扳着指头一件件颂扬真主的宏德。她感到尼玛站在她背后，便转过身去。

"你站在这里做什么？为什么还不去烧茶？"

泽纳特朝戈巴希摆放一袋袋玉米的角落走去。戈巴希从为他在利比亚找到工作的办事处拿到飞机票后，就把这些玉米留给她们作口粮，他要一年后才回来。

"愿真主保你在外平安，戈巴希。"她喃喃地说。

她蹲在一袋玉米面前，两只大腿间放着量器，用两手把粮食捧到量器里，直到盛满，然后倒在一只篮子里。她边咳嗽边用手挥开向她脸上扑来的灰土，然后又接着干她的活。

姑娘走到陶制大水罐前，掀开木盖，用大杯子去舀水，然后蘸着水洗脸。她打湿指尖，编好发辫，然后用头巾包住头。她转过脸对母亲说：

"这不够了么，妈妈？我们还要钱干什么？"

泽纳特两手手掌敲着膝盖，抬起头。

"难道我们不要付给哈姆丹工钱？——难道他替我们种豆子是白干的，他干重活只是为了好玩？"

尼玛转身走开，把炉子从窗户搁板上搬下来，把干玉米棒码成金字塔形，再把它们点燃。她把炉子放在母亲旁边，用罐里的水灌满茶壶，再把它插进余烬里。她坐下来，两人一言不发地坐着。突然泽纳特说：

"水牛什么时候怀上犊的？"

"从我爸爸走了以后。"

"那就是宰牲节刚过去后，女儿？"

尼玛点头表示同意。然后低下头在地面上画一道道线。

"烧茶这段时间你为什么不去看看一共下了多少蛋？"

泽纳特凝视着余烬的红光。她看着跳动的火焰，心里感到平静。戈巴希走了后，全部担子都落在她肩头上：孩子、两基拉特土地和水牛。"照看好尼玛，"他离开前一天的晚上说，"这女孩已发育成熟了。"然后他摊开手掌说："真主啊，看在先知的荣誉分上，让我能给她带一套纯丝的结婚礼服回来。"她当时对他说："愿你的话从你嘴里一直到达天国的门前，戈巴希。"他要到下一个宰牲节前才会回来。如果他回来看见这种情况会发生什么事？她两手手掌抱住头，俯身把火炉上的灰吹掉。她想："现在的女孩子有多怪！这个精灵鬼每月来月经时都把她的毛巾挂在外面，就好像什么事也没有发生一样，可现在四个月了，她什么也没有挂出来过。"

尼玛回来把包蛋的布打开，拿出两只蛋放在火里，其余的放在盘子里。然后又拿来两个杯子和糖罐子，坐在仍陷入深思中的母亲身边。

"你不想个什么办法？"

尼玛耸耸肩，做出个无可奈何的姿态。

"你爸爸走了四个月。不是还有时间么？"

"有什么用？要是真主能使你免除掉我这个麻烦就好了。妈妈，如果我拿水罐从水渠里打水时脚下一滑，这件事就完结了。那不是很好吗？"

泽纳特敲打着自己的胸脯，把女儿拉到自己怀里。

"别说这样不吉利的话。别听魔鬼的煽动。镇静些，让我们在你父亲回来前想出个解决的办法。"

泽纳特倒了杯茶，默默地一口接一口地啜着，然后把杯子放在面前，剥掉蛋壳吃蛋。尼玛坐在那里看着她，手里抱着热玻璃杯。从外面传来女人高声议论今天集市买卖行情的声音，男人到地里去干活，一路上互致问候。在这些声音中还能听到哈姆丹把水牛牵到房屋周围两基拉特土地上去时的笑声。

"他有真主的保佑，"泽纳特喃喃地说，"日子过得舒坦，世上没有他操心的事。"

尼玛站起身，把头巾绕来绕去最后盘在头顶上。泽纳特转过身看见她准备出发去赶集。她扯扯她的长袍，姑娘又坐了下来。这时她们听见敲门声和邻居乌姆·海尔的声音在叫：

"你好，老乡。尼玛还和往常一样同我去赶集吗？泽纳特大姊？她是不是还没有起床？"

"妹妹，她正要到我们亲戚那里去住些日子呢。"

"愿真主保佑她平安归来。"

尼玛诧异地看着母亲，泽纳特则把指头放在嘴上示意她别开口。乌姆·海尔的脚步声消逝后，尼玛低声说：

"你想要做什么，妈妈？你说的是什么亲戚？"

泽纳特站起身在她衣服箱子里找了半天，拿出一条包着钱的手绢，还有几件旧衣服。她把手绢放在尼玛掌心里，再将她的指头合拢。

"拿去——这是我一辈子攒下的钱。"

尼玛沉默不语，她母亲接着说：

"把你衣服打点好就去车站，买张票去开罗。开罗是个大地方，女儿，在那里你能得到保护，找到谋生的路，直到真主保佑你平平安安一直到分娩的时候。然后再在夜深人静时把他带回来。别让任何人瞧见你或听见你的声音。"

泽纳特提起她的长袍底摆，用牙齿衔住。她抓起那些旧衣服，开始缠在自己腰间，然后再把长袍放下。尼玛惊异地看着她。

"我们怎么对爸爸说呢？"

"现在没时间再谈了。在你去车站前，帮我拿着篮子。这样就可以到集市上让他们看见我这个样子，等你父亲回来时瞧见他有个名正言顺的儿子不是比看见有个私生子外孙要好得多吗？"

562

【作者简介】阿里法·利法特，埃及当代作家。主要作品：
《戈巴希家的意外事件》，《宣礼塔的远景》。

多罗塞·坎菲尔德·费希尔〔美国〕

被　　单

　　在埃韦尔家的全体成员中，梅埃塔波尔姑母无疑是一个最不起眼的角色。在新英格兰古老的年月里，女人到二十岁不出嫁就是一个老佣人，到了四十岁还待在闺中，就是人人皆可役使的奴仆，要是到了六十岁还是独身一人，那她就受够了罪，这辈子连下一辈子的苦难都受尽了，来世便再也无须遭罪。而今梅埃塔波尔姑母已经六十有八了。

　　她从来没有享受过片刻被人看重的愉快。这并不是说在她哥哥的家里她派不上用场，实际上，人人都靠她去干家务中最乏味、最无聊的活计。礼拜一，她要洗男人们的衬衫，扛过重活的身体冒出的臭汗和地里的泥土混杂在一起，把这些衬衫浸渍得又硬又重。礼拜二，她整整站一天，烫那些洗碟布、毛巾、床单之类的东西，既单调，又枯燥，至于烫那些白白的婴儿衣裤，或者她那些年轻侄女们花哨的围裙之类有趣而又漂亮的东西，她连梦都梦不见。

　　到了腌制水果的季节，她从来没有获得过决定果子是否熬好了这样的美差，也从来没有分享过把芳香、甘美的果酱倒进石罐中的兴奋。她和孩子们坐在角落里，不是去掉樱桃的核，就是剥去草莓的皮，没完没了地剥啊剥，剥得指头都全染红了。

埃韦尔家的人并不是有意对姑母不好，他们在模糊的意识中倒还挺喜欢她；但在他们的生活中，她对他们却是那样无足轻重，可有可无，使他们几乎看不见还有她这么个人存在。梅埃塔波尔姑母对于这样的待遇也不怨恨，他们这样待她既是出于无心，她也就无心地受了。在一个忙忙碌碌的大家庭里，一个寄人篱下的老佣人也不能指望有比这更好的待遇了。她从人家偶然流露的些许恩惠中寻找一星半点的安慰，而尽力把被她哥哥那粗鄙的嘲讽刺伤的悲痛深深掩埋在心底。冬天，人家全都围坐在大壁炉前，烤着苹果，喝着香甜的酒，逗着那些已经混迹情场的大姑娘和小伙子，而她却一个人躲在黑暗的角落，织着针线，只要她的哥哥不说无情的挖苦话，例如"问问你梅埃塔波尔姑母，那些俏后生们过去怎么缠她来着！"或者"梅埃塔波尔，你跟阿布尔·卡明斯搞对象那阵子是什么滋味啊？"之类，一个晚上能平平静静地过去，她就心满意足了。事实上，她二十岁那阵儿和现在六十岁并没有两样，一个从来都是像小老鼠似的可怜虫，怯生生的，羞得怕叫人看见，也从不敢抬起眼皮瞧人一眼，她从来没有想过如何过自己的生活。

她的嫂子是一个又高又大，天性快活的家庭主妇，她治理家务有一副独断专行的气派，就像她丈夫管理农场那种说一不二的派头一模一样，她对这个矮小、萎缩的老妇人表现了一种无所谓的友善，正因为她这种漫不经心的态度，梅埃塔波尔才享受了那么点儿生活的乐趣。当梅埃塔波尔还是个年轻姑娘的时候，她做补花被单的针工就很拿手，而且她是不学自会。可她给自己做的外衣却糟得很，谁要是帮她摆脱困境，把外衣弄好，她会感激得不得了。不过做起补花针线活儿，她却能感到一种不甚强烈的自信。这路活儿别人干得了，她也干得了。由于多年埋头这门拼补艺术，她积累了数目可观的补花被单图案。有时邻居们也叫人来

565

向"梅埃塔波尔小姐"借"麦捆图案"或者"双星图案"什么的。这种时候,她总是因为能够帮助别人而快活得发抖,便立即走进她那间空荡荡的小屋,从梳妆台中那鼓鼓的皮包里翻出人家要的图样。

　　她从来不晓得这个伟大的想法是怎么跑到她的脑袋里来的。有时候她觉得肯定是梦见的,有时候她又在每礼拜一次的祈祷会上虔诚地设想,说不定是上帝"送"给她的。她从不敢向自己承认,没有外力的帮助她本人居然能想出这样的图案。这个设计太伟大、太雄心勃勃、太崇高了,她那个低贱的头脑根本想不出来。甚至在她亲手画完了最后一笔时,还是疑惑地凝视着它,不敢相信这图样竟出自自己的手笔。最初她似乎觉得这只是一个甜蜜而不真实的梦。很长一段时间内,她想都没有想过要按这个图样拼补一块被单,虽然这个图样确是她设计的。这倒并不是她害怕把那些色泽鲜艳、奇形怪状的小布块以完美的针工拼补到一起需要花费艰巨的劳动。不,她狂热地、急切地想要投身到这无休无止的劳动中去,当她闭上眼睛,在梦幻一般的遐思中,她仿佛依稀看到整个创造物那无比美丽、灿烂的嵌镶图案时,她的心就激烈地跳动起来——多么复杂、精巧、难织的被单图案啊——简直配得上叫天使们拼补了。

　　她梦想着,同时她那苍老而灵巧的手指就满含希望地伸出来,要把这梦想变成现实。她开始大胆设想要来试一试了。——也许拼补一个小方块不算太自私吧——仅仅拼补整个图案的一个单元,看看究竟好看不好看。因为要靠人过活,她什么事都不敢擅自做主。在一个炼制黄油的日子里,她向主妇的屋子走去,狂乱地跳动的心房里交织着希望和恐惧,她以小孩所特有的那种天真的小聪明选定这样的时机。因为她知道在冷藏窖里炼制香气四溢的黄油时,她嫂子的心情总是比较好的。

566

索菲娅心不在焉地听着她吞吞吐吐的请求。"哦，可以，梅埃塔波尔，"她一边说一边把身子深深探入搅乳器中去取最后一小点金黄色的黄油——"当然可以，要是你愿意就另做一块被单也成。自打开春缝纫以来，我已经积攒了许多布块，用这些布块做一条补花被单蛮好。"梅埃塔波尔竭尽全力要想使她明白这条被单将不是一条普通被单，可她拙嘴笨舌，再加上心情激动，一时又说不清楚。最后还是索菲娅强忍着烦躁，温和地说："哦，行了！别烦了。我从来就没有弄清过你那些被单图样是怎么回事，你爱织什么样就织什么样，我不在乎。"

　　梅埃塔波尔返身冲上陡峭的顶楼楼梯，回到她的房里，又高兴，又激动地开始为她生平最重要的事做准备。最初的几针织得比她原先想的还要理想。靠了苍天送来的灵感，她创造了一种无与伦比的被单图样。

　　白天，做不完的家务活占满了她的时间，天黑以后她又不敢在夜里干得太晚，以免耗掉过多的蜡烛。因此，过了好几个礼拜，那一小方块才逐渐显出了图样的雏形。梅埃塔波尔心急如火地要完成它。可她做家务又十分认真，凡是自己应该做的哪怕是最小的一份，也不肯逃避。她现在要尽快地赶完这些家务，干得太快了，因而往楼上她的小屋爬的时候，直喘大气。

　　每次推开小屋的门，不管那扇小小的窗外是什么天气，她总觉得小屋内徜徉着阳光。当她伏在桌上那数不清的布块堆上的时候，她对自己笑了。在她的眼中，这些布块已经井然有序地排成一个复杂的、美丽的嵌镶式图案。

　　最后她实在等不及了，一个晚上她斗胆把拼补活儿拿下楼来，期望能幸运地在全家人围坐的、点着大蜡烛的壁炉前找到一席位置。她的图案已剩了最后的一角。她在那个角上以一种神经质的速度飞针引线。使她感到宽慰的是，并没有人注意她。到了睡觉的时间，离最后完成就剩几针了。

她和大家一起站了起来，这一小方块从她颤抖的手上掉了下来，飘落在桌子上。索菲娅漫不经心地瞟了一眼。"这就是你说你要做的新补花被单的图样吗？"她打着哈欠问。"看来倒真是一个漂亮的图样呢。来，我们瞧瞧。"

　　直到那一刻止，梅埃塔波尔完全是以对一种理想无私崇敬的纯粹精神在劳作。当她的嫂子把拼完的图样举到烛光前仔细检查时，她发出了一声赞叹的惊叫，这叫声给梅埃塔波尔的情感以巨大震动，叫她又吃惊，又兴奋。

　　"天哪！"她的嫂子惊叫着。"喂，梅埃塔波尔·埃韦尔，你打哪儿弄来了这么好的图案？"

　　"我自己画的。"梅埃塔波尔说。她说得很平静，但却浑身哆嗦着。

　　"不！"索菲娅叫了起来。"这可奇了！我活了这么多年，还从来没有见过这么漂亮的图样。姑娘们，过来看看，看看你们的姑妈梅埃塔波尔在做什么哟。"

　　三个高高的女儿十分不情愿地从楼梯上转了回来。"我好像对补花被单怎么也产生不了兴趣似的。"一个说。这种由于早先拓荒者的匮乏和对美的渴望而产生的古老工艺早就不时兴了。

　　"是啊，我也没兴趣！"索菲娅回答说。"不过就是木头人也会对这个图案感兴趣呢。说真的，梅埃塔波尔，这图样真是你自己想出来的吗？"她把那方块举到离眼睛近一点的地方继续说，"这真怪了，你怎么会有勇气自己画图样？天哪！你们看那些突出的细缝！啊，反面简直完全是一条条小小的裂缝！不过正面倒真是一幅画，多平展，就像是机器织出的一样。谁也织不了这么好。"

　　姑娘们看看正面，又看看反面，附和着母亲的惊叹。埃韦尔本人也走过来听她们在议论着什么。"唔，我敢说！"他一边说一边打量着他的妹妹，他那赞许的目光她还从来没有看见过。

"补花被单的事我是一窍不通，可这图样肯定胜过安德鲁小姐那块在县交易会上多次获得蓝缎带奖的被单。"

那天晚上梅埃塔波尔躺在那张又窄又硬的床上，感到太自豪，太激动了，怎么也睡不着，她的心充实、温暖，欢乐的眼泪从她那双衰老的眼睛中滚落下来。

第二天，嫂子从她膝上夺过那装满土豆的大铁簸箕，叫那个最小的孩子去削土豆皮，这叫她大吃一惊。"难道你不想继续拼补被单吗？"她说。"我倒很想看看你怎么在那个角上织出葡萄藤来呢。"

这个一向仰人鼻息的老佣人生平头一遭反驳了她那有权有势的嫂子。她迅速而满含着提防说："那不是葡萄藤。那是我设计的一种花体文字。"

"是吗？不管是什么吧，挺好看的。"索菲娅和解地说。"我可说什么也设计不出来哟。"

到了夏日将尽的时候，全家人对补花被单的兴趣增大了，于是梅埃塔波尔在起居室获得了一张小小的圆桌，这样，她可以把她的一切物件放在桌上，还可以充分利用做家务空隙的零碎时间。为了这点恩赐，她感动得几乎落泪，决心不讨一点巧，忠实地继续干那单调的家务活，连一个角落也不肯轻视。不过，她周围世界的气氛和从前确是不同了。现在事物都有了意义。在洗牛奶锅那种漫长的劳动中，升起了一条充满希望的彩虹。她在小桌旁坐下来，把顶针套在那多节、坚硬的指头上，她干活时那种严肃认真的劲头，就像一个女祭司在做礼拜一样。

她居然比较庄重地承受了牧师夫妇对她这一伟大工程的夸奖。当鲍曼牧师夸奖说，这条被单可以和他所见过的任何被单媲美，"甚至比那些被单更美！"的时候，全家人都为梅埃塔波尔姑母感到骄傲。牧师的评论逐字逐句地传到了邻居们的耳朵中，于是随后的几个礼拜里他们便络绎不绝地进来看稀奇，他们以佛蒙特州人那种怪僻的沉默的惊异审视着梅埃塔波尔刚刚完成的特别拿手的一段。

埃韦尔家的人们对于正在缓慢成形的被单特别感到自豪。"梅埃塔波尔织补那一角已经六个礼拜了,礼拜二再来吧,她现在连一半还没有做完呢。"他们向造访者解释着。他们放弃了总是要她为别人办事,甚至为小孩跑腿的习惯。"别扰乱你梅埃塔波尔姑妈,"索菲亚总是这样喊着,"你看不见她那块地方多难补吗?"那老妇人直挺挺地坐在椅子里,头昂然仰着。她终于成了这个世界的一部分。她加入了闲谈的行列,他们也开始注意听她的讲话。同时也向孩子们打过招呼要他们在姑妈叫他们做点什么的时候不许怠慢,尽管她难得这么做一次。

一天从邻城来了一群从未谋面的生客,他们的车子一直开到埃韦尔家的门前。他们在山那边就听人谈起过这条美不胜收的被单,问能不能让他们开开眼。打这以后,梅埃塔波尔的被单就渐渐成了地方上的一景,来往过客,不管是相识的还是陌生的,没有一个不来看看这条被单就离去的。为了使她在客人面前像个样子,埃韦尔家的人就得叫他们的姑妈穿得比以前齐整些。有一个姑娘给姑妈做了一顶漂亮的小帽,遮住了她那稀疏而灰白的头发。

一年过去了,被单完成了四分之一。第二年又过去了,被单拼好了一半。第三年梅埃塔波尔得了肺炎,躺在床上,过了一个礼拜又一个礼拜,也许在完成这一伟大的工程之前她会死去,这一想法使她感到恐惧。到第四年头上,人们已经可以看出整个图案的轮廓。到第五年的9月,全家人都围着梅埃塔波尔,急不可耐地看她织补最后的几针。姑娘们拽着四个角绷展了被单,大家都一声不响地盯着看。

突然埃韦尔先生喊了起来,俨然带一副权威的口吻:"天

570

哪！这被单可以送到县城的交易会上去展览！"

梅埃塔波尔的脸刷地变成了深红色。她也曾暗暗地想到这一层，可从不敢大声讲出来。

"对！一点不错！"全家人都喊了起来。一个男孩被差去见一个邻居，那人是他们村选往县交易会的主席。男孩回来的时候脸上放着光彩，"没问题，他要带的。他说，说不定还能得奖呢。不过得马上送去，因为我们镇上的展品明天一早就要送走"。

当那被单被包在一个大包袱里送出去的时候，梅埃塔波尔却在骄傲的神色中感到了一阵悲痛。日子一天天过去了，一种怅然若失的情绪油然而生。好几年来，她的思想完全凝聚在一点上。那个圆圆的小架子，过去曾经挂满各种各样色彩斑斓的布块，现在却空荡荡的。有一位经过长途跋涉去参观了交易会回来的邻居报告说，那块被单装在一个玻璃箱子里，挂在"农业厅"最惹眼的地方。可是梅埃塔波尔除了她哥哥这个家外，对于外部世界竟一无所知，这些话使她觉得茫然不可理解。她垂下了头。家里的人发现了她那萎靡的样子。一天索菲娅友爱地说："梅埃塔波尔离了被单，就像丢了魂似的。对吧？"

"他们那么快就把它拿走了，"她若有所思地说，"我自己都还没有好好看它一眼呢。"

交易会要开两个礼拜。第二个礼拜开始的时候，埃韦尔先生问他的妹妹她早晨能起多早。

"我不知道。怎么了？"她问。

"啊哈，托玛斯·拉尔斯顿要开车去西奥尔德顿找一个律师。那地方离交易会四哩远。他说你要是清早四点能起来，他就把你捎到交易会去，让你在那儿待一天，到晚上再把你捎回来。"梅埃塔波尔的脸变得煞白，眼里充满了泪水，仿佛有人让她乘坐金色的战车向天堂的门驶去一样。"啊，你是在哄我吧！"她疯狂地喊了起来。她的哥哥笑了。他不敢看她的眼睛。即使他对妹妹的那种漠不关心是非常随便、缺乏想象力的，她这种态度也暴露了她在他们家的生活是何等狭窄。"哦，没什么不得了——只是到交易会看看，"他含混地向她说，"当然，我说的一点不假。去把你的东西收拾好，明天早晨他就要走。"

那夜，一个激动不已、浑身颤抖的老妇人一整夜地瞅着房顶的椽子出神。她活了一辈子都没有到离家六哩以外去过——对她来说，这回就像是要到另一个世界去。她从来没有见过比教堂的晚餐更动人的事，这回却要去看交易会。这样的事她做梦也没有想过，她想象不出交易会究竟会是什么样子。

第二天一大早，全家人早早起来给她送行。也许不光她的哥哥一个人为她那种巨大的幸福感所震动。在她匆忙吞咽着早餐的时候，他们你说东他说西地提醒她去看这看那。她哥哥要她别忘了看牲畜市。她的侄女们说刺绣品是唯一值得一看的东西。索菲娅告诉她一定要去看看干鲜果品市。她那些侄儿们请求她回来讲讲赛马会的盛况。

那辆轻便马车一直驶到了门口，大家扶她上了车。一家人跑来跑去，一会儿拿来了毯子，一会儿拿来了羊毛披肩，一会儿又从厨房炉灶上拿来了皂石。人们把她的外衣塞紧。车子开出院子的时候，他们站在一起向她道别。她也挥手告别，几乎看不见他们。那天晚上回来的时候，她的脸色灰白，全身僵硬，她的哥哥不得不把她从车上抱下来。她的嘴唇露出了幸福的笑容。大家围着她问这问那直到索菲娅把他们全都推走。她告诉他们梅埃塔波尔姑妈太累了，吃了晚饭才有气力讲话。年轻人个个砸嘴伸舌，梅埃塔波尔喝着茶，心神不定地吃了块面包片和鸡蛋。吃完后，人们扶她坐到壁炉前的一把安乐椅中。他们把她围起来，都想听听从那个大世界来的消息。索菲娅说："好了，梅埃塔波尔，把你看到的全给我们讲讲。"

梅埃塔波尔长长地吸了一口气。"太好了!"她说。"比我想的还要好。他们把它挂在一个玻璃做的柜子的正中,一个下角被撕开,翻过来,这样就可以看到反面的线缝。"

"什么?"索菲娅有些迷惑地问。

"怎么,被单呀!"梅埃塔波尔惊讶地说。"那间屋子里还有许多被单,如果我可以这样说的话,没有一块能与它媲美。我听见好多人都这么说。你要是能听听那些女人是怎么评论那个角就好了,索菲娅,她们说——噢,真不好意思跟你讲她们说了些什么,真不好说了!"

埃韦尔先生问道:"我们常听说的那头大公牛怎么样?"

"我根本没去牲口市。"她妹妹不在意地说。她转而对一个侄女说。"玛利娅,你从你那件贴身红袄上撕给我的那块布真是太漂亮了。我听见一个女人说,你可以从那儿闻到红玫瑰的香味。"

"那匹叫杰德·博尔杰斯的栗色马在一哩赛中跑了第几?"托马斯问。

"我没有看赛马。"

"那些腌制的果品怎么样?"索菲娅问。

"我没去看那些果品。"梅埃塔波尔冷冷地说。

发现大家都带着一脸诧异的神情盯着她,她继续说,以便让大家明白她的意思。"喏,我直接走进那个挂被单的大厅里,以后就再也不愿离开那儿了。自看见它以后,我就一直待在那儿。首先我得把它好好看看,然后我就看别的被单,看有没有能赶得上它的。后来人们纷纷走来,我十分感兴趣地听他们议论,因此就再也没有想到去其他地方逛逛。我就在那儿吃的午饭。我真高兴,高兴得不得了,你们猜怎么来着?"——她眼睛里闪着炽热的光辉,上下打量着自己。"我正站在那儿,手里拿着一块夹心面包，管理展厅的主任走了进来，他打开玻璃柜，把一条蓝缎带打成一个大的蝴蝶结用别针别在被单的正中央，标签上写着'一等奖'。"

大家骚动起来，纷纷表示祝贺。过一会儿，索菲娅又继续发问道："难道除了被单外你就什么也没去看吗？"

"怎么？没有去，"梅埃塔波尔说，"当然只是被单。为什么我得去看其他的东西呢？"

她完全沉浸在幻想中。那被单仿佛又一次挂在她的眼前，她看见在她自己这条手脑并用的创造物的周围闪烁着灿烂的光辉。她渴望让她的听众能与她一道分享这金色的幻景。她竭力搜寻着恰当的字眼。她盲目地试图采用那些她所不熟悉的最高级形容词。

"告诉你们，那被单看起来像——"她开始说，很快又停了下来。

有关赞美诗集上那些漂亮辞藻的朦胧记忆回到了她的脑海中。那是她知道的唯一富有诗意的词汇。可一想到要把它们以渎圣的目的去表达实际生活中的一些事物时，它们就逃得无影无踪，而且也并不那么生动了。

最后，她对他们肯定地说："告诉你们那被单看起来——真好！"说完就坐下来凝视着火光。她那苍老而疲惫的脸上焕发出一种异乎寻常的满足的光彩，那是一个艺术家在实现了自己的理想之后的满足神态。

（刘象愚　译）

【作者简介】多罗塞·坎菲尔德·费希尔（1879—1958），美国著名女作家。主要作品：《被单》；其他作品还有三十五部。